배빗

배빗
Babbitt

싱클레어 루이스 장편소설 이종인 옮김

BABBITT
by HARRY SINCLAIR LEWIS (1922)

이 책은 실로 꿰매어 제본하는 정통적인 사철 방식으로 만들어졌습니다.
사철 방식으로 제본된 책은 오랫동안 보관해도 손상되지 않습니다.

이디스 워튼에게

배빗

9

역자 해설
배빗, 나약하고 우습고 외로운 현대인의 이름

499

싱클레어 루이스 연보

509

제1장

1

제니스 시의 고층 건물들이 아침 안개 위로 우뚝 솟아 있었다. 철강, 시멘트, 석회석으로 지어진 장엄한 건물들은 벼랑처럼 험준하면서도 은괴처럼 부드러웠다. 그것들은 성채도 교회도 아니었으며 솔직하게, 그리고 제대로 말해 보자면 아름다운 사무실 건물들이라고 할 수 있었다.

안개는 예전 세대에 속하는 낡은 건물들을 측은히 여겼다. 가령 지붕널을 두른 망사르풍의 우체국 건물, 첨탑처럼 생긴 붉은 벽돌의 낡은 집들, 검댕이 더덕더덕 달라붙어 을씨년스럽게 보이는 공장들, 진흙 빛깔의 목조 가옥 등이 그런 구시대의 낡은 건물들이었다. 도시는 이런 기괴한 구시대 건물들로 가득했었지만 이제 깨끗한 고층 건물들에 의해 그것들은 상업 지구에서 쫓겨나고 있으며, 저 멀리 교외의 구릉 지대에는 반짝거리는 새 집들이 조성되고 있었다. 그 집들에는 웃음과 평온함만이 감돌고 있는 것 같았다.

덮개 부분이 길고 날렵하며 엔진의 소음이라고는 선혀 없는 리무진 한 대가 콘크리트 다리 위로 굴러갔다. 야회복을 입은 이 사람들은 어린이 연극단의 밤샘 리허설에서 돌아오는 중이었는데 그 연극은 샴페인이 곁들여진, 일종의 예술적 모험의 행사였다. 차량이 지나는 다리 아래로 지나가는 곡선 철로는 초록색 불빛과 진홍색 불빛이 미로를 이루며 일대 장관을 연출했다. 철로들 위로는 뉴욕 플라이어 소속의 기차들이 기적을 울리며 지나갔고 스무 개의 노선을 자랑하는 세련된 철마(鐵馬)들은 번쩍거리는 빛 속으로 쉴 새 없이 뛰어들었다가 다시 빠져나갔다.

그 마천루 중 한 자리를 차지하고 있는 AP의 전신망이 이제 마감되고 있었다. 전보 담당자들은 밤새 파리와 베이징을 상대로 통신을 교환한 뒤끝이라 피곤한 동작으로 셀룰로이드 보안용 챙을 들어 올렸다. 건물 전 층에서는 청소부 여자들이 낡은 신발을 찍찍 끌고 하품을 하면서 야간 청소를 했다. 새벽 안개는 곧 사라졌다. 도시락 통을 휴대한 수많은 남자들의 행렬이 새로 지은 거대한 공장, 유리와 타일로 만들어진 번쩍거리는 공장을 향해 몰려들었다. 그 공장에서는 5천 명의 공원들이 한 지붕 아래 일하면서 유프라테스 강 일대와 남아프리카 초원에 팔려 나갈 정직한 제품들을 생산한다. 4월 아침처럼 쾌활한 합창을 인사로, 작업 개시의 호루라기 소리가 울려 퍼진다. 거인들을 위해 지어진 듯한 도시에 울리는 노동의 노래가.

2

제니스 시의 주택 지구인 플로럴 하이츠에 있는 더치 콜로니얼풍[1] 주택. 그 집 침실에서 막 잠을 깨려는 남자의 외양에 거인다운 모습이라고는 전혀 없다.

그의 이름은 조지 F. 배빗. 1920년 4월 현재 마흔여섯 살이고 버터, 구두, 시(詩) 따위의 구체적인 무엇을 만들어 내지는 않지

---

[1] 네덜란드 이민의 건축 양식. 흔히 2단 박공지붕을 올린 건물을 말한다.

만, 사람들로 하여금 자신이 지불할 수 있는 능력 이상의 집을 사게 만드는 부동산 중개업에 종사하며 그 일을 아주 민첩하게 수행한다.

커다란 핑크 색 얼굴에 갈색 머리카락은 숱이 별로 없고 건조하다. 얼굴의 주름살과 콧마루의 붉은 안경 자국에도 불구하고 잠든 그의 얼굴은 어린아이 같다. 비만은 아니지만 영양 상태가 아주 좋다. 뺨에는 약간 살이 올랐고 카키색 담요 위에 맥없이 놓인 손은 약간 부어올라 있다. 그의 사업은 잘나가는 듯하며 결혼 생활이 오래되어 낭만이라고는 별로 없다. 말이 나온 김에 더하자면, 그가 잠들어 있는 침실도 그리 낭만적인 편은 아니다. 침실은 한 그루의 커다란 느릅나무, 두 개의 그럴듯한 잔디 마당, 시멘트로 조성된 차량 진입로, 함석으로 만든 차고를 향해 있다. 그렇지만 배빗은 또다시 아름다운 소녀의 꿈을 꾸고 있었다. 그것은 은빛 바닷가의 진홍색 탑보다도 훨씬 낭만적인 꿈이었다.

벌써 여러 해 동안 그 아름다운 소녀는 그를 찾아왔다. 다른 사람들은 그를 보면 그저 영락없는 〈조지 배빗〉이라고 생각하지만 그녀는 그를 씩씩한 청년이라고 생각한다. 그녀는 신비한 숲 너머 어둠 속에서 그를 기다리고 있다. 마침내 그는 혼잡한 집으로부터 벗어나 그녀에게 달려간다. 그의 아내, 울부짖는 친구들이 뒤쫓아 오려 하지만 그는 한사코 도망치고 그녀는 그의 옆에서 함께 달린다. 그들은 그늘진 언덕배기에서 함께 몸을 웅크리고 숨는다. 그녀는 아주 날씬하고, 하얗고, 또 적극적이다! 그녀는 그가 쾌활하고 용감하다고 말한다. 그녀는 또 그를 기다릴 것이며 곧 함께 배를 타고서 항해에 나서리라고 말하는데 —

그때 우유를 배달하는 치의 덜컹기리고 쿵쾅기리는 소리가 요란히 들려왔다.

배빗은 신음을 내지르고 몸을 뒤척이며 꿈으로 되돌아가려고 안간힘을 썼다. 그에게는 이제 안개 낀 바다 저 너머에 있는 아름다운 소녀의 얼굴만 보였다. 보일러 담당 잡역부가 지하실 문을 세게 쾅 내리쳤다. 그에 응답하듯 옆집 마당에서 개가 짖었다. 배빗이 어두우면서도 따뜻한 조류 속으로 기분 좋게 가라앉는 동안 신문을 배달하는 소년이 휘파람을 불며 지나갔고, 돌돌 말린 「애드버킷 타임스」가 현관 앞문을 털썩 때리며 떨어졌다. 배빗은 어렴풋이 잠에서 깨어났고 놀라서 그런지 배가 약간 딴딴해졌다. 그가 긴장을 풀면서 느긋해지려 애쓰고 있는데 누군가 포드 자동차의 시동을 거는, 낯익으면서도 짜증 나는 소리가 그의 귀를 찔러 댔다. 덜컹, 덜컹, 덜컹. 그 자신이 운전자였기 때문에 배빗은 저 보이지 않는 운전자와 함께 마음속으로 시동 거는 동작을 따라 했다. 왜앵 하고 시동이 걸릴 때까지 긴장한 채 안타깝게 그 순간을 기다렸다. 그러나 시동이 걸리지 않아서 또다시 저 지겨운 덜컹, 덜컹, 덜컹이 반복되었고 그는 보이지 않는 운전자와 함께 고뇌했다. 시동은 걸리지 않으면서 계속 덜커덩거리기만 하는 저 따분한 소리, 추운 날 아침을 더욱 춥게 만드는 저 소리, 짜증이 나지만 어쩔 수 없이 견뎌야 하는 저 소리. 마침내 엔진이 왜앵 하고 작동하여 포드가 씩씩하게 앞으로 내달릴 때까지 배빗은 기다림의 긴장으로부터 쉽게 놓여나지 못했다. 그는 자신이 좋아하는 나무를 쳐다보았다. 느릅나무 가지들은 황금빛 하늘을 향해 체조하듯 팔을 벌리고 있었다. 그는 알약을 더듬어 찾듯이 다시 잠을 청해 보았다. 한때 인생의 모든 가능성을 쉽게 믿었고 자신감 넘치던 소년이었던 그. 하지만 그는 날마다 새롭게 동터 오는 하루하루의 가능한, 혹은 불가능한 모험들에 대해 더 이상 커다란 흥미를 느끼지 못했다.

   7시 20분에 자명종 소리가 울릴 때까지 그는 현실에서 계속 도망쳤다.

3

 그것은 전국적으로 가장 널리 광고되고 또 제일 많이 생산되는 자명종으로 교회 종소리 차임벨, 단속적인 알람, 형광 다이얼 등의 최신 장치가 달린 것이었다. 배빗은 그런 값비싼 자명종 소리에 잠에서 깨어나는 것을 자랑스럽게 여겼다. 사회적인 관점에서 보자면 값비싼 고급 타이어를 사들이는 것만큼이나 명예로운 행위였다.

 그는 이제 더 이상 현실에서 도망칠 수 없다는 사실을 마지못해 인정했지만 침대에 여전히 드러누운 채 부동산 중개업의 빡빡한 영업 환경을 증오했고, 그의 가족을 혐오했으며, 이어 그처럼 가족을 혐오하는 자기 자신마저 혐오했다. 전날 밤 그는 버질 건치의 집에서 자정까지 포커를 쳤는데, 그런 놀이를 하고 나면 언제나 다음 날 아침 식사 전에 신체적인 불편함을 느꼈다. 금주 시대[2]에 집에서 몰래 빚은 맥주를 많이 마신 데다 음주와 함께 엄청 피워 댄 시가 때문에 그런 컨디션의 부조화를 느끼는 것이다. 멋지고 대담한 남자들의 세계로부터 아내와 속기사, 그리고 담배 많이 피우지 말라는 경고가 있는 비좁은 지역으로 귀환한 데서 오는 짜증도 어느 정도 원인을 제공했을 것이다.

 침실 밖 전실(前室)에서 아내가 혐오스러울 정도로 쾌활하게 소리쳤다. 「여보, 일어나야 할 시간이에요!」 이어서 아내가 뻣뻣한 빗으로 머리카락을 북북 긁어내리는 짜증스러운 소리도 들려왔다.

 그는 툴툴거렸다. 우선 낡은 푸른색 파자마에 감긴 굵은 다리를 카키색 담요로부터 잡아 뺐다. 그는 침대 가장자리에 앉아서 손가락으로 부스스한 머리카락을 북북 긁어 댔고 동시에 통통한 양쪽 발로는 무의식중에 슬리퍼를 찾았다. 그는 아쉬운 눈빛

---

2 1920년부터 1933년까지 미국에서는 주류 판매 행위가 법으로 금지되었다.

으로 담요를 내려다보았다. 그것은 언제나 배빗에게 자유와 영웅주의를 상징하는 물건이었다. 그는 원래 그 담요를 캠핑용으로 사들였으나 그 후 캠핑은 단 한 번도 가지 못했다. 그에게 담요는 멋진 게으름, 멋진 욕설, 사나이다운 플란넬 셔츠를 상징하는 것이었다.

그는 힘들게 일어섰고 안구 뒤를 스쳐 지나가는 고통에 가볍게 신음 소리를 내질렀다. 그는 또다시 닥쳐 올 따끔한 고통의 파도를 기다리면서 흐린 눈빛으로 바깥마당을 내다보았다. 마당은 늘 그렇듯이 그를 기쁘게 했다. 제니스 시의 성공한 사업가가 소유할 만한 깨끗한 마당이었다. 마당은 완벽했고 덩달아 그 자신마저도 완벽하게 만들어 주었다. 그는 함석 차고를 쳐다보았다. 1년이면 삼백예순다섯 번, 이런 생각이 그의 머리를 스쳐 지나갔다. 〈함석 차고는 품위가 없어. 철제 차고로 다시 지어야 해. 그러니 저 차고는 우리 집에서 유일하게 비(非)현대적인 물건이야.〉 그는 차고를 쳐다보면서 자신이 개발한 주택 단지인 글렌 오리올의 공용 차고를 생각했다. 이어 숨을 내쉬고 몸을 가볍게 떠는 동작을 그만두고서 팔짱을 꼈다. 시무룩하고 뚱하고 졸음에 겨운 얼굴이 순간적으로 단단한 윤곽을 드러냈다. 갑자기 그는 사건을 꾸미고, 지휘하고, 처리하는 유능한 관리가 된 듯한 느낌이 들었다.

그런 기분에 힘입어 그는 단정하고 깨끗하지만 별로 사용되지는 않는 홀을 지나서 화장실로 들어갔다.

집은 크지 않았지만, 플로럴 하이츠의 모든 집들이 그렇듯 사기 세면대와 반짝이는 타일과 은처럼 날렵한 금속으로 장식된 고급 화장실을 갖추고 있었다. 수건 선반은 니켈로 가장자리를 두른 투명 유리로 된 것이었다. 욕조는 프러시아 근위대의 행렬처럼 길었다. 고정시켜 놓은 세면대 위에는 칫솔 꽂개, 면도용 솔 꽂개, 비누 그릇, 스펀지 그릇, 약장 등이 설치되어 있었는데, 너무나 화려하게 번쩍거리고 세련되어 보여 마치 제품 전시대 같앉다. 하지만 완벽한 현대식 설비를 신봉하는 배빗은 그러한 것들이 별로 마음에 들지 않았다. 화장실은 싸구려 치약 냄새로 진동했다. 〈베로나가 방금 화장실을 사용했군! 릴리돌 치약을 사용하라고 그렇게 얘기했건만, 이런 싸구려 치약을 또 쓰다니!〉

화장실의 매트는 주름 잡혀 있었고 바닥은 젖어 있었다(그의 딸 베로나는 가끔씩 아침에 목욕을 하는 괴상한 버릇이 있었다). 그는 매트에서 미끄러져 욕조 쪽으로 넘어졌다. 「이런 빌어먹을!」 그는 벌컥 화를 내며 면도용 거품 통을 집어 들고는, 역시 화를 내며 거품을 턱에 바르고서 미끄러운 면도용 솔로 턱을 북북 문질렀다. 그는 안전 면도날로 통통한 뺨을 밀었다. 하지만 무뎌진 면도날은 잘 나가질 않았다. 「빌어먹을! 이거 뭐 제대로 되는 게 없어!」 그가 툴툴거렸다.

그는 약장을 뒤져서 새 면도날을 찾았다(그러면서 어김없이 〈차라리 면도날을 사서 직접 숫돌에다 가는 게 더 싸게 먹힐 거야〉라고 생각했다). 그는 둥그런 중탄산나트륨 통 뒤에 놓인 면도날 통을 발견했다. 면도날을 거기에 놔둔 아내에게 짜증이 났지만 그럼에도 〈빌어먹을〉이라고 말하지 않은 스스로를 기특하게 생각했다. 하지만 물에 젖고 비누가 칠해진 미끄러운 손가락을 꼼지락거리며 면도날을 감싼 포장지를 걷어 내고 이어 새 면도날에서 기름 먹인 종이를 떼어 내는 게 잘 되지 않자, 그는 즉각 욕설을 내뱉었다. 그러자 낡은 면도날은 어떻게 처리할 것인가 하는, 오래 생각해 봐야 해결책 없는 문제가 또다시 불거졌다. 낡은 면도날을 아무 데나 놔두면 아이들의 손가락을 다치게 할 염려가 있다. 그는 평소와 마찬가지로 약장 꼭대기에다 면도날을 올려놓으면서, 언젠가 저 꼭대기에 수북이 쌓여 있는 오륙십 개는 되는 낡은 면도날을 말끔히 청소해야겠다고 마음속으로 다짐했다. 면도를 마치지, 머리가 깨질 듯 아픈 데다 허전한 공복감 때문에 짜증이 일거에 몰려왔다. 면도를 하고 나니 그의 둥그런 얼굴은 다시 매끈하고 빤들빤들해졌고 두 눈은 면도 거품 탓에 따끔거렸다. 그는 수건을 꺼내기 위해 손을 뻗었다. 가족들이 사용하는 수건들은 모두 축축하여 아주 기분이 나빴다. 그는 잘 안 보이는 눈으로 아무 수건이나 꺼내 들었지만 모두 젖어 있었다. 그가 사용하는 얼굴 수건, 아내의 것, 베로나의 것, 테드의 것, 팅카의 것, 가장자리에 커다란 영문 머리글자를 새긴 목욕 수건까지 몽땅 축축했다. 그러자 조지 F. 배빗은 놀라운 짓을 저질렀다. 손님용 수건으로 얼굴을 닦은 것이다! 팬지로 장식되어 늘 제자리에 걸려 있는 그 수건은, 배빗 가족이 플로럴 하이츠 사회의 모범적 구성원임을 보여 주는 물건이었다. 식구들 가운데 누구도 그것을 사용하지 않았다. 심지어는 그 어떤 손님도 그 수건을 사용하는 법이 없었다. 손님들은 식구들이 사용하는 수건들 가운데 가장 깨끗한 것의 가장자리를 이용하여 그들의 손이나 얼굴을 닦곤 했던 것이다.

그는 벌컥 화를 냈다. 「젠장, 화장실에 있는 수건을 남김없이 다 사용해 버렸군. 전부 축축하게 만들어 버리고 내가 사용할 깨끗한 놈은 하나도 남겨 놓지 않았어. 제일 늦게 온 나만 피해자야. 이 빌어먹을 집에서는 오로지 나만 남을 배려하고 있군. 자기 다음에 화장실을 사용하는 사람은 조금도 생각하지 않는 이 집에서 —」

그는 그 축축한 수건들을 욕조로 집어 던졌다. 수건들이 욕조 안에서 일으키는 황량한 메아리가 그의 화를 다소나마 풀어 주었고 그리하여 그는 기분이 좀 좋아졌다. 그 와중에 그의 아내가 침착하게 화장실로 들어와 예의 침착한 목소리로 말했다. 「아니, 여보, 지금 뭐하는 거예요? 수건들을 세탁하게요? 그럴 필요 없어요. 어머나, 조지, 당신 손님용 수건을 사용한 건 아니겠죠?」

물론 그는 아무런 대답도 하지 않았다.

그는 몇 주 만에 처음으로 아내의 말에 가벼운 자극을 받아 그녀를 쳐다보았다.

4

 마이러 배빗 — 조지 F. 배빗 부인 — 은 그야말로 원숙한 부인이었다. 입가에서 턱밑까지 주름살이 잡혔고 살찐 목은 아래로 쳐졌다. 하지만 그녀가 여성으로서 어느 정도의 한계를 넘어섰다는 구체적인 증거는 다른 데 있다. 그녀는 더 이상 남편 앞에서 침묵을 지키지 않았고, 그것을 조금도 걱정하지 않았다. 그녀는 현재 속옷 바람이었고 코르셋이 밖으로 삐져나왔으나 그것을 조금도 의식하지 못했다. 그녀는 이제 결혼 생활에 완벽하게 길들여져 완연한 가정주부의 자태를 보였고, 그 결과 빈혈증이 있는 수녀만큼이나 성적 매력이 없었다. 그녀는 선량하고 자상하고 근면한 여자였으나, 열 살짜리 막내딸 팅카를 제외하고는 아무도 그녀에게 관심을 보이지 않았고, 그녀가 살아 있다는 사실을 의식하지 않았다.
 수건의 가정적·사회적 측면에 대해 완벽한 설교를 늘어놓은 뒤, 그녀는 알코올성 두통으로 고통받는 배빗에게 수건 문제로 심려를 끼쳐 미안하다고 말했다. 그는 이제 어느 정도 마음의 평정을 찾아서 BVD[3] 속옷을 찾아내려는 스스로의 노력을 감내할 수 있었다. 그는 속옷이 고약하게도 깨끗한 파자마 사이에 숨겨져 있었다고 지적했다.
 갈색 양복에 대해서 의논할 때에는 꽤 상냥한 어조로 말했다.
 「어떻게 생각해, 마이러?」 그는 침실 의자에 걸려 있는 옷을 가리키며 물었다. 그녀는 입고 있는 속옷의 주름을 펴기 위해 가볍게 잡아당기면서 방 안에서 왔다 갔다 했는데, 그의 편협한 시각으로 볼 때 그 행동은 전혀 효과가 없는 것 같았다. 「어떻게 생각해? 저 갈색 옷요. 다른 날 입을까?」
 「당신한테 잘 어울리는 것 같은데요.」

---

[3] 남성 속옷 상표명.

「알아. 하지만 다려야 하지 않아?」

「그래요, 그런 것 같군요.」

「좀 다려야 할까 봐.」

「다린다고 해서 나쁠 건 없지요.」

「하지만 상의는 다릴 필요가 없어. 그런데도 양복 전체를 다린다는 건 무의미하지.」

「그건 그래요.」

「하지만 바지는 다려야 해. 저 주름을 좀 봐. 그러니 바지는 확실히 다려야 해.」

「그렇군요. 그런데 조지, 갈색 상의에다 지난번에 입으려고 했던 푸른색 바지를 입으면 어때요?」

「저런! 내 평생에 양복 상의 따로, 하의 따로 입은 적은 없어. 도대체 날 뭘로 보는 거야? 파산한 회계사?」

「그럼 오늘은 짙은 회색 양복을 입고, 출근길에 양복점에 들러서 갈색 하의를 맡기면 어때요?」

「그래야겠군. 그런데 회색 양복은 어디 있지? 아, 여기 있군.」

그는 비교적 단호하고 평온한 마음으로 복장과 관련한 다른 문제들을 헤쳐 나갈 수 있었다.

그의 첫 번째 치장품은 무명으로 된 소매 없는 줄무늬 BVD 언더셔츠였다. 그 속옷을 입은 배빗의 모습은 마치 마을의 가장 행렬에서 별 의욕 없이 중세 농민의 느슨한 외투를 입은 소년 같았다. 그래도 BVD 속옷을 입을 때마다 그는 진보의 신께 감사 기도를 올렸다. 그의 사업 파트너이자 장인인 헨리 톰슨처럼 몸에 꽉 끼는 기다란 구식 속옷을 입지 않아도 되니 이 얼마나 고마운 일이냐는 것이었다. 두 번째 치장은 머리를 깨끗이 빗질하여 뒤로 넘기는 것이다. 그렇게 하면 그의 높고 훤한 이마가 잘 드러나는데, 머리 선은 예전의 선으로부터 뒤로 5센티미터는 족히 후퇴하고 있었다. 하지만 가장 경이로운 치장품은 바로 그의 안경이었다.

허세 부리는 이의 거북딱지 안경, 학교 선생의 온유한 코안경, 나이 든 마을 유지의 은테 안경 등 안경에는 저마다 특징이 있다. 배빗의 안경은 아주 고급스러운 유리로 된 크고 둥그런 무테 안경이었다. 안경 다리는 가느다란 황금색 막대로 되어 있었다. 이 안경을 쓰면 그는 영락없는 현대의 사업가가 되었다. 가령 직원들에게 지시를 내리고, 차를 몰고 다니고, 가끔 골프를 치고, 판매 기술에 대해서는 학자적인 안목을 지닌 사업가인 것이다. 안경 덕분에 그의 얼굴은 어린아이처럼 보이지 않고 중후한 신사의 것처럼 보인다. 그의 크고 뭉툭한 코, 두툼하면서도 기다란 윗입술, 살이 올랐지만 그래도 단단해 보이는 턱. 이런 것들이 어우러져 더욱 사회의 거물 같은 인상을 풍긴다. 그러면 우리는 사회의 거물이 나머지 옷을 걸쳐 입는 모습을 존경스러운 눈빛으로 쳐다보게 된다.

 회색 양복은 재단이 잘 되어 있고, 몸에 착 달라붙고, 그러면서 전혀 튀지 않는다. 표준화된 양복이다. 조끼의 V 자 부분을 두르는 하얀 테두리는 법률과 학식의 분위기를 풍겨 주었다. 구두는 끈으로 졸라매는 검은 구두였는데, 선량하고 정직하고 가장 일반적인 구두로서 아무런 특징이 없었다. 경박스러운 분위기를 풍기는 유일한 소품은 자주색 니트 스카프였다. 이 소품에 대하여 배빗은 아내에게 한참 동안 장광설을 늘어놓은 뒤(괴이하게도 옷핀으로 블라우스 뒷부분을 스커트에 고정시킨 부인은 그의 말을 단 한 마디도 귀담아듣지 않았다), 자주색 스카프와 바람 불어오는 종려나무들 사이에 줄 없는 갈색 하프가 그려진 스카프 중에서 전자를 선택하여, 오팔 눈알이 박힌 뱀 머리 모양의 핀을 스카프에 찔렀다.

 가장 주목할 만한 절차는 갈색 양복의 주머니에 들어 있는 물건들을 회색 양복으로 옮기는 일이었다. 그는 그 소품들을 아주 귀하게 여겼다. 야구 경기나 공화당처럼, 그것들은 그에게 아주 소중한 것들이었다. 만년필과 은빛 샤프펜슬(늘 심이 부족했다)

은 조끼 오른쪽 위 주머니에 들어가야 했다. 이 물건들이 없으면 그는 발가벗은 느낌이 들 것이다. 그의 회중시계 줄에는 황금 펜나이프와 은제 시가 절단기, 일곱 개의 열쇠(그 중 두 개는 사용처를 잊어버렸다) 그리고 좋은 시계가 매달려 있었다. 시곗줄 끝에는 커다랗고 노란 엘크[4] 이빨이 매달려 있었는데, 그건 배빗이 〈엘크 보호 협회〉의 회원임을 말해 주었다. 소품들 가운데 가장 의미심장한 것은 낱장으로 뜯어 낼 수 있는 수첩이었다. 이 현대적이고 실용적인 수첩에는 그가 까맣게 잊어버린 사람들의 주소와 이미 몇 달 전에 목적지에 도착한 우편환 메모, 풀기가 없어진 우표, T. 콜몬들리 프링크의 시(詩)를 오려 놓은 종이쪽, 배빗이 각종 의견과 유식한 말을 얻는 신문 사설 조각, 잊어버리지 말고 앞으로 해야 할(그러나 실천 의사는 조금도 없는) 일에 대한 메모, 〈*D. S. S. D. M. Y. P. D. F.*〉라고 쓰인 기이한 메모 등이 들어 있었다.

하지만 그는 담배 케이스는 갖고 있지 않았다. 아무도 담배 케이스를 선물로 주지 않았고 그래서 휴대 습관을 들이지 않았다. 게다가 그는 담배 케이스를 가지고 다니는 남자를 유약한 사람으로 여겼다.

그는 마지막으로 양복 옷깃에다 〈부스터 클럽〉[5] 단추를 꽂았다. 마치 위대한 예술의 특징인 간결함을 발휘하기라도 하듯, 단추에는 〈부스터 — 원기 왕성〉이라는 단 두 마디만 적혀 있었다. 배빗에게 스스로가 충성스럽고 중요한 인물이라는 느낌을 주는 단추였다. 이는 그를 〈굿 펠로스 *good fellows*〉라는 말과 연결시켰는데, 이는 재계에서 친절하고 인간적이고 중요한 사람을 가리키는 용어였다. 그것은 그의 빅토리아 훈장, 레지옹 도뇌르, 파이 베타 카파[6]의 열쇠였다.

---

4 북유럽이나 아시아에 사는 큰 사슴.
5 *Boosters' Club*. 특정 단체를 위해 기금을 모금하는 조직.
6 Phi Beta Kappa. 미국 대학 우등생들로 구성된 친목 단체.

옷 차려입기의 미묘한 문제가 끝나자 다른 복잡한 걱정거리들이 몰려왔다.「오늘 아침은 좀 울적한데.」그가 말했다.「지난밤에 너무 많이 먹은 것 같아. 당신이 저 묵직한 바나나 튀김을 내놓는 게 아니었어.」

「하지만 당신이 좀 가져오라고 했잖아요.」

「알아. 하지만 ― 내가 이거 하나 말해 주지. 남자 나이 마흔을 지나면 소화기 계통에 신경을 써야 해. 자기 자신의 건강을 잘 돌보지 않는 친구들이 아주 많다고. 나이 마흔이 되면 남자는 바보이거나 의사이거나 둘 중 하나야. 다시 말해 자기 자신의 건강에 대해 의사가 되어야 한다는 거야. 사람들은 섭생의 문제에 대하여 너무 무신경해. 물론 하루 종일 열심히 일한 다음에는 멋진 식사를 해야겠지. 하지만 점심 식사를 좀 가볍게 한다면 당신이나 내게 아주 좋은 일이 될 거야.」

「하지만 조지, 나는 집에서 언제나 가벼운 점심을 먹어요.」

「그럼 내가 시내에서 돼지처럼 막 먹는다, 이 얘기야? 물론 애슬레틱 클럽의 새로 온 집사장이 내놓는 음식을 다 먹어 치운다면 그런 꼴이 되겠지. 아무튼 오늘 아침에는 영 컨디션이 안 좋아. 이상하게도 왼쪽 옆구리가 아픈데, 물론 맹장염은 아닐 거야. 지난밤 버그 건치의 집으로 차를 몰고 갈 때도 배가 좀 아팠어. 바로 여기, 날카롭게 찌르며 지나가는 통증이 느껴졌지 ― 가만, 이 10센트짜리 동전은 어디에 집어넣어야 하려나? 왜 아침 식사에 자두를 더 많이 내놓지 않는 거지? 물론 나는 저녁마다 사과를 한 알씩 먹어. 하루에 사과 한 개를 먹으면 의사를 멀리할 수 있지. 그래도 당신은 자두를 더 많이 올려야 해. 쓸데없는 것들은 다 물리치고 말이야.」

「지난번에 자두를 내놓았더니 먹지 않았잖아요.」

「그때는 먹을 기분이 아 났어. 그래도 몇 개 집어 먹었던 깃 같은데. 아무튼 섭생은 상당히 중요한데 ― 지난밤에 버그 건치한테도 말했어. 사람들이 소화기 문제에 대해서는 별로 신경을 안

쓴다고 말이야.」

「다음 주에 건치 부부를 우리 집에 초대할까요?」

「좋아, 그렇게 하도록 해.」

「그런데 조지, 난 그날 밤에 당신이 멋진 야회복을 입으면 좋겠어요.」

「바보 같은 소리! 사람들은 그런 옷차림 별로 안 좋아해.」

「아니에요, 좋아해요. 리틀필드 부부의 저녁 파티에 초대받아 갔을 때 당신만 야회복을 안 입었어요. 다른 사람들이 다 입고 온 걸 보고 당신도 아주 당황했었잖아요.」

「당황했다고? 무슨 소리! 난 당황하지 않았어. 나도 남들 못지않게 비싼 턱스를 입고 다닐 수 있어. 다들 그걸 알고 있다고. 또 때때로 그걸 입기도 했으니 그건 문제도 아니지. 하지만 아주 귀찮은 옷이야. 하루 종일 집에서 지내는 여자들이라면 별문제 없겠지. 하루 종일 일터에서 열심히 일하는 남자들 입장에서는 평상복을 입고 같이 일한 친구들 앞에 다시 야회복으로 나타난다는 게 정말 귀찮기 짝이 없는 일이라고.」

「하지만 당신은 야회복 입는 걸 좋아하잖아요. 어느 땐가 밤에 정식 야회복을 입으라고 고집한 나를 잘했다고 칭찬해 주지 않았어요? 그걸 입으니 한결 기분이 좋다고 하면서. 오, 조지, 난 당신이 〈턱스〉라는 말도 안 했으면 좋겠어요. 그냥 턱시도라고 하세요.」

「바보 같은 소리. 그게 무슨 차이가 있어?」

「점잖은 사람들은 다 그렇게 말해요. 루실 맥켈비가 당신이 〈턱스〉 하고 말하는 걸 들었다고 해보세요.」

「그 여자가 듣는 게 뭐 대수야? 루실 맥켈비는 내게 아무런 영향도 미치지 못해. 그 여자네 남편과 아버지가 백만장자라 해봐야 그 가족들은 평범한 사람들에 지나지 않아. 당신이 언제 그렇게 사회적 지위에 신경을 썼지? 당신 아버지 헨리는 그걸 〈턱스〉라고 부르지도 않아. 〈꼬리 달린 원숭이를 위한, 꼬리 자른 상의〉라고 하지. 그분을 일부러 마취시키지 않는 한 그 옷을 입힐 수는 없을걸.」

「조지, 그렇게 심술궂게 말하지 말아요.」

「난 일부러 그러는 게 아니야. 당신도 베로나처럼 아무것도 아닌 일에 법석을 떠는군. 그 애가 대학을 졸업하고 나서는 같이 살기가 아주 까다로워졌어. 스스로 뭘 원하는지도 몰라. 아니, 난 그 애가 원하는 게 뭔지 알지! 백만장자와 결혼해서 유럽에 살기를 원해. 또 목사의 손을 잡고 감동받는가 하면 동시에 여기 제니스 시에 눌러앉아 사회주의 선동가가 되려고도 하지. 혹은 사회 운동가나 뭐 그런 한심한 일을 하고 싶어 해. 한심하기는 테드도 마찬가지지. 그 애는 대학에 갈 것처럼 하다가도 때때로 안 가겠다고 해. 세 아이 중에 자기 마음을 제일 잘 아는 애는 팅카야. 어쩌다 론과 테드 같은 우유부단한 아이들을 두게 되었는지 알 수가 없어. 내가 록펠러나 제임스 J. 셰익스피어[7]는 아니야. 하지만 내 마음은 잘 알고, 그래서 사무실에서 아주 열심히 올바르게 일하고 있어. 당신은 아이들이 최근 어떤지 알고 있어? 내가 알기로 테드의 최신 목표는 영화배우가 되는 거야. 내가 그놈에게 대학에 가고 그다음에 법률 대학원을 좋은 성적으로 졸업하면 회사를 차려 주겠다고 골백번은 더 말했을 거야. 그런데 — 저 베로나 년도 한심하기는 마찬가지야. 도대체 자기가 무엇을 원하는지 모른다고. 자, 어서 식당으로 가. 당신 준비 안 됐어? 하녀가 3분 전에 벨을 울렸어.」

5

아내를 따라가기 전에 배빗은 침실의 서쪽 끝 창문 앞에 섰다.

---

[7] 정확하지 않으나 문맥상 앞선 록펠러와 함께 큰 부자를 지칭하는 듯하다.

플로럴 하이츠 주택 단지는 언덕 위에 조성되어 있었다. 주도는 여기서 5킬로미터나 떨어져 있지만 — 제니스 시의 현재 인구는 30만에서 40만 사이이다 — 그는 세컨드 내셔널 타워의 꼭대기를 볼 수 있었다. 그것은 인디애나산 석회석으로 된 35층짜리 건물이었다.

번쩍거리는 벽들은 하얀 불기둥처럼 4월의 하늘로 치솟아 단숨에 타워의 처마에 이르렀다. 건물에는 성실하고 단호한 분위기가 어려 있었다. 마치 키 큰 병사처럼 자신의 체중을 가볍게 이겨 내고 있었다. 그 건물을 바라보는 동안 배빗은 얼굴에서 긴장이 풀리는 것을 느꼈고, 그러면서 존경을 표하듯 처진 턱을 가볍게 치세웠다. 〈정말 아름다운 광경이야!〉 하고 그는 간단히 말했다. 그는 도시의 리듬에서 영감을 얻었고 도시를 사랑하는 마음은 날마다 새로워졌다. 그는 타워를 재계(財界)라는 종교의 사원으로 여겼다. 그것은 숭고하면서도 열정적인 종교였고, 보통 사람들은 감히 범접할 수 없는 성역이었다. 그는 아침 식탁에 앉으면서 〈오, 에잇, 이크, 이얏 *Oh, by gee, by gosh, by jingo*〉이라는 노래를 휘파람으로 불어 댔다. 그것은 배빗이 재계라는 종교에 바치는 우울하면서도 숭고한 찬가였다.

제2장

1

 배빗의 웅얼거리는 불평과 그의 아내가 장단을 맞춰 주는 부드러운 호응(부인은 그런 불평에 동정심을 느끼지 못했지만 그것을 내색하지 않는 것은 물론이고 거기서 한 단계 더 나아가 짐짓 동정심을 표시하는 노련함을 보였다)이 사라지자, 부부의 침실은 즉각 인간미라고는 전혀 없는 장소가 되었다.

 침실 바로 앞에는 전실이 있었다. 전실은 두 사람의 옷 보관실로 사용되는데, 아주 추운 날 밤이면 배빗은 추위를 견뎌야 하는 남자의 의무를 포기하고 안쪽의 침실로 철수하여, 발가락을 따뜻한 담요 속으로 집어넣으면서 1월의 강풍을 가볍게 비웃곤 했다.

 침실은 수수하면서도 안락한 색상을 자랑하고 있었다. 그것은 제니스 시에 사는 집 장사꾼들의 주택을 담당한 실내 장식가의 표준 디자인이었다. 벽은 회색이었고 창틀과 문짝은 흰색이었으며 양탄자는 연한 청색이었다. 가구는 대부분 마호가니로 커다란 거울이 달린 옷장, 은빛 화장품 통들이 놓여 있는 배빗 부인의 화장대, 두 개의 트윈 베드, 표준형 침대맡 전등과 유리로 된 물 잔과 천연색 화보로 가득한 침대맡 서적(아무도 이 책을 들춰 보지 않으므로 어떤 책인지는 알 수 없다) 등이 놓여 있는 작은 탁자 따위가 있었다. 매트리스는 견고하면서도 딱딱하지는 않았는데, 상당히 많은 돈을 주고 구입한 아주 현대적인 물건이었다. 온수난방기는 침실에 딱 어울리는 과학적인 외양을 갖추고 있었다. 창문들은 큼직하면서도 잘 열리는 것으로서 최고급 걸쇠와 줄이 달려 있었고, 네덜란드제 블라인드는 잔고장이 없는 제품이었다. 〈중산층을 위한 안락한 현대식 가옥〉이라는 잡지에서 그대로 걸어 나온 듯한 침실이었다. 하지만 그 침실은 배빗 부부와는 아무 상관이 없었고 말이 나온 김에 덧붙이자면, 그 어떤 사람과도 상관이 없었다. 침실의 주인들이 여기에서 살고, 사랑하고, 한밤중에 스릴러 소설을 읽고, 일요일 아침이면 게으르게 늦잠을 잔 흔적은 찾아볼 수가 없다. 침실은 아주 좋은 호텔의 아주 좋은 객실의 분위기를 풍겼다. 청소부 여자가 언제라도 방에 들어와 다음 손님을 위해 객실 청소를 해줄 것만 같다. 사람들은 여기서 하룻밤 묵은 다음 뒤도 돌아보지 않고 나가 버리며 그 후에는 이 방을 선혀 생각하지 않는다.

플로럴 하이츠에 들어선 집들은 두 집에 한 집 꼴로 정확히 이런 식의 침실을 갖추고 있다.

배빗의 집은 지은 지 5년이 되었다. 집 역시 이 침실처럼 호화롭고 효율적이다. 최선의 취향, 최선의 저가 양탄자, 소박하면서도 근사한 가구, 최신식 편의 시설을 갖추고 있다. 집 안 전체에서 전깃불이 양초와 벽난로를 대신한다. 침실 벽의 바닥 몰딩에는 전등을 켜기 위한 세 개의 플러그를 설비했는데 자그마한 놋쇠 뚜껑으로 가려져 있다. 홀에는 진공청소기의 플러그가, 거실에는 피아노 램프와 전기 환기통의 플러그가 설치되어 있다. 한 무리의 석화(石花) 위로 숨을 내뿜는 연어를 묘사한 그림이 걸린 깔끔한 주방(참나무 찬장, 납으로 가장자리를 두른 유리 찬장 그리고 크림색 석회 벽이 있는)에는 전기 커피 여과기와 토스터 용 플러그가 있다.

배빗의 집에 문제점은 단 하나뿐이다. 그건 집이 아니라는 것이다.

2

때때로 배빗은 원기 왕성하게 농담을 하며 아침 식탁으로 걸어오는 경우가 있었다. 하지만 오늘은 모든 것이 다 꼬여 버렸다. 그는 위쪽 현관으로 거만하게 걸어가면서 베로나의 침실을 한 번 들여다보고는 불평을 터뜨렸다. 「가족들을 고급 주택에 살게 해줘 봐야 무슨 소용이람? 그 가치를 모르는 채 일도 제대로 하지 않고 딴짓만 하며 돌아다니는데.」

그는 아이들을 향해 걸어갔다. 땅딸막한 키에 갈색 머리인 금년 스물두 살의 베로나는 브린 모어 여대를 졸업했으며 의무, 섹스, 신 등에 대해 많은 생각을 한다. 그녀는 지금 입고 있는 펑퍼짐한 회색 트레이닝복에 잘 적응하지 못한 상태였다. 테드 — 시어도어 루스벨트 배빗 — 는 온갖 멋 부리기를 즐기는 열일곱 살 소년이다. 팅카(캐서린)는 이제 열 살 난 아기이다. 밝은 빛을 내는 붉은 머리에다 피부가 푸석푸석한데 그건 사탕과 아이스크림 소다를 너무 많이 먹었다는 표시이다. 배빗은 식당으로 들어서면서 자신의 막연한 짜증을 애써 감추려 했다. 그는 집안의 독재자 노릇을 정말로 싫어했고, 그의 잔소리는 그 빈번함에 비해 효과가 없었다. 그는 팅카에게 소리쳤다. 「잘 잤냐, 키티둘리!」 그것은 아내에게 써먹는 〈자기〉와 〈허니〉를 제외하고 그가 유일하게 사용하는 애칭이었다. 그는 매일 아침 팅카를 그런 애칭으로 불렀다.

그는 텅 빈 위장과 영혼을 달랠 셈으로 커피를 한 잔 마셨다. 위장이 거기 없는 것처럼 아무 느낌이 없어졌다. 하지만 베로나가 깐깐한 태도로 나오면서 그를 괴롭히기 시작했고 갑자기 인생과 가족과 사업에 대해 강한 회의가 몰려왔다. 그의 꿈속 세계와 가냘픈 아름다운 소녀가 사라져 버릴 때면 어김없이 찾아와 배빗을 물어뜯는 고뇌였다.

베로나는 지난 6개월 동안 그룬스버그 피혁 회사의 서류 정리 직원으로 근무해 왔다. 사장인 그룬스버그 씨의 비서가 될 가능성도 있었다. 그러한 상황을 배빗은 이렇게 정의했다. 「이제야 값비싼 대학 교육의 본전을 뽑게 되었군. 그렇게 착실히 다니다가 결혼을 하고 가정주부로 정착하면 되는 거야.」

하지만 베로나가 지금 딴소리를 한 것이다. 「아빠! 자선 기관 연합에서 일하는 동창생과 얘기를 좀 해봤어요. 그런데 아빠, 거기 집유소(集乳所)에는 정말로 예쁘고 귀여운 아기들이 들어온대요. 난 뭔가 가치 있는 일을 했으면 좋겠어요.」

「그 〈가치 있는 일〉이라는 건 뭘 말하는 거냐? 다 쓸데없는 소리야. 네가 속기 연습을 더 열심히 하고 밤마다 음악회나 수다 떠는 장소에 나가는 걸 자제한다면 그룬스버그 사장의 비서가 될 가능성이 높아지고, 만약 그렇게 된다면 한 주에 35달러 내지 40달러는 받게 되지. 그거야 말로 가치 있는 일이야.」

「알아요. 하지만 뭔가 사회에 기여하고 싶어요. 난 사회 복지 기관 같은 데서 일했으면 좋겠어요. 아니면 백화점 같은 곳의 복지부에 들어가 멋진 휴게실, 사라사 커버, 등나무 의자 등을 갖춘 데서 일했으면 좋겠어요. 혹은 —」

「애야, 내 말을 좀 들어 봐라. 우선 이걸 알아야 돼. 그런 고상한 척하는 일이나 복지 사업 혹은 오락 시설은 하느님의 세계와는 무관한 거야. 사회주의를 이 땅에 발붙이게 하는 쐐기나 다름없지. 사람은 그렇게 버릇없이 커서는 안 돼. 공짜 음식을 바라서는 안 된다고. 그런 공짜 교육이나 고상 떨기, 아이들을 위한 복지 사업 따위는 빨리 잊어버려. 그런 건 제 손으로 직접 벌어야 하는 거야. 이렇게 생각을 빨리 고쳐먹을수록 직장을 빨리 잡게 되고 생산, 생산, 생산을 하게 된다고! 바로 이거야말로 우리 나라가 필요로 하는 거야. 네가 말하는 그 복지는 노동자들의 의지를 약하게 만들고, 그들의 자녀들로 하여금 소속 계급에 대하여 아주 엉뚱한 환상을 품게 만들어. 그러니 그런 바보짓을 하면서 돌아다니는 건 그만두고 더욱 열심히 직장 일에 매달리도록 해. 나는 젊은 시절 앞으로 내가 어떻게 되어야겠다고 결심을 하고서는 비가 오나 눈이 오나 그것에 매달렸어. 그렇게 해서 오늘날 여기까지 오게 된 거야. 여보, 왜 딸애가 토스트를 이렇게 조각조각 잘라 버리도록 그냥 내버려 뒀어? 집을 수가 없잖아. 게다가 절반쯤 식었고 말이야!」

이스트사이드 고등학교 2학년생인 테드 배빗은 대화에 끼어들기 위해 딸꾹질 비슷한 소리를 내더니 불쑥 누나를 향해 말했다.「이봐, 론, 오늘 저녁에 ―」

베로나가 제지했다.「테드! 아빠하고 진지한 얘기를 나눌 땐 좀 점잖게 있을 수 없겠니?」

「이런!」테드가 기죽지 않고 말했다.「누나는 대학 졸업하고 나더니 계속 그런 황당무계한 얘기만 하는 것 같아. 내 말은 오늘 저녁에 ― 그러니까, 저녁에 차를 좀 쓰고 싶어.」

배빗은 코웃음을 쳤다.「그래? 나도 밤에 차를 써야 할 텐데!」베로나도 동생을 가만히 놔두지 않았다.「아 그러셔, 똑똑이 씨? 차는 내가 가지고 갈 거야.」팅카도 지지 않고 한마디 했다.「아빠, 우리를 로즈데일까지 태워 준다고 하지 않았어요?」배빗 부인도 끼어들었다.「조심해, 팅카! 소매가 버터에 닿잖아.」그들은 모두 서로를 노려보았고, 곧 베로나가 소리쳤다.「테드, 차 얘기만 나오면 넌 꼭 돼지 같아져!」

「그러는 누나는 어떻고?」테드는 약을 올리려는 듯 아주 차분한 목소리로 대꾸했다.「누나는 저녁을 먹고 차를 몰고 나가서 어떤 계집에 집 앞에 밤새 놔두려는 거잖아? 그 계집애랑 있어서 온갖 문학 나부랭이와 먹물 좀 먹은 인텔리한 신랑 후보감 얘기로 노닥거릴 생각이겠지? 그런 후보가 혹시라도 청혼해 오면 즉시 결혼할 생각이겠지?」

「아빠는 네가 차 가지고 나가는 걸 허락하지 않으실걸! 너나 그 끔찍한 존스네 애들은 꼭 미친놈처럼 운전하잖아. 시속 70킬로미터로 달리다가 셔토쿼 광장에서 좌회전하는 걸 생각하면 가슴이 오싹해져.」

「웃기시네! 차가 너무나 무서워서 언덕배기를 올라갈 때 비상 브레이크를 걸고 올라가는 주제에.」

「아니야! 자동차에 대해서 많이 아는 것처럼 말하는데, 웃기지 마! 유니스 리틀필드가 그러던데, 너 배터리가 제너레이터에 동력을 공급한다고 했다며?」

「그러는 누나는 제너레이터와 차동 장치도 구분하지 못하잖아.」 테드가 누나 앞에서 자동차를 잘 아는 척하는 데는 그럴만한 근거가 있었다. 그는 타고난 기계공이었다. 고장 난 기계를 잘 다루고 주물럭거려서 능숙하게 고쳐 냈고, 어떤 설계도든 한 번만 보면 단번에 구조를 이해했다.

「얘들아, 그만해라!」 배빗이 심드렁하게 말했다. 그는 그날의 첫 시가에 느긋하게 불을 붙이고 「애드버킷 타임스」의 헤드라인을 쓱 훑어보았다.

테드는 이제 타협적으로 나왔다. 「솔직히 말할게, 누나. 이제 와서 포기할 수는 없어. 우리 반 여학생 두 명에게 약속을 했단 말이야. 걔들을 학교 합창단 리허설에 데리고 가기로 했어. 난 별로 차 쓰고 싶은 생각이 없지만, 신사라면 사교상의 약속은 지켜야 하는 거 아니야?」

「야, 놀랍구나. 너와 그 사교상의 약속이라는 거! 고등학생 주제에!」

「아, 누나는 여대를 다니고부터 아주 상류층 사람이 다 됐지! 하지만 올해 우리 감마 디감마 반[8]에는 우리 주에 있는 사립 학교

---

8 그리스어로 영어 철자 〈GF〉에 해당한다. 정확한 의미는 알 수 없으나 〈우수반〉의 의미로 보인다.

이상으로 부잣집 애들이 많을걸. 반 친구들 중 두 놈은 아빠가 백만장자야. 나도 우리 반 애들처럼 내 자가용이 있으면 좋겠는데.」

배빗은 놀라서 의자에서 벌떡 일어설 뻔했다. 「자가용! 요트와 마당 넓은 별장은 안 필요하냐? 그러면 더욱 그림이 좋아질 텐데. 다른 애들은 멀쩡히 잘만 통과하는 라틴어 시험에서 떨어진 고등학생 놈이 자가용이라고? 아니 왜, 운전기사까지 붙여 달라고 하지. 조금 있다가는 전용기가 필요하다고 하겠구나. 유니스 리틀필드를 차에 태우고 영화관에 다녀오는 그 지독한 노고에 대한 보상으로 말이야. 내가 너한테 그런 걸 사주는 일은 아마도 없을 —」

잠시 후, 갖은 외교 수단을 발휘한 끝에 테드는 베로나로부터 그날 저녁 아모리까지만 태워 주면 그다음에는 차를 써도 좋다는 허락을 받아 냈다. 아모리에서 개와 고양이 쇼가 벌어지는데 베로나는 그걸 관람할 예정이라는 것이었다. 테드는 그러면 이렇게 하자고 제안했다. 베로나가 아모리 건너편의 제과점 앞에 차를 세워 놓으면 그다음에 자기가 가져가겠다는 것이었다. 차 열쇠를 주고받는 방법과 주유는 어떻게 할 것인지에 대해 능란한 합의 과정을 거친 후, 이 자동차광 남매는 스페어 타이어의 내장 튜브 덕분에 잭[9]을 사용하지 않아도 되는 것을 찬양하는 데 입을 모았다.

이런 휴전도 잠시, 테드는 누나의 친구들을 가리켜 〈집 안에 틀어박혀 수다나 떠는 한심한 여자들〉이라고 말했고, 베로나는 남동생의 친구들이 〈아주 혐오스러운 가짜 스포츠광이고 여자애들은 비명이나 질러 대는 무식한 애들〉이라며 받아쳤다. 「테드, 난 네가 담배 피우는 게 너무 혐오스러워. 그리고 오늘 아침 네가 입고 있는 옷 꼬락서니를 좀 봐. 너무나 우스꽝스러워서 눈물 없이는 못 봐주겠다.」

---

9 자동차 타이어를 갈 때처럼 무거운 것을 들어올릴 때 쓰는 기구.

테드는 찬장의 비스듬한 거울 앞에서 몸의 균형을 잡고는 자신의 매력적인 모습을 살펴보며 슬쩍 미소를 지었다. 올드 엘리토그스[10]의 최신 상품인 상의는 몸에 착 달라붙는 것이었고 꽉 끼는 바지는 무두질로 번쩍거리는 구두 윗부분까지 내려갔다. 합창단원을 연상시키는 허리통 부분은 어지러운 체크무늬였고 등에는 띠를 둘렀으나 그 띠는 아무것도 묶고 있지 않았다. 엄청나게 큰 검은색 실크 목도리를 두르고 아마 빛 머리카락은 가르마 없이 뒤로 완전히 빗어 넘겼다. 그는 학교에 갈 때면 삽날처럼 기다란 챙이 달린 모자를 썼다. 그가 가장 자랑스러워하는 소품은 늘 아껴 두면서 꼭 필요할 때만 꺼내 입는 조끼였다. 그것은 팬시 베스트[11] 제품으로 황갈색에 옅은 붉은색 물방울무늬, 그리고 가느다란 점들이 길게 박혀 있는 것이었다. 아랫부분에는 학교 배지와 학급 배지, 그리고 클럽 핀이 달려 있었다.

그가 보기에 이러한 복장은 전혀 문제가 없었다. 그는 유연하고 민첩했으며 혈색이 좋았다. 그의 눈(테드는 자신의 눈빛이 냉소적이라고 생각했다)은 아주 적극적이고 열정적인 빛을 내뿜었다. 하지만 온유한 소년은 못 됐다. 그는 가엾고 땅딸막한 베로나에게 손을 내저으며 느리게 말했다. 「내 복장이 우스꽝스럽고 혐오스럽겠지. 하지만 내 새 넥타이는 더욱 느끼할걸.」

배빗이 소리쳤다. 「정말 그렇군! 그렇게 빼기는데 끼어들어서 안됐다마는, 네 입가의 달걀 흰자위나 좀 닦아라. 그러면 한결 신사다운 분위기가 날 거야.」

베로나가 낄낄거렸다. 그녀는 가족 전쟁이라는 아주 위대한 전쟁의 일시적인 승자였다. 테드는 한심하다는 표정으로 그녀를 쳐다보더니 팅카에게 빽 소리를 질렀다. 「야, 그만두지 못해? 콘플레이크에다 설탕을 통째로 다 부어 버리면 어떻게 해!」

베로나와 테드가 가버리고 팅카가 2층으로 올라가자 배빗이

10 가상의 상표명으로 보인다.
11 상표명.

아내에게 신음하듯 말했다. 「정말 대단한 가족이야. 난 불평하자는 게 아니야. 또 오늘 아침에 내가 좀 심술궂게 굴었다는 것도 인정해. 하지만 애들이 저런 식으로 지껄여 대는 건 너무 지겨워. 정말 못 참아 주겠다고. 난 말이야, 혼자 조용히 지낼 수 있는 곳으로 떠나 버리고 싶어. 아이들에게 좋은 기회를 주고 훌륭한 교육을 시키기 위해 한평생을 보낸 사람이 돼서, 아이들이 한 무리의 하이에나처럼 떠들어 대는 꼴을 쳐다보기나 해야 하다니! 이건 너무 실망스러워. 애들은 도무지 배려를 할 줄 — 가만, 여기 신문에 이렇게 나와 있네. 단 한 번이라도 어머니를 배려할 줄 모른단 말이야. 여보, 오늘 아침 신문 읽었어?」

「아니요.」 결혼 생활 스물세 해 동안 배빗 부인이 남편보다 먼저 신문을 읽은 것은 예순일곱 번뿐이었다.

「뉴스가 많네. 남부에서는 끔찍한 토네이도가 있었군. 엄청난 불운이야. 이건 정말 놀랍군! 이 친구들에게는 종말의 시작이나 다름없겠어. 뉴욕 의회가 사회주의자를 불법화하는 법률을 통과시켰어. 뉴욕에서는 엘리베이터 기사의 파업이 벌어졌고 많은 대학생들이 노동자 편을 들었군. 정말 웃겨! 그리고 버밍햄에서 벌어진 대규모 집회는 선동가 믹과 데벌레라[12]라는 친구를 국외로 추방하라고 요구했어. 암, 마땅한 요구지! 이 선동가들은 독일 돈을 받아먹은 놈들이야. 이건 내정 간섭이라고. 우리 미국이 아일랜드나 다른 국가의 정부에 간섭할 권리가 없듯이, 그놈들도 우리 일에 간섭하면 안 되지. 그런 놈들은 철저히 추방시켜야 해. 그리고 러시아에서 믿을 만한 루머가 나왔네. 레닌이 이미 죽었다는 거야. 그거 잘됐군. 왜 우리는 러시아로 쳐들어가서 저 볼셰비키 놈들을 싹 청소하지 않는지 모르겠어.」

「그렇군요.」 배빗 부인이 말했다.

「그리고 어떤 친구가 직업복을 입고 시장 취임을 했구먼. 게

---

12 Éamon de Valera(1882~1975). 미국 태생의 아일랜드 정치가. 반영(反英) 독립 운동에 참가했다.

다가 이 친구는 목사래. 이 일에 대해서 어떻게 생각해?」

「어머나!」

그 역시 어떤 입장을 취해야 할지 생각해 보았다. 하지만 공화당원에다 장로교 신자이고 엘크 보호 협회 회원이며 부동산 중개업자인 그는 목사 출신의 시장에 대해서 그 어떤 입장도 취할 수 없었다. 그래서 헛기침을 한 번 하고서 다른 기사로 넘어갔다. 배빗 부인은 동정적인 표정을 짓고 있었으나 남편의 말을 단 한 마디도 이해하지 못했다. 나중에 그녀는 그런 기사들 말고 헤드라인과 사회면과 백화점 광고 등을 살펴볼 터였다.

「여보, 이건 어떻게 생각해? 찰스 맥켈비가 여전히 사교 활동을 많이 벌이고 있군. 여기 어떤 여기자가 지난밤 행사에 대해서 아주 감상적으로 적어 놓았구먼.」

지난밤 찰스 L. 맥켈비 부부의 유명한 저택에서 벌어진 파티에 참석한 사람들은 사교계의 진면목을 유감없이 맛보았을 것이다. 파티가 진행된 곳은 맥켈비 저택의 넓은 잔디 마당으로, 로열 리지에서도 손꼽히는 명소이다. 장엄한 석벽과 아름다운 장식을 자랑하는 다소 점잖은 방들에도 불구하고 야회의 분위기는 명랑하고 가정적이었다. 부부는 맥켈비 부인의 저명한 손님인 워싱턴의 미스 J. 스니스에게 경의를 표하는 의미로 집을 개방하고 무도회를 마련했다. 넓은 홀은 공간이 충분하여 무도장으로 조금도 손색이 없었으며, 홀의 무늬목 바닥은 그 반들거리는 표면에서 벌어진 아름다운 행렬을 있는 그대로 반사했다. 또한 사람들과 일대일로 대면하여 솔직한 대화를 나누는 기회에 비하면 무도회의 즐거움은 아무것도 아니었다. 참석자들은 귀족풍 벽난로 앞 서재에서, 혹은 편안한 안락의자와 반투명 램프가 놓인 응접실에서 여유로운 영혼의 대화를 마음껏 나누었다. 그런 멋진 분위기 덕분에 참석자들은 사소한 이야기를 나지막하게 속삭이며 일대일 대화의 즐거움을 만끽할 수 있었다. 또한 당구실에 들어간 사람들은 당구봉를 들고서 큐피드나 테르프시코레[13]의 놀이 대신 당구 게임에서 그들의 용맹스러움을 보여 주었다.

그 외에도 「애드버킷 타임스」의 사회면 편집자인 미스 엘노라 펄 베이츠의 세련되고 도시적인 저널리즘 스타일이 유감없이 발휘된 기사들이 많이 있었다. 하지만 배빗은 그런 기사들을 좋게 받아 줄 수 없었다. 그는 툴툴거리면서 신문을 말아 쥐었다. 그는 항의했다. 「웃기는 얘기로군. 찰리 맥켈비에게 좋은 점이 많이 있다는 건 기꺼이 인정하겠어. 같이 대학에 다닐 때 그는 우리 못지않게 생활이 어려웠어. 하지만 관급 공사를 따내면서 백만장자가 되었지. 그는 다른 사람들보다 더 부정직하지도 않고, 필요 이상으로 시 의원들을 매수한 적도 없어. 그의 집이 훌륭한 것도 인정해. 하지만 〈장엄한 석벽〉이라는 말은 좀 심한데. 그 집은 건축비 9만 달러의 가치가 전혀 나오지 않아. 찰리 맥켈비와 함께 술 마시는 친구들이 마치 철도왕 밴더빌트 급 재벌이나 되는 것처럼 써놓은 것도 정말 역겹군.」

배빗 부인은 다소 수줍은 목소리로 말했다. 「하지만 그 집 내부를 한번 보고 싶긴 해요. 아주 예쁠 거예요. 난 안에는 들어가 보지 못했거든요.」

「난 가봤어. 여러 번. 아니 두 번. 저녁에 사업 건으로 차즈를 만나러 갔었지. 뭐 별거 아니야. 난 그 집에서 저런 사기꾼들과 저녁 식사를 하고 싶지 않아. 가지고 있는 돈을 옷 치장에 쓰면서도 이렇다 할 내의 한 장 없는 자들보다는 내가 훨씬 더 돈을 많이 벌지. 여보, 이건 어떻게 생각해?」

배빗 부인은 「애드버킷 타임스」이 부동산·건물 면에 나오. 그 기사에는 별 관심이 없었다.

---

13 큐피드는 사랑의 신이며, 테르프시코레는 노래와 춤의 여신이다.

애슈타뷸라 거리, 496번지 주택 — J. K. 도슨에게서 토머스 멀랠리에게로. 4월 17일. 15.7×112.2, 모기지 4천 달러.

주인백

그날 아침 배빗은 너무 울적하여 기계 특허, 모기지 기록부, 관급 공사 계약 등의 항목은 읽어 주지 못했다. 그는 의자에서 일어나면서 아내를 쳐다보았다. 그의 눈썹은 평소보다 더 성글어 보였다. 그는 불쑥 말했다.

「그래, 맥켈비 부부처럼 사교 활동을 벌이지 않는다는 건 창피한 일이지. 언제 저녁 식사에 맥켈비 부부를 초청합시다. 아무튼 그들을 생각하면서 귀중한 시간을 허비하지는 말자고. 그런 부자 녀석들보다 우리 보통 사람들이 인생을 더 즐겁게 살고 있어. 당신 같은 인간적인 가정주부와 노이로제 환자처럼 생긴 루실 맥켈비를 한번 비교해 보라고. 그 여자는 화려한 옷차림에 고상한 얘기를 늘어놓겠지만, 실은 당신이 더 훌륭한 주부야.」

그는 그런 부드러운 말을 곧이어 불평으로 감추려 했다. 「팅카에게 유해 식품인 땅콩 캐러멜을 다 먹지 못하게 해. 그러다가 애 소화기를 망쳐 놓고 말겠어. 아까도 말했지만, 사람들은 소화가 잘되고 규칙적인 습관을 가지는 게 얼마나 중요한지 잘 모른다고. 이제 정상으로 돌아가야 할 때야.」

그는 아내에게 키스했다. 하지만 그건 키스가 아니었다. 움직이지 않는 입술로 붉어지지 않는 뺨을 가볍게 누른 것이었다. 그는 서둘러 차고로 나가면서 속으로 투덜거렸다. 〈아, 집안 꼴 하고는! 마이러는 백만장자 일행과 교류하지 않는다고 나한테 심통을 내겠지. 젠장, 가끔 이런 게임 따위 몽땅 때려치우고 싶은 심정이야. 사무실의 걱정거리와 소소한 일들도 신통치 않기는 마찬가지지. 난 점점 더 까다로운 사람이 되어 가고 있군. 그러고 싶지는 않은데 말이야. 하지만 너무 피곤하다고!〉

제3장

1

 대부분의 잘나가는 제니스 시민들과 마찬가지로, 조지 F. 배빗에게도 자동차는 시(詩)이면서 비극이고, 사랑이면서 영웅적 행동이었다. 사무실이 그의 해적선이라면, 자동차는 위험천만한 육상 여행이었다.
 하루의 오만 가지 위기들 가운데 자동차 시동을 거는 것처럼 드라마틱한 위기도 없다. 추운 날 아침에 시동은 천천히 걸린다. 시동 장치는 오랫동안 천천히 저음을 내면서 운전자의 애간장을 태운다. 때때로 배빗은 실린더 마개의 구멍으로 에테르를 한 방울 한 방울 떨어뜨린다. 그것은 너무나 흥미로운 일이고, 그래서 그는 점심시간에 그 떨어지는 방울 수를 세어 보면서 한 방울 가격은 얼마나 할까 소리 내어 계산해 보기도 했다.
 그날 아침 그는 우울한 기분으로 분명 엔진이 말썽을 일으킬 것이라고 예상했다. 그래서 엔진으로 연료가 흘러 들어가 아주 산뜻하고 강력하게 시동이 길리자 약간 모욕을 당한 기분이었다. 심지어 차는 차고의 문설주를 스치지도 않았다. 차를 후진해 차고에서 빼내는 과정에서 자동차 범퍼에 하도 쓸린 탓에 문설주는 너덜너덜해져 있었던 것이다. 그는 그처럼 가볍게 빠져나온 것에 잠시 당황했다. 그래서 이웃인 샘 도펠브로에게 필요 이상으로 다정하게 〈좋은 아침!〉하고 소리쳤다.

초록색과 하얀색이 섞인 배빗의 더치 콜로니얼풍 주택은 채텀 로드에 들어선 세 채의 주택들 가운데 하나였다. 배빗의 왼쪽 집이 새뮤얼 도펠브로의 집이었다. 그는 화장실 설비 용품을 판매하는 회사의 부장으로 근무하고 있다. 도펠브로의 집은 건축적 장식이 전혀 없는 안락한 집이었는데, 커다란 박스형의 땅딸막한 목조 가옥으로 현관이 넓었으며 외관은 달걀 노른자처럼 반들거리는 노란색을 칠했다. 배빗은 도펠브로 부부를 〈보헤미안〉이라고 부르면서 못마땅하게 여겼다. 한밤중에 그들의 집에서는 음악 소리와 음란한 웃음소리가 흘러나왔다. 그들이 몰래 수입한 위스키를 마시고 자동차를 광적으로 빠르게 몰고 다닌다는 소문이 이웃들 사이에 퍼져 있었다. 배빗은 그들 부부를 화제에 올리고 저녁 한때를 보내는 경우가 많았고, 얘기 끝에는 단호한 목소리로 말하곤 했다. 「난 인색한 사람은 아니야. 남자라면 가끔 술잔치를 벌이는 것도 괜찮은 일이지. 하지만 도펠브로 부부처럼 끊임없이 파티를 벌이면서도 법망을 용케 피해 나가려 하는 것, 그건 내 성미에 맞지 않아!」

배빗 집의 오른쪽에는 철학 박사인 하워드 리틀필드의 집이 있었다. 그 집은 아주 현대적인 집이었다. 1층은 검붉은 벽돌에 납 테두리 유리를 댄 퇴[14]로 장식했고 2층은 진흙을 뿌린 듯한 연한 치장 벽토로 되어 있었으며 지붕은 붉은색 타일로 마감했다. 리틀필드는 인근의 석학이었다. 어린아이, 요리, 자동차를 빼고는 이 세상의 모든 지식을 섭렵한 권위자였다. 그는 블로젯 대학에서 문학사 학위를 받았고 예일 대학에서 경제학으로 철학 박사 학위를 받았다. 그는 제니스 전차 회사의 고용 담당 부장 겸 홍보 고문으로, 10시간 전에만 연락을 하면 시 의원 모임이나

---

14 벽에서 불쑥 튀어나온 창.

주 의회에 나와 각종 통계 수치와 폴란드와 뉴질랜드의 사례를 들면서 전차 회사가 일반 대중을 사랑하고 피고용자들을 끔찍이 돌본다는 것을 증명해 보일 수 있다. 회사의 주주가 대부분 과부와 고아들이며, 전차 회사가 하는 일이 임대 가치를 높여서 건물주에게 이득을 줄 뿐만 아니라 임차료를 낮추어서 가난한 사람들을 도와주게 된다는 것도 증명해 보일 수 있다. 그의 친구들은 사라고사 전투가 벌어진 날짜, 독일 마르크화(貨)의 전망, 라틴어 *hinc illae lacrimae*(이것은 저 눈물의 원인)의 번역, 콜타르의 생산량 등을 알고 싶으면 리틀필드에게 물어본다. 정부 백서의 수치와 주석을 읽느라, 또는 화학이나 고고학이나 어류학의 최신간을 훑어보느라(저자들의 오류에 미소를 지어 가며) 한밤중까지 자지 않는 때가 많다는 박사의 얘기를 듣고서 배빗은 그에게 존경심을 품게 되었다.

하지만 리틀필드의 위대한 가치는 손수 정신적 모범을 보인다는 데 있었다. 엄청난 학식의 소유자인 동시에, 조지 F. 배빗 못지않게 확고한 장로교 신자이며 역시 확고한 공화당 지지자인 그는 사업가들의 신념을 더욱 굳건하게 다져 주었다. 사업가들은 자신들이 본능적으로 믿는 산업과 그 방식의 체계가 완벽하다는 것을 알고 있다. 하지만 리틀필드 박사는 역사, 경제, 개과천선한 급진주의자의 고백 등으로부터 그 사실을 사업가들에게 증명해 주었다.

배빗은 이런 멋진 학자의 이웃으로 산다는 것이 아주 자랑스러웠다. 그 때문에 테드가 박사의 딸 유니스 리틀필드와 친하게 지내는 것도 좋게 보았다. 열여섯 살인 유니스는 영화배우들의 나이와 봉급을 제외하고는 통계 수치에 전혀 관심이 없었다. 하지만 배빗이 난성석으로 말했듯이, 〈그녀는 세 아버지의 딸이있다〉.

샘 노벨브로저럼 가벼운 사람과 리들필느처럼 신정한 인격사의 차이는 그들의 외모에서 드러났다. 도펠브로는 마흔여덟 살의 남자치고는 기분 나쁠 정도로 젊어 보였다. 늘 중산모를 뒤통

수에 달고 다녔고 붉은 얼굴에는 무의미한 웃음이 넘실거렸다. 하지만 리틀필드는 마흔둘의 남자치고는 나이 들어 보였다. 그는 키가 크고 옆으로 퍼진 단단한 몸매의 소유자이다. 금테 안경은 기다란 얼굴의 주름 속에 함몰되어 있고 머리카락은 기름을 바른 듯한 검은빛으로 숱이 많다. 말을 할 때에는 숨을 내쉬며 덜거덕거리는 소리로 시끄럽게 말했다. 그의 파이 베타 카파 열쇠는 얼룩 묻은 검은 조끼 위에서 빛났다. 그에게서는 오래된 파이프 냄새가 났다. 그 근엄한 모습은 꼭 부주교 같은 인상을 풍겼다. 부동산 중개업을 하고 화장실 설비 용품을 판매하는 이웃들에게 그는 성스러움의 후광을 던져 주었다.

그날 아침 박사는 자기 집 앞에 나와서 보도의 연석과 시멘트 보도 사이에 있는 잔디 주차장을 살펴보고 있었다. 배빗은 차를 멈추고 고개를 내밀어 〈안녕하십니까!〉 하고 소리쳤다. 리틀필드는 앞으로 나오더니 허리를 숙이고 자동차의 발판에 한 발을 올려놓은 채 멈췄다.

「좋은 아침입니다.」 배빗이 그날의 두 번째 시가를 너무 이르게 꺼내 들며 말했다.

「그래요, 정말 좋은 날씨군요.」 리틀필드가 대답했다.

「봄이 아주 빨리 오고 있어요.」

「그래요, 이젠 봄이지요.」 리틀필드가 말했다.

「하지만 밤에는 때때로 추워요. 간밤엔 침실에서 담요를 두 장 덮어야 했어요.」

「그래요, 어젯밤에는 그리 따뜻하지 않더군요.」 리틀필드가 말했다.

「하지만 앞으로 진짜 추위는 없을 거라고 봅니다.」

「없을 겁니다. 하지만 어제 몬태나 주 티플리스에는 눈이 내렸다는군요.」 박사가 말했다. 「사흘 전 서부에서 눈보라가 몰아쳤다는 것을 기억하시지요? 콜로라도 주의 그릴리에는 눈이 75센티미터나 쌓였답니다. 2년 전 4월 25일에는 여기 제니스 시에도 눈보라가 몰아쳤었지요.」

「아, 그랬었지요. 박사님, 공화당 후보에 대해 어떻게 생각하십니까? 누굴 대통령 후보로 지명할까요? 이젠 우리가 진정한 실무 행정가를 뽑아야 할 때라고 생각하지 않으십니까?」

「내가 볼 때 이 나라에서 절실한 일은 국정을 건전하고 효율적으로 운영하는 겁니다. 그러니 실무 행정가야말로 정말로 필요하지요!」리틀필드가 말했다.

「박사님이 그렇게 말씀하는 것을 들으니 속이 다 시원합니다. 박사님은 대학과 기타 기관들과 관련이 많으니까, 이 문제를 어떻게 생각하는지 잘 몰랐거든요. 이 시점에서 우리 나라가 필요로 하는 것은 대학 총장도 아니고 외교 업무에서 장난질하는 사람도 아닙니다. 선량하고 건전하고 경제적이고 실무적인 행정가죠. 그러면 우리는 현재의 국면을 전환시킬 수 있을 겁니다.」

「그렇습니다. 중국 같은 나라에서도 학교 선생들이 실무자들에게 자리를 내주고 있는데, 그런 사실은 널리 알려지지 않고 있습니다. 이런 현상이 무엇을 의미하는지 배빗 씨는 잘 아시겠지요.」

「아, 그렇군요.」이렇게 대꾸하는 배빗은 마음이 한결 평온해지면서 이 세상이 돌아가는 방식에 대해 좋은 기분을 느끼게 되었다.「잠시 멈춰 서서 박사님과 이야기를 나누길 잘했습니다. 정말 유익했어요. 이제 사무실로 출근해서 몇몇 손님들을 응대해야겠습니다. 자, 그럼 박사님, 오늘 저녁에 만날 때까지 안녕.」

2

건실한 시민들은 열심히 일했다. 빛나는 지붕과 벗신 잔디 마당의 플로럴 하이츠가 들어선 언덕은 20년 전만 해도 황량한 곳이었고 느릅나무, 참나무, 단풍나무의 재생림이 조성되어 있었다. 반듯한 거리들에는 여전히 나무들이 울창한 공지들과 옛날 과수원의 흔적이 남아 있다. 오늘날 이 언덕은 빛을 발하고 있다. 사과나무 가지에는 초록의 횃불 같은 신선한 잎사귀들이 매달려 있고, 하얗게 피어난 벚꽃의 첫 망울들은 골짜기 아래로 가볍게 흔들렸으며 울새들은 요란하게 울어 댔다.

배빗은 흙냄새를 맡았고, 고양이나 우스운 영화를 보고서 웃음을 터뜨리듯이 신경질적으로 울어 대는 울새들을 향해서도 웃음을 터뜨렸다. 겉보기에도 그는 완벽한 사장이었다. 부드러운 갈색 모자에 무테 안경을 쓰고 커다란 시가를 피워 문 채 좋은 자동차를 타고서 교외의 한적한 도로를 달려가는, 영양 상태 좋은 남자였다. 하지만 그의 내부에는 이웃, 도시, 가족을 끔찍이 생각하는 진정한 사랑이 깃들어 있었다. 이제 겨울은 끝났다. 집을 짓고 뚜렷한 성장을 해야 할 때가 왔고, 그건 배빗에게 영광스러운 일이었다. 그는 새벽녘에 느꼈던 우울함을 털어 버렸다. 스미스 거리로 나와 세탁소에 갈색 바지를 맡기고 이어 자동차에 기름을 넣으면서 그는 기분이 아주 좋아졌다.

친근한 일상의 의식이 그의 기분을 유쾌하게 한 것이다. 붉은색으로 칠한 키 높은 금속 급유대(給油臺), 타일과 테라 코타로 지은 카센터, 반짝거리는 케이스와 사기 외피로 덮인 점화 플러그와 금색 혹은 은색 타이어 체인 등이 진열되어 있는 유리창 등 주유소의 친숙한 풍경이 그의 기분을 진정시켰다. 지저분한 정비복 차림이었지만 가장 숙련된 기계공인 실베스터 문이 직접 나와 서비스를 해주자, 배빗의 기분은 더 좋아졌다. 「배빗 사장님, 안녕하십니까.」 문이 말했다. 바쁜 차량 정비공마저 자신의 이름을 기억하는 걸 본 배빗은 스스로 사회적 거물이라는 느낌이 들었다. 적어도 싸구려 자동차를 타고 다니는 별 볼 일 없는 자는 아닌 것이었다. 그는 갤런 수치가 올라갈 때마다 자동적으로 숫자가 바뀌는 급유대의 교묘한 다이얼에 경탄했다. 주유소의 재치 있는 안내문도 마음에 들었다. 〈적당한 때에 주유를 해

두시면 차가 멈춰 서지 않습니다. 오늘 가솔린 1갤런에 31센트.〉 연료통으로 술술 흘러 들어가는 가솔린의 리드미컬한 소리도 아름답게 들렸고, 급유기 손잡이를 기계적으로 일정하게 다루는 문의 솜씨에도 감탄했다.

「오늘은 얼마나 넣어 드릴까요?」 문이 공손한 어조로 물었다. 그는 훌륭한 자영업자의 독립성, 단골손님에 대한 다정함, 조지 F. 배빗 같은 지역 유지에 대한 존경심을 두루 갖춘 태도를 보였다.

「가득 채워 주게.」

「배빗 사장님, 공화당 후보로는 누굴 지지하십니까?」

「그걸 예측하기에는 시기적으로 너무 일러. 아직 한 달 하고도 두 주가 남아 있으니까. 아니 거의 세 주로군. 아무튼 공화당 전당 대회가 열리기까지 여섯 주 이상이 남아 있어. 열린 마음을 가지고 후보들을 꼼꼼히 살펴본 다음에 조심스럽게 결정해야 되겠지.」

「맞는 말씀입니다, 배빗 사장님.」

「하지만 자네한테 이거 하나는 말해 줄 수 있네. 이 문제에 대한 나의 입장은 4년 전이나 그 전인 8년 전이나 똑같아. 4년 후에도 이 입장은 변하지 않을 거야. 그래, 앞으로 8년 후에도 여전하겠지. 내가 만나는 사람들마다 해주는 얘기는 한결같아. 사태를 너무 막연하게 생각하지 말았으면 해. 우리가 필요로 하는 것은 첫째도 둘째도 셋째도, 선량하고 건전한 실무 행정가야.」

「그래요, 정말 맞는 말씀입니다.」

「앞 타이어 상태는 어때?」

「좋습니다. 모두가 사장님처럼 차를 잘 돌본다면 카센터는 파리 날릴 겁니다.」

「내가 차를 잘 관리하려고 애를 쓰기는 하지.」 배빗은 기름 값을 지불하고 부드럽게 말했다. 「잔돈은 넣어 두게.」 그는 자신이 거물이라는 느낌을 다시 한 번 확인하고 주유소를 나왔다. 그리고 전차를 기다리는 선량한 시민을 보고서 착한 사마리아인답게 크게 소리쳤다. 「태워 드릴까요?」 남자가 차에 올라타자 배빗이 친절한 어조로 말했다. 「시내로 나가시나 보죠? 나는 전차를 기다리는 사람을 보면 반드시 내 차에 태워 줍니다. 물론 그 사람이 불량해 보일 땐 예외지만요.」

「선생님처럼 자기 자동차를 관대하게 남들과 나누는 사람이 좀 더 많았으면 좋겠습니다.」 선행의 희생자가 의무감에서 한마디 했다. 「아, 이건 관대함의 문제가 아닙니다. 지난밤에 아들놈한테도 말했습니다만, 이 세상의 좋은 것을 이웃과 함께 나눠 쓰는 것은 시민의 의무죠. 어떤 사람들은 동네방네 돌아다니면서 자신이 자비롭다고 떠들어 대는데, 그런 사람들을 보면 나는 짜증이 납니다.」

희생자는 적절한 대답을 찾지 못한 듯했다. 배빗은 말을 계속했다.

「전차 회사의 노선 배정엔 문제가 좀 있어요. 포틀랜드 노선은 7분마다 한 대씩인데 그건 말이 안 되죠. 겨울 아침에 거리에서 전차를 기다리다 보면 매서운 바람이 발목 사이로 슬슬 불어와 정말 견디기 어렵잖아요.」

「맞습니다. 전차 회사는 고객에 대해서는 전혀 신경 쓰지 않죠. 그들에게 뭔가 조치를 취해야 돼요.」

배빗은 깜짝 놀랐다. 「하지만 전차 회사를 비난만 하고 그들의 어려움을 외면해서는 안 됩니다. 전차 회사를 시유(市有) 재산으로 해야 한다고 주장하는 괴짜들도 있더군요. 또 전차 회사 노동자들이 회사에게 내놓으라고 요구하는 높은 임금은 거의 범죄 수준입니다. 그렇게 되면 그 부담은 7센트의 승차료를 부담하는 당신이나 나한테 고스란히 돌아오겠지요. 이런 사정을 감안하면 전 노선의 서비스는 그런대로 괜찮은 편입니다.」

「글쎄 ─」 상대방이 혼란스러운 목소리로 말했다.

「아주 좋은 아침입니다.」 배빗이 화제를 바꾸었다. 「봄이 빠르게 다가오고 있어요.」

「그래요, 이제는 정말 봄입니다.」

차에 탄 사람은 개성도 재치도 없는 사람이었다. 배빗은 침묵 속으로 빠져들다가 저 앞 모퉁이까지 전차보다 더 빨리 달리는 게임에 몰두했다. 일단 가속을 하고 전차의 후미에 따라붙다가 그다음에는 전차의 넓은 노란색 측면과 거리에 주차되어 있는 차량들 사이를 재빨리 달려가고 이어 전차가 멈추면 앞지르는 것이다. 그것은 아주 진귀한 게임이면서 사나이다운 놀이였다.

그러는 내내 배빗은 제니스 시의 아름다움을 의식했다. 지난 여러 주 동안 그는 까다로운 고객들과 경쟁 업체의 짜증 나는 〈임대〉 간판만을 보아 왔다. 오늘, 그는 기이한 불안감을 맛보았고 똑같은 강도의 분노와 환희를 번갈아 체험했다. 그러다가 아름다운 봄빛 속에서 고개를 쳐들어 도시의 아름다움을 목격한 것이다.

그는 사무실까지 가는 낯익은 출근길 동안 각 구역의 아름다움을 찬탄했다. 플로럴 하이츠의 방갈로, 관목 숲, 구불구불한 차로, 통유리와 노란 벽돌로 단장한 스미스 거리의 단층 가게들. 야채 가게, 세탁소, 약국 등은 이스트사이드 가정주부들의 일상적 수요를 충족시켜 주고 있다. 더치 할로의 과일 시장, 함석을 두른 판잣집과 훔쳐 온 문을 단 가게들. 영화 프로그램과 파이프 담배와 탤컴파우더[15]를 광고하는, 신장 2미터 70센티미터의 진홍색 여신이 그려진 입간판. 남동쪽 9번가의 오래된 〈맨션〉들은 더러운 리넨 옷을 입은 늙은 한량을 연상시켰다. 그 목조 성관은 진흙이 덕지덕지한 보도에 황량한 산울타리를 두른 하숙집으로 개조되었다. 인근에는 카센터, 싸구려 집들, 과일 가게들이 빠르게 들어서고 있는데, 과일 가게는 온유하면서도 영악한 아테네인들이 운영했다. 철로 맞은편에는 높은 굴뚝과 옥산에

---

15 *talcum powder*. 활석 가루에 붕산, 향료 따위를 섞어 만든 화장용 분. 주로 땀띠약으로 쓴다.

물탱크를 설치한 공장들이 도열해 있었다. 연유, 종이 박스, 조명 기구, 자동차 등을 생산하는 공장들이었다. 이어 비즈니스 센터가 나왔다. 그 인근에는 차량의 흐름이 많았고 만원 전차에서 많은 사람들이 내렸으며 대리석과 화강암으로 장식된 건물들의 출입구는 아주 높아 보였다.

그것은 거대했다. 배빗은 산, 보석, 근육, 부(富), 말 등 무엇이 되었든 간에 큰 것이면 존경했다. 봄에 도취된 그 순간 그는 서정시인이 되었고, 제니스를 무조건적으로 사랑하는 사람이 되었다. 그는 도시 외곽에 자리 잡고 있는 공장들을 생각했다. 기이할 정도로 강둑이 침식된 찰루사 강, 과수원이 많이 들어선 북쪽의 토너원더 구릉 지대, 목축지와 거대한 헛간과 유유히 노니는 가축 떼 등을 생각했다. 그는 승객을 차에서 내려 주며 소리쳤다. 「야, 오늘 아침, 정말 기분 좋은데!」

3

사무실로 들어서기 전에 주차하는 일 역시 시동을 거는 것 못지않게 극적인 사건이었다. 그는 오벌린 가(街)에서 좌회전하여 북동쪽 3번가로 들어서면서 전방 주차장의 한 공간이 비어 있는 것을 발견했다. 하지만 다른 운전자가 먼저 차를 집어넣었다. 마침 그보다 더 앞쪽에서 차 한 대가 막 빠져나가는 것을 발견한 터라 배빗은 그곳으로 천천히 접근했다. 그는 창밖으로 손을 내밀어 뒤에서 다가오는 차량들을 멈추어 세우고 이어 길을 건너는 노파에게 어서 건너가라고 손짓한 다음 반대편에서 오는 트럭을 먼저 보냈다. 그러고는 바퀴를 앞 차의 매끈한 쇠 범퍼에 닿을 듯 바짝 붙였고, 그다음 운전대를 오른쪽으로 완전히 꺾어 차를 후진시키면서 약 50센티미터의 여유를 두고 주차했다. 아주 멋지게 수행된 남성적 모험이었다. 그는 만족감을 느끼며 앞

바퀴에 도난 방지 쐐기를 걸고, 길을 건너 리브스 빌딩 1층에 있는 부동산 중개 사무실로 향했다.

리브스 빌딩은 암석처럼 내화성을 지녔으며 타자기처럼 효율적인 건물이었다. 노란 벽돌로 지은 14층 건물로, 깨끗하고 단정하고 장식 없는 선을 자랑한다. 이곳에는 변호사와 의사의 사무실, 기계류 대리점, 금강사 바퀴 대리점, 울타리용 와이어 대리점, 광산용 물품 대리점 등이 입주해 있다. 그 황금빛 간판들이 유리창 위에서 번쩍거렸다. 건물 출입구는 기둥이 없는 아주 현대적인 형태였다. 출입구는 조용하고 세련되었으면서도 단정하다. 3번가에는 웨스턴유니언 전신국, 블루 델프트 과자점, 쇼트웰 문구점 그리고 배빗-톰슨 부동산 사무소가 면해 있다.

배빗은 고객들처럼 거리 쪽에서 사무실로 들어갈 수 있었지만 건물의 복도를 통하여 뒷문으로 들어가는 것이 더 입주민답다고 생각했다. 그렇게 하면 다른 입주민들의 인사를 받을 수 있다.

리브스 빌딩 복도에서 근무하는 이름 없는 하찮은 사람들 — 엘리베이터 운행인, 기계 담당자, 엔지니어, 감독, 신문 및 담배 가게를 운영하는 수상해 보이는 절름발이 남자 등 — 은 결코 도시의 주민이 아니었다. 그들은 비좁은 골짜기에 사는 촌사람들로 오로지 리브스 빌딩, 혹은 자신과 같은 부류의 사람들에게만 관심이 있다. 그들의 주요 활동지는 바닥에 돌이 깔리고 천장을 대리석으로 장식한 현관홀과 가게 안쪽의 창문들이다. 거리에 면한 가게들 가운데 가장 흥미로운 곳은 리브스 건물 이발소인데 이 가게는 배빗에게 다소 난처한 곳이라고 할 수 있다. 그는 손리 호텔에 있는 화려한 폼페이언 이발소를 애용하기 때문에 리브스 이발소를 지나칠 때마다 — 하루에 열 번 혹은 1백 번일 수도 있다 — 자신의 마을을 배신하는 느낌이 들었다.

그 건물의 귀족들 가운데 하나인 그는 입주민들의 공손한 인사를 받으면서 부동산 사무실로 들어갔다. 들어가기 전까지만 해도 그에게는 평화와 위엄이 있었고 아침의 우울함은 완전히 사라진 상태였다.

하지만 사무실에 들어서는 즉시 우울증이 다시 나타났다.

외부 영업 사원인 스탠리 그라프는 통화 중이었는데 고객을 옭아매는 단호한 태도라고는 전혀 없이 나른한 목소리로 말하고 있었다. 「고객님께 딱 맞는 집을 찾아낸 것 같습니다. 린턴에 있는 퍼시벌 하우스라고……. 아, 보셨다고요? 그래, 인상이 어땠나요? ……예? ……글쎄요.」 우유부단한 대응. 「아, 알겠습니다.」

배빗은 사무실 뒤쪽에 있는 자신의 자리로 갔다. 참나무와 젖빛 유리로 절반쯤 칸막이를 친 개인 공간이었다. 의자에 앉으면서 그는 자신처럼 철저하게 세일즈에 매달리는 직원이 왜 이리 없을까 생각했다.

배빗의 파트너이자 장인인 헨리 톰슨(사무실에는 거의 출근하지 않는다)을 제외하고 직원은 모두 아홉 명이었다. 외부 영업 사원인 스탠리 그라프는 담배와 당구를 좋아하는 젊은이였다. 총부 담당인 늙은 매트 페니먼은 임대료를 수금하고 보험을 판매한다. 그는 상심한 사람처럼 말이 없고 머리가 반백이다. 한때 뉴욕 브루클린에서 자기 소유의 부동산 회사를 경영했다는, 좀 신비스러운 구석이 있는 〈괴짜〉이다. 글렌 오리올 주택 단지에 상주하는 내부 영업 사원 체스터 커비 레일록은 거느린 식구가 많은 열성적인 남자로, 부드러운 콧수염을 길렀다. 미스 데레사 맥건은 행동이 민첩하고 얼굴이 꽤 예쁘게 생긴 속기사이고, 미스 윌버타 배니건은 뚱뚱하고 동작이 느리며 굼뜨게 일하는 회계 겸 서류 담당이다. 이들 말고도 네 명의 프리랜서 수당제 영업 사원이 있다.

배빗은 자기 자리에 앉아서 밖을 내다보며 한숨을 내쉬었다. 〈맥건은 일 잘하는 속기사야. 똑똑하기도 하고. 하지만 스탠 그라프와 기타 친구들은 죄다 ─〉 봄날 아침의 좋은 기분은 답답한 사무실 분위기 때문에 망쳐 버렸다.

평소 그는 자신의 사무실을 대단하게 여겼다. 이런 사랑스러운 곳을 자신이 창조했다고 생각하면 은근한 자부심마저 느껴졌다. 늘 새 사무실의 깨끗함과 부산하고 바쁜 분위기에 자극을 받았다. 하지만 오늘은 아주 단조롭게 보였다. 화장실을 연상시키는 타일 깔린 바닥, 황토색의 금속 천장, 벽토를 바른 벽 위에 걸려 있는 색 바랜 지도들, 광택제를 바른 참나무 의자, 올리브색 철제 책상과 파일 캐비닛. 이런 사무기기들이 놓여 있는 이 사무실은 음침한 방, 혹은 쇠로 만든 예배당이었고 한가함과 웃음소리는 죄악시되는 곳이었다.

그는 새로 구입한 냉수기마저 못마땅했다! 그것은 최신식에다 과학적이고 아주 그럴듯한 냉수기였다. 상당히 많은 돈을 들여 구입한 것이다(그런 지출 자체가 하나의 미덕이었다). 그 기계는 열을 전도하지 않는 섬유로 된 얼음 그릇과 사기로 만든 물 그릇(위생을 보장하는), 물방울이 새지 않고 막히지 않는 위생 수도꼭지, 두 가지 색조의 황금빛 코팅을 자랑했다. 그는 타일 깔린 바닥 너머에 있는 냉수기를 쳐다보면서 리브스 빌딩의 입주자 가운데 저보다 비싼 냉수기를 구입한 사람은 없을 거라고 확신했다. 하지만 그것을 처음 사들였을 때의 사회적 우월감을 다시 느낄 수는 없었다. 그는 혼자서 불평을 쏟아 냈다.「지금 이 순간 숲 속으로 도망쳤으면 좋겠어. 거기서 하루 종일 빈둥거렸으면 좋겠어. 오늘밤 건치의 집에 다시 들러 포커를 하면서 마음껏 욕을 하고 실컷 맥주를 마셨으면 좋겠어.」

그러고는 한숨을 내쉬었다. 그는 우편물을 다 읽고 〈미스 맥건!〉 하고 부르더니 구술을 하기 시작했다.

그는 이렇게 초안을 불러 주었다.

「미스 맥선, 오마르 그리블의 사무실로 이렇게 보내도록 해. 20일 자 당신 편지를 받았소. 우리의 대답은 이렇소. 그리블, 이렇게 우유부단하게 나가다가는 우리는 당연히 앨런 판매 건을 잃게 될 거요. 나는 엊그제 앨런을 다 준비시켰고 계약 직전까지 갔었소. 내가 당신에게 확언하거니와 — 아니야, 그 부분은 바꿔 — 내 경험으로 볼 때 그는 괜찮은 사람이고, 거래를 체결할 생각이고, 그의 재무 기록을 살펴봤는데 아주 훌륭했소 — 미스 맥건, 이 문장은 좀 혼란스러운데, 두 문장으로 나누도록 해. 거기서 마침표를 찍고 새로운 문단을 시작해.

그는 특별 평가액을 분담할 의사가 있고, 소유권 보험의 부담도 문제없을 것 같소. 그러니 제발 좀 바쁘게 움직입시다 — 아니야, 이 부분을 말이야, 〈이 문제를 적극적으로 밀어붙입시다〉로 바꿔. 아니야, 아까 그게 나은 것 같군. 타자를 할 때는 이 문장을 좀 더 부드럽게 다듬도록 해, 미스 맥건. 그리고 인사말을 넣어.」

그날 오후에, 미스 맥건은 타자된 편지를 가져왔다.

> 배빗-톰슨 부동산 회사
> 사람들을 위한 주택
> 제니스 시, 오벌린 애비뉴 & 3번가 리브스 빌딩
>
> 오마르 그리블 귀하
> 제니스 시, 노스아메리칸 빌딩 576
>
> 친애하는 그리블 씨,
> 20일 자 당신의 편지를 받았습니다. 우리가 지금처럼 우유부단하게 행동한다면 당연히 앨런 건을 잃게 될 것 같아 크게 우려됩니다. 나는 엊그제 앨런을 다 준비시켰고 계약 직전까지 갔었습니다. 내 경험으로 볼 때 그는 거래를 체결할 생각입니다. 그의 재무 기록을 살펴봤는데 아주 훌륭합니다.
>
> 그는 특별 평가액을 분담할 의사가 있고, 소유권 보험을 그에게 부담시키는 것도 아무 어려움이 없을 것 같습니다.
>
> 그러니 앞으로 나아갑시다! — 경구

그는 편지를 다시 읽고 사업가다운 정확한 필체로 서명을 하면서 생각했다. 〈아주 명확하고 훌륭한 편지야. 종소리처럼 낭랑하게 울려 퍼지는군. 마지막 문장은 집어넣으라고 하지 않았는데 미스 맥건이 알아서 넣었군. 구술한 내용을 수정하지 않았으면 좋겠는데 말이야. 아무튼 내가 이해할 수 없는 건, 왜 스탠그라프와 체트 레일록은 이런 편지를 쓰지 못하느냐는 거야. 이 편지 좀 보라지. 메시지도 분명하고 주장도 뚜렷하잖아!〉

그가 그날 아침 구술한 것 중 가장 중요한 문서는 2주에 한 번씩 쓰는 등사 편지였다. 그 편지는 등사하여 1천 명의 〈잠재 고객〉들에게 송부할 것이었다. 그것은 당대의 가장 뛰어난 편지 형식을 흉내 낸 것으로 마음에서 마음으로 전해지는 광고, 〈구매를 유도하는〉 편지, 〈의지의 개발〉을 위한 담론, 악수하는 듯한 느낌을 주는 사내보, 재계의 시인들이 만들어 내는 감동적 홍보물 등의 종합편이었다. 그는 아주 힘들게 초고를 썼고, 자신의 아름다운 시구에 심취한 시인처럼 그 문장을 낭송했다.

친구 여러분!
어떻게 하면 여러분께 혜택을 줄 수 있을지 모르겠군요. 이건 진심에서 털어놓는 말입니다. 정말입니다. 나는 여러분이 주택에 많은 관심을 기울인다는 사실을 알고 있습니다. 낡은 모자를 걸어 놓는 그런 장소가 아니라, 아내와 아이들의 사랑이 샘솟는 그런 보금자리를 원한다는 걸 말입니다. 잔디밭 너머 저어어편(미스 맥건, 〈저편〉라고 하지 말고 반드시 〈저어어편〉이라고 해야 돼)에 여러분의 차를 편리하게 주차할 수 있는 곳 말이지요. 우리가 여러분의 노고를 덜어 주기 위해 여기 자리 잡고 있다는 사실을 생각해 보셨나요? 우리는 그런 일을 하면서 생계를 만듭니다. 하지만 안타깝게도 사람들은 우리의 이런 노고에 전혀 보수를 지불하지 않지요. 자, 이 사내보를 한번 살펴보기 바랍니다.

멋지게 조각된 마호가니 책상에 앉아 여러분의 요구 사항을 알려 주는 간단한 편지를 써서 보내기만 하세요. 여러분이 원하는 것을 발견하기만 하면 우리는 즉시 좋은 정보를 들고 여러분 마당 앞으로 달려갈 것입니다. 만약 그런 정보가 없다면 절대로 여러분을 귀찮게 하지 않죠. 여러분의 시간을 절약하려면 동봉된 양식에 간단한 내용만 기재하면 됩니다. 원하신다면 플로럴 하이츠, 실버 그로브, 린턴, 벨뷰, 그리고 이스트사이드 주택 지구의 모든 부동산 정보를 송부해 드리겠습니다 ─ 경구

추신: 알짜 정보 몇 가지. 오늘 들어온 정말 값싼 물건 두 건을 소개합니다.

실버 그로브 ─ 캘리포니아식 방갈로. 방 4개, 차고, 시원한 그늘을 약속하는 나무, 훌륭한 이웃, 넓은 주차 공간. 3천7백 달러. 선도금 780달러, 차액 지불은 형편에 따라. 배빗-톰슨 부동산 조건으로 임대료보다 싼 가격.

도체스터 ─ 놀라운 물건! 예술적인 2세대 주택. 참나무 몰딩, 나무쪽 모자이크 바닥, 가스 난로용 연소관, 넓은 현관, 콜로니얼풍, 난방 가능한 전천후 차고. 초특가, 1만 1,250달러.

사무실을 돌아다니면서 법석을 떨거나 구체적인 조치를 취하는 대신 가만히 앉아서 깊이 생각해야 하는 구술이 끝나자, 배빗은 회전의자에 푹 파묻혀서 미스 맥건에게 환히 웃어 보였다. 그는 그녀를 하나의 여자로 의식했다. 새침한 뺨에 단발머리를 한 아름다운 여인. 외로움과 구분할 수 없는 열망이 그의 사지를 나른하게 했다. 그녀가 연필로 책상의 서판을 톡톡 두드리며 추가 구술을 기다리는 동안, 그는 미스 맥건을 꿈속의 아름다운 소녀와 절반쯤 동일시했다. 두 사람의 눈빛이 운명적인 무언가를 인식하면서 서로 마주치는 장면을 상상했다. 아주 조심스러우면

서도 은근하게 그녀의 입술을 손가락으로 만지는 상상을 했다. 그때 그녀가 말했다.「더 이상 구술할 게 없으신가요, 배빗 사장님?」그가 상상에서 깨어나며 툴툴거렸다.「그 정도면 된 것 같은데.」그는 시선을 다른 곳으로 돌렸다.

그런 막연한 상상이 그 이상으로 발전하는 법은 없었다. 그는 종종 이런 생각을 했다. 〈늙은 제이크 오폿이 말하길, 현명한 자는 자기 사무실이나 집에서는 연애를 하지 않는다는 거였지. 그건 골칫거리의 시작이야. 그럼, 그렇고말고. 하지만 ─〉

결혼 생활 23년 동안 그는 우아한 발목과 부드러운 어깨를 가진 여자들을 불안하게 곁눈질해 왔다. 그는 마음속으로 그런 여자들을 소중하게 여겼지만 모험을 저질러 체면을 위태롭게 하는 일은 단 한 번도 하지 않았다. 지금 스타일스 주택의 도배 공사를 다시 하는 데 드는 비용을 계산하면서, 그는 또다시 불안감이 엄습해 오는 것을 느꼈다. 특별히 불만족스러운 것도 없으면서 모든 게 못마땅했고 그런 불만족이 부끄러웠으며, 그럴수록 더욱더 아름다운 소녀를 갈망하게 되었다.

제4장

1

 예술적 창조의 아침이었다. 배빗이 아름다운 문장의 등사 편지를 구술하고 나서 15분이 지나자, 글렌 오리올의 외부 영업 사원인 체스터 커비 레일록이 사무실로 들어와 주택 한 건을 판매한 사실을 보고하면서 광고문을 제출했다. 배빗은 레일록을 못마땅하게 여겼다. 그는 교회 성가대에서 노래를 부르고 집에서 〈하트 앤드 올드 메이드〉 게임 같은 것을 하면서 즐거워하는 자이며 테너 음성과 밤색 곱슬머리, 낙타 털로 된 솔 같은 콧수염의 소유자였다. 배빗은 가정적인 남자가 〈우리 애가 그린 이 멋진 그림 좀 보세요, 아주 앙증맞은 꼬마라니까요〉라고 말하며 자랑하는 건 참아 줄 수 있었다. 하지만 레일록이 풍기는 가정적인 분위기는 소녀처럼 수다스러운 면이 있었다.

「배빗 사장님, 글렌 오리올 홍보를 위해 멋진 광고문을 준비했습니다. 이번에는 광고를 시 형태로 작성해 보면 어떨까요? 아주 흡인력이 있어요. 자, 한번 들어 보세요.」

 즐거움과 궁전 속에서
 그대는 마음껏 노닐 수 있으리라.

그대는 어린 신부를 돌보고
우리는 주택을 제공하네.

「어떻습니까? 〈홈 스위트 홈〉의 분위기가 나지 않습니까? 어떻게 생각하세요?」

「그래그래, 그 취지는 알겠어. 하지만 우리에겐 좀 더 위엄 있고 강력한 광고문이 필요해. 가령 〈우리는 인도하고 당신은 따라온다〉라거나, 〈왜 지금 당장 구입하지 않으십니까?〉 따위 말이야. 물론 효과를 얻을 수 있다면 시나 유머나 기타 수법을 활용하는 것도 좋겠지. 하지만 글렌 같은 고급 주택 단지의 경우에는 좀 더 위엄 있게 접근해야 해. 무슨 소린지 알겠지? 자, 오늘 아침은 이 정도로 해두지, 체트.」

2

예술의 세계에서는 어떤 사람의 아이디어가 다른 사람의 아이디어를 촉신해 주는 비극이 너무나 흔하게 발견된다. 이와 마찬가지로, 체트 레일록이 제시한 4월 아침의 열성적인 아이디어는 더 노련한 장인(匠人)인 조지 F. 배빗의 재능을 자극했다. 그는 스탠리 그라프에게 불평했다. 「체트의 저 느끼한 목소리가 내 신경을 아주 긁어 놓는군.」 하지만 그는 순간적으로 감흥이 떠올라서 다음과 같이 일필휘지했다.

사랑하는 사람들을 존중하십니까?

장례의 마지막 슬픈 의식이 끝난 후, 고인을 위해 최선을 다했다는 생각이 드십니까? 고인이 아름다운 묘지에서 영면하지 않는다면, 당신은 최선을 다한 게 아닙니다.

린던 레인

제니스 시 인근의 가장, 그리고 유일한 현대적인 묘지입니다. 아름답게 조성된 이 묘원은 청명한 도체스터 들판 건너편, 데이지 만발한 언덕에서 한눈에 보입니다.

단독 대리인
배빗-톰슨 부동산 사무소
리브스 빌딩

그는 의기양양했다. 〈이거면 별 볼 일 없는 와일드우드 공동묘지나 중개하는 챈 모트 녀석에게 광고문이란 무엇인지 명확하게 보여 줄 수 있을 거야!〉

3

배빗은 매트 페니먼을 등기 사무소로 보내서 다른 중개인이 〈임대〉라고 게시한 주택들의 소유주 이름을 파악하게 했다. 이어 가게 건물을 당구장으로 세놓기를 원하는 사람과 상담을 하고, 곧 만기가 돌아오는 주택 임대 리스트를 살펴보았다. 그는 부동산에서 시간제로 근무하는 전차 운전사 토머스 바이워터스를 이면 도로에서 장사하는 〈잠재 고객〉에게 보내 상담을 하게 했다. 그 사람은 스탠리 그라프의 전략적 접근을 사용할 필요가 없는 고객이었다. 하지만 뭔가 창조한다는 흥분은 사라져 버렸고, 배빗은 그런 일상적 사무 절차에 짜증을 느꼈다. 물론 담배를 끊는 새로운 방법을 발견했다는 데에서 한순간 영웅주의적 심리를 느끼기는 했다.

그는 적어도 한 달에 한 번씩 금연을 시도했고 건실한 시민답게 그 절차를 실천해 나갔다. 담배의 해악을 인정하고, 용감하게 결심하고, 그 해악을 근절하는 계획을 세우고, 담배를 피워야 하는 모든 구실을 제거하고, 만나는 모든 사람들에게 금연의 이점을 장황하게 설명했다. 그는 금연을 제외하고는 모든 것을 다 했다.

두 달 전 그는 사전 스케줄을 정하고 담배 피우는 시간 간격을 늘림으로써 하루에 시가를 석 대까지 줄이는 데 성공했다. 그런 다음에는 그만 스케줄을 잊어버리고 말았다.

일주일 전에는 사무실 바깥에 있는 잘 안 쓰는 파일 캐비닛 맨 아래 서랍에다 시가 통과 담배통을 넣어 두는 금연 촉진 시스템을 고안했다. 〈직원들 보는 데서 여기를 기웃거리며 서랍을 들추다가는 웃음거리가 될 테니, 자연히 부끄러워서라도 담배를 피우지 않게 될 거야!〉라고 그는 추론했다. 그러나 사흘이 지나자 배빗은 책상에서 일어나 파일 캐비닛으로 가서 서랍을 열고 자연스럽게 시가를 꺼내 불을 붙였다. 그는 자신이 무슨 짓을 하고 있는지 잘 의식하지 못했다.

오늘 아침, 그는 서랍을 여는 것이 너무나 쉽다는 사실을 알아차렸다. 좋아, 서랍에 자물쇠를 달아 놓는 거야! 그는 갑작스러운 영감에 의자에서 벌떡 일어나 밖으로 달려나가서는 시가 통, 담배통, 그리고 안전 성냥 통도 모두 넣어 잠가 버렸다. 그리고 자물쇠 열쇠는 책상에다 감추어 두었다. 하지만 그런 십자군과 같은 열정이 오히려 더욱 흡연의 욕망을 강하게 했다. 그는 즉시 열쇠를 꺼내서 위엄 있는 걸음걸이로 파일 서랍으로 다가가 시가와 성냥을 꺼냈다. 〈성냥을 딱 한 번만 사용하는 거야. 시가의 불이 저절로 꺼지면 그대로 놔두는 거야!〉 하지만 한참 뒤 시가의 불이 꺼지자 그는 파일 서랍에서 성냥을 하나 더 꺼냈다. 11시 30분에 위매이과 매수인이 상단을 하러 찾아오자, 그는 자연스럽게 그들에게 시가를 권했다. 그의 양심이 항의했다. 〈이봐, 배빗! 저들과 함께 담배를 피우고 있군!〉 그가 양심을 윽박질렀다. 〈닥쳐! 난 지금 바빠. 물론 그건 서서히 —〉 물론 〈서서히〉는 없다. 하지만 자신이 불결한 습관을 분쇄했다는 믿음으로 그는 아주 고상해진 듯한 기분이 들었고 아주 행복했다. 폴 리슬링에게 전화를 걸었을 때 그는 도덕적 찬란함의 극치를 맛보는 중이었고 그래서 이례적일 정도로 대화에 열성적이었다.

그는 그 자신과 딸 팅카를 제외하고 이 세상의 그 누구보다 폴 리슬링을 좋아했다. 두 사람은 주립 대학 동창이었으며 한때는 룸메이트였다. 폴 리슬링은 얼굴이 검고 몸집이 날렵했으며, 머리 가르마를 반듯하게 가르고 코안경을 썼다. 말투는 약간 어눌하고 우울한 분위기를 풍겼으며, 특히 음악을 좋아했다. 배빗은 그런 폴을 손아래 동생쯤으로 여기며 늘 격려하고 보호해 주려 했다. 폴은 대학을 졸업하고 아버지 회사에 들어가 일을 배웠다. 그는 현재 종이로 된 지붕 재료를 제작하여 도매로 판매하는 중소기업의 사장이다. 하지만 배빗은 폴이 위대한 바이올리니스트나 화가 혹은 작가로 대성했을 법한 재목이라고 믿었고 그것을 굿 펠로스 모임에서 장황하게 설명하기도 했다. 「폴이 캐나다 로키 산맥을 여행할 때 내게 보낸 편지는 정말 훌륭했어. 마치 내가 그 산맥에 서서 산속 풍경을 돌아보는 것처럼 실감 났다니까. 만약 그가 작가의 길로 들어섰다면 지금 좀 쓴다는 작가들도 진땀깨나 흘렸을 거야!」

그는 폴에게 전화를 걸었다.

「사우스 343을 좀 대주세요. 아니, 아니, 사우스라니까. 사우스 343. 이봐요, 교환원, 도대체 뭐가 문제야? 사우스 343, 안 나옵니까? 거길 한번 돌려 보세요. 응답이 있을 겁니다. 여보세요, 343? 리슬링 씨와 통화하고 싶은데요. 여긴 배빗입니다. ……아, 폴?」

「응.」

「나야, 조지.」

「응.」

「한심한 화상은 어떻게 지내시나?」

「그저 그렇지 뭐. 자네는 어때?」

「좋아, 폴. 뭐 좋은 소식 있어?」
「뭐, 별로 없어.」
「그래, 뭐하고 지내?」
「그냥 죽치고 있지 뭐. 무슨 일이야, 조지?」
「오늘 점심이나 할까?」
「좋아, 클럽에서?」
「응, 거기서 12시 30분에 만나.」
「좋아, 12시 30분. 거기서 보자고, 조지.」

4

그의 아침 일과는 칼같이 구분되는 것이 아니었다. 편지와 광고문을 작성하는 사이에 짜증 나는 세부 사항들이 잔뜩 있었다. 월세 60달러로 방 다섯 개에 화장실 딸린 집을 고집스럽게 찾고 있는 말단 직원들의 전화 공세, 월세를 내지 않는 세입자로부터 돈을 받아 내는 요령을 매트 페니먼에게 가르쳐 주는 문제 등이 그런 것이었다.

가족에게는 안락한 집을 찾아 주고 음식 유통업자에게는 좋은 가게를 알아봐 주면서 사회에 봉사하는 부동산 중개업자 배빗의 미덕은 끈질김과 근면함이었다. 그는 남들만큼은 정직했다. 사는 사람과 파는 사람의 기록을 완벽하게 보관했고, 임차권과 소유권에 대한 경험이 풍부했으며, 부동산 가격에 대해서는 탁월한 기억력을 자랑했다. 어깨는 꽤 넓고 목소리는 나지막한 저음인 데다 재미있는 유머에 대한 애정도 충분히 갖추었기에 그는 굿 펠로스의 상위층이 되기에 충분했다. 하지만 인류에 있어 그의 궁극적인 역할은 제한적이었다. 건축업자가 내놓은 여러 유형의 주택들을 제외하고, 배빗은 건축 일반에 대해 한심할 정도로 무지했다. 굽은 길, 잔디밭, 대여섯 종류의 평범한 관목을 제외하고는 정원 조경에 대해서도 아는 것이 없었다. 평범한 경제 격언을 제외하고는 경제학 일반에 대해서 역시 순진할 정도로 무지했다. 그는 부동산업의 한 가지 목적은 조지 F. 배빗에게 돈을 벌어 주는 것이라고 생각했다. 물론 부스터 클럽 오찬장이나 굿 펠로스의 연례 행사장에서, 공공 업무에 대한 사심 없는 봉사와 고객들에게 신의를 지키는 중개업자의 의무를 소리 높여 외치는 것은 좋은 일이었다. 윤리라는 것의 본질을 정의하기란 대단히 까다로운 노릇이지만, 그걸 지키는 사람은 고급 부동산 중개인이고 지키지 않는 사람은 사기꾼, 투기꾼, 야반도주꾼이 된다고 생각했다. 이러한 미덕은 고객의 믿음을 불러일으키고 좀 더 규모가 큰 계약 건수를 맡게 해준다. 하지만 윤리를 지킨다고 해서 비실용적인 행동을 할 필요는 없으며, 부르는 값을 깎지 않는 바보 같은 원매자로부터 주택 가격을 실제보다 두 배 이상 받아 내는 것을 거부해야 한다는 뜻도 아니다.

배빗은 올바른 상업적 태도에 대해서 자주 언급했다. 중개업자의 기능은 공동체의 미래 발전 방향을 예측하는 것이고, 예언적 엔지니어의 자격으로 불가피한 변화의 길을 닦아 나가는 것이다. 다시 말해, 중개업자는 도시가 어떤 방향으로 발전할 것인지 예측함으로써 돈을 벌 수 있다. 이러한 예측을 배빗은 〈비전〉이라고 불렀다.

부스터 클럽에서 행한 연설에서 그는 말했었다. 「자신이 사는 도시와 주변 환경에 대하여 모든 것을 소상히 파악하는 게 부동산 중개업자의 의무이며 특혜입니다. 외과 의사가 인체의 혈관과 세포에 대하여 전문가이고 엔지니어가 모든 형태의 전기 혹은 커다란 강 위로 아치를 그리며 휘는 거대한 다리의 연결 못에 대하여 전문가이듯이, 부동산 중개업자는 자신이 살고 있는 도시의 장단점을 구석구석 소상하게 알아야 합니다.」

그는 제니스 시 모든 구역의 부동산 시가를 구석구석 소상하게 알고 있었지만 이 도시의 경찰 병력이 충분한지 모자라는지,

혹은 경찰이 도박이나 매춘에 연루되어 있지 않은지는 알지 못했다. 건물의 화재 예방 수단이나 화재 예방과 관련한 보험 요율은 잘 알고 있었지만 도시에 소방관이 몇 명 근무하고 있는지, 또 그들이 잘 훈련되어 있고 괜찮은 봉급을 받는지, 소방 장비는 완벽한지 등에 대해서는 깜깜할 정도로 무지했다. 그는 임대 가옥 근처에 학교가 있다는 이점에 대해서는 소리 높여 칭송했지만, 학교 교실의 난방, 조명, 환기 설비 등이 훌륭한지의 여부에 대해서는 몰랐다. 사실 그는 그런 걸 알아야 할 필요가 있는지조차 의식하지 못했다. 또한 교사 선발 방식에 대해서도 알지 못했다. 그는 앵무새처럼 말하곤 했다. 「제니스의 자랑거리 중 하나는 교사들에게 충분한 봉급을 지불하고 있다는 겁니다.」 그가 이렇게 외칠 수 있는 것은 「애드버킷 타임스」에서 그런 기사를 읽었기 때문이다. 하지만 제니스는 물론이고 다른 지역 교사들의 평균 봉급이 얼마인지는 전혀 몰랐다.

그는 카운티 교도소나 제니스 시 교도소의 〈조건들〉이 그리 〈과학적〉이지 못하다는 얘기를 들었다. 제니스 시를 그렇게 비판하는 보고서를 읽고 그는 분노했다. 악명 높은 비관론자이며 급진주의적인 변호사 세네카 돈은 그 보고서에서 이러한 주장을 폈다. 〈비행 청소년을 매독, 치매, 정신 이상자들로 가득 찬 불펜에다 집어넣는 것은 그들을 교정하는 좋은 방법이 아니다.〉 배빗은 그 주장에 반발하며 중얼거렸다. 「교도소를 손리 호텔과 동급으로 생각하는 자가 있다니 정말 한심하군. 교도소에 가기 싫다면 올바른 행동을 하면 돼. 착실한 청소년은 감옥에 갈 일도 없잖아. 게다가 이 개혁이라는 걸 외치는 자들은 언제나 과장해서 말하는 경향이 있어.」 그것이 배빗이 알아본 제니스 시의 자선 및 교성 사업의 처음이요 끝이었다. 소위 〈우범 지대〉에 대해서는 아주 그럴듯한 설명을 펼친 바 있다. 「제대로 된 사람이라면 그런 데 가질 않아. 게다가 자네니까 솔직하게 말해 주는데, 사실 그게 우리의 딸들과 숙녀들을 보호하는 방법이기도 해. 그런 지대를 설정해 놓고 그곳에서만 우범자들이 마음대로 지랄을 떨라고 하는 거야. 그렇게 하면 그들을 모범적인 가정으로부터 멀찍이 떨어뜨려 놓을 수 있는 거지.」

그러나 배빗은 산업 조건에 대해서는 많은 생각을 했고 그 견해를 이렇게 요약했다.

「좋은 노조는 급진 노조를 억제한다는 점에서 가치가 있어. 급진 노조는 재산을 파괴하기만 할 뿐이야. 그러나 노동자들에게 노조에 반드시 가입하라고 강요해서는 안 돼. 의무 가입을 말하는 노조 선동가들은 교수형에 처해야 마땅하지. 우리끼리 얘기지만, 사실 그 어떤 노조도 허용되어서는 안 돼. 노조와 싸우는 가장 좋은 방법은 모든 사업가들이 경영자 협회와 상공 회의소에 가입하는 거야. 힘을 합치면 강해지니까. 그러니 상공 회의소에 가입하지 않는 이기적이고 우둔한 기업가는 억지로라도 가입을 시켜야 해.」

배빗은 새로운 주택 지구로 이사하여 30년 이상을 살게 될 세대들 앞에서 주택 전문가를 자처했지만 위생 문제에 대해서는 순진할 정도로 무지했다. 그는 말라리아를 전염시키는 모기와 박쥐를 구분하지 못했다. 음용수 검사에 대해서는 완전히 문외한이었다. 배관과 하수에 대해서도 아는 바가 전혀 없으면서 말은 많았으며, 종종 자신이 판매한 주택의 화장실이 우수하다고 자랑했다. 그는 유럽 사람들이 목욕을 잘 하지 않는 이유를 즐겨 설명했다. 스물두 살 때 어떤 사람으로부터 분뇨 구덩이가 비위생적이라는 말을 듣고는, 여전히 그런 구덩이는 절대로 안 된다고 생각하고 있다. 어떤 뻔뻔한 고객이 그에게 마당에 분뇨 구덩이가 있는 집을 팔아 달라고 요청했을 때, 배빗은 비위생적이라고 불평했다. 하지만 그건 그 집을 리스트에 올려놓고 팔기 전의 얘기고, 일단 자기 물건으로 접수되면 그런 구덩이도 문제없다는 태도를 취했다.

글렌 오리올 택지 개발 사업을 구상하여 삼림지와 초원을 다

갈아엎어 글렌도 오리올도 없는[16] 가상적인 도로 이름들만 가득한 바둑판 모양의 설계도를 작성했을 때, 그는 정의롭게도 완벽한 하수 시설을 설계했다. 그것 때문에 배빗은 우월감을 느꼈고, 속으로 애번리의 마틴 럼센 개발 단지를 비웃었다. 그 단지에는 분뇨 구덩이가 있었던 것이다. 그 점에 착안하여 배빗은 글렌 오리올의 아름다움, 편의성, 적절한 가격, 뛰어난 위생 시설을 자랑하는 전면 광고문을 작성했다. 유일한 단점은 글렌 오리올의 하수 시설의 배출 처리가 충분하지 못해 불쾌하게도 오물이 하수도에 일부 남아 있는 반면, 애번리의 분뇨 구덩이는 워링사(社)의 정화조라는 사실이었다.

배빗은 사기꾼으로 알려진 자들을 증오했지만, 〈글렌 오리올 프로젝트〉는 그 역시 1백 퍼센트 정직한 사람은 아니라는 사실을 암시했다. 주택 단지 운영자와 구매자는 중간에 낀 중개업자가 자신들과 경쟁 관계가 되어서는 안 되고 고객의 관심사를 적극적으로 돌보아야 한다고 생각한다. 배빗-톰슨 회사는 글렌 오리올의 실제 소유주인 제이크 오핏을 위해 대리인으로서 일할 뿐이라고 널리 여겨졌다. 하지만 실제로는 배빗과 톰슨이 수익의 62퍼센트를 가져가고 제니스 전차 회사의 사장 겸 구매 담당자가 28퍼센트를 가져갔다. 제이크 오핏은 깡패 출신의 정치가, 소규모 제조업자, 정치적 음모를 즐겨 꾸미며 담배를 짝짝 씹어 대는 어릿광대, 포커 게임에서 속이기를 밥 먹듯 하는 자인데 그의 지분은 10퍼센트에 불과했다. 그나마 보건 검사관, 소방 검사관, 주 교통 위원회의 위원들과 〈교제〉하여 지적된 문제들을 적절히 무마해 주는 대가로 배빗과 전차 회사 직원들이 떼어 준 것이었다.

하지만 배빗은 도덕을 숭상하는 사람이었다. 비록 그 자신도 지키지 않지만 알코올 금지법을 지지했다. 역시 그 자신도 복종

---

16 일반 명사로서 글렌glen은 〈골짜기〉를 의미하며, 오리올oriole은 〈찌르레기〉를 뜻한다.

하지 않지만 자동차 속도 규제법을 지지했다. 그는 교회, 적십자사, YMCA에 기부금을 납부했다. 그는 자기가 소속된 그룹의 관습을 따랐고 선례에 의해 참작될 때에만 남을 속였다. 하지만 노골적인 사기 행각은 벌이지 않았다. 그는 자신의 입장을 폴 리슬링에게 이렇게 설명했다.

「물론 내가 쓴 광고문이 글자 그대로 진실이라는 뜻은 아니야. 또는 판매의 강조점을 찍기 위해 고객들에게 한 말을 1백 퍼센트 정말이라고 생각하지는 않아. 그러니까, 그건 이런 거야. 부동산 소유주가 내게 물건을 내놓을 때 일차적으로 과장을 해. 그걸 팔아 줘야 하는 입장인 나는 그 소유주를 거짓말쟁이라고 밝힐 수가 없지! 대부분의 사람들은 약간씩 의심하는 마음이 있어서 상대방이 어느 정도는 거짓말을 하리라고 예상한다고. 그러니 내가 멍청이라서 어떤 부동산 물건을 부풀려 말하지 않는다고 해도 상대방은 내가 약간 보태서 말할 거라고 생각해. 그래서 미리 방어를 하기 위해 나도 약간은 과장하게 되는 거야. 이건 변호사가 자신의 고객을 옹호하는 것과 마찬가지 이치야. 죄지은 자의 나쁜 점은 억제하고 좋은 점을 돋보이게 하는 것이 변호사의 임무 아니야? 이렇게 하지 않는 변호사가 있다면 판사도 그자에게 호통을 칠걸. 판사나 변호사나 피고가 죄를 지었다는 걸 다 알면서도 말이야. 하지만 나는 세실 라운트리나 세이어, 혹은 기타 다른 공인 중개사들처럼 진실을 왕창 왜곡하지는 않아. 의도적으로 거짓말을 하고 그런 행위를 통해 이익을 올리는 자는 총살당해야 마땅하지!」

배빗이 고객을 대하는 태도는 그날 오전 그와 콘래드 라이트, 그리고 아치볼드 퍼디 사이에 있었던 상담 사례에서 아주 잘 드러났다.

5

콘래드 라이트는 아주 의심 많은 부동산 투기꾼이었다. 그는 도박을 하기 전에 은행가, 법률가, 건축가, 하도급 건축업자는 물론 그에게 조언을 해주려는 업체의 직원들이나 속기사들과 꼼꼼하게 상의를 했다. 그는 대담한 투기꾼이었지만 안전한 투자처, 세부적인 구속 사항들로부터의 자유, 30~40퍼센트의 이익 등을 무엇보다 중시했다. 업계의 전문가들에 의하면 모험과 통찰을 밑천으로 삼는 개척자라면 그 정도의 이익은 가져갈 만하다는 것이다. 그는 짧은 반백의 머리가 모자처럼 더부룩한 땅딸막한 남자였고 아무리 잘 재단한 옷이라도 그가 입으면 후줄근해 보였다. 그의 두 눈 밑에는 반원형의 그늘이 있었는데 마치 은화로 그곳을 꽉 눌러서 자국을 낸 것 같았다.

라이트는 특히 배빗과 상담하는 것을 좋아했고 그의 신중하면서도 조심스러운 태도를 신뢰했다.

6개월 전 배빗은 린턴이라는 이름 없는 주택 지구의 야채상 아치볼드 퍼디가 야채 가게 옆에 푸줏간을 열려고 한다는 것을 알아냈다. 야채 가게 일대의 땅 소유권을 확인해 보니 퍼디는 현재의 가게만 소유하고 있을 뿐 바로 옆 푸줏간 후보지는 소유하고 있지 않았다. 가게의 월세로 보아 후보지의 가격은 9천 달러 정도밖에 되지 않았지만 그는 콘래드 라이트에게 그 땅을 1만 1천 달러에 사들이라고 권유했다. 현행 월세가 너무 낮게 책정되어 있다는 게 배빗의 주장이었다. 일단 땅을 사놓고 퍼디가 접근해 오기를 기다리면 된다는 것이었다(이것이 그가 말하는 〈비전〉이었다). 그는 라이트에게 땅을 사라고 강권했다. 그런 다음 라이트의 대리인으로서 취한 첫 번째 조치는 그 땅에 들어선 낡은 가게의 세를 올리는 것이었다. 세 든 사람은 심하게 불평했으나 결국 월세 인상에 동의했다.

6개월이 흐른 뒤 퍼디는 그 땅을 살 준비가 되었으나 그처럼 지체하는 바람에 1만 달러 이상을 더 지불하게 되었다. 비전 있고 요점, 전략적 가치, 저평가, 세일즈맨 심리학 등을 잘 이해하는 부동산 중개인 덕분에 라이트는 그만한 상금을 받은 것이다.

라이트는 의기양양하게 상담에 참석했다. 그날 아침 특히 배빗에게 호감을 표시하면서 그를 〈오랜 친구〉라고 불렀다. 기다란 매부리코에 시무룩한 표정의 야채상 퍼디는 배빗과 그의 비전을 별로 대단치 않게 생각했다. 그러나 배빗은 사무실 앞 거리까지 나와서 그를 맞이했고 〈이리로 오시죠, 퍼디 선생님〉이라고 상냥하게 말하면서 자신의 방으로 안내했다. 배빗은 서류 캐비닛에서 시가 통을 통째로 들고 와서 손님들에게 내놓았다. 그는 손님들의 의자를 5센티미터쯤 앞으로 당겼다가 다시 8센티미터쯤 밀면서 환대의 분위기를 조성하려 애썼다. 회전의자 등받이에 몸을 묻은 그는 다소 뚱뚱하면서 사람 좋은 분위기를 풍겼다. 하지만 심약한 야채상을 상대로 말할 때에는 아주 단호했다.

「퍼디 선생님, 우리는 당신 가게 옆의 그 땅에 대해 푸주한이나 기타 사람들로부터 계속 문의를 받고 있습니다. 하지만 난 그 땅만큼은 당신에게 건네주어야 한다고 라이트 씨를 설득해 왔죠. 나는 라이트 씨에게 이렇게 말했습니다. 〈누군가 퍼디의 가게 옆에다가 야채와 고기를 동시에 판매하는 종합 가게를 설치하여 그의 사업을 망쳐 버린다면 정말 곤란하잖아.〉 특히 이것 한 가지는 말씀드리고 싶은데……」 배빗은 여기서 상체를 수그리면서 아주 날카로운 목소리로 말했다. 「현찰 박치기 장사인 연쇄점이 거기 들어와서 기존 가게를 죽이기 위해 할인 가격으로 판매하기 시작하면 선생님은 아주 궁지에 몰리게 될 겁니다!」

퍼디는 호주머니에 찔러 넣었던 가느다란 양손을 확 잡아 빼 바지를 추켜올리고는 다시 호주머니에 넣었다. 그는 육중한 참나무 의자에 그대로 앉은 채 괴로워하면서도 여유 있는 표정을 지으려 애썼다.

「연쇄점은 골치 아픈 경쟁 업체죠. 하지만 동네 장사에서는 인심이 아주 강력한 흡인력을 발휘합니다.」

위대한 배빗은 미소 지었다. 「바로 그겁니다. 선생님도 그렇게 느끼고 있군요. 그래서 우리는 선생님께 제일 먼저 기회를 드리는 겁니다. 그럼 이제 이 일을 마무리 ―」

「좀 보세요!」 퍼디가 불평했다. 「근처에 있는 똑같은 크기의 땅이 8천5백 달러에 팔렸다는 사실을 알고 있어요. 2년도 안 되었지요. 그런데 당신은 내게 이 땅을 2만 4천 달러에 사라고 하고 있습니다. 모기지를 설정해야 할 지경이에요. 땅값이 1만 2천 정도라면 별 부담을 느끼지 않을 겁니다. 하지만 배빗 씨, 당신은 실제 가격보다 두 배 이상을 부르고 있다고요. 내가 이 땅을 사들이지 않으면 망할 거라고 위협하면서 말입니다!」

「퍼디 선생님, 그런 식으로 말씀하시는 건 정말 마음에 안 드는군요. 정말 너무나 불쾌합니다! 당신은 라이트와 내가 이웃 사람을 망치려 한다고 불평하는데, 우리가 제니스 시의 많은 사람들을 돈 벌게 해주려는 뜻은 왜 생각해 주지 않는 겁니까? 우리가 순전히 이기적인 목적으로 이 사업을 하고 있다고 보십니까? 아무튼 이런 얘기는 본론과는 무관한 겁니다. 다시 제안하죠. 가격은 2만 3천 달러로 하고 선도금 5천 달러에 나머지는 모기지로 하십시다. 지금 들어서 있는 낡은 가게를 부수고 다시 짓겠다면, 여기 라이트에게 말해서 건물 모기지를 아주 좋은 조건으로 완화해 드리겠습니다. 정말이지, 우리는 이런 식으로 당신에게 도움을 드리게 되어 정말 잘됐다고 생각합니다. 우리도 당신 못지않게 외국의 식료품 체인점을 싫어합니다. 하지만 이웃 사랑 때문에 무려 1만 1천 달러 이상을 손해 보라고 하는 건, 정말이지 무리한 요구입니다. 자, 어떻게 할 건가, 라이트? 좀 깎아 드릴 의향이 있나?」

배빗은 적극적으로 피디의 편을 들면서 2만 1천 달러까지 가격을 낮추라고 라이트 씨를 설득했다. 계약서에 서명할 시점이 되자 배빗은 일주일 전 미스 맥건을 시켜 타이핑해 둔 매매 합의

서 양식을 서랍에서 꺼내어 퍼디에게 내밀었다. 그러고는 만년필의 잉크가 잘 흐르는지 알아보기 위해 가볍게 흔든 다음 퍼디에게 건네주면서 흐뭇한 표정으로 그가 서명하는 것을 지켜보았다.

이렇게 하여 이 세상의 일이 적절히 수행되었다. 라이트는 9천 달러 이상의 이익을 보았고 배빗은 450달러의 수수료를 챙겼으며 퍼디는 현대적 재정 거래의 세심한 체제를 통해 새로운 가게를 하나 장만했다. 그리고 린턴의 주민들은 앞으로 시내에서보다 약간 비싼 고기를 제공받게 될 터였다.

남자다운 전투였다. 하지만 그 전투가 끝나자 배빗의 사기는 떨어졌다. 그가 계획한 프로젝트의 전 과정 가운데 계약 체결만이 가장 재미있는 부분이었다. 이제 앞으로 남은 건 임차료 결정, 자산 평가, 모기지 등 골치 아픈 일들뿐이다.

그는 중얼거렸다. 「일은 내가 했는데 이익의 대부분은 저 구두쇠 라이트가 다 가져가니 정말 배가 아프군. 가만있자, 오늘 또 해야 할 일은 뭐지? ……장기 휴가나 갔으면 좋겠군. 자동차 여행이나, 뭐 그런 거.」

그는 폴 리슬링과 점심 약속이 있다는 것을 떠올리고 의자에서 벌떡 일어났다.

제5장

1

배빗이 점심 식사를 하기 위해 1시간 30분 동안 자리를 비우면서 직원들에게 내리는 지시는 유럽 전쟁의 작전 계획만큼 복잡하지는 않았다.

그는 미스 맥건에게 초조하게 말했다. 「언제 식사 하러 나갈 거지? 미스 배니건이 먹고 온 다음에 나가도록 해. 그리고 미스 배니건에게 이렇게 시켜. 만약 위든펠트가 전화해 오면 소유권 추적을 이미 시작했다고 하라고. 그리고 내일 아침에는 페니먼에게 그 소유권을 추적하도록 시킬 거니까 내가 잊지 않도록 상기시켜 줘. 혹시 값싼 집을 찾는 손님이 찾아오거든 뱅거 로드에 있는 그 집을 내밀도록 해. 혹시 내가 필요하면 애슬레틱 클럽으로 전화하고. 그리고 에…… 에…… 에…… 난 2시쯤 돌아올게.」

그는 조끼에서 시가 재를 털어 내고 대답하기 까다로운 편지를 미결 서류함에 도로 집어넣었다. 그날 오후에 잊지 않고 다시 꺼내 보기 위해서였다(하지만 그는 벌써 사흘 연속으로 그 편지를 미결 서류함에 집어넣고 있었다). 그는 노란 메모지에다 이렇게 휘갈겨 썼다. 〈아파트의 문들을 알아볼 것.〉 그렇게 메모하고 나니 그 아파트의 문들을 이미 알아본 양 유쾌한 느낌이 들었다.

그는 자신이 새로 시가를 피우고 있다는 사실을 알았다. 그는 시가를 집어 던지면서 투덜거렸다. 「이런 젠장, 오늘 아침에 끊었잖아!」 그는 씩씩거리며 시가 통을 서류 캐비닛에다 도로 가져다 놓고 자물쇠를 잠근 다음 열쇠를 더욱 찾기 어려운 곳에다 두었다. 그는 화난 목소리로 중얼거렸다. 「나 자신의 건강을 챙겨야 해. 지금보다 운동을 더 많이 해야 해. 점심에 클럽이나 다른 곳에 갈 땐 걸어서 가고 매일 차 타고 다니는 이 버릇을 끊어야 해.」

그런 결심을 하니 모범 시민이 된 듯한 느낌이 들었다. 하지만 다음 순간 그날은 걸어가기엔 너무 늦었다고 판단했다.

차의 시동을 걸고 도로의 차량 흐름에 끼어드는 시간은 클럽까지 세 블록 반을 걸어가는 시간보다 더 걸렸다.

2

차를 몰고 가면서 그는 인근 건물들을 아주 익숙한 시선으로 바라보았다.

제니스 시의 비즈니스 지구를 갑자기 방문하게 된 타지 사람은 그 자신이 오리건, 조지아, 오하이오, 메인, 오클라호마, 매니토바[17] 등의 어느 도시에 와 있다는 느낌이 들지 모른다. 하지만 배빗은 모든 건물이 개성적이면서 생동감 넘치는 존재라고 생각했다. 그는 먼저 길 건너편에 있는 캘리포니아 빌딩이 리브스 빌딩보다 세 층 낮다는 사실에 주목했다. 따라서 그 건물은 리브스 빌딩보다 세 층만큼 덜 아름다울 수밖에 없다. 화강암과 붉은 벽돌의 캘리포니아 빌딩 옆에 있는 단층의 파르테논 구두 수선 가게는 벼랑 밑의 화장실 같은 느낌을 주었다. 그 가게를 지나며

---

[17] 언급된 지명은 모두 미국의 〈평균적〉 주를 가리키며, 이는 싱클레어 루이스가 가상의 도시 제니스 시를 미국의 평범하고 평균적인 도시로 상정했음을 나타낸다. 제니스zenith의 원뜻은 천정(天頂)으로, 영광과 권세를 의미한다.

그는 중얼거렸다. 「오늘 오후에는 구두를 닦아야겠는걸. 계속 잊어버리네.」 전국 금전 등록기 대리점인 심플렉스 사무기기 매장 앞에서 그는 신형 구술 녹음기와 곱셈과 뺄셈이 되는 타자기를 사들이고 싶어졌다. 그것은 시인이 사절판 책을 원하고 의사가 라듐을 원하는 것과 비슷한 이치였다.

노비 남성복 가게 앞에서 그는 운전대를 잡고 있던 양손 중 왼손을 들어 자신의 넥타이를 만져 보았고, 자신이 값비싼 넥타이를 사 걸칠 뿐 아니라 〈현금으로 지불하는 사람〉이라는 사실에 자부심을 느꼈다. 진홍색과 황금색 페인트가 칠해진 유나이티드 시가 가게 앞에서는 생각에 잠겼다. 〈시가를 더 사들여야 할까? 이 멍청이, 무슨 생각을 하는 거야? 잊어버려. 담배 끊기로 했잖아.〉 그는 자신의 거래 은행인 〈마이너스 앤드 드로버스 내셔널〉을 바라보며 저런 으리으리한 기관과 거래를 하는 스스로를 총명하면서도 건실한 시민이라고 생각했다. 가장 의기양양한 순간은 고층 건물인 세컨드 내셔널 타워 바로 아래 모퉁이에 멈춰섰을 때였다. 그의 차는 그 견고한 강철 구조를 자랑하는 건물 바로 아래서 넉 대의 다른 차들과 함께 신호가 바뀌기를 기다렸다. 네거리의 왼편에서 리무진과 대형 이사용 밴과 승용차들이 직진을 하고 있었다. 건물의 저쪽 끝 구석에서는 유압식 못 박는 기계가 햇빛을 받아 반짝거리는 새 건물에 못을 박아 넣고 있었다. 그때 옆에서 대기하던 운전자가 창밖으로 낯익은 얼굴을 내밀며 〈조지, 잘 지내지?〉 하고 소리쳤다. 부스터 클럽의 동료 회원이다. 배빗은 이웃다운 애정을 표시하면서 손을 흔들었고, 교통 경찰이 수신호를 하자 재빨리 차량의 흐름에 합류했다. 그는 자기 차가 재빨리 속도를 올린다는 사실을 발견했다. 자신이 거대한 기계 내부에서 작동하는 세련된 강철 막대기인 양, 그는 힘차고 우월한 느낌이 들었다.

늘 그렇듯이, 그는 나머지 두 블록은 아예 무시했다. 1885년 당시의 지저분하고 남루한 모습을 그대로 간직하고 있는, 아직 개발되지 않은 지역이었다. 그는 구멍가게, 다코타 하숙집, 점쟁이와 척추 지압사 등이 입주해 있는 콘코디아 홀 등을 지나치며 자신이 많은 돈을 벌고 있다는 생각을 했다. 약간 자랑스럽기도 하고 약간 걱정하기도 하면서 어림 계산을 해보았다.

〈오늘 아침에 라이트 건으로 450달러를 챙겼지. 하지만 곧 세금 내야 할 때가 돌아오는군. 금년에는 세금을 내고도 8천 달러는 챙길 수 있을 것 같아. 그중에서 1천5백 달러는 저금할 수 있겠지. 아니, 금년에 차고를 정비한다면 그 정도 저축은 어렵겠는데. 지난달에 650달러를 벌어들였고 650에다 6을 곱하면, 어디 보자, 그러니까 12 곱하기 6은 7천2백 달러가 되는구먼. 아무튼 금년에 8천 달러는 벌어들일 수 있어. 그리 나쁜 실적은 아니지. 1년에 8천 달러를 벌어들이는 사람은 그리 많지 않아. 아주 힘들게 번 8천 달러지. 미국 전체를 통틀어 나만큼 버는 사람은 5퍼센트도 안 될 거야. 그러니 아주 상위권 소득자라야 할 수 있는 일이지. 하지만 지출도 만만치 않아. 가족들은 가솔린을 낭비하고 있고 백만장자들처럼 옷을 입고 다니지. 게다가 매달 어머니한테 보내는 80달러도 있고, 사무실의 속기사와 영업 사원들은 각종 경비를 나한테서 받아 가고 있으니 ―〉

이처럼 과학적으로 예산을 계획하다 보니 한편으로는 의기양양할 정도로 부자라는 생각이 드는가 하면, 다른 한편으로는 한심할 정도로 가난하다는 생각이 들었다. 계산을 하다가 그는 갑자기 차를 멈추고 자그마한 잡화점으로 달려가, 지난 일주일 동안 탐내 온 전기 라이터를 샀다. 그는 일부러 부산을 떨고 가게의 점원에게 소리치면서 죄책감을 잠재웠다. 「이게 성냥보다 한결 싸게 먹히겠지?」

라이터는 은빛 소켓에 들어 있는 니켈 입힌 원통형 물건으로, 자동차 계기판에 부착하게 되어 있는 것이었다. 카운터에 걸린 현수막이 광고하는 것처럼 〈신사를 위한 세련된 장식으로, 신사의 자동차에 마지막 품위를 제공할〉뿐만 아니라 시간을 굉장히 절약해 주는 물건이었다. 성냥을 켜기 위해 차를 멈추어야 하는 수고를 덜어 주기 때문에 한두 달만 사용하면 지금보다 열 배는 시간을 절약할 수 있을 터였다.

그는 차를 몰고 가면서 전기 라이터를 흘긋 쳐다보았다. 「아주 멋진 물건이야. 늘 하나 장만하려 했지.」 그는 흡족한 듯이 말을 이었다. 「담배 피우는 사람이라면 하나쯤 갖추어야 해.」

이어 그는 자신이 담배를 끊었다는 사실을 기억했다.

「젠장!」 그가 탄식했다. 「난 아주 드물게 시가를 한 대 피울 뿐이야. 좋아, 그렇다면 이건 다른 친구들을 대할 때 아주 편리할 거야. 계약 건수를 가져오는 친구에게 호감을 주어 결정적 차이를 만들어 낼 수도 있지. 계기판에 놓으니 정말 멋지군. 아주 예쁘게 보이는 자그마한 물건이야. 분위기가 세련되고 품위 있잖아. 아무튼 내가 원하면 이런 물건은 얼마든지 사들일 수 있어. 집 안에 사치품이라고는 단 하나도 없는 그런 사람이 되기는 싫어!」

이처럼 보물을 하나 장만하고 또 세 블록 반의 낭만적 모험을 마친 후, 그는 클럽 주차장 안으로 들어섰다.

3

〈제니스 애슬레틱 클럽〉은 운동 단체도 아니고 또 엄밀하게 말하면 클럽도 아니지만 제니스 시의 완벽한 축소판이라 할 수 있다. 이 클럽은 사람들이 모여드는 담배 연기 자욱한 당구실을 갖추었고, 클럽 이름을 딴 야구팀과 축구팀도 두고 있다. 수영장과 체육관에는 회원의 10분의 1정도가 산발적으로 느릿느릿하면서 체중을 줄여 보려고 애쓰고 있다. 하지만 3천 명에 달하는 회원 대부분은 이 클럽을 카페로 사용한다. 이곳에서 점심 식사를 하고, 카드놀이를 하고, 이야기를 주고받고, 고객을 만나며, 타지에서 방문한 친척 아저씨들에게 저녁 식사를 대접한다. 이곳은 도시에서 가장 큰 클럽으로, 주된 라이벌이자 보수적인 클럽인 〈유니언 클럽〉을 제일 미워한다. 애슬레틱의 회원들은 유니언을 가리켜 〈부패하고 속물적인 데다 값비싼 곳으로, 훌륭한 사교가는 단 한 명도 없으며, 돈 주고 모셔 간다고 해도 가지 않을 클럽〉이라고 비난한다. 하지만 통계에 의하면 유니언의 회원으로 뽑힌 애슬레틱 회원 치고 가입을 거부한 사람은 단 한 명도 없다. 그리고 그렇게 뽑힌 사람들 가운데 65퍼센트는 유니언 클럽의 위엄 있고 나른한 라운지에 앉아서 이렇게 말한다고 한다. 〈애슬레틱이 조금만 더 배타적이라면 꽤 좋은 호텔이 될 거야.〉

애슬레틱 클럽은 노란 벽돌의 9층 건물이었다. 옥상 유리 지붕 밑에는 정원이 있고 현관은 거대한 석회석 기둥으로 되어 있다. 로비에는 다공성(多孔性) 캉[18]으로 올린 기둥들이 뾰족한 아치를 이루고 있고, 바닥에 깔린 갈색의 반짝거리는 타일은 잘 구워 놓은 빵 껍질 같은 느낌을 주었다. 교회의 지하실과 독일식 지하 식당을 종합해 놓은 듯한 공간이었다. 회원들은 없는 시간을 내어 쇼핑에 나선 사람들처럼 로비로 몰려들었다. 배빗은 황급히 로비에 들어선 다음 시가 피우는 곳 앞에 서 있던 한 무리의 남자들에게 소리쳤다. 「자네들 어떻게 지냈나? 날씨가 아주 좋군!」

그들은 쾌활하게 대답했다. 석탄 거래인인 버질 건치, 파처 앤드 스타인 백화점의 여성 기성복 구매 담당인 시드니 핀켈스타인, 라이트웨이 경영 대학의 소유주이자 대중 강연, 상업 영어, 시나리오 작법, 상법 등을 가르치는 조지프 K. 펌프레이 교수 등이었다. 배빗은 펌프레이 교수를 존경하고 또 시드니 핀켈스타인을 〈똑똑한 구매 담당이면서 현명한 소비자〉로 평가하지만, 정작 깊은 친근감을 느끼는 사람은 버질 건치였다. 건치는 부스

---

18 *Caen stone*. 프랑스의 캉Caen 지방 부근에서 채석되는 크림색의 건축용 석회암.

터 클럽의 회장이었다. 부스터 클럽은 일주일에 한 번씩 만나 점심을 같이 먹는 동호인 클럽으로서, 건실한 시민들 사이에서 건전한 상업 분위기와 우호 정신을 도모하는 전국적인 조직의 제니스 지부였다. 건치는 엘크 보호 협회의 대표 위원으로도 활약하고 있으며 다음번 선거에서는 회장으로 입후보할 예정이었다. 그는 연설을 좋아하는 유쾌한 사람이었고 예술 애호가였다. 유명한 배우나 연예인이 제니스를 방문하면 그들을 찾아가 시가를 선물했고 그들의 이름을 친밀하게 부르면서 때때로 부스터 클럽에 데려와 공짜 연예 쇼를 보여 주기도 했다. 그는 더벅머리에 덩치가 큰 남자였고 최근 유행하는 농담을 잘 알고 있었으며 아주 신중하게 포커 게임을 하는 남자였다. 오늘 배빗이 느끼고 있는 짜증의 바이러스는 사실 지난밤 건치의 파티에서 유입된 것이었다.

건치가 소리쳤다.「볼셰비키 동지는 기분이 어떠셔? 어젯밤 그렇게 늦게까지 놀고서 오늘 아침은 멀쩡했나?」

「말도 마, 머리가 너무 아파. 버그, 어젯밤 파티는 정말 좋았어. 내가 마지막에 잭팟을 터뜨렸다는 걸 잊지 말라고.」배빗이 고함을 쳤다(그는 건치에게서 불과 1미터밖에 떨어져 있지 않았다).

「좋아, 기억해 두지. 하지만 다음번엔 내 차례야. 아, 신문에 보니까 뉴욕 의회가 빨갱이들을 상대로 세게 나왔더구먼. 자네도 읽어 봤나?」

「그럼, 읽었지. 아주 잘된 일이야. 오늘은 정말 날이 좋군.」

「그래, 아주 좋은 봄날이야. 하지만 밤에는 아직도 춥지.」

「그래, 밤에는 그렇더군. 지난밤 잘 땐 담요를 두 장이나 덮어야 했어. 그런데 시드……」배빗이 구매 딤딩 핀켈스타인에게 고개를 돌리며 말했다.「자네한테 한 가지 물어볼 게 있어. 여기 오는 길에 전기 라이터를 하나 샀어. 그런데 ―」

「잘했군!」핀켈스타인이 호응해 주었다. 학식 있는 교수인 펌프레이도 칭찬을 했다. 교수는 희고 검은 점들이 뒤섞인 모닝코트를 입고 있었고 목소리는 파이프 오르간처럼 크게 울렸다. 「시가 라이터는 신사용 액세서리지. 계기판의 분위기를 한층 높여 주기도 하고 말이야.」

「그래, 그래서 하나 사기로 마음먹었지. 점원은 시장에 나온 것 중에서 제일 좋은 물건이라고 했어. 5달러를 주었는데 혹시 바가지 쓴 게 아닌가 싶네. 시드, 백화점에서는 시가 라이터를 얼마에 파나?」

핀켈스타인은 니켈 도금에 좋은 부품을 사용한 고급 라이터에 5달러를 지불한 것은 결코 바가지를 쓴 게 아니라고 대꾸했다. 「상업 활동을 많이 하다 보니까 자연스럽게 갖게 된 신념인데, 내가 늘 남한테 말해 주는 것이기도 하지. 가장 좋은 물건이 결국에는 가장 싸게 먹히는 물건이야. 물론 돈에 인색한 사람은 싸구려 물건을 사들이기도 하지. 하지만 장기적인 안목으로 보면 가장 좋은 물건이 가장 싸게 먹힌다고. 한 가지 예를 들어 볼까? 최근에 난 차 지붕을 새로 얹고 또 의자도 새로 살았어. 그렇게 하는 데 126달러 50센트가 들었지. 물론 많은 친구들이 너무 비싸다고 하더군. 특히 주 북부에 사는 고향 마을 사람들이 그랬지. 그들은 도시민의 심리를 이해하지 못해. 게다가 얼마나 인색한지 모른다니까. 내가 126달러를 들였다는 사실을 알면 아마도 그 자리에서 쓰러져 죽어 버릴 거야. 하지만 조지, 난 바가지 썼다고 생각하지 않아. 전혀! 내 차는 이제 완전 새 차 같아. 그렇다고 내 차가 아주 오래됐다는 얘기는 아니야. 탄 지 3년도 안 됐지. 그래도 많이 끌고 다녔거든. 일요일이면 평균 150킬로미터 이상을 뛰었지. 아무튼 자네의 그 라이터 말이야, 난 바가지 쓴 거라고 생각 안 해. 결국에는 말이야, 가장 좋은 물건이 가장 싸게 먹힌다고.」

「그건 그래.」 버질 건치가 말했다. 「나도 그렇게 생각해. 화끈하게 사는 사람들, 가령 여기 제니스의 경우라면 부스터 클럽에 가입해서 활발하게 활동하고 또 ZAC[19]에 출입하는 그런 사람들은 말이야, 가장 좋은 물건을 사들이고 그다음에는 품질에 대해서 신경 끊어 버리는 거야.」

배빗은 상대방이 다섯 마디를 할 때마다 규칙적으로 머리를 끄덕였다. 그는 건치가 예의 유머러스한 태도로 내놓은 마지막 말에 매료되었다.

「하지만 조지, 자네가 그런 비용을 감당할 수 있을지 모르겠네. 자네 사업이 요즘 정부의 감시를 받고 있다며? 자네가 이던 공원의 한 자락을 베어 내 팔아먹었다고 말이야.」

「버그, 자네 정말 농담을 좋아하는군. 농담이라면 나도 자네에게 한마디 해줄 게 있어. 자네가 우체국 앞 검은 대리석 계단을 훔쳐서 고급 석탄과 맞바꾸었다는 얘기가 있던데, 사실인가?」 배빗은 사뭇 즐거워하며 건치의 등을 두드리고 그의 팔을 쓰다듬었다.

「그건 맞는 말이야. 하지만 난 이걸 알고 싶어. 자기 집에서 사용할 목적으로 그 석탄을 사들인 부동산 사기꾼은 누구지?」

「조지, 내 얘기엔 대답이 꽤나 궁할 거야!」 핀켈스타인이 말했다. 「이봐, 친구들, 내가 최근에 들은 얘기를 하나 해줄게. 조지의 마나님이 파처 백화점의 남성복 매장에 들렀어. 남편의 와이셔츠를 좀 사려고 말이야. 그녀가 목 사이즈를 말하려고 하는데 점원이 33센티미터짜리 와이셔츠 몇 장을 내놓더래. 그래서 배빗 부인이 물었겠지. 〈사이즈를 어떻게 알았죠?〉 그랬더니 점원이 이렇게 대답하더래. 〈부인, 아내를 시켜서 와이셔츠를 사 입는 남자는 늘 33센티미터죠.〉 어때, 그럴듯한 농담 아닌가? 어때, 조지? 이거면 결정타가 될 것 같은데.」

「나는 — 나는 —」 그는 머릿속에서 그에 응수할 만한 모욕적인 대꾸를 생각하다가 그만 멈추고 문 쪽을 바라보았다. 폴

---

19 제니스 애슬레틱 클럽.

리슬링이 들어오고 있었다. 배빗이 재빨리 소리쳤다. 「자네들, 다음에 보세.」 그는 로비를 가로질러 폴을 맞이하러 갔다. 그 순간의 배빗은 침실 속의 시무룩한 아이도 아니었고, 아침 밥상머리에서 가족들에게 횡포를 부리는 폭군도 아니었으며, 라이트-퍼디 건을 성사시키고 돈을 챙기는 남자도, 애슬레틱 클럽의 선량한 시민 혹은 농담꾼도 아니었다. 그는 언제나 폴 리슬링을 보호해 주고 또 여자를 사랑하는 것보다 더 깊은 형제애로 사랑해 주는 맏형 같은 사람이었다. 폴과 그는 엄숙하게 악수를 나누었다. 그들은 사흘 전이 아니라 3년 전에 헤어졌다가 재회한 사람들처럼 수줍게 미소 지었다. 그러고는 서로 악의 없는 농담을 나누었다.

「그래, 한심한 화상은 어떻게 지내셨나?」

「잘 지냈어. 그래, 자네, 불쌍한 무명 인사는 어떻게 지냈나?」

「내가 왜 무명 인사야? 나는 유명 인사고 자네가 무명 인사지.」

이런 식으로 상대방에 대한 호감을 표시한 후, 배빗은 툴툴거렸다. 「자넨 참 시간을 잘도 지키네! 10분이나 늦지 않았나.」 리슬링이 지지 않고 대꾸했다. 「10분 늦은 것도 늦은 거야? 유명 인사와 점심 식사를 하게 된 것을 영광으로 알게.」 그들은 빙그레 웃으며 네로풍(風) 세면장으로 들어갔다. 그곳에서는 여러 명의 남자들이 대리석 선반에 일렬로 놓인 세면대 앞에 서서 허리를 숙인 채 손을 씻고 있었다. 마치 커다란 거울에 비친 그 자신들의 모습 앞에 종교적으로 부복(俯伏)하고 있는 것처럼 보였다. 걸걸하고 권위적이고 자만심 가득한 목소리들이 대리석 벽을 따라 흐르다가 가장자리에 라벤더가 장식된 우윳빛 천장 타일에 부딪쳐 반향되었다. 그러면서 도시의 영주, 보험업계와 법률업계와 비료업계와 타이어업계의 남작들은 제니스의 법률을 제정했다. 그들은 날씨가 따뜻하여 정말 봄이 온 줄 알겠다거나, 임금이 너무 높고 모기지 이자는 너무 싸다거나, 유명한 야구 선수 베이브 루스를 가리켜 고상한 사람이라는 얘기를 했다. 〈이

번 주에 클라이맥스 보드빌 극장에 출연한 두 배우는 정말 멋지더군〉이라는 말도 했다. 평소 확신에 찬 위엄 있는 목소리로 말하는 배빗은 그날따라 조용했다. 폴 리슬링이 우울해하면서 아무 말도 없었기 때문에 그도 분위기에 맞추어 같이 입을 다문 것이다.

애슬레틱 클럽의 입구 로비는 고딕풍이었고, 손 씻는 곳은 로마 제국풍이었으며, 라운지는 스페인 목사관풍이었고, 독서실은 중국식 치펀데일풍이었다. 하지만 클럽의 보배는 제니스의 가장 유명한 건축가인 페르디난드 라이트먼이 설계한 식당이었다. 식당은 목재 골조에 천장이 높았고 튜더풍 창은 납을 두른 두 짝의 여닫이문과 퇴창으로 되어 있었다. 정작 음악가는 없는 음악가풍 화랑에, 바닥에 깔린 양탄자는 마그나 카르타[20] 수여 장면을 수놓은 것이었다. 노출된 가로 들보는 제이크 오펏의 차체 공장에서 손으로 까뀌 작업을 한 것이었고, 경첩 역시 손으로 만든 쇠를 썼으며, 징두리널 또한 손으로 만든 나무못을 사용했다. 방의 한쪽 끝에는 클럽의 문장(紋章)이 걸린 석조 벽난로가 있었다. 유럽의 그 어떤 성관에 있는 벽난로보다 크며 과학적으로 설계되어 있어서 고성의 그것보다 훨씬 통풍이 잘 된다고 클럽의 홍보 팸플릿에 광고가 나가는 벽난로였다. 하지만 불은 피우지 않으므로 늘 깨끗했다.

테이블들은 스무 명 혹은 서른 명이 앉을 수 있는 대형 석판으로 된 것이 절반 이상이었다. 배빗은 주로 건치, 핀켈스타인, 펌프레이 교수, 이웃인 하워드 리틀필드, 시인이며 광고 대리인인 T. 콜몬들리 프링크, 제니스에서 제일 훌륭한 세탁소를 운영하는 오빌 존스 등과 함께 문 쪽에서 가까운 테이블에 앉곤 했다. 이 사람들은 클럽 안의 클럽을 형성했는데 자신들을 가리켜 〈난폭자들〉이라고 했다. 오늘 배빗이 그들의 테이블을 지나가자 닌

---

20 Magna Carta. 1215년 영국 왕권의 제한과 제후의 권리를 확인한 문서(대헌장)로 존 왕이 귀족들의 강압에 따라 승인하였다.

폭자들이 인사말을 건넸다.「이리 와서 앉아! 자네랑 폴은 너무 고상해서 우리와 어울리지 못하겠다는 건가? 조지, 누군가 고급 베보주(酒) 한잔 하자고 부르는 모양이지? 자만심이 하늘을 찌르는군.」

그가 대꾸했다.「그럼, 자네들처럼 인색한 사람들과 어울려서 우리의 명성을 추락시킬 순 없지!」그는 폴을 음악가풍 화랑 아래 있는 자그마한 테이블로 데려갔다. 그는 죄책감이 들었다. 제니스 애슬레틱 클럽에서 행동은 별로 좋은 모양새가 아니었기 때문이다. 하지만 그는 폴과 조용히 얘기를 나누고 싶었다.

아침에만 해도 점심을 가볍게 먹어야겠다고 결심했으나 막상 식당에 들어서자 그는 영국식 양고기, 무, 완두콩, 애플파이, 치즈, 크림 넣은 커피 등을 주문했다. 그러고서 이렇게 덧붙이는 것도 잊지 않았다.「거기에 프렌치프라이도 좀 주게.」양고기가 나오자 그는 후추와 소금을 풍성하게 뿌린 다음 맛을 보았다.

폴과 배빗은 완연한 봄날인 날씨, 전기 라이터의 미덕, 뉴욕 주 의회의 조치 등에 대해 환담을 나누었다. 배빗은 양고기를 마구 먹고서 그 기름기에 물리자 느닷없이 이렇게 말했다.

「오늘 아침 콘래드 라이트 건을 성공시켜 주고서 5백 달러 정도 되는 돈을 챙겼지. 아주 좋은 건수였어. 그런데 오늘 내가 왜 이러는지 모르겠네. 갑작스러운 봄의 열기 때문일 수도 있고, 아니면 어젯밤 버그 건치의 집에서 너무 늦게까지 논 탓일 수도 있어. 어쩌면 지난겨울에 무리했던 결과가 지금 나타나는 것일 수도 있고. 이번 달 내내 기분이 별로야. 물론 저기 난폭자들 테이블에서는 이런 얘기를 털어놓지 않았지. 폴, 자네도 이런 기분을 느낄 때가 있나? 아무튼 일종의 우울증이 엄습한 것 같아. 난 내가 의무라고 생각하는 꽤 많은 일을 했어. 가족을 부양했고 좋은 집과 6기통 자동차를 사들였고 훌륭한 중소 기업을 세워서 운영하고 있지. 담배를 피우는 것 말고는 특별히 나쁜 버릇도 없어. 아무튼 금연도 서서히 실천할 계획이야. 교회에도 다니고 몸매를 다지기 위해 골프장에도 자주 나가. 또 사교 생활은 좋은 친구들하고만 하지. 이렇게 하는 일이 많은데도 왠지 1백 퍼센트 만족이 안 돼!」

그의 얘기는 옆 테이블에서 고함 치는 소리, 웨이트리스와 농담하는 소리, 그 자신이 커피를 마시면서 어지러움과 소화불량을 느끼는 듯 신음하는 소리 등에 의해 단속적으로 끊어지면서 천천히 흘러나왔다. 그는 미안한 마음과 의구심이 동시에 들었다. 그 의구심의 안개를 꿰뚫은 것은 폴의 가느다란 목소리였다.

「아, 조지, 그런 건 나한테는 새로운 일도 아니야. 자신을 정열적이고 성공적인 활동가라고 생각하는 사람들은 정작 그런 생활에서 별로 만족을 얻지 못하지. 그런 불평을 하는 자네를 내가 선동가라고 비난이라도 할 줄 알았나? 자네는 내 인생이 어땠는지 잘 알지?」

「잘 알지, 친구.」

「나는 바이올리니스트가 됐어야 할 사람인데, 지금은 콜타르 지붕재를 팔고 있지! 게다가 질라 — 자네도 나만큼이나 내 아내에 대해서 잘 알지? 얼마나 바가지가 심한지⋯⋯. 지난밤이 전형적인 사례야. 우리는 영화를 보러 갔어. 로비에는 사람들이 아주 많이 기다리고 있었고 우리는 맨 끝이었지. 아내는 〈감히 나한테?〉라는 태도로 그 줄을 뚫고 앞으로 나아갔어. 솔직히 말해서, 아내의 그런 모습이 너무 역겨워. 화장품으로 떡칠한 얼굴에 마구 뿌린 향수, 남한테 싸움을 거는 듯한 태도, 〈난 숙녀인데, 감히 나한테 —〉라고 소리치는 듯한 뻔뻔함. 이런 것들을 보고 있노라면 정말 아내를 죽여 버리고 싶어! 그녀는 팔꿈치로 좌우를 밀며 앞으로 나아갔고 나는 뒤따라갔어. 정말 너무나 창피했지. 아무튼 그녀는 입구 앞의 벨벳 줄로 민든 대기선까지 갔고 이제 들어갈 차례가 되었어. 허지만 거기 기 직고 덩잔 남사가 하나 있더군. 아마 그는 줄을 선 채 30분은 기다렸을 거야. 그가 질라에게 고개를 돌리더니 아주 공손하게 말했어. 〈부인, 왜 저보다 먼저 들어가려고 하십니까?〉 그러자 그녀는 그에게 달려들었어. 아, 나는 너무 창피했어. 〈당신은 신사가 아니군요!〉 그녀는 그 현장에 나를 끌어들이면서 소리쳤어. 〈폴, 이 사람이 나를 모욕했어요!〉 그런데 그 키 작은 친구는 주춤하지 않고 싸울 태세였어.

나는 그녀의 말을 못 들은 체했어. 보일러 공장의 소음을 듣지 않으려는 사람처럼 귀를 틀어막았지. 난 딴 곳을 바라봤어. 로비 천장의 타일이 어떻게 생겼는지 살펴봤지. 타일들 중에는 마치 악마의 얼굴처럼 갈색 점들이 박힌 타일이 있더군. 아무튼 기다리던 사람들은 모두 정어리처럼 로비에 빽빽이 들어차 있었어. 모두가 우리 얘기를 했지. 질라는 그 작은 남자에 대해 불평하면서 〈신사 숙녀가 출입하는 곳에 저런 사람들을 들어오게 해서는 안 돼!〉 하고 소리 질렀어. 그러면서 나한테 이렇게 말하는 거야. 〈폴, 매니저를 좀 불러 줄래요? 이 지저분한 자를 신고해야겠어요.〉 나는 살짝 영화관 안으로 스며들어 가 어둠 속에 몸을 감춰 버렸어. 그렇게 되자 얼마나 기뻤던지!

이런 생활을 24년이나 해왔기 때문에, 자네가 그 달콤하고 깨끗하고 근사하고 도덕적인 생활이 겉보기처럼 그리 훌륭한 것이 아니라고 말해도 나는 충격 때문에 기절하여 입에 거품을 물 그런 형편은 아니야. 나를 비겁자라고 생각할지도 몰라서 자네 이외의 사람에게는 이런 얘기를 할 수도 없어. 어쩌면 나는 비겁자인지도 모르지. 하지만 더 이상 신경 안 써. ······조지, 내 불평불만을 들어 주느라고 괴롭지?」

「무슨 소리야, 폴. 자네는 결코 불평하는 게 아니야. 나도 때때로 마이러와 애들에게 내가 얼마나 대단한 중개업자인지 아느냐고 큰소리를 치지. 하지만 속으로는 내가 겉으로 꾸미는 것처럼 피어폰트 모건[21]은 아니라는 생각이 들어. 그래도 내가 자네를

---

21 John Pierpont Morgan(1837~1913). 미국의 은행가로 모건 재벌가의 2대째 인물이다.

즐겁게 하고 도움을 줄 수 있다면, 성 베드로가 나를 천국의 문으로 넣어 주겠지.」

「자네는 정말 대단해, 조지. 얼마나 쾌활하고 정력적인지. 자네는 내게 큰 도움이 돼.」

「왜 질라와 이혼하지 않나?」

「왜 이혼하지 않느냐고? 그럴 수 있다면 얼마나 좋겠나! 그녀가 내게 그럴 기회만 준다면! 그녀와는 이혼할 수도 없고 또 그녀를 내게서 달아나게 할 수도 없어. 그녀는 하루 세 끼의 정찬을 너무 좋아하고 중간중간 초콜릿을 1킬로그램씩 먹어 치워. 사람들이 말하는 것처럼 그녀도 바람을 피운다면 얼마나 좋을까! 조지, 나는 바람피우는 걸 싫어해. 대학 시절에는 바람을 피우는 남편은 총살시켜야 한다는 말을 하기도 했었지. 하지만 그녀가 다른 남자와 바람을 피우면 난 너무 신 날 것 같아. 그럴 가능성은 별로 없지만! 물론 남자들과 시시덕거리기는 해. 남자들의 손을 잡고서 뻔뻔스러운 웃음을 터뜨리며 수다를 떨지. 그녀가 조잘거리는 소리는 듣기만 해도 구역질이 나. 〈이 장난꾸러기! 조심하지 않으면 우리 남편이 곧 당신 뒤를 쫓아올 거예요!〉 그녀는 외간 남자와 그런 장난질을 하면서 약간의 재미를 얻기는 해. 그런 다음에는 모욕당한 순진한 여자 같은 표정을 지으며 〈당신이 그런 남자인 줄 몰랐어요〉라고 징징거리지. 소설 같은 데서는 이런 〈드미비에르주〉[22]에 대한 얘기가 많이 나와.

「드미 — 뭐?」

「하지만 질라처럼 약삭빠르고, 냉정하고, 코르셋을 입은 나이든 가정주부는 인생의 폭풍우 속으로 용감하게 전진하는 단발머리 소녀들보다 질이 나빠. 우산을 소매에 걸고 있기만 할 뿐 사용하지는 않는단 말이지! 아무튼 자네는 질라가 어떤 여자인지 잘 알지 않나. 그녀는 쉴 새 없이 바가지, 바가지, 바가지를 긁

---

[22] *demi-vierge*. 정신적으로 순결을 잃은 반(半)처녀.

어. 내가 사줄 수 있는 것은 물론이고, 사줄 수 없는 것까지 요구해. 그리고 때로는 말이 안 되는 요구를 하지. 참다 못해 화를 내면 그제야 완벽한 숙녀인 체하면서 〈왜 그걸 이제야 말해요?〉 혹은 〈내 얘긴 그런 뜻이 아니었어요〉 따위를 남발하면서 뒤로 빠져. 나는 어리둥절할 수밖에 없지. 조지, 자네는 내 취미가 아주 검소하다는 걸 잘 알지? 특히 음식에 있어서 말이야. 물론 자네가 늘 불평하듯이 비싼 시가를 피우긴 하지. 자네가 애용하는 플로르 데 카바고스가 아니고 말이야.」

「그것도 좋다니까! 같은 값에 두 개를 주는 질 좋은 시가가 얼마든지 있어. 폴, 내가 담배를 끊기로 결심했다는 얘기를 했었나?」

「응, 아무튼 내가 원하는 것을 얻을 수 없다면 나는 없는 대로 견딜 수 있어. 나는 태워 먹은 스테이크도 좋고 디저트로 복숭아 캔과 가게에서 파는 케이크를 내놓아도 괜찮아. 하지만 질라의 나쁜 성질만큼은 참아 줄 수가 없어. 얼마나 고약하게 굴었던지 우리 집 요리사도 그만뒀어. 질라는 지저분한 레이스 네글리제를 입고서 오후 내내 소파에 앉아 용감하고 씩씩한 서부 영웅이 나오는 싸구려 소설을 읽을 시간은 있어도 요리할 시간은 없지. 자네는 늘 〈도덕〉, 그러니까 일부일처제에 대해서 말해 왔지. 좋아, 내게 자네는 천년이 가도 변하지 않는 암석 같은 친구야. 하지만 본질적으로 자네는 너무 단순해. 자네는 ─」

「너무 단순하다고? 내 입장을 한번 말해 볼 ─」

「자네는 진지하게 보이길 좋아하고 외부 세계를 향해 〈책임 있는 기업가의 의무는 도덕을 철저하게 지켜 공동체에 모범이 되는 것이다〉라고 말하길 좋아하지. 조지, 자네는 도덕에 대해서 그처럼 진지하게 말하지만, 내가 볼 때 ─ 이렇게 말하긴 정말 싫지만 ─ 내면을 보자면 자넨 그리 도덕적인 사람이 아니야. 좋아, 자네는 ─」

「잠깐, 잠깐, 도대체 ─」

「자네 좋을 대로 도덕에 대해 실컷 얘기해. 자네, 그리고 가끔 테럴 오파렐의 첼로에 맞추어 바이올린을 연주하는 저녁, 또 〈도덕적인 생활〉을 웃기는 농담으로 여기게 해주는 서너 명의 귀여운 여자들이 없었다면 나는 오래 전에 자살해 버렸을 거야.

아, 그리고 사업이 있지! 지붕재 사업! 외양간 지을 때 필요한 지붕재! 조지, 난 이 사업에서 별로 재미를 못 느끼겠어. 노조를 잘 제압하고, 거액의 수표가 들어오고, 매출이 늘어나고 하는 게 대체 다 뭐야? 자네도 알다시피 내 사업으로 말하자면 지붕재를 유통하는 게 아니라, 경쟁 업체가 지붕재를 유통하지 못하도록 방해하는 거야. 이건 자네도 마찬가지지. 우리가 하는 일이라고는 상대방의 멱을 따면서 대중으로 하여금 그 비용을 지불하게 하는 거라고!」

「폴, 이걸 좀 생각해 봐. 자네는 지금 사회주의적인 견해를 내놓고 있어.」

「아니, 내 얘긴 그런 의미가 아니야. 물론 경쟁은 최선의 결과를 가져오고 적자생존을 유도하지. 내 얘기는 그런 게 아니고 이런 거야. 가령 여기 이 클럽에 들어와 있는 친구들을 한번 살펴보자고. 그들은 가정생활이나 사업이 원만히 굴러가는 것처럼 외양을 꾸미고 있어. 또 제니스 시와 상공 회의소를 발전시켜야 한다고 말하고 인구 1백만 시대를 맞이하자고 외쳐 대고 있지. 하지만 저들의 머릿속을 가만히 들여다보면 이런 결과가 나올 걸. 저들 가운데 3분의 1은 아내와 아이들과 친구들과 사업에 대해 그런대로 만족하고 있어. 두 번째 3분의 1은 불안을 느끼면서도 그것을 인정하려 들지 않아. 그리고 나머지 3분의 1은 자신이 비참하다는 사실을 명확하게 인식하고 있어. 그들은 원기 왕성하게 앞으로 나아가는 것처럼 경쟁을 증오해. 그들은 아내를 지겨운 존재로 여기고 가족들이 비보라고 생각해. 그렇게 마흔이나 마흔다섯이 되면 완전히 따분해지는 거야. 그들은 사업을 증오하고, 그래서 어디든 가려고 하는 거야. 왜 〈신비스러운〉 죽음이 그토록 많다고 생각해? 왜 그토록 많은 건실한 시민들이 전쟁판에 뛰어든다고 생각해? 그게 전부 애국심의 소치라고 생각해?」

배빗은 콧방귀를 뀌었다. 「그럼 자네는 뭘 기대하는 거야? 우리가 여유로운 시간을 즐기기 위해 이 세상에 태어났다고 생각하나? 그거 뭐야, 〈안락함의 꽃밭에서 노닥거리기 위해〉[23] 이곳에 왔다고 생각하나? 인간은 태어나기만 하면 마냥 행복을 누릴 수 있다고 생각하나?」

「왜 그런 생각을 하면 안 된다는 건가? 지금껏 인간이 태어난 목적에 대해서 명쾌하게 얘기해 준 사람을 만나 본 적은 없지만.」

「자네도 잘 알잖아. 성경에도 나와 있고 또 이치에도 맞는 얘기가 있어. 때때로 인생이 괴롭더라도 있는 힘껏 자기 의무를 다하지 않는 자는, 뭐랄까, 허약한 인간인 거야. 도대체 자네는 무엇을 바라는 거야? 현실을 직시하라고. 아내가 지겨워지면 아내를 내버리거나, 바람을 피우거나, 어디 가서 자살을 하거나 할 권리가 있다는 얘긴가?」

「무슨 소리! 나는 인간의 권리에 대해서는 아는 바가 전혀 없어. 또 권태의 해결 방안도 모르지. 만약 그걸 알았다면 인생의 획기적인 치료제를 가진 유일한 철학자가 됐겠지. 하지만 자기 인생이 너무나 따분하다고 여기는 사람들은 겉으로 드러난 것보다 열 배는 더 많아. 만약 우리가 60년 동안 선량하고 인내심 많고 충직한 사람으로 살고 또 그 이후에도 선량하고 인내심 많은 사람인 체하기보다 차라리 솔직하게 자기의 마음을 털어놓고 그걸 인정할 수 있다면, 우리 인생은 한결 유쾌해질 거야.」

그들은 각자 깊은 생각에 빠져들었다. 배빗은 엄청난 불안을 느꼈다. 폴이 스스로를 대담하다고 생각하는 것 같았지만, 어떤 측면에서 대담한 것인지는 확신이 서질 않았다. 이따금씩 배빗

---

23 영국의 종교 시인 아이작 와츠Isaac Watts의 시 중 한 구절.

은 폴의 이야기에 동의했는데, 그런 입장 표명은 기존의 의무 및 기독교적 인내심과 정면으로 배치되는 것이었다. 그는 폴에게 동의할 때마다 기이하면서도 무모한 즐거움을 느꼈다. 마침내 그가 말했다.

「이봐, 폴, 자네는 한번 정면으로 걸어차야 한다고 말은 많이 하지만, 막상 걸어차지는 않아. 왜 그러나?」

「아무도 행동에 나서지는 않지. 습관이라는 게 그토록 무서워. 하지만 조지, 나는 한번 가볍게 때려 볼 방법은 생각해 왔어. 일부일처제를 신봉하는 조지, 그리 걱정하지는 말게. 이건 아주 적절한 방법이니까. 휴가 문제가 거의 확정됐어. 질라는 뉴욕이나 애틀랜틱시티에서 멋지고 고급스러운 휴가를 보내고 싶어 했었지. 화려한 불빛 아래 밀수입된 술을 마시면서 제비 같은 녀석들과 춤추는 그런 휴가 말이야. 하지만 조지, 자네 부부와 우리 리슬링 부부는 수나스쾀 호수[24]로 가기로 했잖아. 자네와 나는 뉴욕에 일이 있다고 둘러대고서 마누라들보다 4~5일 먼저 나와 메인 주에 가면 어떻겠나? 우리끼리 놀면서 마음껏 담배 피우고 욕하고 자연의 상태로 돌아가 보자고.」

「좋아! 좋은 생각이야!」 배빗이 맞장구를 쳤다.

배빗은 지난 14년 동안 아내 없이 휴가를 보낸 적이 없었다. 두 사람 모두 자신들이 그런 대담한 행동을 저지를 수 있다고 믿은 적이 없었다. 많은 애슬레틱 클럽의 회원들이 아내 없이 캠핑을 가긴 했지만 그건 고기잡이나 사냥의 경우에만 해당하는 것이었다. 배빗과 리슬링이 신성하게 여기는 불변의 스포츠는 골프, 드라이브, 브리지 게임이었다. 사냥하는 사람이든 골프 치는 사람이든 평소의 관습을 어긴다는 것은 스스로 부과한 규율을 위반하는 셈이 될 것이고, 올바른 생각과 단정한 행동을 신조로 삼는 건실한 시민들에게 충격을 줄 터였다.

---

24 메인 주에 있는 가상의 호수.

배빗은 크게 소리쳤다. 「발로 방바닥을 쾅 구르면서 〈우린 먼저 출발할 거야. 그러니 그렇게 알도록!〉 하고 마누라한테 말하면 어떨까? 이건 범죄 행위도 아니잖아. 질라한테 단도직입적으로 —」

「질라에게는 단도직입적으로 말할 수가 없어. 그녀는 자네 못지않은 도덕가거든. 만약 내가 그녀에게 사실을 말해 준다면, 우리가 뉴욕에서 몰래 어떤 여자를 만날 계획이라고 곡해할걸. 심지어 마이러도 걱정을 할 거야. 물론 그녀는 질라처럼 바가지를 긁지는 않겠지만 말이야. 이렇게 부드럽게 말하겠지. 〈내가 당신과 함께 메인 주에 가는 걸 바라지 않는다고요? 당신이 싫다면 나는 거기 갈 생각은 아예 않을 거예요.〉 그러면 자네는 그녀의 감정을 풀어 주기 위해 굴복하고 말걸. 젠장! 덕핀이나 한판 하자고.」

유치한 형태의 볼링이라 할 수 있는 덕핀 게임을 하는 동안, 폴은 말이 없었다. 배빗은 미스 맥건에게 돌아오겠다고 말한 시간에서 30분 이상이 지난 후에야 클럽의 계단을 내려왔고, 폴은 한숨을 내쉬며 배빗에게 말했다. 「이봐, 친구, 질라에 대해 그런 식으로 말하지 말았어야 하는 건데, 하는 생각이 드네.」

「무슨 소리야. 가끔 그런 식으로 증기를 빼내는 게 좋아.」

「그건 나도 알아. 하지만 점심시간 내내 관습적인 것을 비웃은 주제에 바보스러운 고민을 털어놓는 방식으로 나 자신의 삶을 구제하려 하다니, 그 방식이 너무나 관습적이지 않은가?」

「폴, 자네는 지금 신경이 너무 날카로운 상태야. 난 자네를 데리고 메인 주로 갈 거야. 그 계획을 한번 꾸며 보겠네. 앞으로 뉴욕에 중요한 거래 건이 있을 거야. 암, 있고말고! 그리고 자네는 그 뉴욕 건물의 지붕재에 대해 조언을 해줘야 할 필요가 있어. 하지만 결국 그 거래 건은 무산돼 버리고, 자네와 나는 메인 주로 먼저 출발하는 것 말고는 방법이 없었던 거야. 아무튼 폴, 본론으로 돌아가서, 자네가 일상에서 벗어나든 말든 나는 신경 안

써. 나는 건실한 시민이라는 명성을 유지하고 싶지만, 자네가 그걸 내던지기를 원한다면 하시라도 자넬 도우러 달려오겠네. 물론 자네가 사회적 위치를 위태롭게 하는 그런 행동은 하지 않으리라 생각해. 내 말 알아듣겠지? 나는 좀 어설프고 영감탱이 같은 구석이 있어. 그래서 자네의 세련된 이탈리아 방식이 좀 필요하지. 우리는 — 이런 젠장, 여기서 하루 종일 잡담만 하고 있을 수는 없지. 사무실로 돌아가야 해. 안녕, 폴. 엉터리 철학에 빠져들지 말게. 그럼 곧 또 만나지. 잘 가!」

제6장

1

그날 오후 그는 대단할 것도 없는 세부 사항들을 처리하느라 폴 리슬링을 까맣게 잊어버렸다. 그가 없어서 휘청거리고 있는 듯한 사무실로 되돌아온 배빗은 한 〈잠재 고객〉에게 린턴 지구에 있는 4층짜리 임대 주택을 한번 구경해 볼 것을 강권했다. 잠재 고객은 그가 새로 구입한 전기 라이터를 보고 멋지다고 말했고 배빗은 그 말에 기분이 좋아졌다. 그는 그 신기한 물건을 세 번이나 사용했고, 그 때문에 세 번이나 피우다 만 담배를 내던지며 이렇게 중얼거렸다. 「담배를 끊어야 하는데 이놈 때문에 못 하는군!」

그들은 전기 라이터의 각 부분에 대해 의논하다가 자연스럽게 전기 다리미와 전기 장판 얘기까지 하게 되었다. 배빗은 자신이 구식 사람이라서 아직도 뜨거운 물병을 보온 용구로 사용한다고 말했다. 그러면서 지금 당장 침실 전실에 열선을 깔아야겠다고 했다. 그는 기계 장치들을 칭송했지만 그것들에 대해서 잘 알지는 못했다. 기계 장치는 그가 신봉하는 진리와 아름다움의 상징이었다. 새롭고 복잡한 기계들 — 금속 절단기, 2중 분사식 카뷰레터, 기관총, 산소 아세틸렌 용접기 — 을 존경의 눈빛으로 쳐다보면서 아주 실용적인 인물이라는 느낌을 풍길 수 있는 용어를 배웠고 그것을 되풀이하여 사용함으로써 자신이 기술적이면서도 전문적인 사람이라는 기분을 만끽했다.

잠재 고객도 덩달아서 기계류 칭송에 합세했다. 그들은 의기양양한 기분으로 임대 주택에 다다라 플라스틱 슬레이트 지붕, 도금 동판으로 된 문, 못 박은 자국이 보이지 않는 가로 20센티미터 세로 18센티미터짜리 바닥재 등을 살펴보았다. 배빗은 뭔가 지적을 당하면 의외라는 듯 놀라움을 표시하면서 즉각 시정하기로 약속했고(이미 고치기로 결정했으면서도), 그것이 궁극적으로 판매 계약으로 이어지기를 바랐다.

돌아오는 길에 배빗은 장인이자 파트너인 헨리 T. 톰슨을 그의 부엌 찬장 공장에서 태워 사우스제니스로 데리고 갔다. 그곳은 눈에 잘 띄는 소란스럽고 활기 넘치는 지구였다. 거대한 철망 유리를 달고 바닥에는 단단한 타일을 깐 신규 공장들, 옥상에 물탱크를 갖춘 붉은 벽돌의 오래된 공장들, 기관차같이 생긴 붉은 대형 트럭들이 있었다. 스무 군데도 넘는 이면 도로에는, 뉴욕 센트럴 역과 사과 과수원 지대, 북부 대평원과 밀 곡창 지대, 남태평양에서부터 오렌지 숲까지 전국 각지에서 온 운송 차량들이 집결해 있었다.

그들은 제니스 주물(鑄物) 회사의 비서를 만나서 린던 레인 공동묘지에 사용할 주철 울타리에 대해 의논했다. 이어 지코 자동차 회사로 가서 판매 부장인 노엘 라일런드를 만나 톰슨이 사들이려는 지코 자동차의 가격 할인에 대해 의논했다. 배빗과 라일런드는 부스터 클럽의 회원이었고, 그런 만큼 동료 회원으로부터 가격 할인을 받지 않고 물건을 사들이는 것을 옳지 않은 일이라고 느꼈다. 하지만 헨리 톰슨은 툴툴거렸다. 「젠장, 난 그 누구한테도 굽실거리며 할인받을 생각이 없어.」 그것이 톰슨과 배빗의 결정적 차이였다. 구식인 데다 깍쟁이인 톰슨은 투박하면서도 관습적이고 과거 미국 기업가 유형인 데 비해, 통통하고 원만한 배빗은 보다 효율적이고 현대적인 기업가 유형이었다. 톰슨이 〈거기다 당신의 존 핸콕[25]을 써넣도록 하세요〉라고 말할 때마다 배빗은 그런 구식 지방색을 흥미롭게 여겼다. 아마도 영국 신사가 미국의 촌사람을 만나면 그런 식의 흥미로움을 느끼리라. 그는 자신이 톰슨에 비해 좀 더 세련되고 감수성이 풍부하다고 생각했다. 대학 졸업자에 골프를 치며 종종 시가 대신 궐련을 피우고 시카고에 출장을 갈 때에는 개인 욕실 딸린 방에 든다는 이유로. 그는 폴 리슬링에게 자신의 장인을 이렇게 평가했다. 「결론적으로 말해서 이 늙은이에게는 오늘날 꼭 갖추어야 할 세련미가 결여되어 있어.」

배빗은 문명이 더욱 발전하리라는 것을 알고 있었다. 지코의 판매 부장인 노엘 라일런드는 프린스턴 대학을 졸업한 경박한 위인인 데 비해, 배빗은 훌륭한 백화점이라 할 수 있는 주립 대학을 졸업한 건전하면서도 표준적인 사람이었다. 라일런드는 바지 밑단에 짧은 각반을 찼고 도시 계획과 주민 노래 대회에 대하여 장문의 글을 쓴 바 있으며, 부스터 회원임에도 불구하고 호주머니에 외국어 시집을 넣고 다니는 것으로 알려져 있다. 도를 지나친 행동들이다. 헨리 톰슨이 고립의 한쪽 극단이라면 노엘 라일런드는 경박함의 또 다른 극단이었다. 이 양극단 사이에, 국가를 지탱하고 복음주의 교회를 수호하며 가정의 단란함과 사업의 건전성을 유지하는 배빗과 그의 친구들 같은 사람들이 있다.

스스로에 대한 이런 정당한 평가, 그리고 톰슨이 사들일 차에 대한 할인의 약속과 함께 그는 의기양양하게 사무실로 돌아왔다.

하지만 리브스 빌딩의 복도를 걸어가면서 그는 한숨을 내쉬었다. 〈불쌍한 폴! 내가 뭔가 조치를 — 에이, 빌어먹을 노엘 라일런드! 빌어먹을 찰리 맥켈비! 그자들은 돈을 더 많이 번다는 이

---

25 John Hancock(1737~1793). 미국 독립 전쟁의 지도자로 독립 선언문에 최초로 서명한 인물. 현재 그의 이름은 〈서명〉을 의미하는 구식 표현으로도 쓰인다.

유로 나보다 우월하다고 생각하고 있어. 내가 그놈들의 유니언 클럽에서 죽은 채 발견되는 일은 없겠지. 그런데 어쩐지 오늘 — 사무실로 돌아가고 싶지 않군. 그래도 어쩌나 —〉

2

그는 걸려 오는 전화를 받았고, 오후 4시의 우편물을 읽었으며, 오전에 작성하라고 지시했던 편지들에 서명을 했고, 한 세입자에게 집수리 문제를 상담해 주었고, 스탠리 그라프와 언쟁을 벌였다.

외부 영업 사원인 젊은 그라프는 자신이 수수료를 더 받아야 한다고 은근히 암시해 오더니 오늘은 노골적으로 불평했다. 「이 하일러 건을 성사시키면 보너스를 받아야 한다고 생각합니다. 매일 저녁마다 이 건을 쫓아다니며 밀어붙이고 있다고요.」

배빗은 평소 아내에게 사무실 직원은 잘 구슬려서 부려 먹어야 그들을 면전에서 질책하는 건 별로 도움이 되지 않는다고 말해 왔다. 그런 식으로 해야 일을 더 많이 시킬 수 있다는 것이었다. 하지만 그라프가 노골적으로 불평을 해오자 그는 기분이 상해 호통을 쳤다.

「스탠, 내 말 좀 들어 봐. 이거 하나는 분명해 해두자고. 판매를 성사시키는 것이 오로지 자네의 공로라고 생각하는 것 같군. 도대체 어떻게 하다가 그런 생각을 하게 되었나? 우리 회사의 자본이 자네를 뒷받침하고, 부동산 리스트가 이미 작성되어 있고, 또 우리가 잠재 고객을 미리 알아 놓지 않았더라면 자네 일은 지금쯤 어떻게 됐을까? 자네가 하는 일이라고는 우리의 조언에 따라 계약을 마무리 짓는 것뿐이야. 호텔 짐꾼이라도 배빗-톰슨 부동산 건수를 판매할 수가 있다고. 자네는 약혼녀와 데이트해야 할 시간에 잠재 고객을 쫓아서 매일 저녁 시간을 보낸다고 했지? 그게 그렇게 억울한 일인가? 그럼 자넨 무엇을 하고 싶나? 가만히 앉아서 그 여자의 손이나 잡고 노닥거리고 싶나? 스탠, 이거 하나는 말해 주고 싶군. 만약 그 여자가 제대로 된 여자라면 자네가 매일 저녁 잠재 고객을 쫓아다니는 걸 가상히 여길 걸세. 그래야 사랑에 빠져 한가하게 노닥거리는 대신, 보금자리에 가구라도 사들일 돈을 마련할 수 있을 게 아닌가? 잔업을 거부하는 친구, 싸구려 소설을 읽거나 여자를 만나 식사하며 헛소리를 지껄이는 친구는 장래가 촉망되는 똑똑하고 정력적인 청년이라고 할 수 없어. 그런 친구는 우리 회사가 요구하는 비전을 갖추지 못한 사람이지. 어떤가? 자네의 비전은 대체 뭔가? 자네는 돈을 벌어 공동체의 유지가 되고 싶은가, 아니면 아무런 영감이나 활력 없이 빈둥거리며 노닥거리는 자가 되고 싶은가?」

그라프는 배빗이 말하는 비전이나 이상에 별 관심이 없었다. 「지금 돈을 벌어야 한다고 말씀하셨지요? 바로 그 때문에 보너스를 요구하는 겁니다. 배빗 사장님, 나는 절대 버릇없는 사람이 아닙니다. 하지만 하일러 건은 정말 끔찍해요. 아무도 그 집을 사려고 하지 않을 겁니다. 바닥은 썩어 내리고 벽엔 금이 갔어요.」

「내 말이 그 말이야! 자신의 직업을 사랑하는 영업 사원에게는 그런 어려운 문제들이 최선의 노력을 이끌어 내는 계기가 되는 거라고. 게다가 스탠, 톰슨과 나는 보너스에 대해서 원천적으로 반대야. 우리는 자네를 좋아하고 또 자네가 결혼할 수 있도록 도와주고 싶어. 하지만 다른 직원들과의 형평성이 문제가 돼. 우리가 자네한테 보너스를 준다면 페니먼과 레일록의 기분은 어떻겠나? 불공평하다고 생각하지 않겠나? 모든 것을 공평하게 처리해야지, 차별 대우는 안 되는 거야. 그래서 우리 회사에서는 보너스를 절대 지급하지 않아. 스탠, 전쟁 중에는 영업 사원을 구하기가 어려웠지만 지금은 일이 없어 놀고 있는 사람들이 아주 많네. 자네가 누리고 있는 기회를 대신 잡으려고 적극적으로 뛰어들 똑똑한 청년들이 얼마든지 있다고. 그들은 톰슨과 나를 자신들의 적으로 보지 않을 뿐만 아니라 보너스 안 줘도 아주 열심히 뛸 그런 친구들이야. 어떤가? 이런 현상에 대해 어떻게 생각하나?」

「글쎄요, 뭐, 특별히 할 말이……」 그라프가 게처럼 옆으로 움직여 사무실을 빠져나가며 말했다.

배빗은 직원들과 자주 언쟁을 벌이는 편이 아니었다. 그는 주변에 있는 사람들에게 호감을 주려고 애썼다. 부하들이 그를 좋아하지 않는 것 같으면 불안을 느꼈다. 그들이 신성한 금고를 공격할 때에만 경악하며 분노를 터뜨릴 뿐이었다. 하지만 자신의 웅변과 고상한 원칙에 열중하여 스스로 내뱉는 말의 소리와 덕성의 온기를 즐겼다. 오늘 그는 유난히 스스로를 정의로운 사람이라고 생각했으므로 과연 자신이 스탠에게 1백 퍼센트 정당하게 행동했는지 약간 의구심을 가졌다.

〈아무튼 스탠은 어린애에 불과하잖아. 너무 심하게 닦아세우지 말았어야 했는데. 하지만 제대로 교육하려면 가끔은 야단을 쳐야 해. 달갑잖은 일이긴 하지만. 스탠이 화가 났을까? 저기 바깥에서 미스 맥건에게 뭐라고 말하고 있을까?〉

바깥 사무실에서 증오의 바람이 너무나 강력하게 불어왔기 때문에 퇴근 무렵의 아늑한 분위기는 엉망이 되고 말았다. 사장이라면 늘 의식할 수밖에 없는 직원들의 애정을 잃었으므로 그는 마음이 괴로웠다. 평소 그는 이런저런 가벼운 지시를 내리면서 퇴근을 했다. 가령 내일은 아주 중요한 건수가 발생할 것이다, 미스 맥건과 미스 베니건은 내일 아침 일찍 출근하는 게 좋을 것이다, 내일 아침 출근하면 콘래드 라이트에게 전화 거는 일을 상기시켜 달라 등등. 그날 저녁 그는 억지로 활기차게 보이려 애쓰며 퇴근을 했다. 벼락부자가 집사장(執事長)의 쌀쌀한 태도에 주눅 들듯이 그는 직원들의 차가운 얼굴과 시선을 두려워했다. 미스 맥건은 타이핑을 하다 말고 고개를 들어 그를 쳐다보

앉으며, 미스 베니건은 장부 너머로 슬쩍 훔쳐보았고, 매트 페니먼은 어두운 벽감 속 책상에 앉아 있다가 목을 쭉 빼고 바라보았다. 그는 자신의 등이 직원들의 비웃음에 노출되는 것이 싫었다. 억지로 유쾌한 척하려다 그는 말을 더듬었고 다정한 분위기도 풍길 수 없었으며 그리하여 비참한 기분으로 사무실을 빠져나왔다.

하지만 스미스 거리에 들어서서 매력적인 플로럴 하이츠를 쳐다보는 순간, 비참한 기분은 싹 잊어버렸다. 붉은 타일과 초록색 슬레이트 지붕, 반짝거리는 채광 거실, 스테인리스로 장식한 벽들이 그를 환영하고 있었다.

3

그는 이웃에 사는 학자 하워드 리틀필드의 집 앞에 잠시 멈춰, 낮에는 봄날처럼 따뜻했지만 밤에는 추울지도 모른다고 말해 주었다. 그리고 자기 집으로 들어서면서 아내를 부르며 〈여보, 어디 있어?〉 하고 소리쳤지만, 그녀가 어디에 있는지 알고 싶은 마음은 별로 없었다. 그는 잔디밭을 둘러보면서 잡역부가 잔디밭의 잡초를 제대로 제거했는지 살폈다. 아내, 테드, 하워드 리틀필드와 의논한 끝에 그는 잡역부가 제대로 해놓지 않았다는 결론을 내리고, 아내의 재단용 가위를 가져와서 잡초 두 줄기를 잘라 냈다. 그는 테드에게 잡역부를 둔다는 것은 무의미한 일이라고 말했다. 「너같이 덩치 큰 녀석이 집안의 잡일을 도맡아 해야 하는 거야.」 하지만 그는 자신이 돈을 잘 벌기 때문에 아들이 집안 잡일을 할 필요가 없다는 사실을 동네 주민들에게 과시하는 것을 은근히 즐겼다.

그는 침실 전실에 서서 그날 치 운동을 했다. 양팔을 옆으로 2분간, 위로 2분간 벌리는 동작이었다. 그러는 동안 그는 혼자 중얼거렸다. 「좀 더 운동을 해서 몸매를 유지해야 돼.」 이어 침실로 들어가 저녁 식사 전에 옷깃을 바꾸어야 하는지 살펴보았다. 평소와 마찬가지로 바꿀 필요가 없었다.

몸집이 단단하고 힘이 센 레트족 크로아티아인 하녀가 저녁 식사 벨을 울렸다.

구운 쇠고기와 구운 감자와 꼬투리째 먹는 콩 등 그날 저녁 식사로 나온 음식은 훌륭했다. 그날의 날씨, 450달러에 달하는 수수료, 폴 리슬링과의 점심 식사, 새로 나온 시가 라이터의 우수한 품질 등에 대해 이야기한 뒤 그는 이렇게 덧붙였다. 「새 차를 살까 싶어. 내년까지는 필요 없을 테지만 그래도 생각 중이야.」

큰딸 베로나가 기뻐하며 소리쳤다. 「아빠, 차를 살 거라면 세단을 사세요. 아주 멋질 거예요. 덮개 있는 차가 오픈카보다 한결 편안해요.」

「글쎄, 그건 생각해 보지 않았는데. 나는 오픈카를 더 좋아하는 편이야. 지붕이 열려 있으면 아주 시원하잖아.」

「그건 아빠가 세단을 타보지 않아서 그런 거예요. 세단을 사요. 그게 한결 품위를 높여 줘요.」 테드가 거들었다.

「세단을 타면 옷에 먼지가 묻지 않잖아요.」 배빗 부인도 한마디 거들었다. 「머리가 바람에 날리지 않아서 좋고요.」 베로나가 말했다. 「게다가 훨씬 날렵해요.」 테드였다. 「세단을 사요. 메리 엘런네 아빠도 세단을 타요.」 어느새 막내 팅카까지 가세했다. 테드도 다시 한 번 흥분한 목소리로 외쳤다. 「우리 집을 빼놓고 다들 세단을 타고 있어요!」

배빗이 식구들을 빤히 쳐다보았다. 「너희들이 별로 불평할 건 없다고 보는데. 너희 같은 어린애들이 백만장자처럼 보이라고 차를 곯리는 건 아니니까. 나는 오픈카가 좋아. 여름밤에 지붕을 다 열고 드라이브를 나가면 얼마나 시원한데. 게다가   세단은 훨씬 비싸.」

「아빠, 도펠브로 부부도 세단을 타고 다니는데, 우리도 얼마든지 타고 다닐 수 있잖아요.」 테드가 그를 자극했다.

「그 인간들! 그가 연간 7천 달러를 버는데 비해 나는 8천 달러를 벌지. 하지만 그들처럼 돈을 낭비하거나 날려 버리지는 않아. 자기 자신을 과시하기 위해 그처럼 많은 돈을 쓴다는 건 웃기는 얘기지.」

그들은 자동차의 유선형 몸체와 언덕을 올라가는 힘, 철사 바퀴, 크롬강, 내연 기관의 점화 장치, 차체의 색상 등에 대해서 열광적으로 의논했다. 그것은 수송 수단의 철저한 연구를 넘어선 태도로, 높은 기사 작위를 바라는 열망과 비슷한 것이었다. 야만적인 20세기의 제니스 시에서, 집안의 자동차는 사회적 지위를 말해 주는 것이었다. 과거에 작위가 영국 귀족의 서열을 말해 주었던 것처럼, 미국에 새로 창조된 양조업 남작이나 양모 공장 후작에 대해 시골 가문들은 그들의 자동차를 보고서 의견을 형성한다. 물론 결정되어 있는 우선순위의 구체적 사항은 없다. 피어스애로우[26] 리무진을 타고 다니는 자의 둘째 아들이 뷰익[27] 로드스터를 타고 다니는 자의 큰아들보다 만찬장에 먼저 들어가야 한다고 판결을 내리는 법정도 없다. 하지만 그들이 각자 상당한 사회적 지위를 누린다는 사실에는 의심의 여지가 없다. 배빗은 어린 시절 대통령이 되기를 열망했지만, 그의 아들 테드는 패커드[28]의 12기통을 타고 다니면서 자동차 귀족의 서열에서 상위 순번에 놓이기를 열망한다.

배빗은 새 차 얘기를 꺼내서 가족들의 관심을 바짝 끌어당겼지만 그들은 아버지가 금년에 차를 살 생각이 없다는 것을 확인하고서 곧 심드렁해졌다. 테드가 한탄했다. 「아, 우리 집 낡은 차

---

26 Pierce Arrow. 20세기 초 최고급 차를 생산한 회사.
27 Buick. 보수적 이미지의 고급 승용차를 생산한 자동차 회사. 제너럴모터스의 모체이다.
28 Packard. 19세기 후반 설립된 자동차 회사로 20세기 전반까지 고급 차로 명성을 누렸다.

는 마치 벼룩 때문에 온몸을 마구 긁어 놓은 피부 같아 보여요.」 배빗 부인도 한마디 거들었다. 「살 생각도 없으면서 말만 많은 아빠야.」 배빗은 화를 벌컥 냈다. 「네녀석이 그렇게 지체 높은 신사에다 또 남의 이목을 그처럼 의식한다면, 오늘 저녁에 저 차를 끌고 나갈 필요는 없겠네.」 테드가 황급히 변명했다. 「뭐, 그렇다는 얘기는 아니고요.」 저녁 식사는 단란한 분위기 속에서 계속되었으나 곧 끝내야 할 시점이 다가오자 배빗이 말했다. 「자, 자, 하루 종일 이렇게 앉아 있을 시간이 없어. 하녀에게 식탁 치울 시간을 줘야지.」

그는 가볍게 짜증을 냈다. 〈뭐 이런 가족이 있담? 어떻게 이런 식으로 매일 으르렁거리며 싸움을 벌이지? 난 정말 어디론가 가서 조용히 생각할 시간을 가져야 할까 봐……. 폴, 그리고 메인 주……. 낡은 바지를 입고 빈둥거리면서 마음껏 욕설을 퍼붓고…….〉 그는 아내에게 조심스럽게 말을 건넸다. 「뉴욕에 있는 어떤 사업가와 편지를 주고받았는데, 부동산 거래 건으로 내가 뉴욕에 와주기를 원하더라고. 여름까지는 이 일을 마무리할 수 없을 것 같아. 리슬링 부부와 메인으로 휴가를 가는 기간과 겹치지 않아야 할 텐데. 우리 부부가 함께 휴가를 떠나지 못하게 되면 안타까운 노릇이잖아. 아무튼 이 문제를 지금 걱정할 필요는 없겠지.」

베로나는 저녁 식사 직후 사라졌다. 배빗이 〈넌 왜 집에 좀 붙어 있지 못하니?〉 하고 건성으로 지적했으나 그녀는 아무 대꾸도 하지 않았다.

테드는 거실 대형 소파 한구석에서 숙제를 했다. 평면 기하학, 키케로,[29] 「코무스」[30]의 골치 아픈 비유 등이었다.

「왜 학교에서는 밀턴, 셰익스피어, 워즈워스의 고리타분한 작

---

[29] Cicero(B.C. 106~B.C. 43). 로마의 정치가이자 학자, 작가로 그의 문체는 라틴어의 모범으로 일컬어진다. 본문에서는 라틴어 문장 공부를 의미한다.
[30] Comus. 존 밀턴의 시.

품을 가르치고 또 한물간 사람들의 문장을 외우라고 하는 거죠?」 테드가 불평했다. 「셰익스피어 연극을 극장에서 보면 그런대로 봐줄 만해요. 멋진 풍경과 개들이 등장하면 말이에요. 하지만 셰익스피어 희곡을 책상에 앉아서 읽는다는 건 생각만 해도 골치 아파요. 게다가 이걸 가르치는 선생들이라니! 어떻게 하나같이 그 모양이죠?」

배빗 부인이 양말을 기우면서 대답했다. 「그래, 나도 왜 그런지 궁금하구나. 물론 교수들이나 다른 사람들의 의견을 정면으로 반박하려는 건 아니지만, 셰익스피어 희곡에는 뭔가 잘못된 게 있다고 생각해. 물론 내가 그의 작품을 많이 읽었다는 얘기는 아니야. 하지만 여학생 시절에 친구들이 그의 문장을 보여 주곤 했는데, 그중에는 멋지지 않은 것도 꽤 있었지.」

배빗은 「이브닝 애드버킷」의 연재만화를 읽다가 짜증을 내며 고개를 쳐들었다. 머트 씨가 제프 씨를 썩은 달걀로 때리는 장면, 어머니가 아버지의 저속한 태도를 반죽 미는 밀대로 교정해 주는 장면 등이 나오는 그 만화는 그가 즐겨 읽는 문학이며 예술이었다.[31] 애독자답게 진지한 표정을 짓고, 벌린 입으로는 무겁게 숨을 내쉬며 배빗은 밤마다 그 만화를 탐독했다. 그런 일상적인 의식을 거행할 때 옆에서 누군가 방해하는 것이 그는 무척 싫었다. 게다가 셰익스피어에 관한 한 전문가도 아니었다. 「애드버킷 타임스」, 「이브닝 애드버킷」, 「제니스 상공 회의소 회보」 등의 사설은 그런 주제를 다루지 않았으며, 신문에서 뭔가 구체적인 얘기를 해주기 전에는 그 나름의 독창적인 견해를 수립할 수가 없었다. 하지만 이렇게 공개적인 논쟁이 벌어졌으므로 그는 낯선 습지에서 익사할 위험을 감수하며 그 논쟁에 끼어들었다.

「왜 네가 셰익스피어와 기타 작가들을 공부해야 하는지 말해 주지. 그 이유는 그것들이 대학 입학의 필수 과목이기 때문이야.

---

31 「머트와 제프Mutt and Jeff」는 1907년부터 신문에 연재된 만화다. 일간지 만화로는 최초로 큰 성공을 거두었다.

그뿐이야. 개인적인 생각으로는 우리 주에서 실시하는 최신식 고등학교 교과 과정에 왜 그런 것을 집어넣어야 하는지 이해가 안 돼. 오히려 상업 영어를 배우고 광고 문안을 작성하는 요령과 매력적인 상용 편지 쓰는 법을 배우는 게 더 도움이 되리라 생각해. 하지만 이미 그런 게 과목으로 설정되어 있으니까, 그걸 얘기하고 논의하고 따져 봐야 아무 소용도 없어. 테드, 넌 뭐가 문제인가 하면 말이야, 뭐든지 남들과 다르게 하려고 한다는 거야. 만약 네가 법과 대학원에 갈 작정이라면 ─ 물론 가야겠지! 나는 거기 다닐 기회가 없었지만 너만은 꼭 보내 주겠다 ─ 영어와 라틴어를 상당히 공부해 두는 게 좋아.」

「에이, 말도 안 되는 소리예요. 난 법과 대학원 따위는 취미 없어요. 아니, 고등학교를 과연 졸업해야 하는지도 이해가 잘 안 돼요. 대학에 가고 싶은 생각도 없고요. 대학을 졸업했다고 뭐가 되는 것도 아니잖아요. 대졸자 중에 대학 안 가고 사회에 일찍 진출한 사람에 비해 돈을 훨씬 적게 버는 사람들도 많아요. 우리 학교에서 라틴어를 가르치는 늙은이 시미 피터스를 한번 보세요. 그는 컬럼비아 대학을 졸업했고, 한심한 책들을 밤새워 읽으면서 〈언어의 가치〉에 대해 열변을 토해요. 하지만 그 불쌍한 선생은 1년에 1천8백 달러밖에 못 벌어요. 출장 영업 사원 중에 그 돈 받고 일할 사람은 아무도 없을걸요. 난 내가 앞으로 무엇을 하고 싶은지 분명하게 알고 있어요. 난 비행기 조종사가 되고 싶어요. 또는 대형 카센터를 운영하거나요. 어제 친구한테 들은 얘기로는 스탠더드 석유 회사에서 중국에 직원들을 파견한다던데, 나도 그런 직원이 되고 싶어요. 그 파견 직원들은 직원 주택 단지에 살면서 일은 별로 안 해도 된대요. 그렇게 해외 파견을 나가면 세상 구경도 할 수 있고 사원이나 바다는 물론, 기타 모든 것을 볼 수 있잖아요! 그리고 넌 통신 강좌로 공부하고 싶어요. 그거야말로 진짜 제대로 된 실무 강의거든요. 교장에게 잘보이려고 애쓰는 늙은 여교사 앞에서 고리타분한 문장을 외어 보이는 일처럼 지겨운 건 없어요. 이걸 좀 보세요. 통신 강좌의 광고문들을 오려 두었어요.」

테드는 기하학 책 뒷면에서 무려 50여 장에 달하는 통신 강좌 안내문을 꺼냈다. 그것은 미국 상업계가 교육계에 바치는 열성과 통찰의 구체적인 사례였다. 첫 번째 광고문에는 깨끗한 이마에 강철 같은 턱, 비단 양말, 에나멜 가죽처럼 반들거리는 머리칼을 뽐내는 한 젊은이의 초상이 들어 있었다. 그 젊은이는 한 손을 바지 주머니에 집어넣고 다른 한 손으로는 검지를 쫙 편 채 뭔가를 가리키며 서 있었다. 그는 반백의 수염, 툭 튀어나온 배, 대머리, 기타 지혜와 번영의 특징을 지닌 사람들을 유혹하고 있었다. 그리고 그 그림 위에는 아주 영감에 넘치는 교육적 상징이 들어가 있었는데, 그것은 고리타분한 등불이나 횃불 혹은 미네르바의 부엉이[32] 따위가 아니라 일렬로 늘어선 달러 표시였다. 본문의 내용은 이러했다.

$ $ $ $ $ $ $ $ $
대중 연설의 위력과 출세

클럽에서 있었던 이야기

며칠 전 저녁 내가 딜럭스 레스토랑에서 만난 사람이 누구였을까? 나의 옛 직장의 해운 담당 직원으로 무기력하게 일하던 프레디 더키였다. 우리는 그 친구를 〈생쥐 인간〉이라고 부르면서 웃음을 터뜨리곤 했다. 그는 너무나 심약한 친구였고 그래서 부장을 너무나 무서워했다. 아무리 멋진 일을 해놓아도 공로를 인정받지 못했다. 그런 그가 딜럭스에 나타나다니! 그는 셀러리에서 땅콩에 이르기까지 모든 〈곁들이〉를 추가하면서 그럴듯하게 주문을 했다! 과거 우리와 점심 식사를 했던

---

32 신화 속 전쟁과 지성의 여신 미네르바와 항상 함께 다니는 신조(神鳥)로 지혜의 상징이다.

올드랭사인에서는 너무 수줍어하며 말도 제대로 못 했으나, 딜럭스에서 본 그는 웨이터들에게 조금도 주눅이 들지 않고 마치 자신이 백만장자나 되는 것처럼 그들을 가지고 노는 것이었다!

나는 그에게 어떻게 지내느냐고 조심스럽게 물어보았다. 프레디는 웃음을 터뜨리며 말했다. 「이봐, 옛 친구, 내가 왜 이렇게 변했느냐고 묻고 싶은 거지? 난 현재 오래된 회사에서 차장으로 근무하고 있고, 출세와 권력의 가도를 달리고 있어. 얼마 후에는 12기통 자동차를 구입할 거야. 내 아내는 상류 사회에서 열심히 활동하고 애들은 일류 학교에 다니고 있지.

어떻게 이렇게 된 건지, 그 과정은 이렇다네. 나는 어떤 통신 강좌를 발견했어. 사람들에게 유창하게 말하는 방법, 자립하는 방법, 불평에 대응하는 방법, 사장에게 제안서를 제출하는 방법, 은행에 가서 돈을 빌리는 방법, 기지와 유머의 일화와 영감으로 많은 청중을 휘어잡는 방법 등을 가르치는 강좌였어. 대웅변가인 월도 F. 피트 교수

이런 것들을 배울 수 있습니다!

클럽 회원들을 응대하는 법.
건배를 제청하는 법.
일화를 얘기하는 법.
여자에게 청혼하는 법.
연회를 여는 법.
설득력 있게 상담하는 법.
많은 어휘를 습득하는 법.
강인한 성격을 갖는 법.
합리적이면서도 강력하고 독창적으로 생각하는 법.
거인이 되는 법!

W. F. 피트 교수

『대중 연설 쇼트커트 강좌』의 저자이며 실용서, 심리학, 웅변 분야에서 독보적인 존재이다. 국내의 유수한 대학을 졸업했고 강연사, 여행가, 작가, 시인 등으로 이름이 높다. 거인의 마음과 성품을 가진 독특한 인물이다. 그는 당신에게 이러한 사고의 비결을 낱낱이 가르쳐 주고 또 남다른 힘을 갖추도록 도와줄 것이다. 강좌는 아주 쉬우며, 당신은 현재의 일을 계속하면서 배워 나갈 수 있을 것이다.

가 담당했지. 나도 처음에는 회의적이었어. 그래도 통신 강좌의 발행인에게 편지(엽서에 이름과 주소를 간단히 적은 엽서였어)를 보내 맛보기 강의록을 보내 달라고 했어. 강좌 내용이 마음에 들지 않으면 돈을 돌려준다고 했거든. 강의록에는 여덟 개의 강의가 누구나 이해하기 쉽게 설명되어 있었어. 어느 날 밤 난 몇 시간 동안 그 강의를 공부했고 이어 아내에게 활용해 보았어. 얼마 안 가 부장 앞에서도 과감하게 말할 수 있었고 내가 해낸 훌륭한 일에 대해서도 공로를 인정받게 되었지. 회사에서는 내 능력을 인정하고 나를 승진시키기 시작했어. 옛 친구, 회사에서 내가 지금 얼마를 받는지 아나? 연간 6천5백 달러야! 나는 어떤 주제에 대해 얘기해도 많은 청중을 매혹시킬 수 있어. 오랜 친구, 친구로서의 정표로 자네에게 한 가지 조언해 주고 싶네. 다음 주소로 회람(의무 사항은 아니라네)과 공짜 그림을 보내 달라고 요청해.」

쇼트커트 교육 출판 회사
아이오와 샌드피트 데스크 WA
당신은 자신의 1백 퍼센트를 발휘하고 있나요?
혹시 10퍼센트만 쓰고 있지는 않습니까?

이번에도 배빗에게는 권위 있게 말할 수 있는 근거가 없었다. 자동차나 부동산 업계의 지식으로는 통신 강좌 문화에 대한 모범 시민의 표준적인 생각을 알 수 없었기 때문이다. 그는 망설이는 어조로 말했다.

「글쎄 ─ 어느 정도 현실적인 문제를 보완해 주는 것 같긴 하구나. 연설을 잘한다는 것은 확실히 좋은 일이지. 나도 그 방면으로는 약간의 재능이 있고, 또 허풍쟁이 챈 모트 같은 덜떨어진 인간도 그 웅변술 덕에 부동산 업계에서 그런대로 버티고 있으니. 그자는 특별히 할 말도 없으면서 그럴듯하게 연설을 해낸단 말이지. 오늘날 통신 학교가 다양한 화제와 주제에 대해 강좌를 개설하고 가르친다는 건 정말 멋진 일이야. 하지만 네게 이거 한 가지는 말해 주고 싶구나. 네가 다니는 학교에서 웅변, 영어, 기타 필요 과목을 다 가르쳐 주기 때문에 그런 통신 강좌에 일부러 돈을 들일 필요는 없어. 게다가 너희 학교는 전국에서 가장 큰 교사(校舍)를 가진 학교들 중 하나잖아!」

「그건 그래요.」 배빗 부인이 맞장구를 쳤다. 그러나 테드는 여전히 불만이었다.

「하지만 아빠, 학교에서는 실용성으로 따지면 아무런 소용도 없는 것을 많이 가르쳐요. 체력 훈련, 타자술, 농구, 춤추기 등을 제외하고는 말이에요. 이 통신 강좌를 이용하면 생활에서 편리하게 활용할 수 있는 지식을 많이 배울 수 있어요. 이걸 한번 보세요.」

당신은 남자의 역할을 할 수 있습니까?

당신이 어머니, 여동생, 혹은 친한 여자 친구와 길을 걸어가고 있는데 어떤 사람이 지나가면서 모욕적인 언사나 부적절한 말을 할 때, 당신이 그녀의 편을 들어 응전하지 않는다면 부끄러움을 느끼지 않을까요? 그렇다면, 당신은 그녀의 편을 들어 응전할 수 있습니까?

우리는 통신 강좌로 권투와 호신술을 가르칩니다. 몇 차례 강의를 들은 학생들이 자신보다 키 크고 덩치 좋은 적수를 상대로 멋지게 싸웠다는 편지를 보내 왔습니다. 강의는 거울 앞에서 간단한 동작을 연습하는 것으로 시작합니다. 가령 손을 뻗어 동전을 집어 드는 동작, 수영에서 평영의 팔 동작 같은 것입니다. 일마 시나지 않아 당신은 정말로 눈앞에 적수가 있는 것처럼 과학적으로 가격하고, 몸을 피하고, 방어하고, 속임수를 쓸 수 있게 됩니다.

「이런 무례한 자를 만났는데 가만히 있는 건 웃기는 일이죠.」 테드가 말했다. 「나는 온 세상을 상대로 소리칠 거예요. 학교에 언제나 떠벌리기만 하는 친구가 하나 있는데, 그 녀석을 골목길 같은 데서 만난다면 —」

「말도 안 되는 소리! 그게 무슨 생각이냐? 지금껏 들어 본 것 중에 제일 뻥짜 같은 얘기로구나.」 배빗이 화난 어조로 말했다.

「가령 내가 엄마나 론과 길을 걸어가고 있는데 어떤 사람이 지나가면서 모욕적인 언사나 부적절한 말을 한다면, 난 어떻게 할까요?」

「넌 아마 1백 미터 달리기 신기록을 수립하겠지.」

「아니에요! 누나에게 모욕적인 언사를 하는 자가 있다면 그와 대적하여 본때를 보여 주겠 —」

「이것 봐라, 젊은 뎀프시.[33] 만약 네가 누군가와 싸우다가 나한테 들키면 크게 혼날 줄 알아. 난 거울 앞에서 손을 뻗어 동전을 집어 드는 동작을 연습하지 않고서도 너를 혼내 줄 수 있어.」

「얘, 테드……」 배빗 부인이 부드럽게 말했다. 「네가 그런 식으로 싸움을 벌이겠다는 얘기는 정말로 듣기 거북하구나.」

「내 얘길 조금도 기특하게 생각하지 않는군요. 좋아요. 가령 내가 엄마와 함께 길을 가는데, 누군가가 다가와 모욕적인 언사를 한다면 —」

「그 누구도 느닷없이 나타나 모욕적인 언사를 하지는 않아.」 배빗이 말했다. 「네가 집에 틀어박혀 기하학 공부를 하고 자기 일에만 신경을 쓴다면 말이야. 당구장, 청량음료 가게, 기타 쓸데없는 가게에서 어슬렁거리는 자들에게만 그런 일이 벌어져.」

「하지만 아빠, 만약 그런 사람이 있다면요!」

배빗 부인이 끼어들었다. 「만약 그런 사람이 있다면 나는 그를 싹 무시해 버릴 거다. 게다가 그런 사람이 있을 것 같지도 않

---

[33] William Dempsey(1895~1983). 미국의 프로 복서로 헤비급 세계 챔피언이었다.

아. 너는 남한테 미행을 당하고 모욕을 당하는 얘기를 노상 듣는 것 같다만 난 그런 얘기를 조금도 믿지 않아. 만약 그런 사람이 있다면, 그 여자가 그 남자를 이상하게 쳐다보았기 때문일 거다. 난 한 번도 모욕을 당한 적이 ─」

「엄마, 그런 사람이 있다고 상상해 보란 말이에요! 엄마는 상상도 못 해요? 상상도 못 하냐고요?」

「물론 상상할 수 있지! 네 말뜻을 말이다!」

「그럼, 네 엄마는 얼마든지 상상할 수 있어. 너는 우리 집 식구 중에서 너만 상상할 수 있다고 생각하는 거냐?」 배빗이 물었다. 「게다가 상상을 많이 해서 뭐하자는 거냐? 상상은 아무런 소득도 가져오지 않아. 깊이 생각해야 하는 실제적인 문제들이 널려 있는데 상상만 한다는 건 웃기는 얘기지.」

「아빠, 이걸 좀 보세요. 가령 아빠가 사무실에 있는데 라이벌 복덕방의 ─」

「라이벌 공인 중개사!」

「아빠가 싫어하는 라이벌 공인 중개사가 사무실 안으로 들어왔다고 상상해 보세요.」

「내게는 라이벌 공인 중개사가 없어.」

「그냥 있다고 상상해 보라고요!」

「나는 그런 걸 상상해 보고 싶은 마음이 없어. 우리 업계에 경쟁자를 미워하고 중상하는 놈들이 많긴 하지. 하지만 네가 좀 더 나이를 먹고 이 사업을 이해한다면 서로 협력해야 한다고 생각할 거다. 너는 영화관이나 들락거리고 짧은 치마에 얼굴은 분칠을 하고 가극 단원처럼 새빨갛게 루주를 칠한 여자애들과 시시덕거리기 바쁘지? 아무튼 내가 제니스 부동산 업계에서 간절히 바라는 것이 있다면 늘 성대빙에 대하여 우호적인 인사로 믿하고 협동과 우애의 정신을 확립해야 한다는 거야. 그런 내가 어떻게 공인 중개사를 미워하는 일을 상상할 수 있겠니? 지저분하고 허세 부리는 한심한 자인 세실 라운트리마저도 나는 미워하지 않아.」

「하지만 —」

「〈하지만〉이나 〈만약에〉 따위는 내 사전에 없는 단어야. 만약 내가 누군가를 후려쳐야 한다 해도 난 거울 앞에서 동전 집어 드는 동작이나 평영의 팔 동작을 연습할 필요가 없어! 혹은 그 밖의 바보짓이나 재주넘기도 쓸모없어! 가령 네가 어떤 곳에 갔는데 한 친구가 너를 욕했다고 해보자. 그럼 너는 화가 나서 펄쩍 뛰면서 권투를 하려고 달려들어야 할까? 그보다는 그자를 차갑게 쏘아보는 편이(적어도 내 아들이라면 이렇게 행동하기를 바란다!) 더 좋지 않을까? 그런 다음 네 손에서 먼지를 털어 버리고 네 일에만 전념하면 돼. 이것으로 상황이 종료되는 거야. 너는 통신 강좌로 권투 교습을 받을 필요가 없어. 알았어?」

「예, 말씀은 알아들었어요. 하지만 통신 강좌가 이처럼 다양하게 많다는 걸 말씀드리고 싶었어요. 학교에서 가르치는 온갖 쓸데없는 과목과는 다르게 말이에요.」

「학교 체육관에서도 권투를 가르칠 텐데.」

「그건 달라요. 학생을 그냥 앞에 세워 놓고 덩치 큰 녀석이 그 학생을 놀려 먹는 게 전부예요. 그러니 뭘 배우겠어요? 전혀 배울 게 없어요. 다른 통신 강좌 광고도 좀 보세요.」

광고 문안은 정말로 박애주의적인 것이었다. 한 광고는 〈돈! 돈!! 돈!!!〉이라는 자극적인 카피를 달고 있었고, 두 번째 광고는 이러했다. 〈전에 이발소에서 겨우 주급 18달러를 받던 P. R. 씨가 우리에게 이런 편지를 보내 왔습니다. 우리 강좌를 수강하고 난 후 골격 성형 전문가로 5천 달러를 벌고 있다는 것이었습니다.〉 다음은 세 번째 광고. 〈최근까지만 해도 한 가게에서 포장 담당으로 일하던 J. L. 양은 진동 호흡과 심리 통제를 위한 힌두 시스템을 가르치면서 현재 하루 10달러를 벌고 있습니다.〉

테드는 연감, 주일 학교 정기 간행물, 문학잡지, 토론 정기 간행물 등에서 이런 광고를 50~60장이나 모아 놓았다. 어떤 박애

주의자는 이렇게 호소했다. 〈인기 없는 외톨이 여자가 되지 마세요. 보다 사교적인 사람이 되어 더 많은 돈을 버세요. 당신은 우쿨렐레를 연주하거나 노래를 불러서 사교계의 꽃이 될 수 있습니다. 새로 개발된 음악 교육 체계를 활용함으로써 남녀노소 누구든 피아노, 밴조, 코넷, 클라리넷, 색소폰, 바이올린, 드럼을 연주할 수 있고 노래도 부를 수 있습니다. 피곤한 훈련과 특별 교육과 장기적인 연구, 시간과 돈과 에너지의 낭비는 필요 없습니다.〉

그다음 광고는 〈지문 담당 형사 모집 — 두둑한 보수!〉라는 매력적인 호소문을 달고 있었다. 〈피 끓는 젊은이 여러분, 당신이 찾아 오던 전문직입니다. 여기에는 돈, 큰돈이 걸려 있습니다. 일하는 장소도 끊임없이 바뀌기 때문에 매혹과 흥미를 더욱 증가시킵니다. 당신의 적극적인 마음과 모험적인 정신이 동경해 마지않던 일이죠. 기이한 미스터리와 까다로운 범죄를 해결하는 데 있어 당신이 주인공으로서 결정적으로 기여한다는 사실을 한번 생각해 보세요. 이 놀라운 일을 수행함으로써 당신은 유명한 사람들과 동급의 자격으로 접촉할 수 있고, 또 국내 전역을 여행할 수 있습니다. 필요에 따라서는 외국에 나갈 수도 있습니다. 여행 비용은 모두 공공 비용으로 지불됩니다. 이 전문직에 종사하는 데에는 특별한 사전 교육이 필요하지 않습니다.〉

「야, 이건 정말 그럴듯한 얘기 아니에요? 전국 각지를 여행하면서 악명 높은 범인을 체포한다면 정말 멋지지 않겠어요?」 테드가 신이 나서 말했다.

「글쎄, 그 일은 그리 당기지 않는데. 일을 하는 과정에서 다칠 염려가 많아. 하지만 음악 교육 강좌는 꽤 인상적이구나. 전문가가 공장의 제품 동선을 연구하는 방식으로 온 정성을 기울인다면, 별 훈련이나 노력 없이도 음악을 깨우치는 방법을 연구해 낼 수 있을 거야.」 배빗에게도 그 음악 광고는 솔깃했다. 그는 가정의 두 남자가 마침내 서로를 이해하게 되었다는 아버지다운 느낌을 갖게 되었고 그것이 내심 기뻤다.

그는 아들이 읽어 주는 통신 강좌 대학의 광고문들도 들어 보았다. 단편소설 창작, 기억력 향상시키기, 영화배우 되기, 영혼의 힘 개발하기, 금융업, 스페인어, 발 치료, 사진, 전기 공학, 유리창 청소, 가금류 키우기, 화학 등 다양한 과목을 가르친다는 내용이었다.

「야, 대단한데.」 배빗은 감탄을 표현할 만한 단어를 찾지 못해 쩔쩔맸다. 「야, 정말 대단해. 이 통신 학교 사업은 엄청난 수익을 내는 사업이 되었군. 여기에 비하면 교외 개발에 집중하는 부동산업은 아주 시시해. 통신 강좌가 이처럼 반듯한 핵심 산업으로 자리 잡고 있는 건 지금껏 몰랐는데. 식료품 산업이나 영화 산업에 버금가는 활발한 산업이야. 누군가 머리 있는 사람이 교육을 책벌레와 비실용적인 이론가에게만 맡겨 둘 수 없다고 하여 시작한 일인 줄로만 알았는데, 아예 하나의 거대한 산업으로 성장했군. 그래, 이런 강좌들이 너의 관심을 끌 만하다는 건 인정해. 애슬레틱 클럽 회원들에게도 이런 사실을 알고 있었느냐고 물어봐야겠는데. 하지만 테드, 조심해야 한다. 광고하는 사람들은 말이야, 과장하는 경향이 있다고. 과연 그들이 광고하는 대로 이런 속성 과정을 가르쳐 줄 수 있을지는 잘 모르겠구나.」

「그럼요, 아빠, 물론 조심해야죠. 다 알아보고 해야 돼요.」 테드는 어른들에게 인정받는 아이같이 아주 노련하고 원숙한 표정을 지으며 말했다. 배빗은 애정 어린 목소리로 아들에게 계속 이야기했다.

「이런 통신 강좌가 교육 전반에 미칠 영향이 상당하리라고 봐. 하지만 그걸 공개적으로 인정하지는 않겠지. 나 같은 주립 대학 졸업생은 모교를 자랑하고 칭송해야 하니까. 하지만 대학에서도 시간 낭비가 엄청나긴 해. 시나 프랑스어처럼 돈 버는 것과는 상관없는 과목들을 가르치니까 말이야. 지금 뭐라고 단정하기는 어렵지만, 이런 통신 강좌는 미국에서 만들어 낸 중요한 발명품 가운데 하나가 되리라고 본다.

많은 사람들의 문제점은 이런 거야. 그들은 오로지 물질적인 측면만 볼 뿐, 미국이 심리적으로나 정신적으로 우월하다는 점은 보지 못하지. 그들은 전화, 비행기, 무선(아니, 이건 이탈리아인의 발명품이지) 같은 구체적인 발명품만 따지고 있거든. 〈미국〉이라고 하면 이런 기계 장치만 생각한단 말이야. 하지만 진정한 사상가는 미국의 정신적인 측면을 강조하지. 가령 효율성, 로터리 클럽,[34] 금주법, 민주주의 등은 우리 나라의 가장 심오하고 믿을 만한 부를 형성한다, 이 말이야. 그리고 이런 가정 내 교육도 새로운 발명품이 될 것 같아. 또 다른 중요한 요소로 등장할 거야. 그러니 테드, 다시 말하는데, 너는 비전을 가져야 해.」

「여보, 내 생각에 그 통신 강좌는 엉터리예요!」

아버지와 아들은 깜짝 놀랐다. 부자의 정신적 조화를 깨뜨린 사람이 다름 아닌 배빗 부인이었기 때문이다. 활발한 안주인 역할을 담당해야 하는 저녁 파티 때를 제외하고 부자 간의 깊은 대화에 절대 간섭하지 않는 것은 배빗 부인의 미덕이었다. 그녀는 확고한 어조로 말했다.

「젊은 사람들을 상대로, 뭔가 중요한 것을 배우고 싶어 해도 주위에 사람이 없다는 듯 과장하는 그들의 행태는 정말 끔찍해요. 당신과 테드는 빨리 배울지 몰라도, 나는 천천히 배우는 사람이에요. 아무튼 저 통신 강좌는 ―」

배빗이 아내의 말을 잘랐다. 「말도 안 되는 소리. 집에서 공부를 해도 학교에서 배우는 것만큼 배울 수 있어. 아버지가 힘들게 번 돈을 낭비하면서 멋진 사진과 방패와 장식물이 가득한 하버드 기숙사의 모리스식 의자에 앉아서 빈둥거려야만 공부를 많이 할 수 있는 건 아니라고. 나 또한 대졸자야. 학교 사정에 대해서 잘 알고 있다고! 하지만 여기 한 가지 반대 사항이 있어. 사람

---

[34] Rotary Club. 사회 봉사와 세계 평화를 목적으로 하는 전문 직업인들의 국제적인 사교 단체. 1905년 미국에서 창설되었다.

들을 이발소와 공장에서 빼내 와 전문직에 투입하는 건 반대야. 전문직은 이미 포화 상태야. 만약 이런 친구들이 모두 자기 직장을 내팽개치고 교육받아서 전문직에 종사해 버리면 노동자들을 어디서 구한다는 걸까?」

테드는 의자 등받이에 기대앉아 담배를 피우고 있었는데 아버지로부터 아무런 제지도 받지 않았다. 테드는 그 순간 스스로 폴 리슬링, 혹은 하워드 리틀필드 박사나 되는 것처럼 배빗의 고답적인 사색을 공유했다. 그는 넌지시 물었다.

「아빠, 어떻게 생각하세요? 내가 중국이나 기타 멋진 곳으로 진출하여 통신 강좌로 엔지니어링을 배운다면, 그럴듯하지 않아요?」

「아니, 그럴듯하지 않아. 이제 그 이유를 말해 주지. 네가 대졸자인지 아닌지는 정말로 중요한 사항이야. 네가 누구인지 정확히 모르고 그냥 가게나 운영하는 사람이라고 판단한 고객이 제멋대로 경제학, 문학, 해외 무역 조건 등에 대해서 떠들어 댈 때 네가 이렇게 슬쩍 말한다고 생각해 봐. 〈내가 대학에 다니면서 사회학을 전공할 때, 그런 문제들은 —〉 그러면 제멋대로 떠들던 고객도 갑자기 입을 다물게 돼. 그러면서 너를 다시 보게 된다고. 이런 게 품격이고 스타일이지. 하지만 네가 〈우리 아버지가 너무 형편이 어려워서 나는 놀고먹는 통신 대학을 다니며 관광 레저 학위를 땄습니다〉라고 말해 봐. 너무 품위 없지 않니? 나는 고학으로 대학을 졸업했지만 그럴 만한 가치가 있었어. 덕분에 클럽에서 제니스의 일류 신사들과 어울릴 수 있게 되었지. 난 네가 신사 부류에 들어가기를 바란다. 이 신사 계급도 평민 계급 못지않게 피가 뜨거워. 하지만 나름대로 권력과 인품을 갖고 있지. 그러니 네가 대학에 가지 않는다면 난 상당히 가슴 아파할 거야.」

「알았어요, 아빠! 대학에 가는 걸로 마음을 굳히면 되잖아요, 젠장! 아니, 이런! 여자애들을 합창 리허설에 데려다 주기로 한 걸 깜빡했네. 난 이만 가봐야겠어요!」
「하지만 숙제도 다 못 끝냈잖니?」
「내일 아침에 일어나자마자 하면 돼요.」
「테드 —」
배빗은 지난 60일 동안 여섯 번이나 〈넌 내일 아침에 일어나자마자 숙제를 하지 않을 거야! 그러니 지금 당장 해야 돼!〉라고 말하며 테드를 꾸짖었다. 하지만 그날 밤 그는 다른 말을 했다. 「그래, 어서 가봐라.」 그는 환하게 미소 지었는데 그건 폴 리슬링을 만날 때나 지어 보이는 진귀한 미소였다.

4

「테드는 좋은 놈이야.」 그가 배빗 부인에게 말했다.
「그럼요.」
「그 녀석이 데려다 준다는 여자애들은 누구지? 착하고 예쁜 애들인가?」
「몰라요. 테드는 더 이상 자세한 것을 말해 주지 않아요. 요즘 젊은 세대는 무슨 생각을 하고 사는지 모르겠어요. 나는 어린 시절에 엄마 아빠에게 모든 것을 말했는데. 요즘 애들은 전혀 통제를 받지 않으려 해요.」
「참한 애들이었으면 좋겠는데. 테드는 더 이상 어린애가 아니야. 엉뚱한 애들과 어울려서 사고나 치지 않았으면 좋겠군.」
「조지, 당신이 그 애를 조용히 불러서 세상 형편에 대해서 좀 말해 주면 어떨까요?」 그녀는 얼굴을 붉히며 시선을 내리깔았다.
「글쎄. 마이러, 수년에게 세상 형편에 대해 너무 많이 암시해 주는 것도 소용없는 일이야. 그놈 혼자서도 엉뚱한 생각을 이미 많이 할 텐데. 이건 정말 까다로운 문제군. 리틀필드는 이 문제를 어떻게 생각할까?」

「아빠는 당신 생각에 동의할 거예요. 아빠는 애들한테 그런 얘기를 하는 게 옳지 않다고 했거든요.」

「아, 그랬어? 내가 이거 하나 말해 주지. 헨리 T. 톰슨이 도덕에 대해서 무엇을 말하든, 그 영감탱이를 따라갈 수는 없지.」

「장인을 어떻게 그런 식으로 말해요!」

「그는 아주 기본적인 도덕을 단단하게 지키려고 하지. 하지만 그가 고상한 도덕이나 교육에 대해서 무슨 의견이라도 내놓으면 말이야, 나는 정반대로 생각하고 싶어지거든. 물론 당신은 나를 대단한 머리를 가진 사람으로 생각하지 않지. 그렇지만 헨리와 비교해 본다면 난 누가 뭐래도 대졸자라고! 아무튼 테드를 조용히 불러서 도덕적인 생활을 영위해야 한다고 말해 줄 생각이야.」

「그래요? 언제?」

「언제냐고? 왜 언제, 어디서, 어떻게, 왜 등으로 사람을 꼼짝 못 하게 만드는 거야? 여자들은 그게 문제야. 그래서 여자들은 고위 경영자가 되지 못하는 거야. 도대체 외교 감각이 없잖아. 좋은 기회와 상황이 자연스럽게 찾아오면 그때 테드와 아주 우호적인 대화를 나누는 거지. 가만, 저기 2층에서 팅카가 소리를 지르는데? 이미 잠들었어야 할 시간인데.」

그는 거실을 지나 일광욕실로 갔다. 유리 벽으로 둘러친 그 방에는 등나무 의자와 회전식 소파가 있었는데, 일요일 오후면 그들은 거기에 앉아 빈둥거리며 시간을 보냈다. 유리 벽 밖에는 도펠브로 저택의 불빛과 배빗이 좋아하는 느릅나무가 4월 밤의 부드러운 정적을 깨뜨리고 있었다. 그는 혼자서 생각에 잠겼.

〈오늘 아들놈과 좋은 얘기를 나누었군. 아침에 느꼈던 우울하고 불안한 기분이 많이 가셨어. 아무튼 메인 주에서 폴과 함께 조용히 며칠 보내야겠어……. 질라, 그 지랄 같은 여편네 같으니! 아무튼…… 테드는 별문제 없어. 우리 가족 모두가 아무 문제 없어. 사업도 잘 되어 가고 있고. 내가 오늘 벌어들인 450달러를 그처럼 쉽게 벌어들이는 사람은 없겠지. 언쟁이 벌어졌다면 상대의 잘못이 절반이고 내 잘못도 절반은 되는 거야. 오늘처럼 심술 사납게 굴어서는 안 돼. 나도 할아버지처럼 개척자로서 인생을 살았더라면 좋았을 텐데. 하지만 그런 삶을 산다면 이런 집을 지니고 살지 못했을 거 아니야? 아, 나도 뭐가 뭔지 잘 모르겠군!〉

그는 폴 리슬링과 그들의 젊은 시절, 그들이 만났던 여자들을 생각했다.

24년 전 주립 대학을 졸업했을 때, 배빗은 변호사가 될 생각이었다. 그는 대학에서 상대하기 까다로운 토론자로 활약했다. 스스로 웅변가라고 생각했고 장차 주지사가 될 거라는 야망을 품고 있었다. 그는 법학을 공부하면서 부동산 사무소의 영업 사원으로 근무했다. 돈을 모았고, 하숙집에서 살았으며, 잘게 쪼갠 삶은 달걀로 저녁 식사를 대신했다. 생기 넘치는 폴 리슬링은 배빗의 안식처였다. 대학 시절에 폴은 내달, 아니면 내년에 유럽으로 바이올린 공부를 하러 떠날 거라는 말을 입에 달고 다녔다. 그러다가 질라 콜벡을 만나 그녀에게 빠져 버렸다. 그녀는 잘 웃었고 춤을 잘 추었으며 통통하고 장난스러운 손가락으로 남자들을 마음대로 쥐락펴락했다.

당시 배빗의 저녁 시간은 삭막했고, 오로지 폴의 육촌 친척인 마이러 톰슨에게서 위안을 얻었다. 마이러는 날씬하면서도 온순한 처녀였고 장차 주지사가 되고 싶다는 야망을 토로하는 젊고 패기만만한 배빗의 말에 무조건 동의해 주었다. 질라가 배빗을 가리켜 촌놈이라고 조롱하면, 마이러는 화를 벌컥 내며 제니스에서 태어난 한량들보다 훨씬 성실한 남자라고 옹호하고 나섰다. 1897년 제니스는 이미 건설된 지 105년 된 유서 깊은 도시였고 인구는 20만 명을 자랑했다. 그런 만큼 주 내에서 칭송받고 여왕 대접을 받는 도시였다. 카토바 출신의 촌놈 조지 배빗에게 제니스는 너무나 광대하고 소란스럽고 화려한 도시였고, 그래서 이런 도시에 태어나 자란 고상한 여자를 알고 지낸다는 사실에 그는 우쭐했다.

그들 사이에 사랑에 대한 얘기는 없었다. 그는 법률 공부를 해야 하기 때문에 자신이 앞으로 몇 해 동안은 결혼할 수 없다는 걸 알고 있었다. 마이러는 분명히 참한 처녀였고, 그녀에게 키스한다는 것은 생각조차 할 수 없었다. 그녀와 결혼할 생각이 아니라면 그녀에게 〈절대로 그렇게 해서는 안 되었다〉. 그녀는 믿을 만한 친구였다. 스케이트나 산책을 가자고 하면 언제나 기꺼이 따라나섰다. 그가 장차 이룩할 위대한 일들, 그가 사악한 부자들과 싸워서 옹호할 고통받는 빈자들의 이야기, 그가 대연회장에서 행할 연설들, 그가 앞으로 교정해 주어야 할 대중들의 잘못된 생각 따위를 열심히 들어 주었다.

어느 날 저녁 피곤하여 마음이 약해져 있던 그는 그녀가 울고 있는 것을 발견했다. 질라가 연 파티의 초대자 명단에 그녀가 빠져 있었던 것이다. 어찌어찌하다가 그녀의 머리가 그의 어깨 위에 놓였고 그는 그녀의 눈물을 키스로 닦아 주었다. 그녀는 고개를 쳐들더니 진실한 목소리로 말했다. 「이제 우리가 약혼을 했으니 곧 결혼하는 건가요, 아니면 좀 더 기다려야 할까요?」

약혼? 그는 〈약혼〉이라는 말을 그때 처음 생각했다. 이 갈색 머리의 부드러운 여자에 대한 그의 마음은 차갑게 식어 버렸고 곧 공포를 느꼈다. 하지만 그녀의 마음에 상처를 줄 수는 없었고 그녀의 믿음을 악용할 수도 없었다. 그는 기다림에 대해서 우물우물 말하다가 도망쳤다. 그러고는 1시간 가량 산책하면서 그녀에게 그건 실수였다고 말할 방도를 궁리했다. 그 후 한 달 정도 지났을 때 그는 자신의 본심을 말하기 거의 일보 직전까지 갔다. 하지만 여자를 품에 안고 있는 느낌이 너무 좋았다. 그녀를 사랑하지 않는다고 불쑥 말하여 그녀를 모욕하는 일은 점점 더 할 수 없게 되었다. 자신이 마이러를 사랑하지 않는다는 점에 대해서는 의문의 여지가 없었다. 결혼식 전날 밤은 너무나 고통스러웠고 결혼식 당일에는 어디로든 도망치고 싶은 마음이 간절했다.

그녀는 소위 〈현모양처〉가 되었다. 충직하고 근면했으며, 경박한 여자들처럼 시시덕거리며 떠들썩하게 구는 경우는 거의 없었다. 그녀는 남녀의 친밀한 관계에 대해 약간의 혐오를 느끼는 단계에서 열렬한 애정의 단계로 이행해 갔다. 하지만 그 애정은 곧 따분한 일상으로 조락했다. 그녀는 남편과 자녀들을 위해 존재했다. 그가 법학을 포기하고 부동산 업계에 마지못해 발을 내디뎠을 때 그녀도 남편 못지않게 상심하고 걱정했다.

〈불쌍한 아내, 나보다 더 고생이 심했던 아내.〉 배빗은 어두운 일광욕실에 서서 생각했다. 〈하지만 나는 정말 법률과 정치를 해보고 싶었어. 내가 얼마나 이룩할 수 있는지 한번 알아보고 싶었다고. 그랬더라면 지금보다 더 많은 돈을 벌었을지도 모르지.〉

그는 거실로 돌아와 소파에 앉기 전에 아내의 머리카락을 한번 쓰다듬었다. 그녀는 내심 기뻐하면서도 약간 놀란 표정으로 남편을 올려다보았다.

제7장

1

그는 월간 『아메리칸 매거진』의 최근 호를 끝냈고 그의 아내는 양말 수선을 옆으로 밀쳐 놓은 채 여성지 속 란제리 디자인을 아쉬운 눈빛으로 내려다보았다. 방 안은 아주 조용했다.

그것은 플로럴 하이츠의 기준을 철저히 지켜 지은 방이었다. 회색 벽들은 하얀 에나멜 소나무 패널에 의해 인위적으로 구획 지어져 있었다. 배빗 부부가 예전 집에서 가져온 가구는 조각이 정교하게 새겨진 두 개의 흔들의자뿐이었고, 나머지는 모두 새로 산 것들이었다. 의자들은 푸른색과 황금색이 빗금 쳐진 벨벳으로 마감된 것으로 아주 포근하면서도 안락한 느낌을 주었다. 푸른색 벨벳 소파가 벽난로를 마주 보았고 그 소파 뒤에는 체리나무 테이블과 황금색 실크 갓을 갖춘 키 큰 피아노 램프가 있었다(플로럴 하이츠에는 세 집 중 두 집꼴로 벽난로 앞에 이런 소파와 진품 혹은 모조 마호가니 테이블, 노란색이나 붉은색 갓을 씌운 피아노 램프 혹은 독서 램프를 갖추었다).

테이블에는 황금색 무늬의 중국산 테이블보가 덮여 있었고, 잡지 네 권과 담배 부스러기를 담아 두는 은빛 박스, 〈선물용 책〉 세 권이 놓여 있었다. 책들은 영국 화가의 삽화를 넣은 값비싼 대형 동화집이었는데 팅카를 제외하고 배빗 가족들 중 그 책들을 펴보는 사람은 아무도 없었다.

앞쪽 창문 옆 구석에는 캐비닛형 빅터 축음기가 세워져 있었다(플로럴 하이츠에는 아홉 집에 여덟 집꼴로 이런 전축을 장만했다).

회색 선반 한가운데 걸린 그림들 중에는 붉은색과 검은색으로 그려진 영국 풍경화의 복사본과 프랑스어로 쓰인 해설문(배빗은 이 프랑스어 문장을 늘 수상하게 여겼다)이 달린 규방화 복사본, 〈손으로 물들인〉 콜로니얼풍 실내 사진 등이 걸려 있었는데 마지막 사진은 천으로 만든 깔개, 실을 잣는 처녀, 하얀 벽난로 앞에 새침하게 앉아 있는 고양이 등을 찍은 것이었다(플로럴 하이츠에는 스무 집에 열아홉 집꼴로 사냥 풍경화 복사본, 화장하는 가정주부를 그린 그림의 복사본, 뉴잉글랜드 주택 사진, 로키 산맥 사진을 걸어 놓았고 때로는 이 네 점을 모두 걸어 놓기도 했다).

배빗의 자동차가 선친이 타고 다니던 마차보다 더 우수하듯이, 그 거실은 소년 시절 배빗의 거실보다 한결 안락했다. 방 안에 흥미로운 것은 없었지만, 그렇다고 눈에 거슬리는 것도 없었다. 그 방은 아주 정결하지만 동시에 인공 얼음덩이처럼 거부감을 주었다. 벽난로의 하얀 재나 검댕이 묻은 벽돌조차 그 을씨년스러움을 부드럽게 완화시켜 주지 못했다. 놋쇠 부지깽이는 닦아 놓은 것처럼 반들거렸고, 난로 안의 장작 받침쇠는 가게에 진열해 놓은 견본품처럼 삭막하고 생기 없고 심통 맞은 것이었다.

벽에는 피아노가 놓여 있었고 그 옆에는 또 다른 피아노 램프가 있었다. 팅카를 제외하고 아무도 피아노를 사용하지 않았다. 전축에서 흘러나오는 손쉬운 음악에 그들은 만족했다. 그들은 수집해 놓은 재즈 음반들에서 부와 교양을 느꼈다. 그들이 음악을 듣기 위해 하는 일이라고는 대나무 바늘을 갈아 끼우는 것뿐이었다. 테이블의 책들은 먼지 하나 없이 자로 잰 듯 수평으로 놓여 있었다. 바닥에 깐 양탄자는 단 한 구석도 접혀 있지 않았다. 하키 스틱이나 뜯긴 그림책, 낡은 모자, 이리저리 돌아다니며 어지럽히는 강아지 같은 건 찾아볼 수 없었다.

2

 배빗은 집에서 집중하여 글을 읽을 수가 없었다. 사무실에서는 정신 집중이 되는데 집에서는 다리를 꼰 채 좌불안석이었다. 그는 읽고 있는 글의 내용이 훌륭하면(즉 재미있으면) 그것을 아내에게 읽어 주었다. 재미가 없다고 생각되면 기침을 하거나 발목이나 오른쪽 귀를 긁거나 왼쪽 엄지손가락을 조끼 호주머니에 집어넣어 은화를 짤랑거리거나 시가 절단기를 만지작거리거나 회중시계 줄 끝에 달려 있는 열쇠를 만지작거렸다. 그러다가 하품을 하고 코를 비비다가 다른 일거리를 찾아 나섰다. 그는 위층으로 올라가 슬리퍼를 신었다. 중세의 신발처럼 생긴 암갈색 슬리퍼였다. 그러고는 지하실로 가 벽장 옆에 놓인 통에 들어 있던 사과를 한 알 가지고 올라왔다.

 「하루에 사과를 한 알씩 먹으면 의사를 멀리하게 되지.」 그가 아내에게 말했다. 지난 14시간 만에 처음으로 한 말이었다.

 「그건 그래요.」

 「사과는 자연의 가장 훌륭한 조정자야.」

 「네, 그래요.」

 「여자들은 뭐가 문제냐 하면 말이야, 규칙적인 습관을 잘 형성하지 못한다는 거야.」

 「하지만 나는 —」

 「늘 간식을 먹고 있지.」

 「조지!」 그녀는 읽던 잡지에서 고개를 들었다. 「오늘 아침에 말한 대로 점심 식사를 가볍게 했어요? 난 점심을 간단히 먹었어요.」

사악하고도 도발적인 아내의 공격에 그는 깜짝 놀랐다.「그리 가벼운 점심은 아니었어. 폴과 함께 식사를 했기 때문에 조절할 수 없었지. 그렇게 고양이처럼 웃지 마. 우리의 식사를 엄격하게 감시하는 내가 없었더라면 — 나는 우리 가족 중에서 아침 식사로 오트밀을 권장하는 유일한 사람이지 — 나는 —」

그녀는 읽던 기사로 다시 고개를 떨어뜨렸고 그는 사과를 조각내어 집어 먹으면서 하루 동안 벌어진 일들을 말해 주었다.

「내가 오늘 한 가지 멋진 일을 했지. 담배를 줄였어.

사무실에서는 그라프와 언쟁을 벌였어. 아주 싸가지 없이 나오는 거야. 나는 늘 부하들에게 잘 대해 주려 하지. 하지만 가끔씩은 내 권위를 내세워야 해. 그래서 그 친구를 불러 놓고 닦아 세웠지. 뭘 잘못했는지 따끔하게 지적했어.

아주 웃기는 날이었어. 하루 종일 안절부절못했지.」

「아하암.」 세상에서 가장 졸린 소리. 곧 눈이 감길 듯한 하품 소리. 배빗 부인은 그런 소리로 하품을 했다.「그럼 이만 잘까?」 남편이 말하자 그녀는 고마운 기색이 역력했다.「론과 테드가 일찍 들어오긴 틀렸어. 오늘은 아주 웃기는 날이었어. 그리 무겁지는 않았지만 그렇다고 해서 — 아무튼 — 언젠가는 장거리 자동차 여행을 할 거야.」

「그래요, 그거 재미있겠네요.」 그녀가 하품을 했다.

아내와 함께 자동차 여행을 갈 생각은 없었으므로 그는 그녀에게서 고개를 돌렸다. 그는 문과 창문을 잠그고 이튿날 아침 보일러 통풍구가 저절로 열리도록 열 조정기를 작동시켰다. 외로운 느낌이 엄습하는 것을 느끼고 그는 가볍게 한숨을 내쉬었다. 그런 기분은 그를 당황하게 하고 겁나게 했다. 정신이 딴 데 팔려 있었기 때문에 어느 창문의 걸쇠를 확인했는지 잘 생각이 나지 않았다. 그는 어둠 속에서 보이지 않는 의자들을 더듬거리며 다시 창문 쪽으로 되돌아가 확인했다. 막연한 반항심이 가득했던 이 뒤숭숭한 날의 끝자락에서 그는 요란스럽게 소리를 내며 2층으로 올라갔다.

3

그는 늘 아침 식사 전에 주의 북부 마을에서 보낸 소년 시절을 회상했고, 그 때문에 면도와 목욕과 어제 입었던 셔츠를 하루 더 입을 수 있는지 점검하는 등의 복잡한 도시의 요구 사항 앞에서 위축되는 자신을 발견하곤 했다. 그래서 저녁 일찍 퇴근해 집에 오면 일찍 잠자리에 들었고, 잠들기 전에 그러한 도시적 요구 사항들을 미리 해치웠다. 뜨거운 욕조에 편안하게 앉아 면도를 하는 것이 그의 사치스러운 습관이었다. 오늘밤 그는 통통하고 부드럽고 약간 벗겨진 대머리에, 게다가 땅딸막하기까지 한 선량한 남자였다. 그는 거물의 분위기를 풍기는 안경을 벗고 가슴 높이의 목욕물에 쪼그리고 앉아서 일종의 작은 잔디 깎기 기계인 안전 면도기로 거품이 가득한 뺨을 긁어 내렸다. 너무 미끄러워 손가락 사이로 빠져나가 버린 비누 조각을 찾기 위해 그는 약간 우울한 표정으로 물속을 뒤졌다.

그는 목욕물의 따뜻한 온기 때문에 약간 꿈꾸는 듯한 상태가 되었다. 불빛은 욕조 안쪽의 부드러운 표면에 떨어져 미묘하게 주름 잡힌 선들의 무늬를 이루었다. 욕조의 물이 흔들릴 때마다 무늬는 부드럽게 굽은 사기 표면 위로 초록색 물방울을 따라 미끄러져 내렸다. 배빗은 몽롱한 상태로 그 무늬를 내려다보았다. 욕조 바닥에 놓인 그의 양다리를 따라 물방울들이 다리 털에 달라붙으면서 기이한 정글의 이끼 같은 형상을 만들어 냈다. 그가 가볍게 물장구를 치자 반사된 불빛은 뒤집어지고 도약하며 앞으로 내달렸다. 그는 아이처럼 만족스러운 기분이 되어 장난을 쳤다. 통통한 다리의 정강이를 면도기로 한 번 쓱 밀어 내렸다.

배수구에서 물이 빠져나가는 소리는 달콤하고 생생한 노래였다. 콸콸콸. 배빗은 그 노래에 매혹되었다. 그는 견고한 욕조, 아름다운 니켈 수도꼭지, 약간 기울어진 벽면 등을 쳐다보았다. 이런 화려한 욕실을 소유한 스스로를 대단하다고 생각했다.

그는 몸을 일으키면서 욕실의 사물들을 향해 말했다. 「이리 와! 너희들은 장난을 너무 많이 쳤어!」 그는 미끄러운 비누를 질책했고 뻣뻣한 손톱 솔을 나무랐다. 「너희들이 감히 나에게!」 그러고는 몸에 비누칠을 하고 린스를 한 다음 문질렀다. 그는 터키 타월에 구멍이 나 있는 것을 발견하고 생각에 잠기면서 그 구멍으로 손가락을 집어넣었다. 목욕을 마친 그는 근엄하면서도 굳건한 시민이 되어 침실로 돌아갔다.

이어 자동차를 운전할 때와 같은 멜로드라마 혹은 모험의 순간이 찾아왔다. 가령 깨끗한 목깃을 내놓고 점검하다가 앞부분이 약간 닳아 있는 것을 발견하고서는 챙 소리를 내며 찢어 버릴 때가 그런 순간이다.

무엇보다도 중요한 것은 침실 전실로 들어가서 침대를 준비하는 행사였다.

그가 침실 전실에서 자는 이유가 신선한 공기 때문인지, 아니면 그렇게 하는 것이 일반적이기 때문인지는 불확실하다.

그가 엘크 회원이고, 부스터이며, 상공 회의소 회원이라는 사실은 그의 행동 반경을 결정했다. 마찬가지로 장로교 목사들은 그의 모든 종교적 신념을 결정했고, 공화당 소속 상원 의원들이 워싱턴 밀실에서 무장 해제, 관세, 독일 등에 대해서 내리는 결정이 곧 그 문제들에 대한 배빗의 생각을 결정했다. 또한 전국 규모의 대형 광고 회사들이 그의 대외적 생활 혹은 그의 개성을 결정했다. 이 표준적인 광고 제품들 — 치약, 양말, 타이어, 카메라, 순간 온수기 — 은 그의 상징이자 그의 탁월함을 증명해 주는 물건이었다. 처음에 이런 물건들은 그가 느끼는 즐거움과 열정과 지혜를 가리키는 기호였으나, 곧 신분의 대용품이 되었다.

하지만 재정적, 사회적 성공을 드러내 주는 이런 광고 제품들도 일광욕실이 딸려 있는 침실 전실만큼 중요하지는 않았다.

침대를 준비하는 의식은 정교하면서도 불변의 것이었다. 담요는 침대 발치에 개어져 있어야 했다(따라서 하녀가 왜 담요를 이런 식으로 개어 놓지 않았는지는 아내에게 따져 보아야 할 사항이었다). 바닥 깔개는 그가 아침에 일어나 발을 내려놓는 그 지점에 있어야 했다. 자명종은 미리 감아 놓아야 했다. 따뜻한 물병은 가득 채워서 침대 머리맡에서 정확히 60센티미터 떨어진 곳에 놔두어야 했다.

이런 복잡한 준비 과정들은 그의 의지 앞에서 어김없이 굴복했다. 그는 점검 사항들을 하나하나 아내에게 불러 주며 확인했다. 그러고는 마침내 이마를 환하게 펴면서 〈잘 자!〉 하고 말했는데 그 목소리에는 남성적 매력이 넘쳐 났다. 그의 몸이 나른하게 이완되며 잠에 빠져들려는 차에 도펠브로의 차가 집으로 들어가는 소리가 들렸다. 그는 곧 잠에서 깨어나며 탄식했다. 「왜 저 귀신은 좀 일찍 잠자리에 들지 못하는 거야?」 그는 자신이 차를 주차하는 과정을 떠올리며 사형대 앞의 집행인처럼 그 과정을 하나씩 마음속으로 점검했다.

진입로에 들어선 차는 아주 쾌활한 소리를 냈다. 차 문이 열렸다가 쾅 하고 닫혔고 이어 차고 문이 열리는 소리, 문지방 넘는 소리, 다시 차 문이 열리는 소리……. 차는 차고 안쪽으로 바싹 들어섰고 시동을 끄기 전에 크게 한 번 가속 페달을 밟았다 놓았다. 마지막으로 차 문이 열리고 쾅 하고 닫히는 소리. 이어 정적. 기다림으로 가득 찬 저 끔찍한 정적. 도펠브로는 느긋하게 차의 타이어 상태를 점검하고 차고 문을 닫았다. 배빗은 곧바로 축복받은 망각의 상태로 떨어졌다.

4

그 순간 제니스 시의 다른 곳에서 호러스 업다이크는 로열 리지에 있는 루실 맥켈비의 옅은 자주색 응접실에 앉아서 구애를 하고 있었다. 그들은 저명한 영국 소설가의 강연회에서 막 돌아온 참이었다. 업다이크는 제니스 시의 이름난 한량 총각이었다. 허리가 아주 날씬한 마흔여섯 살의 이 남자는 여자 같은 목소리로 말했고 화훼, 크레톤 무명천, 플래퍼[35]에 관심이 많았다. 맥켈비 부인은 붉은 머리카락에 얼굴은 크림색이었는데, 늘 불만이 많고 무례할 정도로 솔직하면서도 매력적인 여성이었다. 업다이크는 지금 첫 번째 수작을 거는 중이었다. 그는 그녀의 손목을 가볍게 만졌다.

「바보 같은 짓 하지 말아요!」 그녀가 말했다.

「이게 그렇게 신경 쓰여요?」

「〈그렇게〉는 아니지만 신경은 쓰여요.」

그는 대화 쪽으로 작전을 바꾸었다. 그는 대화를 잘 이끌어 나가는 사람으로 명성이 높았다. 그래서 정신 분석, 롱아일랜드의 폴로 경기, 자신이 밴쿠버에서 발견한 중국 명나라 시대의 도자기 등에 대해 아주 그럴듯하게 이야기를 늘어놓았다. 그녀는 올해 여름 도빌[36]에서 그를 만나기로 약속했다. 그녀는 말했다. 「하지만 그곳은 이제 너무 진부해졌어요. 미국인들과 답답한 영국 남작 부인들밖에 없거든요.」

그리고 그 순간 제니스 시의 다른 곳에서는 한 코카인 거래꾼과 창녀가 프런트 거리에 있는 힐리 핸슨의 살롱에서 칵테일을 마시고 있었다. 미국에는 금주법이 시행되고 있었고 또 제니스는 준법정신이 강한 도시로 명성이 높았기 때문에, 그 남녀는 찻잔에 칵테일을 담아 마시며 술이 아닌 양 꾸며야 했다. 여사가

---

35 *flapper*. 1920년대의 신여성을 일컫는 말.

36 Deauville. 프랑스 서북부의 해변 휴양지.

갑자기 코카인 거래꾼의 머리에 찻잔을 내던지자, 그는 윗옷 호주머니에서 권총을 꺼내 아무렇지도 않다는 듯 그 여자를 쏴 죽였다.

그 순간 제니스 시의 다른 곳에서는 두 남자가 실험실에 앉아 있었다. 그들은 37시간째 고무의 연구 결과 보고서를 검토하는 중이었다.

그 순간 제니스 시의 다른 곳에서는 네 명의 노조 간부가 회의를 하고 있었다. 그들은 도시의 150킬로미터 반경에 사는 1만 2천 명의 탄광 노동자들이 파업을 벌여야 할 것인지에 대해 논의했다. 네 명 중 한 명은 화 잘 내는 성공한 야채상을 닮았고, 한 명은 양키 목수를, 한 명은 음료 가게 점원을, 마지막 한 명은 러시아계 유대인 배우를 닮았다. 러시아계 유대인은 카우츠키[37]와 진 데브스[38]와 에이브러햄 링컨을 인용했다.

그 순간 제니스 시의 다른 곳에서는 G. A. R.[39]의 제대 군인이 죽어 가고 있었다. 그는 남북 전쟁이 끝난 직후 곧바로 농장으로 은퇴했다. 그 농장은 공식적으로는 제니스 시의 경계 안에 있었지만 깊은 오지나 다름없는 원시적인 곳이었다. 그는 자동차를 타본 적이 없고, 욕조를 본 적이 없으며, 성서와 『맥거피의 독자들』[40]과 종교 관련 소책자 외에는 책을 읽은 적이 없었다. 그는 지구가 평평하다고 믿었고 영국인은 이스라엘의 잃어버린 10대 부족 중 하나이며 미국은 민주주의 국가라고 생각했다.

그 순간 제니스 시의 다른 곳, 풀모어 트랙터 회사의 공장인 철강·시멘트 단지에서는 노동자들이 철야 작업을 하고 있었다.

---

37 Karl Johann Kautsky(1854~1938). 독일의 마르크스주의 경제학자.

38 Eugene Victor Debs(1855~1926). 미국의 사회주의자. 노동 운동의 지도자로 활약하였다.

39 *Grand Army of the Republic*. 남북 전쟁 종군 군인회.

40 *McGuffey Readers*. 미국 공교육 시스템을 활성화한 윌리엄 맥거피William McGuffey의 저서. 1백 년 가까이 초등학교 교과서로 이용되었다.

폴란드 군대가 주문한 트랙터의 주문량을 채우기 위해서였다. 공장은 1백만 마리의 벌떼가 웅웅거리는 듯한 소리를 냈고, 넓은 창문들 사이로 새어 나오는 환한 불빛은 마치 화산 같았다. 고압선 울타리를 따라 설치된 탐조등이 콘크리트 블록을 두른 마당과 조차장과 순찰 중인 무장 경비원 등을 내리비추고 있었다.

그 순간 제니스 시의 다른 곳에서는 마이크 먼데이가 모임을 마무리 짓고 있었다. 저명한 복음 전파자인 먼데이 씨는 예전에 프로 권투 선수였다. 그는 악마로부터 공평한 대접을 받지 못했다. 그는 권투 선수로서 돈 대신 비뚤어진 코와 소문난 욕설 솜씨, 놀라운 쇼맨십만을 얻었다. 권투보다는 주님을 섬기는 편이 훨씬 소득이 많았다. 그는 이제 큰돈을 벌고서 은퇴할 예정이었다. 그것은 아주 훌륭하게 거두어들인 소득이었다. 그에 관한 최근의 기사를 인용하면 이러하다. 〈목사 먼데이는 강력한 메시지를 가진 선지자로, 구원(救援)업계의 가장 뛰어난 세일즈맨임을 입증했다. 그는 놀라운 조직력을 발휘하여 정신 부흥의 경상비를 전례 없이 낮은 수준으로 유지했다. 그는 20만 명이 넘는 길 잃은 영혼들을 두당 평균 10달러도 안 되는 비용으로 개과천선시켰다.〉

도시의 악덕을 마이크 먼데이와 그의 능숙한 교화 사업단에 고백하여 교정하는 것을 망설이는 곳은 미국 대도시들 가운데 오로지 제니스뿐이었다. 도시의 많은 진취적인 단체들은 그를 초대할 것을 제안했다. 조지 F. 배빗은 부스터 클럽에서 행한 연설에서 그를 칭송하기도 했다. 그러나 성공회 교회와 조합 교회 목사들은 반대했다. 먼데이는 이들을 아주 격렬하게 비난했다. 〈그들은 피가 아니라 개숫물로 세례를 주는 복음 판매꾼이며 바지의 무릎 부분에 더 많은 먼지가, 앙상한 가슴에는 더 많은 벌이 필요한 불평꾼 집단이다.〉 반대자들은 분쇄되었다. 상공 회의소 서기가 제조업체 위원회에 보고서를 내놓았기 때문이다. 먼데이 씨는 가는 곳마다 노동자들의 마음을 돌려 임금보다 더 고상한 곳을 지향하게 만들었고 그리하여 파업을 피할 수 있게 해 주었다는 내용이었다. 그는 즉각 초대되었다.

4만 달러에 달하는 초청 기금이 업체에 의해 출연되었다. 카운티 시장터에 마이크 먼데이 예배당이 임시로 설치되어 1만 5천 명의 사람들을 수용했다. 이 순간 예배당 안에서 예언자는 이러한 말로 모임을 마무리 짓고 있었다.

「이 도시에는 내가 무식하고 별 볼 일 없으며 역사 지식이 일천한 자라고 헐뜯는 많은 대학 교수들과 차를 마시며 빈둥거리는 얼간이들이 있습니다. 자신이 전능하신 신보다 더 많은 것을 알고 있다고 생각하는 구레나룻 기른 책벌레도 있습니다. 그들은 분명하고 알기 쉬운 하느님의 말씀보다는 이방인의 과학과 지저분한 독일 비평을 더 우선시합니다. 더러운 입들을 마구 놀리면서 마이크 먼데이가 천박할 뿐 아니라 헛소리를 지껄인다고 소리치는 자동차광 소년들, 마약 흡입자, 얼빠진 자, 불경한 자, 맥주를 많이 먹어 얼굴이 부풀어 오른 자도 있습니다. 이런 자들은 내가 복음 쇼를 독점한다고 불평하고 있죠. 내가 돈만 밝힌다고 말하고 있습니다. 하지만 여러분, 들어 보십시오! 나는 이런 자들에게 기회를 주겠습니다. 그들이 바로 이 자리에 나와 내 면전에서 나를 향해 멍청이, 거짓말쟁이, 촌놈이라고 말할 기회를 주겠습니다. 그들이 그렇게 한다면, 여러분, 놀라지 마십시오. 그들은 이 마이크 먼데이의 강하고 **빠른** 주먹을 맛보게 될 것입니다. 그 주먹에는 하느님의 정의로운 분노가 함께할 것입니다. 자, 여러분, 그렇게 말하는 자 누굽니까? 마이크 먼데이가 허세 부리는 자, 사람도 아닌 자라고 말하는 자 누굽니까? 여기 내 면전에 대고 그렇게 말하는 사람은 없네요. 자, 여러분, 분명하게 보셨죠? 이 도시 사람들은 이제 울타리 뒤에서 웅성거리는 소리를 더 이상 듣지 않을 것입니다. 여러분은 더럽고 지저분한 무신론을 지지고 볶고 튀기고 무치다가 내뱉는 자들의 얘기는 더 이상 듣지 않을 것입니다. 그리고 여러분은 정성과 존경의 마음을 마지막 한 방울까지 짜내어 예수 그리스도와 그분의 영원한 자비와 사랑을 높이 찬양할 것입니다!」

5

그 순간 제니스 시의 다른 곳에서는 급진 변호사인 세네카 돈과 조직 생물학자인 커트 야비치 박사가 돈의 서재에서 대화를 나누고 있었다. 야비치는 〈라듐 아래서의 상피 세포 파괴〉라는 논문을 발표하여 제니스의 이름을 뮌헨, 프라하, 로마 등에 널리 알린 저명한 학자였다.

「제니스는 거대한 힘을 가진 도시야. 거대한 건물, 거대한 기계, 거대한 수송 수단.」 돈이 말했다.

「나는 자네의 도시를 증오해. 이 도시는 인생의 아름다움을 표준화했어. 이건 거대한 기차역이나 다름없어. 사람들은 가장 좋은 공동묘지 역으로 가는 기차표를 가진 거라고.」 야비치 박사는 조용히 말했다.

돈은 언성을 높였다. 「절대 그렇지 않아. 커트, 자네의 말은 좀 역겹군. 자네는 그 〈표준화〉라는 말을 타령처럼 늘어놓는데, 다른 나라 역시 표준화를 지향한다고 생각하지 않나? 가령 영국처럼 표준화된 나라가 또 있을까? 똑같은 집에서 티타임엔 똑같은 머핀을 먹고, 은퇴한 장군들은 모두 네모난 회색 석조 예배당에 가서 똑같은 찬송가를 불러. 해리스 트위드[41]를 입고 골프장에 나간 친구들은 출세하는 친구를 향해 〈아주 잘나가는군!〉 하고 똑같은 말을 해. 그렇지만 나는 영국을 사랑해. 표준화라니 하는 말인데, 프랑스의 노천카페나 이탈리아의 연에는 어떻고!

표준화 그 자체는 좋은 거야. 가령 잉거솔 시계나 포드 자동

---

[41] Harris Tweed. 스코틀랜드 해리스 섬에서 나는 손으로 짠 모직물. 상표명으로 쓰인다.

차를 산다면, 적은 돈으로 더 좋은 도구를 사들이는 셈이지. 나는 어떤 물건이 내 손에 들어오는지 정확하게 알고 있고, 그래서 더 많은 시간과 에너지를 개인적으로 활용할 수 있어. 예전에 런던에 갔을 때 『새터데이 이브닝 포스트』의 뒷면에 실린 치약 광고에서 미국 교외의 풍경을 보았네. 느릅나무 가로수 아래 새로 지은 집들이 눈을 맞으며 서 있는 풍경이었지. 어떤 집은 조지 왕조풍이었고 또 어떤 집은 낮은 지붕이었어. 이곳 제니스의 플로럴 하이츠에 가면 볼 수 있는 그런 집들이지. 탁 트이고, 나무들이 있고, 잔디밭이 있는 집들. 그 순간 난 향수를 느꼈어! 이런 산뜻한 집들이 있는 나라는 미국 말고 없어. 이런 집들이 표준화되었다고 해도 나는 개의치 않아. 오히려 멋진 표준화 아닌가?

오히려 내가 제니스에서 반대하는 표준화는 정신의 표준화네. 가령 경쟁의 전통이 대표적인 거지. 여기서 진짜 악한은 깨끗하고 친절하고 근면한 가장들이야. 그들은 온갖 사기술과 잔인함을 동원해서 자녀들의 번영을 미리 확보하려고 혈안이 되어 있어. 이자들이 뭐가 나쁜가 하면, 겉으로는 선량할 뿐만 아니라 직장에서도 아주 지적이고 똑똑하다는 거야. 그러니 대놓고 그들을 미워할 수도 없지. 하지만 그들의 표준화된 마음은 적이 아닐 수 없다네.

하지만 이렇게 격려하고 싶군. 나는 마음속으로 제니스가 맨체스터, 글래스고, 리옹, 베를린, 토리노보다 살기 좋은 곳이라고 생각하고 있어.」

「아니야, 그렇지 않아. 나는 그런 도시들에 가면 더 기분이 좋아져.」 닥터 야비치가 말했다.

「그건 취향의 문제일 뿐이야. 나는 개인적으로 미지의 미래를 가진 도시를 좋아하네. 상상력을 자극하거든. 하지만 내가 특별히 바라는 건 ─」

「자네는 온건한 자유주의자일 뿐이야.」 닥터 야비치가 말했다. 「자네는 자신이 무엇을 원하는지 조금도 알지 못해. 나는 혁명가이기 때문에 내가 원하는 것을 정확하게 알고 있지. 지금 이 순간 내가 원하는 건 술이야.」

6

그 순간 제니스 시의 다른 곳에서는 정치인 제이크 오펏이 헨리 T. 톰슨과 의논을 하고 있었다. 오펏이 말했다. 「어떻게 해야 되느냐 하면, 자네 사위 배빗을 이 일에 끌어들이는 거야. 그는 아주 애국적인 친구지. 일단 그가 그 무리를 위해 땅을 확보하고, 그다음엔 우리가 그들을 너무나 사랑하는 것처럼 꾸미는 거야. 게다가 나도 너무 비싸지 않다면야 좋은 평판을 돈 주고 사들이는 걸 좋아하니까. 우리가 그 땅을 얼마나 오랫동안 가지고 있어야 된다고 보나, 행크? 조지 배빗 같은 착한 친구와 존경받는 노조 간부들이 자네와 나를 강인한 애국자로 생각하는 한 우린 안전해. 행크, 이 도시에는 정직한 정치가들에 대한 수요가 아주 높아. 도시 전체가 우리에게 시가와 프라이드치킨과 드라이 마티니를 제공하지 못해 안달이 나 있어. 세네카 돈 같은 불평꾼이 등장할 때마다 도시는 맹렬하게 분노하여 우리의 깃발 아래 모여들지. 솔직히 말해서 행크, 어서 젖을 짜달라고 음매 하며 달려드는 그들로부터 나같이 똑똑한 놈이 우유를 짜내지 않는다면 정말 부끄러운 일이 될 거야. 하지만 전차 회사 무리들은 예전처럼 대규모 절도를 그냥 묵과해 주지 않겠지. 그러니 이 문제는 — 행크, 난 말이야, 세네카 돈 같은 친구를 이 도시에서 추방했으면 좋겠어. 그자와 우리들 가운데 양자택일이 있을 뿐이야!」

그 순간 제니스 시의 다른 곳에서는 34만 혹은 35민에 밀하는 보통 시민들이 그 누구도 침투할 수 없는 그림자처럼 잠들어 있었다. 철로 건너편의 한 빈민가에는 지난 6개월 동안 구직 활동을 하다가 실패한 어떤 젊은이가 가스를 틀어 놓고 아내와 동반 자살했다.

그 순간 제니스 시의 다른 곳에서는 시인이자 하피즈 서점의 주인인 로이드 맬럼이 중세 피렌체의 불화 속에서도 인생은 얼마나 다양했으며 또 그에 비해 제니스라는 도시는 얼마나 따분한가를 노래한 10행짜리 시를 막 끝냈다.

그리고 그 순간 조지 F. 배빗은 침대에서 무겁게 몸을 뒤척였다. 그것은 마지막 뒤척임이었고, 잠들기 위해 이처럼 애를 쓰는 일이 이제 끝났음을 알려 주는 표시였다.

곧 마법의 꿈속으로 떨어졌다. 그는 어디론가 가서 그를 보고 웃고 있는 미지의 사람들에 둘러싸여 있다. 그는 그들에게서 몰래 빠져나와서 한밤중의 정원을 내리달아 아름다운 소녀가 기다리고 있는 문 앞에 도착했다. 그녀의 부드럽고 가녀린 손가락이 그의 뺨을 쓰다듬었다. 그는 용감하고 현명하고 사랑받는 남자였다. 그녀의 양팔은 따뜻한 상아 같았다. 위험스러운 황무지 저 너머에는 멋지고 시원한 바다가 반짝거리고 있었다.

제8장

1

그해 봄 배빗이 올린 가장 큰 건수는 전차 회사 관리들을 위하여 린턴 지구의 부동산 옵션을 사들인 것이었다. 린턴 애비뉴 전차 노선이 그 지구까지 연장될 것이라는 공식 발표가 있기 전의 일이었다. 또 하나의 사건은 그가 집에서 연 디너파티였다. 나중에 그는 아내에게 그 행사를 이렇게 자화자찬했다. 「제대로 된 사교 파티였을 뿐만 아니라 아주 지적인 행사였어. 우리 도시의 최고 지성과 똑똑한 여성들이 모여들었지.」 파티는 그의 정신을 쏙 빼놓는 행사였고 그래서 폴 리슬링과 메인 주로 단둘이 여행을 떠난다는 생각도 잠시 잊을 정도였다.

비록 카토바 촌구석에서 태어났지만 대도시의 사교 생활에 어느 정도 적응한 그였기에 하루 이틀 정도의 간격을 두고서 사전 계획 없이 네 명의 손님을 초대하는 일쯤은 가볍게 해낼 수 있었다. 하지만 꽃집에서 꽃을 주문해 오고 세공 유리그릇을 모두 내놓고 열두 명의 손님을 접대하는 디너파티는 배빗 부부로서도 벅찬 일이었다.

그들은 2주에 걸쳐 초대할 손님 명단을 연구하고, 논의하고, 조정했다.

배빗은 경이롭다는 듯 말했다. 「물론 우리는 현대식 부부야. 하지만 첨 프링크 같은 유명한 시인을 접대하게 되었다니! 프링크라니! 매일 시를 쓰고 몇몇 광고 문안을 써주면서 연간 1만 5천 달러를 벌어들이는 그 사람을!」

「그래요, 그리고 하워드 리틀필드도 있죠. 지난밤 유니스가 그러는데, 하워드는 3개 국어를 한대요.」 배빗 부인이 말했다.

「그래, 그건 뭐 별거 아니야. 나도 3개 국어를 한다고. 미국 말, 야구, 포커!」

「이 얘기를 그처럼 가볍게 여기는 것은 옳은 일이 아니라고 생각해요. 3개 국어를 말할 수 있다면 얼마나 좋을까요? 아주 유용할 거예요. 그리고 이런 사람에 비해 보면, 우리가 왜 오빌 존스 부부를 초대해야 되는지 난 이해가 안 되는데요.」

「오빌은 말이야, 아주 빠르게 출세하고 있는 친구야.」

「그건 나도 알아요. 하지만 세탁소 주인이잖아요.」

「나도 세탁소가 시나 부동산과 동격이라고 보지는 않아. 그래도 오빌은 아주 유식한 친구라니까. 그가 정원 조경에 대해서 얘기하는 걸 들어 봤어? 그 친구는 나무 이름을 다 말해 줄 뿐만 아니라 일부 그리스어 이름과 라틴어 학명까지도 꿰고 있어요. 게다가 우리는 이미 존스 부부의 저녁 초대를 받은 일이 있기 때문에 한 번은 답례를 해야 돼. 프링크와 리틀필드 같은 고답적인 예술가 무리들을 초대할 때에는 그런 촌놈도 한 명 끼어야 그림이 되는 거야.」

「여보, 이 얘기를 미리 해두어야 할까 봐요. 당신은 호스트니까 의자 등받이에 기대서 남의 말을 잘 들어 줘야 해요. 손님들에게 말할 기회를 주어야 한다고요!」

「그럼, 그래야지. 내가 평소에 말을 너무 많이 하는 버릇이 있긴 해. 사업가이다 보니 그렇지. 나는 리틀필드처럼 박사도 아니고 또 시인도 아니야. 그러니 그럴듯한 고상한 화제는 내놓지 못해. 그런데 말이야, 지난번에 클럽에서 첨 프링크가 다가와 스프링필드 학교 채권 문제를 어떻게 생각하느냐고 묻는 거야. 그때 누가 답변해 주었는지 알아? 바로 내가 해주었다고! 이 별 볼 일 없는 내가 말이야! 그가 물어보기에 내가 싹 다 말해 주었지. 내 말을 듣고 그는 아주 기뻐했어. 그런데 지금 당신이 호스트의 의무를 지적하니까 하는 말인데, 나도 호스트의 의무쯤은 알고 있어. 그래서 말인데 ―」

그렇게 하여 오빌 존스 부부는 초대 명단에 오르게 되었다.

2

디너파티가 있는 날 아침 배빗 부인은 불안하고 초조했다.

「조지, 오늘 저녁에는 일찍 돌아오도록 해요. 야회복을 입어야 한다는 걸 잊지 말아요.」

「그래그래, 〈애드버킷〉에 보니까 장로교 총회가 종파 간 세계 운동에서 탈퇴하기로 결정했구먼. 그러니까 ―」

「조지! 내 얘기 듣고 있어요? 오늘 저녁 집에 일찍 와서 야회복을 차려입어야 한다고요.」

「옷을 차려입어? 젠장, 난 이미 옷을 차려입고 있잖아! 내가 속옷 바람으로 사무실에 출근할 것 같아?」

「젠장이라뇨? 아이들 앞에서 그런 말 쓰지 않았으면 좋겠어요. 아무튼 야회복 입어야 한다는 거 잊지 말아요.」

「턱시도를 말하는 거지? 이 세상의 발명품 중에 가장 지겨운 거 말이야.」

3분 뒤에 배빗은 탄식하듯 말했다. 「입으라면 입어야지 별수 있나.」 그는 아내가 시키는 대로 야회복을 입겠다는 의사를 밝혔고 그리하여 대화는 다른 화제로 옮겨 갔다.

「그리고 조지, 퇴근길에 베키아에 들러서 아이스크림 사가지고 오는 거 잊지 말아요. 거기 배달 트럭이 고장 났대요. 그들이 대신 보내겠다는 인편은 믿을 수가 없어요.」

「알았어! 그 얘기는 아침 식사 전에도 했잖아.」

「당신이 잊어버릴까 봐 그러는 거예요. 나는 하루 종일 바쁠 거예요. 저녁 식사를 도와줄 여자애도 좀 가르쳐야 하니까 ―」

「음식 준비 때문에 여자애를 하나 더 불러? 웃기는 일이군. 마틸다 하나로도 충분할 텐데.」

「그리고 밖에 나가서 꽃을 사와서 꽃꽂이를 해야 하고, 테이블을 정돈하고, 소금 친 아몬드를 주문하고, 치킨을 살펴보고, 아이들이 2층에서 식사할 수 있도록 준비해 놓아야 해요. 그러니 당신이 꼭 베키아에 들러서 아이스크림을 가지고 와야 해요.」

「알았어, 알았다고! 꼭 가지고 올게!」

「가게에 들어가서 어제 배빗 부인이 전화로 주문한 아이스크림을 달라고 하면 돼요. 다 준비되어 있을 거예요.」

10시 30분에 그녀는 사무실로 전화를 걸어 베키아에서 아이스크림 가져오는 것을 잊지 말라고 다짐했다.

그는 플로럴 하이츠의 만찬이 이 정도로 신경을 써야 할 가치가 있는 것인가, 하는 생각이 들었다. 그리고 그런 생각에 스스로 깜짝 놀라면서 충격을 느꼈다. 하지만 곧 칵테일 재료를 사들이는 일에 신경을 쓰면서 그런 불경한 생각은 털어 버렸다.

다음은 그가 정의로움과 금주법의 지배하에 알코올을 구입한 경위이다.

그는 네모반듯하고 현대적인 비즈니스 센터의 거리를 내달려 구시가지의 복잡한 이면 도로로 들어섰다. 그리고 거기서 지저분한 창고와 가게들이 늘어선 울퉁불퉁한 블록을 지나 디아버로 들어섰다. 그곳은 예전에 과수원이 있던 한적한 곳이었으나 지금은 하숙집, 임대 가옥, 매음굴이 즐비한 수렁 같은 지역이다. 그런 동네를 지날 때마다 그는 척추를 따라 오싹한 한기가 흘러내리다가 위장에서 멈추는 것을 느꼈다. 그는 법을 준수하고 경찰을 사랑하는 사람답게 경찰관을 만날 때마다 순진한 표정을 지어 보였다. 차를 멈추고 경찰관들과 농담을 나누고 싶은 마음이 가득했다. 그는 힐리 핸슨의 살롱에서 한 블록 떨어진 곳에 차를 세우며 생각했다. 〈만약 여기서 누군가 나를 본다면, 사업차 온 거라고 생각하겠지.〉

그는 금주법 시행 이전 시대에는 술집이었을 법한 곳으로 들어갔다. 바닥에 톱밥이 깔린 기다랗고 지저분한 카운터가 있었고 그 뒤에는 금이 간 거울이 걸려 있었다. 소나무 탁자에는 한 늙은 남자가 위스키 같아 보이는 것을 앞에 놓고 앉아 있었고, 바에 앉은 남자 둘은 맥주 비슷해 보이는 것을 마시고 있었다. 두 남자는 단둘이 있을 때면 언제나 그러하듯이 살롱 안에 사람들이 많은 듯한 인상을 주려고 애쓰고 있었다. 바텐더는 키가 크고 얼굴이 창백한 스웨덴 사람이었는데, 다이아몬드가 박힌 라일락 빛깔의 스카프를 목에 두르고 있었다. 배빗은 약간 어색해하는 표정으로, 자신을 노려보고 있는 바텐더에게 다가가 부드럽게 속삭였다. 「나는 그러니까 — 핸슨의 친구가 여기에 와보라고 알려 줬습니다. 진을 한 병 사고 싶습니다.」

바텐더는 모욕당한 주교 같은 표정으로 배빗을 노려보았다. 「낯선 양반, 잘못 찾아오신 것 같습니다. 우리는 청량음료 외에는 팔지 않습니다.」 바텐더는 언제 세탁했는지 알 수 없는 넝마로 바를 닦으며, 기계적으로 움직이는 팔꿈치 너머로 퉁명스럽게 말했다.

그러자 테이블에 앉아 있던 몽상가 노인이 바텐더에게 말했다. 「어이, 오스카, 무슨 얘기인지 들어 보지그래.」

오스카는 듣지 않았다.

「이봐, 오스카, 좀 들어 보라고. 응? 좀 들어 보란 말이야!」

그 몽상가 노인의 졸린 듯 나른한 목소리와 함께 맥주 찌끼기의 역한 냄새가 풍겨 나왔고, 그 냄새는 배빗에게 멍한 느낌을 안겨 주었다. 바텐더는 울적한 표정을 지으며 두 손님 쪽으로 걸어갔다. 배빗은 아주 조심스럽게 그를 따라가며 가만히 속삭였다.

「오스카, 난 핸슨 씨와 얘기하고 싶은데.」

「그는 왜 만나겠다는 거죠?」

「그냥 얘기해 보고 싶소. 여기 내 명함이오.」

그것은 무늬가 박힌 아름다운 명함이었다. 검은색과 선명한 붉은색으로 인쇄된 명함은 조지 F. 배빗 씨가 부동산, 보험, 임대 업무를 하고 있음을 알려 주었다. 바텐더는 그 명함이 마치 10파운드짜리라도 되는 것처럼 집어 들었고 거기에 1백 단어가 적혀 있기라도 한 것처럼 천천히 읽었다. 그는 아까 지어 보인 모욕당한 주교의 표정을 조금도 풀지 않으면서 툴툴거렸다.「그가 있는지 알아보죠.」

그는 뒷방에서 한 젊은이를 데리고 나왔다. 황갈색 실크 셔츠에 체크무늬 조끼, 그리고 타는 듯한 갈색 바지를 입은 사람이었다. 조끼 앞부분은 열어 젖혔다. 그가 힐리 핸슨 씨였다. 핸슨 씨는 간단히〈용건은?〉하고 물었다. 그는 배빗을 향해 경멸의 눈빛을 던졌고 배빗이 125달러를 주고 구입한 암회색 새 양복(그는 애슬레틱 클럽의 친구들에게 그 가격을 떠들어 댔었다) 따위는 안중에도 없는 듯했다.

「핸슨 씨, 만나서 반갑습니다. 나는, 그러니까 배빗-톰슨 부동산 회사의 조지 배빗입니다. 제이크 오펏과 아주 친하지요.」

「그런데요?」

「오늘 밤 집에서 파티를 열려고 합니다. 제이크가 당신에게 가면 진 한 병을 살 수 있을 거라고 해서 찾아왔습니다.」핸슨이 더욱 따분하다는 눈빛을 지어 보이자 배빗은 놀라면서 호소하는 목소리로 말했다.「원하신다면 제이크에게 전화해 내 신상에 대해 물어봐도 좋습니다.」

핸슨은 대답 대신 뒷방 출입구를 고갯짓으로 가리키고는 어디론가 사라졌다. 배빗은 둥근 테이블 네 개와 의자 열한 개가 있는 그 방으로 들어갔다. 벽에는 양조장 달력이 걸려 있었고 역한 냄새가 진동했다. 그는 기다렸다. 힐리 핸슨은 양손을 호주머니에 집어넣고 콧노래를 부르며 그 방 안을 세 번이나 오갔으나 그때마다 배빗을 무시했다.

그 순간 배빗은 아침에 했던 맹세 〈1쿼트[42]에 7달러 이상은 단 한 푼도 주지 않을 거야〉에서 〈이거, 10달러는 줘야겠는걸〉로 생각이 바뀌기 시작했다. 핸슨이 또다시 따분한 표정을 지으며 방 안에 나타나자 그는 〈어떻게, 준비가 되겠습니까?〉 하고 호소하듯 물었다. 핸슨은 얼굴을 찌푸리며 갈라지는 목소리로 말했다. 「잠깐만, 제발, 잠깐만요.」 배빗은 기가 죽어 기다렸고 마침내 핸슨이 1쿼트짜리 진 한 병 — 통상 〈쿼트〉라고 완곡하게 부르는 것 — 을 기다랗고 하얀 손에 들고 왔다.

「12달러.」 그가 갈라지는 목소리로 말했다.

「뭐라고요? 제이크는 한 병에 8달러 내지 9달러 정도라고 하던데요.」

「아니, 12달러요. 이건 캐나다에서 밀수해 온 진품입니다. 노가주 추출액을 넣은 중성 주정과는 종류가 달라요.」 정직한 상인은 억울하다는 듯 말했다. 「원한다면 12달러에 사 가시오. 당신이 제이크의 친구라니까 이렇게라도 해주는 거요.」

「그렇군요, 잘 알겠습니다.」 배빗은 얼른 12달러를 내밀었다. 그는 그렇게라도 술을 구한 것이 기뻤고 핸슨은 돈을 세어 보지도 않고 화려한 조끼 호주머니 속으로 집어넣더니 다른 곳으로 가버렸다.

그는 그 진 병을 웃옷 안에 감추고 회사로 돌아와서는 책상에 감추면서 짜릿한 쾌감을 느꼈다. 오후 내내 〈오늘 밤 파티 손님들에게 진짜 술을 내놓는다〉는 생각에 콧노래를 부르고 껄껄 웃으며 스스로를 대견스럽게 여겼다. 그는 퇴근해 오면서 너무 흥분하여 집 한 블록 전에 도달할 때까지 아침에 아내에게서 부탁받은 일을 잊어버렸다. 베키아에서 아이스크림을 받아 와야 한

---

42 약 1리터.

다는 걸 기억한 그는 〈이런 젠장 ─〉 하고 툴툴거리며 다시 돌아갔다.

베키아는 평범한 식료품업자가 아니라, 말하자면 제니스를 대표하는 식료품업자였다. 대부분의 첫 사교 파티는 하얀색과 황금색으로 장식된 〈메종 베키아〉의 무도장에서 개최되었다. 이곳에서 열리는 멋진 모임에서 초대 손님들은 다섯 종류의 베키아 샌드위치와 일곱 가지의 베키아 케이크를 발견한다. 그리고 대부분의 멋진 디너파티는 일종의 정해진 절차인 양 베키아의 나폴리풍 아이스크림으로 마무리되곤 한다. 아이스크림은 멜론 형태, 둥근 레이어 케이크 형태, 기다란 벽돌 형태 가운데 하나로 나왔다.

베키아 가게는 연청색 목재 장식에 분홍색 격자 장식 창을 달고 있었다. 종업원들은 주름으로 장식된 에이프런을 둘렀고 유리 선반들은 달걀의 흰자위 같은 세련된 분위기를 풍겼다. 배빗은 이런 산뜻한 가게에 들어선 자신이 둔중하고 어색한 사람 같다는 느낌이 들었고, 주문한 아이스크림이 나오기를 기다리는 동안 가게에 들어와 있던 여자 손님들이 깔깔거리며 그를 쳐다보는 시선을 목덜미가 따끔할 정도로 느꼈다. 그는 약간 짜증 난 상태로 집에 돌아왔다. 그의 아내는 남편을 보자마자 걱정스러운 목소리로 물었다.

「조지! 베키아에 가서 아이스크림을 받아 왔나요?」

「봐! 내가 언제 심부름을 잊어버린 적이 있어?」

「그럼요! 자주 잊어버리지요!」

「무슨 소리! 잊어버린 적은 별로 없어. 베키아 같은 핑크 빛 가게에 들어가는 것은 영 피곤한 일이더군. 거기 있던 절반쯤 벗은 여자애들의 시선을 받는 게 여간 고역이 아니었어. 당연하다는 듯 입술에 새빨갛게 루주를 칠하고 위장병을 일으키는 물건을 잘도 먹어 대더군.」

「아, 그랬어요? 정말 안됐네요. 당신이 예쁜 여자애들 쳐다보는 걸 싫어한다는 건 알고 있었지만.」

배빗은 아내가 너무 바쁜 나머지 세상을 통치하는 남성들이 느끼는 도덕적 의분에 별 관심이 없다는 사실을 깨닫고는 약간 충격을 받았다. 그는 옷을 갈아입기 위해 2층으로 올라갔다. 배빗은 세공 유리잔, 촛대, 잘 닦아 놓은 목재 선반, 레이스, 은 식기, 장미 다발 등이 있는 멋진 식당을 상상했다. 그런 멋진 식당에서 멋진 저녁 식사를 대접한다니, 감격으로 가슴이 크게 부풀어 올랐다. 그는 주름진 와이셔츠를 그대로 입고 싶은 욕망을 가까스로 억누르며 새 와이셔츠를 꺼내 입고 검은 나비넥타이를 맸으며 손수건으로 에나멜가죽 구두를 닦았다. 그는 느긋한 표정으로 심홍색과 은색이 섞인 와이셔츠 장식 단추를 내려다보았다. 이어 자신의 발목을 부드럽게 쓰다듬었다. 비단 양말 덕분에 조지 배빗의 투박한 정강이는 소위 〈클럽 신사〉의 우아한 정강이로 바뀌어 있었다. 그는 전신 거울 앞에 서서 단정한 야회복 상의와 주름이 세 줄 잡힌 멋진 바지를 살펴보았다. 그러고는 서정적인 축복의 언어를 말하듯 중얼거렸다. 「야, 나도 그렇게 나빠 보이지 않는데. 카토바 촌놈 같지 않아. 고향 친구들이 이런 내 모습을 보면 놀라 자빠지겠지!」

그는 위풍당당하게 칵테일을 배합하러 갔다. 식료품실 싱크대에서 얼음을 자르고 오렌지를 짜고 병, 술잔, 숟가락 등을 취합하는 동안 그는 마치 자신이 힐리 핸슨 살롱의 바텐더가 된 듯한 기분에 사로잡혔다. 배빗 부인은 그가 방해된다고 투덜거렸고 마틸다와 식사 준비를 위해 하루만 고용한 하녀는 그를 스쳐 지나갔다. 그들은 쟁반을 든 채 종종걸음을 치면서 〈빨리 문 열어〉라고 소리치기도 했다. 하지만 크게 흥분해 있던 배빗은 그들을 싹 무시했다.

새로 사 온 진 말고도 차장에는 버번위스키 반병, 이탈리아산 베르무트 4분의 1병 그리고 약 1백 방울 정도의 오렌지 즙이 있었다. 그의 집에 칵테일 셰이커는 없었다. 그건 방탕의 증거이자 술꾼의 상징이었다. 배빗은 자신이 술 좋아하는 사람으로 알려지는 것을 원하지 않았고 술꾼으로 알려지는 것은 더더욱 싫었다. 그는 낡은 그레이비 그릇[43]에 술을 다 함께 넣어 섞은 다음 손잡이 없는 주전자에 쏟아 넣었다. 그러고는 증류기를 높이 쳐들어 화려한 마즈다 백열전구 불빛 아래 비춰 보았다. 배빗의 얼굴은 뜨거웠고 셔츠는 하얗게 반짝거렸으며 구리 싱크대는 잘 닦아 놓은 붉은색 금처럼 보였다.

그는 성스러운 액체를 맛보았다. 「야, 정말 근사하고 맛 좋은 칵테일이군. 브롱크스의 분위기가 나는가 하면 맨해튼의 홍취를 풍기는걸.[44] 으음! 이봐, 마이러, 손님들이 오기 전에 한 모금 맛볼 테야?」

배빗 부인은 식당에서 유리잔을 이리저리 옮겨 놓으며 바쁘게 돌아치고 있었다. 회색과 은색이 섞인 레이스 파티복을 더럽히지 않기 위해 데님 수건을 가슴에 댄 그녀는 남편을 노려보더니 단호한 표정으로 비난하듯 말했다. 「아니, 싫어요!」

「그래, 당신도 좋아할 줄 알았지.」 배빗이 약간 농담조로 말했다.

칵테일은 그에게 소용돌이 같은 홍분을 안겨 주었고 그 덕분에 배빗은 아주 격렬한 욕망을 의식하게 되었다. 속도 빠른 차를 타고 여기저기 돌아다니면서 여자들에게 키스를 하고 노래를 부르는 재치 있는 남자가 되고 싶었다. 그는 자신의 잃어버린 권위를 되찾고 싶어서 마틸다에게 엄숙하게 말했다.

「이 칵테일 주전자를 냉장고에 넣어 둘 거야. 건드리면 안 돼.」
「알았습니다.」
「자, 잘 들어 둬. 이 선반 위에 아무것도 놓아서는 안 돼.」
「알았습니다.」
「그리고 —」 그는 현기증을 느꼈다. 목소리가 아득해지면서

---

43 *gravy boat*. 소스를 담아낼 때 쓰는 배 비슷한 모양의 납작한 그릇.
44 둘 다 칵테일 이름이다.

가늘어졌다. 「자, 내 말 잘 알아들었지?」 그는 명령조로 말하고 안전한 거실로 돌아왔다. 그는 〈마이러와 리틀필드 부부같이 굼뜬 사람들을 저녁 식사 후 어디론가 데려가서 대소동을 벌이며 떠들썩하게 또 한잔할 수 있을 것인지〉에 대해 의문이 들었다. 그는 그동안 무시되어 왔던 방탕함의 기질을 스스로에게서 발견했다.

손님들이 몰려올 즈음(개중에는 꼭 늦게 와서 먼저 온 손님들을 억지로 인내하도록 만드는 사람들이 있다), 칙칙한 회색의 공허함이 배빗의 머릿속을 휘감던 보랏빛을 밀어내 버렸다. 그는 그런 감정을 억누르고 플로럴 하이츠의 호스트답게 떠들썩한 소리를 내지르며 손님들을 맞이했다.

손님들은 철학 박사이자 전차 회사에 각종 통계 자료와 홍보물을 제공하는 하워드 리틀필드, 석탄 거래인으로 엘크 클럽과 부스터 클럽의 유지인 버질 건치, 재블린 자동차 회사의 대리인이며 길 건너편에 사는 에디 스완슨, 자칭 〈제니스에서 가장 크고, 번성하고, 믿음직한 세탁소〉인 릴리 화이트 세탁소의 주인 오빌 존스 등이었다. 하지만 손님들 중에서 가장 유명한 사람은 T. 콜몬들리 프링크였다. 그는 매일 예순일곱 개 주요 일간지에 공동으로 실리는 〈포이뮬레이션*Poemulations*〉이라는 칼럼을 쓰고 있을 뿐만 아니라(덕분에 그는 가장 많은 독자를 확보한 시인 중 하나이다) 낙천적인 강연자이며 〈도움을 주는 광고〉의 창조자이기도 하다. 깊은 철학과 고상한 도덕을 강조하는 시를 쓰지만, 유머러스하고 쉬워서 열두 살짜리 아이도 이해할 수 있다. 게다가 하나같이 유쾌한 분위기를 풍기고 있어서 시라기보다는 산문으로 분류될 정도이다. 프링크 씨는 미국의 동부와 서부를 통틀어 〈첨〉이라는 이름으로 알려져 있다.

그들과 함께 여섯 명의 아내들도 따라왔다. 조서넉이긴 했지만 부인들을 서로 구분하는 것은 쉽지 않았다. 힐금 보면 그들은 모두 똑같이 생겼고 아주 생기발랄한 목소리로 〈어머, 너무 멋지네요!〉 하고 똑같은 탄성을 질렀기 때문이다. 남자들은 겉보기에도 그리 비슷하지 않았다. 재야 학자인 리틀필드는 키가 크고 말상이었다. 부드럽고 쥐 같은 머리카락을 가진 첨 프링크는 안경에 비단 줄을 드리움으로써 자신이 시인임을 널리 홍보하고 있었다. 버질 건치는 어깨가 떡 벌어지고 덥수룩한 검은 머리의 소유자였다. 대머리이지만 젊고 씩씩한 에디 스완슨은 무늬 있는 검은 실크에 유리 단추가 달린 야회용 조끼를 입고서 자신의 우아한 안목을 과시했다. 땅딸막하지만 착실해 보이는 오빌 존스는 그리 인상적이라 할 수 없는데 아마포 색깔에 칫솔 같은 콧수염을 기르고 있었다. 하지만 다들 영양 상태가 좋고 외관이 깨끗했다. 모두 〈멋진 저녁일세, 조지〉 하고 씩씩하게 소리치는 품이 꼭 사촌들 같아 보였다. 그런데 기이한 것이, 여자들에 대해서는 더 오래 알수록 그들이 전혀 닮지 않은 사람들처럼 보인다는 사실이다. 반면에 남자들은 오래 알수록 공통적인 대담한 외양이 드러나게 된다.

칵테일 마시기는 칵테일 만들기 못지않게 표준적인 의례였다. 그들은 희망에 부풀어 긴장한 채 기다렸다. 그러면서 겉으로는 〈낮 날씨는 따뜻하지만 밤에는 다소 쌀쌀하다〉는, 본심과는 무관한 말들을 했다. 배빗은 여전히 술에 대해 아무런 말도 하지 않았다. 그들은 절망에 빠졌다. 하지만 가장 늦게 온 커플(스완슨 부부)이 마침내 도착했을 때, 배빗이 암시하듯 말했다. 「자, 여러분, 법률을 약간 위반하는 것을 견딜 수 있겠습니까?」

그들은 공인된 언어의 제왕인 첨 프링크를 쳐다보았다. 그는 종 당김줄을 잡아당기듯이 안경 줄을 잡아당기면서 헛기침을 하더니 그런 질문을 받았을 때의 관습적인 대답을 했다.

「조지, 이 한마디는 해두겠소. 나는 법률을 준수하는 사람이지만 버그 건치는 정말 강도 같은 사람이라는 거요. 나보다 덩치도 크고 말이지. 만약 그가 나한테 불법적인 일을 강요한다면 난 어떻게 해볼 도리가 없을 것 같은데!」

건치는 큰 소리로 말했다. 「그렇다면 나도 행동에 나설 수밖에.」 프링크가 양손을 쳐들면서 말했다. 「버그와 조지, 이렇게 두 사람이 강요한다면 나는 내 차를 길 건너편으로 이동하여 주차하겠소. 조지, 자네가 암시하는 범죄는 아무래도 주차 위반 같으니 말이니.」

좌중에서 왁자지껄한 웃음 소리가 터져 나왔다. 존스 부인이 소리쳤다. 「프링크 씨는 정말 의뭉스러워요! 그가 정말로 순진한 사람인 줄 오해하겠어요!」

배빗이 대꾸했다. 「첨, 그걸 어떻게 알았지? 내가 가서 여러분의 차 열쇠를 가져올 때까지 좀 기다리세요.」 사람들이 즐거워하는 가운데 그는 번쩍거리는 물건을 가지고 왔다. 그가 들고 온 쟁반 한가운데에는 노란빛 칵테일이 든 유리 주전자와 여러 개의 술잔이 놓여 있었다. 남자들이 소리쳤다. 「야, 저것 좀 봐!」 「정말 인생의 의욕을 한껏 북돋아 주는군.」 「어디 한번 만져나 보자고.」 하지만 여행을 자주 다니고 인생의 슬픔에 익숙한 첨 프링크는 그게 약간의 중성 주정이 들어간 과일 주스일지도 모른다고 생각했다. 환하게 웃는 복지 담당관 배빗이 그에게 한 잔 내밀자 프링크는 약간 의심하는 눈빛으로 바라보았다. 그러나 한 모금을 마시고 나서는 감탄했다. 「야, 좋은데. 계속 꿈꾸게 만드는군. 만약 이게 꿈이라면 나를 깨우지 마요. 계속 잠들게 해줘요.」

2시간 전에 프링크는 신문에 게재할 시를 다음과 같이 완성한 바 있었다.

나는 홀로 앉아 불평하며 생각에 잠긴다. 머리를 긁적이며 한숨을 짓고 신음한다. 〈아직도 옛날식 술집을 그리워하는 촌놈이 있다니. 천지도 광인으로 만드는 그 소굴, 사익하고 냄새 나는 살롱을!〉 나는 그런 술집의 독약 같은 술을 아쉬워하지 않는다. 기포가 솟아오르는 광천수만으로 충분할 뿐. 내 머리를 상쾌한 아침처럼 만들고, 갓 태어난 아이처럼 깨끗하게 하는 그것뿐!

배빗은 손님들과 함께 술을 마셨다. 순간적으로 느꼈던 우울함은 사라졌다. 자기 집에 모인 사람들이야말로 세상에서 제일 좋은 사람들 같았다. 그들에게 1천 잔의 칵테일을 제공하고 싶었다. 「한잔 더?」 그는 소리쳤다. 아내들은 낄낄거리며 거절했지만 남자들은 아주 여유 있는 방식으로 느긋하게 즐기면서 쾌활하게 대꾸했다. 「조지, 자네가 화를 내기 전에 어서 한 잔 더 받아 먹어야지.」

「한 잔씩 더 돌아갈 거야.」 배빗이 그들에게 말하자 다들 소리쳤다. 「조지, 마지막 한 방울까지 쥐어짜. 쥐어짜 보라고.」

마침내 주전자가 바닥나자 그들은 일어서서 금주법에 대해 얘기했다. 남자들은 양손을 바지 주머니에 집어넣은 채 느긋하게 서서 각자의 견해를 밝혔다. 그들은 진부한 얘기를 깊은 철학인 양 지껄여 대면서도 실은 그 문제에 대해 아무것도 모르는 사람들과 비슷했다.

「내가 그 점에 대해서 한마디 하지.」 버질 건치가 말했다. 「나는 그 문제를 이렇게 봐. 이건 교과서적인 답이야. 왜냐하면 그 문제에 대해 잘 아는 박사나 전문가들과 많이 얘기해 봤거든. 내가 보기에 술집들을 없애 버린 건 잘한 일이야. 하지만 남자들이 가벼운 맥주와 와인 정도는 마실 수 있도록 해줘야지.」

하워드 리틀필드도 자신의 견해를 말했다. 「일반적으로 간과되지 않은 사항이 하나 있네. 개인의 자유를 침해하는 건 위험한 발상이지. 가령 이런 사례를 한번 볼까? 아마 바바리아였을 거야. 바바리아 왕이 1862년 3월에 가축들의 공공 방목을 금지시키는 포고령을 반포했지. 과중한 세금에 대해서는 불평 없이 견뎌 내던 농민들이 그 포고령이 나오자 반란을 일으켰어. 아, 바바리아가 아니라 색스니였던가? 아무튼 이 사건은 개인의 자유라는 권리를 침해할 때 어떤 결과가 나오는지 잘 보여 주지.」

「바로 그거야. 그 누구도 개인의 자유를 침해할 권리는 없다고.」 오빌 존스가 말했다.

「그래도 금주법이 노동자 계급에는 아주 좋은 것임을 잊어서는 안 되지. 그들로 하여금 엉뚱한 데 돈을 쓰지 못하도록 하고, 또 그들의 생산성을 높여 주기도 하니까.」 버질 건치였다.

「그건 그래. 하지만 단속의 방법에 문제가 있다는 거야.」 하워드 리틀필드가 주장했다. 「의회는 올바른 제도에 대한 이해가 부족해. 만약 내가 이 일을 전적으로 주무를 수 있다면 나는 술 마셔도 괜찮을 만한 사람들에게 면허를 주는 방식을 사용하겠어. 그렇게 하면 요령 없는 노동자들이 술 마시는 걸 막을 수도 있고 동시에 우리 같은 사람들의 개인적 자유도 침해하지 않게 되니까.」

그들은 머리를 끄덕이며 서로 쳐다보다가 입을 모아 말했다. 「그거 그럴듯하네. 멋진 조치가 되겠군.」

「내가 걱정하는 것은 그 요령 없는 노동자들 중 상당수가 코카인을 흡입할 거라는 점이야.」 에디 스완슨이 한숨을 쉬며 말했다.

그들은 더욱 격렬하게 고개를 끄덕이며 신음 소리를 냈다. 「그렇군, 그런 위험이 있어.」

첨 프링크가 불쑥 다른 화제를 꺼냈다. 「일전에 집에서 맥주 만드는 방법을 배웠네. 그러니까 ―」

건치가 끼어들었다. 「맥주? 그거보다는 과일주를 빚는 게 훨씬 좋아.」 존스도 말했다. 「나도 제조 요령을 알고 있는데.」 스완슨도 질세라 덧붙였다. 「그런 얘기라면 나도 한 자락 아는 게 있는데.」 그렇지만 프링크는 단호한 어조로 자신이 배운 맥주 제조법을 설명했다. 「우선 완두콩 껍질을 확보하는 기야. 그런 다음 완두콩 30킬로그램에 물 25리터를 집어넣고 푹 끓이다가 ―」

배빗 부인이 아주 상냥하고 자상한 표정으로 그들을 쳐다보앉다. 프링크는 서둘러 맥주 제조법 레시피를 끝냈다. 이어 그녀가 명랑한 목소리로 말했다. 「저녁 식사가 준비되었습니다.」

누가 가장 나중에 식당으로 들어갈 것인가를 두고서 남자들 사이에 언쟁이 벌어졌다. 그들이 거실에서 식당의 문턱을 넘어가는 동안 버질 건치가 이렇게 말하여 그들을 웃겼다. 「내가 마이러 배빗 옆에 앉아서 테이블 밑으로 그녀의 손을 잡을 수 없다면 난 게임에 끼지 않을 거야. 그냥 집에 가버릴 거라고.」 그들이 식당에 엉거주춤하게 서 있자 배빗 부인이 얼굴을 붉히며 말했다. 「여러분을 위해 손으로 쓴 이름표를 준비할 계획이었으나 그만 여의치 못해서 ─ 자, 프링크 씨, 우선 저기에 앉으세요.」

저녁 식사는 여성지에 소개되는 가장 좋은 스타일 그대로였다. 그 스타일에 따라 샐러드는 속을 파낸 사과에 준비되었고, 어떻게 해볼 수 없는 프라이드치킨을 제외하고는 모든 음식이 서로 닮은 모양이었다. 보통 때 남자들은 여자들과 대화하는 것을 어렵게 생각했다. 남녀 간에 시시덕거린다는 것은 플로럴 하이츠에서 생소한 일이었고, 사무실과 주방의 영역은 완전히 분리되어 있었다. 하지만 칵테일 덕분에 대화는 난만하게 무르익었다. 남자들은 각자 금주법에 대해 나름대로 일가견을 갖추어서 뭔가 중요한 발언거리가 있었다. 파트너가 열심히 들어 주리라고 확신했기 때문에 그들 각자는 스스럼없이 의견을 말할 수 있었다.

「나는 원하는 모든 스카치를 리터당 8달러에 살 수 있는 곳을 알고 있어 ─」

「값싼 위스키 열 상자에 1천 달러를 주고 사들였는데 알고 보니 그게 맹물인 걸 발견한 사람 얘기를 들어 보았나? 그 사람이 거리에 서 있는데 어떤 친구가 다가와서는 ─」

「디트로이트에서는 차떼기로 밀수가 이루어진다던데 ─」

「그렇게 이런 독성 물질이 퍼져 나가게 되었어. 가짜 알코올과 그 모든 게 말이야 ─」

「물론 나는 원칙적인 측면에서는 동의해. 하지만 누가 옆에서 나의 생각과 행동을 지시하는 것은 원하지 않아. 미국인이라면 그런 건 견딜 수 없을걸!」

하지만 그들은 오빌 존스의 말에 대해서는 다소 떨떠름하게 생각했다. 아무도 그를 파티장의 재담가로 여기지 않았기 때문이다. 「사실 이렇게 요약할 수 있네. 그것은 초기 비용의 문제가 아니야. 그 습기(濕氣)를 얼마나 유지할 수 있느냐 하는 문제이지.」

모든 사람에게 공통 관심사인 금주법 문제가 완벽하게 다루어지고 나자 그들은 일반적인 화제로 되돌아갔다. 버질 건치에 대해서는 이런 농담이 터져 나왔다. 「저 친구는 살인을 저지르고도 유유히 빠져나갈 친구야. 남녀가 같이 있는 자리에서 외설적인 농담을 하여 여자들의 배꼽을 빼놓을 친구지. 하지만 내가 약간이라도 튀는 농담을 하면 그 자리에서 질책할걸.」 그러자 건치는 여자들 가운데 가장 젊은 에디 스완슨 부인에게 이런 말을 하여 좌중을 웃겼다. 「루에타! 내가 에디의 호주머니에서 열쇠를 슬쩍했어요. 그러니 사람들이 안 볼 때 당신과 내가 길 건너편으로 은밀히 사라지는 건 어떨까요? 당신에게 해주어야 할 아주 중요한 말이 있거든요.」 그가 약간 의뭉스럽게 미소 지으며 말했다.

여자들은 낄낄거렸고 배빗은 장난스러운 농담에 자극을 받았다. 「여러분, 내가 닥터 패튼에게서 빌려 온 책을 보여 주고 싶군요.」

「조지! 무슨 소리예요!」 배빗 부인이 경고했다.

「이 책은 — 음란하다고 하지는 않겠어요. 이 책은 남태평양의 관습에 대하여 인류학적으로 보고한 거거든요. 아무튼 웬만한 건 다 다루고 있지요. 돈 주고 살 수 있는 책이 아니라고. 내 그 자네한테 빌려 주지.」

「나 먼저 빌려 줘!」 에디 스완슨이 주장했다. 「아주 재미있을 것 같군.」

그때 오빌 존스가 말했다. 「난 얼마 전에 스웨덴 사람과 그들의 아내에 대한 흥미로운 얘기를 들었지.」 그는 유대인 억양으로 그 얘기를 했으나 끝부분에 가서는 내용을 순화시켰고, 건치가 약간의 살을 덧붙였다. 그러나 칵테일의 약발이 떨어지기 시작하자 환상을 쫓던 자들은 냉엄한 현실로 돌아왔다.

최근 작은 마을들을 상대로 하는 순회 강연을 마치고 돌아온 첨 프링크가 껄껄 웃으며 말했다. 「문명으로 되돌아오니 이렇게 좋아! 아, 정말 촌 동네 구경 많이 했네. 물론 그곳에 사는 사람들은 지구 상에서 가장 선량한 사람들이지. 하지만 거기 소도시 중심가 사람들은 느려 터졌어. 문명으로 되돌아와 활기찬 사람들과 어울리는 게 얼마나 좋은 일인지 여러분은 모를 거요.」

「정말 그래.」 오빌 존스가 의기양양하게 말했다. 「조그만 마을에 사는 사람들은 지구 상에서 가장 선량한 사람들이지. 하지만 그 따분한 대화라니! 그들은 날씨와 새로 나온 포드 자동차를 제외하고는 할 말이 없다니까.」

「그건 그래, 늘 같은 화제에 대해서만 말하지.」 에디 스완슨이 말했다.

「정말 지겨워. 그들은 똑같은 말을 자꾸만 되풀이해.」 버질 건치였다.

「정말이지 놀라울 정도지. 사물에 대해서 개성 있게 말하는 법이 없어. 포드 자동차와 날씨에 대해 같은 말을 자꾸만 반복하는 거야.」 하워드 리틀필드가 말했다.

「그렇다고 비난할 수도 없어. 그들은 여기 도시에 사는 당신들처럼 지적인 자극을 받지 못하니까.」 첨 프링크가 말했다.

「그래, 맞는 말이야.」 배빗이 말했다. 「난 당신들 같은 지식인이 너무 자기 생각만 하지는 않았으면 좋겠어. 하지만 신문에 칼럼을 쓰는 시인이나 경제 통계 자료를 훤히 꿰고 있는 하워드 같은 사람들과 함께 앉아 있으면 자연 자극을 받게 되지. 그런데 시골 사람들은 자기들 말고는 서로 대화를 나눌 사람이 없잖아.

그러다 보니 화제가 빈곤하고 문화가 없어지는 거야. 오로지 자기 생각만 하다 보니 온통 뒤죽박죽이 되어 버린다고.」

오빌 존스도 논평했다. 「도시의 혜택으로서, 가령 영화를 한번 생각해 보자고. 시골 영화관에는 프로가 하나뿐이고 그것도 일주일이 지나야 바뀌지. 반면에 여기 도시에서는 매일 저녁 골라 볼 수 있는 영화가 열 가지 이상은 되잖아.」

「맞아, 수준 높은 사업가들과 매일 접촉하고 생강이 가득 든 잼을 먹으면서 받는 영감만 해도 상당할 거야.」 에디 스완슨이 말했다.

「그렇다고 해서……」 배빗이 말했다. 「그런 시골 사람들을 좋게만 봐줘서는 안 된다고 봐. 시골 사람들이 우리가 여기서 하는 것처럼 도시를 따라오려고 하지 않는다면 그건 그들의 잘못이지. 친구들끼리니까 터놓고 하는 말인데, 그들은 도시 사는 사람들을 질투하고 있다니까. 난 고향 마을인 카토바에 내려갈 때마다 같이 자란 친구들에게 미안함을 느껴야 해. 그들은 출세하지 못했는데 나는 성공했기 때문이지. 우리가 여기서 대화하는 것처럼 그들에게 자연스럽게 말을 건네면 — 그러니까 세련되고 폭넓은 견해를 표명하면 — 그들은 내가 잘난 체한다고 생각하지. 내 아버지가 운영했던 잡화상을 물려받아 장사를 하고 있는 이복동생 마틴이 있는데, 그 애는 세상에 턱시도라는 게 있다는 것도 모를걸. 만약 그 애가 지금 당장 이 파티 한가운데로 뛰어든다면, 우리가 뭐하는 사람인지도 잘 이해하지 못할 거야. 맞아, 시골 사람들은 정말 질투심이 많아.」

첨 프링크가 동의했다. 「정말 그렇지. 하지만 내가 신경 쓰이는 건, 그들이 교양이 부족하고 아름다운 것 — 내가 너무 유식한 체힌다면 양해해 줘요 — 을 잘 알아보지 못한다는 짐이야. 나는 수준 높은 깅연을 하고 싶고 또 나의 대표 시를 읽어 주고 싶네. 신문에 실리는 그런 게 아니라 잡지에 실리는 시들 말이지. 하지만 시골에 내려가 강연을 하려면 뻔한 얘기들, 속어, 은어가 아니면 통하질 않아. 만약 시골에 내려가서 우리가 여기서 주고받는 그런 화제를 꺼내 들면 곧 쫓겨나게 될걸. 내가 왜 쫓겨나야 하는지도 잘 모르면서 말이지.」

버질 건치가 상황을 요약했다.「사실, 우리가 도시 사람들 사이에서 살게 된 건 정말 큰 행운이야. 도시인들은 예술적인 것은 물론이고 사업적인 것도 잘 알고 있지. 만약 우리가 소도시의 중심가에 살면서 늙은 사람들에게 이곳의 익숙한 방식을 가르쳐 주려고 한다면 아주 우울한 처지에 놓이게 될걸. 하지만 시골 사람들에 대해 이런 점은 말해 두어야 할 것 같군. 미국의 작은 마을들은 인구를 늘리고 또 현대적 이상을 받아들이려고 애쓰고 있어. 만약 이렇게 하지 않으면 그들은 곤경을 겪게 될 테니까. 어떤 사람들은 시골 마을의 경계가 넓어지고 있다고 하더군. 1900년에 어떤 마을에 와보니까 비포장길 중심가만 달랑 있고 9백여 명의 사람들이 살고 있었는데, 1920년에 돌아와 보니 도로가 포장되어 있고 멋진 호텔도 하나 들어서 있고 최고급 숙녀복 가게도 들어와 있더라는 거야. 아주 완벽하게 발전한 거지. 그러니 작은 마을을 살펴볼 땐 현재의 상태만 보지 말고 그 마을이 앞으로 어떻게 될 것인가도 함께 고려해야 한다는 거야. 그 마을들은 모두 지구상에서 가장 멋진 곳이 되겠다는 야망을 갖고 있으니까. 모두 제니스 같은 도시가 되고 싶어 하는 거지!」

3

그들은 T. 콜몬들리 프링크를 이웃으로서, 잔디 깎기 기계와 멍키 스패너를 자주 빌려 가는 사람으로 친밀하게 이해하는 동시에 그가 유명한 시인이며 저명한 광고 대리인이라는 사실도 알고 있었다. 그의 사람 좋은 태도 뒤에는 그들이 침투하지 못하는 잡다한 문학적 신비가 도사리고 있었다. 오늘밤 그는 진을 마서서 한껏 흥에 겨웠고, 그래서 자신의 문학적 신비의 일단을 드러내 보였다.

「나를 정말로 괴롭히는 문학적인 문제가 있네. 요새 지코 자동차 회사를 위해 일련의 광고 문안을 작성하는 중인데, 아주 멋진 문안이 되기를 바라고 있지. 그러니까 스타일이 풍부한 그런 문안 말이야. 나는 〈완벽함은 놀라운 곡예일 뿐〉이라는 이론을 신봉해. 그런데 이 광고는 내가 취급한 것들 가운데 가장 까다로운 일이더군. 모두들 광고보다는 시를 쓰는 게 더 어려울 거라고 생각하겠지? 내 시는 가정, 단란함, 행복 등 가슴 따뜻해지는 주제를 다루는 것이 대부분이기 때문에 쓰기가 쉬워요. 이러한 주제를 가지고는 엉뚱한 방향으로 나갈 수가 없지. 주제를 잘 전개하면 독자가 어떤 감정을 가지게 되는지 미리 예상할 수 있고, 그런 만큼 정해진 게임의 절차대로 풀어 나가면 되는 거야. 하지만 산업계의 광고는 사정이 달라요. 새로운 영역을 개척해야 하는 문학의 한 분야니까. 혹시 〈미국의 천재〉라고 할 만한 한 친구를 알고들 있나? 자네들이나 나나 그 친구의 이름은 몰라. 하지만 그의 작품은 보존되어야 마땅하지. 그래야 미래의 세대가 우리 세대의 미국적 사상과 독창성을 판단할 수 있거든. 그 친구는 프린스 앨버트 담배 광고를 썼지. 자, 이걸 한번 들어 보라고.」

기다란 파이프에 놀라운 즐거움을 채워 주는 프린스 앨버트. 자동차의 가속기를 세게 밟아 시속 10킬로미터에서 1백 킬로미터로 올릴 때 들려오는 소리의 향연에 귀 기울여 보았나요? 무언가 성취되는 듯한 느낌. 우리끼리니까 하는 얘기지만, 담배를 피우기 전의 울적한 기분을 급속도로 끌어올리기 위해 순식간에 사기를 진작하는 방법을 도모하고 싶은가요? 그렇다면 프린스 앨버트를 집어넣어 빨갛게 타오르는 기나란 파이프 뒤에 줄을 서세요.

프린스 앨버트는 직장의 다정한 친구. 그윽한 향기로 당신을 도와주는 즐거운 벗. 언제나 유쾌함을 주는 상쾌한 향기. 두 배의 쾌감, 구리 못을 박은 듯한 단단함, 거기에 남성적인 매력을 풍기는 흡연의 즐거움!

좋은 것을 움켜쥐듯 파이프로 달려가세요. 그런 다음 프린스 앨버트로 가득 채우는 거죠. 그러면 당신은 생활의 모든 면에서 즐거운 게임을 펼칠 수 있습니다. 이게 무슨 말이냐고요? 직접 체험해 보세요.

「이야, 그건 내가 〈남성적 문학〉이라 일컫는 것들이군.」 자동차 대리인인 에디 스완슨이 말했다. 「하지만 저 프린스 앨버트 친구가 혼자서 저렇게 잘 쓴 것 같지는 않은데. 먹물들이 여러 명 참석한 회의에서 나온 작품일 거야. 장발족을 상대로 쓴 게 아니라 단정한 사람, 즉 나 같은 사람을 위해서 광고 문안을 썼군. 모자를 기울여 경의를 표시해야지. 하지만 이 광고에는 한 가지 문제가 있어. 과연 저런 광고로 물건을 팔아먹을 수 있을까? 물론 다른 시인들처럼 이 프린스 앨버트 친구는 자신의 시상(詩想)을 멋지게 전개했지. 그래서 아주 우아하게 읽혀요. 하지만 정작 물건에 대해서는 아무것도 말해 주지 않잖아. 그냥 헛소리 덩어리일 뿐이야.」

프링크는 그를 노려보았다. 「아, 이 친구 괴짜로군. 내가 자네를 상대로 스타일이라는 관념을 어떻게 설명할 수 있겠나? 아무튼 저 광고 문안이야말로 내가 지코 자동차를 위해 만들어 주고 싶은 그런 스타일의 광고야. 하지만 나는 그렇게 할 수가 없어요. 그래서 전통적인 시학을 고집하면서 지코를 위한 수준 높은 광고 문안을 만들었지. 자, 이건 어떻게 생각하나?」

하얗고 기다란 길이 우리를 부른다. 길은 언덕을 넘어 저 멀리 나아가며, 혈관에 붉은 피가 뛰놀고 입술로는 해적의 오래된 노래를 흥얼거리는 선남선녀들을 부른다. 길은 일상의 근심을 억제하며 꾸준히 앞으로 나아간다. 속도, 영광스러운 속도. 그것은 잠시의 흥분 이상의 것. 당신과 나에겐 생명과도 같은 것! 지코 자동차의 제작자들은 이 새로운 진실, 이 위대한 진실을 가격이나 스타일 못지않게 심각하게 고려한다. 지코는 영양처럼 날렵하고 제비의 활강처럼 원만하며 수컷 코끼리처럼 강력하다. 모든 선에서 품위가 묻어 난다. 들어 보라, 형제여! 당신은 하이킹의 수준 높은 예술적 경지가 어떤 것인지 모르리라. 인생의 활기찬 원동력인 지코를 운전하기 전까지는!

「자, 이 광고는 약간의 우아한 분위기를 갖고 있네. 하지만 〈소리의 향연〉과 같은 독창성은 확보하지 못했어.」 프링크가 말했다.
파티에 참석한 일행은 한숨을 내쉬며 동정심과 존경심을 동시에 표현했다.

제9장

1

 배빗은 친구들이 좋았고, 또 호스트가 되어 〈그래, 치킨을 좀 더 들어! 정말 좋은 아이디어야!〉 하고 소리치는 것도 좋았다. T. 콜몬들리 프링크의 천재성도 높이 평가했다. 그러나 칵테일의 취기가 사라지면서, 그는 음식을 먹으면 먹을수록 덜 즐거워졌다. 이어 서로 언쟁을 벌이는 스완슨 부부 때문에 만찬의 화기애애한 분위기는 망가지고 말았다.

 플로럴 하이츠와 기타 제니스의 부유한 주택가, 특히 〈젊은 부부들이 많이 사는〉 주택가에는 할 일이 없는 여자들이 많았다. 물론 그들이 하인을 고용하는 경우는 드물지만 가스난로, 전기 레인지, 식기세척기, 진공청소기, 타일 바른 주방 벽 덕분에 그들의 주택은 아주 편리해졌고 집안일은 그리 많지 않았다. 게다가 음식은 외부의 제과점이나 식품점에서 사다 먹었다. 그들은 자녀가 둘 혹은 하나, 아니면 없는 경우도 있었다. 제1차 세계 대전으로 탄생한 〈노동의 지위 상승〉 신화에도 불구하고, 남편들은 아내가 무급의 사회 봉사에 나가서 〈시간을 낭비하고 또 황당한 사상까지 얻게 되는 것〉에 반대했다. 게다가 아내가 돈을 받는 일이라도 하면 여지없이 퍼지는 소문, 남편이 무능하여 아내가 맞벌이에 나섰다는 소리를 듣는 것을 더욱 혐오했다. 가정주부들은 하루 2시간 정도만 일했고 나머지는 초콜릿을 먹거나, 영화관에 가거나, 아이쇼핑을 가거나, 둘씩 셋씩 모여 카드놀이를 하거나, 잡지를 읽거나, 결코 나타나는 법이 없는 애인을 수줍게 상상하면서 시간을 때웠다. 이렇게 하는 과정에서 아내들은 엄청난 불안감을 느꼈고, 남편에게 바가지를 긁음으로써 이를 해소했다. 남편들도 지지 않고 잔소리를 늘어놓았다.

스완슨 부부는 이 바가지와 잔소리의 아주 완벽한 사례였다.

만찬 내내 에디 스완슨은 아내의 새 드레스에 대해 노골적으로 불평했다. 너무 짧고, 너무 파였고, 너무 얇으며, 너무 비싸다는 것이었다. 그는 배빗에게 호소했다.

「조지, 루에타가 사 입고 온 저 새 드레스를 어떻게 생각하나? 저건 좀 심하지 않나?」

「에디, 대체 뭐가 못마땅한 거야? 아주 아름다운 드레스구먼.」

「그래요, 스완슨 씨. 멋진 드레스예요.」 배빗 부인이 맞장구를 쳤다.

「여보, 당신은 어떻게 옷에 대해서 그토록 권위자인 체하죠?」 루에타가 화를 냈다. 손님들은 깊은 생각에 잠기면서 그녀의 어깨를 힐끔 쳐다보았다.

「내가 언제 권위자라고 했어?」 스완슨이 말했다. 「하지만 그게 아까운 돈 낭비라는 걸 알아볼 만큼은 돼. 당신이 옷장 가득한 옷을 잘 활용하지 않고 자꾸 새 옷만 사겠다고 하는 게 난 너무 피곤해. 그 점에 대해서는 이미 당신에게 알아들을 만큼 얘기했지. 하지만 당신은 조금도 귀를 기울이지 않았어. 어리석은 짓을 막기 위해 당신 뒤라도 쫓아다녀야 할 ─」

부부는 그런 식으로 언생을 벌였고 나들 옆에서 그들의 밀을 거늘었다. 하지만 배빗은 예외였다. 주변이 흐릿해졌고 오로지 자신의 위장만 의식하게 되었다. 속이 불붙는 듯 불편했다. 〈음식을 너무 많이 먹었어. 과식하면 안 되는 건데.〉 그는 신음했다.

그러면서도 벽돌처럼 생긴 차가운 아이스크림 조각과, 면도 크림처럼 끈적끈적한 코코넛 케이크를 목구멍 아래로 삼켜 넣었다. 속이 진흙으로 가득 찬 느낌이었다. 그의 몸은 빵빵했고, 목구멍은 뭔가 토해 낼 것 같았으며, 머리는 뜨거운 진흙이었다. 그는 고통을 억지로 참으며 플로럴 하이츠의 호스트답게 미소도 짓고 소리도 쳤다.

손님들만 아니라면 밖으로 달려나가 빠르게 걸어 위장 가득한 음식을 내려가게 하고 싶었다. 하지만 방 안을 가득 채운 몽롱한 안개 속에서 그들은 한없이 거기 있을 것처럼 수다를 떨어 댔다. 그는 속으로 괴롭게 생각했다. 〈바보처럼 이렇게 많이 먹다니. 이제 단 한 입도 더 먹을 수 없어.〉 하지만 곧 앞에 놓인 그릇 속의 녹은 아이스크림을 떠먹고 있는 자기 자신을 발견했다. 그의 친구들은 마법을 부리지 못했다. 하워드 리틀필드가 천연고무의 화학식이 $C_{10}H_{16}$인데 이것이 아이소프렌으로 바뀌면 $2C_5H_8$이 된다는 얘기를 지식의 보고로부터 꺼내 놓아도 별로 기분이 좋아지지 않았다. 갑자기 배빗은 자신이 따분함을 느낄 뿐만 아니라 그 따분함을 인정하고 있음을 발견했다. 테이블과 딱딱한 의자의 고문에서 벗어나 거실 소파에 푹신하게 앉으면 너무나 좋을 것 같았다.

다른 사람들도 산발적으로 맥 빠진 대화를 내놓고 또 서서히 질식당하는 듯한 고통의 표정을 짓는 것으로 보아, 배빗 못지않게 사교 생활의 노고와 좋은 음식의 공포로 고통을 겪는 듯했다. 브리지 게임이나 한판 하자는 제안이 나오자 모두 안도의 한숨을 내쉬며 받아들였다.

배빗은 따분함에서 어느 정도 회복했다. 그는 브리지에서 이겼다. 또 버질 건치의 사정없는 농담을 견딜 수 있게 되었다. 하지만 그는 메인 주의 한 호숫가에서 폴 리슬링과 빈둥거리며 휴가를 보내는 모습을 상상했다. 그것은 향수병 못지않게 강력하면서도 아련한 느낌이었다. 메인에 가본 적은 없었지만 그는 하얀 눈이 덮인 산, 고요한 초저녁의 호수를 눈앞에서 볼 수 있었다. 〈폴은 여기 모여 잘난 체하는, 소위 지식인들을 전부 합친 것보다 더 가치 있는 인물이야.〉 그는 생각했다. 〈나는 벗어나고 싶어, 이 모든 것으로부터.〉

심지어 루에타 스완슨마저도 그를 자극하지 못했다.

스완슨 부인은 예쁠 뿐만 아니라 나긋나긋했다. 〈가구 딸린 월세 집〉을 찾는 여자들이 아닌 다음에야, 배빗은 여자 분석가가 못 되었다. 그는 여자를 진짜 숙녀, 일하는 여성, 늙은 괴짜, 현대적인 멋진 아가씨, 이렇게 네 그룹으로 분류했다. 여성들의 매력에 넋을 잃었지만 그들 모두가(집안의 여자들을 빼놓고) 서로 〈다르고〉 또 〈신비하다〉는 견해뿐이었다. 하지만 그는 루에타 스완슨이 접근 가능한 여자라는 사실만은 본능적으로 알았다. 그녀의 눈과 입술은 촉촉했다. 얼굴은 넓은 이마에서 시작해 턱으로 갈수록 가늘어졌다. 입술은 얇았지만 강인하고 탐욕스러웠으며, 눈썹 사이에는 밖으로 휘어지는 열정적인 주름 두 개가 잡혀 있었다. 그녀는 서른 혹은 그보다 더 어릴 것이다. 잡담은 그녀를 별로 사로잡지 못했지만 남자들은 그녀와 얘기를 할 때 자연스럽게 시시덕거리는 경향이 있었고 여자들은 말없이 멍한 표정으로 바라보았다.

브리지 게임 도중에 소파에 앉아 있던 배빗은 기사도 정신을 발휘하여 그녀에게 말을 걸었다. 그것은 전형적인 플로럴 하이츠의 기사도 정신으로, 시시덕거리는 유희라기보다는 그 유희로부터 필사적으로 달아나려는 행위였다.

「루에타, 오늘 저녁엔 시원한 소다수 같은 느낌을 주는군요.」

「제가요?」

「엉감탱이 같은 에디는 괜히 당신에게 시비만 서네요.」

「그러게요, 지겨워 죽겠어요.」

「그렇게 남편이 지겨우면 엉클 조지랑 달아나면 되죠.」

「어머나, 달아난다고요?」

159

「당신의 두 손이 아주 예쁘다고 말해 준 사람이 있었나요?」
 그녀는 자신의 양손을 내려다보더니 소매의 레이스를 당겨서 가리는 시늉을 했다. 하지만 그 외에는 그의 말에 별로 신경 쓰지 않았다. 그녀는 뭔가 막연한 상상에 잠겼다.
 배빗은 이날 밤 너무 피곤해서 매혹적인(그러나 아주 도덕적인) 남자의 의무를 다하지 못했다. 그는 브리지 테이블로 다시 돌아갔다. 키가 작고 수다스러운 프링크 부인이 〈영매(靈媒) 놀이와 영탁(靈託)에 의한 테이블 기울이기〉를 제안했을 때도 그는 별 흥미를 느끼지 못했다. 프링크 부인은 말했다. 「첩에게는 유령을 불러오는 능력이 있어요. 그래서 난 남편이 얼마나 무서운지 몰라요!」
 파티에 참석한 여자들은 저녁 내내 앞에 나서지 않았다. 하지만 일반적으로 여자의 역할로 여겨지는 영매 얘기가 나오고 남자들이 그런 귀신 놀이는 싫다고 하자, 일제히 반색을 하면서 〈어디 그거 한번 해봐요!〉하고 소리쳤다. 절반쯤 어두운 실내에서 남자들의 근엄한 표정은 다소 바보스럽게 보였으나, 선량한 아내들은 흥분과 기대 속에 테이블 주위로 몰려들었다. 남자들이 원을 그리며 여자들의 손을 잡자 여자들은 웃으면서 말했다. 「자, 착하게 굴어요. 안 그러면 귀신에게 다 말해 버릴 거예요!」
 루에타 스완슨의 손이 부드럽게 자신의 손을 잡자 배빗은 약간의 흥미가 되돌아오는 것을 느꼈다.
 모두들 신경을 집중하면서 가볍게 상체를 숙였다. 누군가 긴장하면서 숨을 들이켜자 깜짝 놀라기도 했다. 실내의 모든 불이 꺼지고 현관 쪽의 어두운 등불만 밝힌 상태에서 그들은 비실제적인 존재 같았고, 영혼이 신체에서 분리된 것처럼 보였다. 건치 부인이 불안한 소리를 내자 모두 어색하게 웃으며 약간 몸을 떨었다. 하지만 프링크가 주의를 주자 곧 공포의 정적 속으로 가라앉았다. 그때 갑자기 황당무계하게도 노크 소리가 들려왔다. 그들은 절반쯤 드러난 프링크의 양손을 내려다보았다. 두 손은 움직이지 않았다. 그럼 누가 노크하는 것일까? 그들은 몸을 뒤척이며 무섭지 않다는 시늉을 했다.

프링크가 엄숙하게 말했다. 「거기 누가 있습니까?」 노크 소리. 「노크 소리 한 번은 〈네〉입니까?」 노크 소리. 「그러면 노크 소리 두 번은 〈아니오〉입니까?」 노크 소리.

「자, 신사 숙녀 여러분. 저 안내자에게 이미 사망한 위대한 사람의 영혼과 소통하게 해달라고 부탁하겠습니다.」 프링크가 나지막하게 말했다.

오빌 존스 부인이 말했다. 「우리, 단테와 한번 얘기를 나눠 봐요. 독서 클럽에서 그의 책을 읽었어요. 오비, 당신은 그가 누구인지 알죠?」

「물론 알지. 이탈리아의 시인이잖아. 내가 어디서 공부를 했다고 생각해?」 모욕감을 느낀 그녀의 남편이 말했다.

「그래요, 지옥으로 여행을 다녀온 사람이지요. 그의 시를 독파하지는 못했지만, 나도 대학 시절에 이느 정도는 배웠습니다.」 배빗이 말했다.

「단테 씨를 불러 줘요!」 에디 스완슨이 소리쳤다.

「그에게 잘 대해 줘요, 프링크 씨. 동료 시인이니까요.」 루에타 스완슨이었다.

「프링크와 동료라고요? 제기랄, 어떻게 그런 생각을 한 거죠?」 버질 건치가 항의했다. 「물론 단테는 옛날 사람 치고는 상당한 스피드를 보여 주었다고 생각해요. 내가 그의 작품을 읽었다는 얘기는 아니지만. 그래도 객관적인 사실을 하나 말해 볼까요? 매일 신문 연재 시를 쓰는 실용적인 문학을 해야 할 형편이었다면, 그도 여기 있는 쳄처럼 잘해 낼 수는 없었을걸!」

「그긴 그래.」 에디 스완슨이 말했다. 「옛날 사람들은 시간이 많아서 여유로웠지. 시를 쓰는 데 1년씩 시간을 들이면 나도 힐 수 있을걸. 단테가 써낸 저 고리타분한 시들은 나도 쓸 수 있다고.」

그때 프링크가 말했다. 「자, 조용히. 이제 그를 부릅니다…….

오, 웃는 눈들이여, 저승으로 들어가 단테의 영혼을 여기로 불러 주소서. 우리 죽어야 할 사람들이 그 지혜의 말을 들을 수 있도록.」

「주소를 말해주는 걸 잊었어요. 헬*Hell*(지옥) 시, 파이어리 하이츠*Fiery Heights*(불타는 언덕), 브림스톤 애비뉴*Brimstone Avenue*(유황불 거리) 1658번지.」 건치가 껄껄 웃으며 말했다. 하지만 다른 사람들은 불경한 태도라고 생각했다. 건치는 계속 말했다. 「노크 소리를 낸 것은 아마도 첨이었겠지. 그래도 만에 하나 여기 뭐가 있다고 친다면 저 먼 과거에 속하는 사람과 얘기를 해보는 것도 나름대로 흥미로울 거야.」

노크 소리. 단테의 영혼이 조지 F. 배빗의 거실에 왔다.

그는 그들의 질문에 대답할 준비가 되어 있는 것 같았다. 그는 〈오늘 저녁 그들과 함께 있는 것이 즐겁다〉고 했다.

프링크는 알파벳 위에서 손을 움직이다가 영매가 올바른 철자를 두드려 대면 그걸 바탕으로 영혼의 메시지를 읽어 냈다.

리틀필드가 제법 유식한 어조로 물었다. 「단테 선생님, 천국 생활이 마음에 드십니까?」

「세뇨르, 우리는 이 천상 세계에서 아주 행복합니다. 당신이 심력 세계의 위대한 진리를 연구하고 있어서 기쁩니다.」 단테가 대답했다.

둥그렇게 둘러선 남녀가 움직이자 코르셋과 와이셔츠가 부딪치는 소리가 났다. 〈여기에 정말 뭔가 의미가 있는 건가······?〉

배빗은 다른 걱정을 품고 있었다. 〈첨 프링크가 정말로 영매라고 해보자. 첨은 문인이지만 그래도 늘 건실한 시민 축에 속하는 것처럼 보였어. 그는 채텀 로드 장로교회에 다니고 부스터 클럽의 오찬장에 나오며 시가와 자동차와 야한 이야기를 좋아하지. 하지만 그러면서도 은밀하게 뒷구멍으로는 ─ 이 소위 지식인이라는 사람들은 정말 알 수가 없군. 골수 깊이 영매인 사람은 결국 사회주의자나 별반 다를 게 없잖아!〉

그 누구도 버질 건치 앞에서는 오랫동안 심각한 상태로 있을 수가 없었다.「단테에게 잭 셰익스피어와 내 이름을 따서 명명한 버그 씨가 잘 지내고 있는지 물어봐 줘. 그들이 지상으로 되돌아와서 영화 산업에 뛰어들 마음은 없는지도.」건치가 소리치자 모두 명랑한 분위기로 되돌아갔다. 존스 부인은 비명을 내질렀고, 에디 스완슨은 월계관 이외에 아무것도 걸치지 않은 단테가 감기에 걸리지는 않았는지 알고 싶어 했다.

단테는 가볍게 웃으며 공손하게 대답했다.

하지만 배빗은……. 어떤 불만족스러운 느낌이 배빗에게 엄습해 왔다. 그는 정체 모를 어둠 속에서 이런 울적한 생각을 했다. 〈난 그리 즐겁지 않아. 우린 모두 경박하고 스스로 아주 똑똑하다고 생각하고 있어. 뭔가 있어야 해 — 단테 같은 친구가 — 그의 글을 좀 읽어 봐야겠군. 하지만 아마도 나는 읽지 않겠지.」

왠지 모르게 그는 환상 속에서 용암 찌꺼기로 형성된 절벽을 보았다. 절벽 위 위협적인 구름을 배경으로 외롭고 쓸쓸한 어떤 인물의 실루엣이 보였다. 그는 가장 잘 아는 친구들에게 갑작스러운 경멸감을 느끼는 자기 자신에게 충격을 받았다. 그는 루에타 스완슨의 손을 잡았고 사람의 온기로부터 위안을 얻었다. 베테랑 전사(戰士)로서의 습관이 그에게 되돌아왔다. 그는 몸을 가볍게 떨었다. 〈오늘 밤, 도대체 난 뭐가 문제지?〉

그는 루에타의 손을 가볍게 두드리고 그 손을 살짝 꼬집으면서 부적절한 의도는 없었다는 메시지를 전했다. 그러고는 프링크에게 부탁했다.「단테에게 그의 시에 대해 우리에게 설명 좀 해달라고 해봐. 이렇게 말하면 좋겠군. 〈세뇨르, 좋은 날입니다. 어떻게 지내십니까? 우리에게 당신의 시에 대해서 좀 말해 주지 않겠습니까, 세뇨르?〉」

2

 다시 실내에 불이 켜졌다. 여자들은 결연한 자세로 의자 앞부분에 걸터앉아 있었다. 아내들은 지금 말하는 사람이 말을 끝내면 밝은 목소리로 이렇게 말할 채비를 차렸다. 〈여보, 이젠 작별 인사를 하고 돌아가야 할까 봐요.〉 배빗은 주인으로서 파티를 계속하겠다며 서투른 동작으로나마 그들을 만류해야 했으나 시도하지 않았다. 무슨 말이든 생각해 내고 싶지만 정신의 탐구 작업이 저절로 작동했다. 〈왜 저들은 집에 가지 않는 거지? 왜 저들은 집에 가지 않는 거야!〉 하워드 리틀필드의 심오한 말에 감동을 받기는 했으나 그는 그리 흥이 나지 않았다. 「미국의 행정 구조는 사회적 조치가 아니라 도덕적 이상을 신봉하지. 이런 점에서 미국은 지구 상의 유일한 국가야.」〈맞는 말이야, 하지만 왜 저들은 집에 가지 않는 거지?〉 그는 자동차 업계의 〈내부 견해〉를 듣는 것을 좋아했으나 오늘 밤에는 에디 스완슨의 얘기마저 시들했다. 「만약 재블린보다 한 단계 높은 수준으로 올라가고 싶다면 지코를 사들이도록 해. 2주 전에 아주 객관적인 테스트가 있었네. 지코 관광차를 타고서 토너완다 언덕 위를 부드럽게 올라갔지. 그때 한 친구가 내게 말하기를 ─」〈지코, 좋은 차지. 하지만 저들은 밤새 여기에 머무를 작정인가?〉

 그들은 떠나기 위해 자리에서 일어섰고, 다들 부산하게 〈아주 멋진 저녁이었습니다!〉 하고 말했다.

 배빗은 아주 다정하게 답례 인사를 했다. 하지만 인사말을 하면서도 속으로는 이렇게 생각했다. 〈이제 끝났구나. 조금만 더 오래 지속되었더라면 버텨 내지 못할 뻔했어.〉 그는 정말 즐거운 시간이었다는 말을 되풀이하면서 호스트다운 은근한 기쁨을 표시했다. 한밤중의 느긋한 분위기 속에서 손님들을 상대로 농담을 하기도 했다. 문이 닫히자 그는 크게 하품했고 가슴을 쑥 내밀었으며 어깨를 움찔하면서 아내에게 냉소적인 시선을 던졌다.

그녀는 환히 웃고 있었다. 「정말 멋진 디너파티였어요! 사람들은 매 순간을 즐기는 것 같았어요. 당신도 그렇게 생각하지 않아요?」

그는 본심을 드러낼 수 없었고 아내를 조롱할 수도 없었다. 그것은 행복한 어린아이를 비웃는 짓이나 마찬가지가 될 것이었다. 그는 일부러 거짓말을 했다. 「정말 그래. 금년에 치른 것 중에서 가장 멋진 파티였어!」

「저녁 식사도 괜찮지 않았어요? 난 프라이드치킨이 너무 맛있었다고 생각해요!」

「그럼, 여왕도 깜빡 넘어갈 정도로 좋은 맛이었지. 아주 오랜 세월 동안 이렇게 맛있는 프라이드치킨은 처음이었어.」

「마틸다가 아주 멋지게 튀겨 냈어요. 수프도 너무 맛있지 않았어요?」

「그래그래, 아주 환상적이었어. 그런 수프가 얼마 만인지 기억도 안 나.」 하지만 그의 목소리는 가라앉아 있었다. 부부는 홀에 서 있었다. 니켈로 가장자리를 두른 네모난 붉은 전등이 은은한 빛을 뿌리고 있었다. 그녀는 그를 빤히 쳐다보았다.

「조지! 무슨 일이에요?」

「좀 피곤할 뿐이야. 사무실에서 바쁘게 돌아쳤더니 그래. 어디론가 가서 좀 쉬어야 할까 봐.」

「여보, 우린 몇 주만 있으면 메인 주로 떠날 거예요.」

「그래 ―」 배빗은 정적을 견디지 못해 불쑥 솔직하게 뱉어 버렸다. 「마이러, 내가 좀 일찍 출발해서 그곳에 먼저 가는 게 좋을 것 같아.」

「하지만 사업 관계로 뉴욕에서 누군가를 만나게 되어 있지 않아요?」

「누군기? 아, 그 사람! 그긴 끝난 얘기야. 난 메인에 계획보다 좀 일찍 가고 싶어. 낚시를 하면서 커다란 송어를 잡고 싶어.」 그는 신경질적이고 어색한 웃음을 터뜨렸다.

「좋아요, 그렇게 못 할 것도 없죠. 베로나와 마틸다가 가사를 돌보면 돼요. 당신 생각에 우리가 충분히 그런 여행을 감당할 수 있다면, 난 아무 때나 떠날 수 있어요.」

「그런데 그게 ― 난 요즘 너무 신경질적으로 되어 가고 있어. 그래서 나 혼자 떠나서 그 신경질을 내 몸에서 쏙 빼버렸으면 좋겠어.」

「내가 당신과 함께 메인에 가는 걸 바라지 않는다고요?」 그녀는 너무나 비참하고 너무나 모욕적이라고 생각한 나머지 슬픈 내색도 못 했다. 너무나 침울하고 무기력하여 얼굴이 삶은 당근처럼 새빨개졌다.

「물론 당신이 함께 가기를 바라지. 내 얘기는 ―」 폴 리슬링이 마이러의 이런 반응을 미리 예측했다는 것을 기억해 내고서, 배빗은 아내 못지않게 절망적인 목소리로 말했다. 「내 얘기는 나처럼 신경질적인 늙은이가 먼저 메인으로 가서 그 신경질을 몸에서 쏙 빼냈으면 좋겠다는 거야.」 그는 아버지같이 자애로운 목소리를 내려고 애썼다. 「그리고 당신과 애들이 도착하면 ― 아마도 내가 당신보다 며칠 먼저 메인으로 가게 될 거니까 ― 나는 기력을 회복하여 원래 상태로 되돌아가 있는 거야. 내 말 이해하겠어?」 그는 다정하게 미소 짓고 큰 소리를 내면서 아내의 마음을 달래려 했다. 그것은 부활절 신도들을 축복하는 인기 많은 목사, 멋진 웅변을 그럴듯하게 마무리 지으려는 재치 있는 연사, 남성적 계교를 적절히 수행한 남자의 태도를 연상시켰다.

그를 빤히 쳐다보는 그녀의 얼굴에서는 축제의 즐거움이 빠져 나가 있었다. 「휴가를 갔을 때 내가 당신에게 방해가 되었나요? 내가 당신의 즐거움에 보탬이 되지 못했나요?」

그의 내부에서 툭 하고 무엇이 끊어졌다. 그는 갑자기 무섭게 발작하며 목청껏 울어 대는 아이가 되었다. 「그래, 그래, 그래! 도움이 되었지! 하지만 내가 지금 산산이 조각나고 있는 게 안 보여? 지금 내 기분은 엉망진창이라고! 내 건강을 돌봐야 해!

당신한테 말했잖아. 난 말이야, 난 모든 사람과 모든 것이 지겨워졌어. 난 ―」

이제 원숙하게 보호자 역할을 자청하고 나선 것은 배빗 부인이었다. 「좋아요, 당신 혼자 먼저 떠나세요. 폴도 함께 가면 좋지 않겠어요? 남자들끼리 낚시를 하며 유쾌한 시간을 보내는 것도 좋을 거예요.」 그녀는 그의 등을 두드리며 남편을 위로하려 했다. 그는 갑작스러운 무기력에 빠져 몸을 떨고 있었다. 그 순간 그는 습관처럼 아내에게 의존하려 했고, 그녀의 힘에 매달리고 있었다.

그녀는 쾌활하게 말했다. 「자, 2층으로 올라가서 침대에 들어요. 여긴 우리가 알아서 다 치울게요. 문단속도 내가 할게요. 자, 어서 가요!」

그는 아주 오랜 시간 동안 잠들지 못한 채 깨어 있었다. 원시적인 공포를 느끼며 몸을 떨었다. 그는 자신이 자유를 얻었다는 것을 알았지만 그런 미지의 것, 그런 당황스러운 것을 가지고 어떻게 해야 하는 건지 의아했다.

제10장

1

폴과 질라 리슬링의 집이 있는 레블스토크 암스는 공간의 압축을 대담하게 실험한 제니스의 대표적인 아파트 단지이다. 침대를 키 낮은 벽장 쪽으로 밀어 놓으면 침실은 곧바로 거실로 전환된다. 주방은 전기 레인지, 구리 싱크대, 유리 냉장고 등을 각각 수납하고 있는 찬장 형태이고 여기에 간혹 발칸 반도 출신의 하녀가 추가되기도 한다. 암스에서는 모든 것이 현대적이고 모든 것이 압축되어 있다. 단, 차고만 빼고.

배빗 부부는 암스의 리슬링 부부를 방문했다. 리슬링 부부를 방문한다는 것은 위험한 모험이며, 흥미롭기도 하지만 때로는 혼란스러운 사건이다. 질라는 능동적이고 기가 세고 풍만하고 가슴이 큰 금발 여성으로, 흥이 나서 사람 좋게 나올 때에는 부담스러울 정도로 잘해 준다. 그녀는 사람들에 대해 냉소적으로 논평하고 기존의 위선을 날카롭게 꿰뚫어 본다. 그러면 대화 상대자는 〈정말 그렇군요!〉라고 대꾸하면서 수줍은 표정을 지어 보이게 된다. 그녀는 광란적으로 춤을 추었고 온 세상 사람들이 그녀를 따라 같이 즐거워하기를 바랐다. 하지만 그렇게 즐겁다가도 갑자기 분노를 터뜨린다. 그녀는 걸핏하면 화를 낸다. 인생은 그녀에 대한 음모였고 그녀는 맹렬하게 분노하며 그 음모에 맞섰다.

오늘 밤 그녀는 아주 상냥하게 나왔다. 오빌 존스가 가발을 썼고, T. 콜몬들리 프링크 부인의 노래는 포드 자동차가 고속으로 전환할 때의 엔진 소리를 닮았으며, 제니스 시장이자 연방 의회 후보인 오시트 디블은 형편없는 바보(이건 사실이다)라고 은근히 암시했을 뿐이었다. 배빗 부부와 리슬링 부부는 자그마한 거실의 돌처럼 딱딱한 문직(紋織) 의자에 앉아 있었다. 거실에는 상방(上枋)뿐 벽난로는 없었고, 번쩍거리는 새 피아노 위에는 금색으로 치장된 천이 덮여 있었다. 갑자기 리슬링 부인이 소리쳤다. 「자, 모임에 활기를 좀 불어넣도록 하죠! 폴, 바이올린을 꺼내 와요. 난 조지가 멋지게 춤을 추도록 만들겠어요.」

배빗 부부는 진지했다. 그들은 메인으로의 탈주를 음모하고 있었다. 배빗 부인이 먼저 운을 뗐다. 「폴은 지난겨울 일을 너무 많이 해서 조지만큼이나 피곤하겠어요?」 하지만 질라는 그게 자신을 향한 모욕이라고 생각했다. 질라 리슬링이 모욕을 당할 때면 무엇이든 그에 대한 조치가 나올 때까지 세상은 멈춰 서야 했다.

「그가 피곤하냐고요? 아뇨, 피곤하지 않아요. 단지 좀 괴상해졌죠. 그뿐이에요. 당신은 폴이 아주 합리적인 사람이라고 생각하죠? 그는 스스로 어린 양인 양 가장하기를 좋아해요. 하지만 노새처럼 고집이 세죠. 아, 당신이 그와 살아 보면 금방 알 텐데! 얼마나 착한 사람인 척하는지. 자기 고집대로 하기 위해서 일부러 착한 척하는 거예요. 그래서 나는 괴팍한 여편네라는 명성을 얻게 되었지요. 하지만 내가 가끔씩 폭발하여 뭐라도 하지 않으면 우리는 이미도 멀리 숙어 버릴 거예요. 그는 어디 가는 걸 너무 싫어해요. 지난밤엔 우리 집 차가 고장 났어요. 이것노 그의 잘못이에요. 왜냐하면 차를 카센터로 가져가서 배터리를 점검해야 했는데 그걸 안 했거든요. 그런데 전차를 타고서는 영화관에 가지 않으려고 하더군요. 하지만 결국 우리는 갔어요. 전차에는 아주 무례한 운전사가 있었는데 폴은 아무런 조치도 하지 않으려 했어요.

나는 플랫폼에 서서 사람들이 다 들어간 다음에 전차에 오르려고 했어요. 그런데 이 짐승 같은 운전사가 나한테 이렇게 소리치는 거예요. 〈이봐요, 아주머니, 어서 타요!〉 내 평생 남자한테서 그런 식의 무례한 언사를 들어 본 적은 없었어요. 깜짝 놀랐어요. 뭔가 착오가 있었다고 생각했죠. 그래서 운전사에게 고개를 돌리며 부드러운 목소리로 물었어요. 〈나한테 말한 건가요?〉 그랬더니 그는 또다시 소리를 쳤어요. 〈그래요, 당신한테 말했습니다. 당신 때문에 전차가 출발하지 못하잖아요!〉 그때 난 알았죠. 그 운전사가 실은 버릇없이 자란 돼지인데 사람들이 너무 친절하게 대해 줘서 저렇게 됐다는 걸 말이에요. 나는 동작을 멈추고 그를 빤히 쳐다보며 말했어요. 〈뭐 ─ 라 ─ 고 ─ 요? 난 그런 행동을 하지 않았다고 생각하는데요. 움직이지 않은 것은 내 앞 사람들이었어요. 정말로 이 말 한마디는 해야겠는데, 젊은이, 이 버릇없고 입버릇 나쁘고 무례하고 밉살맞은 자야, 당신은 신사도 아니야. 당신의 행동을 신고하겠어. 제복을 입었다고 해서 술주정뱅이 같은 자가 숙녀를 마음대로 모욕할 수 있는지 어디 두고 보자고. 당신의 그 지저분한 욕설은 당신 입안에 가두어 두면 고맙겠어.〉 그런 다음 나는 폴이 사나이답게 나를 옹호해 주기 위해 앞에 나서기를 기다렸어요. 하지만 거기 가만히 서서 내 말을 단 한 마디도 못 들은 척 행동하더군요. 그래서 남편에게 말했죠. 뭐라고 했냐 하면 ─」

「오, 그만 집어치워, 질.」 폴이 신음하듯 말했다. 「내가 사내답지 못한 남자라는 건 우리 모두 알고 있어. 반면에 당신은 부드러운 숙녀이고. 그러니 그쯤 해두자고.」

「그쯤 해두자고?」 질라의 얼굴이 메두사처럼 주름이 잡히고 목소리는 녹슨 철제 단검처럼 투박해졌다. 그녀는 독선의 즐거움에 사로잡힌 채 신경질을 냈다. 그녀는 십자군이었고, 모든 십자군이 그러하듯이 미덕의 이름으로 사악해질 수 있는 기회를 반가워했다. 「그쯤 해두자고? 내가 그쯤 해둔 것이 얼마나 많은지 사람들이 안다면 ─」

「제발 그렇게 바가지 좀 긁지 마.」

「내가 바가지를 긁지 않았더라면 당신 몰골이 어떻게 되었을 것 같아요? 대낮까지 침대에 드러누워 빈둥거리고 한밤중까지 깽깽이나 켜댔을 거예요! 폴 리슬링, 당신은 게으르게 태어났고, 요령 없이 자랐으며, 게다가 비겁하기까지 해요.」

「질라, 그렇게 말하지 말아요. 물론 진심이 아니겠지만요.」 배빗 부인이 말했다.

「난 내가 생각한 대로 말할 거예요. 그리고 내가 한 말은 모두 진심이에요.」

「오, 질라, 무슨 말을!」 배빗 부인은 어머니다운 태도를 취하며 법석을 떨었다. 그녀는 질라보다 나이가 많지 않았으나 겉으로는 그렇게 보였다. 그녀는 침착하고 살이 졌고 원숙해 보였다. 반면에 마흔두 살인 질라는 너무나 하얗고 코르셋을 단단하게 졸라매어 실제보다 젊어 보였다. 「불쌍한 폴에게 그런 식으로 말하다니!」

「〈불쌍한 폴〉이라는 건 맞아요. 우리 둘 다 불쌍한 게 맞죠. 만약 내가 적극적으로 닦아세우지 않았더라면 지금쯤 우리 둘 다 빈민 구호소에 있을 거예요.」

「질라, 조지와 나는 폴이 지난 한 해 동안 아주 열심히 일해 왔다고 봐요. 그래서 조지와 폴 단둘이서만 휴가를 떠나면 멋지겠다고 생각했죠. 나는 조지에게 우리보다 먼저 메인으로 가서 온몸의 피로를 싹 씻어 버리라고 말해 왔어요. 그러다가 폴도 조지와 함께 떠난다면 좋을 것 같다고 판단한 거죠.」

자신의 탈출 계획이 이런 식으로 폭로되자 폴은 깜짝 놀라며 멍한 상태에서 벗어났다. 그는 손가락을 비벼 대며 양손을 가볍게 떨었다.

질라는 소리쳤다.「그래, 당신은 행운아군요! 조지를 그렇게 떠나보내고도 감시할 필요가 없으니까요. 뚱뚱한 조지! 그는 다른 여자에게 한눈파는 법이 없죠. 그럴 정력이 없다고요!」

「그래요, 나는 그럴 정력이 없어요!」배빗은 자신의 지고한 도덕성을 그런 식으로 폄하당하자 비위가 상해서 소리쳤다. 그때 폴이 말을 가로막고 나섰다. 그는 뭔가 위험스러워 보였다. 폴은 재빨리 일어서더니 질라를 향해 부드럽게 말했다.

「당신은 내게 외간 여자가 있다고 생각하는 것 같은데.」

「그래요, 그렇게 생각해요!」

「당신이 그렇게 생각한다니 있는 대로 말해야겠군. 지난 10년 동안 나를 위로해 줄 멋지고 어린 여자가 떨어진 적이 단 한 번도 없었지. 당신이 그렇게 상냥하게 나오니 앞으로도 계속 당신을 속여야 할 것 같군. 속이는 건 어렵지 않아. 당신은 너무나 어리석으니까.」

질라는 마구 지껄이면서 욕설을 내뱉었다. 쉴 새 없이 쏟아지는 욕설과 말을 서로 구분하지 못할 정도였다.

그러자 온화하던 조지 F. 배빗이 갑자기 변신했다. 폴이 위험하고 질라가 뱀을 감춘 분노를 터뜨렸다면, 또 레블스토크 암스에 어울리는 세련된 감정이 파괴되어 순수한 증오로 바뀌어 버렸다면, 이 순간 가장 큰 위력을 발휘할 사람은 배빗뿐이었다. 그는 용약(勇躍)했다. 실제보다 훨씬 더 커 보였다. 그는 질라의 어깨를 잡았다. 공인 중개사의 조심성은 얼굴에서 사라졌고 목소리는 잔인했다.

「그런 헛소리는 이제 그만둬요. 질, 나는 당신을 지난 25년 동안 알아 왔어요. 당신은 실망스러운 일이 있으면 모두 폴에게 뒤집어씌웠어요. 당신은 그냥 나쁜 게 아니라 그야말로 훨씬 나빠요. 당신은 바보예요. 폴은 하느님이 만드신 남자들 중에서 가장 훌륭한 남자예요. 사람들은 여자의 지위를 내세우며 야비하게 암시하는 당신에게 넌더리를 내고 있어요. 당신이 도대체 뭐라고 폴이 나와 함께 휴가를 떠나는 걸 허락하고 말고 합니까? 당신은 빅토리아 여왕과 클레오파트라를 합쳐 놓은 사람처럼 행동하고 있어요. 바보 같은 사람, 모두가 등 뒤에서 당신을 비웃고 조롱한다는 걸 모른단 말입니까?」

질라는 흐느껴 울었다. 「내 평생 나한테 그렇게 말한 사람은 아무도 없었어요, 아무도.」

「없었겠지요. 하지만 다들 당신 등 뒤에서 그렇게 말한단 말입니다. 언제나! 사람들은 당신이 잔소리나 퍼붓는 늙은 노파라고 생각해요.」

그 맹렬한 공격이 그녀의 사기를 꺾어 놓았다. 그녀의 눈빛이 멍해졌다. 그녀는 울었다. 하지만 배빗은 잔인하게 노려보았다. 그는 자신이 전권을 위임받은 대사라고 생각했다. 폴과 배빗 부인은 놀라서 그를 쳐다보았다. 오로지 그만이 이 상황을 적절히 매듭지을 수 있었다.

질라는 몸을 떨며 믿을 수 없다는 듯 말했다. 「아니에요, 사람들은 그렇게 말하지 않을 거예요!」

「그렇게 말하고 있어요. 확실해요.」

「그렇다면 난 나쁜 여자로군요. 정말 미안해요. 자살해 버리겠어요. 뭐든지 다 하겠어요. 도대체 내게서 뭘 바라는 거예요?」

그녀는 자기 자신을 완벽하게 비하하면서 그것을 즐겼다. 울부짖으며 소동 일으키기를 좋아하는 사람에게, 멜로드라마 같고 이기주의적인 자기 비하처럼 즐거운 것은 없기 때문이다.

「폴이 나와 함께 메인에 갈 수 있게 해줘요.」 배빗이 요구했다.

「내가 어떻게 말릴 수 있겠어요? 당신은 방금 내가 바보이고 아무도 내 말에 신경 쓰지 않는다고 했잖아요.」

「당신은 폴의 휴가를 인정해 줘야 해요. 당신이 안 보는 곳에서 그가 여자 꽁무니나 쫓아다닌다고 야비하게 암시하는 짓은 지금 당장 그만두어야 해요. 사실대로 말하자면, 그런 식으로 암시를 하니까 남편이 빗나가는 거예요. 당신은 좀 더 합리적으로 행동해야 돼요.」

「알았어요, 그럴게요, 조지. 내가 나빴다는 걸 알아요. 용서해 줘요. 오, 여러분 나를 용서해 줘요.」

그녀는 스스로를 더욱 비참하게 연출하는 그런 소동을 즐기고 있었다.

그건 배빗도 마찬가지였다. 그는 엄청난 비난을 퍼부었고 관대하게 용서했다. 그는 아내와 함께 폴의 집을 나서면서 크게 한 건 올렸다는 듯 말했다.

「질라한테 그렇게 퍼부은 것은 좀 미안한 일이야. 하지만 그녀는 그렇게 다룰 수밖에 없어. 내가 코를 납작하게 눌러 주었지.」

그녀는 차분하게 말했다. 「그래요, 당신은 잔인했어요. 그리고 당신 자신을 과시했어요. 스스로가 좋은 일을 하고 있다고 생각하는 것 같았어요.」

「그래, 당신은 그렇게 말할 수밖에 없겠지. 당신이 내 편을 들리라고는 생각하지 않았어. 아무래도 여자는 여자 편을 들게 되어 있지.」

「그래요. 불쌍한 질라, 그녀는 너무 불행해요. 모든 것을 폴에게 분풀이하죠. 그 작은 아파트에서 할 일이 없는 거예요. 게다가 쓸데없는 생각을 너무 많이 해요. 과거에는 너무 예쁘고 활발했는데 그런 시절을 잃어버린 것에 대해 화를 내는 거예요. 당신도 지저분하고 야비하기는 마찬가지였어요. 난 당신이 조금도 자랑스럽지 않아요. 또 폴은 그게 뭐예요? 사실인지 알 수는 없지만 자신이 바람 피운 걸 자랑이나 하고.」

그는 시무룩한 표정으로 아무 말도 하지 않았다. 집으로 오는 네 블록 동안, 그는 자신의 고상한 행동을 아내가 알아주지 않아서 화가 났지만 그것을 입 밖에 내어 말하지는 않았다. 그는 현관문 앞에서 독선적이고 거만한 자세를 취하며 아내를 먼저 집으로 들여보냈다. 그러고는 마당의 잔디를 밟기 시작했다.

〈젠장, 아내의 말이 맞는다면, 부분적으로라도 맞는다면 어떻게 되는 거지?〉 그는 그런 생각을 하면서 충격에 빠졌다. 과로 때문에 신경이 비정상적으로 날카로워져 있었다. 그것은 그가 스스로의 탁월함에 대해 의문을 품는 인생의 몇 안 되는 순간들 중 하나였다. 하지만 곧 생각을 바꾸었다. 〈신경 쓰지 않아! 난 드디어 해냈어. 우린 단둘이서 휴가를 떠날 거야. 폴을 위해서라면 난 못 할 게 없어.〉

2

그들은 스포츠 용품 가게인 아이잼스 브라더스에 가 메인에서 사용할 낚시 도구를 샀다. 부스터 클럽의 회원인 월리스 아이잼스가 옆에서 물품 구매를 도왔다. 배빗은 아주 흥분한 상태였다. 나팔을 불며 춤을 추고 싶은 심정이었다. 그는 폴에게 중얼거렸다. 「야, 이거 아주 신 나는데. 그렇지 않아? 이런 도구를 사 들인다는 게 말이야. 우리를 돕기 위해 월리스 아이잼스가 일부러 매장에 나왔군. 노스레이크에서 낚시하기 위해 이 도구를 사 들이는 친구들이 우리가 멀리 메인까지 간다는 걸 알면 질투심을 느끼겠지……. 자, 월리스 아이잼스, 당신에게 기회가 왔군. 우린 아주 좋은 손님이야. 우리에게 좋은 물건을 좀 보여 줘. 이 가게 물건을 다 사들이겠어.」

그는 낚싯대, 허리까지 오는 멋진 장화, 셀룰로이드 창이 달린 텐트, 접이의자, 아이스박스 등을 탐욕스러운 눈초리로 쳐다보았다. 그 모든 물건을 다 사고 싶었다. 그가 늘 보호하고 싶어 하는 폴은 배빗의 그런 술 취한 듯한 욕망에 제동을 걸었다.

하지만 능란한 화술과 외교술을 가진 세일즈맨 일리스 아이잼스가 낚싯밥에 대해서 얘기해 줄 때에는 폴마저 얼굴이 환해졌다. 「낚시를 가려고 하면 마른 낚싯밥이냐 젖은 낚싯밥이냐를 두고 논쟁이 벌어지지. 나는 개인적으로 마른 낚싯밥을 선호해. 훨씬 재미있으니까.」

「맞아, 훨씬 재미있지.」 마른 낚싯밥이든 젖은 낚싯밥이든 낚싯밥에 대해서는 전혀 모르는 배빗이 맞장구를 쳤다.

「조지, 내 조언을 따르겠다면 이 이브닝 딥스, 은빛 사초 그리고 불개미를 갖고 가게. 뭐니 뭐니 해도 낚싯밥이라면 불개미지.」

「그래, 그거야, 불개미.」 배빗이 추임새를 넣었다.

「그렇다니까. 정말로 좋은 낚싯밥을 쓸 거라면 불개미를 써야 해.」 아이잼스가 말했다.

「이 불개미를 강물에 던지면 송어가 알아서 달려오겠지!」 배빗이 의기양양하게 말했다. 그의 두꺼운 손목은 낚싯밥을 던지는 멋진 동작을 해 보였다.

「그럼, 그러면 육봉(陸封) 연어들도 달려올걸.」 육봉 연어를 한 번도 본 적 없는 아이잼스가 말했다.

「연어! 송어! 폴, 카키색 바지를 입은 엉클 조지가 아침 7시에 이런 물고기들을 낚아 올리는 모습을 한번 상상해 봐! 야, 정말 신 나는데!」

3

그들은 뉴욕행 급행열차에 몸을 실었다. 가족들 없이 단둘이서만 여행을 떠난다니 믿기지 않았다. 그들은 자유롭게 남성의 세계로 들어와 풀먼 기차의 흡연석에 앉아 있었다.

차창 밖으로는 몇 개의 산발적인 황금빛 불이 어둠을 점각(點刻)하고 있었다. 배빗은 기차의 흔들림과 소란스러움 속에서 단둘이 여행을 떠난다는 사실을 새삼 의식했다. 그는 폴 쪽으로 고개를 숙이면서 게걸거렸다. 「이봐, 하이킹을 떠난다는 건 정말 즐거운 일이군.」

황토색 강철로 벽을 두른 자그마한 흡연실은 배빗이 훌륭한 사람들로 분류하는 남자들로 채워져 있었다. 그들 모두 훌륭한 사교가 같았다. 장의자에는 네 명의 남자가 앉아 있었다. 뚱뚱하지만 기민해 보이는 남자, 초록색 벨루어 모자를 쓴 칼날같이 생긴 남자, 인조 호박(琥珀)으로 만든 담배 케이스를 들고 있는 앳된 젊은이, 배빗, 이렇게 넷이었다. 맞은편 이동식 가죽 의자에는 폴과 호리호리한 남자가 앉았다. 아주 교활해 보이는 고리타분한 남자였는데 입가에 주름이 자글자글했다. 그들은 신문, 업계 전문지, 구두 전문지, 도자기 전문지 등을 읽으면서 즐거운 대화를 기다렸다. 풀먼 기차로 처음 여행하는 젊은이가 먼저 말문을 열었다.

 「제니스에서 아주 화끈한 밤을 보냈어요!」 그가 도시의 칭찬을 늘어놓았다. 「그 도시에서는 요령만 잘 알고 있으면 뉴욕 못지않게 화끈한 시간을 보낼 수 있더군요!」

 「그래, 정말 한바탕 화끈하게 논 것 같군. 난 자네가 기차에 오를 때 타락한 젊은이라는 걸 한눈에 알아봤지.」 뚱뚱한 남자가 껄껄 웃었다.

 다른 사람들도 즐거운 표정을 지으며 신문을 내려놓았다.

 「어떻게 말해도 좋아요. 아버에서는 평생 보지 못할 어떤 것을 봤거든요.」 젊은이가 말했다.

 「그랬겠지. 작은 악마처럼 맥아 분유를 핥아 먹었겠지.」

 말문 여는 역할을 마쳤으므로 젊은이는 뒤로 물러났다. 그들은 젊은이를 무시하고 본격적으로 대화에 돌입했다. 혼자 앉아 신문의 연재소설을 읽고 있는 폴 리슬링만이 대화에 끼지 않았다. 배빗을 제외한 나머지 사람들은 그를 속물, 괴짜, 활기 없는 사람으로 치부했다.

 그들은 확실히지도, 중요하지도 않은 사항들을 서로 이야기했다. 모두 비슷한 생각을 했고, 그 생각을 아주 뻔뻔스러울 정도로 자신 있게 표현했다. 배빗은 어떤 사안에 대해서 확정 판결을 내리기도 했고 그러지 않을 경우에는 그런 판결을 내리는 자에게 환한 미소를 지어 보이기도 했다.

「그렇지만……」 첫 번째 사람이 말했다. 「제니스에서는 술을 많이 팔고 있어요. 도처에서 술 파는 사람들을 만날 수 있죠. 여러분이 금주법에 대해서 어떻게 생각하시는지는 모르겠지만, 내 생각에, 의지박약한 자에게는 그게 아주 이로운 조치이긴 해도 우리처럼 의지가 강한 사람들에게는 개인의 자유를 침해하는 겁니다.」

「맞는 말씀입니다. 의회는 개인의 자유를 침해할 권리가 없죠.」 두 번째 사람이 주장했다.

일반석에 있던 한 남자가 흡연실로 들어왔다. 하지만 좌석이 모두 차 있었기 때문에 그는 선 채 담배를 피웠다. 아웃사이더. 그는 흡연실의 오랜 멤버가 아니었다. 그들은 뜨악한 표정으로 그를 쳐다보았고, 아웃사이더는 거울 앞에 서서 자신의 턱을 쳐다보며 편안한 자세를 취하려 했으나 곧 포기하고 아무 말 없이 나갔다.

「최근에 남부 여행을 하고 돌아왔습니다. 그곳 사업 환경은 별로 좋지 않더군요.」 그들 가운데 한 남자가 말했다.

「그래요? 별로 좋지 않다고요?」

「예, 별로 정상적인 상황이 아니라는 느낌이 들었어요.」

그들 전원이 알겠다는 듯이 고개를 끄덕이며 말했다. 「그러니까, 기준 미달이라는 거군요.」

「서부 또한 사업 환경이 전 같지 않아요.」

「그래요, 그 때문에 호텔 사업도 영향을 받는 것 같아요. 하지만 괜찮은 점도 있어요. 별로 좋지도 않은 방을 하룻밤에 5달러 — 많을 경우에는 6달러나 7달러 — 나 받던 호텔들이 이제 4달러만 받아도 감지덕지하거든요. 게다가 약간의 서비스도 해주지요.」

「그래요, 호텔 얘기가 나왔으니 말인데, 저번에 샌프란시스코의 세인트프랜시스 호텔에 처음으로 묵어 봤어요. 과연 소문대로 일급 호텔이더군요.」

「맞는 말씀입니다. 세인트프랜시스는 훌륭한 호텔이지요. 정말 A급이에요.」

「맞아요, 동의합니다. 일급 호텔이에요.」

「혹시 여러분 중 시카고의 리플턴에 묵어 보신 분 있습니까? 나는 비판은 싫어하고 가능하면 칭찬을 하려고 하는 사람입니다. 하지만 자칭 일급 호텔들 중에서 그 호텔은 정말 최악이었어요. 조만간 그 호텔에 다시 들러 그렇게 말해 줄 겁니다. 난 일급 호텔들을 잘 알고, 합리적인 가격이라면 얼마든지 지불할 용의가 있습니다. 지난번엔 시카고에 밤늦게 도착했는데 리플턴이 역에서 가장 가까운 호텔이었습니다. 나는 그 호텔에 묵어 본 적이 없었지만 택시 기사한테서 정보를 얻었죠. 어떤 도시에 늦게 도착하면 언제나 택시를 타거든요. 돈이 더 들기는 하지만 다음 날 아침 일찍 일어나서 제품을 많이 팔아야 한다면 그게 오히려 싸게 먹혀요. 그래서 택시 기사에게 말했지요. 〈좋아요, 리플턴으로 데려다 주세요.〉

그곳에 도착해서 나는 접수계 직원에게 다가갔습니다. 〈화장실 딸린 방을 하나 얻고 싶습니다.〉 하지만 직원의 반응은 심드렁했어요. 나를 싸구려 물건 팔러 온 사람, 혹은 욤 키푸르[45]를 강요하는 사람 정도로 여기는 거였죠. 그는 나를 차갑게 노려보더니 툴툴거렸어요. 〈글쎄요, 어디 한번 보죠.〉 그는 객실 상황을 보여 주는 현황판 뒤로 갔습니다. 내 신원을 확인하기 위해 신용 협회나 미국 보안 연맹에 전화를 걸고 있다는 생각이 들더군요. 꽤 오랜 시간 자리를 비웠어요. 아예 잠자러 갔나 하는 생각도 들더군요. 그는 마침내 현황판 앞으로 나오더니 기분 나쁜 표정으로 나를 쳐다보며 말했어요. 〈화장실 딸린 방을 내드리지요.〉

---

45 *Yom Kippur*. 유대교의 속죄를 위한 단식 행위.

〈그거 잘됐군요. 번거롭게 해서 미안합니다. 숙박비는 얼마죠?」 내가 부드럽게 물었어요. 〈하루 7달러입니다.〉

이미 늦은 시간이었고 숙박비는 내 개인 부담이 아니라 회사 부담이었습니다. 만약 개인 부담이었다면 당장 자리를 박차고 나와서 밤새 다른 호텔을 알아보았을 겁니다. 아무튼 숙박비 문제는 그 정도로 해두었죠. 접수계 직원은 사환을 불렀어요. 그런데 그 사환은 게티즈버그 전투에 참전한 경력이 있고 아직 전쟁이 끝난 걸 모르는 일흔아홉 먹은 노인같이 생겼더군요. 나를 쳐다보는 모습으로 미루어 그는 나를 남부군으로 생각하는 것 같더군요. 아무튼 그 립밴윙클[46]이 나를 객실로 데려갔어요. 나는 그 객실이라는 걸 보고서 이거 무슨 착오가 아닐까 하고 생각했어요. 그들은 나를 구세군 모금함 같은 곳에다 집어넣었더군요. 하루에 무려 7달러나 받으면서 말이에요!」

「그래요, 나도 리플턴이 아주 형편없는 호텔이라는 얘기를 들었어요. 나는 시카고로 출장을 갈 때면 언제나 블랙스톤이나 라살에 들죠. 둘 다 일급 호텔입니다.」

(사우스벤드, 플린트, 데이턴, 털사, 위치토, 포트워스, 위노나, 이리, 파고, 무스 조 등지의 호텔 상태에 대한 논의가 12분간 이어졌다).

「가격에 대해서 말해 보자면……」 벨루어 모자를 쓴 남자가 시곗줄 끝부분에 매달린 엘크 이빨을 만지작거리며 말했다.「옷 가격처럼 천차만별인 것도 없을 겁니다. 어디서 그런 기준이 나오는지 모르겠어요. 가령 내가 지금 입고 있는 옷을 한번 살펴봅시다.」 그가 양복 바지를 가볍게 잡아채며 말했다.「4년 전에 나는 42달러를 주고 이 옷을 샀습니다. 그 정도의 값어치가 있는 옷이었지요. 그런데 며칠 전 고향 마을의 옷 가게에 들어가서 양복을 보여 달라고 했어요. 직원은 하인에게도 입히지 못할 이

---

46 Rip Van Winkle. 존 어빙이 쓴 동명의 단편소설 속 주인공. 소설에서 그는 미국 독립 전쟁이 일어나기 전후 20년 동안 잠들어 있었다.

월 상품을 보여 주더군요. 호기심이 발동해서 〈그 시원찮은 옷은 한 벌에 얼마요?〉 하고 물었어요. 〈시원찮은 옷이라니요? 왜 그런 말씀을 합니까? 이건 아주 좋은 양복입니다. 모직이에요.〉 점원은 그렇게 말하더군요. 모직이라고? 농장에서 곧바로 나왔을 때에는 모직이었을지 모르지. 나는 그런 생각을 했어요. 〈한 벌에 67달러 90센트입니다.〉 점원이 가격을 말했어요. 〈그런 돈을 주고 그 옷을 살 생각은 조금도 없소.〉 나는 점원에게 쏴주고 가게를 나왔어. 집에 돌아와서는 아내에게 이렇게 말했죠. 〈당신에게 옷 수선할 힘이 남아 있어서 내 바지를 계속 수선해 준다면 나는 결코 새 양복을 사 입지 않겠어.〉」

「잘하셨습니다. 가령 와이셔츠만 해도 —」

「어이, 잠깐만!」 뚱뚱한 남자가 끼어들었다. 「와이셔츠가 뭐 어때서요? 난 와이셔츠를 팔아요! 그걸 만드는 데 드는 인건비가 여전히 다른 제품에 비해 2.7배나 높다는 걸 모르나 보죠?」

오랜 친구인 뚱보가 와이셔츠를 판매하는 사람이었으므로 그들은 와이셔츠의 현재 가격이 정당하다는 데에 의견을 모았으나 다른 의복 제품은 너무 비싸다고 말했다. 그들은 이제 서로 존중하고 좋아하는 사이가 되었다. 모두 경영학의 문제를 심오하게 토론했고 쟁기나 벽돌을 만드는 목적은 판매를 위한 것이라고 말했다. 그들이 볼 때 기사, 방황하는 시인, 카우보이, 비행기 조종사, 젊고 용감한 지역 변호사 등은 더 이상 낭만적인 영웅이 아니었다. 대신 유리 덮인 책상에 〈상품 판매 분석표〉를 끼워 두고서 제품 판매를 독려하는 판매부의 부장이야말로 현대의 영웅이었다. 판매부장은 〈수완가〉라는 칭호를 귀족의 호칭으로 여기며, 그 자신과 어린 부하 직원들을 판매라는 우주적 목적에 헌신하도록 독려하는 사람이었다. 판매부장은 어떤 특정 세품을 특정 인사들에게 판매하는 것이 아니라 순수한 판매 행위 자체를 독려한다.

상품에 대한 얘기는 폴 리슬링의 관심을 끌었다. 그는 바이올린 연주자에 불행한 남편이기도 하지만 동시에 아주 유능한 지붕재 판매자이기도 했다. 그는 〈출장 나간 직원들의 사기를 돋워 주는 사내보 혹은 회보의 가치〉를 논하는 뚱보의 말을 귀 기울여 들었다. 사내보에 2센트짜리 우표를 사용하는 문제와 관련하여 탁견을 제시하기도 했다. 하지만 잠시 후 폴은 〈좋은 친구들 모임〉이 신성시하는 법칙을 위반했다. 지식인인 체했던 것이다.

기차가 도시로 들어섰을 때였다. 시 외곽에서 그들은 차창을 스치는 제철 공장을 보았다. 공장에서 나오는 붉은색과 오렌지색 불꽃이 칙칙한 굴뚝 기둥, 강철을 두른 벽, 변압기 등에 빛을 뿌리고 있었다.

「야, 저걸 좀 봐요. 아름답군요!」 폴이 말했다.

「정말 아름답지요. 저건 셸링-호턴 제철 공장입니다. 사람들이 그러는데 존 셸링은 전쟁 중에 군납을 해서 무려 3백만 달러를 벌었다는군요!」 벨루어 모자를 쓴 남자가 존경이 담긴 목소리로 말했다.

「난 그 얘길 한 게 아니었는데요. 저 불빛이 온갖 잡동사니가 가득 찬 공장 마당을 아름답게 비추는 그림 같은 광경을 말한 겁니다. 어둠 속에서 말입니다.」 폴이 말했다.

그들은 멍하니 그를 쳐다보았다. 그러자 배빗이 변명하고 나섰다. 「폴은 아름다운 장소, 기이한 광경, 뭐 이런 것들에 대한 눈썰미가 좀 있지요. 만약 지붕재 사업을 하지 않았더라면 훌륭한 작가가 되었을 겁니다.」

폴은 난처한 표정을 지었다(때로 배빗은 과연 폴이 자신의 적극적인 지원을 고맙게 생각하는지 의아한 생각이 들었다). 벨루어 모자를 쓴 남자가 불평했다. 「개인적인 생각인데 셸링-호턴은 공장을 아주 지저분하게 관리하고 있습니다. 시설 관리가 잘 안 되는 것 같아요. 하지만 당신이 그렇게 생각한다면 공장을 아름답다고 말하지 못할 이유도 없지요.」

폴은 시무룩한 표정으로 다시 신문을 집어 들었고 대화는 기차 시간표에 관한 것으로 모였다.

「피츠버그에는 몇 시 도착이지요?」 배빗이 물었다.

「피츠버그? 이미 그 도시에 도착한 걸로 아는데. 아, 이건 지난해 시간표군. 잠깐만요. 어디 한번 봅시다. 여기 시간표가 있어요.」

「기차는 정해진 시간대로 달리고 있습니까?」

「거의 시간표대로 가는 것 같은데요.」

「아닙니다. 우리는 저번 역에 7분 연착했어요.」

「그래요? 정말로? 난 우리가 정시에 도착한 걸로 알았는데.」

「아닙니다, 7분 연착했습니다.」

「맞아요, 7분 연착입니다.」

그때 차장이 흡연실로 들어왔다. 놋쇠 단추가 달린 하얀 상의를 입은 흑인이었다.

「조지, 몇 분 연착이지?」 뚱보가 차장에게 물었다.

「잘 모르겠습니다. 정시에 도착한 걸로 아는데요.」 차장은 수건들을 접어서 세면대 위 선반에다 날렵하게 올려놓았다. 흡연실 사람들은 그 모습을 우울하게 쳐다보다가 그가 가버리자 탄식을 내뱉었다.

「요새 흑인들은 왜 저 모양인지 모르겠네. 공손하게 대답하는 법이 없어요.」

「그래, 맞아요. 너무 버릇이 없다 보니 공손하게 대하지 않는 거죠. 예전 흑인들은 주제 파악이나 했지. 하지만 요새 젊은 흑인들은 짐꾼 일이나 목화 따는 일을 경멸해요. 변호사, 교수, 기타 신분 높은 것만 되려고 하죠. 우리 모두 단결해서 흑인과 황인종에게 자기 처지를 알려 줘야 해요. 난 인종에 대한 편견이라고는 조금도 없어요. 오히려 흑인이 성공하면 첫 번째로 쌍수를 들어 기뻐해 줄 사람이죠. 자기가 소속한 곳에 그대로 머물고 백인의 정당한 권위와 사업 능력을 찬탈하지 않는 흑인이라면 말이죠.」

「바로 그거예요! 우리가 해야 할 일이 또 하나 있어요.」 벨루어 모자를 쓴 남자가 말했다(그의 이름은 코플린스키였다). 「그게 뭐냐 하면, 이 빌어먹을 외국인들이 더 이상 이 땅에 들어오지 못하게 하는 겁니다. 다행히도 우리는 이제 이민자 수에 제한을 두고 있어요. 스페인 놈들이나 헝가리 촌놈들은 여기가 백인의 나라이고 자신들이 여기서 환영받지 못한다는 걸 알아야 해요. 지금 미국에 들어와 있는 이민자들을 잘 교육시키고 미국의 정신을 제대로 가르쳐서 올바른 사람으로 만들어 놓는다면, 그땐 이민자들을 조금 더 받아들일 수 있겠죠.」

「정말 그래요. 당신 말이 맞습니다.」 그들은 동의했고 이어 좀 더 가벼운 화제로 옮겨 갔다. 그들은 자동차 가격, 타이어의 주행 거리, 정유 회사의 주식, 낚시, 다코다의 밀 예상 수확량 등을 논의했다.

하지만 뚱보는 그런 시간 낭비를 답답해했다. 그는 노련한 여행가였고 환상이라고는 조금도 없었다. 이미 그는 자신이 〈사내 중의 사내〉라고 주장했다. 뚱보는 허리를 숙이고 교활하고 재치 있는 표정으로 사람들의 시선을 휘어잡더니 불평하듯 말했다. 「그런 형식적인 얘기는 집어치우고 좀 더 재미있는 얘기를 합시다.」

그들은 아주 활발해졌고 친밀해졌다.

폴과 청년은 사라졌다. 장의자에 앉아 있던 사람들은 다리를 앞으로 뻗었고, 조끼의 단추를 풀었으며, 다리를 의자 위에 올려 놓았고, 커다란 놋쇠로 된 침 뱉는 통을 앞으로 바싹 당겼다. 그들은 초록색 차창 가리개를 밑으로 끝까지 당겨 홈에다 걸쳐 놓음으로써 밤중의 불편하고 낯선 분위기로부터 자신들을 보호했다. 모두가 한바탕 웃음을 터뜨리고 이렇게 말하곤 했다. 「야, 그런 얘기는 처음 들었는데 —」 배빗은 마음이 느긋해졌고 자신이 사내답다고 느꼈다. 기차가 어떤 주요 역에 정차했을 때, 네 남자는 시멘트 플랫폼에 내려서 이쪽저쪽으로 걸어다녔다. 정차

중인 기차를 보호하기 위해 쳐놓은 연기 가득한 지붕이 마치 바람 부는 하늘처럼 보였다. 그들은 미지의 도시가 주는 신비에 사로잡혀 플랫폼을 천천히 걸었다. 다정한 친구인 양 만족스러워하면서 나란히 걸었다. 마침내 산속의 점호 소리 같은 〈전원 탑승〉 방송이 길게 울려 퍼졌다. 그들은 재빨리 흡연실로 돌아갔고 새벽 2시까지 재미있는 얘기들을 계속 이어 갔다. 그들의 눈은 담배 연기와 웃음으로 축축해졌다. 헤어질 때는 모두가 악수를 하면서 껄껄 웃었다. 「선생님, 아주 재미있는 대화였습니다. 헤어지기 섭섭하군요. 만나서 반가웠습니다.」

배빗은 무더운 무덤 같은 풀먼 침대차에 누워 좀처럼 잠을 이루지 못했다. 바람난 여자를 재미있게 묘사한 뚱보의 이야기를 기억하며 가볍게 몸을 흔들었다. 그는 차창 가리개를 들어 올리고 통통한 팔을 머리와 얇은 베개 사이로 집어넣은 채 차창을 스치는 나무들을 내다보았다. 마을의 가로등들이 문장의 감탄 부호처럼 보였다. 그는 아주 행복했다.

제11장

1

다음 기차를 갈아탈 때까지 4시간의 여유가 있었다. 배빗이 보고 싶어 했던 명소는 펜실베이니아 호텔이었다. 그가 지난번 뉴욕을 방문한 후에 완공되어 있었다. 그는 호텔을 훑어보며 중얼거렸다. 「객실 2천2백 개에 욕실이 2천2백 개! 세계 최대 규모일 거야. 도대체 연간 매출이 얼마일까? 숙박료가 하루 4달러에서 8달러라 치고(아마 10달러 받는 방도 있을 테지만), 4 곱하기 2천2백, 아니, 6 곱하기 2천2백이면 얼마야? 식당과 부대시설도 따져야지. 여름이면 하루 매출이 8천 달러에서 1만 5천 달러는 되겠군. 매일! 이렇게 엄청난 시설은 정말 처음이야. 정말 대단한 도시야! 물론 제니스의 일반 시민이 이곳의 허세 부리는 자들보다 더 많은 개인적 주도권을 갖고 있긴 하지. 그래도 뉴욕이 대단하다는 건 인정해야 돼. 정말 대단한 도시지. 자, 폴, 이제 볼 건 다 본 것 같군. 앞으로 남은 시간은 어떻게 죽이지? 영화?」

하지만 폴은 정기선을 보고 싶어 했다. 「난 늘 유럽에 가고 싶었지. 언젠가 죽기 전에 한 번은 가고 말 거야.」 그가 한숨을 내쉬었다.

노스 강의 허름한 부두를 찾아간 그들은 아키타니아호(號)의

선미와 굴뚝과 선착장 위로 비쭉 솟아 있는 무선 안테나를 보았다.
「유럽 대륙으로 건너가 역사적인 유적지들과 셰익스피어가 태어난 곳을 살펴보면 좋겠군!」 배빗이 말했다. 「게다가 필요할 때마다 마음 놓고 술을 시킬 수 있으니 얼마나 좋아. 바로 걸어가서 이렇게 소리치는 거야. 〈칵테일 한 잔 주시오. 경찰 따위 알게 뭐야!〉 그거 괜찮겠는데. 폴, 유럽에 건너가면 뭘 보고 싶나?」

폴은 대답하지 않았다. 배빗은 고개를 돌렸다. 폴은 두 손을 꼭 쥐고 고개를 숙인 채 겁먹은 표정으로 정기선을 응시하고 있었다. 여름 햇빛을 받아 번쩍거리는 부두의 널빤지들을 배경으로, 그의 호리호리한 몸은 아이처럼 허약해 보였다.

배빗은 다시 물었다. 「폴, 유럽에 건너가면 뭘 보고 싶나?」

정기선을 노려보며 가슴을 들먹이던 폴이 속삭였다. 「오, 하느님 맙소사!」 배빗이 의아해하며 쳐다보자 폴이 재빨리 말했다. 「어서 여기서 벗어나세.」 그는 뒤도 돌아다보지도 않고 부두 아래쪽으로 걸어갔다.

〈이거 이상한데…….〉 배빗은 혼자 생각했다. 〈원양 크루즈선을 전혀 좋아하지 않는 모양이군. 저런 배에 관심이 많은 줄 알았는데.〉

2

그들이 탄 기차가 메인 주의 산간 지대를 올라가자 배빗은 흥분하면서 기차의 마력에 대해 나름의 일가견을 표명했다. 기차가 정상에 올라섰을 때는 저 아래 소나무 숲 사이로 반짝거리는 길을 내려다보며 〈정말 아름답군!〉하고 감탄했다. 종착지인 카타둠쿡 역에서는 오래된 화물차를 역사로 사용한다는 사실을 알고서 역시 감탄했다. 그들이 수나스쾀 호수의 자그마한 선착장에 앉아 호텔에서 보내 주기로 한 작은 배를 기다릴 때, 배빗은 모든 스트레스에서 벗어나 긴장이 풀리는 것을 강하게 느꼈다. 뗏목이 호수 아래쪽으로 흘러 내려왔다. 뗏목과 호수 기슭 사이의 물은 너무나 투명하여 피라미들이 헤엄치는 것까지 보일 정도였다. 짙은 푸른색 플란넬 셔츠에 검은 펠트 모자 — 모자 테두리에는 송어 낚싯밥이 꽂혀 있었다 — 를 쓴 가이드가 통나무 위에 앉아 나무를 조금씩 깎아 내고 있었다. 그는 아무 말이 없었다. 그 옆에는 회색이 섞인 검둥개가 느긋하고 여유롭게 앉아 있었다. 개는 앞발로 몸을 긁고 가볍게 으르릉거리더니 잠들었다. 햇빛이 맑은 물 위에, 밝은 초록색 발삼나무 가지에, 은빛 자작나무와 열대 고사리에 두텁게 쌓였다. 또한 햇빛은 호수 저 너머 산들의 강인한 어깨 위에서도 불타고 있었다. 주변의 모든 것에 신성한 평화가 깃들어 있었다.

그들은 선착장의 가장자리에 말없이 앉아 물 위로 가볍게 다리를 흔들어 댔다. 그곳의 평화로운 정적이 배빗의 가슴 깊숙이 파고들었다. 그는 중얼거렸다. 「여기 이렇게 평생 앉아 있고 싶군. 나무나 깎아 내면서. 타자기 소리는 듣고 싶지도 않아. 전화에 대고 떠드는 스탠 그라프의 목소리도 듣고 싶지 않아. 론과 테드가 서로 언쟁하는 소리도 듣고 싶지 않아. 그냥 이대로 하염없이 앉아 있고 싶어.」

그는 폴의 어깨를 가볍게 두드렸다. 「오랜 친구, 자네는 기분이 어때?」

「조지, 정말 좋은 곳이야. 여기에는 뭔가 영원한 것이 깃들어 있는 느낌이야.」

배빗은 친구의 말을 정확하게 이해했다.

3

그들이 탄 배는 호수의 굽은 곳을 돌아갔다. 호수 앞쪽, 산등

성이 아래 그들이 묵게 될 호텔의 자그마한 식당과 침실로 사용하게 될 키 작은 통나무 오두막이 반원형을 그리며 자리 잡고 있는 것이 보였다. 그들은 배에서 내려 이미 일주일 전부터 호텔에 투숙하고 있던 사람들의 비판적인 시선을 감내했다. 돌로 만든 벽난로가 있는 오두막으로 들어간 그들은, 배빗의 표현대로라면 〈사나이다운 옷〉을 서둘러 입고 밖으로 나왔다. 폴은 낡은 회색 상의에 부드러운 흰색 셔츠를 입었고, 배빗은 카키색 셔츠에 조끼 그리고 약간 펑퍼짐한 카키색 바지를 입었다. 아주 새 옷들이었다. 그가 쓰고 있는 무테 안경은 도시의 사무실에나 어울리는 것이었고, 얼굴은 태양에 그을린 거무튀튀한 색깔이 아니라 도시풍의 핑크 색이었다. 그는 그곳과 어울리지 않는 시끄러운 소리를 내질렀다. 하지만 깊은 만족감을 느끼고 자신의 다리를 철썩 때리며 이렇게 말했다. 「야, 이거야말로 집으로 돌아온 거로군. 그렇지 않아?」

그들은 호텔 앞 선착장 근처에서 멈춰 섰다. 그는 폴에게 윙크하고 바지 뒷주머니에서 씹는 담배를 꺼냈다. 집에서는 금지되어 있는 것이었다. 그는 담배를 한 줄기 씹으며 환히 웃었고 고개를 좌우로 흔들어 댔다. 「음! 음! 나는 씹는 담배에 굶주렸어. 자네도 한 줄기 해보겠나?」

그들은 서로의 심정을 잘 이해한다는 듯 마주 보며 빙그레 웃었다. 폴도 씹는 담배 한 줄기를 꺼내어 씹었다. 두 사람은 담배를 씹으며 묵묵히 서 있었다. 그리고 고요한 호수 위로 계속 침을 뱉었다. 그들은 양팔을 들고 허리를 뒤로 젖히며 시원하게 몸을 폈다. 저 멀리 떨어진 평야를 달려가는 기차 소리가 산 너머로 은은하게 들려왔다. 송어 한 마리가 호수 위로 뛰어올랐다가 은빛 원을 그리며 다시 호수로 들어갔다. 그들은 함께 탄성을 내 길렀다.

4

 가족들이 합류하기까지 일주일 동안은 단둘이서 보낼 수 있었다. 매일 저녁 그들은 다음 날 아침 일찍 일어나 아침 식사 전에 낚시를 나갈 계획을 세웠다. 매일 아침 식사 종이 울릴 때까지 침대에서 꾸물거리면서, 일어나라고 성화를 부리는 아내가 없다는 사실을 느긋하게 즐겼다. 아침엔 공기가 차가웠고 옷을 입을 때 벽난로의 불이 그렇게 따뜻할 수가 없었다.
 폴은 지나칠 정도로 청결함을 고집했다. 하지만 배빗은 적당히 지저분한 것을 즐겼고 마음이 내킬 때까지 면도도 미루었다. 그는 새 카키색 바지에 떨어진 얼룩과 물고기 비늘도 조금도 개의치 않았다.
 오전 내내 그들은 건성으로 낚시를 하거나 아니면 고사리와 이끼와 클로버가 빽빽한 숲 속의 어두우면서도 물빛 가득한 오솔길을 산책했다. 오후에는 낮잠을 잤고 그다음에는 자정까지 가이드들과 포커 게임을 했다. 가이드들에게 포커는 진지한 게임이었다. 그들은 잡담도 않고 손때 묻은 기름진 카드들을 아주 심각하고 절실한 표정으로 뒤섞으며 게임의 오락성을 위협했다. 가이드의 우두머리인 조 패러다이스는 게임을 잠시 중단시키곤 하는 느려 터진 굼벵이들을 냉소적인 시선으로 바라보았다.
 자정에 배빗은 폴과 함께 오두막으로 돌아왔다. 어둠 속에서 이슬 맞은 축축한 풀 냄새가 진동했고 발부리에는 소나무 뿌리가 걸렸다. 배빗은 아내에게 밤새 어디에 가 있었는지 설명할 필요가 없어서 너무나 기뻤다.
 그들은 말을 많이 하지 않았다. 제니스 시 애슬레틱 클럽의 신경질적인 수다스러움과 고집스러움은 사라졌다. 말을 할 때면 대학 시절의 순수한 친밀함 속으로 되돌아갔다. 그들은 카누를 타고 수나스쾀 호수 둑까지 갔다. 빽빽한 조팝나무 때문에 물길을 헤쳐 나가기가 어려웠다. 햇빛이 초록 정글을 쨍쨍 내리비췄고 그늘에는 졸음을 불러일으키는 평온함이 있었다. 호수의 물은 황금빛으로 물결쳤다. 배빗은 그 시원한 물속으로 손을 집어넣으며 말했다.

「우리가 함께 메인에 오리라고는 생각조차 못 했지!」

「그래, 지난 세월 동안 우리는 하고 싶은 대로 하면서 살아오지 못했어. 난 할아버지의 친척들과 함께 독일에 살면서 바이올린을 전공하고 싶었는데.」

「그래, 나도 법률가가 되어 정계에 투신하고 싶었지. 아직도 언젠가는 정계로 한번 진출해 봐야겠다는 생각을 해. 난 웅변에 소질이 있거든. 즉석에서 머리를 굴려 생각해 낼 수 있고 어떤 주제에 대해서도 연설할 수 있어. 이런 게 정치에서는 아주 중요하거든. 나는 가지 못했지만 테드는 법학 대학에 진학할 거야. 아무튼 모든 게 잘되었다고 생각해. 마이러는 훌륭한 아내이고 질라 또한 착한 여자지, 폴.」

「그래, 이곳에 오니 그녀를 기쁘게 해줄 온갖 계획이 술술 떠오르는군. 이제 여기서 충분히 휴식을 취하면 도시로 돌아가서 다시 시작할 수 있으니 앞으로 내 인생은 달라질 거야.」

「그건 나도 마찬가지야.」 배빗이 수줍게 말했다. 「여기 이렇게 느긋하게 앉아 빈둥거리고 포커 게임을 하고 또 자네와 함께하니, 다시 학생이 된 기분이야.」

「조지, 이 휴가는 내게 아주 중요해. 내 인생을 구원했어.」

그렇게 솔직하게 감정을 말하고 나니 그들은 부끄러운 생각이 들었다. 그래서 자신들이 거칠면서도 선량한 사내임을 증명하기 위해 약간 욕설을 지껄였다. 달콤한 정적을 만끽하며 배빗은 휘파람을 불었고 폴은 콧노래를 불렀다. 그들은 노를 저어 호텔로 돌아왔다.

5

 여행을 떠나기 전만 해도 폴은 아주 피곤해했고 그래서 배빗은 그를 보호해 주는 큰형 같은 역할을 했으나, 휴가 날짜가 지나가면서 폴이 점점 눈이 맑아지고 명랑해지는 반면 배빗은 더욱 깊은 불안 속으로 가라앉았다. 그는 감추어진 피로가 자신을 겹겹이 둘러싸고 있는 것을 발견했다. 여행 초반만 해도 배빗이 폴에게 농담을 걸었고 또 그를 위해 오락 거리를 찾아다녔으나, 일주일이 지나고 보니 입장이 역전되었다. 폴이 노련한 간호사로 나섰고 배빗은 환자가 되어 폴의 배려를 기꺼이 받아들였다.
 가족들이 도착하기 하루 전날, 호텔의 여자 투숙객 하나가 그들을 보고 말했다. 「가족들이 온다니 좋겠어요! 무척 흥분되겠군요.」 배빗과 폴은 예의상 흥분되는 표정을 지어 보였다. 하지만 그들은 일찍 잠자리에 들었고 기분이 좋지 않았.
 호텔에 도착한 마이러는 이렇게 말했다. 「두 분은 계속 우리가 여기에 없는 듯 지내요.」
 첫째 날 밤, 배빗은 밖으로 나가 가이드들과 포커 게임을 했다. 마이러는 평온한 어조로 말했다. 「어머나! 당신은 아주 밖으로 나돌기로 작정했군요.」 둘째 날 밤, 그녀는 졸리는 목소리로 말했다. 「아니, 매일 밤 그렇게 나가 있을 거예요?」 셋째 날 밤, 그는 포커 게임을 하지 않았다.
 그는 이제 온몸 구석구석에 피곤함을 느꼈다. 〈이상하군! 휴가가 나한테 조금도 이롭지 않은 것 같아.〉 그는 탄식했다. 〈폴은 어린 말처럼 씩씩한데 나는 여기 오기 전보다 더 까다롭고 신경질적인 사람이 되었어.〉
 그는 메인에서 석 주를 보낼 계획이었다. 두 주가 지나자 그는 다시 평온함을 되찾았고 인생에 흥미를 느끼기 시작했다. 그는 세이첨 산을 등반할 계획을 세웠고 박스카 연못에서 하룻밤 야영을 하고 싶어 했다. 이상하게도 온몸에 힘이 없었지만 그래도 쾌활했다. 혈관에서 노폐물을 모두 빼내 버리고 새로운 피를 수혈한 느낌이었다.

그는 아들 테드가 호텔 여급에게 반해 있는 것도 짜증 나지 않았다(테드가 그런 상사병에 빠진 것은 금년에만 일곱 번째였다). 그는 테드와 캐치볼을 했고, 소나무 그늘이 드리운 조용한 스코투이트 연못에 낚싯밥을 던지는 요령을 자랑스럽게 가르쳐 주었다.

마침내 그는 나지막하게 말했다. 「그래, 이제야 슬슬 휴가의 재미가 나오는군. 훨씬 기분이 좋아졌어. 올해는 분명 멋진 한 해가 될 거야. 어쩌면 부동산 협회가 나를 회장으로 뽑아 줄지도 모르지. 매사에 불분명한 챈 모트 같은 구닥다리 대신에 말이야.」

집으로 돌아오는 기차에서 그는 흡연실에 들어갈 때마다 아내를 혼자 놔두는 것에 죄책감을 느꼈고, 그런 죄책감을 느껴야 하는 자기 자신에게 분노했다. 하지만 그럴 때마다 그는 호기롭게 소리쳤다. 「그래, 올해는 분명 멋진 한 해가 될 거야. 아주 멋진 해가 될 거라고!」

제12장

1

메인 주에서 집으로 돌아오는 내내 배빗은 자신이 완전히 달라졌다고 확신했다. 마음의 평정이 찾아왔다. 앞으로는 일에 대해 고민하지 않을 것이다. 극장, 공공 문제, 독서 등에 더 많은 〈관심〉을 기울일 것이다. 독한 시가를 한 대 피우고 나자, 문득 금연을 해야겠다는 생각이 들었다.

그는 새롭고도 완벽한 금연 방법을 생각해 냈다. 담배를 사지 않고 얻어 피워야지. 자주 빌리면, 물론 창피할 거야. 그는 당연하다는 듯 충동적으로 시가 케이스를 흡연실 창문 밖으로 내던졌다. 제자리로 돌아가서는 특별한 일도 없이 자상하게 아내를 대했다. 그는 자신의 단순한 결정에 감탄하면서 다짐했다. 〈아주 간단한 일이야. 의지력의 문제일 뿐이지.〉 그는 잡지에 연재되는 탐정 소설을 읽기 시작했다. 15킬로미터쯤 가자, 담배를 피우고 싶다는 생각이 고개를 내밀었다. 거북이가 목을 쏙 집어넣듯이 그는 움츠렸으나 불안해 보였다. 얼른 두 페이지를 넘겼지만 내용이 머리에 들어오지 않았다. 8킬로미터쯤 더 간 뒤, 그는 자리에서 후다닥 일어나 차장을 찾았다. 「조지, 자네 혹시 그거 가지고 있나?」 차장은 짜증 내지 않고 참을성 있게 기다리는 표정이었다. 「시간표 말이야.」 배빗은 의도와는 다른 말로 끝냈다. 다음 정거장에 도착하자 그는 기차에서 내려 시가 한 대를 샀다. 제니스에 도착하기 전까지 마지막 담배였기 때문에 손가락을 델 정도로 끝까지 피웠다.

나흘 후, 그는 자신의 금연 결심을 떠올렸지만 업무에 바쁘다 보니 이내 고스란히 잊어버렸다.

2

그는 야구야말로 멋진 취미가 될 것이라고 생각했다. 〈잔머리만 굴리고 지나치게 일하는 건 좋지 않아. 매주 세 번은 야구 경기를 보러 야구장으로 가야지. 더군다나, 사나이라면 홈팀을 응원해야 돼.〉

그는 약속을 실천하여 홈팀을 응원했고, 제니스의 명성에 힘을 실어 주면서 이렇게 외쳤다. 「우리 편, 잘한다!」 「우우, 적군은 나가 죽어라!」 그는 그 절차를 아주 꼼꼼하게 이행했다. 그는 와이셔츠 깃에 손수건을 둘렀다. 곧 땀이 났다. 입을 벌리며 활짝 웃었고 레몬 소다수를 병째 마셨다. 그는 딱 한 주 동안만 세 번 야구장에 나갔다. 그다음 주부터는 「애드버킷 타임스」의 스포츠 면을 보는 것으로 타협했다. 야구장에서 그는 땀내를 맡을 만큼 빽빽하게 밀집한 군중들 사이에 있었다. 높은 받침대 위에 올라선 소년이 투수 빅 빌 보스트윅의 성적을 기록하자, 배빗은 생판 모르는 사람들에게 〈끝내주는데! 훌륭한 성적이야!〉 하고 몇 마디 던지고는 서둘러 사무실로 되돌아갔다.

그는 솔직히 자신이 야구를 좋아한다고 생각했다. 25년 동안 야구에 손대지 않았던 것은 사실이다. 뒷마당에서 딱 10분 동안 테드와 가볍게 캐치볼을 한 경우를 제외하고 말이다. 하지만 그의 집안은 늘 야구를 즐겼고, 배빗은 〈애국심〉과 〈스포츠 애호〉라고 부르는 살인 본능과 편들기 본능을 그 게임을 통해 발산했다.

사무실에 가까워지자, 그는 걸음을 더욱더 빨리하면서 중얼거렸다. 「좀 더 서두르는 게 좋겠는데.」 그를 둘러싼 도시 전체는 서두르기 위해 서두르고 있었다. 자동차를 몰고 가는 사람들은 혼잡한 교통 상황 속에서 앞지르기를 서둘렀다. 사람들은 1분이면 뒤따라올 전차를 놔둔 채 앞 전차에 올라타기 위해 바삐 서둘렀고, 전차에서 뛰어내리면 총총걸음으로 인도를 가로질렀다. 서둘러 빌딩으로 들어가서 다급하게 고속 엘리베이터에 올라탔다. 점심을 먹을 때면 요리사가 정신없이 데운 음식을 입속으로 꾸역꾸역 밀어 넣었다. 이발소에서는 재빨리 말했다. 「면도는 딱 한 번만 해주세요. 너무 바빠요.」 사람들은 이런 문구들로 장식된 사무실에서 미친 듯이 손님들을 상대했다. 〈오늘은 아주 바쁜 날입니다.〉 〈하느님은 이 세상을 6일 만에 창조했습니다 — 여러분은 할 말을 6분 안에 전부 끝내야 합니다.〉 재작년에 5천 달러를 벌고, 작년에 1만 달러를 번 사람들은 올해 2만 달러를 벌기 위해 몸과 마음을 파김치가 되도록 혹사시켰다. 2만 달러를 벌고서 지쳐 버린 사람들은 기차를 타기 위해 서둘렀고, 바쁜 의사들이 바쁘게 지시한 휴가를 떠나기 바빴다.

그런 사람들 틈에서 배빗은 바쁘게 사무실로 돌아와 자리에 앉았지만, 괜히 바쁜 척하는 직원들을 바라보는 것 말고는 할 일이 전혀 없었다.

3

매주 토요일, 그는 서둘러 컨트리클럽으로 갔다. 한 주의 피로를 날리기 위해 아홉 홀을 급하게 돌았다.

제니스에서 〈성공한 남자〉라면 리넨 셔츠를 입듯이 컨트리클럽에 가입해야만 했다. 배빗은 〈아우팅 골프 앤드 컨트리클럽〉

의 회원이었다. 그곳은 케네푸스 호수 근처에 있었는데 데이지가 드문드문 핀 절벽에 자리 잡은, 넓은 현관과 회색 지붕을 갖춘 쾌적한 건물이었다. 이 지역에는 〈토너완다 컨트리클럽〉이라는 또 다른 골프 클럽이 있었다. 그곳은 애슬레틱 클럽이 아닌 유니언 클럽에서 식사하는 부자들과 찰스 맥켈비, 호러스 업다이크 등을 회원으로 보유한 클럽이었다. 배빗은 종종 얘기하곤 했다. 「가입비로 180달러를 낭비할 돈이 있더라도 난 절대 토너완다 클럽에 가입하지 않을 걸세. 아우팅 클럽에는 정말 인간적인 친구들과 도시에서 최고 멋쟁이 여자들 ― 남자들 못지않게 농담을 잘 던지는 여자들 ― 이 많아요! 토너완다 클럽에는 차 따위나 마시면서 자칭 뉴욕 시민인 체 행세하는 속물들뿐이야. 다들 별 볼 일 없는 놈들이지. 글쎄, 그들이 뭐라고 떠들어 대든 난 토너완다에는 가지 않겠네. 절대 가입하지 않을 거야!」

네다섯 홀을 돌자, 그는 다소 느긋해졌고 담배에 절어 헐떡거리던 가슴도 진정되었다. 그의 어조는 1백 세대를 물려 내려온 까마득히 먼 농부 조상의 느린 말투로 되돌아갔다.

4

배빗 부부와 팅카는 적어도 일주일에 한 번은 영화를 보러 갔다. 그들이 좋아하는 샤토 극장은 3천 석에 50인조 관현악단을 보유한 곳이다. 악단은 농장에서의 일상 또는 4급 화재를 묘사한 오페라와 모음곡의 편곡을 연주했다. 둥근 지붕의 석조 극장에는 왕관을 수놓은 벨벳 의자들이 놓여 있고, 중세풍의 벽걸이 융단이 걸려 있으며, 도금된 연꽃 기둥은 앉아 있는 앵무새 조각으로 장식되어 있었다.

〈와!〉 혹은 〈이렇게 멋진 건물을 유지하려면 엄청 벌어야겠군!〉하고 감탄하면서 배빗은 샤토 극장을 칭찬했다. 그는 어슴푸레한 잿빛 평원을 연상시키는 수많은 사람들의 희끗희끗한 머리들 너머로 스크린을 응시했다. 고급 의상, 순한 향수, 껌 냄새가 그의 코를 찔렀다. 산을 처음 보고 그곳에 흙과 바위가 무척 많다는 것을 깨달았을 때의 느낌이 엄습했다.

그는 세 종류의 영화를 좋아했다. 미인들이 맨다리를 내놓고 수영하는 영화, 경찰관이나 목동이 리볼버를 부지런히 쏘아 대는 영화, 우스꽝스러운 뚱뚱보들이 스파게티를 먹는 영화. 강아지와 새끼 고양이와 포동포동한 아기들이 등장하는 막간극을 보며 그는 눈물이 나올 정도로 껄껄 웃어 댔다. 저당 잡힌 오두막에서 온갖 고생을 견뎌 낸 늙은 어머니가 임종하는 장면이 나올 때면 엉엉 울었다. 배빗 부인은 화려한 드레스를 입은 멋진 숙녀들이 뉴욕 백만장자의 거실에서 나긋나긋하게 걸어다니는 영화를 더 좋아했다. 팅카는 부모가 좋다고 하는 영화는 뭐든지 좋다고 믿었고 실제로 좋아했다.

야구, 골프, 영화, 브리지 게임, 드라이브, 애슬레틱 클럽, 〈굿 레드 비프 앤드 올드 잉글리시 찹 하우스〉 같은 식당에서 폴과 오랫동안 나눈 대화. 이런 갖가지 여가 활용은 배빗에게 반드시 필요했다. 그는 예전에 겪어 본 적이 없는 아주 활동적인 한 해를 보내고 있었다.

제13장

1

우연히 배빗은 〈S. A. R. E. B.〉에서 연설할 기회를 얻었다.

S. A. R. E. B.는 중개인과 관리자의 조직인 〈주립 부동산 협회*State Association of Real Estate Boards*〉의 머리글자를 딴 이름으로, 회원들은 스스로 신비하면서도 중요하게 보이기를 간절히 열망하며 그 약칭을 사용하고 있었다. 연례 회의는 모나크 시에서 열릴 예정이었는데, 그곳은 주의 여러 도시들 가운데 제니스와 라이벌 관계에 있는 곳이었다. 배빗은 공식 대표였고, 또 다른 대표로는 세실 라운트리가 있었다. 배빗은 세실이 보유한 아주 투기성 높은 건물 때문에 그를 부러워하는 한편, 로열 리지의 멋진 무도회에 참석할 수 있는 그의 사회적 지위 때문에 그를 싫어했다. 라운트리는 대회 집행 위원회의 위원장이었다.

배빗은 그에게 투덜댔다. 「박사, 교수, 목사들이 〈전문 직업인〉임을 뽐내면서 나를 피곤하게 해요. 하지만 웃기지 말라죠. 뛰어난 부동산 중개업자는 그들보나 너 많은 지식과 섬세함을 갖추고 있으니까.」

「정말 그래! 이것 봐, 그런 생각을 문서로 작성하여 S. A. R. E. B.에 제출하면 어떻겠나?」 라운트리가 말했다.

「음, 그런 걸 만드는 게 도움이 된다면 한번 생각해 볼게요. 먼저 정상적인 직업처럼 들리게 사람들이 우리를 〈복덕방〉이 아니라 〈공인 중개사〉로 부르도록 강조해야 합니다. 둘째로 전문직과 단순한 기술직, 일, 업무 등을 구분하는 기준이 뭐겠어요? 공공 서비스와 기술, 숙련된 기술, 지식 등을 전제로 하는 거지요. 하지만 돈만 밝히는 놈들은 결코 그런 공공 서비스와 숙련된 기술을 고려하지 않아요. 지금 전문 직업인으로서 ─」

「좋아! 정말 근사해! 완벽하구먼! 그걸 대회 제출용 논문으로 작성하게.」 라운트리는 그렇게 말한 다음 단호한 걸음으로 부리나케 자리를 떴다.

2

배빗은 광고와 편지를 쓰는 작업에는 능숙했지만 논문은 또 다른 문제였다. 어느 날 저녁 그는 10분짜리 원고를 작성하려고 자리에 앉았다가 그만 좌절하고 말았다.

그는 아내의 접이식 재봉틀을 일부러 거실에 꺼내 놓고 그 위에 15센트짜리 학생용 연습장을 펼쳤다. 온 집안사람들에게는 조용히 하라고 협박조로 지시했다. 베로나와 테드에게는 눈앞에서 썩 사라지라고 윽박질렀고 팅카에게는 무섭게 말했다. 「조금이라도 소리를 내면 ─ 물컵이 부딪치는 소리가 한 번이라도 난다면 ─ 혼날 줄 알아!」 배빗은 삐걱거리고 흔들거리는 재봉틀의 움직임을 음미하며 연습장에 글을 흘려 썼다. 배빗 부인은 피아노 옆에 앉아 잠옷을 기우면서 남편의 그런 모습을 존경스러운 시선으로 바라보았다.

그는 자리에서 벌떡 일어섰다. 온몸이 땀범벅에 신경은 곤두서 있었고 담배 때문에 목구멍이 텁텁했다. 그녀는 감탄했다. 「당신은 정말 대단해요. 머리에 떠오르는 생각을 앉은 자리에서 글로 술술 쓸 수 있다니!」

「아, 현대적인 사업가 생활을 하면서 건설적인 상상력 훈련을 한 덕분이지.」

그는 일곱 페이지를 썼고, 그중 첫 페이지는 이렇게 시작했다.

(1) 전문직인 직업
(2) 단순한 기술이 아니다
~~(3) 기술과 비전~~
(3) 복덕방이 아니라
〈공인 중개사〉로 부르자

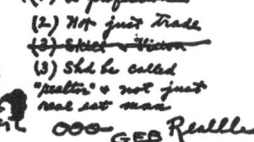

GEB

6페이지까지는 첫 페이지와 별반 다를 바 없는 낙서였다.

일주일 동안 그는 자신이 거물이 된 양 행세하며 돌아다녔다. 아침마다 옷을 갈아입으면서 혼잣말을 했다. 「마이러, 이런 거 생각해 봤어? 한 도시가 대규모 빌딩 단지나 번영이나 그런 것을 누리려면 부동산 중개업자가 먼저 맨땅을 사람들에게 팔아야 한다는 걸 말이야. 모든 문명은 부동산 중개업자와 함께 시작해. 당신, 그런 사실을 생각이나 해봤어?」 애슬레틱 클럽에서 그는 내키지 않아 하는 사람들을 옆으로 불러내어 물었다. 「만약 큰 대회에서 연설문을 읽어야 한다면 재미난 이야기로 시작하는 게 나을까, 아니면 그런 재미난 얘기를 중간에 섞어 넣는 게 좋을까?」 하워드 리틀필드에게는 〈부동산 판매에 대한 일련의 통계 자료, 아주 멋지고 인상적인 통계 자료〉를 요청했다. 실제로 리틀필드는 아주 멋지고 인상적인 통계 자료를 제공했다.

하지만 배빗이 도움을 가장 많이 요청한 인물은 T. 콜본 늘리프링크였다. 매일 오후마다 그는 클럽에서 프링크를 붙잡고 늘어보았다. 반면, 프링크는 괴롭다는 표정을 지으며 대답을 얼버무렸다. 「이봐, 첨 프링크, 자네는 이런 원고 작성의 달인인데, 이 문장을 어떻게 표현해야 할지, 이 원고를 좀 봐주겠나? 도대체, 어디더라? 아, 그래, 여기야. 자네라면 어떻게 표현할 텐가? 〈역시 우리는 혼자 생각하면 안 된다〉? 혹은 〈우리는 역시 혼자 생각하면 안 된다〉? 또는 ─」

 어느 날 저녁 아내가 자리를 비우는 바람에 원고를 읽어 주며 감동시킬 사람이 없자, 배빗은 문체나 문장의 순서 등 골치 아픈 문제를 완전 잊어버린 채 부동산 업무에 대한 간절한 생각을 있는 그대로 휘갈겨 쓰기 시작했다. 그랬더니 연설문이 완성되었다. 그가 아내에게 연설문을 읽어 주자 그녀는 감탄했다. 「어머, 여보, 굉장해요. 참으로 아름답고 명쾌하며 재미있고 눈부셔요! 그야말로 훌륭한 문장이에요!」

 다음 날, 배빗은 첨 프링크를 구석으로 데려가 기고만장하게 자랑했다. 「이봐, 어제저녁에 끝냈네! 드디어 해치웠어! 난 자네 같은 글쟁이들은 힘들게 작품을 쓸 거라고 생각했지. 하지만, 아아, 쉽더군. 물론 자네 같은 친구들에겐 일도 아니겠지. 자넨 확실히 돈을 쉽게 벌어! 언젠가 은퇴하면 나도 글을 써볼까 해. 그런 다음 어떻게 하는지 자네 같은 글쟁이들에게 보여 줄 참이야. 나도 세상에 나돌아 다니는 출판물보다 더 힘차고 독창적인 문장을 쓸 수 있다고 생각한 적이 있었지. 이제 그걸 확신하게 되었어!」

 그는 화려한 붉은색 제목을 달고 있는 연설문 네 부를 타이핑했다. 그것을 담청색 마닐라지로 묶고, 그중 한 부를 「애드버킷 타임스」의 편집장인 아이러 러니언에게 건넸다. 러니언은 〈옥고를 받아 보게 되어 정말 기쁩니다〉라고 하면서 읽을 시간이 나면 처음부터 끝까지 통독하겠다고 말했다.

 배빗 부인은 부녀자 클럽 회의에 참석해야 되기 때문에 모나크에 갈 수 없었다. 배빗은 그것 참 안된 일이라고 말했다.

3

 배빗, 라운트리, W. A. 로저스, 앨빈 세이어, 엘버트 윙으로 구성된 다섯 명의 공식 대표단 외에 비공식 위원 50명이 대부분 부부 동반으로 모나크 회의에 참석할 예정이었다.
 그들은 유니언 역에서 만나 야간열차를 타고 모나크로 출발했다. 너무나 고상하여 결코 배지를 달지 않는 세실 라운트리를 제외한 모두가 1달러 동전만큼이나 큰 셀룰로이드 배지를 달고 있었다. 배지에는 〈제니스를 발전시킵시다〉라는 글자가 적혀 있었다. 공식 대표들에게는 은색과 자홍색의 리본이 달려 있어 더 화려했다. 마틴 럼센의 어린 아들 윌리는 〈제니스, 활기찬 도시 — 열성, 열정, 와우! 1935년이면 인구 1백만 명〉이라고 새긴 술 달린 깃발을 들고 돌아다녔다. 택시를 이용하는 대신 맏아들이나 사촌이 운전하는 승용차를 타고 도착한 대표들은 즉석에서 줄을 서더니 질서 정연하게 역 대합실로 들어갔다.
 새로 지은 커다란 대합실 벽에는 1740년 찰루사 강 계곡을 탐험하는 에밀 포투 신부를 묘사한 프레스코화가 그려져 있었고, 사방에 대리석 기둥들이 서 있었다. 벽을 따라 거대한 마호가니 벤치들이 설치되었고, 신문 가판대는 황동 석쇠를 두른 대리석 간이매점이었다. 넓어서 소리가 울리는 홀에서, 대표들은 줄지어 윌리 럼센이 든 깃발을 따라갔다. 시가를 흔드는 남자들과 새로 맞춘 드레스와 목걸이를 뽐내는 여자들은 모두 「그리운 옛날」[47]의 곡조에 따라 쳄 프링크가 가사를 붙인 공식적인 시가(市歌)를 불렀다.

 살기 좋은 오랜 도시 제니스.
 우리의 친척과 시인들은

---

47 Auld Lang Syne. 스코틀랜드의 시인 로버트 번스의 가곡이다.

함께할 것이고,
울타리를 벗어나지 않으리.
우리는 즐겁게
번영을 노래하리라.

 각종 연회나 생일 파티에서 노래를 부르는, 타고난 재주꾼 중개업자인 워런 휘트비는 부동산 중개업 대회를 위해 특별한 가사를 만들었다.

오, 우리가 왔노라.
제니스, 활기찬 도시에서
모든 친구들이 왔노라.
우리는 이렇게 외치련다.
우리만큼 부동산 경기가 활기찬 곳은
어디에도 없노라.

 배빗은 광적인 소속감에 사로잡혔다. 그는 대합실 벤치로 뛰어올라 군중에게 외쳤다.
「제니스에 무슨 문제가 있나요?」
「아무 일 없습니다!」
「미국에서 가장 오래된 도시는 어디일까요?」
「제에에에니스!」
 야간열차를 참을성 있게 기다리던 가난한 사람들은 별 부러움 없는 의아한 눈길로 그들을 쳐다보았다. 숄을 두른 이탈리아 여자들, 구두를 구겨 신은 지친 노인들, 이리저리 방랑하는 소년들. 소년들은 새 옷이었을 때야 화사했겠지만 지금은 빛바래고 주름진 옷을 입고 있었다.
 배빗은 공식 대표로서 자신이 좀 더 품위를 지켜야 한다는 것을 깨달았다. 그는 윙과 로저스와 함께 풀먼 열차가 대기하고 있는 시멘트 플랫폼을 배회했다. 전동 화물 운반차와 붉은 모자를 쓴 짐꾼들이 화물과 가방을 플랫폼 아래쪽으로 날랐는데, 제법 바삐 움직이는 인상을 주었다. 둥근 전등이 그들의 머리 위에서 깜박이며 빛났다. 반들반들한 노란색 침대차는 유난히 반짝였다. 배빗은 자신의 목소리가 당당하게 들리도록 신경을 썼다. 그는 배를 내밀고 우렁차게 말했다. 「이번 대회를 통해 주 의회가 우리의 입장을 잘 이해하도록 만들어야 해요. 부동산 양도세 문제와 관련하여 그들이 뭘 오해하고 있는지 똑바로 알려 줘야 해요.」 윙은 동의한다는 듯 툴툴거리는 소리를 냈고 배빗은 더욱 의기양양해졌다.

그때 풀먼 객실의 차창 가리개가 위로 올라갔고, 배빗은 다소 생소한 광경을 보게 되었다. 백만장자 건설업자의 아내인 아름다운 루실 맥켈비가 객실에 앉아 있었던 것이다. 배빗은 온몸이 짜릿했다. 어쩌면 그녀는 유럽 여행을 가는지도 몰라! 그녀 옆자리에는 난초와 제비꽃이 섞인 꽃다발과 노란색 종이 표지로 장정된 외서(外書)가 놓여 있었다. 그가 쳐다보는 동안, 그녀는 책을 집어 들었고 이어 따분하다는 듯 창밖을 내다보았다. 배빗과 그녀의 시선이 마주쳤다. 그녀는 배빗을 만난 적이 있었지만 모르는 체했다. 그러고는 나른한 동작으로 가리개를 내렸다. 그는 뻣뻣하게 서 있었다. 그의 가슴 한구석에서는 무시당했다는 느낌이 찬바람처럼 스치고 지나갔다.

하지만 기차에 오르고서는 다시 자존심을 회복했다. 그는 스파르타,[48] 파이어니어, 기타 여러 중소 도시에서 올라온 대표들과 만나 제니스라는 대도시의 거물로서 선량하고 건전한 사업의 정책과 가치를 설명했다. 그들은 반짝거리는 존경의 눈빛으로 그의 말을 경청했다. 그들은 가장 순수하고도 열광적인 마음으로 사업 이야기에 적극적으로 빠져들었다.

---

48 Sparta. 고대 그리스의 지역이 아닌, 미국의 도시를 가리킨다.

「라운트리는 그가 지으려는 대형 아파트식 호텔의 건설 자금을 어떻게 조달할까요? 어떤 조치를 취할까요? 자금 조달을 위해 채권을 발행할까요?」 스파르타에서 온 중개인이 질문했다.

「음, 말씀드리죠.」 배빗은 대답했다. 「만약 내가 그 일을 추진한다면 —」

「그래서 말입니다……」 엘버트 윙의 단조로운 어조가 들렸다. 「나는 일주일 동안 전시장을 빌려 그 벽에 대형 광고판을 걸었지요. 〈아이를 위한 모형 도시〉라는 제목으로요. 많은 모형 집들과 아주 작은 나무 몇 그루를 붙인 다음, 아래쪽에는 이런 글을 써 붙였어요. 〈아기는 이 돌리데일을 좋아하겠지만, 아빠와 엄마께서는 우리의 아름다운 주택을 더 좋아하실 겁니다.〉 이 광고판은 사람들의 입에 널리 오르내렸고, 우리가 첫 주에 판매한 주택 수량은 —」

기차가 공장 지대를 통과할 때는 트럭들이 윙윙 노래를 불러 댔다. 공장의 용광로에서 불길이 치솟고, 동력 망치 소리는 철커덕철커덕 울려 퍼졌다. 붉은빛, 푸른빛, 새하얀 빛이 순식간에 지나갔고, 배빗은 다시 자신이 거물이 된 느낌이 들었고, 그래서 더욱 열성적인 사람이 되었다.

4

그는 아주 멋진 일을 하나 해냈다. 기차에서 자신의 옷을 다리미로 다린 것이다. 아침이 되고 모나크에 도착하기 30분전, 차장이 그의 침대로 다가와 나지막하게 속삭였다. 「선생님, 특별 전용실이 비어 있습니다. 양복을 그곳에 걸어 두었습니다.」 잠옷에 황갈색 가을 외투를 걸친 채, 배빗은 초록색 커튼이 드리워진 복도를 지나 화려한 1등 객실로 발소리를 죽이고 조심스레 걸어갔다. 차장은 배빗이 아랫사람을 다루는 일에 익숙한 인물임을 알고 있다는 듯, 지레 공손히 굴었다. 차장은 제대로 골고루 물을 뿌린 바지에 얼룩이 지지 않도록 배빗의 바짓단을 잡아 주었으며, 전용 화장실의 세면대에 물을 가득 채워 주었다. 그리고서 수건을 들고 기다렸다.

전용 화장실을 이용한다는 것은 사치스러운 일이었다. 밤중에 활기가 넘쳤던 풀먼 흡연실은, 아침이 되니 배빗이 보기에도 분위기가 너무 칙칙했다. 모직 속옷을 입은 뚱뚱한 남자들이 들어차 있었고, 옷걸이에는 구깃구깃 주름진 면 셔츠들이 걸려 있었다. 가죽 의자에는 지저분한 세면도구들이 잔뜩 쌓여 있었으며, 비누 냄새와 치약 냄새가 아주 역겨웠다. 평소 배빗은 프라이버시에 대해 별로 신경 쓰지 않았지만 지금은 정말 프라이버시가 소중했고 그런 만큼 차장의 시중을 마음껏 누렸다. 그는 기분이 좋아서 콧노래를 부르며 차장에게 1달러 50센트를 팁으로 주었다.

새로 다린 양복을 떨쳐입고 짐꾼을 시켜 여행 가방을 나르게 하면 사람들이 주목하겠지, 하고 생각하며 배빗은 모나크 역에 내렸다.

세지윅 호텔에 투숙한 그는 약삭빠르고 야비해 보이는 제니스의 농토 거래업자 W. A. 로저스와 한방을 쓰게 되었다. 두 사람은 근사한 아침 식사를 했다. 개별 잔이 아니라 큰 주전자에 담긴 커피와 와플을 곁들인 메뉴였다. 배빗은 갑자기 자랑하고 싶은 마음이 생겨, 로저스에게 글쓰기의 기술에 대해 한바탕 늘어놓았다. 그는 급사를 시켜 로비에서 조간신문을 가져오도록 하고 팁으로 25센트를 주었다. 이어 팅카에게 엽서를 보냈다. 〈너도 아빠와 함께 이곳에 왔으면 좋았을 텐데.〉

5

 부동산 협회 연례 회의는 앨런 하우스의 무도장에서 열렸다. 대기실에는 집행 위원회 위원장의 사무실이 마련되어 있었다. 위원장은 대회 기간 중 가장 바쁜 인물이다. 너무 바쁜 나머지 다른 일은 아무것도 할 수 없다. 구겨진 서류들로 어질러진 방에서 그는 상감 책상에 그저 앉아 있기만 해야 했다. 논의의 주도권을 잡으려는 부동산 투기업자, 로비스트, 강연자들이 온종일 그를 찾아와 나지막하게 속삭였다. 그는 멍한 표정을 지으며 다급하게 대꾸하곤 했다. 「그래, 그래요, 좋은 생각이군요. 그렇게 합시다.」 위원장은 곧 그 모든 내용을 잊어버렸고, 시가에 불을 붙이고도 자신이 시가를 피우고 있다는 사실조차 잊어버렸다. 전화벨이 시끄럽게 울어 댔다. 「의견을 말씀해 주세요, 위원장님 — 말씀해 주세요, 위원장님!」 주위 사람들이 계속 졸라 대도, 이미 온갖 소음이 가득한 그의 귀에는 들리지 않았다.

 전시실에는 스파르타 근교의 신시가지 계획, 새로운 주도인 갈로프 드바슈의 설계도가 걸려 있었다. 커다란 옥수수 그림의 한쪽 모퉁이에는 이런 표어가 붙어 있었다. 〈신국(神國)의 정원, 셀비 카운티에서 수확한 자연의 황금.〉

 공식 회의는 허울뿐, 진짜 회의는 호텔 객실에서 혹은 호텔 로비에서 집단적으로 만나 속닥거리는 배지를 단 남자들 사이에서 이루어졌다. 그래도 공식 행사의 외양은 일정하게 유지되었다.

 첫 번째 공식 행사는 모나크 시장의 환영사로 시작되었다. 모나크의 제일 기독교 교회 목사로서, 반들반들하고 기다란 앞머리로 이마를 살짝 가린 덩치 큰 모나크 시장은 부동산 중개업자들이 지금 이 자리에 왔음을 하느님에게 고하고 감사 표시를 했다.

 존경받는 미네마건틱 부동산 중개 회사의 사장 메이저 칼턴 터크는 농업 협동조합 소매점을 비난하는 내용의 연설문을 낭독했다. 유레카의 윌리엄 A. 라킨은 〈건설 경기 상승에 대한 전망〉이라는 제목으로 낙관적인 연설을 발표했고, 판유리 가격이 2포인트 하락했다는 사실을 널리 주지시켰다.

이어 대회는 속행되었다.

대표들은 쉴 새 없이 환대를 받았다. 모나크 상공 회의소에서 연회를 베풀어 주었고, 제조업 협회는 오후에 축하연을 열어 주었다. 회의에 참석한 숙녀들에게는 국화 꽃다발이 헌정되었고, 남자들은 〈대규모 자동차 시장 모나크〉라는 문구가 새겨진 가죽 지갑을 증정받았다.

플리트윙 자동차 회사 사장의 아내 크로즈비 놀턴 여사는 유명한 이탈리아식 정원을 개방하여 다과회를 베풀었다. 6백여 명의 부동산 중개업자들은 부부 동반으로 가을의 정원 길을 산책했다. 3백여 명은 너무나 조용하여 눈에 띄지도 않았고, 나머지 절반가량은 탄성을 질렀다. 「이곳은 정말 너무 멋진 곳이에요, 그렇지 않아요?」 그러면서 철 늦은 과꽃을 남몰래 따서 호주머니에 숨겼다. 그들은 놀턴 여사의 예쁜 손을 잡아 보려고 앞다퉈 다가갔다. 특별한 요청은 없었지만 제니스 대표단(라운트리를 제외한)은 춤추는 님프 대리석상 주변에서 시가를 불렀다. 「우리가 왔노라, 제니스, 활기찬 도시에서.」

우연히도 파이어니어 대표들 모두가 엘크 보호 협회의 회원이었다. 그들은 이런 글귀가 쓰인 거대한 깃발을 가져왔다. 〈B. P. O. E. — 이 세상 최고의 사람들이여 — 개척자를 격려하라, 오, 에디 Best People on Earth — Boost Pioneer, Oh Eddie〉 주도 갈로프 드바슈의 대표들도 소홀한 대우를 받지 않았다. 갈로프 드바슈의 대표단장은 불그스름한 피부에 체구가 크고 둥글둥글한 얼굴을 한 아주 활동적인 남자였다. 그는 코트를 벗더니 널따란 검은색 벨트 모자를 바닥에 벗어 던지고 소매를 걷어붙인 채, 해시계 위로 올라가 아래를 내려다보며 열변을 토했다.

「이 세상과, 오늘 오후 정원을 개방해 주신 숙녀분께 외칩니다. 본인의 주에서 가장 쾌활한 도시는 갈로프 드바슈라고. 여러분은 각자 고향 도시를 자랑하겠지만, 갈로프 드바슈의 주택 보급률이 주에서 최고라는 것만 말씀드리겠습니다. 자기 집만 있으면 사람들은 노사 분규 따위는 일으키지 않고, 소요를 일으키는 대신 아이들의 부양에 전념할 것입니다! 갈로프 드바슈! 가정을 돌보는 사람들을 위한 도시! 잘 먹고 잘살 수 있는 도시! 오, 보스코! 우리는 세상을 향해 자신 있게 말하는 바입니다!」

손님들이 빠져나가자 시끄러웠던 이탈리아식 정원은 고요를 되찾았다. 하지만 크로즈비 놀턴 여사는 5백 년 동안 아말피[49]의 여름 햇살을 받으며 다져진 대리석 의자를 바라보고 한숨을 지었다. 의자를 받쳐 주는, 날개 달린 스핑크스의 얼굴에 누군가가 연필로 수염을 그려 놓았던 것이다. 쑥부쟁이 사이에는 구겨진 종이 냅킨들이 잔뜩 널려 있었다. 산책로는 화려한 마지막 장미 꽃 잎들이 갈기갈기 찢긴 채 예쁜 과육처럼 흩뿌려져 있었다. 금붕어 연못에는 담배 꽁초들이 둥둥 떠다녔고, 물속으로 사라졌다가 다시 떠오를 때마다 지저분한 얼룩을 남겼다. 대리석 의자 밑에는 보이지 않게 조심스레 숨겨 놓은 깨어진 찻잔의 파편들이 있었다.

6

차에 올라타 호텔로 되돌아가며 배빗은 생각했다. 〈마이러가 왔으면 번잡스러운 이 모든 사교 활동을 아주 즐겼을 텐데.〉 그는 가든파티보다 모나크 상공 회의소가 마련한 자동차 전시회에 더 관심이 갔다. 저수지, 교외 전차 정거장, 제혁 공장을 관심 있게 살펴보았다. 그는 자신에게 제시되는 통계 자료를 머릿속에 잘 집어넣었고 그 후에 룸메이트 W. A. 로저스에게 말했다.

---

49 Amalfi. 이탈리아의 해안 도시.

「물론 이 도시는 제니스와 비교하면 상대도 되지 않아요. 우리 도시가 자랑하는 경관과 천연자원도 없습니다. 하지만, 오늘에서야 알았는데, 이 도시는 지난해에 7억 6천3백만 피트의 목재를 생산했다는군요. 이 사실에 대해 어떻게 생각합니까?」

연설문을 읽을 시간이 점점 다가오면서 그의 신경은 곤두섰다. 대회장 앞의 나지막한 연단에 올라서자 온몸이 떨렸다. 눈에 들어오는 거라곤 자욱하게 깔린 보랏빛 연무뿐이었다. 하지만 그는 진지하게 연설에 임했고 열성을 다하여 읽었다. 공식 연설문을 마쳤을 때, 그는 두 손을 호주머니에 집어넣고서 고개를 쳐들었다. 안경을 쓴 그의 얼굴은 램프 빛 가장자리에 놓아둔 접시처럼 환하게 빛났다. 그들은 외쳤다. 「옳소!」 그리고 뒤이은 토론에서 배빗을 가리켜 〈우리의 친구이고 형제인 조지 F. 배빗 씨〉라고 힘주어 말했다. 그는 불과 15분 만에 별 볼 일 없는 대표에서 업계의 외교관으로 소문난 세실 라운트리와 같은 유명 인사의 반열에 올라섰다. 회의가 끝난 뒤, 모든 주의 대표들이 그에게 다가와 인사했다. 「반갑습니다, 배빗 형제.」 처음 만나는 낯선 사람 열여섯 명이 그를 〈조지〉라고 불렀고, 그중 세 명은 그를 구석으로 데려가 속내를 털어놓았다. 「당신이 용감하게 앞장서서 우리 직업의 위상을 높여 주니 정말 가슴 뿌듯합니다. 나는 이제부터 늘 당신을 지지하겠습니다 ─」

다음 날 아침, 배빗은 일부러 무관심을 가장하며 호텔 가판대의 여직원에게 제니스 신문을 달라고 했다. 「프레스」에는 관련 기사가 없었지만 「애드버킷 타임스」 3면에는 배빗 관련 기사가 실렸다. 그는 숨이 막혔다. 신문에는 그의 사진과 칼럼 절반 분량의 기사가 실려 있었다. 표제는 이러했다. 〈부동산 업계 연례 회의에 불어닥친 열풍. 경기 호황을 자랑하는 도시의 저명한 부동산 사래업사 G. F. 배빗, 멋진 기조연설을 하다.〉

그는 뿌듯한 마음으로 생각했다. 〈이제 일부 플로럴 하이츠의 사람들이 이 기사를 보고 자리에서 벌떡 일어나며 나를 주목하

겠지. 앞으로는 이 조지에게 관심을 좀 기울여야 할걸!〉

7

 마지막 회의에서 몇몇 도시 대표단은 이듬해 연례 회의의 유치를 신청했다. 신청자들은 이렇게 주장했다. 「주도이며, 크레머 대학과 업홀츠 니팅 연구소가 자리 잡은 갈로프 드바슈는 문화와 일류 기업의 중심지로 유명합니다.」 「논리 측정 연구소가 위치한 함부르크는 모든 남자들이 관대하고 모든 여자들이 천부적으로 손님을 환영하는 곳이므로 여러분은 극진히 환대받을 것입니다.」

 그 뒤로도 자기 도시를 자랑하는 신청 연설이 한참 이어지는 가운데, 우렁찬 트럼펫 소리에 맞춰 연회장의 황금색 문이 열리면서 서커스단이 입장했다. 행렬은 카우보이, 안장 없이 말 타는 사람, 일본 마술사로 분장한 제니스의 부동산 중개업자들로 구성되었다. 선두는 거구의 워런 휘트비였는데 군악대의 검은 모피 모자를 쓰고 황금색과 붉은색으로 이루어진 외투를 입었다. 그 뒤로는 베이스 드럼을 치면서 몹시 즐겁게 떠들어 대는 광대 분장의 배빗이 따라왔다.

 워런 휘트비는 연단에 뛰어올라 지휘봉을 멋지게 휘두르며 일장 연설을 시작했다. 「신사 숙녀 여러분, 본론에 들어갈 때입니다. 뼛속 깊이 제니스의 시민으로서, 난 이웃 도시들을 사랑합니다. 하지만 우리 제니스 시는 연유 사업과 종이 상자 사업을 독점한 뚝심을 발휘하여 이웃 도시를 제치고 이 대회를 유치하기로 결정했습니다 —」

 의장 J. 해리 밤힐이 끼어들었다. 「아, 선생님……. 말씀은 고맙습니다만 지금은 다른 도시의 친구들에게도 신청 기회를 주어야 합니다.」

그때 크고 탁한 목소리가 울렸다. 「유레카 시에서 약속드립니다. 가장 아름다운 도시를 무료로 돌아다닐 수 있도록 교통편을 제공하겠습니다.」

이어 대머리에 야윈 몸매의 청년이 대회장의 통로로 달려 나와 박수를 치며 외쳤다. 「나는 스파르타의 대표입니다! 우리 상공 회의소에서 통보가 왔어요. 이미 현금 8천 달러를 확보했고 그 돈으로 다음 대회의 여흥 행사를 치를 겁니다!」

연례 회의의 서기처럼 보이는 남자가 자리에서 벌떡 일어나 외쳤다. 「돈이 모든 것을 말해 줍니다. 돈이면 만사형통입니다! 스파르타의 신청을 받아들일 것을 긴급 동의합니다!」

그 제안은 통과되었다.

8

결의안 조정 위원회가 한 해의 경과를 보고하는 중이었다. 보고서에 따르면, 자비롭고 전능한 신은 작년에 약 서른여섯 명의 주 부동산 거래업자들을 하늘나라로 데려가셨다. 이 대회에 모인 사람들은 신의 그러한 조치를 몹시 안타까워했다. 간사는 이 결의안 초고를 널리 알리고 동시에 유족들에게 사본 한 부씩을 보내 위로하라는 지시를 받았으며 그 지시는 즉각 시행될 예정이었다.

두 번째 결의안은 S. A. R. E. B. 의장에게 1만 5천 달러의 지출을 승낙했다. 건전한 부동산 관련 세금을 부과하도록 주 의회에 로비하기 위한 자금이었다. 이 결의안은 건전한 사업을 위협하는 요소에 대해 논의하고 잘못된 근시안적 장애물을 향해 굴러가는 발전의 바퀴를 바로잡는 데 많은 도움을 주었다.

상임 위원회는 계속되었다. 배빗은 자신이 토런스 부동산 소유권 위원회의 위원으로 임명된 것을 알고 깜짝 놀랐다.

그는 기뻐했다. 〈올해는 멋진 해가 될 거라고 했지! 조지, 이 친구야, 앞길이 활짝 열렸어! 넌 타고난 연설가에다 교제술의 귀재야 — 와, 정말 대단하군!〉

9

회의 마지막 날 저녁에는 공식적인 뒤풀이 행사가 없었다. 배빗은 돌아갈 계획을 세웠다. 하지만 파이어니어 시의 제러드 사스버거 부부가 그날 오후에 배빗과 W. A. 로저스에게 카탈파 호텔에서 차를 마시자고 제안했다.

배빗은 다과회에 대해 알고 있었지만 — 적어도 1년에 두 번은 아내와 함께 진지한 다과회에 참석했다 — 그들의 다과회는 아주 색다른 것이어서 그는 다시 한 번 자신이 거물이라는 느낌을 갖게 되었다. 호텔 아트룸에 들어선 그는 유리가 깔린 탁자 앞에 앉았다. 아트룸에는 채색 토끼 도자기가 놓여 있었고, 멋진 표어가 자작나무 껍데기에 적혀 있었으며, 네덜란드 모자를 쓴 여자 급사가 우아하게 시중을 들었다. 배빗은 양상추 샌드위치를 먹는 둥 마는 둥 하다가, 패션모델 못지않은 큰 눈에 서글서글한 외모의 사스버거 부인과 허물없이 대화를 나누었다. 사스버거와 그는 이틀 전에 만난 사이였지만, 그래도 두 사람은 서로를 〈조지〉와 〈세이시〉라고 불렀다.

사스버거는 간절하게 말했다. 「이봐, 자네가 돌아가기 전에 서로 만나는 것도 이게 마지막이겠군. 내 방에 좋은 물건이 있네. 여기 미리엄은 우리 이탈리아 사람들이 말하는 스타티 우니도스[50] 최고의 칵테일 제조가일세.」

배빗과 로저스는 활개를 치며 거침없이 사스버거 부부의 방

---

[50] Stati Unidos. 미국을 뜻하는 이탈리아어와 스페인어를 혼용해 잘못 쓰고 있다. 이탈리아어의 바른 표기는 Stati Uniti, 스페인어는 Estados Unidos이다.

으로 갔다. 사스버거 부인은 비명을 질렀다. 「어머, 어떡해!」 침대에는 하늘하늘한 자주색 비단 속옷이 펼쳐져 있었다. 그녀가 속옷을 가방에 쑤셔 넣는 동안, 배빗은 껄껄 웃었다. 「우리 사이에 이 정도야 아무 일도 아니죠!」

사스버그가 급사에게 얼음을 가져오라고 전화하자, 급사는 아무렇지도 않은 듯 무미건조한 어조로 물었다. 「하이볼 잔과 칵테일 잔 중 어느 것으로 드릴까요?」 미리엄 사스버거는 호텔에만 비치되는 무늬 없이 밋밋한 흰 물병에 칵테일을 섞었다. 그들이 한 잔씩 마시자, 그녀가 노래하듯 발랄하게 말했다. 「신사분들은 또 한 잔 마셔도 괜찮겠지요 — 차례로 드릴게요.」 여자임에도 불구하고 그녀는 주도(酒道)를 꿰뚫고 있었다.

호텔에서 나와 배빗은 로저스에게 넌지시 말했다. 「이봐, W. A. 이 잘난 친구, 이런 생각이 드는군. 우리 둘 다 사랑스러운 부인들에게 돌아갈 생각이 아니라면, 내가 또 한잔 살게. 이 근사한 저녁, 왠지 모나크에 머물며 파티를 즐기고 싶지 않나?」

「조지, 자네는 지혜롭고 똑똑한 말만 골라 하는군. 엘 윙의 부인도 피츠버그로 떠났네. 그도 함께 데려가지.」

7시 30분, 그들은 엘버트 윙, 그리고 두 명의 북부 주 대표들과 한방에 모였다. 코트를 벗어 던지고 조끼 단추를 풀었으며, 얼굴은 붉게 달아오르고 목소리가 격앙되었다. 그들은 시큼한 불법 제조 위스키 한 병을 바닥내고서 급사에게 부탁했다. 「여보게, 젊은이, 이 독주 좀 더 가져올 수 없을까?」 그들은 시가를 피우고 담뱃재와 꽁초는 카펫에 버렸다. 실없이 크게 웃으면서 수다를 떨었다. 사실 그들은 대자연을 탐험하는, 즐거움에 도취한 남자들이었다.

배빗은 한숨지었다. 「자네들은 어떤지 모르겠지만, 나 개인적으로는 이렇게 옹정망청 떠드는 술잔치의 굴레에서 벗어나 잠시 변화를 도모했으면 하네. 두세 군데의 산 따위는 발로 걸어차고, 북극을 탐험하고 북녘의 오로라를 바라보며 손을 흔들고 싶어.」

스파르타에서 온 진지하고 열정적인 젊은이는 실없이 수다를 떨었다. 「들어 보세요! 난 평범하기 짝이 없는 좋은 남편이라고 생각해요. 젠장, 할 일이라곤 매일 저녁 파김치처럼 지친 몸으로 퇴근하여 영화를 보러 가는 것밖에 없어요. 그래서 난 일부러 도시 밖으로 나가 주 방위군 훈련을 받는답니다. 우리 도시 안에서는 가장 예쁜 아내를 얻었다고 생각하면서도 말입니다. 젠장! 어렸을 때 내 꿈이 뭐였는지 아세요? 하고 싶은 일이 뭐였는지 짐작하시겠습니까? 위대한 화학자가 되는 거였어요. 그게 내가 정말로 원하는 일이었지요. 하지만 우리 아버지는 나를 거리로 내몰아 주방 기기를 팔게 했어요. 유감스럽게도, 난 생계를 위해 이곳에 주저앉았습니다! 아, 도대체 누가 이런 칙칙한 얘기를 시작했지? 한 잔 더 마시면 안 될까? 〈하안 — 잔 — 더어 — 마시면 아아이아안 — 될까?〉」

「이 친구야, 그런 구질구질한 눈물 짜는 얘긴 그만둬.」 W. A. 로저스가 다정하게 말했다. 「자네들, 혹시 내가 우리 도시의 대표 가수라는 걸 알고 있나? 자 — 노래나 부르지.」

    늙은 오바디야가 젊은 오바디야에게 말했네,
    〈나는 마음이 메말랐어, 오바디야, 마음이 메말랐다고.〉
    젊은 오바디야가 늙은 오바디야에게 말했네.
    〈저도 그래요, 오바디야, 저도 그래요.〉

10

그들은 세지윅 호텔의 무어풍 식당에서 저녁 식사를 했다. 어딘가에서 두 사람이 더 끼어든 것 같았다. 한 명은 끈끈이 종이 제조업자이고 또 한 사람은 치과 의사였다. 그들은 함께 찻잔에 위스키를 따라 마셨고, 재미있게 담소를 나누었으되 상대방의 얘기를 경청하는 법은 없었다. 단, W. A. 로저스가 이탈리아인 웨이터에게 〈농담을 던진〉 경우만은 예외였다.

「어이, 이봐······.」 그는 순진함을 가장하며 말했다. 「코끼리 귀 튀김을 먹고 싶은데.」

「죄송합니다만 손님, 그런 음식은 없습니다.」

「허! 코끼리 귀가 없다고? 그걸 어떻게 알아?」 로저스는 배빗에게 몸을 돌렸다. 「페드로의 말에 따르면 코끼리 귀 튀김은 다 떨어졌다는군!」

「그럼, 다른 걸로 주문하죠!」 스파르타에서 온 남자가 웃음을 참지 못하며 말했다.

「그렇다면, 카를로, 두툼한 스테이크에 프렌치프라이 두 봉지와 콩을 곁들여 가져오게나.」 로저스는 말을 이었다. 「햇살 따뜻한 이탈리아가 생각나는군. 이탈리아 사람들은 말이야, 주로 통조림에서 신선한 콩을 얻지.」

「아닙니다, 선생님. 이탈리아 사람들은 아주 좋은 자연산 콩을 사용합니다.」

「그래? 조지, 방금 저 얘기 들었나? 이탈리아에서는 신선한 텃밭 콩을 가져온다네! 저런, 살다 보면 알게 될 거야. 그렇지 않나, 안토니오? 자네는 충분히 건강하게 오래 살면서 알게 되겠지. 그래, 가리발디, 1등석에 프렌치프라이 두 봉지와 스테이크를 가져오게. *Comprehenez-vous*(알아들었나),[51] 미켈로비치 안젤로니?」

그의 얘기에 엘버트 윙은 감탄했다. 「어이구, 자네가 저 불쌍한 이탈리아 웨이터의 혼을 단단히 빼놨군. 저 친구는 자네 이야기를 전혀 알아듣지 못했네!」

배빗은 「모니크 헤럴드」에 나온 광고를 소리 내어 읽으며 좌중의 칭찬과 웃음을 자아냈다.

---

51 하지만 이 문장은 이탈리아어가 아닌 프랑스어이며, 그나마도 틀린 표현이다. *Comprenez-vous*가 맞는 말이다.

유서 깊은 콜로니 극장

늙은 창녀들을 둔갑시켜
〈까불거리는 여군 부대〉로 만듭니다.
익살스러운 쇼,
수영복 차림의 미녀단.
피트 메누티, 그리고
오! 그의 화끈한 계집들.

그럴듯하지 않나요? 헤픈 여자들로 이루어진 〈까불거리는 여군 부대〉는 지금까지 이 도시를 강타한 것 중에서도 가장 깜찍한 무리입니다. 자리에서 벌떡 일어나 입장권을 사 들고, 시선을 지상 최대의 쇼에 고정시키세요. 이 쇼를 보면 111퍼센트의 만족을 얻을 겁니다. 눈에 확 띄는 미인들인 칼로차 자매가 입장료가 아깝지 않을 정도로 화끈한 만족감을 제공합니다. 조크 실버스틴은 활기 넘치는 젊은이죠. 진정 큰 웃음을 선사합니다. 우아한 탭 댄스를 선보이는 잭슨과 웨스트에게서 한시도 눈을 떼지 마세요. 두 사람의 공연은 막상막하니까요. 프로빈과 애덤스는 배꼽이 빠질 만큼 웃기는 재담 〈불법 위스키 몬〉 코너에서 블루스를 선보입니다. 여러분, 그 밖에도 볼거리가 많이 있습니다. 헵 버드 만담을 들어 보세요.

「흥미진진할 것 같군. 다 함께 구경하자고.」 배빗이 말했다.

하지만 그들은 할 수 있는 한 출발을 질질 미루었다. 탁자 밑으로 다리를 단단히 꼬고 이곳에 앉아 있는 게 편안하기도 했고, 뭔가 마음이 편치 않았던 것이다. 그들은 다른 고객들의 눈빛과 지나친 관심을 보이는 웨이터의 시선을 받으면서 반들반들하고 긴 식당 복도를 지나가는 게 두려웠다.

막상 일어서서 나가려고 하니 탁자가 발길에 거추장스럽게 걸렸다. 휴대품 보관소에서는 괜히 요란스럽게 익살을 부리며 초조한 마음을 감추려 했다. 여종업원이 모자를 건네자, 그들은 미소를 지었다. 그리고 여종업원이 전문가다운, 그리고 아주 객관적인 안목을 발휘하여 자신들을 신사로 여겼으면 좋겠다고 생각했다. 그들은 서로 푸념했다. 「이 볼품없는 모자 주인은 누구지?」「자넨 좋은 모자를 쓰게, 조지. 난 남는 걸 쓸 테니까.」 그들은 계산대의 여종업원에게 더듬거리며 말했다. 「아가씨, 함께 가지 않겠어? 환상적이고 멋진 저녁을 보낼 수 있을 거야!」 그들은 서로 앞다투어 그녀에게 팁을 주려 했다. 「아니! 잠깐만! 여기! 여기 있다니까!」 그들은 도합 3달러를 팁으로 주었다.

11

그들은 버라이어티 쇼의 특등석에 앉아 난간에 발을 올린 채 시가를 뻑뻑 빨아 댔다. 분을 덕지덕지 바르고 근심 어린 표정으로 점잔 빼는 스무 명의 여성 가무단은 서툰 코러스 연주에 맞추어 다리를 흔들며 춤을 추었다. 유대인 코미디언은 유대인에 얽힌 음담패설을 늘어놓았다. 막간에 그들은 다른 한 무리의 외로운 대의원들과 마주쳤다. 그들 중 10여 명은 극장에서 빠져나와 택시를 타고 브라이트 블로섬 호텔로 갔다. 말이 좋아 꽃망울[52]이지 실은 회색의 종이로 만든 조화에 지나지 않았고 그런 가짜 꽃들은 더 이상 쓰임새도 없는, 외양간처럼 천장이 나지막하고 악취 풍기는 방을 장식하고 있었다.

이곳에서는 공공연히 잔에 채운 위스키를 주문할 수 있었다. 봉급날만큼은 백만장자처럼 보이고 싶어 하는 회사원 두서너 명이 전화 교환원이나 매니큐어 미용사들과 함께 식탁 사이 비좁은 공간에서 수줍게 춤을 추고 있었다. 손실이 살뜬 야회복을

---

52 브라이트 블로섬 *Bright Blossom*은 〈밝은 꽃망울〉이라는 뜻이다.

입은 젊은 남자와 에메랄드 색 실크 옷을 입고 열심히 춤추는 날씬한 여자가 호박색 머리칼을 불꽃처럼 마구 휘날리면서 멋지게 빙빙 돌았다. 이들은 직업 무용수였다. 배빗은 여자 무용수에게 춤을 청했다. 그는 마룻바닥에 발을 질질 끌며 춤을 추었다. 몸집이 너무 커서 동작을 따라가지 못했고, 스텝은 흑인 음악의 리듬과 어울리지 못해 엉겼다. 결국 비틀거리다가 넘어질 뻔했는데 여자가 나긋나긋한 힘으로 부축해 주었기 때문에 쓰러지지는 않았다. 금주 시대임에도 그는 술에 엄청 취했다. 식탁도, 얼굴도 제대로 분간할 수 없었다. 그래도 같이 춤추는 여자와 그녀의 나긋나긋하고 젊은 체취에는 도취되었다.

그녀가 억지로 그를 일행으로 돌려보내는 순간, 그는 기억이 났다. 더 이상 추적하기 어려워 정확하게 알 수는 없지만, 그의 어머니의 어머니가 인척 관계에 의해 스코틀랜드 출신이라는 걸 생각해 냈다. 그는 머리를 뒤로 젖히고 눈을 감은 채, 황홀한 듯 입을 헤벌리고 아주 천천히, 그리고 아주 낭랑하게 「로몬드 호수」[53]를 불렀다.

하지만 그것으로 유쾌하고 즐거웠던 그의 동료 관계는 끝이 었다. 스파르타에서 온 남자는 그를 〈형편없는 가수〉라고 했다. 10분 동안 배빗은 몸을 휘청거리며 버럭버럭 언성을 높이고 화를 내면서 그와 말다툼했다. 그들은 지배인이 문 닫을 시간이 되었다고 말할 때까지 계속 술을 주문했다. 배빗의 마음속에서는 더 화끈하게 놀고 싶다는 욕구가 뜨겁게 불타올랐다. W. A. 로저스가 느릿느릿한 어조로 〈홍등가로 가서 창녀들을 사면 어떨까?〉라고 제안하자 그는 열광적으로 찬성했다. 자리를 뜨기 전, 그들 중 세 명은 나중에 한번 만나자고 직업 무용수 여자와 은밀하게 약속했다. 무용수는 그들의 제안에 〈그래요, 그럼요, 좋아요, 자기〉라며 입에 발린 말을 해놓고서 그다음에는 까맣게 잊어

---

53 Loch Lomond. 스코틀랜드 고원 지대의 남쪽 끝에 위치한 최대 규모의 호수.

버렸다.

그들은 다시 차를 타고서 벌집처럼 모두 똑같아 보이는, 일꾼들이 사는 갈색의 목조 숙소가 즐비한 모나크 변두리 길을 지나갔다. 이어 술 취한 밤이면 넓고 무서워 보이는 창고 단지를 덜컹거리며 지나갔다. 그들은 땅딸막한 여자들이 억지웃음을 짓고 자동 피아노가 강렬하게 울려 퍼지는 홍등가를 향해 갔다. 그제서야 배빗은 깜짝 놀랐다. 그는 택시에서 뛰어내리고 싶었지만, 온몸이 떳떳하지 못한 열정에 사로잡혀 말을 듣지 않았다. 그는 조용히 투덜댔다. 「빠져나가기엔 이미 너무 늦었군.」 실은 마음속으로도 그리 그만두고 싶은 생각은 없었다.

가던 도중, 그들이 느끼기에 대단히 우스꽝스러운 사건이 벌어졌다. 미네마그너틱에서 온 중개인이 말했다. 「모나크가 제니스보다 훨씬 야합니다. 당신네 제니스 구두쇠들한테는 이런 곳이 없잖아요.」 배빗은 노발대발했다. 「말도 안 되는 소리! 제니스엔 없는 게 없어. 정말이야. 제니스에는 각종 집과 술집과 매음굴이 주의 어떤 도시보다 더 많이 있어.」

그는 비웃음의 대상이 되었다는 것을 깨달았다. 그는 자꾸만 시비를 걸면서 싸우고 싶었다. 그것은 대학생 시절 이후로 불만족스러운 생업에 몰두하다가 그만 잊어버리고 만 아주 오래된 투지였다.

제니스로 돌아오던 날 아침, 그의 반항심은 부분적으로 충족되었다. 그는 수치심을 느끼면서도 나름대로 만족스러운 상태로 돌아갔다. 그러면서도 짜증이 났다. W. A. 로저스는 이렇게 투덜거렸다. 「아, 머리가 지끈거리는군! 오늘 아침엔 확실히 천벌을 받은 느낌이야! 이봐! 뭐가 문제인지 난 알아! 엊저녁에 내가 마신 음료에 누군가가 알코올을 집어넣었다니까.」 배빗은 그 농담에 웃지 않았다.

배빗의 일탈 행동은 그의 가족이나 제니스의 사람들에게 알려지지 않았다. 로저스와 윙을 제외하면 말이다. 배빗 스스로도 그것을 공식적으로 인정하지 않았다. 그런 일탈이 어떤 결과를 가져올 것인지 그는 아직 알 수 없었다.

제14장

1

 그해[54] 가을, 오하이오 주 매리언의 W. G. 하딩 씨가 미국 대통령으로 당선되었다. 하지만 제니스 시민은 대선보다도 지방 선거에 더 열을 올렸다. 주립 대학 졸업자인 변호사 세네카 돈이 놀랍게도 노조를 등에 업고 제니스 시장 선거에 출마했다. 민주당원과 공화당원은 연합 전선을 펴고 그의 대항마로 루카스 프라우트를 내세웠다. 그는 건전한 사상에 완벽한 경력을 지닌 매트리스 제조업자로 은행, 상공 회의소, 일류 신문사 그리고 조지 F. 배빗의 지지를 얻었다.
 배빗은 플로럴 하이츠 선거구의 선거 운동 책임자였다. 그러나 자신의 구역은 안정권이었으므로, 그는 더 경쟁이 치열한 지역에 나가서 유세하고 싶었다. 부동산 연례 회의에서의 활약상을 보도한 신문 덕분에 그는 연설을 잘한다는 명성을 얻기 시작했다. 공화-민주 중앙 위원회는 그를 제7구와 제니스 시 남구에 유세원으로 파견했다. 그는 노동자와 회사원, 그리고 투표권을 새로 얻어 마음이 불안한 주부 등으로 구성된 청중을 상대로 연

---

[54] 1920년.

설했다. 그는 몇 주 동안 유명세를 탔다. 때때로 기자가 취재를 하러 왔다. 비록 대서특필은 아니었지만, 조지 F. 배빗이 환호하는 군중에게 연설했다는 기사들이 실렸다. 그 기사들은 정치 문제에 밝은 이 저명인사가 돈 후보의 실책을 지적했다고 보도했다. 한번은 일요일판 「애드버킷 타임스」의 사진 면에 〈프라우트를 지지하는 제니스 금융 상공업계의 지도자들〉이라는 제목과 함께 배빗과 10여 명의 기업가들 사진이 실렸다.

그는 탁월한 선거 운동가였고 명성을 누릴 만했다. 게다가 확고한 신념을 가지고 있었다. 그는 만약 링컨이 살아 있었다면 W. G. 하딩을 위해 유세를 펼쳤을 것이라고 확신했다. 혹은 링컨이 제니스로 찾아와 루카스 프라우트를 위해 선거 운동을 했을 것이 분명하다고 생각했다. 배빗은 청중을 헷갈리게 하지 않기 위해, 미묘하고 세세한 문제는 과감하게 생략하는 현명함을 발휘했다. 프라우트는 부지런히 일하는 정직한 사람들을 대표하는 반면, 세네카 돈은 게으르고 투덜거리는 사람들을 대변한다는 흑백 논리를 펴며, 그러니 선택은 여러분에게 달려 있다고 연설했다. 딱 벌어진 어깨와 활기 넘치는 목소리의 배빗은 분명 유권자들에게 선량한 시민으로 비쳤다. 정말 희한한 일은, 그가 진심으로 사람들을 좋아하고 평범한 노동자라면 누구나 좋아한다는 것이었다. 그는 그들의 임금이 높은 집세를 감당할 수 있을 정도로 높아지기를 바랐다. 하지만 그들이 주주의 합당한 이익에 끼어들어서 감 놔라 배 놔라 해서는 안 된다고 보았다. 자신이 천부적인 연설가라는 것을 깨닫고서 목소리가 높아지고 기품마저 깃들자, 청중들 사이에서 그의 인기는 올라갔다. 그는 선거 운동에 매진하여 제7구와 제8구뿐 아니라 제16구의 일부에서도 이름을 떨치게 되었다.

2

 배빗, 그의 부인, 베로나, 테드, 폴과 질라 리슬링 부부는 그의 차에 꾸역꾸역 올라타 남부 제니스의 투른버라인 홀로 향했다. 투른버라인 홀은 식품점을 지나서야 보였다. 덜컹거리는 전차 소리가 울려 퍼지는 거리에는 양파와 휘발유와 생선 튀김 냄새가 진동했다. 배빗 본인은 물론이고 그들 모두가 배빗이라는 인물을 새롭게 인식하여 가슴이 뿌듯했다.

「하룻저녁에 세 번이나 연설하다니 정말 대단해. 나도 자네처럼 힘이 넘쳤으면.」 폴이 말했다. 테드는 베로나에게 감탄하듯 말했다. 「아빠는 확실히 난폭한 사람들을 다룰 줄 안다니까!」

 검은 모직 셔츠를 입은 남자들이 홀로 이어지는 넓은 계단에서 어슬렁거리고 있었다. 막 세수를 했지만 그래도 그들의 눈 밑에는 지저분한 검댕이 남아 있었다. 배빗 일행은 점잖게 그들 옆을 지나 하얗게 회칠한 방으로 들어갔다. 방 전면에는 붉은 플러시 천을 씌운 의자와, 담청색으로 칠한 소나무 계단을 갖춘 연단이 있었다. 수많은 지부의 지부장과 최고 세력가들이 밤중에 사용했던 왕좌, 혹은 제단인 셈이다. 홀은 사람들로 가득했다. 뒤쪽에 서 있는 사람들을 헤치고 앞으로 나오며, 배빗은 찬사를 들었다. 「저 사람이야!」 홀에 있던 유세단 단장이 소리치며 중앙 복도 쪽에서 웅성거리던 소리를 진정시켰다. 「연사님이세요? 준비됐습니다. 그런데 ─ 보자 ─ 성함이 어떻게 되시죠, 선생님?」

 배빗은 유창하게 연설을 시작했다.

「제16구의 신사 숙녀 여러분, 오늘 저녁 이 자리에 우리와 함께할 수 없는 한 분이 있습니다. 내가 말하는 이분은 비할 바 없이 뛰어난 정계의 용사죠. 우리의 지도자이자 제니스라는 도시와 카운티의 기수, 고귀한 루키스 프라우드가 바로 그분입니다. 그분이 여기에 나오지 못하는 바람에 대신 나오게 된 그의 친구이자 이웃인 나를, 여러분께서 환대해 주시리라 믿습니다. 나는 위대한 도시 제니스의 시민이라는 축복받은 공통점을 여러분과 자랑스럽게 나누는 사람으로서 이 자리에 섰습니다. 이 중대한 선거의 쟁점들이 한 평범한 사업가인 나 자신에게 어떻게 비치는지 공정하고도 진지하게, 또 성실하게 말씀드리겠습니다. 나는 육체노동과 가난의 시련 아래 성장했습니다. 운명의 신이 나에게 사무직에서 일하라고 분부를 내렸지만, 그래도 난 육체의 노동을 잊어버린 적이 없습니다. 새벽 5시 30분에 일어나 곱은 손으로 낡은 도시락 통을 들고 공장으로 출근하는 기분을 잘 압니다. 때로 사주가 출근 시간 10분 전에 몰래 공장에 들어와 호각을 일찍 불면 그땐 더 빨리 출근을 해야 되었지요! (웃음) 이제 이 선거의 기본적이고 기초적인 쟁점에 대해, 세네카 돈이 멋대로 저지른 큰 과오에 대해 알려 드리고자 합니다 —」

대부분 외국인, 유대인, 스웨덴인, 아일랜드인, 이탈리아인으로 이루어진 젊은 노동자들은 빈정거리며 야유를 퍼부었다. 하지만 나이 든 남자들, 참을성 있고 얼굴이 창백하며 허리가 굽은 목수와 기계공들은 그의 연설에 환호했다. 배빗이 링컨의 일화를 소개하자 그들의 눈에 눈물이 고였다.

그는 쏟아지는 찬사를 뒤로하고 품위를 유지한 채 황급히 홀에서 빠져나와 그날 저녁의 세 번째 연설 장소로 향했다. 「테드, 네가 운전하는 게 나을 것 같다.」 그는 말했다. 「연설을 하고 났더니 좀 피곤하구나. 폴, 내 연설 어땠나? 청중들을 감동시킨 것 같았나?」

「멋졌어! 정말 잘해 냈어! 활기가 넘치더군!」

배빗 부인은 감탄했다. 「훌륭했어요! 귀에 쏙쏙 들어오고 흥미롭고 멋진 얘기였어요. 당신의 연설을 듣고 나니, 당신이 얼마나 깊이 사색하고 머리가 좋고 말을 잘하는 사람인지 미처 몰랐다는 생각이 들어요. 정말 대단해요.」

하지만 베로나의 반응은 달랐다. 딸은 우려하면서 물었다. 「아빠, 공공시설의 국유화 같은 문제들이 항상 잘못된 일이라고 어떻게 확신하세요?」

배빗 부인이 타일렀다. 「베로나, 네가 알기나 하니? 아빠는 연설 강행으로 피곤하셔서 복잡한 주제를 설명해 줄 시간이 없어. 그런 것쯤은 네가 이해해야지. 나중에 집에서 쉴 때 아빠가 자세히 설명해 줄 거야. 자, 아빠가 다음 연설을 멋지게 준비하도록 우리 조용히 있자! 생각해 보렴! 지금 사람들이 마카베오 회당에 모여 우리를 기다리고 있다고!」

3

루카스 프라우트와 건전한 기업계는 계급 투쟁을 외치던 세네카 돈을 물리쳤다. 제니스는 다시 구원을 받았다. 배빗은 하급 선거 관계자들에게 돌아가는 별 볼 일 없는 관직을 제의받았지만, 그는 벼슬보다는 간선 도로 확장에 대한 정보를 사전에 얻고 싶었다. 시장 당선인 측에서 감사의 표시로 그에게 정보를 주었다. 게다가 그는 정의의 승리를 자축하는 상공 회의소의 축하연에서 연설할 열아홉 명의 연사 가운데 한 사람으로 뽑혔다.

그는 제니스 부동산 협회의 만찬석상에서 연례 연설을 했다. 이번 연설로 웅변을 잘한다는 명성은 한층 더 굳어졌다. 「애드버킷 타임스」는 이 연설을 대서특필했다.

최근 열린 가장 활기찬 연회는 어제저녁 오헌 하우스의 베니션 볼룸에서 개최된 제니스 부동산 협회의 연례 단합회였다. 만찬회를 주최한 질 오헌은 평소처럼 극진한 식사를 준비했고, 참석자들은 뉴욕 서부의 어디에 내놓아도 뒤지지 않을 진수성찬을 즐겼다. 그들은 풍성한 음식에 곁들여, 협회장인 모트가 농장에서 만들어 아무리 마셔도 취하지 않는 사과주를 마음껏 마셨다. 그는 기지가 넘치는 유능한 협회장이다.

모트 씨가 가벼운 인후염에 걸리는 바람에 G. F. 배빗이 기조연설을 했다. 토런스 부동산 개발 현황을 개략적으로 설명하고, 배빗 씨는 다음과 같은 장문의 연설문을 낭독했다.

「오늘 여기서 연설하기 위해 즉석 연설 원고를 조끼 주머니에 집어넣고 자리에서 일어서다가, 문득 이런 이야기가 생각났습니다. 두 명의 아일랜드인인 마이크와 팻의 이야기입니다. 그들은 풀먼 기차에 타고 있었지요. 두 사람은 과거 해군 수병으로 근무했습니다. 마이크는 1층 침대에 누워 있었는데, 곧 2층 침대에서 시끄럽게 떠드는 소리가 들렸습니다. 그가 큰 소리로 무슨 일인지 묻자, 팻은 대답했어요. 〈망할 놈의 침대 같으니라고! 도대체 어떻게 여기서 하룻밤을 보내란 말이지? 8시부터 이 터무니없이 조그만 해먹에 몸을 눕히려고 애썼다니까!〉[55]

자, 여러분 앞에 나서기 전, 나는 좀 팻과 같은 기분이 들었습니다. 이렇게 연설을 하고 나면 주눅이 들어 몸이 좀 위축될지 모르겠습니다. 그러면 풀먼 기차의 해먹에는 아무 문제 없이 쏙 들어가겠죠!

여러분, 문득 이런 생각이 떠오릅니다. 서로 으르렁대던 친구와 동지들도 매년 열리는 이 연례 행사에서는 함께 어울려, 큰 전투용 도끼는 내려놓고 화기애애한 우애의 장을 펼칩니다. 당연히 우리는 세계 최고 도시의 동료 시민으로서 어깨를 나란히 하고 시선을 모아 우리가 당면한 문제를 살펴보아야 합니다. 우리 자신과 공공복지가 어느 정도의 수준에 올라섰는지도 알아보아야 합니다.

지난해 인구 조사에 따르면 36만 1천, 아니, 36만 2천의 인구를 자랑하는 우리 도시가 미국 대도시의 20위권에 들어가 있습니다. 하지만 여러분, 난 다음번 인구 조사에서 제니스 시

---

[55] 해군 함정의 잠자리는 해먹으로 되어 있기 때문에, 팻은 풀먼 침대차 2층 바로 위에 달려 있는 자그마한 물건 수납용 해먹을 침대로 오해한 것이다.

가 적어도 10위권대로 올라설 것이라고 확신합니다. 만약 그렇게 되지 못한다면, 나를 비판하는 사람들이 나에 대해 어떤 험담을 해도 나는 가만히 있을 수 있습니다. 규모 면에서야 우리 시가 뉴욕, 시카고, 필라델피아를 따라잡지 못하겠지만 너무 악명 높은 이 세 도시는 일단 제쳐 놓아야 합니다. 이 세 도시는 너무 급성장했기 때문에, 바르고 교양 있는 백인이 아내와 자녀를 사랑하고 신으로부터 선물받은 자연 속에서 이웃과 인사하면서 정을 나누는, 그런 살맛 나는 도시가 아닙니다. 이 자리에서 바로 말씀드립니다. 나는 제니스의 고급 부동산 개발 지역을 뉴욕 브로드웨이나 시카고의 스테이트 거리와 바꾸지 않을 것입니다! 제니스야말로 미국적 생활과 번영의 가장 좋은 사례입니다. 객관적 사실을 중시하는 사람들에게 이는 아주 분명합니다.

우리가 완벽하다는 뜻은 아닙니다. 자동차 포장도로를 많이 확장해야 합니다. 왜냐하면 자동차를 가진 사람들이야말로 도시를 발전시키는 원동력이니까요. 다시 말해, 자동차 한 대와 도시 외곽의 작은 주택을 가진, 또 화목한 가정을 가진, 매년 4천 달러에서 1만 달러의 수입을 올리는 소시민들이 바로 도시 발전의 원동력입니다.

오늘날 미국을 주도하는 것은 이런 유형의 소시민입니다. 사실, 전 세계가 지향해야 할 이상적인 유형이라고 할 수 있죠. 이 작고 오래된 지역에 고상하고 균형 잡힌 기독교적 미래를 확보하기 위해서는 반드시 그들을 육성해야 합니다! 이따금 의자에 편히 앉아 이 건전한 미국 시민들을 생각하면, 난 마음이 흐뭇해집니다.

나는 가장 먼저 우리의 이상적인 시민을 이렇게 묘사합니다. 그들은 사냥개보다 더 바쁘게 움직입니다. 백일몽에 잠기거나, 다과회에 다니거나, 쓸데없는 일에 시시덕거리면서 많은 시간을 낭비하지 않죠. 그들은 상점이나 직장, 또는 예술에 활기를 불어넣습니다. 저녁이면 좋은 시가에 불을 붙이고 소형 승용차에 오릅니다. 하지만 차의 카뷰레터가 고장 난 것을 발견하고 가볍게 욕설을 내뱉으며 카센터에 맡기고 황급히 걸어서 집으로 돌아옵니다. 잔디를 깎거나 남몰래 골프 퍼팅 연습을 하기도 하고, 저녁 식사 준비를 돕기도 하지요. 저녁 식사가 끝나면, 아이들에게 이야기를 들려주거나 가족과 함께 영화를 보러 가기도 합니다. 브리지 게임을 몇 판 벌이거나 석간신문을 읽기도 해요. 만일 문학을 취미로 삼는다면, 생동감 넘치는 서부 소설을 몇 장 읽기도 하겠죠. 이웃 사람들이 잠깐 들르면 그 이웃과 함께 앉아 친구들을 방문한 얘기나 그날 있었던 일들을 나눠요. 그들은 미력하나마 도시의 번영과 자신의 통장 잔고에 기여했고, 그래서 깨끗한 양심을 지닌 채 잠자리에 들어 하루를 마감합니다.

정계와 종교계에서도 우리의 건실한 시민은 세상에서 더할 나위 없이 훌륭한 사람입니다. 더군다나 미술 분야에서는 변함없이 항상 최고의 작품을 골라내는 타고난 안목을 가지고 있지요. 미국만큼 거실 벽에 노(老)대가들과 유명한 화가의 그림 복제품이 많이 걸린 나라는 세계 어느 곳에도 없습니다. 우리 나라처럼 무용곡과 희극은 물론, 세계 최고의 가수들이 참여하여 베르디의 오페라를 비롯한 최고의 오페라를 녹음한 음반을 많이 가지고 있는 나라도 없죠.

다른 국가에서는 다락방에 살면서 술이나 퍼마시고 스파게티로 연명하는 초라한 한량들이 미술과 문학을 담당하고 있습니다. 하지만 미국에서 성공한 작가나 화가는 꽤 괜찮은 사업가입니다. 개인적으로 아주 흐뭇할 따름입니다. 재미있고 메시지가 풍부한 스토리를 멋지게 그려 내는 비범한 재능을 가진 사람, 문학 작품을 쓰면서 주제와 감동을 동시에 살려 내는 사람, 이런 사람들은 1년에 5만 달러를 벌어들일 수 있습니다. 그들은 평등이라는 측면에서 대기업의 임원들과 완전히 맞먹고, 또 실업계의 거물 못지않게 화려한 저택에 살며 고급차를 타고 다닙니다! 이런 모든 것을 가능하게 해주는 원동력이 무엇입니까? 내가 지금껏 여러분에게 말해 온 모범 시민들의 존재입니다. 훌륭한 작가들의 공로도 인정해야겠지만 배후에서 그런 출세를 가능하게 한 모범 시민들의 공로도 인정해야 합니다.

마지막으로 가장 중요한 사실은, 우리의 표준화된 모범 시민은 설혹 미혼일지라도 어린이를 좋아한다는 겁니다. 어린이는 처음부터 끝까지 문명의 기반인 가정을 지탱하고, 유럽의 부패한 민족들과 우리 미국인을 구분해 주는 존재입니다.

나는 아직 유럽에 가본 적이 없습니다. 사실, 우리의 웅장한 도시들과 산들도 구경할 게 많기 때문에 굳이 유럽 여행에 신경 쓸 이유가 없죠. 하지만 내가 알기로 해외여행을 나간 미국인들이 이미 많이 있습니다. 그러다 보니 유럽을 찬양하는 사람들도 많아요. 내가 지금까지 만났던 가장 열성적인 로터리 클럽 회원은 아름다운 스코틀랜드 풍경을 말하고 로버트 번스의 자연 시를 읊조리면서 유럽 예찬을 늘어놓았습니다. 그렇지만 유럽에서 활동하는 우리의 형제들과 우리 본토의 미국인을 구분시켜 주는 한 가지 뚜렷한 특징이 있습니다. 그들은 유럽의 속물과 언론인과 정치가로부터 배울 것이 많다고 생각하는 반면 우리 미국 사업가는 자신을 제대로 표현할 줄 알고, 사업을 운영하려는 의지를 명쾌하게 밝히며, 그에 상응하는 성과를 올릴 줄 안다는 겁니다. 미국의 사업가는 솔직합니다. 마음이 비비 꼬인 비판가가 건전하고도 능률적인 생활에 대해 질문해 왔을 때, 미국 사업가는 대답을 하기 위해 굳이 지식 노동자의 도움을 받을 필요가 없습니다. 미국의 사업가는 옛날 성인과 같이 말문이 막히시도 않습니다. 그는 대답해야 할 말을 알고 있고, 상대방의 기를 꺾을 수 있는 한 방이 있습니다.

나는 미국의 사업가를 대표하여 아주 겸손하고 조용하게 말하고 싶습니다. 〈여기 우리와 같은 사람들이 있다! 여기 표준화된 미국 시민의 구체적 사례가 있다! 새로운 미국의 세대가 여기에 있다. 가슴에는 사나이답게 털이 나 있고 눈에는 미소가 감돌며 사무실에는 계산기를 갖추고 있는, 모범적인 미국 시민! 우리는 자랑하지 않는다. 그렇지만 우리 자신을 제일 사랑한다. 만약 이런 우리가 싫다면, 조심하라. 우리의 한 방이 당신을 가격할 테니. 그 전에 피하는 게 좋을 거다!〉

그렇습니다! 나는 서투르나마 진짜 사나이, 활력과 원기가 넘치는 모범 시민에 대해 설명했습니다. 제니스에는 이런 사람들이 대단히 많기 때문에 미국에서 가장 안정적이고 멋진 도시가 된 것입니다. 뉴욕 또한 진짜 사나이가 수천 명이나 되지만 헤아릴 수 없이 많은 외국인들 때문에 저주를 받았어요. 시카고와 샌프란시스코도 마찬가지입니다. 아, 우리에게는 금빛 찬란한 도시들이 있습니다. 유명한 공장 지대인 디트로이트와 클리블랜드, 기계 공구와 비누 산업이 발전한 신시내티, 철강 산업을 장악한 피츠버그와 버밍햄, 바다와 같이 드넓은 곡창 지대에 농업을 꽃피운 캔자스시티와 미니애폴리스와 오마하, 헤아릴 수 없이 많은 훌륭한 자매 도시들. 지난해 인구 조사를 보니, 10만 명이 넘는 인구를 거느린 미국의 멋진 도시들이 최소 예순여덟 군데나 되더군요! 이 도시들 모두가 힘과 순수성으로 자매결연을 맺고, 불순한 이념과 공산주의에 맞서고 있습니다. 애틀랜타는 하트퍼드와, 로체스터는 덴버와, 밀워키는 인디애나폴리스와, 로스앤젤레스는 스크랜턴과, 메인 주의 포틀랜드는 오리건의 포틀랜드와 자매결연을 맺었습니다. 볼티모어나 시애틀이나 댈러스 출신의 활동가는 버펄로, 애크런, 포트워스 또는 오스컬루사 출신의 후원자 친구들과 함께 서로 격려하는 쌍둥이 형제입니다!

하지만 여기 제니스는 남자다운 남자와 여자다운 여자와

명랑한 아이들의 고향이고, 모범 시민들의 비율이 미국 내 어느 도시보다 높습니다. 바로 그것이 제니스가 다른 도시들과 구분되는 점입니다. 그렇기 때문에 제니스는 문명을 앞당긴 도시로서 역사에 길이 남을 것입니다. 시간을 엄청나게 잡아먹는 옛날 방식이 영원히 사라지고 능률적인 일꾼들의 시대가 전 세계에 찾아올 때까지, 우리의 문명은 지속될 것입니다.

미래 언젠가, 사람들은 대단히 케케묵고 곰팡이 슨 구시대의 오래된 유럽 도시에 신경 쓰지 않고, 저 유명한 제니스 정신에 주목하면서 그 공로를 인정할 것입니다. 작고 유서 깊은 활기찬 도시, 연유와 종이 상자로 유명한 이 도시가 전 세계에 승리를 노래하는 날이 찾아올 때까지 우리는 단호하게 싸워 나갈 것입니다. 정말이지, 세상은 여러 낙후한 국가들 때문에 침체되었습니다. 그 나라들은 구두닦이, 쓸데없는 구경거리, 과도한 음주 이외에는 생산하는 것이 없죠. 인구 1백 명당 욕실이 하나이고, 표지 달린 장부와 가제식 원장을 구분할 줄도 모릅니다. 이제 몇몇 뜻있는 제니스 시민들이 굳세게 일어나서 그들과 대결해야 할 때입니다!

다시 한 번 말하지만, 제니스와 그 자매 도시들은 새로운 문명을 만들어 가고 있습니다. 제니스와 여러 도시들 사이에는 상당한 유사점이 있고, 그래서 난 무척 기쁩니다! 미국 전역에서 성장하는 특별하고도 건전하며 표준적인 가게, 사무실, 거리, 호텔, 의상, 신문 등은 우리 문화의 유형이 얼마나 강인하고 지속적인지를 직접 보여 주고 있습니다.

순회강연에 대해 기고한 쳄 프링크의 신문 기사를 나는 늘 생각합니다. 여러분 가운데 많은 분들이 그 기사를 알고 있겠지만, 허락한다면 잠시 그 내용을 낭독하고 싶습니다. 이것은 키플링의 〈만약〉이니 엘리 휠러 윌곡스의 〈훌륭한 인간〉과 같이 고전의 반열에 들 만한 시입니다. 나는 이 시를 항상 수첩에 넣어 가지고 다닙니다.

행상인의 보따리를 든 시인이 되어 여행을 떠날 때, 나는 마음속에서 우러나오는 노래를 부르네. 씹는 담배를 한 번 베어 물고, 터벅터벅 걸으면서, 상쾌한 햇빛 향 치어로 브랜드 하나를 건네주고, 강당에 모인 사람들과 로터리 클럽 회원들과 키와니스 클럽[56] 회원들의 옆구리를 슬쩍 건드리며 농반진반인 이야기를 퍼뜨리며, 난 다른 담배를 좋아하지 않는다 말하네. 그러면 저 오래된 지저분한 사탄, 항상 기회만 엿보던 저 영악한 놈은 꼬리를 힘차게 흔들면서 곧 더러운 일을 시작하네. 내가 의기소침해지도록 사주하네. 내 두피를 벗겨내네. 주위에 사람들이 없는 일요일이면, 개보다 더 쓸쓸하도록 나를 고독에 빠뜨리네. 그러면 아, 나는 결코 고급 차를 타고 다니면서 50센트짜리 시가를 피워 대는 강연자로 나서고 싶지 않아. 더 이상 방랑하고 싶지 않아. 그저 집으로 돌아가 나를 잘 아는 사람들과 함께 핫케이크와 저민 고기 요리와 햄을 먹고 싶을 뿐!

그 외로움의 마술에 사로잡히면, 나는 어느 도시 — 세인트폴, 톨레도, 캔자스시티, 워싱턴, 스키넥터디, 루이빌, 올버니 — 에 있든지 최고급 호텔을 찾는다네. 호텔에서 지내다 보면 문득 다시 내 고향으로 돌아가고 싶다는 생각이 떠오르네. 길 건너 대형 극장에서 공연하는 드럼 주자들에게 식사를 제공하는 어느 일류 호텔에 앉아 지루하게 긴 시간을 견딜 때, 웅성거리는 주위를 둘러보며 지금 내가 어느 도시에 와 있는지 의아해하지만 그 도시가 어느 도시인지는 절대 알 수 없으리! 모든 사람들이 똑같기에. 그들은 집에서 입는 것과 똑같은 청바지를 입고, 그들의 여자들은 머리에 말쑥한 보닛을 쓰고, 모두 한결같이 쾌활하고 명랑한 농담을 하고, 정치와 경제와 유명한 야구 선수에 대해 이야기

---

56 Kiwanis Club. 1915년 실업가 및 지적 직업이 중심이 되어 창립한 국제 민간 봉사 사교 단체.

하네. 내 고향의 모범 시민들이 하고 있는 것과 똑같은 일!

호텔에 들어가 주위를 둘러보며 나는 놀라네. 〈저런, 저런!〉 내가 고향에서 본 것과 똑같은 신문 가판대, 잡지와 큰 사탕, 유명한 고급 브랜드의 담배가 거기에 있네! 많은 유쾌한 사람들이 점심을 먹기 위해 춤추듯이 걸어와 말쑥한 옷을 입고 프렌치프라이가 담긴 큰 접시 앞에 단정하게 앉아 있는 광경을 보면, 나는 벌떡 일어나 크게 소리치고 싶어지네. 〈나는 결코 고향을 떠난 게 아니었구나!〉 포식한 나는 갈색 중산모를 쓴 한 남자 곁에 놓인 벨벳 로비 의자에 앉으며, 급한 어조로 그에게 속삭이네. 〈이봐, 빌, 오래된 친구, 사업은 재미가 좋은가?〉 그러면 친구 사이가 된 우리 두 사람은 촐랑대는 소녀처럼 값싼 중고 소형차, 날씨, 가정, 부인, 셋방 입주자, 그 밖의 모든 생활에 대하여 한담을 나누기 시작하네! 그리하여 사탄이 내 마음을 울적하게 만들 때마다 나는 미국 내 다른 도시들로 여행을 떠난다네. 미국의 어느 곳을 방랑하든 결코 내 고향, 즐거운 고향을 떠나지 못하기에.

그래요, 생활이라는 아주 중요한 게임에서 이 도시들은 우리의 진정한 동료입니다. 하지만 이 점에 대해서는 착오가 없기를 바랍니다. 나는 제니스가 모든 도시들 가운데 최고의 도시이고 게다가 가장 빨리 성장하는 도시라고 주장합니다. 이 주장을 뒷받침하기 위해 몇 가지 통계 자료를 내놓더라도 여러분은 양해해 주리라 생각합니다. 만약 여러분들이 이미 알고 있는 자료라 할지라도, 번영의 소식은 성서의 복음과 같아시 여러분 같은 활동가에게는 실코 지겹게 늘리지 않을 것입니다. 그길 아무리 사주 반복한다고 해도 말입니다! 모든 지식인은 제니스가 (전 세계적으로는 어떨지 모르지만) 미국의 그 어떤 도시보다 더 많은 연유와 크림, 종이 상자, 조명 기구를 생산한다는 것을 알고 있지요. 하지만 다음과 같은 사실은 일반적으로 잘 알려져 있지 않습니다. 우리 제니스 시는 포장 버터 제조에서 2위, 전동기와 자동차 분야에서 6위, 치즈, 가죽 상품, 콜타르 지붕재, 아침 식품, 작업복 분야에서 3위를 차지하고 있습니다!

하지만 우리의 힘은 강력한 번영에만 있는 게 아니라 공익 정신에도 똑같이 깃들어 있습니다. 미래를 내다보는 이상주의와 형제애는 정말로 중요한 것입니다. 이것은 건국의 아버지가 나라를 세울 때부터 제니스의 특징이기도 합니다. 우리에게는 전국적으로 가장 뛰어난 학교 환기 시스템과 완벽한 설비를 갖춘 고등학교, 웅장한 신설 호텔이나 은행 로비에 세운 조각상과 그림, 세컨드 내셔널 타워, 전국 내륙 도시에서 두 번째로 높은 사무실 빌딩이 있습니다. 우리에게는 이러한 사실을 제니스 시민들에게 널리 알릴 권리와 의무도 있습니다. 덧붙여 얘기한다면 포장도로, 욕실, 진공청소기, 그 밖의 문명의 흔적들 또한 비할 바 없이 많고, 도서관과 미술관을 열심히 후원하여 둘 다 편리하고 널찍한 빌딩에 입주해 있으며, 우리의 공원 시스템은 전국 기준을 훨씬 상회하고, 멋진 진입로는 잔디와 관목과 조각상으로 장식되어 있습니다. 이것은 우리 제니스의 위대함 가운데 일부일 뿐입니다!

나는 우리의 도시가 끝까지 최고를 유지할 것이라고 믿습니다. 우리의 시민들이 여섯 명당 한 명 꼴로 자동차 한 대를 소유하고 있음을 여러분께 말씀드리면서, 제니스라는 이름이 발전과 희망의 동의어임을 분명하게 알려 드리는 바입니다!

하지만 정의로움의 길이 언제나 장밋빛은 아닙니다. 이야기를 마치기 전, 올해 우리가 직면하게 될 문제에 관심을 기울여야 한다고 말씀드릴까 합니다. 건전한 정부를 가장 심각하게 위협하는 것은 공공연한 사회주의자들만이 아닙니다. 배후에서 움직이는 수많은 겁쟁이들이 있죠. 그들은 은밀하게 활약합니다. 스스로를 〈자유주의자〉나 〈급진주의자〉, 〈초당파〉나 〈지식인〉, 또 그 밖의 수많은 교묘한 이름으로 지칭하는 장발의 패거리가 바로 그들입니다! 무책임한 교사와 교수들은 이 무리들 중 최악의 구성원이며, 난 그들 가운데 몇 명이 훌륭한 주립 대학의 교수라는 사실이 정말 부끄럽습니다! 주립 대학은 나 자신의 모교이며, 난 그 학교를 다닌 것이 자랑스럽습니다. 하지만 안타깝게도 국정 운영 방침을 뜨내기 일꾼과 미숙련 노동자에게 맡겨야 한다고 생각하는 한심한 교수들이 있습니다.

그런 교수들은 불태워 없애야 할 뱀 같은 존재들입니다! 그들뿐 아니라 모든 무기력한 부류들도 마찬가지입니다. 미국의 사업가는 잘못에 대해 지나칠 정도로 관대합니다. 하지만 난 이제 미국의 모든 교사와 강사와 언론인에게 한 가지만 요구합니다. 만약 우리가 그들에게 돈을 지불한다면, 그들은 합리적인 번영을 위해 능률을 강조하고 찬양함으로써 우리를 도와야 합니다! 이 수다쟁이들, 잘못을 꼬집고 비관적이며 냉소적인 대학 교수들에 대해서는 이렇게 말하고 싶습니다. 황금기인 올해에 우리는 많은 부동산을 팔아 치우고 돈을 거둬들이는 일 못지않게, 그런 불순한 자들을 해고하는 데 힘이 닿는 한 영향력을 발휘해야 합니다. 그것이 우리의 의무입니다.

그런 의무가 완수되어야 비로소 우리의 아들들과 딸들은 이런 사실을 깨닫게 될 것입니다. 남자다운 미국인과 미국 문화의 이상적 모델은 잘잘못에 불평을 늘어놓으며 방황하는 많은 괴짜들이 아니라, 신을 경외하며 두 주먹을 움켜쥐고 정력적으로 일하면서 성공하는 보통 사람들이구나! 보통 사람들은 경건한 마음으로 교회에 열심히 다닐 뿐 아니라, 부스터 클럽이나 로터리 클럽이나 키외니스 클럽이나 엘크스나 무스나 레드 맨이나 콜럼버스 기사단의 회원이거나, 기타 선량하고 명랑하며 농담을 던지고 웃고 부지런하고 올곧고 남을 잘

도와주는, 진정 선량한 시민들로 이루어진 많은 단체들 중 하나에 가입하고 있습니다. 그들은 열심히 놀고 열심히 일합니다. 비판자에 대한 그들의 대답은 아주 명확합니다. 불평분자와 헛똑똑이들은 불평만 하고 있을 게 아니라, 신을 공경하고 자리에서 떨쳐 일어나 엉클 샘, 미국을 위해 열심히 일해야 한다는 것입니다!」

4

배빗은 유명한 연설자가 되겠다고 스스로 다짐했다. 그는 채텀 로드 장로교회의 남성 클럽인 〈스모커〉에서도 아일랜드, 유대, 중국 지방을 소재로 즐겁게 연설했다.

하지만 제니스 YMCA의 〈판매 기법〉 강좌를 수강하는 사람들 앞에서 〈부동산 거래의 핵심적 사실〉을 강연할 때처럼 배빗이 유명한 시민이라는 사실이 분명하게 밝혀진 경우는 없었다.

「애드버킷 타임스」가 그 강연을 충실하게 보도했기 때문에 버질 건치는 배빗에게 이렇게 논평했다. 「자네는 이 도시에서 가장 세련된 웅변가 중 한 사람이 되어 가고 있어. 신문을 집어 들기만 하면, 자네의 유명한 웅변에 관한 기사가 반드시 실려 있네. 이 모든 화제는 자네의 사무실에 많은 일거리를 가져올 거야. 정말 좋은 일이지! 계속 그렇게만 하게!」

「에이, 버질, 농담 그만하게.」 배빗은 나지막한 어조로 대답했다. 하지만 웅변가로 소문난 건치 본인으로부터 그런 찬사를 듣자, 그는 너무 기분이 좋아서 가슴이 뿌듯했다. 지난번 메인으로 휴가를 떠나기 전에 과연 그 자신이 건전한 시민이 될 수 있을까 하고 의심했던 사실이 이제는 정말 의아했다.

제15장

1

위대함을 향한 그의 전진에 비참한 좌절이 끼어들지 않았던 것은 아니다.

명성이 높아지긴 했지만 배빗은 사회적 신분 상승의 혜택을 누리지 못했다. 아무도 배빗에게 토너완다 컨트리클럽에 가입하라고 요청하거나 유니언 클럽의 무도회에 초대하지 않았다. 배빗 자신은 속내가 초조했음에도〈잘나가는 이 모든 사람들을 전혀 개의치 않았지만, 부인은 다소나마 그런 자리에 끼고 싶어 했다〉. 그는 신경을 곤두세우고 사회 지도층과 아주 친밀하게 엮일 수 있는 대학 동창 만찬회를 기다렸다. 이를테면 백만장자에 토건업자인 찰스 맥켈비, 은행가 맥스 크루거, 공구 제조업자 어빙 테이트, 부유층이 선호하는 실내 장식가 애들버트 돕슨과 만날 기회를 노렸다. 이론상으로 그는 대학 시절과 마찬가지로 그들의 친구이긴 했다. 동창회에서 만나면 그들은 여전히 그를〈조지〉라고 불렀지만 그는 그들과 자주 어울리지 못했다. 어찌 된 일인지 그들은 샴페인이 나오고 집사가 시중을 드는 로일 리시 저택의 만찬에는 배빗을 초대하지 않았다.

대학 동창 만찬회가 열리기 일주일 전부터 그는 내내 그 잘나

가는 친구들을 생각했다. 〈이제는 진정한 벗이 되지 못할 이유가 없잖아!〉

2

기분 전환과 정신적 분출을 위한 미국인의 모든 행사가 그러하듯이, 1896년도 졸업생 만찬회는 철저하게 사전 조직되었다. 만찬 위원회는 판매 회사처럼 열심히 일했다. 그들은 일주일에 한 번씩 통지서를 보내 행사의 개최를 상기시켰다.

안내서 제3호
이보게들, 우리 대학의 졸업생들이 지금까지 알고 있던 것 중 가장 활기찬 친선 만찬회에 참석할 생각이 없는가? 1908년도 여자 졸업생 동창회는 60퍼센트가 넘는 참석률을 보였다고 하네. 우리 남학생들이 치마를 입은 무리에 지면 안 되겠지? 자, 친구들, 정말, 진정으로, 열성을 다하여 모두 함께 가장 팔팔한 저녁 식사를 즐기도록 하세! 품위 있는 식사, 활기차고 짧은 대화, 생애에서 가장 밝고 즐거운 날들의 추억을.

만찬은 유니언 클럽에 있는, 일반인의 출입이 금지된 방에서 열렸다. 클럽은 겉치레뿐인 오래된 주택 세 채를 조립하여 세운 우중충한 건물이었고, 현관홀은 감자 저장실과 닮았다. 호화로운 애슬레틱 클럽에서 벗어나 이 색다른 클럽에 온 배빗은 당혹스러운 마음으로 입장했다. 그는 놋쇠 단추가 매달린 푸른 연미복 차림의 자부심 넘치는 고참 흑인 문지기에게 고개를 끄덕이고는 마치 회원인 듯 보이려고 애쓰며 홀로 들어갔다.

만찬에 참석한 사람들은 60여 명이었다. 그들은 홀 안에서 여러 개의 섬과 소용돌이를 이루었고, 엘리베이터와 식당 모퉁이에

끼리끼리 모여 있었다. 모두들 절친한 사이인 것처럼 보이려 애썼다. 그들은 대학을 다니던 때와 전혀 달라지지 않은 것처럼 ─ 현재의 콧수염, 대머리, 올챙이배, 주름살 등은 그날 저녁을 위해 일부러 연출한 것인 양 행동하며 ─ 서로를 대했다. 「조금도 변하지 않았군!」 그들은 놀라워하며 이름이 기억나지 않는 사람들과 인사했다. 「어, 어, 이봐, 다시 만나게 되니 기쁘군. 자네가 누구더라? 여전히 같은 일을 하는가?」

몇몇이 응원가나 교가를 불렀으나 노래는 곧 정적 속으로 잦아들었다. 그들은 민주적인 사람이 되겠다고 다짐했지만 곧 야회복을 입은 사람들과 입지 못한 사람들의 두 패로 나뉘었다. 야회복을 단정하게 차려입은 배빗은 그 두 그룹 사이를 왕복했다. 솔직히 말해 사회적 출세를 위해 참석한 모임이었지만, 그래도 폴 리슬링을 먼저 찾았다. 그는 혼자 묵묵히 서 있는 폴을 발견했다.

폴은 한숨을 내쉬었다. 「난 이런 사교상의 악수에 익숙하지 않아. 〈야, 이 친구, 오래간만이야〉 하고 자연스럽게 말하는 것도 서툴러.」

「에이, 설마! 폴, 긴장을 풀고 동창들과 어울려 봐. 지상에서 가장 멋진 친구들의 모임이라고! 이봐, 좀 우울한 것 같군. 무슨 문제라도 있어?」

「아, 늘 그렇지. 질라와 입씨름을 했네.」

「자! 저쪽에 가서 어울리며 골칫거리 따위는 잊어버리자고.」

폴을 곁에 대동하고서, 그는 인간 용광로 찰스 맥켈비가 자신의 찬양자들을 훈훈하게 덥혀 주고 있는 곳으로 다가갔다.

맥켈비는 1896년도 졸업생의 영웅이었다. 미식축구 팀의 주장이었고 투포환 선수였을 뿐 아니라 토론도 잘했고, 주립 대학의 장학생 선발 시험에도 합격했있다. 대학 졸업 후, 그는 제니스의 개척 가문 중에서도 가장 유명한 도즈워스 일가가 창업한 건설 회사를 인수했다. 그는 토건업자로서 주 의회 의사당, 마천루, 철도역 등을 건설했다. 그는 떡 벌어진 어깨에 가슴이 넓은 남자였지만 그렇다고 행동이 굼뜨지는 않았다. 눈가에는 느긋한 유머가 깃들어 있었고, 유창한 말은 시럽처럼 술술 흘러나왔으며, 그 자신감 넘치는 행동과 매너는 정치가와 기자들을 겁먹게 했다. 그의 앞에 서면 가장 명석한 과학자나 예민한 예술가조차 핏줄이 얼어붙으며 넋을 잃었고, 조금은 부끄러움을 느꼈다. 특히 그는 입법부에 영향력을 행사하거나 노조 스파이를 고용하는 일 따위를 사람들의 호감을 사면서 아주 손쉽게 해냈다. 그에게서는 귀족의 분위기가 물씬 풍겼다. 그는 급속히 형성되고 있는 미국 상류 계급의 일원이었고, 오만하고 유서 깊은 구(舊)가문에만 지위가 약간 뒤질 뿐이었다(제니스에서 구가문이라 함은 1840년 이전에 이 도시에 정착한 집안을 가리킨다). 그는 양심의 가책에도, 오래된 청교도 전통의 미덕이나 악습에도 얽매이지 않았기 때문에 더욱 강력한 영향력을 발휘했다.

맥켈비는 유럽 여행을 다녀온 제조업자와 은행가, 지주와 변호사와 외과 의사 등과 차분한 대화를 즐기고 있었다. 그들은 모두 운전기사가 모는 차를 타고 다니는 거물들이었다. 배빗은 그들 사이를 비집고 끼어들었다. 그는 맥켈비와 사귀어 얻게 되는 사회적 신분 상승 못지않게 그의 미소도 좋았다. 폴과 사귀면서 그의 형이나 되는 양 보호해 주고 싶은 느낌을 갖는 반면, 맥켈비 앞에 서면 다소 왜소해지고 상대방을 존경하는 자기 자신을 발견했다.

맥켈비가 은행가 맥스 크루거에게 하는 얘기가 들렸다. 「그래, 제럴드 도크 경을 소개해 주지.」 평소 귀족 칭호를 좋아하는 배빗은 그 얘기에 급속히 흥미를 느꼈다. 「맥스, 그는 영국에서 대규모 철강 회사를 운영하고 있네. 재산이 굉장히 많지……. 이런, 어이, 조지! 이봐, 맥스, 조지 배빗은 나보다 더 뚱뚱해지는군!」

그때 만찬회 사회자가 소리쳤다. 「착석하세요, 동창 여러분!」

「자리를 옮길까, 찰리?」 배빗은 자연스럽게 맥켈비에게 말을 걸었다.

「그래. 어이, 폴! 왕년의 바이올리니스트는 어떻게 지내고 있나? 어디 특정한 곳에 앉을 생각인가, 조지? 자, 아무 자리에나 앉게. 자네도 이리 오게, 맥스. 조지, 자네의 유세 연설문을 읽었네. 정말 멋진 연설이더군!」

그다음부터 배빗은 물불을 가리지 않고 맥켈비의 뒤를 따라다녔다. 배빗은 만찬 내내 엄청나게 바빴다. 어떤 때는 말을 더듬으며 폴을 환대했고 어떤 때는 맥켈비에게 가까이 접근했. 「이봐, 자네가 브루클린에 교각을 건설할 계획이라는 얘기를 들었네.」 그때 그는 한쪽 구석에 옹색하게 앉아 있던 낙오한 동창생들이 자신을 바라보고 있다는 것을 의식했다. 그들은 맥켈비와 맥스 크루거의 사교적인 대화에 활발하게 끼어드는 배빗을 부러워하면서 멍하니 쳐다보고 있었다. 맥켈비 일행은 제니스 명문가의 사모님인 모나 도즈워스가 자신의 저택을 수많은 난초들로 장식하고서 〈열대의 춤〉이라고 이름 붙인 것에 대해 얘기했다. 그들은 우연히 생각난 체하며 맥켈비가 상원 의원, 발칸 반도의 공주, 영국의 장군 등과 어울렸던 워싱턴의 화려한 만찬에 대해 얘기했다. 맥켈비는 공주를 〈제니〉라고 불렀고, 그녀와 춤추었다는 사실도 이야기했다.

배빗은 그런 대화에 짜릿한 흥분을 느꼈지만 완전히 압도된 나머지 입을 다물 정도는 아니었다. 비록 그들의 초대를 받지는 못하지만 배빗은 은행장, 하원 의원, 시인을 초청하여 환대하는 사교계 여성 등 유명 인사들과 대화하는 일에 익숙했다. 그는 맥켈비를 상대로 재치 있게 과거의 얘기를 풀어 놓았다.

「이봐, 찰리, 3학년 때 우리가 값싼 배를 빌려서 리버데일까지 내려갔던 일 기억나나? 그 도시에서 브라운 부인이 개최하곤 했던 대규모 공연을 보러 갔었지. 우리를 체포하러 애쓰던 그 시골 경찰관을 자네가 때리고, 우린 세탁소 간판을 뜯어 모리슨 교수의 연구실 문에 매달아 놓았잖아. 기억나나? 아, 정말 그때가 좋았는데!」

맥켈비는 그때가 좋았다고 공감했다.

식탁의 상석에 앉아 있는 사람들이 갑자기 노래를 부르기 시작했을 때, 배빗은 이런 얘기까지 했다. 「대학 생활에서 정말 중요한 것은 책을 가지고 공부하는 게 아니라 많은 친구들을 사귀는 것이지.」 이어 그는 맥켈비에게 쓴소리를 했다.

「우리 사이가 이토록 소원해진 건 좀 부끄러운 일이야. 아마도 사업 분야가 다르기 때문이겠지. 그런데 오늘 이렇게 만나 예전의 좋은 시절을 얘기하게 되니 정말 기쁘군. 자네 부부를 언제 우리 집 저녁 식사에 초대하고 싶은데.」

맥켈비는 막연하게 대답했다. 「그래, 한번 만나야지.」

「자네의 그랜츠빌 창고 너머 지역에서 부동산 사업이 불붙고 있지. 그에 대해서 자네와 얘기하고 싶어. 어쩌면 한두 가지 정보를 줄 수도 있고.」

「좋았어! 언제 저녁 한번 하자고, 조지. 알려 주게나. 부부 동반으로 집에서 만나면 아주 좋을 거야.」 그는 아까보다 훨씬 덜 막연하게 대답했다.

그때 만찬회 사회자의 목소리가 들렸다. 과거 대학 시절 오하이오, 미시건, 인디애나 응원단을 무색하게 했던 씩씩하고 힘차고 우렁찬 목소리였다. 「자, 웜뱃[57] 여러분! 모두 함께 응원 구호를 외쳐 봅시다!」 배빗은 정말 기분이 최고였다. 폴 리슬링, 그리고 새롭게 되찾은 영웅 맥켈비와 자리를 함께한 오늘 저녁보다 더 화끈한 날은 앞으로 평생 없을 거라는 생각도 들었다.

저어어언언언투 도끼,
도끼를 들고,
전투 도끼,
도낄 들고,

---

57 *wombat*. 작은 곰같이 생긴 오스트레일리아 동물. 배빗의 모교를 상징하는 동물일 것이다.

누구? 누구? 우리 학교!
고옹포의 대상!

3

12월 초, 배빗 부부는 맥켈비 부부를 저녁 식사에 초대했다. 맥켈비 부부는 초대를 받아들였을 뿐 아니라 두어 번 날짜를 바꾸더니 실제로 배빗의 집을 방문했다.

배빗 부부는 샴페인 구입을 비롯하여 파티 참석자 각자에게 내놓을 건과의 개수까지 세부적인 항목을 일일이 검토하며 저녁 식사를 철저하게 준비했다. 그들은 특히 자리를 함께할 손님에 대해서도 논의했다. 배빗은 끝까지 폴 리슬링에게 맥켈비 부부와 동석할 기회를 주자고 우겼다. 「나의 오랜 친구 찰리는 잘난 체하며 아는 척하는 지식인보다 폴과 버그 건치를 더 좋아할걸.」 그는 고집을 피웠지만 배빗 부인은 엉뚱한 말로 그의 의견을 묵살했다. 「그런가요? 어쩌면 그럴지도 모르죠. 하지만 난 린헤이번의 굴[58]을 내놓을까 봐요.」 그녀는 모든 준비를 끝내고서 안과 의사 J. T. 앵거스 박사와, 악명 높은 변호사 맥스웰을 그들의 화려한 부인들과 함께 초대했다.

앵거스나 맥스웰은 엘크 클럽이나 애슬레틱 클럽 회원이 아니었다. 그들 가운데 아무도 배빗을 〈형제〉라고 부른 적이 없었고, 자동차의 카뷰레터에 관해 그의 의견을 묻지도 않았다. 아내가 초대한 유일한 〈인간적인 사람〉은 리틀필드 부부뿐이었다. 그러나 배빗은 약간 화가 났다. 하워드 리틀필드는 때때로 너무 진부했기 때문에 〈이봐, 형편없는 연간이, 무슨 좋은 소식 없어?〉라고 히먼서 참신하게 얘기하는 긴치가 그리웠던 것이다.

---

[58] 린헤이번Lynnhaven은 대형 마트의 이름으로, 값싸고 평범한 음식을 표현한 것으로 보인다.

점심을 먹자마자, 배빗 부인은 맥켈비 부부를 초대한 7시 30분의 저녁 식탁을 준비하기 시작했다. 배빗은 아내의 명령에 따라 4시까지 집에 퇴근해 왔다. 하지만 집에는 그가 할 일이 없었고, 배빗 부인은 세 번이나 잔소리를 했다. 「제발 방해하지 좀 마요!」 그는 입술이 뿌루퉁한 채 차고 문 앞에 서서, 이런 때 리틀필드나 샘 도펠브로 같은 사람이 밖으로 나와 대화 상대가 되어 준다면 얼마나 좋을까 하고 아쉬워했다. 그는 테드가 집 모퉁이에서 살금살금 돌아다니는 모습을 보았다.

　「애야, 무슨 일이냐?」 배빗이 물었다.

　「아, 아빠였군요. 엄만 지금 신경이 곤두서서 아무하고라도 싸울 기세예요. 론에게는 방금 말했는데, 전 오늘 저녁 파티에는 좀 빠졌으면 좋겠어요. 엄마는 아주 까다롭게 나와요. 반드시 목욕을 하라고 성화잖아요. 배빗 일가는 오늘 저녁 미남 미녀가 되어야 한다는 거예요. 이 어린 시어도어가 야회복을 입어야 하다니!」

　「배빗 일가!」 배빗은 그 말을 좋아했다. 그는 아들과 어깨동무를 했다. 그는 폴 리슬링에게 딸이 있었으면 하고 바랐다. 그러면 테드는 그 애와 결혼할 수 있을 텐데.「그래, 너희 엄마 성화가 좀 심하긴 하지. 그래도 괜찮아.」 그는 말했다. 부자는 함께 웃고 함께 한숨을 내쉬면서 주어진 의무에 충실하기 위해 야회복을 입으러 갔다.

　맥켈비 부부는 15분 남짓 늦게 도착했다.

　배빗은 정복 입은 기사가 딸린 맥켈비의 리무진이 현관에서 대기 중인 광경을 도펠브로 부부가 보면 얼마나 좋을까 하고 생각했다.

　저녁 식사에는 맛있는 요리가 많이 나왔고, 배빗 부인은 할머니에게서 물려받은 은 촛대를 꺼내 식탁 위에 올려놓았다. 배빗은 손님 접대에 최선을 다했고 아주 조심스럽게 행동했다. 그는 농담을 던지고 싶어서 입이 근질근질해도 꾹 참고서 남의 이야기를 경청했다. 그는 맥스웰의 이야기에 맞장구치며 말했다.「자네의 옐로스톤 여행 얘기 좀 해보지.」그는 거듭하여 손님들에게 찬사를 퍼부었다. 앵거스 박사는 자선 후원가이고, 맥스웰과 하워드 리틀필드는 심오한 학자에, 찰스 맥켈비는 야심 있고 영감 풍부한 사업가이며, 맥켈비 부인은 제니스와 워싱턴과 뉴욕과 파리 및 그 밖의 많은 곳에서 사교계의 보석으로 통한다고 치켜세웠다.

하지만 그는 손님들을 감동시킬 수 없었다. 영혼 없는 저녁 식사였다. 무거운 분위기가 좌중을 지배했고 그들은 마지못해 어색하게 얘기했다. 배빗은 그 이유를 분명히 알 수 없었다.

그는 루실 맥켈비의 어여쁜 흰 어깨와, 드레스 허리 부분을 꼭 졸라매는 황갈색 실크 밴드에 눈길을 주지 않으려고 애쓰면서 그녀에게 집중했다.

「곧 유럽으로 다시 가시죠?」 그가 물었다.

「몇 주 동안 로마에 다녀오고 싶은 마음이 굴뚝같아요.」

「그곳에서 그림과 음악과 골동품과 그 외에 많은 것들을 보겠군요.」

「아니에요. 내가 그곳에서 진정으로 가보고 싶은 곳은 비아 델라 스크로파[59]에 있는 작은 트라토리아[60]예요. 거기선 세계 최고의 페투치네[61]를 먹을 수 있지요.」

「아, 그래요? 한번 먹어 볼 만하겠군요.」

10시 15분 전, 맥켈비는 부인에게 두통이 생겼다며 아주 후회스럽다는 투로 말하면서 자리에서 일어섰다. 배빗은 그가 코트 입는 것을 거들어 주며 쾌활하게 말했다.「언제 한번 만나 점심 식사를 하면서 옛날 이야기를 하세.」

다른 손님들이 좀 더 버티다가 떠난 10시 30분, 배빗은 아내

---

[59] Via della Scrofa. 이탈리아의 거리 이름. 〈스크로파 거리〉라는 뜻이다.
[60] *trattoria*. 레스토랑보다는 가볍지만 격조를 갖춘 대중 식당을 이르는 말.
[61] *fettuccine*. 파스타의 한 종류.

에게 고개를 돌리며 호소하듯 말했다.「찰리는 멋진 시간을 보냈다며 언제 만나서 점심을 함께 먹자고 했어. 또 머지않아 우리를 그들의 집으로 초대한다고도 했어.」

그녀는 대답했다.「아주 조용하고 즐거운 저녁 한때였어요. 다들 한꺼번에 떠들어 차분하고 조용하게 즐기지 못하는 시끄러운 파티보다 훨씬 나았죠. 멋지고 즐겁고 조용한 밤이었어요.」

하지만 침대에 누운 그는 아내가 아주 맥없이 천천히 흐느껴 우는 소리를 들었다.

4

한 달 동안 그들은 사교계 칼럼을 살펴보면서 답례 만찬 초대를 기다렸다.

배빗 부부의 저녁 식사 모임 후, 제럴드 도크 경을 주빈으로 모신 맥켈비 부부의 만찬이 대서특필되었다. 제니스는 열렬히 제럴드 경을 맞이했다(그는 석탄을 구입하기 위해 미국으로 건너왔다). 신문 기자들은 그와 만나 금주법, 아일랜드, 실업, 해군 항공, 환율, 위스키를 마시는 것과 차를 마시는 것의 차이, 미국 여성의 심리, 영국 카운티 가정들의 일상생활 등에 대해 취재했다. 제럴드 경은 이 모든 화제에 대해 미리 준비해 온 것 같았다. 맥켈비 부부는 그에게 스리랑카식 만찬을 베풀었다.「애드버킷 타임스」의 사교계 편집 기자, 엘노라 펄 베이츠 양은 아주 경쾌한 문장으로 그 행사를 보도했다. 배빗은 아침 식탁에서 그 기사를 크게 낭독했다.

찰스 맥켈비 부부는 어제저녁 제럴드 도크 경을 위해 실론풍 만찬 무도회를 개최했다. 미국적 장식과 동양적 장식의 절묘한 배합, 진수성찬, 유명한 초대 손님들의 인품, 여주인의 매력과 주인의 명성 등으로 모임은 제니스가 여태 보지 못했던 가장 세련된 행사가 되었다. 우리는 — 다행스럽게도! — 그 동화 같고도 이국적인 장면을 보는 특권을 누렸는데, 몬테카를로나 해외 수도의 어떤 엄선된 대사관 만찬도 이보다 더 뛰어날 수는 없었을 것이다. 사교계에서 제니스가 미국의 내륙 도시 가운데 가장 까다로운 곳이라는 소문이 급속도로 퍼진 것도 결코 무리는 아니다.

겸손한 도크 경은 드러내 놓고 시인하지는 않았지만, 이 멋진 행사를 높이 평가했다. 우리 도시는 시팅본 백작의 제니스 방문 이래 또다시 고위 인사로부터 이러한 공식적 평가를 받게 된 것이다. 그는 영국 귀족일 뿐 아니라, 영국 철강업계의 지도자라고 한다. 로빈 후드의 근거지였던 노팅엄 출신으로, 그의 설명에 의하면 그 현대적인 도시에는 현재 27만 5천5백73명의 주민이 살고 있고, 각종 산업 시설 및 레이스 생산으로 유명하다. 그의 몸엔 씩씩한 붉은 피와 건강한 푸른 피, 초록 숲의 영주였던 의적 로빈의 피가 흐를 것이라 믿고 싶어진다.

아름다운 맥켈비 부인은 어제저녁 우아한 은 목걸이로 더욱 돋보이는 검은 드레스를 입고 가냘픈 허리는 아론 워드의 화려한 장미꽃 다발로 장식하여 여성으로서의 매력을 한껏 발산했다.

배빗은 씩씩하게 말했다. 「도크 경과 만나는 자리에 초대받지 않은 게 오히려 잘된 일이야. 찰리 내외와 함께 조용하고도 멋진 만찬을 즐기는 게 훨씬 낫지.」

제니스 애슬레틱 클럽에서는 그 행사에 대해 많은 얘기가 오갔다. 「이제는 맥켈비를 〈찰스 경〉이라고 불러야겠군.」 시드니 핀켈스타인은 말했다.

「정말 말도 안 되는군.」 통계의 사나이 리틀필드가 말했다. 「사람들에게 어떤 사실을 정확하게 이해시킨다는 것이 이처럼 어려워. 이 친구는 〈제럴드 경〉이라고 불러야 해. 〈도크 경〉이 아니라.」

배빗은 감탄했다. 「그래? 그렇게 불러야 하나? 〈제럴드 경〉이 맞는 호칭이라고? 그게 정식 호칭이라는 거군. 그런 사실을 알게 되어 기쁘네.」

나중에 그는 사무실로 돌아와 영업 사원들에게 말했다. 「우연히 거금을 벌었다는 이유로 유명한 외국인들과 어울리며 파티나 연다는 건 웃기는 일이야. 상대방이 편안히 느끼도록 대응하는 방법은 하나도 모르는 자들이 그런 파티를 열다니!」

차를 몰고 귀가하던 그날 저녁, 그는 맥켈비의 리무진 옆을 지나면서 제럴드 경을 보았다. 제럴드 경은 거구에 안색이 불그스레하고 퉁방울눈을 가진 게르만계 영국인이었고, 몇 가닥의 누런 콧수염은 약간 슬프면서도 회의적인 표정을 연출했다. 배빗은 자신이 아무짝에도 쓸모없는 인간이라는 심리적 압박을 느끼며 천천히 차를 몰고 갔다. 왜 그런지는 모르겠지만 그는 갑작스레 맥켈비 부부가 자신을 비웃고 있다는 끔찍한 확신에 사로잡혔다.

의기소침한 그는 버럭 화를 내면서 아내에게 말했다. 「진정으로 사업에 몰두하는 사람들은 맥켈비 부부 따위와 어울리며 시간을 허비하지 않지. 이 사교계라는 것도 일종의 취미야. 그런 취미에 전력을 기울이면, 물론 기술이 나아지는 하겠지. 하지만 난 이런 한심한 술래잡기에 열중하기보다는 처자식과 함께 시간을 보내고 싶어.」

그들은 두 번 다시 맥켈비 이야기를 꺼내지 않았다.

5

이 당혹스러운 시기에, 오버브룩 부부를 생각해야 한다는 것은 유감스러운 일이었다.

에드 오버브룩은 배빗의 대학 동창으로, 낙오자였다. 그는 대가족을 거느린 채 도체스터 외곽에서 보험 업무를 보고 있는데 실적은 미미했다. 머리가 희끗희끗하고 마른 몸매에 하찮은 존재였다. 지금만 그런 것이 아니라 과거에도 그는 머리가 희끗희끗하고 마른 몸매에 하찮은 존재였다. 그는 어느 그룹에서든 잘 소개되지 않는 사람이었고, 사회자가 뒤늦게 알아차리고 보상 차원에서 과장되게 소개해 주는, 그런 인물이었다. 오버브룩은 대학 시절 배빗의 활발한 교우 관계를 존경했고, 예전부터 그의 부동산 거래 역량, 아름다운 집, 고급 양복을 선망했다. 배빗은 그런 존경심이 싫지는 않았지만 책임감을 수반하는 것이었으므로 귀찮았다. 동창회 만찬석상에서 그는 가엾은 오버브룩이 반들반들한 청색 서지 신사복을 입고, 세 명의 낙오자와 함께 소심하게 한쪽 구석에 앉아 있는 모습을 보았다. 그는 그쪽으로 건너가 정중하게 말했다. 「이런, 오랜만이네, 에드! 자네가 요새 도체스터에서 보험 업무를 하면서 계약을 싹쓸이한다는 소식은 들었지. 정말 멋진 일이야!」

그들은 오버브룩이 시를 쓰던 예전의 좋은 시절을 회상했다. 오버브룩은 무심코 이런 말을 던져 그를 당황하게 했다. 「이봐, 조지, 난 우리가 이렇게 소원해졌다는 게 믿기지 않아. 언젠가 자네 부부와 함께 저녁 식사를 했으면 좋겠는데.」

배빗은 큰 소리로 대답했다. 「좋아! 좋고말고! 알려 주게나. 나도 아내와 자네 집에 가보고 싶네.」 그 후 그는 저녁 약속을 까마득히 잊어버렸지만 유감스럽게도 에드 오버브룩은 잊지 않았다. 그는 거듭 배빗에게 전화를 걸어 저녁 식사에 초대했다. 「한번 찾아가서 약속을 지켜야 할까 봐.」 배빗은 아내에게 투덜댔다. 「하지만 그 가엾은 녀석이 사교 예절의 기초도 모르다니 정말 놀랍지 않아? 부인이 책상 앞에 앉아서 차분하게 쓴 정식 초대장을 보내지도 않고 말이야. 내게 직접 전화를 걸다니! 우리가 꼼짝없이 걸려들었다는 생각이 들어. 이건 동창회나 형제회를 챙기다 보면 어쩔 수 없이 생겨나는 문제야.」

오버브룩이 다음번에 또다시 호소하듯 초대해 오자 그는 받아들였고 2주 후에 가기로 약속했다. 부부 동반의 가족 식사라 해도 2주 뒤의 저녁은 그리 부담스럽게 느껴지지 않았기 때문이다. 하지만 2주는 깜짝 놀랄 정도로 빠르게 지나갔고, 배빗은 시간에 맞추어 그 집에 가지 않으면 안 되었다. 그들은 맥켈비 부부를 초청한 저녁 식사 약속 때문에 날짜를 바꿔야 했지만, 마침내 우울한 마음으로 도체스터에 있는 오버브룩의 집으로 갔다.

식사 모임은 처음부터 끔찍했다. 배빗 부부는 결코 7시 이전에 식사하지 않는데, 오버브룩 부부는 6시 30분에 맞춰 저녁을 준비했다. 배빗은 10분 늦게 오버브룩의 집에 도착했다. 그는 이런 계획을 짰다. 〈가능하면 짧게 끝내자. 빨리 일어날 수 있을 거야. 내일은 꼭두새벽부터 출근해야 한다고 말하면서 말이야.〉

오버브룩의 집은 음울했다. 두 가족이 거주하는 2층 목조 가옥의 2층이었다. 한쪽 구석에 유모차가 세워져 있었고, 낡은 모자는 홀에 걸려 있었으며, 집 안 가득 양배추 냄새가 진동했고, 응접실 탁자 위에는 가족용 성서가 놓여 있었다. 에드 오버브룩과 부인은 평소와 마찬가지로 꼴사납고 초라했다. 다른 손님들은 배빗이 결코 알지 못했고, 앞으로도 두 번 다시 만나고 싶지 않은 불쾌한 두 가족이었다. 하지만 오버브룩이 서투르게 배빗을 칭찬하자 그는 어리둥절해하면서도 감동했다. 「우리는 오늘 저녁 조지가 이곳을 방문한 게 자랑스럽습니다! 물론 여러분은 신문에 게재된 그의 연설과 웅변을 읽었을 것입니다. 이 친구는 정말 잘생겼지요? 나는 학창 시절을 되돌아볼 때마다 그가 사교에 능숙했고 또 반에서 수영을 최고로 잘했다는 것을 떠올립니다.」

배빗은 명랑하게 보이려고 애썼다. 그는 애를 썼지만 흥미로운 것은 전혀 발견할 수 없었다. 오버브룩의 소심한 태도, 다른 손님들의 무미건조함, 안경을 쓰고 생기 없는 피부에 머리카락을 꽉 졸라맨 오버브룩 부인의 피곤하고 어리석은 표정. 이런 것들은 너무나 따분했다. 그가 아일랜드 최고의 농담을 들려주었지만 반응은 흠뻑 젖은 케이크처럼 시들했다. 그중에서도 가장 썰렁한 순간은 오버브룩 부인이 말을 걸어 오던 때였다. 그녀는 여덟 자녀를 돌보고 요리하고 청소하는 힘든 가정생활의 안개를 뚫고서 대화를 시도했다.

「당신은 끊임없이 시카고와 뉴욕에 출장을 다니시지요, 배빗 씨?」 그녀가 불쑥 말을 걸었다.

「시카고에 자주 다니는 편입니다.」

「몹시 흥미롭겠군요. 연극도 많이 보시겠지요?」

「글쎄요, 사실을 말하자면, 오버브룩 부인, 가장 인상적인 것은 루프에 있는 네덜란드 식당의 특대 비프스테이크였습니다!」

그들은 더 이상 할 말이 없었다. 배빗은 진심으로 안타까웠지만 정말 희망이 보이지 않았다. 저녁 식사는 실패작이었다. 무의미한 대화의 무기력함에 짓눌린 채 자리에서 일어난 10시쯤, 그는 될 수 있는 대로 유쾌하게 말했다. 「이제 가봐야 해, 에드. 내일 아침 일찍 사무실로 찾아올 친구가 있거든.」 오버브룩은 그가 코트 입는 것을 거들었고 배빗은 화답했다. 「옛 기억을 회상하니 정말 좋군! 언제 빠른 시일 내에 점심이나 함께 먹자고.」

배빗 부인은 집으로 돌아오면서 한숨을 내쉬었다. 「정말 끔찍했어요. 하지만 오버브룩 씨는 당신을 굉장히 존경하더군요!」

「그래, 가엾은 녀석! 나를 거의 대천사 혹은 제니스에서 가장 잘생긴 인물로 여기는 것 같아.」

「물론 당신이 대천사는 아니지요, 조지, 그들을 우리 집의 저녁 식사에 초대해야 하는 건 아니겠죠?」

「무슨 소리! 물론 아니지.」

「어머, 조지! 오버브룩 씨에게 그런 말 하지 않았지요?」

「그럼! 정말이야, 그런 말 안 했어! 언제 점심이나 함께 먹자고 허세를 좀 부렸을 뿐이지.」

「글쎄…… 오, 여보……. 난 그들의 감정을 다치게 하고 싶지 않아요. 하지만 오늘 같은 저녁 모임은 두 번 다시 참아 내지 못할 것 같아요. 만약 우리가 오버브룩 부부를 집에 초대했는데, 앵거스 박사 부부가 그 광경을 보았다고 한번 상상해 보세요. 저런 사람도 당신 친구냐고 생각할 거예요!」

그들은 일주일 동안 고민했다. 〈불쌍한 에드 부부를 초대해야 하는데!〉 하지만 보이지 않으면 잊어버린다고, 그들은 간단히 오버브룩 부부를 잊었다. 두어 달쯤 지난 뒤 그들은 말했다. 「그 일을 그냥 흘려보낸 건 정말 최선의 방법이었어. 그들을 이곳에 초대하는 것은 잘하는 짓이 아니야. 그들이 우리 집에 왔으면 우린 어색하면서도 갑갑한 느낌이 들었을 거야.」

그들은 두 번 다시 오버브룩 부부 이야기를 꺼내지 않았다.

제16장

1

배빗은 맥켈비 부부가 자신을 초대하지 않으리라는 확신 때문에 좌절을 느꼈고 약간 멍한 기분이 되었다. 하지만 그는 더욱 더 규칙적으로 엘크 클럽에 다녔다. 상공 회의소 오찬석상에서는 파업을 매도하며 열변을 토해 냈다. 그렇게 하면서 다시 한 번 자신을 저명인사라고 생각했다.

그가 다니는 클럽과 교우 관계는 그에게 편안함을 안겨 주는 마음의 양식이었다.

제니스의 품위 있는 남자로서 그는 수많은 〈지부〉와, 번영을 증대시키는 오찬 모임, 더 바람직하게는 두서너 군데의 클럽에 가입해야 했다. 로터리 클럽, 키와니스 클럽, 부스터 클럽, 오드펠로, 무스, 메이슨, 레드맨, 우드맨, 올빼미 클럽, 독수리 클럽, 매커비 클럽, 피티아스 기사단, 콜럼버스 기사단, 그 밖에 건전한 도덕심을 지니고 헌법을 존중하는 마음을 특징으로 하는 비밀 결사 등이 그런 클럽이나 단체였다. 이런 단체에 가입하는 이유로는 네 가지가 있었다. 첫째, 그것은 반드시 해야만 하는 일이다. 둘째, 지부 회원들은 흔히 고객이 되기 때문에 사업에 유리하다. 셋째, 추밀 고문관이나 성직록(聖職祿) 보유자가 될 수 없는 미국인들에게 대령, 판사, 교수 같은 평범한 직함 이외에 〈널리 칭찬받는 서기〉나 〈총괄 주간〉 같은 그럴듯한 존칭을 덧붙여 준다. 넷째, 강보에 싸인 아기처럼 속박받는 미국 남자들로 하여금 일주일에 하루는 저녁에 집에서 빠져나올 수 있게 해준다. 미국 남자에게 있어 지부는 하나의 광장 혹은 노천카페였다. 그곳에서는 당구를 칠 수 있고 남자다운 얘기를 씩씩하게 나눌 수 있고 음담패설도 할 수 있다.

배빗은 이런 이유들 때문에 그 모든 단체에 가입한 〈마당발〉이었다.

황금색과 심홍색 깃발을 휘날리는 공식 이력의 뒷면에는, 임대 계약, 판매 계약, 임대할 부동산의 명단 등 부동산 사무실의 평범한 업무가 기다리고 있었다. 위원회와 지부에 나가 열변을 쏟는 저녁이면 브랜디를 마신 듯 가슴이 설렜지만, 매일 아침이면 모래를 씹은 듯 혀가 얼얼했다. 몇 주가 지나면서 그는 점점 신경질적으로 변해 갔다. 그는 공공연히 외부 영업 사원인 스탠리 그라프와 티격태격했다. 미스 맥건에게는 그녀의 여성적 매력 때문에 늘 히죽거리며 정중하게 대했지만 자신의 편지를 멋대로 수정할 때면 화를 참지 못하고 호통쳤다.

하지만 폴 리슬링을 만나면 그의 긴장은 다소 누그러졌다. 적어도 일주일에 한 번, 그들은 원숙한 사람인 체 외양을 꾸며야 하는 극도의 긴장으로부터 도망쳤다. 토요일마다 그들은 〈자네는 골프가 아니라 테니스를 치고 있구먼〉 하고 상대방을 조롱하면서 골프를 쳤다. 또는 토요일 오후 자동차를 타고 가다가 어느 한적한 마을 식당 앞에 정차하여 바의 높은 의자에 앉아 커다란 컵으로 커피를 마셨다. 가끔 폴은 저녁에 바이올린을 들고 찾아왔다. 제 길을 잃고서 익숙지 않은 길을 영원히 느릿느릿 걸어가는 고독한 남자가 음악을 가지고 자신의 어두운 영혼을 표현했다. 그럴 때면 질라조차 침묵을 지켰다.

2

주일 학교에서 열심히 가르치는 것만큼 배빗의 영혼을 맑게 정화시키고 명성을 높여 주는 활동은 없었다.

그가 다니는 채텀 로드 장로교회는 제니스에서 가장 부유한 교회로, 벨벳과 오크를 많이 사용하여 지은 건물이었다. 담임 목사는 존 제니슨 드류 M.A.(석사), D.D.(신학 박사), LL.D.(법학 박사)였다(M.A.와 D.D.는 네브래스카의 엘버트 대학에서, LL.D.는 오클라호마의 워터베리 칼리지에서 획득한 것이다). 드류 목사는 말을 잘하고 유능하며 다재다능했다. 노조를 규탄하는 회의나 가정 예배 모임을 이끌었고, 자신이 어린 시절에 너무 가난하여 신문을 배달했다는 사실까지 신자들에게 털어놓았다. 토요일 자 「이브닝 애드버킷」에 〈남자다운 사람의 종교〉와 〈기독교의 진정한 가치와 화폐〉에 관한 논설을 기고했으며, 그 제목들은 물결무늬 테두리의 고딕체로 인쇄되었다. 목사는 흔히 자신이 〈주로 사업가로 알려지는 것이 자랑스럽고〉, 〈아주 오래된 사탄이 제멋대로 활기와 원기를 발휘하지 못하게 할 것〉이라고 말했다. 그는 날씬한 몸매, 소박한 얼굴, 연한 갈색 머리를 가지런히 잘라 내린 앞머리에 금테 안경을 쓴 젊은이였다. 하지만 열변을 토해 낼 때면 힘이 넘쳤다. 목사는 스스로 학자와 시인의 기질이 너무 강해 신앙 부흥 운동자인 마이크 먼데이처럼은 할 수 없다고 말했지만, 그래도 교회 신도들에게 새로운 삶을 일깨워 주고 많은 헌금의 출연을 유도했다. 목사는 이렇게 말하면서 그들에게 도전을 걸었다. 「형제들이여, 하느님께 돈을 빌려 드리지 않는 자야말로 정말 하찮은 사람입니다!」

목사는 교회를 공동체의 진정한 문화 회관으로 만들었다. 유아실, 짧은 선교 강의를 마친 후 행하는 목요일의 저녁 식사, 체육관, 2주일에 한 번 있는 영화 관람, 젊은 근로자를 위한 기술 서적 전문 도서관 등 교회에는 술집을 제외한 모든 것이 갖추어졌다. 하지만 유감스럽게도 창문을 닦거나 난로를 수리하는 경우를 제외하면 젊은 노동자가 신자로 들어오는 일은 없었다. 교회에는 또한 가난한 사람들의 자녀를 위해 반바지를 만드는 자원 재봉 봉사회가 있었고 드루 부인은 진지한 소설을 큰 소리로 읽어 주는 봉사 활동을 했다.

드루 박사는 장로교 신학을 믿지만 교회 건물은 품위 있게도 성공회풍이었다. 그의 말에 따르면 건물은 〈고대 영국의 고상한 기념비적 교회의 지속적 특징을 갖고 있으며, 또한 종교적 신앙과 민간 신앙의 영구적 상징〉이었다. 개선된 고딕 양식에 보기 좋은 철심 벽돌로 지어졌고, 본관의 신자석은 화려한 석화 석고 등잔 전구의 간접 조명을 받아 은은하게 빛났다.

배빗 부부가 교회에 나간 12월 아침, 존 제니슨 드루 박사는 이례적일 정도로 설교를 잘했다. 신자들은 구름처럼 모여들었다. 기운 넘치는 열 명의 젊은 안내원들은 흰 장미를 꽂은 모닝코트를 입고 지하실에서 1층으로 접이식 의자를 날랐다. YMCA의 교육 책임자인 셀던 스미스가 지휘하는 음악 프로그램의 봉헌송도 훌륭했다. 하지만 배빗은 그리 인상적이라고 생각하지 않았다. 젊은 스미스는 노래할 때조차 미소, 미소, 미소를 지으라고 엉뚱하게 주문했고 배빗은 그것이 그리 마음에 들지 않았다. 하지만 그 자신이 웅변가인 배빗은 드루 박사의 설교가 훌륭한 웅변이라는 것을 알아보았고 또 감탄했다. 그 설교에는 뛰어난 지성이 깃들어 있었고 그 때문에 채텀 로드 장로교회의 집회는 스미스 거리에 있는 다른 교회들의 예배와 확연히 구분되었다.

드루 박사는 노래하듯 말했다. 「한 해 가운데 이 풍성한 수확의 철, 하늘에 폭풍이 몰아치고 악착스럽게 여행하는 사람에게 길이 험하더라도, 하늘에서 맴도는 형체 없는 정령이 지난 열두 달의 그 모든 노동과 염원을 덮칠지라도, 언제나 밝은 빛이 비쳐 옵니다. 모든 실패 뒤에는 무사히 역경을 통과한 사람들을 환영하는 생기 넘치는 합창이 들려옵니다. 자! 슬픔에 가득 찬 구름 덮인 흐릿한 지평선 위로, 우리는 거대한 산맥을 봅니다. 멜로디의 산, 즐거운 웃음소리의 산, 힘이 넘치는 산을!」

〈난 정말이지 교양과 사상을 함축한 수준 높은 설교가 좋아.〉 배빗은 생각했다.

예배가 끝난 뒤, 목사는 문가에서 적극적으로 신자들과 악수를 하다가 배빗에게 속삭이듯 말했다.「아, 배빗 형제, 잠깐만 기다려 줄 수 있을까요? 당신의 조언을 듣고 싶어요.」

「물론이죠, 목사님! 정말입니까?」 배빗이 기쁜 마음으로 대답했다.

「사무실에 들러 주세요. 좋은 시가가 있는데 마음에 들 겁니다.」

배빗은 시가를 좋아했고 목사의 사무실도 좋아했다. 그 사무실은 벽의 플래카드 하나만 바꾸어 놓아도 다른 사무실들과는 분위기가 달라지는 영적인 분위기가 충만했다. 그날의 플래카드는 〈오늘은 하느님의 바쁜 날입니다〉였다. 곧 첨 프링크가, 뒤이어 윌리엄 W. 어손도 목사의 방에 들어왔다.

71세의 어손 씨는 제니스의 유수한 금융 기관인 퍼스트 스테이트 뱅크의 은행장이었다. 그는 1870년대의 은행가에게 제복이나 다름없던 구레나룻을 여전히 우아하게 기르고 있었다. 배빗은 맥켈비 부부 등 사교계 명사들 앞에서는 질투를 느꼈지만, 윌리엄 워싱턴 어손 앞에서는 존경을 느꼈다. 어손 씨는 사교계 명사들과 무관했고 그런 세계를 초월해 있었다. 1792년에 제니스 시를 세운 다섯 명 가운데 한 사람의 증손자이며, 3대째 은행가였다. 그는 신용을 조사하고, 대출을 결정하고, 한 사람의 사업을 살리거나 망칠 수 있었다. 그런 기품 앞에 서니 배빗은 호흡이 가빠졌고 다시 짚어진 기분이 들었다.

목사 드류 박사는 뛰듯이 걸어 들어와 유창하게 말했다.

「한 가지 제안을 하기 위해 여러분께 들러 달라고 말씀드렸습니다. 주일 학교에 관한 문제인데, 우린 이 학교를 활성화해야 합니다. 제니스에서 네 번째로 큰 학교이지만 우리가 다른 교회에 뒤질 이유가 없어요. 최고가 되어야 합니다. 나는 여러분께 주일 학교의 개선을 위한 조언 및 홍보 위원회를 결성해 달라고 요청하는 바입니다. 주일 학교의 현황을 살펴보고 개선할 수 있도록 제안해 주세요. 그러면 아마도 언론이 우리에게 관심을 기울일 겁니다. 일반 구독자들에게 살인이나 이혼 관련 뉴스가 아닌, 진정으로 유익하고 건설적인 뉴스를 알려 줍시다.」

「좋아요.」 은행가가 대답했다.

배빗과 프링크는 그런 거물과 한자리에 앉게 되어 황홀했다.

3

만약 배빗에게 종교가 무엇인지 물어본다면 그는 부스터 클럽식의 낭랑한 미사여구로 이렇게 대답할 것이다. 「나의 종교는 친구를 섬기고, 형제를 내 몸처럼 존중하며, 모든 사람들의 삶이 행복하도록 봉사하는 것입니다.」 만약 더 세부적으로 다그치면, 그는 이렇게 선언할 것이다. 「나는 장로교회의 신자이고 당연히 교리를 받아들입니다.」 만약 계속하라고 혹독하게 몰아세운다면, 그는 항의할 것이다. 「종교에 대해 아무리 토론해 봐야 소용이 없습니다. 악감정만 일으킬 뿐이지요.」

실제로 그가 믿는 신학은 이러했다. 지고한 존재가 있어서 인간을 완벽한 존재로 만들려고 시도했지만 실패했다. 만약 생전에 착한 사람이었다면 그는 죽어서 천국(배빗은 무의식적으로 천국이 개별 정원이 딸린 고급 호텔과 같다고 상상했다)이라는 곳에 갈 것이다. 만약 나쁜 사람, 말하자면 살인하거나 도둑질을 하거나 코카인을 하거나, 첩을 두거나, 있지도 않은 부동산을 판매한 사람은 벌을 받을 것이다. 하지만 배빗은 이른바 〈지옥이라는 것〉에 대해 확신이 서지 않았다. 그는 테드에게 말했다. 「물론 난 상당히 진보적이야. 정확히 말하자면, 불길이 치솟는 유황 지옥 따위는 믿지 않지. 하지만 어떤 친구가 악을 저지르면, 그가 교묘히 빠져나갈 수도 없고 처벌을 피할 수도 없다는 얘기는 합리적인 것 같아. 내 말이 무슨 뜻인지 알겠지?」

신학에 대해 그는 깊이 생각하는 경우가 드물었다. 그가 신봉하는 종교적 실천의 핵심은 이런 것이었다. 교회에 나가 예배에 참석하는 것은 존경받을 만한 일이고 사업에도 도움이 된다. 교회는 세상의 악한 요소들이 더 악화되는 것을 막아 준다. 목사의 설교는 때때로 지루하게 들리지만, 그래도 〈마술적인 힘을 갖고 있어서 사람들을 선하게 만들고 더 높은 존재와 접촉하도록 해 준다〉.

배빗은 주일 학교 자문 위원회를 위해 처음 조사 활동을 벌이고서 일이 만만치 않겠구나 생각했다.

그는 남녀 어른으로 이루어진 〈바쁜 사람들〉의 성서 공부 모임을 좋아했다. 보수적인 의사 T. 앳킨스 조던 박사가 그 모임을 이끌고 있었는데, 그의 세련된 스타일은 전문 연설가 뺨칠 정도로 유머러스하고 재치가 넘쳤다. 하지만 소년 모임을 살펴보았을 때 그는 당황했다. 곱슬머리에 창백하지만 활발한 청년이며 YMCA의 교육 책임자에 교회 성가대장으로 있는 셸던 스미스가 미소를 지으며 16세 소년 모임을 가르쳤다. 스미스는 자상하게 그들을 타일렀다. 「자, 얘들아, 나는 다음 주 목요일 저녁에 우리 집에서 너희들과 마음을 터놓고 얘기할 생각이야. 우리는 쉬쉬하는 걱정거리를 아무 거리낌 없이 털어놓게 될 거야. Y[62]에서 친구들에게 하는 것처럼, 너희들은 무엇이든 이 친절한 셸디에게 밀하면 돼. 〈큰형〉이 이끌어 주지 않을 때 어린이들이 빠질 수 있는 끔찍한 습관, 〈섹스〉의 위험과 은총에 대해 솔직하게 실명해

---

62 YMCA를 가리킨다.

줄게.」 친절한 셀디는 환하게 웃었지만 청소년들은 쑥스러운 듯했다. 배빗은 당혹스러운 눈길을 어디로 돌릴지 몰라 쩔쩔맸다.

덜 당황스럽지만 지루하기는 마찬가지인 반으로는 진지한 노처녀들이 가르치는 철학과 동양 민족학 모임이었다. 그 모임은 대부분 반짝반짝 빛나도록 윤을 낸 주일 학교 교실에서 진행되었지만 사람들이 넘치는 바람에 지하실에까지 개설되었다. 지하실 천장에는 정맥과 같이 가느다란 수도관들이 얼기설기 매달려 있고, 습기가 밴 벽의 높은 부분에 뚫린 작은 창에서는 빛이 흘러 들어왔다. 배빗은 주일 학교에서 카토바 제일 조합 교회를 보았다. 소년 시절의 주일 학교가 그의 머릿속에서 되살아난 것이다. 일찍이 카토바 교회 휴게실에서 맡았던 그 후텁지근한 냄새를 그는 다시 맡았다. 〈헤티,[63] 겸손한 여자 영웅〉, 〈요셉, 팔레스타인의 젊은이〉 따위의 제목을 단 칙칙한 색깔의 주일 학교 책들이 꽂혀 있던 어린 시절의 서가. 그는 아이들이 읽으려 하지 않지만 신성하기 때문에 내버리지도 못하는, 채색 성서 구절 카드들을 한 번 더 살펴보았다. 제니스의 큰 교회에서 아이들을 가르치는 광경을 직접 살펴보면서, 기계적으로 성구를 외었던 35년 전의 기억이 떠올라 그는 괴로웠다.

「자, 에드거, 다음 구절을 읽어 봐. 낙타가 바늘귀를 통과하는 게 더 쉬울 거라고 적힌 대목은 무슨 뜻이지? 이것은 우리에게 뭘 가르치지? 클래런스! 제발 꿈틀거리지 좀 마! 공부에 열중한다면 그렇게 안절부절못하지 않을걸. 자, 얼, 예수님께서 제자들에게 가르치려고 애쓰셨던 교훈은 뭘까? 애들아, 너희가 특히 기억하기를 바라는 한 가지 사항은 이런 얘기야. 〈주님과 함께하면, 모든 일이 가능하다.〉 늘 그걸 생각해 ─ 클래런스, 제발 공부에 집중해 ─ 기가 꺾일 때마다 〈주님과 함께하면 모든 일이 가능하다〉라고 암송하는 거야. 알렉, 다음 구절을 읽어 볼래? 공

---

[63] Hetty. 성서에 나오는 인물인 에스델(혹은 에스더)의 별칭.

부에 집중했다면 읽어야 할 곳을 금방 알 거야!」

졸음이 오는 동굴에서 윙 — 윙 — 윙 — 소리를 내며 날아다니는 커다란 벌떼 —

배빗은 눈을 뜨고 졸다가 깜짝 놀라 깨어났다. 그는 〈뛰어난 교육 현장을 시찰하게 해준〉 교사에게 고맙다고 인사하고는 비틀거리면서 다음 모임으로 갔다.

이렇게 두 주 동안 주일 학교의 운영 상태를 살펴보았으나 드류 목사에게 제안할 만한 아이디어를 생각해 낼 수는 없었다.

그러던 중 그는 주일 학교의 언론 세계를 발견했다. 주보와 월보들이 활발하게 나오는 바쁘고도 광대한 세계였다. 그것은 부동산 칼럼이나 제화업계 잡지 못지않게 기술적이고 실용적이고 미래 지향적인 영역이었다. 배빗은 종교 서적 판매점에서 대여섯 부를 구입하여 한밤까지 읽고는 감탄했다.

그는 〈집중하여 호소하기〉, 〈새로운 회원 찾아내기〉, 〈주일 학교에 가입시킬 수 있는 가능성을 알아보기〉 등의 기사에서 많은 유익한 정보를 발견했다. 그는 특히 〈가능성〉이라는 단어가 좋았고, 붉은색으로 인쇄된 이러한 주의 사항에 감동했다.

〈공동체 생활의 도덕적 원천은 주일 학교에 깊이 자리 잡고 있다. 주일 학교는 종교 교육과 영감의 학교가 되어야 한다. 나태는 이제 다가올 시대에 정신력과 도덕심을 상실한다는 뜻이다……. 위와 같은 사실을 간곡히 호소하면, 아무리 좋게 말해도 제 역할을 하지 않으려 했던 사람들을 감동시킬 수 있다.〉

배빗은 소리쳤다. 「그래, 바로 이거야! 나 역시 옛날 카토바 주일 학교에서 기회가 날 때마다 슬쩍 빠져나오곤 했지만, 동시에 그런 정신적 훈련을 받지 않았다면 오늘날의 내가 없을지도 몰라. 성경이야말로 위대한 문학이야. 며칠 안에 나시 한 번 읽이 봐야겠군.」

배빗은 〈웨스트민스터 성인 성서 공부 모임〉의 기사에서 주일 학교를 과학적으로 편성하는 방법을 배웠다.

〈제2부회장은 반의 친목을 돌본다. 그녀는 자신을 도와줄 그룹을 선택한다. 이들은 안내원이 된다. 여기에 오는 사람들은 누구나 환대를 받는다. 아무도 따돌림당한다는 느낌을 받지 않는다. 그룹의 한 사람은 문 앞 계단에 서서 망을 보면서, 지나가는 사람들이 들어오도록 초대한다.〉

배빗은 「주일 학교 타임스」에 실린 윌리엄 H. 리지웨이의 의견을 가장 높이 평가했다.

〈만약 활기와 패기가 없는, 말하자면 흥미가 없는, 출석이 불확실하고 춘곤(春困)에 시달리는 환자 같은 주일 학교가 있다면 리지웨이 박사로 하여금 처방전을 써달라고 하라. 치료법 — 저녁 식사에 초대하라.〉

주일 학교 간행물들은 실용적이면서도 다방면에 걸친 주제를 다루었다. 또한 예술 분야도 무시하지 않았다. 「주일 학교 타임스」는 음악에 관한 기사에서 〈종교 음악 작곡을 통해 많은 사람들에게 알려진〉 C. 해럴드 로딘이 〈당신을 그리워하며〉라는 제목의 걸작을 새롭게 작곡했다고 자랑스럽게 발표했다. 〈해리 D. 커가 지은 가사는 상상하기 어려울 정도로 고상한 가사 중 하나이고 거기에 수반되는 음악은 이루 말할 수 없이 아름답다. 비평가들은 그 음악이 전국을 휩쓸 것이라는 데 입을 모았다. 어쩌면 찬송가 「나는 예수가 얘기하는 목소리를 들었노라」를 뛰어넘는 매력적인 노래가 될 것이다.〉

공작 훈련까지 적절하게 다루어지고 있었다. 배빗은 예수 그리스도의 부활 장면을 연출하는 독창적인 방법을 메모했다.

〈학생들이 제작할 모델 — 구르는 바위 문이 있는 무덤은 뚜껑 달린 네모진 상자를 뒤집어 사용할 것. 바닥에 홈이 생기도록 뚜껑을 약간 앞으로 잡아당길 것. 상자에서 네모진 문을 자르고, 문보다 좀 더 넓게 원형으로 마분지를 잘라 낼 것. 그 둥그스름한 문과 무덤에 모래, 밀가루, 물을 가득 부어 말릴 것. 그것은 부활절 아침에 여자들이 문 앞에서 굴린 무거운 원형의 돌이 됨. 이

것은 우리가 〈〈가서 전하라〉〉라고 제목 붙이게 될 이야기임.〉

주일 학교 간행물은 공지(公知)의 측면에서도 아주 효율적이었다. 배빗은 〈고갈된 신경 조직을 구축하고 두뇌와 소화 체계에 영양을 공급함으로써 느림보를 훈련시키기 위한〉 준비 과정에도 관심을 기울였다. 성경 판매 역시 치열한 경쟁 사업이라는 것을 알게 되었다. 위생에 관심이 많은 그는 〈성찬식 위생 용품 회사〉의 발표가 마음에 들었다. 그 발표문은 이러했다. 〈반짝반짝 빛나는 아름다운 마호가니 정리함을 비롯한 장비들은 개선되었고 더 편리해졌다. 이 정리함은 소음이 전혀 없고, 다른 어떤 것보다 가벼운 데다가 다루기 쉬우며, 어떤 자재보다 교회 가구를 더 많이 보관한다.〉

4

그는 주일 학교 간행물들을 내려놓았다.

그는 곰곰이 생각했다. 〈여기 진정한 사나이의 세계가 있잖아! 정말 멋져!

주일 학교 모임에 더 많이 참석하지 못한 게 부끄럽군. 지역 사회에 영향력을 행사하는 친구, 이런 친구가 진정으로 남성적이고 활발한 종교 활동에서 역할을 맡지 못한다면 부끄러운 일이지. 종교는 뭐랄까, 〈기독교 주식회사〉 같은 거야.

하지만 존경해야 마땅하지.

어떤 녀석들은 주일 학교 활동가가 품위 없고 세속적인 사람이라고 비판하지. 젠장! 상종 못 할 놈들은 늘 그런 악취를 풍기지. 헐뜯고 비웃고 비방해. 뭔가 만들어 내기보다 그런 식으로 헐뜯는 것이 훨씬 더 쉬우니까. 하지만 나는 이 잡지들의 공로를 분명히 인정해. 이 잡지 덕분에 조지 F. 배빗은 그 세계로 뛰어들게 되었어. 이거야말로 비판자들에 대한 답변 아닐까?

남자답고 현실적인 사람일수록 더욱 적극적으로 기독교적 생활을 영위해야 돼. 내가 딱 적격이야! 이 부주의한 태도와 음주는 그만두지 않으면 안 돼 ─〉「론! 넌 도대체 어딜 갔다 온 거냐? 지금이 저녁 몇 신데 이제야 집에 들어오는 거냐고!」

제17장

1

플로럴 하이츠의 유서 깊은 집들은 서너 채에 지나지 않았다. 플로럴 하이츠에서 〈유서 깊은 집〉이라 함은, 1880년 이전에 세워진 집을 말한다. 그중에서 가장 큰 주택은 퍼스트 스테이트 뱅크의 은행장인 윌리엄 워싱턴 어손의 저택이었다.

어손 저택은 1860년부터 1900년까지 존재한 제니스의 〈멋진 부분들〉에 대한 기억을 그대로 간직하고 있다. 회색의 사암 상인방에 붉은 벽돌을 쌓아 올린 건물로 슬레이트 지붕은 적색, 녹색, 짙은 황색의 여러 줄로 이루어졌다. 두 개의 오래된 탑이 있었는데, 하나는 구리 지붕이고 다른 하나는 주철로 만든 양치식물 장식을 머리에 이고 있었다. 현관은 입 벌린 무덤처럼 광활한 느낌을 주며, 현관을 지탱하는 낮고 폭 넓은 화강암 기둥 위에는 벽돌들이 얼어붙은 폭포처럼 다닥다닥 붙어 있었다. 집 한쪽에 설치된 커다란 스테인드글라스 창문은 열쇠 구멍을 닮았다.

하지만 어손 주택이 풍기는 인상은 전혀 우스꽝스럽지 않았다. 그 집은 위풍당당했다. 개척자 시대에서 〈활발한 판매 전문 기술자〉 시대로 넘어가던 과도기를 지배하면서 은행, 공장, 토지, 철도, 광산을 통제하여 음침한 과점 체제를 이룩한 빅토리아

시대 금융 가문의 막중한 품위가 우러나왔다. 진정하고도 완벽한 대(大)제니스를 이룩하는 것으로 10여 개의 서로 다른 소(小)제니스가 있었는데, 자그마한 키에 조용하고 무미건조하고 정중하며 냉혹한 윌리엄 어손의 소세계만큼 강력하고 지속적인 영향력을 발휘하면서도 제니스 시민들에게 생소한 세계는 없었다. 그 소세계의 위계질서를 지키기 위해, 나머지 제니스 시민들은 그런 세계의 존재조차 모르는 채 열심히 일하다가 하찮게 죽어 간다.

몰인정한 빅토리아 시대의 영주들이 세운 대부분의 성들은 이제 사라지거나 하숙집으로 몰락했지만 어손 저택은 런던, 백 베이, 리튼하우스 광장을 연상시킬 정도로 고고한 지조를 지키며 초연하게 서 있다. 대리석 계단은 날마다 닦아 놓아 반들거리고, 동판은 은은하게 윤이 나며, 레이스 커튼은 윌리엄 워싱턴 어손 못지않게 고급스럽고 정갈하다.

배빗과 첨 프링크는 깊은 경외심을 느끼면서, 주일 학교 자문 위원회 회의를 위해 어손 저택을 방문했다. 너무 조용하여 마음 한구석이 불편했지만 그들은 제복을 입은 가정부를 따라 지하 동굴 같은 응접실을 지나 서재로 갔다. 어손의 구레나룻이 건실한 은행가의 표상인 것처럼 그 서재 역시 철저할 정도로 건실한 은행가의 표상이었다. 서가에 꽂힌 책들은 대부분 짙은 파란색과 묵직한 황금색의 전통적인 분위기를 고스란히 간직한, 반들반들한 송아지 가죽으로 장정된 전형적인 전집들이었다. 난로의 불길은 전통적인 서재를 은은하게 밝혀 주고 있었다. 자그맣고 조용하며 한결같은 불길이 반짝반짝 윤나는 벽난로용 기구에 반사되었다. 오크 책상은 검고 오래된 것이었으며, 동시에 완벽했다. 의자들도 왠지 오만한 분위기를 풍겼다.

어손은 자상한 아버지답게 배빗 부인, 배빗 양, 자녀들의 안부를 차례로 물었지만 배빗은 어떻게 대답해야 할지 몰라 당황했다. 지금까지 세련된 성공작이라 생각해 온, 버질 건치나 프링크나 하워드 리틀필드 등에게 건넨 〈이봐, 어떻게 지내?〉 같은 격의 없는 어조는 바람직하지 않을 것 같았다. 배빗과 프링크는 점잖게 앉아 있었고, 어손은 묵묵히 지켜보다가 얇은 입술을 가볍게 열어 말했다. 「신사 여러분, 회의를 열기 전에 감사의 말씀을 드리고 싶소. 이곳까지 오느라고 추위를 느꼈을 거요. 노인에게 피곤한 걸음을 시키지 않으려는 그 착한 마음을 잊지 않겠소. 그래서 말인데, 회의 전에 위스키를 약간 마시는 게 어떻겠소?」

모범 시민에게 어울리는 대화술에 익숙한 배빗은 하마터면 이렇게 말할 뻔했다. 〈문제가 좀 있을 것 같은데요. 금주 단속반이 골목길에 숨어 있으면 골치 아픈데 ─〉 하지만 그 말은 목구멍에 걸려 나오지 않았다. 그는 안절부절못하며 공손하게 머리를 숙였다. 그런 태도는 첨 프링크도 마찬가지였다.

어손은 벨을 눌러 가정부를 불렀다.

사치를 좋아하는 현대인 배빗조차 식사할 때를 제외하면 자기 집에서 하인용 벨을 눌러본 적이 없었다. 호텔에 투숙한 경우에는 벨을 눌러 급사를 불렀지만 집에서는 하녀 마틸다의 기분을 생각하여 감히 그렇게 할 수가 없었던 것이다. 마틸다를 부를 때면 복도로 나가서 큰 소리로 불렀다. 게다가 금주법이 시행된 이래, 이처럼 술 마시는 문제를 아무렇지도 않게 생각하는 사람은 일찍이 보지 못했다. 위스키를 찔끔찔끔 마시면서 〈아, 이봐, 내가 어디 살고 있는지 이 술이 알려 주는군!〉이라고 외치지 않는 것만으로도 특별했다. 배빗은 위인을 만나 황홀해진 청년처럼 경탄했다. 〈흐릿한 표정을 가진 저 자그마한 사람. 그는 나를 성공시킬 수도 있고 망하게 할 수도 있어! 만약 그가 내 은행 담당자에게 전화하여 대출금을 회수하라고 지시한다면……! 어이쿠, 생각만 해도 아찔하구나! 진 엽선만 한 사람은 서두르는 기색이 조금도 없어! 혹시 ─ 우리 부스터들이 지나치게 촐싸대는 걸까?〉

그는 이런 생각에 가볍게 몸을 떨면서 주일 학교를 향상시키자는 어손의 아이디어를 열심히 경청했다. 그 아이디어는 대단히 명석한 것이었지만 별 내용은 없었다.

배빗은 약간 수줍은 어조로 자신의 제안을 개략적으로 설명했다.

「내 생각에, 만약 주일 학교의 필요성을 분석하여 마치 상업적 문제처럼 객관적으로 다룬다면 이런 결론이 나옵니다. 아주 기초적이고 기본적인 것은 무엇보다도 성장을 해야 한다는 겁니다. 우리 교회가 주 전체에서 최대의 주일 학교를 이룩해 낼 때까지는 아무도 만족하지 않을 것이라는 데 의견이 일치했습니다. 우리 채텀 로드 장로교회는 그 어떤 교회의 방식도 모방해서는 안 됩니다. 이제 주일 학교의 회원을 증가시키는 방안에 대해서 말씀드리겠습니다. 우리 교회에서는 경쟁 팀을 활용하면서 가장 많은 회원을 끌어모은 어린이에게 상을 주고 있어요. 그런데 이 상이 좀 잘못되었습니다. 상은 활기 넘치는 소년이 갖고 싶어 하는 현금이나 오토바이 속도계 같은 물건 대신, 시집이나 삽화 성경 따위의 자질구레한 잡동사니였죠. 물론 장식 서표와 칠판 그림 등을 곁들여서 교육시키는 건 훌륭하다고 생각해요. 하지만 진짜 서둘러 밖으로 나가 고객 또는 회원을 불러 모으는 문제라면 이것만으로는 부족합니다. 내 말 뜻은, 그러니까 회원 모집을 많이 해온 친구의 노고에 정성껏 보답해야 한다는 겁니다.

자, 나는 두 가지 계책을 제시하고자 합니다. 첫째, 주일 학교를 나이에 따라 네 개 부대로 나누는 겁니다. 얼마나 많은 회원을 끌어들이냐에 따라 소속 부대에서 계급이 올라갑니다. 신규 회원을 한 명도 데려오지 못하는 골치 아픈 멍텅구리들은 사병으로 남습니다. 목사와 장로는 장군 계급을 답니다. 누구나 이들에게 경례를 바쳐야 하고, 한 배를 탄 나머지 사람들은 정규 군인처럼 계급이 올라가는 것을 보람으로 삼아야 합니다.

둘째, 물론 주일 학교에도 광고 위원회를 두고 있지만, 아무도 일을 제대로 해내지 못하고 있어요. 그 일이 좋아서 진심으로 뛰는 사람은 없다는 뜻입니다. 광고라고 하면 우선 실용적이면서 또 첨단을 달리는 것이어야 합니다. 주일 학교를 위해 보수를 받는 진짜 홍보 담당자를 고용해야 합니다. 자기 시간의 일부를 내놓을 수 있는 신문 기자 말이에요.」

「그래요, 그건 맞는 말입니다!」 첨 프링크가 말했다.

「이 홍보 담당자가 이용할 수 있는 멋진 정보는 얼마든지 있습니다!」 배빗은 의기양양하게 말했다. 「주일 학교와 헌금 규모가 크게 성장했다는 두드러지게 결정적인 사항만 다루는 게 아닙니다. 그 외에 익살맞은 많은 가십과 웃음거리를 다룰 수 있죠. 어떤 허풍선이가 새로운 회원을 모집하겠다는 약속을 지키지 않는지, 또는 성삼위일체반 소녀들이 소시지 따위를 구워 먹는 파티에서 어떻게 즐거운 시간을 보내는지도 홍보할 수 있어요. 더군다나 홍보 담당자에게 시간이 있다면, 그 담당자는 주일 학교의 교과 내용을 향상시킬 수도 있습니다. 이건 도시의 모든 주일 학교를 홍보해 주는 역할도 하지요. 다른 주일 학교들을 아예 제치려는 이기적인 방식은 소용없어요. 우리가 그들보다 더 많은 회원을 확보하기만 하면 되는 겁니다. 예를 들어 홍보 담당자는 신문에 교과 내용을 일부 실을 수도 있어요. 물론 나는 여기 있는 프링크만큼 문학적 훈련을 받지 않았기 때문에 그런 기사를 막연히 추측만 할 뿐입니다. 아무튼 예를 들어, 그 주의 교과 내용이 〈야곱〉이라고 칩시다. 그러면 홍보 담당자는 훌륭한 도덕적 주제 못지않게, 사람들이 읽고 싶은 마음이 들게끔 헤드라인을 뽑아야 해요. 가령 〈야곱, 노인을 속이다!〉 〈돈다발을 들고 소녀와 도주〉 등, 야곱과 관련된 내용을 슬쩍 드러내는 겁니다. 내 말뜻을 알겠지요? 이렇게 해야 사람들의 관심을 끌 수 있습니다! 이손 씨, 물론 당신은 보수적입니다. 어쩌면 이런 묘책들이 품위 없다고 생각할지 몰라요. 하지만 솔직히 난 이 방법이 성공을 거두어 구체적인 결과를 낼 것이라고 믿습니다.」

어손은 자그마한 배 위에 양손을 포개고서 늙은 고양이가 가르랑거리듯이 기분 좋게 말했다.

「우선 당신의 상황 분석에 대단히 만족한다는 말씀을 드리고 싶소, 배빗 씨. 당신이 짐작한 대로, 내 입장에서는 보수적일 수밖에 없소. 또 일정 기준의 품위를 유지해야만 하지. 하지만 내게서 약간의 진보적인 성향도 발견할 수 있을 거요. 예를 들어, 우리 은행에서는 다른 도시 못지않게 현대적인 홍보와 광고 방법을 채택하고 있소. 그렇소, 우리 늙은이들은 시대의 변화하는 정신적 가치를 잘 알고 있지. 당신도 곧 이런 사실을 알게 될 거요. 사실 개인적인 의견이긴 하지만, 나는 예전 시대의 엄격한 장로파주의를 더 좋아하지. 그래도 당신의 ─」

마침내 배빗은 어손이 자신의 제안을 싫어하지 않는다고 생각했다.

첨 프링크는 파트타임 홍보 담당자로「애드버킷 타임스」의 기자인 케네스 에스콧을 추천했다.

그들은 상부상조의 기독교 정신과 우애 정신이 만연한 가운데 어손 주택을 나왔다.

배빗은 차를 몰아 곧바로 집으로 향하는 대신 시내 중심가로 갔다. 그는 혼자 있고 싶었다. 윌리엄 워싱턴 어손과 새로 맺게 된 고상한 친분 관계를 홀로 만끽하고 싶었던 것이다.

2

종소리가 울려 퍼지는 포장도로, 눈부신 불빛에 눈발이 새하얗게 흩뿌리는 저녁.

수북하게 눈 쌓인 철로를 따라 미끄러지듯 달리는 전차들의 멋진 황금색 불빛. 작은 집들에서 점잔 빼듯 새어 나오는 불빛. 멀리 떨어진 주물 공장에서 테두리 선명한 별들을 쓸어 버리듯 뿜어 내는 불길. 하루 일을 마친 친구들이 기분 좋게 한담을 나누는 이웃 가게의 불빛.

경찰서의 푸른 불빛, 눈이 쌓여 더 푸르게 빛나는 불빛. 죄수 호송차에서 벌어진 극적인 사건 — 겁에 질린 가슴처럼 연달아 울리는 사이렌, 크리스털이 번쩍이는 듯한 거리를 눈부시게 비추는 전조등, 운전기사가 아니라 당당한 제복을 입은 경찰관이 모는 호송차, 그 차의 뒤쪽 계단에 위태롭게 매달린 또 다른 경찰관, 언뜻 보이는 죄수. 살인자? 강도? 위폐 제조범?

뻣뻣한 첨탑을 가진 거대한 화산암 교회. 대합실의 희미한 불빛과 연습 중인 성가대의 쾌활한 노랫소리. 사진 현상소에서 흘러나오는, 미세하게 떨리는 초록색 수은 증기 불빛. 이어 다운타운의 화려한 불빛. 주차된 차들의 새빨간 미등. 서리 내린 겨울 동굴 같은 극장 출입구의 하얀 아치형 입구. 화려하게 돌아가는 전광 간판들. 불을 뿜으며 뱀들과 춤추는 작은 남자들. 핑크 색 전등을 달고 자극적인 재즈 음악을 울리는 싸구려 2층 댄스홀. 중국 식당의 전등들. 밝게 빛나는 금색과 흑색의 격자창 위에 걸린, 벚꽃과 파고다가 그려진 제등(提燈)들. 소규모 싸구려 음식점 밖에 내걸린 자그마하고 지저분한 램프들. 반짝거리는 목재와 벨벳으로 장식한 진열장의 크리스털 펜던트로부터 은은한 불빛이 풍성하게 흘러나오는 세련된 쇼핑 지구들. 거리 저쪽 한밤중의 어둠 속에 갑자기 드러난 네모난 환한 공간. 알 수 없는 흥미로운 연유로 누군가 밤늦게까지 일하고 있는 사무실의 창문. 부도 위기를 맞은 남자? 야심만만한 청년? 벼락부자가 된 석유업체 사장?

밤공기는 차가웠고 제설 작업을 하지 않은 뒷골목에는 눈이 깊이 쌓여 있었다. 배빗은 이런 생각을 했다. 도시 저 너머에 눈 덮인 겨울 참나무 숲과 언덕들이 있겠지. 얼음이 쌍쌍 언 상 빈 바닥에서는 그래도 물이 흐르고 있겠지.

그는 그의 도시를 열정적으로 사랑했다. 그동안 쌓여 온 사업가로서의 근심과 웅변가로서의 스트레스가 사라지는 것을 느꼈다. 다시 젊음과 가능성을 느꼈다. 그는 야심이 있었다. 버질 건치나 오빌 존스 정도의 사람으로 끝나서는 결코 안 되었다. 절대 안 될 일이었다. 〈좋은 친구들이지, 정도 많고. 하지만 세련되고 고급스러운 맛이 없잖아.〉 그는 어손 같은 사람이 되고 싶었다. 부드러운 듯하면서도 강직하고, 차가운 듯하면서도 강력하지 않은가.

〈그게 중요해. 벨벳 장갑을 끼고 강하게 때리는 거야. 그 어떤 자도 내 앞에서 건방진 언행을 못 하게 하는 거야. 구어나 속어는 쓰지 말아야 해. 나는 대학 다닐 때 수사학만큼은 1등이었지. 어떤 주제를 가지고도 말을 엮어 낼 수 있었다고. 하지만 쓸데없는 헛소리와 사람 좋은 소리를 너무 많이 했어. 나도 언젠가 내 소유의 은행을 가지게 되지 않을까? 그걸 테드에게 물려줄 수 있지 않을까?〉

그는 원기 왕성하게 차를 집 쪽으로 돌렸다. 배빗 부인을 대할 때, 그는 자신이 윌리엄 워싱턴 어손인 양 행동했지만 아내는 이를 전혀 눈치채지 못했다.

3

「애드버킷 타임스」의 젊은 기자인 케네스 에스콧은 채텀 로드 장로교회 주일 학교의 홍보 담당자로 임명되었다. 그는 1주일에 6시간 일하기로 했고, 매주 6시간만큼의 보수를 약속받았다. 그는 「프레스」와 「가제트」에 친구들이 있었는데 (공식적으로) 홍보 담당자 행세를 하지는 않았다. 그는 친교와 성경, 학급 후원자, 경제적 성공을 달성하기 위한 기도 생활의 가치에 대해 유쾌하면서도 교육적인 내용을 조금씩 신문에 집어넣어 주기로 했다.

주일 학교는 배빗의 군대식 계급 체계를 받아들였고, 이러한 정신적 쇄신에 힘입어 급신장했다. 제니스 최대의 주일 학교는 되지 못했지만 — 드루 박사가 부당하고 품위 없고 비미국적이며 비신사적이고 비기독교적이라고 평가한 중앙 감리교회가 주일 학교의 선두를 달렸다 — 4위에서 2위로 올라섰다. 하늘 높이 찬양의 소리가 울려 퍼졌고 특히 드루 박사의 목사관에서 기뻐하는 소리가 들려왔다. 한편 배빗은 많은 칭찬을 받았고 명성이 높아졌다.

그는 주일 학교의 위계 제도 내에서 대령 계급을 받았다. 그는 거리에서 알지 못하는 어린 소년들의 거수경례를 받고 무척 기뻤다. 자신을 〈대령〉이라고 부르는 소리를 듣자 귀가 붉게 달아오르고 온몸이 간지러울 정도로 황홀했다. 이처럼 높은 사람의 호칭을 듣기 위해 주일 학교를 다니는 것은 아니었지만, 그래도 주일 학교에 참석하러 가는 길 내내 그 생각을 했다.

그는 홍보 담당자인 케네스 에스콧에게 특히 잘 대해 주었다. 애슬레틱 클럽으로 그를 초청했고 집으로 불러 저녁을 함께 먹기도 했다.

도시의 여기저기를 뒤지고 돌아다니고 거만한 속어를 써가며 냉소적으로 말하는 자신만만한 젊은이들과 마찬가지로, 에스콧은 수줍음 많고 외로운 청년이었다. 저녁 식사에 초대하자 굶어서 홀쭉해진 그의 얼굴은 기쁨으로 환하게 폈다. 그는 말했다. 「배빗 부인, 이렇게 가정에서 식사를 하게 되니 정말 좋군요!」

에스콧과 베로나는 서로 좋아했다. 저녁 내내 두 사람은 〈이념에 관한 이야기를 나누었다〉. 서로가 급진 인사라는 것을 알게 된 그들은 그 문제에 대해 참으로 이해가 빨랐고, 손쉽게 다음과 같은 합의에 도달했다. 모든 공산주의자들은 범죄자다. 소위 자유시 *vers libre*라는 긴 헛소리다. 일반적으로는 군비를 축소해야 하지만, 그래도 영국과 미국은 억압받는 약소국을 위해 세계의 모든 나머지 국가들의 총톤수와 맞먹는 해군을 유지해야 한다. 에스콧과 베로나는 아주 혁명적인 정치 철학을 갖고 있었고, 그래서 미국 공화당과 민주당에게 도전하는 제3당이 언젠가 출현할 것이라고 예측했다. 배빗은 제3당 운운하는 얘기를 못마땅하게 여겼다.

헤어질 때 에스콧은 배빗과 세 번이나 악수했다.

배빗은 에스콧에게 자신이 어손을 대단히 좋아한다고 말했다.

일주일 사이에 세 신문이 배빗의 신앙 활동을 기사로 삼았고, 그 모든 기사들이 약삭빠르게도 윌리엄 워싱턴 어손을 그의 협력자로 언급했다.

배빗이 엘크 보호 협회, 애슬레틱 클럽, 부스터 클럽에서 이렇게 높이 명성을 떨친 적은 없었다. 친구들은 늘 웅변을 잘한다고 그를 칭찬했지만 그 칭찬에는 약간의 의심이 담겨 있었다. 도시를 홍보하는 배빗의 연설에는 마치 시를 쓰는 것처럼 지식인인 체하는, 고답적이면서도 퇴폐적인 분위기가 있었기 때문이다. 하지만 이제는 사정이 달라졌다. 오빌 존스는 애슬레틱 클럽의 식당에서 소리쳤다. 「퍼스트 스테이트 뱅크의 새로운 임원이 여기 나왔네!」 배관 공사를 취급하는 도매상인 그로버 버터바우는 적절한 논평이라는 듯 낄낄 웃었다. 「어손과 악수하고 나서도 보통 사람들과 어울리다니, 자네 참 신기하구먼!」 보석상 에밀 웬거트는 드디어 배빗의 중개로 도체스터의 주택을 구입하기로 했다.

4

주일 학교 캠페인이 끝났을 때, 배빗은 케네스 에스콧에게 제의했다. 「이봐, 드류 박사를 개인적으로 좀 칭찬해 주면 어떨까?」

에스콧은 씩 웃었다. 「박사 스스로 홍보 활동을 잘하고 있답니다, 배빗 씨! 일주일마다 신문사에 전화를 걸어요. 기자를 자기 서재에 보내면 짧은 치마의 사악함이나 모세 오경의 근원에 관한 멋진 설교를 써주겠으니, 신문에 좀 게재해 달라는 거지요. 박사에 대해서는 걱정 마세요. 이 도시에서 박사보다 홍보를 잘하는 사람은 딱 한 사람뿐이에요. 바로 〈아동 복지〉와 〈미국화 연맹〉을 운영하는 도라 깁슨 터커죠. 그녀가 드류 박사를 앞서는 이유는 단 한 가지, 머리가 아주 뛰어나다는 겁니다!」

「그런데 케네스, 난 자네가 박사에 대해 그렇게 말하지 않았으면 좋겠네. 목사도 자신의 이익을 챙겨야 하지 않나? 하느님의 일뿐 아니라 무슨 일에서나 부지런해야 한다고 성경에도 적혀 있는 걸로 아는데.」

「알았어요. 배빗 씨가 원한다면 뭔가 그럴듯한 기사를 신문에 게재하도록 하겠습니다. 하지만 편집장이 시외 출장을 가 있는 동안 기회를 봐서 담당 편집자를 어느 정도 주물러 놓아야 해요.」

그리하여 일요판 「애드버킷 타임스」에 헌정 기사가 실렸다. 가장 진지한 표정에 눈을 크게 뜨고, 화강암같이 단단한 턱과 활활 타오르는 듯한 풍성한 머리카락을 지닌 드류 박사의 사진도 곁들여졌다. 24시간 동안만 명성을 안겨 주는 기사였다.

목사이며 법학 박사인 존 제니슨 드류는 아름다운 플로럴 하이츠에 서 있는 멋진 채텀 로드 장로교회의 담임 목사로 피곤한 영혼을 편안하게 설득하는 데 귀재이다. 그는 많은 사람을 개종시킨 목사로서 지역 기록을 세웠다. 목사로 재직하는 동안, 해마다 평균 1백여 명의 죄인들이 그에게 새로운 삶을 영위하겠다는 결심을 선언했고, 그에게서 평온하게 피신할 수 있는 항구를 발견했다.

채텀 로드 장로교회는 어느 곳에서나 활기가 넘친다. 하부 조직은 최고 지도부와 효율적으로 연결되어 있다. 드류 박사는 특히 찬송가를 열심히 부른다. 어떤 모임에서든 밝고 명랑하게 노래 부른다. 이런 특별한 찬송 예배는 이 도시의 음악

애호가들과 전문 음악가들을 채텀 로드 장로교회로 불러 모은다.

　설교단에서와 마찬가지로 일반 대중을 대상으로 한 강연에서도 드류 박사는 생생하고 감동적인 연설로 유명하다. 그런 만큼 1년 내내 이런저런 다양한 집회에 와서 연설해 달라는 초대를 많이 받고 있다.

5

　배빗은 이 헌정 기사를 추진한 사람이 자신이라는 사실을 드류 박사에게 알려 주었다. 드류 박사는 그를 〈형제〉라 부르고 여러 번 악수하면서 감사를 표시했다.

　자문 위원회의 회의가 열리는 동안, 배빗은 어손에게 저녁 식사에 초대하고 싶다는 의사를 넌지시 전했다. 하지만 어손은 우물거렸다. 「그러면 좋겠는데, 하지만 여보게, 난 이제 거의 바깥출입을 하지 않네.」 하지만 목사의 초대는 거절하지 못하리라. 배빗은 쾌활하게 드류에게 말했다.

　「목사님, 이제 우리 일이 성공하고 보니, 목사님이 우리 세 사람을 저녁 식사에 부를 때가 되었다는 생각이 문득 드는군요!」

　「근사해요! 물론이죠! 기꺼이!」 드류 박사는 남자답게 외쳤다(그의 어조가 고(故) 루스벨트 대통령과 비슷하다고 하는 사람들도 있었다).

　「그리고 박사님, 어손 씨가 확실히 저녁 식사에 오도록 다짐을 받아 놓아야 해요. 고집하면서 말이에요. 내 생각에 그는 집 안에만 너무 오래 틀어박혀 있어서 건강을 해치는 것 같아요.」

　어손은 저녁 식사에 참석했다.

　우애 넘치는 만찬이었다. 배빗은 지역 사회를 안정시키는 은행가의 교육적 가치에 대해 기품 있게 말했다. 은행가들은 상업계의 목사라는 내용이 주된 골자였다. 어손은 처음으로 주일 학교 문제를 떠나, 배빗에게 사업이 잘되어 가느냐고 물었다. 배빗은 거의 부모를 대하듯 공손하게 대답했다.

 몇 달이 지난 뒤, 전차 회사의 터미널 사업에 참여할 기회를 얻은 배빗이 대출을 얻기 위해 찾아간 곳은 평소의 거래 은행이 아니었다. 그것은 상당히 은밀한 거래였고, 설사 공개되더라도 일반 대중은 그 내용을 전혀 이해하지 못할 거래였다. 그는 친구인 어손 씨를 찾아가 환영받았고, 개인 투자 사업 명목으로 대출을 받았다. 두 사람은 새롭게 사귄 좋은 관계로 상부상조했다.

 이후로 배빗은 자동차 여행을 나가야 하는 봄날의 일요일 아침을 제외하고는 규칙적으로 교회에 다녔다. 그는 테드에게 말했다. 「애야, 복음 교회만큼 건전한 대화를 나눌 수 있는 강력한 발판도 없단다. 교회만큼 친구들을 사귀기 좋은 곳도 없어요. 게다가 그런 친구들은 네가 지역 사회에서 정당한 위치를 차지하는 데 도움을 주지.」

제18장

1

배빗은 하루에 두 번씩 자녀들을 상대로 용돈을 어떻게 쓰는지 일일이 파악하고 충분히 얘기를 나누곤 했다. 그러나 지난 몇 주 동안은 코트 소매에 달린 단추나 마찬가지로 자녀들을 별로 의식하지 않았다.

그는 케네스 에스콧이 베로나를 칭찬한 덕분에 딸의 진가를 알게 되었다.

딸은 예정대로 그룬스버그 피혁 회사의 사장 그룬스버그 씨의 비서로 들어갔다. 그녀는 세부 사항에 신경 쓰면서 아주 꼼꼼하게 일했으나 그 세부 사항의 구체적인 내용은 전혀 이해하지 못했다. 그녀는 뭔가 절박한 일 — 가령 회사를 그만두거나 남편과 헤어지는 따위 — 을 하기 직전의 분위기를 풍기면서도 실제로는 그렇게 하지 않는 재주가 있었다. 에스콧이 딸에 대하여 망설이는 듯한 열정을 보이자 배빗은 장난을 걸고 싶은 아버지의 심정이 되었다. 엘크 클럽에서 돌아오면 그는 장난스러운 시선으로 거실을 들여다보며 가볍게 말했다. 「우리 케니는 오늘 밤에도 여기 왔구먼.」 베로나의 항의 섞인 대꾸를 그는 결코 믿지 않았다. 「참, 아빠도. 켄과 저는 그냥 친구예요. 우리의 이념에 대해 얘기할 뿐이죠. 감상적인 느낌 따윈 전혀 없어요. 그건 우리의 대화를 망치고 말 거예요.」

배빗이 가장 걱정하는 것은 테드였다.

라틴어와 영어에서 추가 시험을 치러야 했지만 수공예, 농구, 무용 등에서 뛰어난 성적을 올린 테드는 이스트사이드 고등학교 3학년 시기를 힘들게 보냈다. 집안일에는 자동차의 점화 장치에 미묘한 고장이 발생하여 원인을 파악해 달라는 요청을 받을 때만 관심을 기울였다. 그는 걱정하는 아버지에게 대학이나 법과 대학원에 진학하지 않겠다는 뜻을 거듭 밝혔다. 테드의 이런 〈대학 무용론〉과, 이웃집 유니스 리틀필드와 노닥거리는 관계가 배빗에게는 걱정거리였다.

유니스는 각종 통계 자료에 해박하고 개인의 소유권을 칭송하는 말상 얼굴을 가진 하워드 리틀필드의 딸이었다. 유니스는 물가에 내놓은 어린애나 마찬가지였다. 배빗이 신문을 읽고 있으면 집으로 껑충껑충 뛰어 들어와 그의 무릎 위에 올라앉아 신문을 구기곤 했다. 그가 취소된 판매 계약서를 싫어하듯이 구겨진 신문을 싫어한다고 잘 알아듣게 말해도 피식 웃을 뿐이었다. 방년 17세인 유니스의 야심은 영화배우가 되는 것이다. 개봉된 모든 〈장편 영화〉를 관람할 뿐 아니라, 활기찬 월간지 시대의 이례적인 징후인 영화 잡지들을 열심히 탐독했다. 그런 영화 주간지와 월간지에는 젊은 여자들의 사진이 가득 실려 있었다. 얼마 전까지만 해도 미숙련 매니큐어 미용사였다가 갑자기 영화배우로 부상한 여자들로, 감독이 일일이 표정 연기를 가르쳐 주지 않으면 센트럴 감리교회의 부활절 합창대에도 끼지 못할 정도로 형편없는 연기력의 소유자들이다. 그뿐인가. 그 잡지들은 승마용 바지와 캘리포니아의 방갈로 사진들로 도배한 〈인터뷰〉 코너에서 멍청한 눈초리의 멍청한 표정의 미님들이 피력하는 국세 정치와 조각에 대한 견해를 아주 진지하게 보도한다. 또한 순수한 매춘부와 인정 많은 열차 강도가 주인공으로 나오는 영화의 줄거리도 소개한다. 구두닦이가 하룻밤 사이에 유명한 시나리오 작가가 되는 방법을 알려 주는 코너도 있다.

유니스는 이런 권위 있는 영화 잡지들을 열심히 읽었다. 목동과 악한 역할을 맡았던 유명 배우 맥 하커가 영화 「아, 그대 장난꾸러기 아가씨」에서 합창단원으로 공식 경력을 시작한 시기가 1905년 11월인지 12월인지 막힘 없이 얘기할 수 있었고, 실제로 배빗 앞에서 여러 번 그 얘기를 했다. 아버지 리틀필드에 의하면, 그녀는 자기 방 벽에 배우 스물한 명의 사진을 걸어 놓고서 열심히 감상한다고 한다. 하지만 가장 기품 있는 남자 주인공이 서명한 얼굴 사진만큼은 자신의 가슴에 품고 다녔다.

배빗은 이 새로운 신들을 열광적으로 숭배하는 유니스의 태도에 놀랐고, 또 그녀가 담배를 피우는 게 아닐까 의심했다. 그는 2층에서 흘러 내려오는 악취를 느꼈는데, 그때마다 테드와 함께 킬킬거리는 그녀의 웃음소리가 들려왔다. 하지만 그는 캐묻지 않았다. 그 발랄한 아이는 때때로 그를 불안하게 만들었다. 그 아이의 가냘프고 매력적인 얼굴은 단발머리 때문에 더 날카로워 보였다. 스커트는 짧았고 스타킹은 말려 내려가 있었다. 그녀가 테드를 뒤쫓아 달려갈 때면 귀여운 실크 스타킹 위로 부드러운 무릎이 언뜻 보였다. 그런 광경은 배빗을 불안하게 했고, 그녀가 자신을 늙은이로 생각하지 않을까 노심초사하게 만들었다. 가끔 베일에 가린 듯한 꿈속이나 백일몽 속에서 자신을 향해 달려오는 아름다운 소녀는 유니스 리틀필드와 비슷한 모습을 하고 있었다.

유니스가 영화에 미친 것 못지않게 테드는 자동차에 미쳤다.

아무리 야유하고 조롱을 퍼부어도 테드가 아버지의 차를 만지작거리는 것을 막을 수는 없었다. 테드는 아침 일찍 일어나는 것이나 베르길리우스의 라틴어 문장을 외우는 것에는 아주 게을렀지만, 자동차를 만지작거리는 일에는 지칠 줄을 몰랐다. 그는 친구 셋과 함께 낡은 포드의 프레임을 구입한 후 필요한 양철과 목재를 투입하여 멋진 경주용 차를 만들어 냈다. 이 위태로운 차에 몸을 싣고 미끄러지듯 거리 모퉁이를 돌아 나갔고, 결국에 가서는 이윤을 남기고 팔았다. 배빗은 아들에게 오토바이를 사 주었다. 매주 토요일 오후, 테드는 샌드위치 일곱 개와 코카콜라 한 병을 호주머니에 집어넣고, 덜컹거리는 뒷좌석에는 유니스를 아찔하게 태우고서, 굉음을 내며 멀리 떨어진 동네로 질풍처럼 달려갔다.

유니스와 테드는 이웃사촌이었고, 말싸움을 할 때면 상대방을 전혀 배려하지 않고 노골적으로 싸웠다. 하지만 가끔 댄스파티를 위해 치장을 하고 향수 냄새를 풍기면서 파티에 다녀와서는 갑자기 말이 없어지고 은밀해졌다. 배빗은 그들의 관계가 아무래도 수상했고 또 걱정스러웠다.

배빗은 평범한 아버지였다. 그는 자상하면서도 강압적이고 고집도 센 데다가 아이들의 심리에 무지하고, 또 나름대로 아이들에게 불만이 있었다. 대부분의 아버지들과 마찬가지로 일종의 게임을 벌이듯 희생자가 명백히 틀릴 때까지 기다렸다가 거세게 공격하기를 즐겼다. 그리고 이렇게 말하면서 자신의 입장을 변명했다.「젠장, 테드의 엄마가 저 애를 망쳐 놓고 있어. 아이에게 사실을 있는 그대로 가르쳐야 하는데 그 악역이 나한테 떨어졌잖아. 저희들을 얼간이나 난봉꾼이 아니라 예의 바른 진정한 사람으로 키우려 애쓰는 보답으로 애들은 날 좁쌀영감이라고 부르지!」

하지만 배빗은 최악의 경로를 택하면서도 놀랍게도 그럴듯한 목표에 도달하는 인간적인 재능을 갖고 있었다. 그는 아들을 사랑했으며 아들과 함께 있는 것을 좋아했다. 만약 아들로부터 확실하게 공로를 인정받을 수 있다면 아들을 위해 모든 것을 희생할 각오였다.

2

 테드가 3학년 학급을 위한 파티를 계획했다.

 배빗은 아들에게 도움을 주고 격려할 생각이었다. 그는 과거 카토바 고등학교에 다니던 시절의 즐거웠던 기억을 돌이켜 보면서 멋진 게임을 일러 주었다. 보스턴으로 가서 스튜용 냄비를 헬멧 대신 쓰고 벌이는 몸짓 게임, 사람을 형용사나 속성으로 지칭하는 낱말 놀이 따위였다. 그는 과거의 게임을 열심히 말해 주었지만 아이들은 전혀 관심을 기울이지 않았다. 그들은 배빗의 말이 어서 끝나기만을 참고 기다렸다. 아들의 파티는 유니언 클럽 댄스파티 못지않게 표준적인 절차로 짜여 있었다. 거실에서는 춤을 추고, 식당에서는 기품 있게 식사하고, 홀에는 두 개의 브리지 탁자가 준비될 예정이었다. 브리지 탁자는, 테드의 표현에 따르면 〈30분 이상 춤을 출 수 없는 한심한 학생〉을 위한 것이었다.

 아침 식사 시간을 독점한 것은 그 파티에 관한 논의였다. 2월 날씨에 관한 기상 정보나, 목소리를 가다듬고 신문 표제에 대해 비평하는 배빗의 이야기에 귀를 기울이는 가족은 아무도 없었다. 그는 화난 어조로 말했다. 「이 아비가 너희들끼리의 재미난 대화에 좀 끼어들어도 되겠니? 내 말을 좀 들어 보지 않겠니?」

 「아이고, 버릇없는 아이처럼 굴지 말아요! 당신처럼 테드와 나도 얘기할 권리가 있어요!」 배빗 부인은 발끈했다.

 파티가 열리던 날 저녁, 그는 베키아 아이스크림과 프티 푸르[64]를 준비하는 마틸다를 돕지는 않은 채 옆에서 지켜보았다. 그의 불안은 이제 더욱 커졌다. 베로나가 고등학교 파티를 열던 8년 전, 아이들은 평범한 모범생들이었다. 하지만 지금은 사정이 확 바뀌어서 그들은 세상 물정에 밝은 소년과 소녀 아니, 오만한 남

---

[64] *petit four*. 커피나 차와 함께 내는 아주 작은 케이크 혹은 쿠키를 가리키는 프랑스어.

자와 여자였다. 야회복을 입은 남학생들은 배빗에게 공손하게 대하면서도 은제 담배 케이스에 들어 있던 담배를 뻣뻣한 자세로 건네받았다. 배빗은 젊은이의 파티에서 벌어지는 〈비난받을 짓〉에 대해 애슬레틱 클럽 사람들이 논평하는 내용을 들은 적이 있었다. 소녀들이 탈의실에 코르셋을 〈벗어 놓고〉, 〈부둥켜안고〉, 〈애무한다〉는 것이다. 이른바 부도덕이 조장된다는 얘기였다. 오늘 저녁, 그는 그 이야기가 맞는다는 생각이 들었다. 아이들은 뻔뻔스럽고도 냉정해 보였다. 소녀들은 안개 모양 장식 레이스를 두르고 산홋빛 벨벳이나 황금빛 옷을 입었으며, 슬쩍 자른 단발머리에는 빛나는 화관을 썼다. 그는 황급히, 그러면서도 은밀하게 2층을 살펴보고는 벗어 놓은 코르셋이 없는지 확인했다. 젊고 열성적인 아이들의 몸까지 강철같이 뻣뻣한 것은 아니었다. 번쩍이는 실크 스타킹, 부자연스럽고 값비싼 슬리퍼, 새빨갛게 루주를 칠한 입술과 연필로 그려 놓은 눈썹. 그녀들은 남자들과 얼굴을 맞대고 춤을 추었다. 속으로 부러우면서도 불안한 마음에 배빗은 머리가 아팠다.

그 모든 여학생들 가운데 가장 튀는 아이는 유니스 리틀필드였고, 남학생들 가운데 가장 열광적인 아이는 테드였다. 유니스는, 말하자면 하늘을 날아다니는 정령이었다. 그녀는 서슴지 않고 방의 여기저기를 미끄러지듯 돌아다녔다. 부드러운 어깨가 흔들리고, 발은 직조기의 북과 같이 날렵하게 움직였다. 그녀는 웃으면서 함께 춤을 추자고 배빗을 유혹했다.

이어 그는 파티의 부속 행사를 목격했다.

소년들과 소녀들은 때때로 모습을 감추었다. 아이들이 휴대용 술병을 뒷주머니에서 꺼내 함께 마신다는 소문을 떠올린 그는 살금살금 집 주변을 걸으며 주위를 살폈다. 거리에 주차된 10여 대의 차마다 담배 불빛이 빈짝이고, 킬킬거리는 웃음소리가 들려왔다. 그는 야단치고 싶었지만 (눈 쌓인 길에 선 채 어두운 구석을 뚫어지게 바라보며) 감히 그러지 못했다. 좀 더 신중하게 행동하고 싶었다. 그는 현관으로 되돌아와 아이들을 달랬다. 「애들아, 너희들 혹시 갈증을 느끼지 않니? 집에 근사한 탄산음료가 있어.」

「아, 고맙습니다!」 그들은 공손하게 대답했으나 무시하는 기색이 역력했다.

주방에서 아내를 찾아낸 그는 감정을 폭발시키고 말았다. 「저 어린 애송이 몇 놈을 집 밖으로 내던져 버리고 싶어! 나를 집사인 양 얕보다니! 차라리 —」

「알고 있어요.」 그녀는 한숨을 쉬었다. 「하지만 누구나 그렇게 말하고, 모든 어머니들이 내게 해주는 얘기는 이런 거예요. 만약 아이들의 편을 들어 주지 않는다면, 또 차에서 술을 마신다고 화를 낸다면, 저 애들은 더 이상 우리 집을 찾아오지 않을 거예요. 그러면 테드는 자연히 따돌림을 당하게 되겠지요. 당신은 그렇게 되길 바라나요?」

그는 테드가 따돌림을 받든 말든 무슨 상관이냐고 대꾸했지만, 아들이 혹시 그렇게 되지 않을까 싶어 서둘러 집 안으로 들어가며 입 다물고 있기로 했다.

하지만 그는 결심했다. 만약 아이들이 술을 마시는 현장을 목격한다면 그는 — 음, 그는 〈아이들을 놀라게 할 어떤 조치를 취할 것이다〉. 어깨가 딱 벌어진 어린 골목대장들을 기분 좋게 해주려고 애썼지만 그는 마음속으로 그들을 우습게 생각했다. 금주법에 의해 단속되는 위스키의 악취를 두 번씩이나 맡았지만 그는 겨우 두 번뿐이라고 자신을 위로하며 뒤로 물러섰다.

그때 하워드 리틀필드 박사가 씩씩거리며 배빗의 집 안으로 걸어 들어왔다.

부모는 아이를 보호해야 한다는 엄숙한 표정을 지으며 리틀필드는 집 안을 둘러보았다. 그 순간 테드와 유니스는 한 몸을 이룬 것처럼 엉켜 붙어 춤을 추고 있었다. 그 광경을 본 리틀필드는 경악했다. 그는 화난 어조로 유니스를 불렀다. 부녀는 귓속

말을 주고받았고, 리틀필드는 유니스 어머니의 두통 때문에 딸을 집으로 데려가야겠다고 배빗에게 말했다. 그녀는 눈물을 흘리며 떠났다. 배빗은 화난 표정으로 부녀의 뒷모습을 쳐다보았다. 〈유니스, 저 작은 악마! 테드의 입장을 난처하게 만들잖아! 더군다나 저 허풍선이 리틀필드는 무슨 태도가 저래? 마치 테드가 나쁜 영향을 끼친 것처럼 행세하는군!〉

나중에 그는 테드의 숨결에서 위스키 냄새를 맡았다.

정중한 작별 인사를 나누며 방문객들을 돌려보낸 뒤, 모든 것을 휩쓸어 버리는 눈사태 같은 치열한 가족 싸움이 벌어졌다. 서로를 노골적으로 비난해 대는 끔찍한 말다툼이었다. 배빗은 호통을 쳤고 배빗 부인은 울었다. 테드는 납득할 수 없다며 아주 반항적으로 굴었고, 베로나는 어느 편을 들어야 좋을지 몰라 당황했다.

몇 달 동안, 배빗 부부와 리틀필드 부부는 이웃의 늑대 새끼로부터 그들의 양을 지켜야 하는 부모처럼 서로 냉랭하게 대했다. 배빗과 리틀필드는 여전히 예배 시간에 자동차와 상원에 관해 얘기했지만 가족 이야기가 나올 때면 쌀쌀맞게 말머리를 돌렸다. 배빗의 집으로 놀러 올 때마다 유니스는 자신이 여기 오면 안 된다는 명령을 들었다고 은밀하게 털어놓았다. 배빗은 아버지답게 대하면서 조언하려 애썼으나 아무 소용 없었다.

3

「젠장, 모두가 사람을 갈구는 쇠갈고리뿐이야!」 테드는 유니스에게 부널거렸다. 그늘은 화려한 모자이크로 장식된 로열 드러그 스토어에서 뜨거운 초콜릿 음료와 땅콩 아몬드 바와 갖가지 얼린 열매를 정신없이 사 먹었다. 「아빠가 계속 간섭하는 통해 괴로워 죽겠어. 매일 저녁마다 아빠는 꾸벅꾸벅 졸면서 소파에 죽치고 앉아 있지. 만약 론이나 내가 〈저어, 아빠, 뭔가 좀 하죠〉라고 얘기하면 그걸 한번 생각해 볼 궁리조차 하지 않아. 하품을 쩍 하면서 이렇게 대꾸해. 〈지금 여기 이렇게 앉아 있는 게 나는 정말 좋다.〉 다른 곳에서 재미있게 지낼 줄도 모르지. 아빠도 너와 나처럼 뭔가 생각하는 게 있을 거야. 하지만 그걸 알아낼 길이 없어. 아빠는 사무실에서 일하는 거랑 토요일마다 멋없이 골프 치는 걸 제외하면, 집 안에서 죽치고 앉아 있는 게 전부야. 매일 저녁마다 그냥 그렇게 앉아 있는 거지. 외출하고 싶지도 않고, 아무것도 하고 싶지 않고, 우리 젊은 애들은 미쳤다고 생각하면서, 그냥 죽치고 앉아 있는 거야. 맙소사!」

4

배빗은 무기력한 테드의 모습에 초조했으나 베로나에 대해서는 아니었다. 그녀는 정말 믿음직스러웠다. 그녀는 숨 막힐 만큼 깨끗한 마음의 방에 갇혀 너무나 많은 시간을 보냈다. 케네스에스콧과 그녀는 늘 근처에서 어정거렸다. 집에 함께 있을 때에는 각종 통계 자료를 검토하며 조심스럽게 구애 활동을 펼쳤고, 외출할 때면 터덜터덜 걸어가 작가들, 힌두 철학자들, 스웨덴 신비 철학자들의 강연회에 참석했다.

「제기랄……」 포가티 부부의 브리지 게임 파티에서 귀가하던 중 배빗은 아내에게 투덜거렸다. 「론과 그 남자 친구가 집에만 죽치고 있으니 걱정이 돼. 그가 근무가 없는 저녁마다 두 사람은 우리 집에서 함께 시간을 보내지. 하지만 이 세상의 재밋거리라고는 조금도 몰라. 그냥 앉아서 수다만 떨다니 — 맙소사! 그곳에 앉아 — 매일 저녁마다 — 아무것도 하지 않으면서 — 외출하고 브리지 게임을 하는 내가 미쳤다고 생각하면서 — 거기에 죽치고 앉아 있기만 하다니 — 이건 정말 어이가 없어서!」

이어 그칠 새 없이 반복되는 파도 같은 가정생활에 맞서 헤엄치는 이에게 새로운 물결이 밀려왔다.

5

배빗의 장인 장모인 헨리 T. 톰슨 부부가 벨뷰 구역의 오래된 집을 남에게 세놓고 해튼 호텔로 이사했다. 말이 좋아 호텔이지, 과부들이 득실거리고 붉은 벨벳 가구가 즐비하며 얼음물 주전자 소리가 울려 퍼지는 일종의 하숙집이었다. 그곳에서 두 사람은 고독했고, 한 주 걸러 일요일 저녁마다 배빗 부부는 그들을 찾아가 함께 식사했다. 잘게 썬 닭고기찜, 축 처진 셀러리, 콘스타치 아이스크림. 식사가 끝난 뒤 젊은 여자 바이올리니스트가 브로드웨이의 독일 노래를 연주하는 동안, 그들은 호텔 라운지에 점잖게 앉아 있었다.

그리고 배빗의 어머니가 석 주를 보내기 위해 배빗의 고향 카토바에서 왔다.

그녀는 자상한 면이 있긴 했지만 세상 물정은 아예 모르는 여자였다. 그녀는 관습을 무시하는 베로나마저 〈요즘 많은 여자들이 지닌 그 모든 이념을 거부하는, 훌륭하고 정숙하고 가정적인 여자〉라며 칭찬했다. 기계류와 더러운 기름만 좋아하여 차동 톱니바퀴에 기름을 바르고 있는 테드를 보고서는 〈손자가 집안일을 잘하고 아버지를 잘 도와주며, 여자애들과 외출할 생각만 하지 않고 사교계의 훌륭한 신사처럼 행동한다〉며 기뻐했다.

배빗은 어머니를 좋아하고 가끔은 매우 사랑했지만 그녀의 기독교저 안내심에 대해서는 짜증이 났다. 어머니가 〈네 아버지〉라고 부르는 신화적인 주인공 얘기를 할 때면 그는 온몸이 오그라들었다.

「조지, 넌 기억나지 않을 거야. 당시 너는 자그마한 꼬마였으니까. 애야, 나는 그날 금발이 섞인 갈색 고수머리에 레이스 칼라를 단 네 모습이 어땠는지 기억하고 있어. 너는 늘 병을 달고 사는 허약한 어린이였지. 너는 예쁜 것과 작은 털실 신발의 붉은 장식 술, 뭐 그런 것들을 좋아했어. 네 아버지가 우리를 교회에 데려갈 때 한 남자가 우리를 멈춰 세우고 〈소령〉이라고 불렀지. 이웃의 많은 사람들이 네 아버지를 〈소령〉이라고 부르곤 했어. 물론 세계 대전 당시엔 사병에 지나지 않았지만, 그를 지휘한 대위에 대한 네 아버지의 질투심 때문에 사람들이 그렇게 불러 주었지. 아무튼 네 아버지는 고위 장교가 되어야 마땅했어. 그는 아주, 아주 소수의 사람들만이 지닌 탁월한 지휘 능력을 타고났거든. 아무튼 그때 어떤 남자가 큰 거리로 나와 손을 들어 올리며 마차를 세웠어. 〈소령, 스캐널 대령의 의회 진출을 후원하기로 결심한 사람들이 많습니다. 우리는 당신이 동참하기를 바랍니다. 가게에서 사람들을 대하듯 유권자들을 만나 준다면, 당신은 우리에게 큰 도움이 될 겁니다.〉

그런데 네 아버지는 그를 빤히 쳐다보면서 말했지. 〈나는 그런 일 따위는 하지 않겠습니다. 그의 정치 활동을 좋아하지 않으니까요.〉 글쎄다, 그는 〈스미스 대위〉라고 불리는 남자였는데 그 이유는 아무도 모른단다. 왜냐하면 〈대위〉나 그 밖의 어떤 칭호로 불릴 자격이 있는 기미나 흔적이 전혀 없었기 때문이지. 이 스미스 대위는 대답하더구나. 〈소령, 만약 친구들에게 끝까지 충성하지 않는다면 당신은 고달프게 될지도 모릅니다.〉 하지만 네 아버지가 어떤 사람인지 너도 알잖니? 이 스미스 또한 알고 있었지. 스미스는 네 아버지가 진정한 사나이며 또 정치 상황을 훤히 꿰고 있다는 걸 알고 있었어. 마음대로 안 되는 사람이 한 명 있다는 것을 알아챈 거지. 하지만 그는 계속 뭔가 암시하려 했고 그러자 네 아버지가 큰 소리로 대꾸했어. 〈스미스 대위, 나는 이 일대에서 명성이 약간 있습니다. 내 사업에 신경을 쓰는 동시에 다른 사람들에게도 그들의 사업에나 신경 쓰도록 권고할 자격이 충분한 사람입니다!〉 이런 얘기를 마친 뒤, 네 아버지는 마차를 계속 몰아, 길가에 빈둥빈둥 서 있는 스미스를 지나쳤지!」

어머니가 배빗의 어린 시절을 테드와 론에게 들려줄 때 그는 제일 짜증이 났다. 어린 시절 그는 보리 엿 사탕 과자를 좋아했고, 〈고수머리에 가장 예쁘고 자그만 분홍색 나비매듭〉을 달았으며, 자신의 이름을 제대로 발음하지 못해 〈구구〉라고 했다. 그는 테드가 팅카를 타이르는 소리를 들었다(물론 들었다는 내색은 하지 않았다).「애야, 자, 예쁜 분홍색 나비매듭을 네 고수머리에 꽂고 아침 식사 때 내려가 자랑해라. 안 그러면 구구가 아주 화를 낼걸.」

배빗의 이복동생 마틴은 카토바에서 아내와 막내 아기를 데리고 제니스에서 이틀을 보내기 위해 왔다. 마틴은 소를 키우면서 먼지투성이의 잡화점을 운영했다. 마틴은 자신이 옛날 양키의 인종에서 자유의 몸으로 태어난 독립적인 미국인이라는 자부심을 느끼고 있었다. 정직하고 무뚝뚝하고 못생기고 사귀기 힘든 자신의 성격을 자랑스러워하기도 했다. 그가 툭하면 내뱉는 말은 〈그것에 얼마를 지불했습니까?〉였다. 그는 베로나의 책, 배빗의 은제 만년필, 탁자 위의 꽃들을 도시풍 사치로 여기며 그렇게 물었다. 멍청한 제수와 조카 아이가 옆에 없었더라면 배빗은 동생과 말다툼을 했을 것이다. 배빗은 그 아이를 귀엽게 여겨 쓰다듬고 놀리면서 손가락으로 가볍게 찔렀다.

「내 생각에 이 아기는 건달이야. 그래, 이 작은 아기는 건달이지. 건달이라니까. 그래, 건달이야. 이 아기는 늙은 건달에 지나지 않아. 이 아이의 본질이 그거라니까, 건달!」

시종일관 베로나와 케네스 에스콧은 인식론을 깊이 파고들었다. 테드는 무례한 반항아였다. 열한 살 먹은 팅카는 〈다른 모든 소녀들처럼〉 영화를 일주일에 세 번 보게 해달라고 졸랐다.

배빗은 노발대발했다.「지긋지긋하구나! 삼대를 상대해야 하다니! 온 가족이 나한테 의지하는군. 어머니 생활비의 절반을 내

드려야 하고, 헨리의 이야기를 들어 주어야 하고, 마이러의 걱정거리를 들어야 하고, 이복동생 마트를 정중히 대해야 하고, 아이들을 도와주려다가 좁쌀영감이라는 소리를 들어야 해. 모두가 나한테만 의존하면서도 가족들 중 단 한 사람도 고마워하지 않아! 나는 누구에게서도 위로나 신뢰나 도움을 받지 못해. 맙소사, 언제까지 이런 역할을 맡아야 하지?」

2월에 병에 걸려 앓았을 때, 그는 그 상태를 즐겼다. 바위같이 버티던 그가 무너지는 것에 가족들이 깜짝 놀라는 것을 보고서 내심 기뻐했다.

그는 미심쩍은 대합조개를 먹고 체했다. 이틀 동안 나른하고 기분이 언짢아서 활동하기가 거북했지만 가족의 극진한 보살핌을 받았다. 〈아, 나 좀 혼자 있게 내버려 둬!〉 하고 호통을 쳐도 반격당하지 않았다. 그는 침실에 드러누워, 겨울 해가 깔끔한 커튼을 따라 뉘엿뉘엿 지는 광경을 지켜보았다. 커튼의 불그스레한 카키색이 어슴푸레한 핏빛으로 바뀌었다. 커튼 밧줄이 시커먼 그림자를 드리우고 그림자는 캔버스의 매혹적인 잔물결처럼 일렁거렸다. 그는 잔물결의 파상형에서 기쁨을 발견했으나 햇빛이 사라지면서 그것이 흐릿해지자 한숨을 내쉬었다. 그는 삶의 무게를 의식하게 되었고 그러자 좀 슬퍼졌다. 인생에 확고한 낙관론을 부여해 주는 버질 건치가 없는 상황에서 그는 자신의 생활 방식이 터무니없이 기계적이라는 느낌이 들었고, 내심 그것을 절반쯤 수긍했다. 부실하게 날림으로 지은 주택을 좋은 값에 팔아 치워야 하는 사업도, 따지고 보면 기계적인 것이었다. 거리의 진정한 삶과 담을 쌓고 그 자체로 하나의 상류 사회가 되어 무미건조하고 딱딱하고 비인간적인 존경을 받는 교회도 기계적이기는 마찬가지였다. 친구 관계도 폴 리슬링을 제외하면 모두가 기계적인 것이었다. 기계적인 골프와 기계적인 디너파티와 기계적인 브리지 게임과 기계적인 대화. 상대방의 등을 툭 치면서 웃기곤 하지만, 조용히 우정을 확인하는 일은 결코 없었다.

그는 거북하게 침대에서 몸을 뒤척였다.

그는 지나간 세월, 눈부신 겨울의 나날, 여름의 초원을 연상시키는 달콤한 오후를 되돌아보았다. 아련한 허세에 빠져들었으나 그것은 금방 사라지는 마음이었다. 그는 이어 임대차 계약에 관한 통화를 하고, 그가 싫어하는 사람들을 감언이설로 속이고, 사업차 그들을 방문하여 지저분한 대기실에서 기다리는 자신의 모습 — 모자를 무릎에 올려놓고, 파리가 점점이 달라붙은 달력을 보면서 하품을 하고, 사무실 급사에게 정중히 대하는 자신의 모습 — 을 상상했다.

〈다시는 사무실로 되돌아가지 않았으면…….〉 그는 기도했다. 〈나는 차라리, 아, 나도 모르겠군, 뭘 하고 싶은지.〉

하지만 다음 날 그는 사무실로 되돌아갔고, 바쁘게 움직이면서 여전히 현재의 생활을 의심하는 자기 자신을 발견했다.

제19장

1

제니스 전차 회사는 도체스터 근교에 전차 정비 창고를 건설하기로 계획했다. 하지만 부지를 구입하려 나서자 곧 토지 선택 매매권이 배빗-톰슨 부동산 회사에게 있음을 알게 되었다. 구매부장, 수석 부사장, 심지어 사장조차도 배빗 회사가 제시하는 가격이 비싸다고 항의했다. 그들은 주주에 대한 의무를 언급하면서 법원에 제소하겠다고 위협했지만, 어쨌든 법정 소송은 벌어지지 않았다. 공무원들은 배빗과 타협하는 편이 더 현명한 선택이라고 권유했다. 그들 사이에 오간 편지 사본들은 회사 파일에 남아 있었고, 공공 위원회는 그 서류를 얼마든지 열람할 수 있다.

배빗이 3천 달러를 은행에 예금한 직후, 전차 회사의 구매부장은 5천 달러짜리 자동차를 샀고 수석 부사장은 데본 우즈에 집을 지었으며 사장은 외국 대사로 임명되었다.

이웃에게 알리지 않은 채 누군가의 땅을 계약하여 선택 매매권을 취득하는 일은 배빗에게 상당한 스트레스였다. 차고와 가게가 들어설 것이라는 소문을 퍼뜨리고, 그가 더 이상의 선택 매매권을 사들이지 않을 것처럼 하고, 노련한 포커 플레이어처럼 아무런 관심도 없다는 듯 가장하며 기다려야 했다. 핵심 부지를 확보하지 못할 수도 있는 위기가 그의 계획 전체를 위협하는 순간에도 아무 일 없다는 듯 외양을 꾸미면서 기다리는 작전을 써야 했다. 이 모든 상황 말고도, 그는 거래에 참여한 은밀한 공모자들과 신경이 곤두설 정도로 언쟁을 해야 했다. 그들은 배빗과 톰슨에게 중개인 이상의 몫을 인정하지 않으려 했다. 배빗은 동의했다. 「사업 윤리로 보자면, 중개인은 중개의 원칙을 지켜야 하고 매수에 끼어들어서는 안 되죠.」 그는 톰슨에게 말했다.

「윤리라고? 빌어먹을! 그 거룩한 패거리들, 자기들끼리만 뇌물을 받아먹고 우리는 안 끼워 주겠다고? 그러고도 무사할 줄 알아?」 헨리는 씩씩거렸다.

「글쎄, 난 그렇게 생각하고 싶지 않아요. 그건 결국 이중 거래잖아요.」

「아니, 이건 삼중 거래야. 그냥 배신당하는 건 그자들이나 우리들이 아니라 일반 대중이거든. 그런데 자, 우리가 윤리를 지키고 그런 부정 거래를 안 한다고 쳐봐. 그러면 우리 몫의 부동산을 사들일 대출금을 어디서 은밀하게 가져올 건데? 우리는 평소 거래하던 은행에는 갈 수가 없어. 그렇게 하다 보면 일이 들통이 나게 돼 있다고.」

「어손을 찾아가 말해 보겠습니다. 그는 무덤처럼 입이 무거우니까요.」

「그거 좋은 아이디어군.」

어손은 특별한 〈맞춤 투자〉를 기꺼이 받아들이면서 배빗에게 대출해 주었고 그 건이 은행 장부에 나타나지 않도록 뒤를 봐주었다. 이렇게 하여 배빗과 톰슨은 특정 부동산에 대하여 선택 매매권을 확보했고 그 땅을 실제로 소유했지만, 등기부 등본상에는 그들의 이름이 소유주로 나타나 있지 않았으므로 비싼 값에 선매를 할 수 있게 되었다.

부동산 활동을 증가시키고 사업의 열기를 뜨겁게 하고 공공의 신뢰를 더욱 굳건히 하는 이 멋진 거래를 한창 마감하려 할 때, 배빗은 부도덕한 사람이 자기 밑에서 일한다는 사실을 알고 당황했다.

부도덕한 사람이란, 바로 외부 영업 사원 스탠리 그라프였다.

그동안 배빗은 그라프에 대해 우려해 왔다. 그는 세입자와의 약속을 지키지 않았다. 임대 건수를 성사시키기 위해 집주인이 허락하지 않은 수리를 약속하곤 했던 것이다. 그라프는 가구 딸린 집의 가구 목록을 꾸며서, 세입자가 떠날 때 있지도 않았던 가구에 대해 지불하게 하고 그 값을 챙겼다는 의심을 샀다. 배빗은 이 의심을 증명할 수 없었지만 그라프를 해고하기로 마음먹었다. 단지 그럴 만한 시간적 여유를 찾지 못했던 것이다.

지금, 얼굴이 벌게진 한 남자가 숨을 헐떡거리며 배빗의 방으로 쳐들어왔다. 「이봐요! 항의할 게 있어 찾아왔어요. 만약 당신이 그 친구를 손보지 않는다면, 나는……!」

「예? 저, 진정하세요. 무슨 골칫거리라도 있습니까?」

「골칫거리! 그렇죠! 내 골칫거리는 ─」

「편히 앉으세요. 떠드는 소리가 건물 전체에 울려 퍼지겠어요.」

「당신이 데리고 있는 그 친구, 그라프가 내게 집을 빌려 주었어요. 어저께 나는 그와 만나 임차 계약에 만족한다며 서명했지요. 그가 집주인의 서명을 받아 저녁에 계약서를 보내 주겠다고 했어요. 그러고서 실제로 그렇게 했습니다. 오늘 아침, 나는 아침 식사를 하러 내려왔어요. 우리 집 딸애 얘기에 따르면, 어떤 사람이 오전 우편 배달 직후에 우리 집으로 와서 잘못 배달된 봉투, 한쪽 구석에 〈배빗-톰슨〉이라고 적힌 대형 봉투를 되찾아 가겠다고 했다더군요. 정말 그 친구 말대로 배달된 봉투가 있었고, 딸애는 봉투를 그에게 넘겨주었답니다. 딸애가 말하는 인상착의를 들어 보니 그 찾아간 친구가 바로 그라프였어요. 난 그자한테 전화를 걸었고, 그자는 모두 인정했습니다! 내 임차 계약서에 서명된 뒤였는데, 또 다른 사람에게서 더 좋은 제의를 받고 내 계약을 취소하고 싶다는 거였어요. 자, 이제 당신은 어떻게 할 셈이죠?」

「저, 성함이 —」

「윌리엄 바니 — W. K. 바니요.」

「아, 그래요. 개리슨 집이군요.」 배빗은 벨을 눌렀다. 미스 맥건이 들어오자 그는 물었다. 「그라프는 외출했나?」

「예, 사장님.」

「그의 책상을 뒤져 바니 씨의 개리슨 집 임차 계약서가 있는지 살펴봐.」 이어 배빗은 바니에게 말했다. 「이런 일이 벌어지다니 이루 말할 수 없이 미안합니다. 그라프는 돌아오는 대로 해고입니다. 물론 당신의 임차 계약은 유효하고요. 한 가지 덧붙이죠. 집주인에게 말해 우리에게 수수료를 내는 대신, 당신 월세에 충당하라고 하겠습니다. 예! 정말입니다! 솔직히 말해, 이런 일을 당하면 기분이 나빠요. 난 내가 분별 있는 사업가라고 생각합니다. 알다시피, 나 역시 상황이 요구한다면 할 수 없이 한두 가지 선의의 거짓말을 하기도 합니다. 때때로 허풍을 떨거나 감동을 주어야만 하는 때가 있으니까요. 하지만 이번엔 처음으로 우표 서너 장 훔치는 것보다 훨씬 더 질이 나쁜 직원을 만났네요. 그런 부정한 방법으로 이득을 얻는다면, 내 마음은 정말 아플 거예요. 그러니 수수료를 돌려 드려도 괜찮겠지요? 좋습니다!」

2

그는 2월의 도시를 터벅터벅 걸었다. 눈이 녹기 시작한 진창길에서는 트럭들이 흙탕물을 튀기고, 검은 벽돌로 단장한 처마 위 하늘은 잿빛이었다. 그는 비참한 기분을 느끼며 사무실로 되돌아왔다. 법을 존중하던 그가 우편물 변취 금지법을 어긴 것이다. 하지만 배빗은 그라프가 감옥에 가고 그의 아내가 고통받는 광경을 차마 볼 수 없었다. 더욱 나쁜 것은 그라프를 해고해야 한다는 것이었고, 그건 배빗이 가장 싫어하고 두려워하는 일이었다. 배빗은 사람들을 몹시 좋아했고 상대방이 자신을 좋아하기를 간절히 원했기 때문에 그들을 모욕하는 일을 하고 싶지 않았다.

미스 맥건이 급히 들어와, 앞으로 벌어질 구경거리를 예상하는 듯 흥분한 목소리로 나지막하게 말했다. 「그가 사무실로 돌아왔습니다!」

「그라프? 들어오라고 해.」

그는 의자에 앉은 자신이 진지하고 침착하게 보이도록 애썼고, 눈빛을 무표정하게 유지하려고 노력했다. 깔끔한 얼굴에 안경을 쓰고, 콧수염을 길러 멋을 부린 서른다섯의 남자 그라프가 살그머니 들어왔다.

「나를 보자고 했습니까?」 그라프는 말했다.

「그래, 앉게나.」

그라프는 계속 선 채로 투덜댔다. 「그 다루기 어려운 늙은 바니가 사장님을 만나러 온 것 같군요. 그에 대해 설명하겠습니다. 그는 마지막 한 푼까지 깎자고 고집을 피우는 진짜 구두쇠에요. 실질적인 월세 부담 능력에 대해 거짓말까지 했습니다. 계약서에 서명한 뒤에야 그 사실을 알았지요. 그런데 또 다른 친구가 나타나 더 좋은 조건을 제시했습니다. 그래서 바니의 계약을 취소하는 것이 회사에 대한 의무라고 생각하고, 아침 일찍 가서 임차 계약서를 되찾아 왔어요. 물론 그렇게 하기까지는 무척 걱정했어요. 솔직히 말해, 배빗 사장님, 나는 뭔가 속일 생각은 없었어요. 다만 회사가 모든 수수료를 가졌으면 하고 —」

「잠깐만, 스탠. 그 모든 얘기가 사실일지 모르나, 나는 자네와 관련하여 많은 불평불만을 들었네. 자네가 일부러 잘못을 저질렀다고 생각하지 않아. 내 생각에 만약 이 일에서 좋은 교훈을 얻는다면, 자네는 좀 정신을 차릴 테고 앞으로 일류 부동산 중개업자가 되겠지. 하지만 내가 자네를 계속 고용해야 하는지는 잘 모르겠네.」

그라프는 호주머니에 손을 찔러 넣고 파일 캐비닛에 기댄 채 웃음을 터뜨렸다. 「그럼 난 해고된 거군요! 글쎄, 아주 오래된 비전과 윤리를 강조하는 배빗 씨, 이거 정말 웃기는군요. 하지만 당신의 그 잘난 체하는 태도가 언제까지나 통할 거라고 생각하지는 마세요. 그래요, 내가 어느 정도 정직하지 않은 일을 저지른 건 사실이에요. 하지만 이 사무실에 근무하자면 그건 어쩔 수가 없어요.」

「자, 하느님께 맹세코, 젊은이 ─」

「저런! 짜증을 가라앉히고 소리도 지르지 마세요. 저기 사무실 사람들 모두에게 당신 얘기가 들릴 거예요. 어쩌면 지금 엿듣고 있을지도 모르지만요. 친애하는 배빗 씨, 당신은 첫째, 악덕업자이고 둘째, 지독한 구두쇠입니다. 만약 당신이 웬만한 봉급만 주었더라도 나는 엉뚱한 사람에게서 부정한 돈을 훔치지 않았을 거예요. 그건 다 아내를 굶기지 않기 위해서였어요. 우리는 5개월 전에 결혼했고, 아내는 아주 착한 여자입니다. 당신, 이 지긋지긋한 늙은 도둑. 당신은 그동안 우리 부부를 무일푼으로 만들었어요. 당신의 얼간이 아들과, 맥 빠진 바보 딸에게 주려고 우리의 돈을 빼앗아 갔죠! 잠깐! 하느님께 맹세코, 당신은 내 말을 참고 들어 줘야 마땅해요. 안 그러면 사무실 전체가 알아들을 수 있도록 크게 소리칠 거예요! 악덕 업자 ─ 이봐요, 만약 지난번에 있었던 전차 회사의 선택 매매권 건을 검찰청 검사에게 나발 불어 버린다면, 당신과 나는 전차 회사의 멋지고 깨끗하고 경건한 고관 나리들과 함께 감옥에 가게 되겠죠!」

「스탠, 이제야 자네의 본심을 털어놓는군. 그 거래는 전혀 부정 거래가 아니야. 세상이 발전할 수 있는 유일한 방법은 도량이 넓은 사람들을 위해 일을 열심히 해주는 것이지. 그런 사람들은 보상을 받게 되고. 그뿐이야.」

「아, 제발! 나한테 설교하지 마세요! 예상한 대로 나는 해고군요. 좋아요. 오히려 잘된 일이에요. 만약 다른 회사에 취업하는 걸 당신이 방해한다면, 모든 걸 불어 버릴 거예요. 당신과 헨리와 당신네 업계 동아리가 더 크고 더 교활한 부정 거래에서 성공한 얘기, 그 더럽고도 부정한 거래에 관한 정보를 전부 나발 불겠다 이겁니다. 그러면 당신은 이 도시에서 쫓겨나겠죠. 그리고 나는, 그래요, 당신이 옳았어요, 배빗. 나는 비뚤어진 행동을 해 왔어요. 하지만 앞으로 올바르게 행동할 거고, 그 첫 번째 단계로, 사장이 거룩한 이상을 떠들어 대지 않는 그런 사무실에 취직할 거예요. 다 불어 버리겠다는 내 말 꼭 기억하세요. 안 그러면 당신 회사는 하수구에 처박히게 될 테니까!」

배빗은 분노와 변명이 교차하는 착잡한 마음으로 오랫동안 책상에 앉아 있었다. 한편으로는 〈저놈을 감옥에 집어넣겠어〉라고 생각했다가 다른 한편으로는 〈무슨 소리야? 난 진보의 바퀴가 굴러가는 데 필요한 일을 했을 뿐이야〉라고 자기변명을 했다.

다음 날, 그는 그라프의 자리에 프리츠 웨일런저를 채용했다. 프리츠는 배빗의 막강한 경쟁 회사인 이스트사이드 주택 개발 회사의 영업 사원이었다. 이렇게 그는 단숨에 경쟁 회사를 압박하면서 아주 우수한 직원을 확보했다. 젊은 프리츠는 고수머리에 쾌활하고 테니스를 잘 치는 청년이었다. 그는 사무실을 찾아오는 고객들을 따뜻하게 맞아들였다. 배빗은 그를 아들처럼 생각했고 그에게서 많은 위안을 얻었다.

3

시카고 변두리의 버려진 경마장으로 공장 부지에 안성맞춤인 땅이 매매 물건으로 시장에 나왔다. 제이크 오펏은 배빗에게 자신을 대신해 입찰에 들어가 달라고 요청했다. 전차 회사 거래 때문에 긴장한 데다 스탠리 그라프와 관련하여 실망이 컸던 배빗은 가만히 책상에 앉아 집중하기가 어려웠다. 그는 가족에게 제안했다.「자, 이봐! 이틀 동안 시카고에 서둘러 다녀올 사람이 누굴까? 주말에 학교는 딱 하루만 빠질 텐데. 그 유명한 사업 대표자, 조지 F. 배빗과 함께 갈 사람은 누구지? 이런, 시어도어 루스벨트 배빗 씨로군!」

「만세!」테드는 외쳤다.「아, 배빗가의 남자들이 그 오래된 소도시에서 술집을 순례하며 마음껏 호기를 부리겠구나!」

집의 일상적 분위기로부터 멀어지자마자 부자는 한마음으로 뭉쳤다. 테드는 아버지 배빗이 생각하는 노년의 기준을 적용할 때에만 아이일 뿐이었다. 사실, 배빗이 아들보다 더 원만하고 넓은 지식을 보유한 분야는 부동산 거래의 세부적인 사항과 정치 용어밖에 없었다. 풀먼 기차 흡연실에서 다른 박식한 어른들이 부자를 단둘이 있도록 내버려 두었을 때, 배빗의 목소리는 어린아이를 상대할 때의 공격적인 농담조가 아니었다. 오히려 그는 위압적이면서도 단조로운 말투로 테드에게 말을 건넸다. 테드는 귀에 거슬리는 아버지의 목소리를 흉내 내려 애썼다.

「저런, 그러니까, 아빠가 국제 연맹 얘기로 인기를 얻은 그 불쌍한 아마추어의 정체를 밝혀낸 거로군요!」

「글쎄, 많은 사람들의 문제는, 자기 자신이 무슨 얘기를 하는지 전혀 모르고 있다는 거지. 사태의 핵심을 파고들지 못해요……. 너는 켄 에스콧을 어떻게 생각하니?」

「정말이지 아빠, 괜찮은 청년이라는 생각이 들어요. 담배를 지나치게 많이 피운다는 것만 빼면 별로 흠잡을 데가 없어요. 하지만 너무 우유부단해요! 저, 만약 우리가 그의 등을 떠밀지 않는다면 그 가엾은 얼간이는 결코 론에게 청혼하지 않을 거예요! 론 역시 미숙해요. 아주 느려 터졌죠.」

「그래, 네 말이 옳다. 두 사람은 너무 느려. 우리 같은 활기가 없지.」

「맞아요, 너무 굼떠요. 맹세컨대 아빠, 나는 우리 가족 중에 론 같은 성격이 어떻게 나왔는지 모르겠어요! 진실이 밝혀질지 모르겠지만, 혹시 아빠가 젊은 시절에 엉뚱한 여자랑 데이트한 거 아니에요?」

「아버지한테 못 하는 소리가 없구나. 하긴, 나는 느려 터지지 않았으니까!」

「그럼요, 아빠가 굼벵이였을 리 없죠. 아빠는 좋은 데이트 기회를 놓치지 않았을 거예요!」

「아무튼 내가 여자들과 데이트를 할 때에는, 방직 공장의 파업에 대해 얘기하면서 시간을 보내지는 않았지!」

두 사람은 함께 큰 소리로 얘기하고 시가를 피웠다.

「앞으로 그들을 어떻게 해야 할까?」 배빗이 물었다.

「잘 모르겠어요. 가끔 켄을 한쪽으로 데리고 가서 흠칫 놀라게 해주고 싶은 생각이 들어요. 가령 이렇게 말해 주는 거죠. 〈이 봐요, 젊은 양반. 형씨는 론과 결혼할 생각이 있는 거요, 아니면 죽도록 누나와 얘기만 나누다 말 거요? 형씨는 서른이 다 되어 가는데 계속 스물이나 스물다섯처럼 행세할 거요? 언제 책임감을 느끼고 돈을 마련할 생각이오? 조지나 내가 도울 일이 있으면 어서 요청해요. 속도도 좀 내시고!〉」

「아무튼 너나 내가 그에게 말해 보는 것도 그리 나쁘지 않겠군. 그 친구가 오해를 하지 않는다면 말이다. 그는 우유부단한 지식인 기질이 있어. 너나 나처럼 본격적으로 자신의 카드를 책상에 펼치고 솔직하게 얘기하는 사람이 아니야.」

「그래요, 아주 고답적인 지식인이에요.」

「그래, 그렇단다.」

「그건 사실이에요.」

두 사람은 한숨을 쉬면서 침묵했고 생각에 잠겼다.

그때 열차 차장이 들어왔다. 배빗의 부동산 사무실로 찾아와 주택을 문의한 적이 있는 사람이었다. 「아, 당신이로군요, 배빗 씨. 시카고로 가시는 길입니까? 이분은 아드님?」

「그래요, 아들 테드입니다.」

「요즘 어떻게 지내세요? 이것 참, 나는 여태 당신이 마흔에서 하루도 넘기지 않은 젊은이라고 생각해 왔습니다. 그런데 이런 큰 아들이 있다니!」

「마흔이라고? 저런, 마흔다섯을 넘긴 지가 언젠데!」

「그렇게 나이 드셨나요? 그런 생각은 조금도 못 했네요!」

「그래요, 여기 테드처럼 덩치 큰 아이와 함께 여행하는 건, 나이 든 노인에게 별로 득 될 게 없는 일이지요.」

「맞습니다.」 차장이 테드에게 말했다. 「지금 대학에 다니는가?」

「내년 가을에 갈 겁니다.」 테드가 의기양양한 목소리로 말했다. 「현재 여러 대학을 알아보고 있습니다.」

차장은 파란 조끼 위의 커다란 회중시계 줄을 짤랑거리며 지나가고, 배빗과 테드는 앞으로 진학할 대학에 대해 진지하게 생각했다. 그들은 저녁 늦게 시카고에 도착했다. 아침에는 침대에 드러누워 마냥 게으름을 피우며 즐겼다. 「일어나서 아침 먹으러 아래층에 내려가지 않아도 되니 얼마나 편하냐.」 그들은 아담한 이든 호텔에 투숙했다. 제니스의 사업가들은 늘 이든 호텔에 묵었다. 하지만 부자는 금란(金襴)과 크리스털로 장식된 리전시 호텔의 베르사유 룸에서 저녁 식사를 했다. 배빗은 칵테일소스를 곁들인 블루 포인트 상표의 굴, 프렌치프라이 정식과 엄청나게 큰 스테이크, 커피 두 잔, 2인분의 아이스크림과 애플파이를 주문했고 테드에게는 다진 고기가 든 파이를 추가시켰다.

「좋은 음식인데요! 굉장해요, 아빠!」 테드는 감탄했다.

「허! 애야, 아빠와 함께 다니면 늘 좋은 시간을 보낼 수 있을 거다.」

그들은 뮤지컬을 관람했고, 무대에서 벌어지는 부부 관계와 금주 시대에 관한 농담을 들으며 서로 옆구리를 쿡쿡 찔렀다. 부자는 막간에 팔짱을 끼고 로비를 돌아다녔다. 테드는 부자 관계의 어색함에서 처음으로 풀려나, 마냥 기뻐하면서 낄낄 웃었다.
「아빠, 혹시 세 명의 여성 모자 판매인들과 판사에 관한 농담을 들어 본 적 있어요?」

다음 날 테드가 제니스로 돌아가자, 혼자 남은 배빗은 고독했다. 그의 임무는 경마장 부지를 원하는 어느 밀워키 회사와 오핏 사이에 제휴를 맺도록 하는 것이었는데, 정작 할 일이라고는 전화를 기다리는 것이 전부였다……. 그는 침대 가장자리에 앉아 구내전화를 들고 싫증 날 정도로 전화를 걸어 댔다. 「세이겐 씨와 아직 통화가 되지 않나요? 혹시 내게 메시지를 남기지 않았나요? 예, 전화기를 들고 있을게요.」 배빗은 벽의 얼룩을 바라보면서 그것이 구두를 닮았다고 생각했다. 하지만 그런 발견을 스무 번도 넘게 하고 나니 그것도 너무 따분해졌다. 그는 담배에 불을 붙였다. 그런데 전화기를 들고 있어야 했고 마침 손길이 닿는 곳에 재떨이가 없었으므로 그는 이 불타는 담배를 어떻게 처치해야 할지 몰라, 그냥 타일 깔린 욕실로 내던져 버릴까 하는 생각도 했다. 마침내 전화기에서 응답이 왔다. 「메시지가 없다고요? 예, 다시 전화할게요.」

어느 날 오후에는 눈 내린 자국이 남아 있는, 아주 낯선 거리를 배회했다. 작은 아파트들과 연립 주택과 그냥 방치해 두고 돌보지 않는 판잣집들이 들어선 거리였다. 할 일이 전혀 없었고 뭔가 하고 싶은 일도 없었다. 리전시 호텔에서 혼자 식사하던 저녁, 그는 쓸쓸하기 짝이 없었다. 식사가 끝난 뒤 로비에서 작센 코부르그 문장(紋章)으로 장식된 벨벳 의자에 앉아 시가를 피워 물었다. 그리고 함께 와서 놀아 주면서 잡념에 빠지지 않도록 해줄 사람이 어디 없는지 둘러보았다. 리투아니아 문장으로 장식된 옆 의자에 앉은 사람은 왠지 모르게 반쯤 낯이 익은 남자였다. 불그스름한 큰 얼굴과 퉁방울눈에 누런 콧수염이 듬성듬성 나 있었다. 친절하지만 별 볼 일 없는 사람처럼 보였고, 배빗 못지않게 고독한 듯했다. 그는 트위드 양복에 칙칙한 오렌지색 넥타이를 매고 있었다.

폭죽이 터지듯, 문득 기억이 떠올랐다. 우울한 표정의 낯선 그 사람은 제럴드 도크 경이었다.

본능적으로 배빗은 자리에서 일어나 더듬거리며 말했다. 「안녕하세요, 제럴드 경? 제니스의 찰리 맥켈비 집에서 만나지 않았던가요? 내 이름은 배빗, 부동산 중개인입니다.」

「아! 안녕하세요?」 제럴드 경은 힘없이 악수했다.

배빗은 일어선 채, 제럴드 경을 어떻게 대해야 할지 몰라 당황스러워하며 두서없이 지껄였다. 「제니스를 방문한 이래 여행을 많이 다니셨나요?」

「그래요, 브리티시컬럼비아와 캘리포니아와 다른 모든 지역을 여행했지요.」 그는 무기력하게 배빗을 바라보면서 풀 죽은 목소리로 대답했다.

「브리티시컬럼비아의 경기(景氣)는 어떻던가요? 혹시 그곳의 경관과 스포츠 등을 살펴보셨나요?」

「경관이라니? 아, 관광 자원 말씀이로군요. 하지만 경기는 ― 알다시피 배빗 씨, 그들도 우리와 마찬가지로 실업 문제가 심각해요.」 이제 제럴드 경은 다소 따뜻하게 말했다.

「그래요? 경기가 그렇게 좋지 않습니까?」

「그래요, 기대했던 것과 정반대였어요.」

「좋지 않다고요?」

「그래요, 정말 나빴습니다.」

「그것 참 안됐군요. 제럴드 경, 혹시 지금 누군가가 떠들썩한 파티에 데려가기를 기다리는 중입니까?」

「떠들썩한 파티? 아, 떠들썩한 파티. 아뇨, 사실 난 오늘 저녁 도대체 무슨 일을 해야 할지 몰라 난처해하고 있어요. 시카고에는 아는 사람이 단 한 명도 없으니까요. 혹시 이 도시에 좋은 극장이 있는지 알고 있나요?」

「좋은 극장요? 지금 당장 엄청난 오페라가 공연 중이에요! 난

경이 그런 걸 좋아할 줄로 압니다만.」

「뭐? 무슨 소리예요? 런던의 오페라에 한 번 간 적이 있어요. 코번트 가든 같은 그런 곳. 선정적이었지요! 아, 난 좋은 영화관에 대해 알고 싶어요.」

배빗은 자리에 앉은 채 의자를 끌어당기며 큰 소리로 말했다. 「영화라고요? 저, 제럴드 경, 나는 부인들이 당신을 파티에 데려가기 위해 줄을 서 있을 거라고 생각했는데요.」

「제발 그런 일은 없기를!」

「그렇다면, 나와 함께 영화를 보러 가는 건 어떻겠습니까? 그랜덤 영화관에서 멋진 영화가 개봉됐더군요. 강도 영환데 빌 하트가 주인공으로 나오지요.」

「좋아요! 코트를 가져올 테니 잠깐만 기다리세요.」

배빗은 명사와 함께 다닌다는 생각에 우쭐해졌다. 그 노팅엄의 귀족 피를 타고난 사람이 갑자기 마음을 바꾸어 거리의 모퉁이에서 헤어지자고 하는 게 아닐까 내심 우려하면서 그는 제럴드 도크 경과 함께 영화관에 가 그의 옆에 조용히 앉았다. 배빗은 제럴드 경이 6연발 권총과 야생마를 몹시 좋아하는 자신을 경멸할지도 모른다는 생각에, 영화에 지나치게 몰입하지 않으려고 애썼다. 영화가 끝나자 제럴드 경은 중얼거렸다. 「대단히 좋은 영화군요. 정말 친절하게도 좋은 곳에 날 데려다 주었어요. 몇 주 동안 이렇게 즐거운 적이 없었습니다. 그 모든 여주인들 ─ 그녀들은 결코 영화관으로 날 데려오지 않았어요!」

「그럴 리가!」 이제 배빗은 세련된 어조와 감탄조의 〈아〉 소리를 모두 내던지고 아주 다정하고 자연스럽게 말했다. 「아무튼 당신이 영화를 좋아하니 무척 기쁘네요, 제럴드 경.」

두 사람은 뚱뚱한 여자들의 무릎을 스치면서 천천히 복도로 나갔다. 로비에서 그들은 의식을 치르듯 팔을 높이 올리면서 외투를 입었다. 배빗이 넌지시 말을 꺼냈다. 「저, 식사를 조금 하는 게 어떨까요? 맛있는 치즈 토스트를 먹을 수 있는 곳을 아는데,

거기서 술도 한잔 할 수 있을지 몰라요. 당신이 그런 것을 좋아한다면 말입니다.」

「좋아하고말고요! 차라리 호텔의 내 방으로 가는 게 어떨까요? 스카치위스키가 절반 이상 남아 있는데.」

「아, 당신의 술을 축내고 싶지 않아요. 무척 고맙지만. 일찍 잠자리에 들 생각이 아닌가요?」

제럴드 경은 이제 완전히 다른 사람이었다. 그는 정말로 술을 마시고 싶어 했다. 「아, 지금 마시고 싶어요. 오랫동안 그럴듯한 저녁을 보내지 못했습니다! 그 모든 파티에 참석해야 했죠. 그러다 보니 사업이나 그런 문제를 논의할 기회가 없었어요. 자, 나의 좋은 친구가 되어 따라와 주세요. 어떻습니까?」

「내가요? 물론이지요! 댄스파티, 가면무도회, 연회, 그 모든 사교 행사에 많이 참석했으니, 이제 차분히 앉아 사업 얘기를 하는 것도 좋을 듯하군요. 제니스에 있을 때도 종종 그런 생각을 했답니다. 물론 나는 당신을 따라가겠습니다.」

「대단히 고맙소.」 그들은 환하게 미소를 지으면서 거리를 걸었다. 「이봐요, 친구, 말해 봐요. 미국 도시들은 늘 이렇게 사교 행사를 빠른 속도로 진행하나요? 그 모든 화려한 파티들을?」

「무슨 농담의 말씀을! 영국에서는 이보다 훨씬 많은 궁정 무도회와 사교 행사가 열리지 않습니까?」

「친구, 그렇지 않아요! 도크 부인과 나는 저녁이면 으레 카드 게임을 한판 하고는 10시에 잠들어요. 이처럼 빠르게 돌아가는 미국 사교계의 행사를 도무지 따라갈 수가 없어요. 그리고 대화도! 미국 여자들, 그들은 고상한 문화를 너무나 많이 알고 있어요. 당신의 친구 — 맥켈비 씨의 부인은 —」

「루실 말이군요. 좋은 부인이에요.」

「그녀는 내가 플로렌스에서 어느 미술관을 가장 좋아하는지 묻더군요. 아니, 피렌체였던가? 평생 이탈리아에 가본 적도 없는데! 그리고 르네상스 이전의 초기 작품들에 대해서도 얘기했어요. 내가 어떤 작품을 좋아하는지 묻더군요. 도대체 초기 작품이 뭔지 당신은 알고 있나요?」

「나요? 몰라요! 하지만 현금으로 구매할 때 얼마나 할인을 받는지, 그건 알고 있죠.」

「그래요, 조지! 나도 그래요. 하지만 르네상스 이전의 초기 작품들이라니!」

「저런! 웬 초기 작품들!」

그들은 부스터 클럽의 점심 식사 때 울려 퍼지는 소리처럼 요란하게 웃어 댔다.

제럴드 경의 방은 튼튼하고 묵직한 영국 가방들을 제외하면 조지 F. 배빗의 방과 흡사했다. 배빗과 마찬가지로, 그는 환대하는 표정으로 의기양양하게 커다란 위스키 병을 꺼내 와 낄낄 웃었다. 「자, 원하는 수준까지 술잔이 차오르면 됐다고 말해 줘요.」

세 번째 잔이 돈 뒤, 제럴드 경은 말했다. 「양키들은 왜 버트랜드 쇼[65]와 웰스 같은 글쟁이가 우리를 대표한다고 생각하는 걸까요? 영국의 진정한 사업가인 우리들은 그들을 배신자로 여겨요. 미국이나 영국이나 아주 웃기는 오래된 귀족들 — 가령 오래된 카운티 가문들, 사냥이나 기타 귀족 취미를 가진 사람들 — 이 있고 또 가엾은 노동 지도자들도 있죠. 하지만 사회 전체를 꾸려 나가는 중추인 건전한 사업가들도 양쪽 모두에 있어요.」

「물론이죠. 진정한 사나이를 위해 건배!」

「동감이오! 우리 자신을 위해 건배!」

네 번째 잔을 마신 뒤, 제럴드 경이 겸손하게 물었다. 「노스다코타 주택 금융을 어떻게 생각해요?」 다섯 번째 잔이 돈 뒤에 배빗은 그를 〈제리〉라고 불렀고, 제럴드 경은 자기 마음을 솔직하게 털어놓기에 이르렀다. 「이봐, 구두를 벗어도 괜찮겠지?」 술에 취한 채 그는 기사다운 발, 가엾고 지치고 취기 오른 부은 발을

---

[65] 영국의 작가 버나드 쇼Bernard Shaw를 암시하는 것으로 보인다. 동시대의 문인이므로 의도적으로 이름을 바꾸어 쓴 듯하다.

침대 위로 쭉 뻗었다.

여섯 번째 잔을 마신 뒤, 배빗은 비틀거리며 일어섰다. 「글쎄, 우리가 함께 하이킹을 했더라면 좋았을걸. 제리, 자네는 멋진 남자네! 제니스에서 더 깊이 사귀지 못한 게 한스럽지 뭔가! 어떤가? 제니스에 다시 돌아와 나와 함께 지낼 수 없겠나?」

「너무 미안하네, 내일 뉴욕으로 가야 해서. 정말 미안하군. 미국에 온 이후로 이렇게 유쾌하게 저녁 한때를 즐긴 적이 없었어. 사교계의 진부한 얘기가 아닌, 진심에서 우러나온 이야기까지 나누고. 만약 내가 여자들과 함께 르네상스 이전의 초기 작품과 폴로 경기에 대해 대화해야 한다는 걸 알았더라면, 결코 기사 작위 따위는 받지 않았을 거야 — 그렇지만 기사 작위를 거저 얻은 것은 아니지. 뭐, 노팅엄에서는 기사 작위를 갖고 있는 게 괜찮은 일이야. 내가 작위를 받았을 때, 시장이 몹시 귀찮게 하더군. 물론 아내는 좋아했지. 하지만 이젠 아무도 나를 지금과 같이 〈제리〉라 부르지 않아.」 그는 거의 울상이 되었다. 「오늘 저녁까지는 미국의 그 누구도 나를 친구로 대하지 않았는데! 안녕, 친구, 안녕! 정말 고마웠어!」

「무슨 말씀을, 제리. 제니스에 들르면 우리 집은 언제나 당신에게 활짝 열려 있다는 걸 기억하길.」

「그리고 자네도 잊지 마, 친구. 만약 당신이 언젠가 노팅엄에 온다면 아내와 나는 대단히 반갑게 맞이할 테니. 나는 〈이상〉과 〈진정한 인간〉이라는 당신의 사상을 다음번 로터리 클럽 점심 식사에서 노팅엄의 친구들에게 들려줄 거야.」

4

배빗은 호텔의 침대에 드러누워 제니스의 애슬레틱 클럽을 상상하면서 자문자답했다. 「시카고에서는 어떻게 시간을 보내고 있는가?」「아, 괜찮지. 제럴드 도크 경과 많이 사귀었으니까.」 루실 맥켈비와 만나 그녀를 타이르는 모습도 그려 보았다. 「맥켈비 부인, 지식인인 양 굴지 않을 때 당신은 참 괜찮습니다. 제럴드 도크가 시카고에서 내게 말한 그대로죠. 아, 그래요, 제리는 나의 가까운 친구에요. 아내와 나는 내년에 영국으로 건너가 제리와 함께 그의 성에서 지낼까 생각 중이에요. 그는 내게 말했지요. 〈조지, 이봐, 나는 멋진 루실을 좋아하네. 하지만 당신과 나는 그녀가 고상한 체하는 태도를 극복하도록 도와줘야 해.〉」

하지만 그날 저녁, 그의 자존심을 망쳐 놓는 일이 벌어졌다.

5

그는 리전시 호텔 흡연실에서 우연히 피아노 영업 사원을 만나 얘기를 나누고 함께 식사했다. 배빗은 다정할 뿐 아니라 자상했다. 그는 화려한 식당을 즐겁게 바라보았다. 샹들리에가 천정에 달려 있고, 고리에 건 금란 커튼이 드리워졌으며, 도금된 오크 벽에는 프랑스 왕의 초상화들이 걸려 있었다. 그는 느긋하게 군중을 쳐다보았다. 예쁜 여자들, 〈마음대로 돈을 쓸 수 있는〉 재정적으로 건전한 친구들.

그때 갑자기 숨이 막혔다. 그는 유심히 그곳을 쳐다보고 고개를 돌렸다가 다시 응시했다. 세 테이블 건너에 폴 리슬링이 좀 수상쩍은 여자와 앉아 있었던 것이다. 애교 있으면서도 좀 시들어 버린 듯한 여자였다. 폴은 타르 지붕재를 팔기 위해 애크런에 가 있는 것으로 되어 있었다. 여자는 그의 손을 살짝 건드리거나 그를 멍하니 쳐다보면서 킬킬 웃었다. 배빗은 자신이 뭔가 부정하고 위험한 일에 연루되었다고 생각했다. 폴은 자신의 고민을 털어놓는 남자처럼 몰입하는 태도로 열심히 말하고 있었다. 그는 여자의 피곤한 눈에서 시선을 떼지 못했다. 다른 손님들은 아랑곳없다는 듯 그녀의 손을 슬쩍 쥐고 마치 키스하려는 듯 입술을 오므렸다. 폴에게 다가가고픈 충동에 배빗은 몸이 움찔하고 어깨가 들썩거렸다. 하지만 외교적인 자세를 견지해야 한다고 생각하며 자제했다. 그는 폴이 계산하는 모습을 보고 비로소 피아노 영업 사원에게 큰 소리로 말했다.「이런 ─ 저곳에 내 친구가 ─ 잠깐만 자리를 비울게요 ─ 그에게 인사를 해야 하니까.」

그는 폴의 어깨를 건드리면서 외쳤다.「이봐, 자네 이곳엔 언제 왔는가?」

폴은 딱딱하게 굳은 표정으로 그를 노려보았다.「아, 안녕, 조지. 자넨 제니스로 돌아간 줄 알았는데.」그는 같이 있던 여자를 소개하지 않았다. 배빗은 몰래 그녀를 훔쳐보았다. 마흔둘이나 셋 정도의 나이에 예쁘지만 활기가 없었다. 남자들과 시시덕거리기를 좋아하는 듯했고, 형편없는 꽃 모자를 쓰고 있었다. 꼼꼼하게 루주를 발랐지만 세련된 솜씨는 아니었다.

「어디에 묵고 있지, 폴?」

여자는 몸을 돌리고 하품을 하면서 손톱을 살펴보았다. 그녀는 소개받지 않는 상황에 익숙한 듯했다.

폴은 불만스러운 목소리로 대답했다.「사우스사이드의 캠벨 호텔.」

「혼자서?」뭔가 암시하는 것 같은 질문이었다.

「그래! 유감스럽게도!」폴은 여자 쪽으로 몸을 홱 돌리고, 메스꺼울 정도로 다정하게 미소를 지어 보였다.「괜찮다면 당신을 소개하고 싶습니다! 아널드 부인, 이쪽은 나의 오랜 친구 조지 배빗입니다.」

「만나서 반갑습니다.」배빗은 화난 목소리로 말했다. 반면에 그녀는 반가운 듯한 목소리로 말했다.「아, 리슬링 씨의 친구들 만나 무척 반갑습니다.」

배빗은 물었다.「폴, 오늘 저녁 호텔로 돌아갈 건가? 거기서 자네를 좀 만나고 싶은데.」

「아니, 오지 말게. 내일 만나서 점심 식사를 하는 편이 좋을 것 같군.」

「하지만 오늘 저녁에 자네를 만나고 싶어, 폴. 자네 호텔로 가겠네. 그리고 기다릴 테야!」

제20장

1

그는 피아노 영업 사원과 함께 앉아 담배를 피우며 대화를 나누었다. 그는 폴 생각을 하는 것이 두려워서 일부러 사소한 수다와 잡담으로 도피하려 했다. 공포와 공허함을 느낄수록 겉으로는 더욱 온화한 태도를 취했다. 그는 폴이 아내 몰래 시카고에 왔고 부도덕적이며 불건전한 일을 하고 있다고 확신했다. 영업사원이 하품을 하면서 주문서를 작성하러 가겠다고 하자, 배빗도 그와 헤어져 느긋하면서도 평온하게 호텔 밖으로 나왔다. 하지만 택시에 올라타서는 거친 목소리로 기사에게 말했다. 「캠벨 호텔로!」 한기가 도는 그날 저녁, 그는 먼지와 향수와 터키담배 냄새가 뒤범벅된 미끄러운 가죽 의자에 흔들리며 앉아 있었다. 눈 덮인 호반, 컴컴한 지역, 루프 남쪽 미지의 동네에서 돌연 밝게 빛나는 모퉁이 따위는 그의 눈에 잘 들어오지 않았다.

캠벨 호텔의 사무실은 단단하고 밝고 최신식이었다. 야근 직원은 더 단단하고 밝아 보였다. 「무슨 일로 오셨죠?」 그가 배빗에게 물었다.

「폴 리슬링 씨가 이곳에 투숙했나요?」

「그렇습니다.」

「지금 방에 있나요?」

「아니요.」

「그의 열쇠를 넘겨주면 방에서 기다리고 싶습니다.」

「그럴 수는 없습니다, 손님. 원한다면 여기서 기다리시지요.」

처음에 배빗은 선량한 사람들이 호텔 직원을 대하듯 정중하게 말했다. 하지만 요청을 거절당하자 으르렁거리듯 무뚝뚝한 태도로 돌변했다.

「난 오래 기다려야 할 것 같소. 리슬링의 처남인데 그의 방으로 올라가겠소. 내가 좀도둑으로 보입니까?」

그의 목소리는 나지막하면서도 불쾌했다. 직원은 상당히 서둘러 열쇠를 꺼내면서 항의하듯 말했다. 「손님이 좀도둑 같다고 말하지는 않았습니다. 단지 호텔의 규칙을 말씀드렸을 뿐이죠. 하지만 원하신다면 —」

엘리베이터로 가면서 배빗은 자신이 왜 이곳에 왔는지 의구심이 들었다. 폴이라고 품위 있는 기혼 여성과 식사하지 말라는 법이 있나? 왜 자신은 폴의 처남이라고 호텔 직원에게 거짓말을 했을까? 그는 어린아이처럼 행동했다. 폴을 만나면 엉뚱하고 바보 같은 말을 하지 않도록 신중해야만 한다. 자리에 앉자 그는 차분하고 당당해지려고 애썼다. 그때 어떤 생각이 그의 머릿속에 떠올랐다. 자살. 그는 무의식적으로 그런 일이 벌어지는 것이 아닐까 싶어 두려웠다. 폴은 그런 일을 저지를 만한 위인이었다. 그는 정신이 나간 게 틀림없었다. 그렇지 않다면 그런 늙은 쭈그렁바가지 여자에게 자신의 본심을 그렇게 간절하게 털어놓을 리가 없다.

질라 — 아, 빌어먹을 질라! 생각 같아서는 그 잔소리꾼 마녀의 목을 졸라 버리고 싶다! — 그녀가 마침내 폴을 미치게 만든 것이다.

자살. 호숫가에 쌓여 있는 얼음을 넘어 그 안쪽으로 풍덩 빠져들기. 그러나 오늘 밤 물속에 뛰어들면 아주 추울 것이다.

아니면 욕실에서 칼로 목을 찌를지도 —

배빗은 자리에서 벌떡 일어나 폴의 욕실로 뛰어갔다. 텅 비어 있었다. 그는 실소했다.

그는 목을 조이는 답답한 칼라를 풀고 시계를 들여다보았다. 창문을 열어 거리를 내다보고 시계를 들여다보고 유리 덮인 책상에 놓여 있는 석간신문을 읽으려 애썼다. 신문을 조금 읽다가 시계를 보니 겨우 3분이 지났을 뿐이었다.

그는 3시간을 기다렸다.

객실의 문손잡이가 돌아갈 때, 그는 꼼짝달싹하지 않고 쌀쌀맞게 앉아 있었다.

「저런, 한참 기다렸어?」 폴이 말했다.

「응, 조금 기다렸지.」

「그런데 왜?」

「왜긴 왜야? 그냥 자네가 애크런에서 일을 잘 봤는지 알고 싶어서 들렀지.」

「일은 잘 봤어. 그런데 그게 대체 무슨 상관인가?」

「이런! 폴, 왜 그렇게 화를 내는 거지?」

「어째서 내 일에 참견하는 거야?」

「이봐, 폴, 그렇게 얘기하지 마! 난 결코 간섭하려는 게 아니야. 그냥 자네의 못생긴 얼굴을 보고 너무 기뻐서 인사차 들른 것뿐이야.」

「글쎄, 누군가가 내 주위를 따라다니면서 명령하는 건 싫어. 더 이상 그런 걸 감당할 수 없다고!」

「이런, 나는 —」

「자네가 메이 아널드를 바라보는 눈길이나 자네의 건방진 말투가 마음에 들지 않아.」

「알았네! 이왕 자네가 나를 참견쟁이로 여기고 있으니 참견을 좀 해야겠어! 그 메이 아널드가 누군지는 모르지만, 그녀와 자네는 지붕재 사업을 의논하지도 않았을 거고, 또 바이올린 연주에 대해서도 얘기하지 않았을 거야! 자네가 도덕적 관심사를 내팽개쳤다고 할지라도, 사회적 위치는 좀 고려해야 하는 것 아니야? 상사병에 걸린 애송이처럼 여자의 눈이나 멍하니 바라보면서 돌아다니다니! 친구가 한 번쯤 잘못을 저지르는 건 이해할 수 있어. 하지만 단짝이었던 친구가 이처럼 타락의 길을 걸으며 아내 몰래 바람피우는 것은 용납할 수 없군. 질라가 비록 심술궂은 아내라 할지라도 말이야.」

「아, 자넨 완벽한 도덕군자시군!」

「하느님께 맹세코, 나는 도덕적으로 살아왔어! 결혼한 뒤부터 결코 마이러 이외의 여자에게 눈길을 준 적이 없었고, 앞으로도 그럴 거야! 바람피우는 건 아무런 소득도 없다고 말해 주고 싶어. 그건 결과가 좋지 못해. 이봐, 그런 짓을 하면 질라의 심술이 더 심해진다는 것을 몰라?」

폴은 몸처럼 마음도 허약했다. 그는 눈이 엉겨 붙은 외투를 마룻바닥에 내던지고 부실해 보이는 등나무 의자에 웅크리고 앉았다. 「자넨 예전부터 그런 식으로 떠벌리고 다녔지만, 실은 도덕에 대해서는 팅카보다 아는 게 없어. 조지, 자네 얘기는 맞아. 하지만 자네는 그 생활을 끝내고 싶어 하는 나를 이해하지 못하지. 나는 더 이상 질라의 잔소리를 견딜 수 없어. 그녀는 나를 악마라고 확신하고서 날마다 나를 상대로 마귀를 쫓아내는 종교 재판과 고문을 자행하고 있어. 그녀는 그걸 즐겨. 나를 화나게 만드는 걸 일종의 게임처럼 즐긴단 말이야. 그럼 나는 어떻게 해야겠나? 어디에서든 약간의 위로를 발견하거나 아니면 그보다 훨씬 더 나쁜 짓을 하거나 둘 중 하나야. 자, 아널드 부인은 그리 젊진 않아도 멋있는 여인이고 남자의 기분을 이해할 줄 알지. 게다가 그녀도 나름대로 고민거리를 안고 있어.」

「그래? 아마도 〈이해할 줄 모르는 남편〉을 둔 여자겠지!」

「모르겠어, 어쩌면 그럴지도. 그녀의 남편은 전쟁에 나갔다가 사망했으니까.」

배빗은 의자에서 힘겹게 일어나서 폴의 곁으로 다가가 사과하듯 그의 어깨를 부드럽게 두드렸다.

「솔직히 말하면, 조지, 그녀는 고상한 여자이고 또 굉장히 어려운 시절을 겪었어. 그래서 우리는 서로 격려하면서 좋은 시간을 보내지. 서로에게 지상에서 가장 멋진 한 쌍이라고 얘기하거든. 우리조차 그 말을 믿지 않지만. 그래도 마음을 툭 터놓고 얘기할 수 있는 누군가와 함께 있으면 많은 도움이 돼. 서로 따지고 구차하게 해명할 필요 없이, 있는 그대로 말할 수 있다는 게 말이야.」

「이제 할 말 다 했나?」

「아니! 그렇지만 자네가 하고 싶은 말이 있으면 해봐!」

「글쎄, 자네의 그런 소행을 좋다고 말할 수는 없겠지만 —」 갑자기 배빗은 아량이 넓어졌고 눈빛은 환하게 빛났다. 「조금도 상관없어! 내가 뭔가 자네를 위해 할 수 있는 일이 있다면 해주겠네.」

「좀 도와주게. 애크런에서 이리로 보내 온 질라의 편지를 보니, 내 장기 출장을 의심하고 있는 것 같아. 그녀는 나를 미행하여 사태를 파악하고는 시카고로 와서 호텔 식당에 들이닥쳐 모든 사람들 앞에서 고래고래 소리를 지를 여자야.」

「질라 문제는 내가 해결할게. 제니스로 돌아가면 그녀에게 그럴듯한 얘기를 전하도록 하지.」

「글쎄, 그렇게 하는 게 괜찮을지 판단이 서질 않는군. 자네는 좋은 친구야. 하지만 과연 외교가 자네의 장점인지는 의문이야.」 배빗은 약간 자존심이 상해 발끈한 표정을 지었다. 「여자들을 대할 때만 그렇다는 뜻이야. 물론 사업상의 외교술이라면 자네를 당힐 자가 없지. 하지만 여자를 다루는 솜씨는 그리 노련하지 않잖아. 질라는 마구 내뱉는 스타일이지만 그래도 성깔 하 약삭빨라요. 곧 자네를 실토하게 만들 거야.」

「글쎄, 그렇다 하더라도 —」 비밀 첩보원의 역할을 자청하고서 허가를 받지 못한 배빗은 화난 얼굴이었다. 폴은 그를 위로했다.

「물론, 자네가 애크런에 갔다가 나를 봤다고 그녀에게 얘기해 줄 수는 있겠지.」

「좋아, 그건 해줄 수 있어. 그렇게 하려면 애크런의 사탕 가게 건물에라도 잠시 들러야 하지 않을까? 하지만 집으로 몹시 가고 싶을 때 그곳에 들르는 건 아무리 생각해도 좀 그런데. 아무래도 그렇게까지는 못 할 것 같아.」

「좋을 대로 하게나. 하지만 이야기에 지나치게 살을 붙이지는 말게. 남자들은 거짓말할 때 너무 그럴듯하게 말하려고 해서 문제지. 그것 때문에 여자들은 의심하거든. 조지, 가서 술이나 한잔 하세. 내게 진과 제르무트가 조금 있어.」

평소대로라면 폴은 두 번째 잔을 사양했겠지만, 지금은 두 번째 잔을 마시더니 세 번째 잔까지 들이켰다. 그의 눈은 붉게 물들고 혀는 꼬부라졌다. 그는 당황스러울 정도로 쾌활했고 또 음담패설을 많이 했다.

돌아오는 길에 택시에 오른 배빗은 기이하게도 자신의 눈에서 눈물이 솟구치고 있다는 것을 알았다.

2

그는 자신의 계획을 폴에게 말하지 않았다. 하지만 질라에게 엽서를 보내기 위해 일부러 애크런의 기차역에서 내렸다. 〈오늘 이곳에 왔다가 폴과 만났습니다.〉 배빗은 제니스에 도착하자마자 그녀를 찾아갔다. 겉보기에 질라는 머리를 정성스레 다듬고 짙은 화장에 허리를 꽉 죄는 코르셋을 입고 있었지만, 개인적인 불행 때문인지 약간 지저분한 파란색 드레스 차림이었고 해진 스타킹을 신은 발은 얼룩진 핑크 빛 새틴 슬리퍼로 감싸여 있었다. 얼굴은 홀쭉했다. 머리숱은 배빗이 기억하는 것의 절반 정도밖에 남아 있지 않았고, 그나마도 가늘었다. 그녀는 주위에 사탕 봉지와 싸구려 잡지들이 무더기로 쌓여 있는 흔들의자에 앉아 있었는데, 비웃듯이 말하지 않을 때면 슬픔에 찬 목소리였다. 하지만 배빗은 지나칠 정도로 쾌활했다.

「그래, 질, 남편이 출장을 떠난 동안 한가한 시간을 보내고 있나요? 정말 편하겠어요! 내가 시카고로 출장을 가면 마이러는 10시까지 일어나지 않을걸요. 저, 보온병을 좀 빌려 갈 수 있을까요? 그걸 알아보려고 이렇게 들렀습니다. 우리는 터보건[66] 파티에 갈 생각이에요. 보온병에 뜨거운 커피를 좀 담아 가고 싶어서요. 참, 애크런에서 우연히 폴과 만났다고 쓴 엽서 받았나요?」

「받았어요. 그는 대체 어떻게 지내고 있는 거죠?」

「무슨 말씀이죠?」 그는 외투의 단추를 풀고서 의자 팔걸이에 엉거주춤 걸터앉았다.

「무슨 뜻인지 잘 아시잖아요!」 그녀는 짜증이 난다는 듯 손바닥으로 잡지를 찰싹 때렸다. 「폴이 호텔의 여자 급사나 매니큐어 미용사나, 뭐 그런 여자를 쫓아다니는 것 같아요.」

「잠깐만, 당신은 늘 폴이 여자 꽁무니를 쫓아다닌다고 내비치지요. 하지만 무엇보다도 폴은 그런 짓을 하지 않아요. 만약 그렇게 했다면 그건 당신이 앞질러 말하면서 그를 자극했기 때문일 겁니다. 질라, 이렇게 말할 생각은 없었지만, 폴이 멀리 애크런에 가 있는 동안 —」

「그가 실제로 애크런에 있나요? 그가 시카고의 어떤 여자와 사귀고 있다는 걸 알고 있어요. 그 여자에게 계속 편지질을 하고 있단 말이에요.」

「애크런에서 그를 보았다고 했잖아요? 도대체 왜 이럽니까? 나를 거짓말쟁이로 만들 셈이에요?」

---

66 *toboggan*. 바닥이 평평하고 긴 썰매, 혹은 그 썰매로 하는 경기를 가리킨다.

「아니에요, 하지만 난 — 걱정이 커요.」

「자, 됐습니다! 그게 바로 내가 여기 온 이유에요! 당신은 실은 폴을 사랑하면서도 겉으로는 미워하는 것처럼 괴롭히고 욕을 퍼부어요. 왜 상대방을 사랑할수록 그를 더 비참하게 만드는지 난 이해가 되지 않는군요.」

「당신은 테드와 론을 사랑하지요? 그렇지만 당신도 그 아이들에게 끊임없이 잔소리를 하잖아요.」

「아, 그거요? 그건 다르죠. 더군다나 나는 애들에게 잔소리를 안 해요. 당신이 말하는 그런 잔소리는 하지 않죠. 단지 아이들을 격려하는 얘기만 합니다. 자, 폴은 이 세상에서 가장 멋지고 가장 감수성 예민한 친구입니다. 당신은 그처럼 폴을 공격하는 스스로에 대해 부끄러운 줄 알아야 해요. 어떤 때 당신은 폴을 마치 세탁부 대하듯 하잖아요. 질라, 당신이 그런 수준 없는 행동을 하다니, 그럴 때마다 난 너무나 놀라요!」

그녀는 손을 깍지 낀 채 생각에 잠겼다. 「알고 있어요. 가끔 내가 남편을 심술궂게 대할 때가 있어요. 나중에는 후회하지요. 하지만 아, 조지, 폴은 점점 심해지고 있어요! 솔직히 말해, 지난 몇 년 동안 그에게 다정히 대하려고 엄청 노력했어요. 때때로 자제하지 못하고 심술을 부렸지만요. 또는 그런 척거나요. 하지만 실제로 악의를 품은 적은 없었어요. 화가 날 때면 목소리를 높여 생각나는 대로 떠들어 댔어요. 그래서 폴은 모든 일이 내 잘못이라는 결론을 내렸어요. 따지고 보면 모든 일이 항상 내 잘못일 리가 없잖아요? 내가 야단법석을 떨면 그는 입을 다물어요. 아, 정말 지독한 침묵에 빠져서 나를 거들떠보지도 않아요. 그냥 무시해 버리는 거예요. 그럴 때 남편은 정말 사람이 아니에요! 그는 일부러 입을 열지 않은 채 나의 성화를 돋우고, 그러면 마침내 나는 참지 못하고 고함을 지르거나 마음에도 없는 얘기를 마구 퍼붓게 돼요. 그는 침묵으로 나를 자극하는 거예요. 스스로 잘난 줄 아는 남자들이라니! 당신들은 정말 사악하고 지독히 못

됐어요!」

두 사람은 그 일에 대해 30분 정도 많은 얘기를 나누었다. 드디어 질라는 칠칠맞지 못하게 울더니 자제하겠다고 약속했다.

나흘 뒤 폴은 제니스로 되돌아왔다. 배빗 부부와 리슬링 부부는 즐겁게 영화를 보러 갔고 중국 식당에서 요리를 먹었다. 양복점과 이발소 거리를 지나 식당으로 가는 동안, 두 부인이 앞장서 가며 요리에 대해 잡담을 나누었다. 배빗은 작은 소리로 폴에게 말했다. 「질이 굉장히 다정해졌군.」

「그래, 한두 번 법석을 떤 것을 제외하고는 평온해졌지. 하지만 이미 너무 늦었어. 이런 얘기를 자세히 하고 싶진 않지만 아무튼 그녀가 두려워. 이제 그녀와 나 사이에는 아무것도 남아 있는 게 없어. 저 여자 얼굴을 다시는 쳐다보고 싶지 않네. 언젠가는 그녀로부터 달아날 생각이야. 무슨 수를 써서라도.」

제21장

1

 부스터 클럽의 국제 조직은 낙관주의, 남자다운 농담, 사업 번영을 추진하는 세계적인 단체였다. 이제 서른 개 국가에 지부가 설치되어 있으며, 총 1천여 개 지부 가운데 미국에만 920개 지부가 몰려 있다.
 어떤 지부의 활동도 제니스 시의 부스터 클럽처럼 적극적일 수는 없었다.
 제니스 부스터 클럽의 3월 둘째 주 점심은 한 해의 가장 중요한 행사였다. 해마다 이 모임에서 임원들이 선출되기 때문이다. 그리하여 모임은 마음 설레는 흥분된 분위기에 휩싸였다. 점심 모임은 오헌 하우스의 무도회장에서 개최되었다. 4백여 명의 부스터들은 입장하면서 각자 접수대에서 자신의 이름, 별명, 업종을 알려 주는 커다란 셀룰로이드 배지를 가져갔다. 점심 식사 중 별명 이외의 이름으로 동료 부스터를 부르면 10센트의 벌금을 냈다. 배빗이 쾌활하게 모자를 보관소에 맡길 때, 이렇게 외치는 소리가 홀 안에 시원하게 울려 퍼졌다. 「반가워, 체트!」「안녕, 쇼티!」「안녕하세요, 맥!」
 그들은 제비뽑기로 자리를 정하고 한 식탁에 여덟 명씩 다정하게 앉았다. 배빗과 동석한 사람들은 양복 재단사 앨버트 보스, 리틀 스위트하트 연유 회사의 헥터 세이볼트, 보석상 에밀 웬거트, 라이트웨이 경영 대학의 펌프레이 교수, 월터 고버트 박사, 사진가 로이 티가튼, 사진 현상가 벤 버키 등이었다. 부스터 클럽이 지닌 장점 가운데 하나는 동일 업종의 회원은 단 두 명만 가입할 수 있다는 것이었다. 그 덕분에 다른 업종의 사업적 이상을 널리 알 수 있고 또 모든 직업이 이상의 형이상학에 의해 하나가 된다는 것을 깨달을 수 있다. 배관 공사, 초상화 작업, 의학, 껌 제조, 그 무슨 직종이 되었든 모든 사업은 드높은 이상을 추구한다는 점에서 동일한 것이다.

오늘 배빗의 자리는 몹시 즐거웠다. 펌프레이 교수는 마침 그 날 생일이었고 그래서 사람들의 농담을 기분 좋게 받아들였다.

「펌프의 나이가 얼마나 들었는지 알아내기 위해 계속 펌프질을 해대자.」에밀 웬거트는 말했다.

「아니, 춤추는 펌프로 그의 엉덩이를 때리자.」벤 버키가 거들었다.

하지만 멋진 농담으로 칭찬을 받은 사람은 배빗이었다.「그 친구에게 펌프 얘기는 하지 마. 그가 알고 있는 펌프는 술뿐이지! 솔직히 말해 펌프가 대학에서 자가 양조 교실을 시작했다고 사람들이 얘기해 주었다네!」

각각의 자리마다 회원들의 명단이 기재된 부스터 클럽의 소책자가 놓여 있었다. 클럽의 목적은 우호 관계를 증진하는 것이지만, 사업 수단을 발휘하는 중요한 기회를 회원들은 결코 놓치지 않았다. 각자의 이름 뒤에는 직업이 나온다. 많은 광고들이 소책자에 실렸고, 어떤 페이지에는 다음과 같은 조언이 게재되어 있다.〈당신이 반드시 동료 부스터들과 거래를 터야 한다는 규칙은 없지요. 하지만 여러분, 현명하게 처신하세요. 회원 여러분의 알토란 같은 돈이 우리 행복한 가족 이외의 사람에게 지출된다는 것은 무의미하지 않습니까?〉오늘, 각각의 자리에는 붉은색과 검은색으로 화려하게 인쇄된 카드가 선물로 놓여 있었다.

봉사와 부스터주의

봉사라는 것은 끊임없이 이어지는 작용과 반작용을 생각하고 폭넓게 깊이 응용해야만 발전하며, 그런 과정에서 최고의 기회를 발견한다. 나는 윤리의 가장 진보적인 신조 등 가장 높은 종류의 봉사를 끊임없이 믿고, 부스터주의의 본질적인 원칙으로부터 적극적인 자극을 받는다. 그것은 모든 측면에서 선량한 시민 정신을 발휘하는 것이다.

대드 피터슨
대드버리 피터슨 광고 회사의 인사
〈유행이 아닌 광고를〉

모든 부스터 회원들이 대드 피터슨 씨의 금언을 읽고 그것을 완벽하게 이해했다고 말했다.

회의는 매주의 규칙적인 절차에 따라 시작되었다. 물러가는 회장 버질 건치는 회장석에 앉아 있었다. 그의 뻣뻣한 머리카락은 울타리 같았고, 쾌활한 목소리는 축제의 징 소리 같았다. 초대 손님들을 데려온 회원들은 그들을 공식적으로 소개했다. 〈이키 크고 머리털이 붉은 사람이 「프레스」의 스포츠국 편집자입니다〉라고 윌리스 아이잼스는 말했다. 약제사 H. H. 헤이즌은 노래하듯 말했다. 「여러분, 자동차를 타고 장기 여행을 떠나 마침내 낭만적인 장소나 광경을 만나 차에서 내려 아내에게 〈여긴 정말 낭만적인 곳이군〉이라 말할 때, 그곳은 당신의 척추에 한 줄기 밝은 빛을 보내죠. 오늘 내 손님은 이런 곳, 아름다운 남부의 버지니아 하퍼즈 페리에서 온 사람입니다. 옛날의 로버트 E. 리 장군과 존 브라운, 그 용감한 사람의 기억을 지닌 곳이지요. 그는 모든 선량한 부스터 회원과 같이 계속 전진하고 있습니다.」

두각을 나타낸 초대 손님은 두 명이었다. 이번 주에 도즈워스 극장에서 공연하는 극단 〈낙원의 새〉를 이끄는 남자와, 제니스의 시장이자 부스터 명예 회원인 루카스 프라우트였다.

버질 건치는 우렁차게 말했다. 「예쁜 여배우 무리에서 이 유명한 비극 배우를 빼앗아 오기 위해, 우리는 분장실로 쳐들어가 부스터 회원들이 그의 예술적인 일류 연기를 얼마나 높게 평가하는지 말해야만 했습니다. 부스터 회원인 도즈워스 극장의 회계 담당자가 우리의 후원에 고마워할 것임을 잊지 맙시다. 다음으로, 시청의 잡다한 의무로부터 잠시 시장을 낚아채 왔습니다. 훌륭한 행동이었죠. 이제 프라우트 씨가 시민의 문제와 의무에 대해 몇 마디 연설을 하겠습니다.」

부스터 회원들은 기립 투표를 통해 누가 가장 멋진 손님이고 형편없는 손님인지 결정했다. 그들 두 사람에게는 부스터 회원이자 제니퍼 애비뉴 화원의 사장인 H. G. 예거가 기증한 카네이션 다발이 돌아갔다.

매주 네 명의 부스터 회원들이 돌아가면서 제비뽑기로 뽑힌 네 명의 동료 회원들에게 상품이나 서비스를 제공하여 그들의 관대한 기증을 널리 알리고 지명도를 높이는 특권을 얻었다. 이번 주 기증자들 가운데 하나로 장의사 바르나바 조이의 이름이 발표되자 웃음이 터졌다. 모두가 소곤거렸다. 「그가 기증하는 것이 무료 장례식이라면, 때마침 묻어 주어야 할 녀석 두 명을 나는 알고 있지.」

이런 기분 전환 행사가 벌어지는 동안 부스터 회원들은 점심으로 치킨 크로켓, 완두콩, 프렌치프라이, 커피, 애플파이, 미국산 치즈를 먹었다. 건치는 연설의 기회를 독차지하지 않았다. 곧 그는 경쟁 조직인 제니스 로터리 클럽에서 간사로 활동하는 사람을 다음 연사로 불러냈다. 주 자동차 면허증 번호가 5번이라는 것으로 유명한 사람이었다.

로터리 간사는 웃으면서 주의 어느 곳을 운전하더라도 면허 번호가 너무 빨라 이야깃거리가 된다고 말했다. 「빠른 번호의 명예를 지닌다는 것은 멋진 일이지만, 그것 때문에 교통 경찰관은 내 면허증을 너무나 또렷이 기억한답니다. 가끔은 내 면허 번호가 평범한 B56876번이었더라면 어땠을까 하는 생각을 합니다. 어떤 정신 나간 부스터 회원에게 내년에 면허 번호 5번을 빌려 주고 다른 결과가 나올 수 있는지 한번 살펴보고 싶군요. 보나 마나 그도 똑같이 교통경찰에게서 곤욕을 치를 겁니다. 만약 그렇지 않다면, 그는 부스터 회원, 로터리 클럽 회원, 키와니스 클럽 회원들 모두에게서 축하 인사를 받게 되겠죠!」

배빗은 한숨을 내쉬며 펌프레이 교수에게 말했다. 「저런 낮은 번호를 가진다는 건 정말 멋진 일이야! 누구나 말하겠지. 〈중요한 인물이군!〉 어떻게 그런 번호를 따냈을까? 아마도 자동차 면허국의 책임자를 완전히 구워삶았겠지!」

다음으로는 첨 프링크가 연설했다.

「내가 지적이고 예술적인 주제를 얘기한다면 여러분 중 몇몇 사람들은 이 자리에 어울리지 않을 것이라고 생각할지도 모릅니다. 하지만 제니스 교향악단 제안을 통과시켜 달라고 여러분에게 앞장서서 요청하고 싶습니다. 자, 만약 고전 음악 같은 것을 좋아하지 않는다면 그것에 반대해야 한다고 많은 사람들이 오해하고 있지요. 이제, 나는 고백하고 싶습니다. 직업상 문학인이기는 하지만 나는 장발의 모든 지식인들이 애호하는 고전 음악을 별로 좋아하지 않습니다. 고양이 무리가 싸우는 소리에 불과한 베토벤보다는 훌륭한 재즈 악단의 연주를 듣겠습니다. 고전 음악은 휘파람으로 불 수도 없어요! 하지만 그것은 논의의 요점이 아닙니다. 문화는 오늘날의 도시에서 포장도로나 어음 교환 제도와 같이 필수적인 장식품이자 광고가 되었어요. 해마다 뉴욕 시가 많은 방문자들을 끌어모으는 것은 극장과 미술관에서 문화 행사를 다양하게 개최하기 때문입니다. 솔직히 말해, 두드러진 업적을 이룩했음에도 불구하고 우리 제니스는 아직 뉴욕이나 시카고나 보스턴의 문화 수준에 도달하지 못했습니다. 적어도 그런 명성을 날리지 못했어요. 그렇다면 살아 있는 수완가 집단으로서 우리가 해야 할 일은 문화에 투자하는 것입니다. 한시바삐 이 일에 착수해야 합니다.

그림과 서적은 유심히 볼 시간이 많은 사람들에게야 좋겠지만, 거리에서 〈이것이야말로 제니스가 문화의 여정에 내세울 수 있는 그것이다〉라고 외치지 못합니다. 하지만 교향악단은 그렇게 할 수 있습니다. 미니애폴리스 교향악단과 신시내티 교향악단이 쌓아 올린 명성을 보세요. 일류 음악가들과 뛰어난 지휘자를 갖춘 교향악단이지요. 우리는 바로 이런 악단을 설립해야 하고 시장에서 높은 보수를 받는 지휘자를 데려와야 합니다. 그리고 곧장 빈타운[67]과 뉴욕과 워싱턴 등으로 순회공연을 나서야 합니다. 교향악단은 최고의 극장에서 교양 있고 부유한 사람들을 상대로 공연합니다. 도시가 달리 제공할 수 없는 탁월한 광고의 역할을 담당하죠. 이 교향악단 설립 제안을 불평하는 근시안적인 분이 있다면 이걸 한번 생각해 보세요. 그 불평불만꾼은 제니스의 영광스러운 이름을 뉴욕의 백만장자에게 알리는 기회를 망치는 셈입니다. 뉴욕 백만장자가 우리 도시의 이름을 알게 된다면 이곳에 제조 공장 지사를 세울 수도 있는데 말입니다!

수준 높은 음악에 관심이 많고 또 그것을 가르치고 싶어 하는 우리의 딸들을 위해서, 교향악단 같은 A급 지방 조직을 설치하는 것은 대단히 유익합니다. 이것은 객관적 사실입니다. 그러니 한시바삐 실무적 차원에서 논의하도록 합시다. 나는 여러 형제들이 문화와 세계적인 교향악단의 추진에 환성으로 동의해 줄 것을 요청하는 바입니다!」

그들은 박수갈채를 보냈다.

흥분으로 들뜬 사람들의 목소리가 어느 정도 잦아들자 건치 회장이 말했다. 「신사 여러분, 이제 임원을 선출하는 연차 대회

---

67 Bean Town. 보스턴의 별칭.

를 시작하겠습니다.」 인사 위원회는 임원 자리 여섯 석의 3배수로 후보를 뽑았다. 부회장 후보들 가운데 두 번째 이름은 배빗이었다.

그는 깜짝 놀랐다. 갑자기 자기 자신을 의식했고 가슴이 두근거렸다. 계표가 끝나고 건치가 결과를 발표할 때 그는 더욱 흥분되었다. 「조지 배빗이 다음 부회장으로 선출되었다는 것을 기쁜 마음으로 발표합니다. 선량한 조지보다 상식과 기업을 더 당당하게 지킬 사람을 나는 모릅니다. 자, 그에게 우리의 함성을 몰아줍시다!」

회의가 끝나자, 1백여 명의 남자들이 우르르 몰려들어 그의 등을 두드렸다. 그는 결코 이때보다 더 좋은 순간을 기억할 수 없었다. 그는 기쁨의 눈물이 가득한 채 차를 몰아 사무실로 돌아왔다. 그리고 돌진하듯 사무실로 들어가 낄낄 웃으며 미스 맥건에게 말했다. 「이봐, 자네의 사장에게 축하 인사 좀 해줘! 내가 부스터 클럽의 부회장으로 선출되었어!」

곧 그는 실망했다. 그녀는 이렇게 대답했을 뿐이었다. 「네, 그랬군요. 그런데 사모님께서 여러 번 전화해 와 사장님과 통화하려 했어요.」 하지만 눈치 빠른 새 영업 사원, 프리츠 웨일린저는 재빨리 말했다. 「야, 사장님, 정말 멋집니다. 정말 대단해요! 몹시 기쁘군요! 축하합니다!」

배빗은 집으로 전화를 걸어 아내에게 의기양양하게 뽐냈다. 「여러 번 전화했다며? 여보, 이번에야말로 이 조지의 공로를 인정해 줘야 할 것 같은데. 이제는 나를 대할 때 신중해야 해. 부스터 클럽의 부회장을 상대로 하고 있으니까 말이지!」

「아, 조지 —」

「정말 멋지지 않아? 윌리스 아이잼스가 신임 회장이긴 하지만, 그가 자리를 비우면 내가 회장 대신 의사봉을 들어 연사들을 소개하는 거야 — 설령 그들이 주지사일지라도 — 그리고 —」

「조지! 내 얘기 좀 들어 봐요!」

「이 지위는 덕 딜링 같은 거물과 견실한 관계를 맺게 해줄 거야. 그리고 —」

「조지! 폴 리슬링이 —」

「그래, 물론 폴에게도 전화를 걸어 당장 이 사실을 알릴 생각이야.」

「조지! 들어 봐요! 폴이 감옥에 갇혔어요. 오늘 정오에 아내 질라에게 총을 쐈어요. 그녀의 생명이 위태로워요.」

제22장

1

그는 시 교도소로 차를 몰고 갔지만 완전히 흥분한 상태는 아니었다. 하지만 거리의 모퉁이를 돌면서는 보통 때와 달리 화분에 꽃을 심는 노파처럼 야단법석을 떨었다. 그렇게 하면 더러운 운명과 직접 대면하는 것을 어느 정도 늦출 수 있을 것 같았다.

간수는 말했다. 「면회 시간인 3시 30분까지는 수감자를 만날 수 없습니다.」

지금은 3시였다. 30분 동안 배빗은 회반죽을 바른 벽에 달린 시계와 달력을 바라보면서 멍하니 앉아 있었다. 싸구려 의자는 딱딱하고 삐걱거렸다. 그는 대합실을 드나드는 사람들이 자신을 쳐다본다고 생각했다. 호전적인 반항심을 느끼다가 그는 갑자기 주춤했다. 친구 폴을 갈아서 먼지로 만들어 버릴 이 기관이 무서워졌다.

정확히 3시 30분이 되자 그는 이름을 전했다.

간수는 〈리슬링이 당신을 만나려 하지 않는다〉는 전갈을 가지고 되돌아왔다.

「말도 안 돼! 내 이름을 전하지 않은 건 아니오? 조지가 만나고 싶어 한다고 전하세요, 조지 배빗.」

「아니요, 이름을 말했습니다! 그는 만나고 싶지 않다고 대답했어요.」

「그럼 어떻게 해서라도 나를 들어가게 해주세요.」

「안 됩니다. 당신은 그의 변호사도 아니고, 또 본인이 거부한다면 그걸로 상황 끝이에요.」

「하지만 제발 — 이봐요, 교도소장을 만나게 해주세요.」

「그는 바쁩니다. 자, 자, 당신은 —」 배빗은 분연히 자리를 박차고 일어섰다. 간수는 갑자기 달래는 목소리로 나왔다. 「내일 와서 면회를 신청할 수 있습니다. 어쩌면 그 가엾은 당신 친구가 정신이 돈 건지도 몰라요.」

배빗은 조심하거나 야단법석을 떠는 기색 없이 차를 몰았고, 운전사들의 욕설을 무시하면서 트럭들을 추월하여 시청으로 향했다. 그는 보도 연석에 부딪친 바퀴가 끼익 소리를 내도록 주차한 후 대리석 계단을 뛰어올라 부스터 클럽의 명예 회원이자 시장인 루카스 프라우트의 사무실로 향했다. 시장의 문지기에게 뇌물로 1달러를 주고 곧 안내를 받으며 시장실로 들어갔다. 「기억나세요, 프라우트 시장님? 당신을 위해 선거 운동을 한 부스터 클럽의 부회장 배빗입니다. 저, 가엾은 리슬링에 관한 얘기를 들었나요? 시 교도소의 소장이나 담당 직원에게 나와의 면회를 허락하라고 지시하는 명령서를 얻고 싶습니다. 좋아요, 고맙습니다.」

15분 후에 그는 형무소 복도를 따라 감방까지 쿵쿵 소리를 내며 걷고 있었다. 폴 리슬링은 발을 꼬고 팔짱을 낀 채, 늙은 거지처럼 구부정하게 간이침대에 앉아서 꼭 쥔 주먹을 물어뜯고 있었다.

간수는 자물쇠를 열어 배빗을 감방에 들여놓고는 눈을 남겨두고 떠났다. 그러는 동안 폴은 멍하니 쳐다보기만 했다. 이어 천천히 말했다. 「어서 말해 봐! 도덕적 설교를 해보라고!」

배빗은 그의 곁에 주저앉았다. 「도덕군자 따위 안 될 거야! 무슨 결과가 벌어지든 상관없어. 자네를 위해 할 수 있는 일을 하고 싶어. 질라가 언젠가 한 번은 겪을 일을 겪었다고 생각해.」

폴은 강하게 거부하는 어조로 말했다.「제발 질라를 비난하지 말아 줘. 나는 내내 이 문제를 생각해 봤어. 어쩌면 그녀 또한 어려운 시간을 보냈다는 생각이 들더군. 그녀에게 총을 쏜 직후에야 말이야. 그럴 생각은 정말 없었는데, 지나치게 나를 들볶는 통에 순간적으로 머리가 돌아 버린 거야. 자네와 토끼 사냥을 하며 쓰던 그 낡은 리볼버를 꺼내 들어 발사했지. 정말 그럴 마음은 아니었는데 ― 그런 다음 난 지혈을 하려고 애썼어 ― 그녀의 어깨에서 낭자하게 흐르는 피는 정말 끔찍했지. 아름다운 피부가 피범벅이 되었으니 말이야. 목숨은 건질 수 있을 거야. 상처 자국이 남지 않기를 바라네. 그런데 지혈용 솜을 찾으러 욕실을 샅샅이 뒤지면서, 뜻밖에 어느 해 크리스마스트리에 매달았던 노란색 자그마한 솜털 오리를 봤어. 그녀와 엄청나게 행복했던 당시의 기억이 떠올랐지. 빌어먹을, 이렇게 된 나 자신을 도저히 믿을 수 없어.」배빗이 그의 어깨를 팔로 껴안자 폴은 한숨을 내쉬었다.「자네가 와줘서 기뻐. 잔소리를 할 것 같아 면회를 거부했지. 살인을 저지르고 이곳으로 이송되어 오기까지의 그 모든 과정이 꿈만 같아. 아파트 밖에서는 사람들이 서성이면서 지켜보고 있었고, 경찰관은 나를 체포한 다음 그들 사이로 끌고 갔어 ― 아, 그 얘기는 더 이상 하지 않을래.」

하지만 그는 제정신이 아닌 듯, 단조롭게 혼잣말을 계속했다. 말문을 돌리기 위해 배빗이 물었다.「어째서 뺨에 상처 자국이 났지?」

「경찰관에게 맞은 자국이야. 살인자들에게 설교를 하는 게 경찰한테는 커다란 재미인가 봐. 그 경찰관은 거구였어. 구급차로 질라를 옮기는 과정에서 나는 도와주고 싶었지만 그들은 거절했어.」

「폴! 그만해! 들어 봐. 그녀는 죽지 않을 거야. 이 일이 모두 끝나면, 자네와 나는 다시 메인 주로 휴가를 떠날 수 있을 거고. 그 메이 아널드도 함께 데리고 가자고. 내가 시카고로 올라가 그 여자에게 부탁해 놓겠네. 정말 좋은 여자더군. 그런 뒤에 자네가 서부 어디에선가, 가령 시애틀 정도에서 사업을 재개했으면 좋겠군. 다들 그곳은 사랑스러운 도시라고들 하지.」

폴은 어설프게 미소를 지었다. 이제 장황하게 얘기하는 사람은 배빗이었다. 그는 폴이 귀를 기울이고 듣는지조차 알 수 없었지만 폴의 변호사, P. J. 맥스웰이 올 때까지 계속 지껄여 댔다. 변호사는 홀쭉하고 바빠 보이는 쌀쌀맞은 남자였다. 변호사는 배빗에게 고개를 끄덕이면서 눈치를 줬다. 「리슬링과 잠시 둘만 있고 싶은데 ―」

배빗은 폴과 악수하고, 맥스웰이 감방에서 나올 때까지 대기실에서 기다렸다. 「변호사님, 어떻게 하면 좋을까요?」 그는 간청하듯이 말했다.

「아무것도 할 게 없습니다. 지금으로서는요.」 맥스웰은 말했다. 「미안합니다. 난 좀 빨리 가봐야겠습니다. 그를 만나려고 하지 마세요. 의사에게 모르핀 주사를 놔달라고 부탁했습니다. 그래야 잠을 잘 수 있으니까.」

사무실로 되돌아가면서 그는 아주 씁쓸한 기분이었다. 얼굴은 장례식에 다녀온 듯한 표정이었다. 그는 시립 병원을 찾아가서 질라의 상태를 물어보고 그녀가 죽지 않을 것 같다는 얘기를 들었다. 폴이 쏜 구경 44밀리 군용 권총의 탄환은 그녀의 어깨를 강타하고 위로 뚫고 올라와 밖으로 빠져나갔다.

멍하니 귀가한 그는 친구들의 비극에 지독한 흥미를 가지고 결과를 기다리는 아내를 발견했다. 「물론 폴이 전적으로 비난받을 짓을 한 건 아니에요. 하지만 기독교인의 방식대로 십자가를 짊어지지 않고, 여자들 꽁무니나 쫓아다니다가 벌이진 일이지요.」 그녀가 의기양양하게 말했다.

그는 대꾸하려 했으나 너무 기운이 없어서 하지 못했다. 그는 기독교인의 십자가 운운하는 소리에 불만을 표시하고서 세차하러 나갔다. 멍한 표정으로 끈덕지게 작업하면서 폐유 통에서 줄줄 흘러내리는 기름을 닦아 내고 바퀴에 켜켜이 달라붙은 진흙 덩어리를 벗겨 냈다. 그는 시간을 들여 꼼꼼히 손을 씻었다. 까끌까끌한 부엌 행주로 두 손을 박박 문질렀다. 행주에 포동포동한 손가락 마디가 약간 세게 눌려도 개의치 않았다. 「빌어먹을, 여자 손처럼 부드럽군. 아!」

저녁 식사 때 아내가 그 필연적인 얘기를 다시 꺼내자, 그는 고함을 질렀다. 「아무도 폴에 대해 한 마디라도 꺼내지 마! 난 이 사건과 관련된 소문에 적절히 대응할 생각이야, 알아듣겠지? 오늘 밤 스캔들이 난무하는 이 도시에서, 우리 집만은 〈내가 당신보다 거룩하다〉 따위의 오만을 부리지 않을 거야. 그 불쾌한 석간신문은 집 밖으로 던져 버려!」

하지만 식사가 끝난 뒤 그는 신문을 읽었다.

밤 9시가 조금 못 된 시간에 그는 맥스웰 변호사의 집에 찾아갔다. 변호사는 그리 반가워하는 표정이 아니었다. 「무슨 용건으로?」 맥스웰이 물었다.

「폴의 재판에 도움을 주고 싶어요. 한 가지 의견이 있는데, 내가 증인석에 나가 그 현장에 있었다고 맹세하면 어떨까요? 그녀가 먼저 총을 꺼내 왔고 그와 그녀가 몸싸움을 하다가 총이 우발적으로 발사되었다고 증언하면요?」

「위증을 하겠다고요?」

「예? 아, 그래요, 그렇게 하면 위증이 되겠지요. 하지만 도움이 좀 되지 않을까요?」

「하지만 이봐요! 위증이라니까요!」

「아, 그렇게 화를 내지 마세요! 미안합니다만 맥스웰 변호사님, 당신을 괴롭힐 생각은 없어요. 내 말뜻은 이거예요. 나도 알고 당신도 알다시피, 부동산 거래에서는 이런저런 부패한 거짓말들을 늘어놓지요. 이건 폴이 교도소에 가지 않도록 구해 주려는 방법이에요. 나는 시침 떼면서 위증을 할 수 있답니다.」

「안 돼요. 윤리 문제 외에도 그건 실용적인 방법이 아닙니다. 검사는 당신의 증언을 갈가리 찢어 놓을 거예요. 당시 현장에 있던 사람은 리슬링 씨와 부인뿐이라는 건 이미 알려진 사실입니다.」

「그렇다면 있잖아요, 증언석에 나를 세워 주세요! 이건 사실 그대로인데, 폴이 돌아 버릴 때까지 그녀가 악담과 비방으로 괴롭혔다고 증언할게요.」

「안 됩니다. 미안해요. 리슬링은 아내를 비난하는 증언은 어떤 것이든 거부하겠다고 했어요. 그는 차라리 유죄 인정으로 감형을 받고 싶다고 했어요.」

「그렇다면 내가 뭔가 증언할 수 있도록 해주세요. 당신이 말하는 것은 뭐든지 다 하겠습니다. 나도 뭔가 도움이 될 수 있도록 해주세요!」

「미안합니다, 배빗. 당신이 할 수 있는 가장 좋은 일은, 이렇게 말씀드리기는 싫지만, 이 문제에서 손 떼는 겁니다. 그게 가장 많이 돕는 길입니다.」

월세를 내지 못한 가난한 세입자처럼 배빗이 모자를 빙글빙글 돌리면서 아주 위축된 태도를 보이자, 맥스웰은 다소 심기가 누그러졌다.

「기분 나쁘게 하고 싶지는 않아요. 아무튼 우리 두 사람은 리슬링을 위해 최선을 다해야 합니다. 그 외의 다른 요소를 생각해서는 안 돼요. 배빗, 당신의 문제점은 말을 너무 즉흥적으로 한다는 겁니다. 그렇게 앞장서서 뭔가 말하기를 좋아하죠. 만약 당신이 증인석에 나가 해야 할 말이 있다면 나는 기꺼이 당신을 증인석에 세워 그 얘기를 하게 할 것입니다. 자, 미안합니다. 그럼 이만, 난 서류를 살펴봐야 하거든요. 정말 미안합니다.」

2

다음 날 오전 내내 그는 애슬레틱 클럽의 수다스러운 사람들에게 어떻게 대응할까 신경 쓰면서 시간을 보냈다. 그들은 폴에 대해 얘기해 올 것이다. 역겨울 정도로 입술을 핥으며 떠들어 대리라. 하지만 난폭자의 식탁에 앉은 사람들은 폴에 대한 이야기를 꺼내지 않았다. 그들은 다가오는 야구 시즌에 대해 열심히 얘기했다. 그는 예전의 어느 때보다 그들이 좋았다.

3

그는 어떤 이야기책에서 영감을 받아, 폴의 재판이 하나의 커다란 투쟁으로 진행되리라고 예상했다. 방청석은 긴장하고 검사와 변호사 사이에 치열한 논쟁이 벌어지고, 그러다가 갑자기 압도적인 새로운 증언이 튀어나올 것이다. 그러나 이야기책이 아닌 현실 속의 재판은 15분 이상 끌지 않았고, 대부분의 증언은 의사가 했으며, 그 내용은 질라는 회복할 것이고 폴은 일시적으로 정신이 나갔다는 것이었다. 다음 날 폴은 주 교도소에서의 3년 형을 선고받고 그곳으로 이송되었다. 그다지 인상적이지 않은 모습으로 수갑을 차지도 않고, 단지 쾌활한 보안관 대리의 곁에서 지친 모습으로 터벅터벅 걸어갔을 뿐이었다. 배빗은 정거장에서 그와 인사한 뒤, 사무실로 되돌아오면서 우울한 생각을 했다. 이제 폴이 없는 무의미한 세상을 상대해야 하는구나.

제23장

1

 3월부터 6월까지는 바빴다. 그 덕에 폴 문제를 생각하다가 갑자기 멍해지는 사태는 피할 수 있었다. 아내와 이웃 사람들은 너그러웠다. 매일 저녁 그는 브리지 게임을 하거나 영화를 보러 다녔고, 낮에는 입을 다문 채 멍청한 표정으로 하루하루를 보냈다.
 6월, 배빗 부인과 팅카는 동부의 친척 집에 다니러 갔다. 배빗은 자유의 몸이 되었는데 남아 도는 시간을 어떻게 해야 좋을지 몰랐다.
 그들이 떠난 뒤 온종일 그는 해방된 집에서 어떻게 행동해야 할까를 생각했다. 이제 원한다면 남편의 체면 따위는 내던져 버리고 미쳐 버릴 수도 있고 신을 저주할 수도 있었다. 그는 생각했다. 〈오늘 저녁엔 멋진 파티를 열어야겠는걸. 새벽 2시까지 밖에서 진탕 놀다가 와도 설명할 필요가 없어. 건배!〉 그는 버질 건치와 에디 스완슨에게 전화를 걸었다. 하지만 두 사람은 저녁 시간에 선약이 있었다. 문득 떠들썩한 파티를 열려면 신경을 아주 많이 써야 한다는 것을 깨닫고 심드렁해졌다.
 저녁 식사 때 그는 아무 말이 없었고 테드와 베로나에게 이례적으로 다정하게 대했다. 베로나가 진화론에 대한 존 제니슨 드류 목사의 의견과 관련하여 케네스 에스콧이 말해 준 견해를 두고 자신의 생각을 언급하자 배빗은 머뭇거렸지만 반대하지 않았다. 테드는 여름 방학 동안 카센터에서 시간제로 일하고 있었는데, 낮 동안 그가 거둔 성공 사례를 얘기했다. 볼 베어링이 구르는 홈에 금이 간 것을 어떻게 발견했는지, 늙고 심술 사나운 카센터 사장에게 무슨 말을 했는지, 무선 전화의 미래에 관해 카센터 고참에게 말해 준 내용이 무엇인지를 보고했다.

식사가 끝나자 테드와 베로나는 댄스파티에 갔다. 가정부마저 외출했다. 집에서 저녁 시간을 혼자 보낸 적이 별로 없었기에 배빗은 갑자기 불안해졌다. 멍하니 신문의 연재만화를 읽는 것보다 좀 더 재미있는 것을 원했다. 그는 어슬렁어슬렁 베로나의 방으로 올라가 처녀다운 청백색 침대에 걸터앉았다. 딸의 책들을 살펴보면서, 그는 건전한 시민처럼 흥 하고 코웃음을 쳤다. 콘래드의 『구조』, 〈대지의 얼굴〉이라는 이상한 제목의 책, 베이첼 린지의 시집(상당히 웃기는 시라고 배빗은 생각했다), H. L. 맹켄의 에세이(교회와 모든 예의범절을 조롱하는 대단히 부적절한 에세이) 등이었다. 배빗은 그 어떤 책도 마음에 들지 않았다. 그 책들에서는 시민적 품위나 건전한 시민 정신에 위배되는 반항기가 풍겨 나왔다. 저자들 — 그는 그들이 유명한 작가일 거라고 상상했다 — 은 독자가 자신의 문제를 잊어버리고 몰입할 수 있는 이야기를 들려줄 마음이 없는 듯했다. 그는 한숨이 나왔다. 이어 조지프 허거스하이머의 『때 묻은 3페니』에 주목했다. 이건 뭔가 그럴듯한 책이구나! 모험담, 어쩌면 화폐 위조에 관한 책, 혹은 한밤중에 탐정이 낡은 집에 몰래 다가간다는 그런 얘기리라. 그는 그 책을 겨드랑이에 끼고서 아래층으로 내려와 피아노 램프 아래 앉아 진지한 얼굴로 읽기 시작했다.

〈숲이 무성한 언덕의 야트막한 곳에 파란 먼지와 같은 어스름이 새어 들어왔다. 10월 초였지만 차가운 서리가 이미 단풍나무를 황금빛으로 물들였다. 스페인 떡갈나무에는 적포도주 색 도토리들이 달려 있었고, 옻나무는 어두워지는 덤불 가운데 눈부시게 빛났다. 무심한 듯 언덕 위로 낮게 날던 야생 거위의 대열이 잿빛의 잔잔한 저녁 하늘에 흔들렸다. 호왓 페니는 비교적 깨끗하게 치운 도로에 서서, 규칙적으로 날다가 대열이 흐트러진 거위들의 비상이 한 발 쏘기에 충분한 거리 안으로 들어오지 않는다고 판단했다……. 그는 거위를 사냥할 생각이 없었다. 날이 저물면서, 그의 예민한 감각은 사라졌다. 여느 때와 같은 무관심이 그의 몸에 배어들면서 더욱 깊어졌다…….〉

읽어 보니 또 그런 소리였다. 건전한 상식에 위배되는 불평불만투성이 이야기. 배빗은 책을 내려놓고 집 안의 정적에 귀를 기울였다. 문들은 열려 있었다. 부엌에서는 규칙적으로 떨어지는 냉장고의 물소리가 똑똑 들려왔다. 뭔가 캐물으면서 일부러 평온을 깨뜨리고 싶어 하는 듯한 율동적인 소리였다. 그는 창가에서 배회했다. 여름 저녁의 안개가 자욱했다. 쇠로 된 그물창을 통해 내다보니 어슴푸레한 불빛을 던지는 가로등이 십자가처럼 보였다. 온 세상이 여느 때와 달랐다. 그가 생각에 잠겨 있는 동안, 베로나와 테드가 돌아와 잠을 자러 갔다. 아이들이 잠든 집은 더욱 정적이 깊어졌다. 그는 품위 있는 중산모를 쓰고 시가를 피워 문 채, 집 앞에서 서성거렸다. 뚱뚱하고 모범 시민이며 상상력이 별로 없는 이 인물은 〈은빛은 황금 사이를 누비고 지나가네〉라고 노래를 흥얼거렸다. 그는 갑자기 생각했다. 〈폴에게 전화를 걸까?〉 그러다가 죄수복을 입은 폴을 기억했다. 그는 괴로워하면서 그 사실을 부정했다. 그 일은 안개가 유혹하던 어느 비현실적인 저녁의 일부였다.

만약 마이러가 여기에 있었다면 넌지시 말했을 테지. 〈조지, 밤이 깊었어요.〉 그는 외롭고 기추징스러운 자유의 몸으로 터벅터벅 걸어다녔다. 이제 자욱한 안개에 감싸인 집은 보이지 않았다. 그것은 창조 이전의 세계였고, 소동이나 욕망이 없는 혼돈이었다.

안개 속에서 한 남자가 열병에 걸린 듯한 걸음걸이로 다가왔다. 가로등이 환하게 비추는 동그라미 안에 들어간 그는 격렬하게 춤을 추는 듯했다. 한 걸음 옮길 때마다 지팡이를 휘두르고 요란한 소리를 내며 바닥을 때렸다. 넓은 과시용 줄에 매달려 배 위에 내려와 있던 안경은 걸을 때마다 배에 부딪혔다. 배빗은 그가 첨 프링크임을 알아보았다. 기이한 일이었다.

프링크는 걸음을 멈추더니 시선을 집중하고 진지한 태도로 말했다. 「바보가 또 하나 있군. 조지 배빗, 집 ─ 집을 빌려 주면서 생계를 꾸려 가는 사람. 그런데 진짜 바보가 누구인지 아는가? 나는 시를 배신했네. 술꾼에다 수다스러워. 상관없네. 내가 열심히 했더라면 어떻게 되었을까? 진 필드나 제임스 휘트콤 라일리가 될 수도 있었겠지. 어쩌면 스티븐슨이 될 수도 있었을 테고. 중요한 건 기발한 생각과 상상력이야. 들어 봐. 이걸 한번 들어 봐. 방금 지었네.」

딱정벌레와 떠돌이와 남부끄럽지 않은 소년들이 빚어내는,
빛나는 여름 초원의 소리

「들었나? 기발하지 않아? 금방 지어낸 거라고. 나도 이게 무슨 말인지 모르겠네. 좋은 시는 어떻게 시작되는 걸까? 칠레의 정원 시들은 정말 아름답잖아. 그런데 내가 쓴 건 뭐지? 변변찮은 글이야! 시여, 힘을 내길! 모두가 시원찮아! 이것보다 훨씬 훌륭한 시를 쓸 수 있었을 텐데. 아아, 안타깝게도 너무 늦었어!」

그는 느닷없이 어두운 밤공기 속을 향해 돌진했는데, 곤두박질칠 것 같으면서도 결코 쓰러지지 않았다. 유령이 안개 속에서 목을 들고 급히 빠져나간 광경을 본 것처럼, 배빗은 깜짝 놀랐다. 어둠 속의 시인이 무척 못마땅했다. 그는 〈가엾은 얼간이!〉라고 투덜거리고 곧 그의 존재를 잊었다.

그는 무거운 발걸음으로 집 안에 들어가서는 일부러 냉장고

를 찾아가 음식물을 뒤졌다. 배빗 부인이 집에 있을 때 이런 짓은 큰 범죄 가운데 하나였다. 그는 뚜껑이 달린 세탁 통 앞에서 치킨 다리 하나와 나무딸기 젤리 반 접시를 먹었고 차고 끈적끈적한 감자찜도 해치웠다. 어쩌면 자신이 알고 있고 열심히 실천했던 그 모든 삶이 부질없는 건지도 모른다는 생각이 그의 뇌리를 스쳐 지나갔다. 목사 존 제니슨 드루 박사가 묘사한 천국은 그럴듯하지도 않고 그리 흥미롭지도 않았다. 돈을 버는 것이 별로 즐겁지 않다는 생각도 들었다. 아이를 키우면 그 아이가 다시 아이를 키우고, 이어 그 아이가 또다시 아이를 키우는 것이 과연 가치 있는 일일까? 이 모든 게 도대체 무엇일까? 과연 그는 무엇을 원하는 걸까?

그는 어정버정 거실로 들어가 손을 머리에 올리고 큰 소파에 드러누웠다.

과연 나는 무엇을 원하는 걸까? 재산? 사회적 지위? 여행? 하인? 그래, 이런 것들이 필요하기는 하지. 그렇지만 부수적인 것일 뿐이야.

〈난 그런 걸 포기할 수 있어.〉 그는 한숨을 내쉬었다.

그는 자신이 폴 리슬링의 존재를 간절히 바란다는 사실을 알았다. 거기서 한발 더 나아가 그는 자신이 현실 속에서 아름다운 소녀를 만나기를 바란다는 것을 인정했다. 만약 사랑하는 여자가 있다면, 그는 서둘러 그녀에게 달려가 그 무릎에 머리를 누일 것이다.

그는 속기사 미스 맥건을 생각했다. 호텔 손리의 이발소에서 보았던 예쁜 매니큐어 미용사를 머리에 떠올렸다. 소파에서 잠들어 가면서 그는 인생에서 뭔가 짜릿한 것을 발견했다고 생각했다. 그것은 품위 있고 정상적인 모든 것과 결별하는 데서 오는 전율이었다.

2

 다음 날 아침, 그는 자신이 어젯밤 의식적으로 반항을 결심했다는 사실을 잊었다. 사무실에서는 짜증이 났다. 전화 통화와 방문자들이 밀려드는 오전 11시, 그는 종종 마음속으로 품었지만 감히 시도할 수는 없었던 일을 했다. 자신을 괴롭히는 부하 직원들에게 양해도 구하지 않고, 사무실을 떠나 영화를 보러 간 것이다. 그는 혼자 지낼 수 있는 권리를 즐겼다. 그리고 앞으로는 자기 마음대로만 하겠다는 사악한 결심을 했다.

 그가 애슬레틱 클럽의 난폭자 식탁으로 다가가자 모두 웃음을 터뜨렸다.

 「저런, 백만장자로구먼!」 시드니 핀켈스타인은 말했다.

 「그렇지, 나는 그가 로코모빌[68]에 앉은 걸 보았다네!」 펌프레이 교수가 거들었다.

 「어이쿠, 조지처럼 똑똑한 사람이 된다면 얼마나 좋을까!」 버질 건치는 탄식했다. 「아마 도체스터의 모든 부지를 훔쳤을걸. 그가 사들일 부지 주변에다가 지키지도 못할 하찮은 부동산 몇 조각을 남겨 두는 일은 없도록 해야겠어!」

 배빗은 그들이 〈작심하고 농담을 한다〉는 사실을 알았다. 게다가 그들은 그럴듯한 〈농담거리를 가지고 있었다〉. 보통 때라면 그도 쾌활하게 응했겠지만 지금은 신경이 곤두서서 부드럽게 받아넘길 수 없었다. 그는 툴툴거렸다. 「그렇고말고. 그러면 당신네들을 우리 사무실 급사로 쓸 수 있을 텐데!」 농담은 이제 끝장을 향해 가고 있었고, 그는 아주 초조해졌다.

 「물론 여자도 만나고 다니겠지?」 그들은 말했다. 「아니, 어쩌면 오래된 한방 친구 예루살렘 도크 경을 기다리고 있을지 모르지.」

---

[68] Locomobile. 자동차의 한 종류로 가격이 매우 비싸다.

그는 감정이 폭발했다. 「야, 이 얼간이들아! 멋대로 농담을 지어내 봐! 얼마든지 해보라니까! 도대체 무슨 재미가 있다고 그러는 거야?」

「만세! 드디어 조지가 화를 내는구나!」 시드니 핀켈스타인이 히죽히죽 웃었다. 식탁에 앉은 사람들 사이에서 미소가 번졌다. 그때 건치가 충격적인 진실을 밝혔다. 그는 배빗이 영화관에서 나오는 모습을 보았던 것이다 — 그것도 정오에!

그들은 그 일을 열심히 우려먹었다. 수십 번씩 변화를 주고 수십 번씩 너털웃음을 터뜨리면서 배빗이 업무 시간에 영화를 보러 갔다고 말했다. 배빗은 건치의 농담은 그리 신경 쓰이지 않았지만 시드니 핀켈스타인은 귀찮았다. 활기가 넘치고 날씬하며 붉은 머리카락의 농담꾼. 배빗은 온갖 것이 다 귀찮았다. 물 잔에 들어 있는 얼음덩어리가 성가셨다. 너무 컸다. 얼음은 빙글빙글 돌다가 그가 물을 마시려 하면 코를 얼얼하게 했다. 화가 난 배빗은 핀켈스타인이 그 얼음덩어리 같다고 생각했다. 하지만 핀켈스타인은 농담을 멈추지 않았고, 모두가 그 좋은 농담거리에 지쳐 일상의 다른 문제로 화제를 옮겨 갈 때까지 계속했다.

배빗은 생각했다. 〈오늘 나는 대체 뭐가 문제지? 몹시 짜증이 나는군. 저들은 수다를 떨었을 뿐이야. 아무튼 신중하게 행동하면서 입을 다무는 게 낫겠어.〉

그들이 시가를 피워 물었을 때, 그가 우물우물 말했다. 「사무실로 가봐야겠네.」 그들이 일제히 〈영화관의 여자 안내원과 함께 아침을 보낸다면!〉 하고 외치는 바람에 그는 서둘러 자리를 떴다. 킬킬거리는 그들의 웃음소리가 들려왔다. 그는 당황스러웠다. 날씨가 따뜻하다는 외투 담당 도우미의 인사말에 그는 허세를 부리며 동의했다. 그러면서 유치히게도 자신의 이 모든 문제를 안고서 아름다운 소녀에게 달려가 위로받고 싶다고 생각했다.

3

그는 받아쓰기가 끝난 뒤에도 미스 맥건을 자리로 보내지 않았다. 그는 사무실에서 쌀쌀맞기만 한 그녀를 다정한 사람으로 바꾸어 놓을 수 있을 만한 화제를 모색했다.

「휴가는 어디로 떠날 생각인가?」 그가 기분 좋게 말을 걸었다.

「북부 주의 농장으로 갈 생각이에요. 시든스 부부의 임대 계약을 오늘 오후에 복사해야 할까요?」

「아, 서두를 필요 없어……. 맥건 양이 우리 사무실의 괴짜들과 좀 떨어져 지낸다면 좋은 시간이 될 텐데.」

그녀는 자리에서 일어나 연필들을 모았다. 「우리 사무실에 괴짜는 없다고 생각하는데요. 전 편지를 끝내고 문서를 복사하겠어요.」

그녀는 방에서 나갔다. 배빗은 미스 맥건이 접근 가능한 여자라는 생각을 완전히 포기했다. 「그래! 씨알도 안 먹혀!」 그가 내뱉었다.

4

배빗의 집 길 건너편에 살고 있는 자동차 대리인 에디 스완슨이 일요일 저녁 식사에 이웃 사람들을 초대했다. 재즈 음악과 패션을 사랑하며 잘 웃는 그의 아내 루에타는 몹시 흥분해 있었다. 그녀는 손님들을 맞이하면서 소리쳤다. 「오늘은 진짜 파티를 보게 될 거예요!」 그녀는 많은 남자들에게 매혹적인 여자였고, 배빗은 그 사실을 거북하게 생각해 왔다. 하지만 이제 그녀가 자신에게도 엄청나게 매혹적인 여자로 보인다는 사실을 인정하지 않을 수 없었다. 배빗 부인은 결코 루에타를 인정하지 않았다. 배빗은 오늘 저녁 아내가 옆에 없어 잘됐다고 생각했다.

그는 주방에 들어가 오븐에서 치킨 크로켓을 꺼내고, 아이스박스에서 양상추 샌드위치 꺼내는 일을 도와주겠다고 고집을 부렸다. 그는 딱 한 번 루에타의 손을 잡았는데 실망스럽게도 그녀는 알아채지 못했다. 그녀는 노래하듯이 말했다. 「당신은 정말 자상한 엄마의 손길처럼 돕는군요, 조지. 자, 쟁반을 들고 빨리 거실로 들어가 사이드 테이블에 올려놔 주세요.」

그는 에디 스완슨이 칵테일을 대접했으면 좋겠다고 생각했다. 그러면 루에타도 한 잔쯤 마실 것이다. 그는 소설 속에 자주 등장하는 보헤미안이 되어 살고 싶었다. 작업실 파티와 제멋대로 구는 귀엽고 독립적인 여성들. 그들과 어울리는 것이 반드시 나쁘지는 않으리라. 그래, 나쁘지 않다! 어쨌든 플로럴 하이츠처럼 단조롭지는 않을 것이다. 지나온 세월을 어떻게 견뎠는지 아득했다.

에디는 칵테일을 내놓지 않았다. 그들은 떠들썩하게 저녁을 먹었다. 오빌 존스는 여러 번 같은 농담을 반복했다. 「루에타가 내 무릎에 앉고 싶어 하면 난 언제라도 이 샌드위치에게 썩 꺼지라고 할 수 있어요.」 하지만 그들은 일요일 저녁의 이웃집 파티에 어울리는 품위를 지켰다. 배빗은 피아노 의자에 앉아 있는 루에타의 옆자리를 조심스럽게 차지했다. 그는 자동차에 대해서 이야기했고, 지난주 수요일에 본 영화에 대해 말하는 루에타의 이야기에 한결같이 미소를 지으며 귀를 기울였다. 그는 영화 줄거리의 묘사, 주연을 맡은 남자 배우의 아름다움, 화려한 세트 따위에 대한 얘기를 빨리 끝냈으면 하고 바라면서 그녀를 쳐다보았다. 실크 띠로 묶은 가느다란 허리, 반듯한 눈썹, 열렬한 눈빛, 넓은 이마 위로 갈라진 머리카락. 그의 눈에 그녀는 청춘과 매력의 상징이었고, 그런 아름다운 모습은 사람을 슬프게 만들었다. 그는 징기 자동차 여행을 하며 산을 답힘하고 계곡 위의 소나무 숲에서 피크닉을 함께하는 동반자로 루에타가 아주 적격이라고 생각했다. 야들야들한 그녀의 몸이 그의 몸에 스쳤다.

그는 루에타를 상대로 끊임없이 말싸움하는 에디 스완슨에게 화가 났다. 그는 문득 자신이 동경하는 아름다운 소녀와 루에타를 동일시했다. 그는 두 사람이 늘 낭만적으로 서로에게 끌렸다고 생각하다가 자신이 그런 생각을 하고 있다는 사실에 깜짝 놀랐다.

「요사이 아주 쓸쓸한 생활을 하고 계시죠? 홀아비가 되었으니 말이에요.」 그녀가 물었다.

「물론이죠! 사실 나는 좀 나쁜 남자이고 그걸 자랑스럽게 생각한답니다. 어느 날 저녁, 당신이 에디의 커피에 수면제를 타고서 길 건너 우리 집으로 몰래 찾아온다면, 칵테일을 어떻게 섞는지 보여 주죠.」 그는 큰 소리로 말했다.

「글쎄요, 어쩌면 그럴 수 있을지도 몰라요! 사람의 행동은 예측할 수 없으니까요!」

「마음의 준비가 되면 그때마다 이 수건을 고미다락 창가에 걸어 두세요. 그러면 나는 진을 사러 달려가겠어요!」

짓궂은 얘기에 모두가 킬킬 웃어 댔다. 에디 스완슨은 그런 농담에 즐거워하면서, 매일 커피를 마실 때마다 의사처럼 수면제 투입 여부를 조사하겠다고 말했다. 다른 사람들은 좀 더 선정적인 최근의 살인 사건으로 말머리를 돌렸지만, 배빗은 다시 루에타를 개인적인 화제로 끌어들였다.

「그 옷은 내가 지금껏 본 것 중에서 가장 아름답군요.」

「정말로 마음에 드세요?」

「마음에 드냐고요? 물론이죠. 케네스 에스콧에게 신문 기사를 하나 쓰라고 해야겠어요. 미국에서 가장 멋진 옷을 입은 여자가 E. 루에타 부인이라는 내용으로다가.」

「이제 그만 놀리세요!」 하지만 그녀의 얼굴은 환히 빛났다. 「춤을 좀 출까요? 조지, 당신은 나와 함께 춰야 해요.」

「나는 춤이 아주 서툰데.」 그렇게 빼면서도 배빗은 무거운 발걸음으로 앞에 나섰다.

「가르쳐 드릴게요. 나는 누구나 잘 가르친답니다.」

그녀의 눈은 촉촉했고 목소리는 흥분에 취해 나른했다. 그는 루에타의 애정을 얻었다고 확신했다. 그리고 그녀를 껴안으면서 나긋나긋하고 따뜻한 체취를 의식했다. 그는 진지한 표정을 지으며 원스텝의 무거운 춤사위로 빙빙 돌았고 한두 사람과 부딪쳤을 뿐 그런대로 잘 추었다. 「야, 내가 그리 서툰 건 아니네요. 그런대로 진짜 무대 무용수처럼 움직이지 않나요?」 그는 기쁜 듯이 바라보았다. 그녀는 재빨리 대답했다. 「그래 — 그래요 — 내가 아까 누구나 잘 가르칠 수 있다고 말했잖아요. 자, 이렇게 하세요. 그렇게 길게 스텝을 밟지 마세요.」

잠시 그는 자신감을 잃었다. 무섭도록 집중하면서 박자를 맞추려 애썼다. 그리고 다시금 그녀의 매력에 빠져들었다. 〈그녀는 나를 좋아하게 될 거야. 내가 그렇게 만들겠어!〉 그는 생각했다. 그는 그녀 귀 뒤의 머리 타래에 키스하려 했다. 그녀는 무의식적으로 고개를 돌려 피했고 자동적으로 불평이 튀어나왔다. 「어머, 이러지 마세요!」

그는 순간적으로 그녀가 미워졌지만 그것도 잠시, 곧 이전 못지않게 끈질기게 달라붙었다. 그는 오빌 존스 부인과 춤을 추면서도, 루에타가 기다란 방을 따라 남편과 함께 춤추는 모습을 멍하니 지켜보았다. 〈조심해! 넌 지금 바보 같은 짓을 하고 있어!〉 그는 스스로에게 경고했다. 그러고는 희롱조로 껑충 뛰었다가 장난치듯 존스 부인에게 무릎을 꿇어 보이며 굵직한 목소리로 말했다. 「이런, 덥군요!」 그 순간 느닷없이 결코 춤출 일이 없는 그림자 같은 곳에 갇힌 폴 생각이 났다. 〈오늘 저녁, 난 미쳤군. 어서 집으로 돌아가는 게 낫겠어.〉 배빗은 걱정을 하면서도 존스 부인을 놔두고 사랑스러운 루에타에게 딜러가 다시 춤을 추자고 청했다. 「나음은 내 차례에요.」

「아, 너무 더워요. 이번 곡은 추지 않을 거예요.」

「그렇다면……」 그가 대담하게 말했다. 「밖에 나가서 현관에 앉아 시원한 바람을 쐽시다.」

「글쎄요 ―」

뒤쪽 집 안으로부터 떠들썩한 소리가 들려오는 가운데, 그는 부드러운 밤공기 속에서 단호하게 그녀의 손을 잡았다. 그녀가 배빗의 손을 한 번 꼬집으며 손을 빼냈다.

「루에타! 당신은 내가 알고 있는 사람들 중에서 가장 좋은 여성이에요!」

「글쎄요, 나도 당신이 정말 좋은 사람이라고 생각해요.」

「그래요? 나를 좋게 생각하다니 기쁩니다! 나는 너무나 고독해요!」

「아, 부인이 돌아오면 괜찮아질 거예요.」

「아니, 늘 고독해요.」

그녀는 두 손을 깍지 껴서 턱 아래 괴었다. 그가 감히 그녀의 손을 잡지 못하게 하려는 뜻이었다. 그는 한숨을 지었다.

「비참하게 느껴질 때면 ―」 그는 폴의 비극을 말할 생각이었지만 그것은 너무나 심각한 얘기라서 사랑의 술책으로 써먹을 수가 없었다. 「사무실과 그 외의 모든 일이 다 시들해지면, 나는 길 건너를 바라보며 당신을 생각해요. 당신은 내 꿈에도 나타났지요.」

「멋진 꿈이었나요?」

「근사했어요!」

「하지만 사람들의 얘기에 따르면 꿈은 반대라던데요! 자, 이제 들어가야 해요.」

그녀가 자리에서 일어섰다.

「아, 아직 안 돼요! 제발, 루에타!」

「안 돼요, 들어가 봐야 해요. 손님들 시중을 들어야죠.」

「자기네들끼리 알아서 놀라고 해요!」

「그럴 수는 없어요.」 그녀는 무심히 그의 어깨를 한 번 두드리더니 안으로 들어가 버렸다.

잠시 동안 그는 너무 창피한 나머지 몰래 집으로 돌아가야겠다는 유치한 생각까지 했다. 그는 씩씩거리며 중얼거렸다. 「그녀와 가까워지려고 했던 건 아니야! 어차피 이건 결코 진전을 보지 못할 일이잖아!」 그는 어슬렁어슬렁 집 안으로 다시 들어가 오빌 존스 부인과 춤을 추었다. 루에타를 피하며 일부러 점잖고 착하게 춤을 추었다.

제24장

1

 형무소의 폴을 면회한 일은 안개와 의문이 가득한 저녁 못지않게 비현실적인 사건이었다. 주위에 눈길을 돌리지 않은 채, 그는 석탄산의 악취가 풍기는 형무소 복도를 지나, 장미꽃 무늬를 새긴 엷은 황색의 긴 의자들이 즐비한 방으로 갔다. 그 의자들은 어렸을 적에 보았던 구둣방의 선반들을 연상시켰다. 간수가 폴을 데려왔다. 회색 면 죄수복을 입은 폴의 얼굴은 창백하고 무표정했다. 그는 간수의 지시에 따라 소심하게 움직였다. 그는 담배와 잡지 등 배빗에게 받은 선물을 얌전히 내밀어 탁자 너머로 간수가 잘 살펴볼 수 있도록 했다. 「난 이곳 생활에 익숙해지고 있어.」 폴이 말했다. 「이발소에서 일하고 있지. 이발 기계를 꽉 쥐면 손이 아파.」 폴은 더 이상 할 말이 없었다.
 배빗은 이 죽음의 도시에 들어간 폴이 이미 죽은 목숨이라는 것을 알았다. 그는 집으로 돌아오는 기차에서 그 자신의 일부, 가령 세상이 선하다고 굳게 믿었던 신념, 부정적 여론에 대한 두려움, 성공에 대한 자부심 따위가 사라져 버렸음을 느꼈다. 아내가 동부에 가 있다는 게 기뻤다. 그는 아무런 거리낌 없이 그 사실을 담담하게 시인했고 그런 심리 상태를 조금도 개의치 않았다.

2

그녀의 명함에는 〈다니엘 쥐디크 부인〉이라고 씌어 있었다. 배빗은 그녀가 종이 도매상인 다니엘 쥐디크의 미망인라는 사실을 알고 있었다. 나이는 마흔에서 마흔둘 정도 되었다. 하지만 그날 오후 사무실에서 만나 보니 예상보다 더 젊다는 느낌이 들었다. 아파트 임대를 알아보기 위해 찾아왔는데, 미숙한 회계 담당 여직원과 얘기하고 있는 것을 배빗이 직접 자신의 사무실로 데려왔다. 그는 약간 긴장했고, 그녀의 멋진 모습에 매혹되었다. 그녀는 호리호리한 몸매에 흰 점이 박힌 검은 스위스제 드레스를 입었는데 아주 세련되고 우아했다. 챙이 넓은 검은 모자는 그녀의 얼굴에 시원한 그늘을 드리웠다. 눈빛은 반짝이고, 부드러운 아래턱은 보기 좋게 포동포동하며, 뺨은 고른 장밋빛이었다. 그녀가 혹시 화장을 한 것이 아닌가 하고 나중에 배빗은 생각했지만, 여자의 화장술에 대해서는 잘 알지 못했다.

그녀는 앉아서 보랏빛 양산을 빙글빙글 돌리고 있었다. 그녀의 목소리는 요염하지 않으면서도 매력적이었다. 「알아보고 싶은 게 있는데요.」

「기꺼이 도와 드리겠습니다.」

「사방을 돌아다녔어요. 침실 하나나 둘, 그리고 거실과 작은 부엌과 욕실을 갖춘 자그마한 아파트를 구하고 있어요. 매력적인 집을 원해요. 지저분하고 우중충한 집이나 끔찍하도록 화려하고 속된 샹들리에가 있는 새 아파트는 싫어요. 게다가 많은 돈을 지불할 능력이 없어요. 내 이름은 타니스 쥐디크입니다.」

「당신에게 딱 맞는 물건을 소개해 드리죠. 지금, 돌아다니면서 살펴볼 시간이 있나요?」

「예, 2~3시간은 괜찮아요.」

배빗은 시드니 핀켈스타인을 위해 캐번디시 아파트 단지의 새 아파트를 하나 준비해 두었지만, 마음에 드는 이 여자를 옆에 태우고 운전하고 싶은 생각에 친구는 까맣게 잊었다. 그는 씩씩한 어조로 말했다. 「적당한 아파트 하나를 보여 드리죠!」

그는 그녀를 위해 자동차 좌석의 먼지를 털어 주었고, 운전 솜씨를 과시하기 위해 두 번씩이나 모험을 마다하지 않았다.

「운전 솜씨가 멋지네요!」 그녀는 말했다.

그는 그녀의 목소리가 마음에 들었다. 루에타 스완슨과 같이 요란스럽게 킬킬거리는 웃음소리가 아니라 음악적이고 교양미가 넘친다고 생각했다.

그는 으쓱거리며 뽐냈다. 「알다시피 많은 친구들이 겁을 집어먹고 천천히 운전하는 바람에 교통의 흐름이 방해받고 있어요. 가장 안전한 운전기사는 자동차를 잘 다루면서도 필요할 경우 겁 없이 속도를 올릴 수 있는 사람이지요. 안 그런가요?」

「그렇고말고요!」

「당신도 아주 멋지게 운전을 할 것 같은데.」

「아, 아니에요, 정말로 아니에요. 물론 집에 차가 있긴 했지요. 남편 다니엘이 세상을 떠나기 전에 말이에요. 그땐 나도 운전할 줄 아는 척했어요. 하지만 어떻게 여자가 남자처럼 운전을 잘할 수 있겠어요.」

「그래도 이제는 운전을 잘하는 여자들이 많습니다.」

「아, 물론 그래요. 남자를 흉내 내어 골프를 치면서 무엇이든 가리지 않고 하는 여자가 있긴 하죠. 하지만 그런 여자는 결국 피부가 망가지고 손이 상해요.」

「그건 그래요. 남성적인 여자들은 별로라는 생각이 듭니다.」

「내 말은……. 물론 나는 사회적으로 성공한 여자들을 아주 존경해요. 그들 곁에 서면 내가 너무 미약하고 쓸모없는 여자라는 생각이 들어요.」

「무슨 그런 말씀을! 당신도 대단한 사람인 것 같은데요. 당신은 틀림없이 피아노를 천재처럼 칠 수 있겠죠.」

「아, 아니랍니다. 별로 그렇지 못해요.」

「하지만 그렇게 보이는데요!」 그는 다이아몬드 반지와 루비 반지를 낀 그녀의 매끄러운 손을 힐끗 내려다보았다. 그녀는 그의 시선을 의식했고, 두 손을 바싹 붙이고는 새끼 고양이처럼 가느다란 흰 손가락들을 구부렸다. 그런 동작이 그를 유쾌하고 즐겁게 했다.

「피아노 치는 걸 좋아해요. 하지만 손으로 탕탕 내리치기만 할 뿐, 제대로 교육을 받지는 못했어요. 남편은 내가 교육을 받았다면 훌륭한 피아니스트가 되었을 거라고 말하곤 했지요. 하지만 난 그이가 내 비위를 맞추려고 그러는 줄 알았어요.」

「그런 게 아니었을 겁니다! 당신은 음악적 기질을 타고난 것 같아요.」

「당신은 음악을 좋아하나요, 배빗 씨?」

「그럼요! 하지만 고전 음악을 특히 좋아한다고 말할 수는 없어요.」

「아, 그건 나도 그래요! 쇼팽의 작품을 좋아하는 정도지요.」

「아, 그렇군요! 나도 고답적인 연주회에 많이 다녔습니다. 하지만 더블 베이스를 연주하면서 활로 두드려 대는, 활기 넘치는 재즈 오케스트라를 더 좋아합니다.」

「아, 그렇군요. 나는 댄스 음악을 좋아해요. 춤추는 것도 좋아하고요. 당신은 어때요, 배빗 씨?」

「나도 물론 그렇죠. 그렇다고 춤을 잘 춘다는 얘기는 아니지만요.」

「아, 그렇군요. 그럼 내가 알려 드려 보면 어떨까요? 난 누구에게나 춤을 가르칠 수 있어요.」

「그러면 언제 한번 가르쳐 주시겠습니까?」

「그럼요, 언제라도요.」

「조심하시는 게 좋을 겁니다. 내가 그 말을 그대로 믿고 당신 아파트로 찾아가 가르쳐 달라고 할지도 몰라요.」

「그러세요.」 그녀는 화를 내지는 않았지만 그렇다고 약속을 해주지도 않았다. 그는 스스로에게 경고했다. 〈이봐, 정신 차려, 이 바보야! 다시는 어리석게 굴지 마!〉 그는 다시 점잖은 화제로 돌아갔다.

「젊은 친구들처럼 춤을 출 수 있으면 좋겠어요. 하지만 그보다 더 중요한 게 있다고 봅니다. 모름지기 남자라면 이 세상의 일에 적극적으로 참여하고, 삶의 조건에 창조적으로 기여하고, 또 자신의 인생에서 뭔가 보여 주어야 해요. 그게 멋진 남자의 할 일이죠. 그렇게 생각하지 않으세요?」

「그렇고말고요!」

「그러자면 자신이 좋아하는 것들을 일부 희생해야 하죠. 아무튼 나도 골프 게임은 남들 못지않게 잘합니다!」

「아, 그렇군요······. 혹시 결혼하셨나요?」

「아 — 예······. 음······. 그리고 대외적인 활동에 대해서 말해 보자면, 부스터 클럽의 부회장을 맡고 있습니다. 또 주 부동산 협회 산하의 한 위원회에서 위원으로 일하고 있고요. 이런 직책은 많은 일과 책임감을 뜻하지요. 하지만 보상은 별로 없는 자발적 봉사 활동입니다.」

「아, 무슨 말씀인지 알겠어요! 공인은 결코 합당한 인정을 받지 못하죠.」

그들은 서로 존중하는 눈빛으로 상대방을 쳐다보았다. 새로 지은 캐번디시 아파트 단지에 도착하자 그는 정중하게 그녀의 하차를 도와주었고, 마치 그녀에게 집을 선물이나 하는 것처럼 아파트 단지를 가리켰다. 그는 묵직한 목소리로 엘리베이터 보이에게 명령했다. 「서둘러 열쇠를 가져와.」 엘리베이터 안에서 그녀는 그의 바로 곁에 서 있었다. 그는 마음이 약간 동요되었지만 그래도 조심스럽게 행동했다.

그 아파트는 차분한 파란색 벽에 흰색 몰딩이 된 예쁜 아파트였다. 쥐디크 부인은 집을 계약하겠다고 기분 좋게 말했다. 두 사람이 엘리베이터로 향하는 홀을 걸을 때, 그녀는 배빗의 소매를 건드리면서 노래하듯 말했다. 「오, 당신을 찾아가길 너무 잘했어요! 고객의 편의를 이해할 줄 아는 남자를 만나다니, 정말 영광입니다. 아, 지금까지 보아 온 아파트들과는 차원이 달라요!」

그는 그녀의 어깨를 가볍게 껴안을 수도 있겠다는 본능적인 느낌이 들었다. 하지만 스스로를 질책하면서 지나치게 정중한 태도로 그녀를 차로 안내하고 이어 집까지 데려다 주었다. 사무실로 되돌아오는 내내 그는 자기 자신에게 분노했다.

〈신중하게 행동하길 정말 잘했어……. 빌어먹을, 그래도 시도는 해봤어야 하는 거 아니야? 아주 귀여운 여자였어! 굉장해! 진짜 매력적이야! 예쁜 눈, 귀여운 입술, 가느다란 허리. 다른 기혼 여자들처럼 살이 찌지도 않았어……. 그래, 결코 그런 평범한 여자가 아니야. 정말 교양 있는 숙녀라니까. 내가 요 몇 달 사이 만난 여자들 중 가장 총명한 여자지. 공공의 화제도 잘 이해하고 있고. 제기랄, 왜 나는 시도조차 하지 않았을까? 아, 아, 타니스!〉

3

배빗은 그러한 상념에 초조하고 곤혹스러워하면서도 자신의 청춘이 되살아난다는 느낌이 들었다. 그를 특히 혼란스럽게 만들었던 여자 — 결코 그녀에게 말을 걸지는 않았지만 — 는 폼페이언 이발소 오른쪽 줄 맨 마지막 의자에서 일하는 매니큐어 담당 미용사였다. 그녀는 작은 키에 머리카락이 검고 동작이 민첩했으며 늘 미소를 짓고 있었다. 나이는 아마도 열아홉이나 스물쯤 되었으리라. 엷은 연어 빛 블라우스를 입고 있어서 어깨의 검은 리본이 달린 속옷이 훤히 드러났다.

그는 격주로 폼페이언 이발소에 들러 머리를 다듬었다. 부동산 사무실이 입주해 있는 리브스 빌딩의 이발소를 다니지 않는 것을 일종의 배신이라고 늘 생각했지만, 이번에 처음으로 그런 죄책감을 떨쳐 버렸다. 〈빌어먹을, 마음이 내키지 않으면 안 가도 되는 거야. 내가 뭐 리브스 빌딩의 주인이야? 그 이발소와 나는 아무 상관도 없어! 제기랄, 마음 내키는 곳에 가서 머리를 깎는 거야! 리브스 이발소 얘기는 더 이상 듣고 싶지도 않아! 남 눈치 보는 것도 이제 지겨워! 눈치 보는 것 따위 아무 소용도 없잖아. 그런 건 이제 끝이야!〉

폼페이언 이발소는 제니스 최대의 현대적이고 역동적인 호텔인 손리의 지하에 있었다. 호텔 로비에서 윤나는 구리 난간이 달린 대리석 곡선 계단을 따라 내려가면 이발소가 나온다. 내부는 흑색, 백색, 심홍색의 타일이 발려 있고 천장은 반들거리는 금빛이 선정적이며, 분수 가운데는 큼직한 님프가 주홍색 풍요의 뿔에서 계속 물을 뿜어냈다. 이곳에서 이발사 마흔 명과 매니큐어 미용사 아홉 명이 열심히 일하고 있었다. 여섯 명의 흑인 급사들은 손님들을 모시기 위해 문가에서 망을 보다가 공손히 모자와 옷깃을 받아 들고 대기실로 안내했다. 흰색 석조 바닥이 널찍하게 펼쳐지고 열대 섬 같은 카펫이 깔려 있는 대기실에는 가죽 의자 10여 개와 잡지들이 놓인 탁자가 있었다.

배빗의 급사는 머리가 희끗희끗한 흑인 아첨꾼이었다. 급사는 제니스에서 최고로 높이 쳐주는 경의를 그에게 표시했다. 그의 이름을 부르며 환영한 것이다. 하지만 배빗은 즐겁지 않았다. 그가 특별히 멋지다고 생각했던 매니큐어 미용사는 다른 손님을 응대하는 중이었다. 지나치게 옷 치장을 한 남자와 킬킬 웃으면서 그의 손톱을 다듬고 있었다. 배빗은 그 손님이 미웠다. 그는 기다릴까 생각해 봤지만 폼페이언 이발소의 일정한 시스템을 정지시킨다는 것은 생각할 수 없는 일이었기에 곧 의자로 안내되었다.

이발소 내부는 풍성하면서도 사치스러운 화려함이 있었다.

어떤 단골 손님은 자외선 안면 치료를 받고, 그 옆의 사람은 오일 샴푸를 했다. 급사들이 신기한 힘을 발휘하는 전기 마사지 기계를 이리저리 나르고 있었다. 이발사들은 반짝거리는 니켈 유탄포 같은 기계에서 김이 무럭무럭 나는 수건을 획 꺼내어 잠시 사용한 뒤 경멸하듯 던져 버렸다. 의자 맞은편 대리석 선반에는 호박색, 루비색, 에메랄드 빛의 수많은 토닉 병들이 진열되어 있었다. 전용 노예 두 명 — 이발사와 구두닦이 — 을 동시에 거느린 배빗은 아주 우쭐한 마음이 들었다. 매니큐어 미용사도 곁에 두었으면 얼마나 행복했을까. 이발사는 그의 머리카락을 자르더니 이브르 드 그레이스 경마 대회, 야구 시즌, 프라우트 시장 등에 관한 그의 의견을 물었다. 젊은 흑인 구두닦이는 「캠프 미팅 블루스」를 흥얼거리면서 구두를 닦았다. 구두 닦는 천 조각을 팽팽하게 잡아당겨 이리저리 닦을 때마다 밴조 줄처럼 획획 소리가 났다. 이발사는 영업 감각이 뛰어난 사람이었다. 그는 은근한 질문을 던져서 배빗에게 스스로 돈 많고 중요한 인물이라는 느낌을 안겨 주었다. 「선생님이 좋아하는 토닉은 뭐죠? 오늘 안면 마사지를 할 시간이 있으세요, 선생님? 두피가 좀 뻣뻣한 편이군요, 선생님. 마사지를 해드릴까요?」

배빗이 가슴 설렐 정도로 가장 좋아하는 순간은 머리를 감을 때였다. 이발사는 그의 머리에 비누를 듬뿍 발라 크림같이 만들고는(배빗이 세면대로 고개를 숙이면 수건으로 목 부분을 감쌌다) 머리가 욱신거릴 정도로 뜨거운 물로 감기고, 마지막으로 찬물로 깨끗하게 헹궈 주었다. 뜨거운 물을 두피에 부었다가 갑자기 찬물로 바꾸는 그 충격의 순간, 배빗의 심장은 두근거리고 어깨는 들먹거리고 등뼈는 감전을 당한 듯 짜릿했다. 삶의 단조로움이 단숨에 부서지는 듯 통쾌한 삽사이었다. 그는 고개를 들고 으쓱거리며 주위를 둘러보았다. 이발사는 아부하는 자세로 그의 젖은 머리를 닦아 주고는 터번 모양으로 수건을 감쌌다. 그리하여 배빗은 정교하면서도 조절 가능한 옥좌에 앉은, 통통하게 살찐 핑크 빛 칼리프[69]가 되었다. 이발사는 (칼리프의 영광에 압도당한 신하처럼) 굽실거렸다. 「엘도라도 오일 러브를 약간 발라 드릴까요, 선생님? 두피에 효과가 아주 좋지요, 선생님. 지난번에 발라 드리지 않았던가요?」

지난번에 바른 적은 없었지만 배빗은 동의했다. 「응, 발라 주게.」

배빗은 매니큐어 미용사가 손님 응대를 끝내고 자유의 몸이 된 것을 발견하고 가슴이 두근거렸다.

「이봐, 매니큐어 서비스도 좀 받아야겠는데.」 그는 낮은 목소리로 말했다. 검은 머리카락에 미소를 띤, 나긋나긋하고 키 작은 미용사가 다가오는 모습을 그는 흥분한 채 바라보았다. 매니큐어 작업은 그녀의 테이블에서 마무리될 것이므로 이발사가 듣지 못하는 곳에서 그녀와 얘기할 수 있다. 그는 미용사를 훔쳐보지 않으려 애쓰면서 즐거운 마음으로 그 순간을 기다렸다. 그녀는 줄로 그의 손톱을 다듬었다. 이발사는 그의 얼굴을 면도했고, 자신의 봉사 경력이 깊어지면서 자연스럽게 생각해 내게 된 온갖 흥미로운 약품이 섞여 있는 화장품을 따끔거리는 그의 얼굴에 발라 주었다. 이발이 끝나고 그가 그녀의 테이블에 앉았을 때 그는 먼저 대리석 판에 감탄했고 자그만 은제 꼭지가 달린, 움푹 들어간 세면대에 감동했으며 마지막으로는 이런 고급 이발소에 자주 다니는 자기 자신에 감탄했다. 그녀가 세면대에서 그의 젖은 손을 잡아 빼내자, 따뜻한 비눗물에 씻겨 민감해진 손이 그녀의 작고도 단단한 손을 극도로 날카롭게 의식했다. 그녀의 반들반들한 핑크 빛 손톱이 그렇게 멋져 보일 수 없었다. 그가 볼 때, 그녀의 손은 쥐디크 부인의 가느다란 손보다 더 귀엽고 우아했다. 그녀가 날카로운 칼로 손톱 각피를 다듬을 때, 그는 아픔과 동시에 어떤 특별한 황홀감을 느꼈다. 젊은 여자의 가슴과 어깨

---

69 *caliph*. 정치와 종교의 권력을 아울러 갖는 이슬람 교단의 지배자를 이르는 말이다.

윤곽을 훔쳐보지 않으려 애썼지만, 그럴수록 핑크 빛 장식 레이스의 얇은 막 아래로 그녀의 가슴이 더 뚜렷하게 눈에 들어왔다. 그는 미용사를 아주 귀여운 여자라고 생각했다. 자신의 존재를 그녀에게 확실하게 심어 주려고 애쓰면서, 그는 사교 파티에 처음 참석한 시골 소년처럼 어색한 말투로 얘기했다.

「오늘은 일하기엔 좀 더울 것 같은데.」

「아, 그래요, 더운 날이죠. 손님, 손톱을 직접 깎았죠, 그렇지 않아요?」

「아, 그런 것 같군.」

「하지만 늘 매니큐어 서비스를 받아야 해요.」

「그래야겠지. 나는 ─」

「잘 다듬어진 손톱만큼 멋져 보이는 건 없어요. 난 그거야말로 진짜 신사를 확인하는 최선의 방법이라고 생각해요. 어제 이곳에 자동차 판매 사원이 들렀는데, 자기가 사람들의 사회적 위치를 그들의 자동차로 알아볼 수 있다고 하더라고요. 하지만 나는 〈말도 안 되는 소리, 누군가가 허풍선인지 아니면 진정한 신사인지 알아보고 싶다면 그의 손톱을 살펴보아야 해요!〉라고 대답해 줬어요.」

「하지만 그것 말고 다른 요인도 있어. 아가씨처럼 어리고 예쁜 여자가 서비스해 준다면, 남자들은 손톱을 다듬기 위해 찾아올 수밖에 없지.」

「내가 겉으로는 어리게 보일지 모르지만 생각은 깊은 여자에요. 나는 사람들을 만나면 단번에 그들의 성격을 판단할 수 있어요. 멋진 사람들은 금방 알아볼 수 있죠. 상대방이 멋진 사람이 아니라면, 결코 내 속을 털어놓지 않아요.」

그녀는 미소를 지었다. 그녀의 눈은 4월의 연못처럼 고요했다. 그는 마음속으로 진지하게 생각했다. 〈어떤 무뢰한들은 이 여자가 매니큐어 미용사이고 고등 교육을 받지 못했기 때문에 좋은 여자가 아니라고 생각하겠지. 하지만 나로 말하자면 민주주의자라 할 수 있고, 그런 만큼 이 여자를 잘 이해해.〉 그는 이 여자가 훌륭하고 착한(그렇다고 부담스러울 정도로 과도하게 착하지는 않은) 여자라고 생각했다. 그는 아주 동정적인 어조로 재빨리 물었다.

「아가씨에게 무례하게 구는 친구들이 많을 텐데.」

「어머나, 맞아요! 들어 보세요. 내가 이발소에서 일한다고 해서 행패를 저지르고도 빠져나갈 수 있다고 생각하는 담배 가게 남자들이 몇몇 있어요. 그들이 지껄이는 말이라니! 하지만 난 그들을 어떻게 닦아세워야 하는지 잘 알아요! 나는 그들에게 손가락질하면서 물어보죠. 〈이봐요, 지금 누구를 상대로 그런 말을 하는 거예요?〉 그러면 그들은 여름밤의 꿈처럼 슬그머니 사라져 버려요. 아, 선생님, 손톱 연고 한 통 필요하지 않으세요? 막 손톱을 다듬은 것처럼 반짝반짝 빛나게 해줘요. 발라도 아무 해가 없고 효과가 며칠씩 가죠.」

「그래, 그럼 어디 한번 써보지. 그런데 이거 정말 재미있군. 난 이 이발소가 문을 연 이래 죽 다녔어.」 그는 몹시 놀란 표정을 지었다. 「그런데 아직까지 아가씨의 이름도 모르네.」

「그래요? 어머, 이상하군요! 나도 선생님의 이름을 모르는데!」

「저런! 그럼 아가씨의 멋진 이름은?」

「아, 조금도 멋지지 않아요. 약간 유대인 냄새가 나는 이름이죠. 하지만 우리 집안은 유대계가 아니에요. 내 아빠의 아빠가 폴란드 귀족이었죠. 언젠가 한 신사가 이곳에 들렀는데, 그는 과거에 백작이나 뭐 그 비슷한 사람이었대요.」

「백작이 아니라 백수였겠지.」

「선생님, 아는 체하지 마세요. 아무튼 그 사람이 그러는데, 그가 폴란드에서 아빠의 아빠 일가를 알았대요. 아주 훌륭한 저택을 소유하고 있었다나. 호숫가에 말이에요!」 그녀는 머뭇거리는 어조로 덧붙였다. 「이 얘기, 안 믿으시죠?」

「물론 믿지, 믿고말고. 왜 안 믿을 거라고 생각해? 아가씨, 내가 농담한다고 생각하지 마. 아가씨를 볼 때마다 난 마음속으로 이런 생각을 했어. 〈저 아가씨는 명문 집안 출신이구나!〉」

「정말요?」

「암, 그렇고말고. 자, 이제 우리는 친구니까, 아가씨의 귀여운 이름은?」

「아이다 푸티악이에요. 그리 품위 있는 이름은 아니지요. 난 늘 엄마에게 얘기해요. 〈엄마, 어째서 내 이름을 돌로레스나 뭐 그런 품위 있는 것으로 짓지 않았어?〉라고요.」

「하지만 아이다라는 이름도 멋진데.」

「나는 선생님 이름을 알 것 같아요!」

「정말? 그리 유명한 이름은 아닌데.」

「선생님은 크래커잭 주방 용품 회사의 제품을 판매하면서 돌아다니는 손드하임 씨 아닌가요?」

「아니! 나는 부동산 거래업자 배빗 씨야!」

「아, 죄송해요! 이곳 제니스에서 말이죠?」

「그래.」 그가 살짝 기분 나쁜 어조로 말했다.

「아, 맞아요. 선생님 회사의 광고를 읽은 적이 있어요. 멋진 광고였죠.」

「어쩌면 아가씨는 내 연설문도 읽었을지 몰라.」

「물론 읽었죠! 하지만 글 읽을 시간이 많지는 않아요. 선생님은 나를 몹시 멍청한 여자라고 생각하시겠죠?」

「아니, 귀여운 아가씨라고 생각하지!」

「이 직업에는 한 가지 괜찮은 점이 있어요. 아주 멋진 신사를 만나 대화함으로써 정신을 향상시킬 수가 있거든요. 그래서 난 한 번 보기만 해도 상대방의 성격을 알아낼 수 있게 됐어요.」

「이봐, 아이다, 제발 내가 무례하게 군다고 생각하지 마 —」 그는 아가씨가 자신의 제안을 거절하면 장피할 테고, 받아들이면 위험할 것이라고 생각했다. 설사 그녀를 저녁 식사 자리로 데려간다 해도 트집 잡는 친구들에게 들킨다면 난처한 일이었다.

하지만 그는 앞으로 밀고 나갔다. 「응? 아가씨, 이렇게 제안한다고 해서 무례하다고 생각하면 안 돼. 언제 저녁때 우리 둘이 함께 식사를 하면 어떨까?」

「꼭 그래야 하나요? 하지만 신사 친구들은 늘 나를 식사에 초대하려고 하더라고요. 뭐, 오늘 저녁이라면 가능하겠네요.」

4

그는 가엾은 미용사가 조용히 저녁 식사를 하면서 자신처럼 교양 있고 성숙한 인간을 사귀는 건 좋은 일이라고 확신했다. 하지만 사람들이 보고 오해하지 않도록, 도시 변두리에 있는 비들마이어 호텔에서 식사하기로 했다. 고독하고 더운 이날 저녁, 그는 즐겁게 차를 타고 나가 그녀의 손을 잡으리라. 아니, 그조차 하지 않을 것이다. 아이다는 고분고분하다. 드러난 맨살 어깨가 그것을 명백하게 보여 주었다. 하지만 그녀가 고분고분하게 나오기 때문에 수작을 건다는 것은 얼마나 시시한 일인가.

그런데 그날, 공교롭게도 배빗의 차가 고장 났다. 점화 장치가 제대로 작동하지 않는 것이었다. 저녁에 차를 써야만 하는데 이런 난감한 일이 발생하다니! 그는 화를 벌컥 내며 점화 플러그를 다시 테스트하고 정류기를 노려보았다. 얼굴이 분노로 벌겋게 달아올랐지만 고장 난 자동차는 꿈쩍도 하지 않아 카센터에 맡길 수밖에 없었다. 그는 택시를 생각해 내고 다시금 흥분을 느꼈다. 택시라니, 뭔가 부유하고 사악한 어떤 것이 연상되었다.

하지만 손리 호텔에서 두 블록 떨어진 모퉁이에서 그녀를 만났을 때, 그녀는 부루퉁하게 말했다. 「택시? 차를 가지고 올 거라고 생각했는데!」

「물론 그럴 생각이었지. 하지만 공교롭게도 오늘 차가 고장 났어.」

「아, 그래요?」 그녀는 전에도 그런 얘기를 들어 본 적이 있다는 듯 대꾸했다.

비들마이어 호텔로 가는 내내 그는 그녀와 오래된 친구처럼 얘기하려 시도했다. 하지만 냉소적인 그녀의 말투를 허물 수가 없었다. 그녀는 한없이 분개하면서 〈그 무례한 수석 이발사〉를 씹어 댔다. 만약 그 이발사가 계속해서 〈손톱 소제보다 수다 떨기를 더 잘한다〉고 그녀를 질책한다면 비상수단을 강구할 수밖에 없다는 말도 했다.

비들마이어 호텔에서 술이라고는 전혀 주문할 수 없었다. 수석 웨이터는 조지 F. 배빗이 어떤 인물인지도 알아보지 못했다. 그들은 화가 나 씩씩거리며 커다란 구이 요리를 앞에 두고 야구 이야기를 했다. 그가 아이다의 손을 잡으려 하자, 밝고 다정한 목소리로 그녀가 말했다. 「신중하세요! 저 뻔뻔스러운 웨이터가 목을 길게 빼고 쳐다보고 있다고요.」 그들은 곧 호텔에서 일어나 무더운 여름밤 속으로 걸어 나왔다. 밤공기는 후텁지근했고, 나뭇가지가 뒤틀린 단풍나무에는 자그만 달이 걸려 있었다.

「술 한잔 마시고 춤출 수 있는 곳으로 가지!」 그가 제안했다.

「저도 그러고 싶어요. 하지만 다른 날 저녁에 가요. 오늘은 일찍 들어가겠다고 엄마랑 약속했어요.」

「무슨 소리! 집으로 그냥 가기에는 너무 멋진 날이야.」

「가고 싶지만, 엄마한테 심하게 꾸지람을 듣는단 말이에요.」

그의 온몸이 떨렸다. 그녀는 젊음과 발랄함의 표상이었다. 그는 팔로 그녀의 어깨를 감쌌다. 그녀는 아무 두려움 없이 품에 안겨 왔고 그는 의기양양해졌다. 이어 그녀가 호텔의 계단을 잽싸게 내려가면서 노래하듯 말했다. 「자, 조지, 열기를 식히기 위해 멋지게 드라이브나 해요.」

연인들의 저녁이었다. 세니스로 들어오는 고속도로의 양옆으로는 나지막하게 걸린 평온한 달 아래 많은 차들이 주차되어 있었고, 차 안쪽으로 몽상에 잠긴 듯 포옹하고 있는 사람들의 모습이 희미하게 보였다. 그는 허기진 손을 아이다에게 뻗었다. 그녀가 그 손을 가볍게 두드려 주자 기분이 좋아졌다. 몸부림치거나 태도가 돌변하는 그런 상황은 없었다. 그가 키스하자 그녀는 아무 부담 없이 그 키스에 반응해 왔다. 두 사람은 택시 기사의 둔감한 등 뒤에서 한참 동안 키스했다.

그러던 중 그녀의 모자가 차 바닥에 떨어졌다. 그녀는 모자를 집어 들기 위해 그에게서 떨어졌다.

「아, 그냥 내버려 둬!」 그가 안타깝게 말했다.

「내 모자를요? 절대 안 돼요!」

그녀가 핀으로 모자를 고정시킬 때까지 기다렸다가 그는 다시 팔을 그녀에게 뻗었다. 하지만 이번에 그녀는 몸을 빼면서 어머니처럼 달랬다. 「자, 어리석은 아이처럼 굴지 마세요! 어린 여자를 화나게 만들지 말라고요! 조지, 조금만 뒤로 물러나 이 얼마나 멋진 저녁인지 한번 바라보세요. 만약 내 말을 잘 듣는다면, 작별 인사를 할 때 키스해 드릴 수도 있어요. 자, 이제 내게 담배 한 개비 주세요.」

그는 그녀의 담배에 불을 붙여 주었고 불편한 것은 없느냐고 물었다. 그러고는 가능한 한 그녀로부터 멀리 떨어져 앉았다. 저녁을 망쳤다는 생각에 온몸이 차가워졌다. 배빗은 아주 분명하고 힘차고 똑 떨어지게, 자기 같은 바보는 이 세상에 없을 거라고 혼잣말로 중얼거렸다. 어떤 생각이 그의 머리를 스쳐 지나갔다. 목사 존 제니슨 드류 박사의 관점에서 보면 그는 사악한 남자였고, 아이다 푸티악 양의 입장에서 보면 거창한 저녁을 얻어 먹었기 때문에 그 벌칙으로 할 수 없이 함께 있어 주어야 하는 따분한 어른이었다.

「사랑스러운 자기, 삐치지 않았죠?」 그녀가 버릇없이 말했다. 생각 같아서는 그녀의 엉덩이를 때려 주고 싶었다. 그는 깊이 생각했다. 〈난 이 빈민가 아이에게서 아무것도 바라지 않아! 빌어먹을 이민자! 이 일을 될 수 있는 대로 빨리 끝내고 집으로 돌아

가야지. 밤새 나 자신을 질책해야지.〉

그는 코웃음을 치며 대꾸했다.「뭐라고? 내가 삐쳤다고? 애야, 내가 왜 삐치지? 자, 내 말 좀 들어 봐, 아이다. 조지 아저씨의 얘기를 들어 보라고. 수석 이발사와 티격태격 싸우는 모양인데, 네게 한 가지 현명한 조언을 해주지. 나는 직원들을 다루어 본 경험이 아주 많아. 넌 앞으로 수석 이발사와 싸우지 않는 게 좋을 거야 ─」

그녀가 살고 있는 칙칙한 회색 목조 집 앞에 아이다를 내려놓고 그는 짤막하고 상냥하게 작별 인사를 했다. 택시가 다시 출발하자 그는 속으로 울부짖었다.〈오, 주여!〉

제25장

1

 그는 잠에서 깨어나 기분 좋게 기지개를 켜면서 참새 소리를 들었다. 그러다가 모든 것이 잘못되었다는 생각이 떠올랐다. 못된 길로 빠지기로 결심했지만 그 과정을 조금도 즐기지 못했다. 그는 의아했다. 어째서 반항해야 하지? 도대체 그 모든 것은 무엇에 대한 반항일까? 〈나는 왜 좀 더 합리적이지 못한 거야? 어리석게 바람이나 피우는 이 모든 짓거리를 그만두고 가족, 사업, 클럽의 친구들에 집중하는 게 현명하지 않을까?〉 반항하면서 무엇을 얻으려 했넌가? 저당함과 수치, 아이나 푸티익파 같은 부랑아에게서 황당하게도 어린애 취급을 당한 수치! 그래도, 그는 늘 〈그래도〉로 되돌아왔다. 아무리 처량하더라도 일단 의심하기 시작하면 모든 게 불합리하게 되어 버리는 이 세상에서 그는 만족을 얻을 수 없었다.
 그는 〈여자 꽁무니를 쫓아다니는 이 짓만은 끝내겠다〉고 다짐했다.
 하지만 정오가 되자 그마저도 확신할 수 없었다. 미스 맥건, 루에타 스완슨, 아이다에게서 친절하고 사랑스러운 숙녀를 발견하지는 못했지만, 그렇다고 그런 여자가 이 세상에 존재하지 않는다고 증명된 것은 아니었다. 그는 자신을 이해하고 존중하고 행복하게 만들어 줄 여자가 이 세상 어딘가에 존재할 것이라는 오래된 생각에 줄곧 빠져 있었다.

2

8월에 배빗 부인이 집으로 돌아왔다.

예전에 그녀가 집을 떠나 있을 때면, 그는 기운을 북돋워 주는 그녀의 조언을 그리워했고 그녀가 도착하면 열렬히 환영했다. 편지에서 다른 기미를 보여 아내의 감정을 상하게 하지는 않았지만, 그는 정신을 차리기도 전에 그녀가 집으로 돌아오는 것이 유감스러웠다. 아내를 만나 기쁜 표정을 지어야 한다는 의무감도 거북살스러웠다.

그는 천천히 역으로 나갔다. 역에서 친지들과 만나서는 자신의 불편한 심기를 들키지 않으려고 일부러 여름 리조트 포스터를 찬찬히 살펴보는 척했다. 하지만 그는 잘 훈련된 노련한 사람이었다. 열차가 쇳소리를 내며 역으로 들어오자, 그는 시멘트 승강장으로 나가 특등석 쪽을 응시했다. 연결 복도로 향하는 승객들의 행렬 가운데서 그녀를 본 배빗은 가볍게 모자를 흔들었다. 출입문에서는 아내를 포옹하면서 말했다. 「야, 당신, 아주 좋아 보이는군. 안색이 아주 좋아. 정말 재미있는 시간을 보냈나 봐.」 이어 그는 팅카를 보았다. 팅카는 아주 작은 코와 사랑스러운 눈을 가진 아이였다. 딸은 그를 사랑하고, 그를 대단한 인물이라고 생각했다. 딸을 껴안고 아이가 비명을 지를 때까지 공중 높이 들어 올린 순간만큼은 그도 잠시 예전의 안정된 사람으로 되돌아왔다.

팅카는 조수석에 앉아 한 손을 운전대에 올려놓고서 그의 운전을 돕는 시늉을 했다. 그는 아내를 돌아보며 말했다. 「확실히 애는 우리 가족 중 최고의 운전사야! 숙달된 직업 운전사처럼 운전대를 잡고 있잖아!」

집으로 돌아오는 내내, 배빗은 아내와 단둘이 남아 그녀가 그의 뜨거운 포옹을 열렬하게 기다릴 그 순간을 두려워했다.

3

그가 카토바에서 일주일 또는 열흘 동안 혼자 휴가를 보낼지도 모른다는 비공식적인 이야기가 집안에 떠돌았다. 하지만 그는 1년 전에 메인 주에서 폴과 함께 휴가를 보낸 기억에 시달리고 있었다. 그리고 자꾸만 그 당시로 돌아가는 자신을 발견했다. 그곳에서 그는 평화를 발견했고, 폴과 함께 지내며 원시적이고 영웅적인 생활을 누렸다. 메인에 다시 갈 수 있다는 생각이 감전되듯 떠올랐다. 다만 실제로 그렇게 할 수가 없었을 뿐이다. 부동산 사무실을 떠날 수 없는 데다, 그가 혼자 떠나면 마이러는 기이하게 여길 것이기 때문이었다. 물론 그는 앞으로 자기 좋을 대로 행동하겠다고 결심했으므로, 결국 메인 주로 혼자 가기로 마음먹었다!

그는 떠났다. 오랜 고민의 끝이었다.

야생의 오지에서 폴의 정신을 되찾겠다고 아내에게 설명하는 것은 불가능했으므로, 1년 전에 준비했다가 써먹지 않은 거짓말을 다시 꺼내 활용했다. 그는 업무상 뉴욕에 가서 어떤 거래처 직원과 만나야 한다고 했다. 어째서 자신이 필요한 금액보다 더 많은 몇 백 달러를 은행에서 찾아야 했는지, 어째서 팅카에게 아주 다정하게 키스하면서 〈아가야, 하느님의 축복이 있기를!〉 하고 외쳤는지, 그는 스스로에게도 설명할 수 없었다. 그는 열차에 올라 딸을 향해 손을 흔들었다. 딸이 덩치 큰 갈색의 배빗 부인 곁에서 보랏빛 점으로 보일 때까지 계속 흔들어 댔다. 모녀는 널찍하게 빗장을 지른 문에서 끝나는, 강철과 시멘트 통로의 끝에 서 있었다.

 북쪽으로 향하던 내내, 그는 메인 주에서 만났던 가이드를 마음속으로 그려 보았다. 단순하고 강인하고 대담한, 지붕 없는 오두막에서 스터드 포커[70]를 칠 때에는 유쾌했고 숲을 헤매고 급류를 헤쳐 나가는 삼림 생활에서는 아주 솜씨가 뛰어났던 가이드. 특히 절반은 양키 피에 절반은 인디언 피가 흐르는 조 패러다이스가 생각났다. 만약 그가 조 패러다이스와 함께 오지 생활로 들어간다면, 손수 열심히 일하며 무명 셔츠를 입고 아주 자유롭게 생활하게 되리라. 체면을 유지해야 하는 이 권태로운 사회로는 결코 되돌아오지 않으리라!

 아니면 캐나다 영화에 나오는 덫사냥꾼과 같이, 숲을 모험하면서 로키 산맥에 캠프를 치고, 험악한 인상의 과묵한 혈거인(穴居人)이 된다면 어떨까! 그렇게 하지 못할 것도 없지 않은가? 난 충분히 해낼 수 있어! 베로나가 결혼하고 테드가 자립할 때까지 가족을 보살펴 줄 자금은 집에 충분히 있다. 나이 든 헨리가 그들을 돌봐 줄 것이다. 솔직히 말해서 그렇게 하지 못할 이유가 뭐란 말인가? 정말로 야생의 혈거인이 되어 살리라.

 그는 그런 생활을 갈망했고 스스로에게 당당하게 주장했다. 철저하게 그 계획을 실천할 것이라 확신했다. 하지만 상식이 반기를 들었다. 〈터무니없는 짓이야! 예의 바른 사람들은 가족과 친지에게서 도망치지 않고, 그런 일을 벌이지도 않아. 이상 얘기 끝!〉 그때마다 배빗은 호소하듯 항변했다. 〈글쎄, 어렵긴 하지만 감옥에 간 폴보다 더 많은 용기가 필요한 일도 아니잖아. 난 정말 야생으로 돌아가 살고 싶어! 모카신, 6연발 권총, 변경 마을, 두박꾼, 별빛 아래의 야영. 조 패러다이스처럼 사나이다운 남자가 되는 거야. 진심이라고!〉

70 *stud poker*. 첫 한 장을 뺀 나머지 네 장을 젖혀 나누어 주며 돈을 거는 포커 게임.

그리하여 그는 메인 주로 왔다. 캠프 호텔의 선착장 앞에 서서, 잔물결이 이는 미묘한 호수에 다시 한 번 영웅처럼 침을 뱉었다. 소나무들은 살랑거리고 산은 붉게 타오르고 송어는 반원을 그리듯 공중으로 뛰어올랐다가 떨어졌다. 그는 오랫동안 그리워했던 진정한 집, 진정한 친구들을 만나기 위해 서둘러 가이드의 오두막으로 갔다. 그들은 반갑게 맞이하며 일어서서 외쳤다. 「이런, 배빗 씨군요! 평범한 사람이 아니야! 진짜 사나이라고!」

물건들이 상당히 어질러져 있는 판자 오두막에서, 그들은 기름이 덕지덕지 달라붙은 식탁 주위에 앉아 때 묻은 카드로 스터드 포커를 치고 있었다. 낡은 바지를 입고 편안한 펠트 모자를 쓴 대여섯 명의 주름살 진 남자들이 그를 쳐다보고는 고개를 끄덕였다. 기다란 수염을 기르고 안색이 까무잡잡한 나이 든 남자 조 패러다이스가 불퉁거리듯이 말했다. 「잘 지냈어요? 다시 왔군요!」

덜거덕거리는 칩 소리를 제외하면 주위는 정적이었다.

배빗은 그들 곁에 무척 쓸쓸하게 서 있었다. 그는 한참 카드 게임을 구경한 뒤, 넌지시 말을 꺼냈다. 「판에 끼어도 될까, 조?」

「물론이죠. 어서 앉아요. 칩을 얼마나 드릴까요? 가만있자, 작년에는 부인과 함께 오지 않았어요?」 조 패러다이스가 물었다.

그 모든 얘기가 오랜만에 집을 찾아온 배빗을 환영하는 인사였다.

그는 30분 정도 카드 게임을 한 뒤에야 다시 입을 열었다. 파이프 담배와 싸구려 시가의 연기 때문에 골치가 아팠다. 그는 페어와 포플러시의 카드놀이에 싫증이 났고 어느새 자신을 무시하는 그들의 태도에 화가 났다. 그는 조에게 내뱉듯 말했다.

「요새 일이 있나?」

「아뇨.」

「며칠 동안 내 가이드를 맡아 줄 수 있나?」

「그러죠, 다음 주까지는 약속이 없으니까.」

그제야 비로소 조는 배빗이 내미는 우정의 손길을 인식했다. 배빗은 칩으로 잃은 만큼 돈을 지불하고 다소 짜증을 내며 오두막을 나섰다. 조는 파도에서 솟구치는 바다표범처럼 판잣집의 자욱한 연기 위로 고개를 내밀었다. 「내일 오두막에 들르지요.」 그러고는 손에 들고 있던 에이스 석 장을 바닥에 던져 보였다.

　배빗은 그곳에서 자신을 안심시켜 주는 폴의 정신을 발견할 수 없었다. 새로 자른 소나무 판재 냄새만 가득할 뿐, 폴의 목소리를 들을 길 없는 오두막에서도, 호숫가에서도, 라벤더 빛 안개가 자욱하게 깔린 산맥 뒤로 피어오르는 해 질 녘의 구름에서도 그것은 발견할 수 없었다. 그는 너무나 고독한 나머지, 저녁 식사가 끝난 뒤 호텔 사무실의 스토브 옆에서 어떤 노파와 대화를 나누었다. 그녀는 숨을 헐떡거리면서도 줄기차게 얘기를 늘어놓았다. 그는 테드가 주립 대학에 진학하여 거둘 미래의 승리와 팅카의 두드러진 어휘 실력에 대해 노파에게 말해 주면서, 내심 영원히 떠나온 집을 몹시 그리워했다.

　어둠 속에서 침묵을 지키는 북부 소나무 숲을 지나 그는 어정버정 호숫가에 도착했고 거기서 카누 한 척을 발견했다. 배에는 노가 없었다. 하지만 그는 배의 한가운데 어색하게 앉아 널빤지를 쥐고 물을 젓는 대신 찌르면서 멀리 나아갔다. 곧 호텔과 오두막의 불빛이 노란 점들로 변하더니 새첨 산 기슭에 점재하는 반딧불이 무리와 하나가 되었다. 어둠을 뚫고 빛나는 별빛 아래서 산은 더 크고 비할 데 없이 차분해 보였다. 호수는 검은 대리석이 한없이 깔려 있는 듯했다. 그런 자연 풍경에 배빗은 말문이 막히면서 경외심을 느꼈다. 자신이 하찮은 존재라는 생각도 들었다. 그런 인식 덕분에 제니스의 조지 F. 배빗 씨라는 허울 좋은 껍데기로부터 벗어날 수 있었다. 그의 가슴은 깊은 슬픔과 함께 해방감을 맛보았다. 그는 이제 폴의 존재를 인식했다. 그리고 카누 가장자리에 앉아 바이올린을 켜는 폴(감옥에서, 질라에게서, 몹시 지루한 지붕재 판매 영업 등으로부터 해방된 폴)을 상상했다. 그는 맹세했다. 〈이곳에서 버텨 낼 거야! 절대 되돌아가지 않을 거야! 이제 풀이 없는 그 도시에서, 그 빌어먹을 사람들을 두 번 다시 보고 싶지 않아! 나는 멍청하게도 조 패러다이스가 벌떡 일어나 포옹해 주지 않았다는 이유로 화가 난 거야. 그는 숲에 사는 사람이야. 도시인처럼 소리를 지르고 수다를 떨며 환영하기에는 너무나 현명한 사람이지. 난 그를 데리고 깊은 산속 오솔길로 갈 거야. 그게 진정한 삶이야!〉

4

다음 날 아침 9시, 조가 배빗의 객실에 나타났다. 배빗은 동료 헐거인처럼 그를 환영했다.

「조, 오솔길을 밟으면서 이 한가한 여름 휴양소와 여자들로부터 벗어나고 싶지 않나?」

「좋지요, 배빗 씨.」

「박스카 연못까지 넘어가면 어떨까? 그곳 오두막은 사용하지 않는다고 하더군. 거기서 야영을 하면 어떨까?」

「좋아요, 배빗 씨. 하지만 더 가까운 곳에 스코투이트 연못이 있어요. 그곳에서는 낚시까지 할 수 있지요.」

「아니, 나는 진짜 숲으로 들어가고 싶어.」

「그것도 좋지요.」

「오래된 배낭을 짊어지고 숲으로 들어가 진짜로 하이킹을 하는 거야.」

「내 생각엔 초그 호수를 통해 수상으로 가는 편이 더 쉬울 텐데요. 모터보트를 타고 내내 갈 수 있거든요. 에빈루드 모터가 달린, 바닥이 평평한 배죠.」

「그건 안 돼. 부르릉 소리를 내는 모터로 이곳의 정적을 깨뜨린다고? 무슨 일이 있어도 그건 안 돼! 당신은 양말 한 짝을 오래된 배낭에 쑤셔 넣고 먹을거리나 준비해. 당신이 준비를 끝내는 대로 나도 함께 떠날게.」

「대부분의 사람들은 보트로 갑니다, 배빗 씨. 그곳까지는 아주 먼 길이에요.」

「이봐, 조. 당신은 걷고 싶지 않나?」

「걷기 싫다는 게 아니에요. 물론 걸어갈 수 있죠. 하지만 지난 16년 동안 그렇게 멀리 도보로 간 적이 없어요. 대부분의 사람들이 보트를 탄다니까요. 그래도 당신이 정 그렇게 말한다면, 걸어갈 수 있습니다.」 조는 다소 슬픈 표정으로 배낭을 준비하러 갔다.

배빗은 성마르게 화를 냈으나 조가 되돌아오기 전에 제정신을 차렸다. 그는 조가 원기를 북돋워 주면서 재미있는 이야기를 들려주리라 예상했다. 하지만 오솔길을 걸으면서 조는 원기를 북돋워 주지 않았다. 그는 끈질기게 배빗의 뒤에서 따라왔다. 배빗은 배낭 때문에 어깨가 아무리 쑤셔도, 숨이 턱까지 차올라와도, 뒤에 있는 가이드가 일정하게 심호흡을 하며 따라오는 소리를 들으며 걸었다. 비록 힘은 들었지만 오솔길은 만족스러웠다. 솔잎 깔린 갈색 길이었고 소나무 뿌리로 거칠어진 길이었다. 발삼 향기를 풍기는 나무들, 양치류, 갑작스레 나타나는 흰 자작나무 숲 등은 정말 인상적이었다. 그는 자신감이 되살아났고, 땀을 흘리면서도 정신은 상쾌했다. 걸음을 멈추고 쉴 때 그가 낄낄거리듯 말했다. 「두 사람 다 늙은이 치고는 상당히 잘 걷는데.」

「그렇지요.」 조가 대꾸했다.

「여긴 정말 아름답네. 조, 이리 와봐. 나무들 사이로 호수를 내려다볼 수 있어. 당신은 이런 숲에 산다는 게 얼마나 큰 행운인지 잘 모를 거야! 전차가 끼이거리며 다니고 다자기가 칠각거리는 소리를 내고 사람들이 늘 다른 사람의 생활을 방해하는 도시는 정말이지 지겨워. 내가 당신처럼 숲을 훤히 꿰뚫고 있다면 얼마나 좋을까. 저기, 저 작고 붉은 꽃의 이름은 뭐지?」

조는 자신의 등을 문지르면서 다소 뜨악하게 그 꽃을 바라보았다. 「글쎄, 어떤 사람들은 이렇게, 또 어떤 사람들은 저렇게 불러요. 나는 늘 분홍 꽃이라고 불러 왔어요.」

산행이 무작정 터벅터벅 걷기로 바뀌면서 배빗은 아무 생각도 하지 않게 되었고 그것은 하나의 축복이었다. 그는 곧 파김치가 될 정도로 지쳤다. 두툼한 두 다리가 저절로 움직이는 듯했다. 그는 눈가에 흘러내려 따끔거리는 땀을 기계적으로 닦아 냈다. 파리 떼가 뜨거운 잔가지 위에서 윙윙거리며 날아다니는 늪을 지나 2킬로미터의 비포장 통나무 길을 햇빛에 시달리며 걸어간 뒤, 그들은 박스카 연못의 시원한 호숫가에 도착했다. 그는 너무 지쳐 환성을 지를 수도 없었다. 배낭을 벗자 등이 허전하여 균형을 잃은 채 비틀거렸고, 한동안은 꼿꼿이 서 있을 수 없었다. 그는 손님용 오두막 부근에 솟은 품이 넉넉한 단풍나무 아래 드러누웠다. 졸음이 그의 혈관을 통해 마구 헤엄쳐 왔다. 그는 온몸이 나른한 상태로 잠에 빠져들었다.

어스름이 질 무렵 그는 잠에서 깨어나 베이컨, 달걀, 핫케이크 등으로 능숙하게 저녁 식사를 준비하는 조를 보았다. 숲에 사는 사람에 대한 존경심이 되살아났다. 그루터기에 앉은 그는 온몸에 힘이 솟아오르는 것을 느꼈다.

「조, 앞으로 돈을 많이 번다면 어떻게 할 생각이야? 그래도 가이드 생활을 하겠어, 아니면 숲으로 들어와 땅을 사서 사람들로부터 독립된 생활을 할 건가?」

조의 표정이 처음으로 밝아졌다. 그는 잠시 담배를 씹더니 대답했다. 「종종 그런 걸 생각해 봤어요! 만약 돈이 많다면 팅커 폴로 내려가 멋진 구둣방을 열 생각입니다.」

저녁 식사를 한 뒤, 조가 스터드 포커를 치자는 얘기를 꺼냈지만 배빗은 딱 잘라 거절했다. 오후 8시, 조는 먼저 잠자러 갔다. 배빗은 그루터기에 앉아 어두운 연못을 바라보면서 손으로 모기들을 쫓았다. 코 고는 가이드를 제외하면 15킬로미터 이내의 지역에 사람이라고는 아무도 없었다. 그는 평생을 통틀어 예전의 어느 때보다도 고독했다. 이어 괴상하게도, 그는 제니스에 돌아가 있는 자신을 발견했다.

그는 미스 맥건이 복사용 먹지에 너무 많은 돈을 지불하지 않을까 걱정했다. 애슬레틱 클럽의 난폭자 식탁에서 벌어지는 집요한 희롱에 대해 분노를 느끼는 동시에 그리워했다. 질라 리슬링이 지금 어떻게 지내는지 궁금했다. 여름 방학 내내 카센터에서 자동차 수리에 열중하던 테드가 대학교 입시를 〈부지런히 준비하고〉 있는지 궁금했다. 그는 아내 생각을 했다. 〈아내는 어떻게 결혼 생활에 그리도 느긋하게 정착할 수 있는 거지? 아니, 나는 그렇게 되지 않을 거야! 되돌아가지 않을 거야! 3년이 지나면 난 쉰 살이 돼. 13년이 지나면 예순 살이 되고. 너무 늦기 전에 재미있게 놀아야지. 가정생활 따위 알 게 뭐야! 난 재미를 봐야 해!〉

그는 아이다 푸티악, 루에타 스완슨, 그리고 그가 아파트를 구해 준 멋진 과부 — 그녀의 이름이 뭐였더라? 타니스 쥐디크였던가? — 등에 대해 생각하면서 상상 속의 대화에 빠져들었다. 그러다가 이런 결론에 도달했다.

〈이런, 난 그런 사람들 생각에서 도저히 빠져나오지 못하는군!〉

그리하여 결국 그냥 달아나려고 하는 것은 어리석은 짓이라는 생각에 이르렀다. 그는 결코 스스로부터 도망칠 수 없었다.

그런 깨달음을 얻은 순간은 곧 제니스로 되돌아가는 순간이 되었다. 메인 주로 올 때만 해도 그에게는 도망치는 기색이 없었다. 하지만 실제로는 도망치고 있었던 것이다. 나흘 후, 그는 제니스행 기차에 몸을 실었다. 제니스로 되돌아가는 것은 그것을 갈망해서가 아니라, 할 수 있는 게 그것뿐임을 깨달았기 때문이었다. 그는 사무실과 가족과 제니스의 모든 거리와 불안과 환상이 지겨웠지만, 제니스와 가족과 사무실로부터 결코 도망칠 수 없다는 것을 다시금 확인했을 뿐이다.

〈하지만 나는 뭔가 다시 시작할 거야!〉 그는 맹세했고 그것을 실천할 생각이었다.

제26장

1

　열차 안에서 서성거리며 익숙한 얼굴을 찾았는데도, 그가 알아본 지인은 단 한 사람뿐이었다. 배빗의 대학 동창이자 변호사인 세네카 돈이었다. 그는 기업 법률 고문을 맡아서 한동안 잘나가다가 갑자기 괴짜 같은 인물이 되어 농민 노동자를 대변하는 시장 후보로 나서기도 하고, 공인된 사회주의자들과 사귀기도 했다. 배빗은 반항 중이긴 했지만 그렇다고 이런 괴짜와 대화하고 싶지는 않았다. 그러나 풀먼 기차에서 다른 지인을 찾아낼 수 없었기 때문에 마지못해 걸음을 멈추었다. 세네카는 프링크처럼 몸매가 호리호리하고 머리카락이 가는 남자였으나, 프링크와는 다르게 미소 지을 줄 몰랐다. 그는 〈만인의 길〉[71]이라는 제목의 책을 읽고 있었다. 배빗에게는 종교 서적처럼 보였다. 그는 돈이 어쩌면 개과천선하여 예의 바른 애국 시민이 되는 게 아닐까 생각했다.
　「여, 오랜만일세, 돈.」 그는 인사했다.

---

71 *The Way of All Flesh*. 영국 소설가 새뮤얼 버틀러의 풍자 소설. 일종의 정신적 자서전이며 빅토리아 시대의 종교 도덕에 대한 통렬한 비판을 던진 반역의 글로 평가받는다.

돈은 그를 바라보았다. 그의 목소리는 이상하게도 다정했다. 「아! 오래간만이군, 배빗.」

「돈, 어디 다녀오는 길인가?」

「그래, 워싱턴에 좀 다녀오네.」

「워싱턴이라고? 정부는 어떻게 굴러가던가?」

「그게 ─ 자리에 좀 앉겠나?」

「고마워, 앉아도 괜찮겠지? 그래그래! 자네와 얘기를 나눈 지도 상당히 오래됐군, 돈. 나는, 저 ─ 지난 동창회 만찬 때는 자네가 불참하여 섭섭했네.」

「아, 그땐 못 갔었지. 아무튼 고마워.」

「노동조합들은 어떻게 움직이나? 자네, 다시 시장 후보로 나설 텐가?」

돈은 불안해 보였다. 손가락으로 읽고 있던 책을 만지작거리던 그는 〈그럴 수도 있지〉라고 말했으나 막연한 대답이었고 곧바로 미소를 지었다.

배빗은 그 미소가 마음에 들었다. 그는 대화를 이어 가려고 애썼다. 「뉴욕의 최고급 카바레를 보았네. 민튼 호텔의 〈굿모닝 큐티〉 무리 말이야.」

「그래, 예쁜 여자들이지. 나도 언젠가 저녁에 그곳에서 춤을 추었네.」

「아, 춤을 좋아하는가?」

「물론이지. 이 세상의 다른 어떤 것보다 춤과 예쁜 여자와 맛좋은 음식을 좋아하네. 대부분의 남자들이 그렇겠지만.」

「하지만 돈, 나는 자네 동료들이 우리에게서 좋은 음식과 그 밖의 모든 것을 빼앗아 가려 한다고 생각했네.」

「아니, 전혀 그렇지 않아. 나는 피복 노동자들이 리츠 호텔에서 회의를 개최한 다음 춤을 추는 걸 보고 싶네. 합리적이지 않은가?」

「좋은 아이디어로군, 좋아. 그런데 ─ 최근 몇 년 동안 자네를 많이 만나지 못한 게 유감스럽군. 아, 이봐, 난 시장 후보로 나선 자네를 반대하고 프라우트를 위해 선거 운동을 했었지. 그런 나를 비난하지 않았으면 하네. 알다시피 나는 공화당원이고, 그래서 어느 정도 ─」

「자네가 나에게 대항하지 말란 법은 없지. 자네가 훌륭한 공화당원일 거라 믿네. 내 기억에 대학에서 자네는 몹시 진보적이고 감수성 예민한 친구였지. 나중에 변호사가 될 생각이고, 무료로 가난한 사람의 사건을 맡아 부자와 싸우겠다고 말했던 걸 여전히 기억하고 있네. 대학생 시절, 나는 부자가 되어 그림을 사들이고 뉴포트에서 살고 싶다고 말했었지. 당시 자네는 우리 모두에게 영감을 불어넣어 주었어.」

「글쎄……. 뭐……. 나는 늘 진보적 인물이 되기를 원했으니까.」 배빗은 엄청나게 부끄러워하면서도 스스로가 자랑스러웠고 그런 만큼 자신을 의식하게 되었다. 그는 25년 전의 그 청년처럼 보이려고 애썼다. 나지막하고 굵직한 목소리로 말하면서 배빗은 오래된 친구 세네카 돈을 향해 환히 웃어 보였다.「많은 동료들이 활동가로 자처하고 또 앞을 내다보려고 애써도 그들에게는 한 가지 문제가 있어. 마음이 넓지 않고 진보적이지도 않지. 반면에 나는 늘 다른 동료에게 기회를 주고 그의 아이디어를 귀담아들으려고 하네.」

「그거 좋군.」 돈이 말했다.

「내 생각을 솔직히 말해 보겠네. 약간의 반대는 우리 모두에게 좋은 일이야. 그러니까 사업가이면서 세상의 여러 가지 업무에 참여하는 사람이라면 마땅히 자유주의자가 되어야 해.」

「그렇지 ─」

「나는 늘 사업가라면 통찰과 이상을 지녀야 한다고 말하지. 우리 업계의 어떤 친구들은 나를 이상주의자라고 생각하지. 나는 그들 좋을 대로 생각하도록 내버려 둔다네. 자네처럼 말이야……. 아무튼 우리가 이렇게 마주 앉아 서로의 이상을 확인해 보는 것도 좋은 일이군.」

「하지만 우리 이상주의자들은 자주 패배를 당하는 편이지. 그게 좀 괴롭지 않은가?」

「조금도! 아무도 나의 생각을 이래라저래라 할 수 없네!」

「정말 자네 같은 친구로부터 도움을 얻고 싶네. 자네가 몇몇 사업가들에게 잘 말해서 가엾은 비처 잉그램에게 좀 더 관대한 태도를 보이게 하면 좋겠군.」

「잉그램이라고? 하지만 그는 조합 교회에서 쫓겨난 미치광이 목사잖아? 자유연애와 선동을 설교하는……」

안타깝게도 그게 비처 잉그램에 대한 일반적인 생각이라고 돈은 말했다. 하지만 그 자신은 비처 잉그램을 인간에 대한 형제애로 충만한 목사라고 본다고도 했다. 배빗 또한 소문날 정도로 형제애를 지지하는 사람이 아닌가, 그러니 배빗이 힘을 써서 사업가 동료들이 잉그램과 그의 작은 교회를 괴롭히는 일을 그만두게 해줄 수 있지 않나…….

「물론이지! 잉그램에게 불손하게 구는 친구들은 따끔하게 질책해 주지.」 배빗은 다정한 친구 돈에게 애정 넘치는 어조로 말했다.

돈은 가슴이 따뜻해지면서 회상에 잠겼다. 그리고 독일에서 보낸 유학생 시절과 워싱턴에서 단일세를 위해 벌인 로비 활동, 국제 노동 회의 등에 대해 얘기했다. 그의 친구인 위컴 경, 웨지우드 대령, 피콜리 교수 등을 언급했다. 배빗은 돈이 오로지 세계 산업 노동자 조합하고만 관련되어 있다고 짐작해 왔지만, 위컴 경 같은 사람들을 많이 알고 있는 것을 보고는 그의 말이 무슨 뜻인지 잘 알겠다며 엄숙하게 고개를 끄덕였다. 배빗은 자신의 친분 관계를 과시하기 위하여 대화 중에 두 번이나 제럴드 도크 경 얘기를 꺼냈다. 그러면서 자신이 진취적이고 이상적인 세계주의자라고 생각했다.

그런 정신적인 장엄함을 느끼게 되자, 문득 질라 리슬링이 안

됐다는 생각이 들었다. 그는 부스터 클럽의 보통 사람들과는 다르게 그녀의 입장을 나름대로 이해하게 되었다.

2

제니스에 도착하여 뉴욕의 날씨가 무척 덥다고 아내에게 말한 지 5시간 뒤, 그는 질라를 만나러 갔다. 그의 머릿속은 온갖 생각과 용서의 마음으로 가득했다. 그는 폴을 감옥에서 석방시키고 싶었다. 질라를 위해서도 막연하지만 대단히 호의적인 일을 하고 싶었다. 그는 자신이 친구인 세네카 돈 못지않게 관대한 사람임을 증명하고 싶었다.

폴이 사고를 일으킨 후 질라를 만나는 건 처음이었다. 그는 여전히 그녀가 풍만한 가슴에 매력적이며 얼굴에 홍조를 띠고 생기발랄하면서도 좀 단정치 못하리라 상상했다. 상업 지구의 음침한 뒷골목에 위치한 그녀의 하숙집으로 가다가 그는 불편한 마음으로 차를 세웠다. 2층 창가에서 팔꿈치를 괴고 있는 여자의 생김새는 질라와 비슷해 보였지만, 구깃구깃 뭉친 누런 낡은 신문지처럼 핏기가 없고 나이 들어 보였다. 과거의 질라가 요란스럽게 몸을 흔들면서 돌아다닌 반면, 이 여자는 몹시 조용했다.

30분 정도 기다린 후에야 그녀가 하숙집 응접실로 내려왔다. 그동안 배빗은 1893년 시카고 세계 박람회 사진첩을 쉰 번이나 들추어 보았고 명예 법원의 사진을 쉰 번이나 바라보았다.

그는 응접실에 들어온 질라를 보고 깜짝 놀랐다. 그녀는 검은 줄무늬 가운을 입고 심홍색 리본이 달린 허리띠를 둘러 밝은 분위기를 나타내 보이려 했다. 그러나 리본은 찢어진 것을 꼼꼼하게 수선한 것이었다. 그녀의 어깨를 보고 싶지 않았기 때문에 그는 이 리본에 시선을 집중했다. 그녀의 한쪽 어깨는 다른 쪽보다 낮아서 축 쳐진 인상을 주었다. 한쪽 팔은 마치 마비된 듯 뒤틀린 모습이었다. 싸구려 레이스가 달린 높은 깃은 목 부분에 흠집이 있었다. 한때는 빛나고 부드럽게 살이 올라 있던 목이었으나 지금은 아주 까칠한 살결이 드러나 있었다.

「무슨 용건이죠?」 그녀가 말했다.

「아, 질라! 이렇게 다시 만나니 반갑군요!」

「변호사를 통해 전갈을 보낼 수도 있었을 텐데요.」

「질라, 나는 폴의 지시를 받고 온 게 아니에요. 오래된 친구로서 왔어요.」

「그런데 참 일찍도 왔군요!」

「사정이 좀 있었어요. 당신이 한동안은 남편 친구를 만나지 않으려 하리라고 생각했습니다. 이봐요, 거기 서 있지 말고 여기 와서 좀 앉아요! 서로 합리적인 얘기를 합시다. 우리는 가끔 해서는 안 될 일을 저질러요. 하지만 다 잊고 새롭게 시작할 수 있지요. 솔직히 말해서 질라, 당신네 두 사람을 행복하게 만들어 줄 뭔가를 하고 싶어요. 오늘 내가 무슨 생각을 했는지 알아요? 잘 들어 봐요, 폴은 이 일에 관해서는 깜깜해요 — 내가 당신을 만나리라는 걸 알지 못한다고요. 나는 이렇게 생각해 봤어요. 〈질라는 마음이 넓은 고결한 여자다. 그녀는 폴이 이제 따끔한 교훈을 얻었다고 생각할 것이다.〉 그러니 질라, 당신이 주지사에게 그의 사면을 요청한다면, 그거야말로 멋진 생각이 아닐까요? 당신이 직접 요청한다면 주지사는 받아들일 겁니다. 아니, 잠깐만! 당신이 그처럼 관대하게 행동한다면 얼마나 기분 좋게 될지 한번 생각해 봐요.」

「그래요, 나도 관대해지고 싶어요.」 그녀는 새침하게 앉으며 냉담한 어조로 말했다. 「바로 그런 이유로, 나쁜 짓을 저지른 사람에 대한 본보기로서 그를 계속 감옥에 놔두고 싶어요. 조지, 나는 그 남자가 내게 그런 끔찍한 일을 저지른 이후 신앙을 얻었어요. 과거 나는 종종 심술궂은 일을 저질렀죠. 세속적인 쾌락을 추구했고, 춤을 추고 연극을 관람했어요. 하지만 병원에 입원해 있을 때, 오순절파 교회의 목사가 나를 만나러 와서 진실한 가르침을 주었어요. 성경에 의하면 최후의 심판이 곧 다가올 것이고 다른 교파의 신자들은 영원한 징벌로 직행하게 될 거라는 거예요. 왜냐하면 그들은 입에 발린 말만 하고 세속, 육욕, 악마를 받아들였기 때문이죠.」

약 15분 동안 그녀는 성경에 대해 이야기하며 다가올 분노를 피하라는 훈계를 쏟아 냈다. 그녀의 얼굴은 홍조를 띠었고, 생기 없었던 목소리는 예전의 질라가 그랬듯 날카롭게 외치는 힘을 되찾았다. 그녀는 극단적인 어조로 말을 마쳤다.

「지금 폴이 수감되고, 벌을 받아 자존심이 꺾이고, 고달픈 것은 하느님의 은총이에요. 그렇게 함으로써 그는 영혼을 구할 수 있고, 또 다른 사악한 남자들, 그러니까 여자 꽁무니와 정욕을 뒤쫓던 끔찍한 사람들에게 일벌백계가 되는 거예요.」

배빗의 온몸이 꼬이면서 근질근질해졌다. 교회 설교 시간에 감히 몸을 뒤틀지 못하듯이, 그녀의 말을 집중해서 들어 주어야 한다고 느꼈다. 하지만 그녀의 찢어지는 듯한 비난은 썩은 고기를 먹는 새들처럼 그의 곁을 스쳐 날아갔을 뿐이다.

그는 침착함을 되찾고 그녀를 형제처럼 대하려고 애썼다.

「그래요, 질라. 하지만 자비를 베푸는 게 종교의 본질 아닌가요? 내가 어떻게 생각하는지 말해 볼게요. 우리가 어디를 가더라도, 세상에서 필요한 것은 자유주의 혹은 관대한 마음이에요. 나는 늘 관대한 넓은 마음을 믿어 왔어요 ―」

「당신이? 관대하다고?」 그 찢어지는 소리는 예전의 질라와 흡사했다. 「저런, 조지 배빗, 당신의 관대함은 면도날처럼 비좁아요!」

「아니, 나는 관대해요! 글쎄, 내 말 좀 들어 봐요, 내, 말을, 좀, 들어, 봐요. 당신이 경건한 만큼 나는 관대해요. 정말 당신은 종교적으로 신앙심 깊은 사람인가요?」

「그럼요! 우리 목사님은 내가 신앙의 기둥이 되는 사람이라고 말씀하셨어요!」

「물론 신앙의 기둥이 되겠죠! 폴의 돈으로 말이에요! 하지만 내가 얼마나 관대한지 당신에게 보여 줄게요. 나는 10달러짜리 수표를 비처 잉그램에게 보내겠어요. 많은 사람들은 그 한심한 자가 선동과 자유연애를 설교한다고 비난하면서 도시에서 쫓아내려고 하지만, 나는 그렇게 생각하지 않아요.」

「아니, 그들의 생각은 옳아요! 그를 도시에서 쫓아내야만 해요! 그는 — 만약 당신이 그것을 설교라고 부를 수 있다면 — 극장에서, 그러니까 사탄의 집에서 설교를 해요! 당신은 하느님을 발견하고, 평화를 찾고, 악마가 우리 발아래 깔아 놓은 올가미를 눈여겨보는 게 어떤 일인지 알지 못해요. 아, 폴이 나를 해침으로써 심술궂은 나의 행위를 멈추게 한 건 뭐겠어요? 나는 거기서 하느님의 신비스러운 섭리를 발견하고 너무 기뻤어요. 폴은 내게 저지른 잔악한 행위에 대하여 충분한 벌을 받는 중이고, 그래서 난 그가 감옥에서 죽었으면 좋겠어요!」

배빗은 모자를 손에 쥐고 일어나면서 화난 목소리로 말했다. 「놀랍군요. 당신이 평화라고 말하는 게 바로 그런 것이라니! 당신이 말하는 전쟁은 어떤 모양일지 짐작조차 안 되는군요.」

3

방랑자를 길들이는 도시의 힘은 엄청나다. 도시는 거대한 산이나 해안을 침식하는 바다처럼 냉소적이고 침착한 성격을 유지하면서, 겉으로 드러나는 변화의 이면에 본질적인 목적을 고스란히 간직한다. 배빗은 가족을 등지고 산간 오지의 조 패러다이스와 함께 지냈고, 진보주의자가 되었으며, 제니스에 도착하기 전날 저녁까지만 해도 자신이나 도시가 더 이상 예전과는 같지 않을 것이라고 확신했다. 하지만 되돌아온 지 열흘 만에 그는 언제 떠났었는지조차 알 수 없게 되었다. 애슬레틱 클럽에서 벌어지는 끊임없는 희롱과 농담에 짜증을 더 심하게 내고, 버질 건치가 세네카 돈을 목매달아야 한다고 얘기했을 때 〈무슨 소리! 그 친구는 그렇게 나쁜 놈이 아니야〉라고 씩씩거린 것만 제외하면 새로운 조지 F. 배빗을 찾았다는 인식은 아예 흐릿해졌다.

집에서 그는 바가지를 긁는 아내의 말에 신문 너머로 〈뭐라고?〉 하면서 툴툴거렸다. 팅카가 쓴 붉은 두건형의 새 모자를 보고는 즐거워하면서 이런 뜬금없는 말도 했다. 「저 골함석 차고는 너무 품위가 없어. 빨리 철제 차고로 바꿔야겠어.」

베로나와 케네스 에스콧은 정말로 약혼한 사이처럼 보였다. 신문 기자 시절 에스콧은 위탁 판매점에 대항하여 깨끗한 식품 운동을 벌였는데, 그 결과 그는 위탁 판매점에 대단히 좋은 일자리를 얻었고 결혼하여 생계를 유지할 수 있는 봉급을 받았다. 그는 이제 기자들을 향해 자기들이 무슨 얘기를 하는지도 모르면서 위탁 판매점에 대해 비판적인 기사를 작성하는 무책임한 자들이라고 공격했다.

올해 9월, 테드는 주립 대학 인문 과학부의 신입생으로 입학했다. 그 대학은 제니스에서 15킬로미터밖에 떨어져 있지 않은 모할리스에 있었다. 주말이면 테드는 종종 집을 찾아오곤 했다. 배빗은 아들이 좀 걱정되었다. 테드는 책 이외의 모든 것에 〈열중했다〉. 그는 가벼운 장비를 걸치고 뛰는 미식축구 팀을 〈창조하려는〉 개혁 작업을 벌였고, 농구 시즌을 열광적으로 기대했으며, 신입생 댄스 위원회에 가입했다(그는 제니스 출신의 학생으로서 시골뜨기들 사이에서 귀족 행세를 했다). 그는 두 개의 친목 클럽에서 회원이 되어 달라는 〈권유를 받고〉 있었다. 하지만 공부에 대해 말해 보자면, 배빗은 이런 불평 이외에는 아무것도 알지 못했다. 「젠장, 교수 나부랭이들은 문학과 경제에 대해 실없는 소리만 잔뜩 늘어놓는다고요.」

어느 주말 테드가 제안했다. 「저, 아빠, 인문 대학에서 공과 대학으로 전과하여 기계 엔지니어링을 배우면 안 될까요? 아빠는 늘 내가 공부하지 않는다고 꾸짖으시지만, 솔직히 말해 난 공대로 가서 엔지니어링을 공부하고 싶어요.」

「안 돼, 공과 대학은 종합 대학으로서의 사회적 지위가 없어.」 배빗은 짜증난 목소리로 대답했다.

「어떻게 없는지 알고 싶네요. 엔지니어들은 어떤 팀에서도 제 몫을 할 수 있다고요.」

배빗은 법조계에 진출했을 때 종합 대학 졸업생이 누리는 금전상의 가치를 길게 설명했고, 뒤이어 변호사 생활에 대해 웅변적으로 묘사했다. 이야기가 끝나 갈 무렵 아버지의 꿈은 더욱 커져서, 그는 어느덧 테드가 미국 상원 의원이 될 것으로 예측하고 있을 정도였다.

그가 언급한 위대한 변호사들 가운데는 세네카 돈도 끼어 있었다.

「하지만 아빠, 이거 놀라운데요.」 테드가 의아하다는 듯 말했다. 「아빠는 늘 변호사 돈을 절반쯤 미치광이라고 했잖아요!」

「위대한 인물을 그렇게 말하면 안 돼! 돈은 언제나 나의 좋은 친구였지. 사실 나는 대학에서 그를 도와주었단다. 그에게 영감을 주어 인생을 멋지게 출발하도록 해주었지. 그가 노동조합에 우호적이라는 이유로, 진보적이지 못하고 속 좁은 멍청이들은 그를 괴짜라고 생각해. 하지만 이거 하나만 말해 주마. 돈처럼 수수료를 많이 벌어들이는 사람들은 별로 없어. 게다가 그는 세계적으로 가장 힘세고 보수적인 사람들의 친구이기도 해. 가령 위컴 경도 그의 친구야. 이 위컴이라는 영국의 거물 귀족은 대단히 유명하지. 이제 넌 어쩔 생각이냐? 기름투성이의 기술자와 노동자와 함께 있을래, 아니면 위컴 경처럼 진정한 친구와 사귀면서 그의 집 파티에 초대받아 갈래?」

「글쎄요……. 참…….」 테드는 한숨을 내쉬었다.

다음 주말, 그는 의기양양하여 집으로 돌아왔다. 「저, 아빠, 교양 과정 대신 광산 공학을 공부하고 싶어요. 아빠는 사회적 지위에 대해 얘기했죠. 기계 공학 쪽에는 정계에 진출한 사람이 거의 없지만 광부들 중에서는 깜짝 놀랄 정도로 많아요, 누 타우 타우의 새로운 선거에서 뽑힌 열한 명 중 일곱 명이 광부였다고요!」

제27장

1

 9월 말에 제니스를 백색과 적색이라는 호전적인 두 진영으로 갈라놓은 파업이 시작되었다. 전화국 교환원과 선로 가설공이 임금 삭감에 항의하며 거리로 뛰쳐나온 것이다. 새로 결성된 낙농 제품 노동조합원은 부분적으로는 전화국 파업에 동조하면서, 또 주당 44시간의 근무를 요구하면서 파업에 동참했다. 뒤이어 트럭 운전사 노동조합도 파업했다. 산업계는 파업으로 마비되었다. 사람들은 전차 파업과 인쇄공 파업에 이어 총파업이 일어날 것 같다고 말하면서 긴장했다. 분노한 시민들은 파업 대체 요원으로 투입된 교환원을 통해 간신히 통화를 하면서 길길이 날뛰었지만 아무 힘이 없었다. 파업을 피해 공장에서 화물역으로 이동해 온 트럭 대열은 경찰관의 호위를 받았다. 경찰관은 파업 거부 트럭 운전사 곁에 앉아서 침착하게 보이려 애썼다. 제니스 강철 기계 회사에서 줄지어 나오던 트럭 50대는 파업 노동자들의 공격을 받았다. 그들은 인도에서 뛰쳐나와 운전석에 앉은 기사를 끌어내리고 카뷰레터와 정류기를 부수었다. 한편 교환원들은 거리에서 환호했고, 어린이들은 벽돌을 날랐다.
 즉각 주 방위군이 출동했다. 민간에서 풀모어 트랙터 회사의 총무 부장으로 근무하는 칼레브 닉슨 대령은 기다란 카키색 외투를 입고 44구경 자동 권총을 손에 쥔 채 군중 사이를 걸어다녔다. 배빗의 친구이자 구둣방 주인 — 애슬레틱 클럽에서 농담을 잘 늘어놓던, 이상하게도 빅토리아 퍼그를 닮은 얼굴에 뚱뚱하게 살찐 쾌활한 남자 — 인 클래런스 드럼조차 혁대로 툭 튀어나온 배를 단단히 졸라매고 어기적어기적 걸으며 주 방위군들 사이에서 용맹한 대위로 행세했다. 그가 구석에서 잡담하는 병사들을 향해 새된 목소리로 호령할 때면, 둥그스름한 작은 입은 화난 듯 달막거렸다. 「자, 출발! 이렇게 어슬렁거리는 꼴은 봐줄 수 없어!」

단 한 군데의 신문사를 제외하고 도시의 모든 신문사들이 파업을 반대했다. 파업 세력이 신문 가판대를 습격하자, 가판대마다 주 방위군이 한 명씩 배치되었다. 당황한 듯한 젊은 안경잡이 민방위군은 경리 사원이나 식품점 점원 출신이었지만 그래도 무섭게 보이려 애썼다. 한편, 어린이들은 꽥꽥 소리를 질러 댔다. 「장난감 병정놀이는 그만!」 파업 중인 트럭 운전사들은 서로에게 다정하게 물어 보았다. 「이봐 조, 내가 프랑스에서 싸울 때 자네는 미국의 야영지에 있었나? 아니면 YMCA에서 스웨덴 체조를 연습했나? 그 총검을 잘 다루어야 하네. 혹시 다칠지 모르니까!」

제니스에서 파업 이외의 화제를 꺼내는 사람은 아무도 없었다. 누구나 편을 갈라 한쪽 입장을 지지했다. 사람들은 노조의 입장을 용감하게 찬성하거나, 아니면 자본주의와 사유 재산권을 노골적으로 지지했다. 어느 쪽이든 그들은 호전적이었고, 적을 미워하지 않는 동료는 누구라도 비난할 태세였다.

연유 공장에서 화재가 발생했고 — 양쪽 진영은 서로 상대의 탓으로 돌렸다 — 도시는 이성을 잃었다.

이번에 배빗은 공개적으로 진보적인 입장을 선택했다.

그는 원래 건전하고 합리적인 우익에 속해 있었으므로 처음에는 악덕 선동자에게 총을 쏘아야 한다는 의견에 찬성했다. 그의 친구인 세네카 돈이 체포된 파업자들을 변호할 때도 그는 유감스러웠다. 그는 돈을 찾아가 이 선동자들은 정말 사악한 자들임을 말해 주고 싶었다. 하지만 전화 교환원들이 이전의 임금으로는 제대로 먹지 못해 굶주림에 허덕여 왔다는 내용의 전단지를 읽자 그는 고민에 빠졌다. 〈모두가 거짓말이고 날조된 수치일 거야.〉 그는 그렇게 생각하면서도 그게 사실이면 어쩌지 하는 의구심이 들었다.

채텀 로드 장로교회는 〈구세주의 파업 종식 방법〉에 대한 존 제니슨 드류 박사의 설교가 다음 주 일요일에 있을 것이라고 발표했다. 배빗은 요즘 교회에 다니는 일에 소홀했지만 그래도 예배를 보러 나갔다. 드류 박사라면 하느님께서 파업을 어떻게 생각하시는지 알려 줄 것이라고 기대했다. 윤나는 벨벳을 씌운 굴곡지고 널찍한 신자석에 앉은 배빗 곁에는 첨 프링크가 앉아 있었다.

프링크는 귓속말을 했다. 「박사가 파업자들을 혼내 줄 거야! 원래 나는 목사가 주제넘게 정치적 문제에 나서는 걸 원치 않아. 순수한 신앙을 고수하여 영혼을 구하고, 많은 논쟁을 일으키지 않도록 해야 한다고 보지. 하지만 이럴 땐 그가 꿋꿋하게 일어서서 그 깡패들에게 썩 꺼지라고 야단쳐야만 한다고 생각해!」

「글쎄 ─ 그게 ─」 배빗은 우물거렸다.

목사의 설교가 시작되었다. 드류 박사는 시적이고 사회적인 열정에 사로잡히더니 갑자기 거친 태도로 돌변하면서 목소리가 커졌다.

「요즘 공정한 도시의 산업계 생활을 방해하는 ─ 용기를 내어 과감하게 그것을 인정합시다 ─ 극심한 혼란이 잇달아 벌어지는 동안, 전문가들의 소위 〈과학적 방지〉에 관한 무책임한 설전이 대단히 많았습니다. 과학적이라니요! 차라리 이 세상에서 가장 비과학적인 것이 바로 과학이라고 말하겠어요! 한 세대 전의

〈과학자들〉 사이에 널리 퍼졌던, 확립된 기독교 신조에 대한 공격을 예로 들어봅시다. 아, 그래요, 그들은 힘센 친구들이고, 허튼소리를 지껄이는 위대한 비판자들이었지요! 그들은 교회를 파괴하려고 했어요. 그들은 세상이 우연히 창조되었고 순전히 우연의 힘으로 인간의 도덕과 문화가 높은 수준까지 발전했다는 사실을 증명하려 했어요. 하지만 교회는 파괴되지 않았고 예나 다름없이 오늘날에도 꿋꿋이 서 있으며 기독교 목사는 장발의 반대자에게 동정 어린 미소를 지어 보일 뿐입니다!

이제 똑같은 〈과학자들〉이 자유 경쟁의 자연스러운 조건을 괴상한 시스템으로 대체하려 합니다. 아무리 어마어마한 이름으로 부르더라도, 그것은 결국 독재적인 가부장주의에 지나지 않는 미친 시스템일 뿐입니다. 나는 노동법의 존재, 부당 파업이 증명된 사람들에 대한 강제 명령, 부하 직원과 상사가 단결하는 뛰어난 노동조합 등을 비판하는 게 아닙니다. 하지만 임금 규모, 최저 임금, 정부 위원회, 노조 연맹 등 모든 즉흥적인 허튼소리로써 자유롭게 오가며 일하려는 노동력을 규제하려는 시스템은 비판하지 않을 수 없습니다.

사람들은 이 산업 전반에 걸친 문제가 실은 경제 문제가 아니라는 걸 잘 모르고 있습니다. 그 본질을 살펴보면 사랑의 문제, 기독교 신앙을 실제적으로 적용하는 문제인 것입니다! 이런 공장을 한번 상상해 봅시다. 노동자와 사장의 관계가 소원해지는 위원회가 아니라, 사장이 미소를 지으면서 노동자들 사이로 지나다니는 형제회를 수립하는 겁니다. 노동자들, 나이 든 형제와 젊은 형제들은 사장의 미소에 화답하여 같이 미소를 짓는 겁니다. 그들은 바로 형제, 사랑하는 형제가 되어야 합니다. 이런 형제회에서 파업은 생각조차 할 수 없습니다! 가정에서 증오를 상상할 수 없듯이 말입니다.」

이때 배빗이 중얼거렸다. 「오, 말도 안 되는 소리!」

「뭐라고?」 첨 프링크가 물었다.

「목사는 자신이 무슨 얘기를 하는지 잘 모르고 있어. 아주 애매모호한 얘기야. 목사의 말은 아무 의미가 없어.」

「그럴지도 모르지. 하지만 ─」

프링크는 의심스러운 눈초리로 그를 바라보았고, 예배 시간 내내 그런 시선을 거두지 않아 배빗을 불안하게 만들었다.

2

신문에 파업 관련 기사가 실렸다. 파업자들은 수요일 아침에 행진하겠다고 발표했지만 닉슨 대령은 이를 금지한다고 명령했다. 그날 아침 10시에 사무실에서 서쪽으로 차를 몰고 가던 중, 배빗은 한 무리의 꾀죄죄한 남자들이 서로 뒤엉킨 채 법원 광장 너머 지저분한 구역으로 걸어가는 광경을 목격했다. 가난뱅이인 데다 그 자신을 불안하게 만드는 존재였으므로 배빗은 그들을 싫어했다. 「지긋지긋한 건달들! 저들에게 의욕만 있었더라면 평범한 노동자로 끝나지는 않았을 텐데!」 그는 투덜거리며 폭동이 일어날지도 모른다고 생각했다. 그는 시위 행진의 출발점인 무어 거리의 공원으로 향하다가 차를 세웠다. 말이 좋아 공원이지 시들어 축 늘어진 삼각형 잔디밭이었다.

공원과 그 주변 거리들은 파란 작업 셔츠를 입은 젊은이들과 모자를 쓴 늙은이들로 구성된 파업자들로 시끌벅적했다. 주 방위군은 끓는 물 단지처럼 동요하는 시위대 사이로 이동했다. 병사들의 단조로운 명령이 배빗의 귀에 들렸다. 「행군 ─ 대열, 계속 움직여 ─ 손발에서 땀 나도록 행진해!」 배빗은 강인하면서도 선량한 그들의 기질에 감탄했다. 시위대가 외쳤다. 「장난감 병정, 더러운 개, 자본주의자의 종!」 하지만 주 방위군은 씩 웃으며 이렇게 대답할 뿐이었다. 「그래, 맞아. 자, 어서 행진해, 빌리!」

주 방위군을 보자 배빗의 가슴이 두근거렸다. 그는 즐거운 번영의 길을 방해하는 깡패들이 싫었고, 시위대에 대하여 노골적인 경멸감을 드러내는 닉슨 대령을 존경했다. 숨을 헐떡이던 구둣방 주인 클래런스 드럼 대위가 씩씩거리며 지나갈 때, 배빗은 존경의 눈빛으로 그를 바라보며 소리쳤다. 「잘한다, 대위! 행진을 막아야 해!」 그는 공원에서 행진하는 파업자 대열을 지켜보았다. 많은 사람들이 포스터를 들고 있었다. 〈아무도 우리의 평화로운 행진을 막을 수 없다.〉 주 방위군은 그런 내용이 담긴 포스터를 찢어 버렸다. 파업자들은 지도부와 떨어져 뿔뿔이 흩어졌다. 그들은 총검을 번쩍거리는 병사들의 대열 사이에서 깊은 인상을 주지 못하는 오합지졸이었다. 배빗은 폭력 사태도 벌어지지 않고 흥미로운 광경도 없는 그러한 상황에 실망했다. 그러다가 예상 밖의 광경을 보고서 숨이 막혔다.

시위 참가자들 가운데 키가 아주 큰 젊은 노동자 곁에서, 미소를 지으며 평온한 표정으로 세네카 돈이 서 있던 것이다. 그의 앞에는 브록뱅크 교수가 있었다. 주립 대학 역사학과장인 그는 흰 수염을 기른 노인으로, 매사추세츠의 명문가 출신이라 알려져 있었다.

「저런, 이거 어떻게 된 거야?」 배빗은 깜짝 놀랐다. 「저런 명사가 파업자들과 함께 어울리다니! 게다가 나의 친구 세니 돈까지! 어리석게도 시위대와 함께 어울리잖아. 말뿐인 사회주의자들인 줄 알았는데, 의외로 용기가 있군. 그들에게는 아무 이득도, 한 푼의 이익도 없는데 시위 대열에 참가하다니! 그러고 보니 파업자 모두를 난폭한 깡패라고 할 수는 없겠는데. 그냥 평범한 사람들처럼 보여!」

주 방위군은 행진 대열을 골목길로 몰아넣었다.

「그들에게도 일반인 못지않게 행진할 권리가 있잖아! 클래런스 드림이나 재향 군인들이 거리를 마음내로 돌아다니듯이 그들도 돌아다닐 수 있다고!」 배빗은 불평했다. 「물론 그들이 불순 세력인 건 사실이야. 하지만 아, 빌어먹을, 이거 뭐가 뭔지 모르겠군!」

애슬레틱 클럽에서 점심 식사를 할 때, 배빗은 침묵을 지킨 반면에 다른 사람들은 초조하게 말했다. 〈이거, 세상이 어떻게 돌아가는 거야?〉라거나 평소대로 황당한 〈농담〉을 하며 자신들의 마음을 달랬다.

그때 클래런스 드럼 대위가 멋진 카키색 군복 차림으로 활보하며 클럽 안으로 들어왔다.

「상황은 어떤가요, 대위?」 버질 건치가 물었다.

「아, 끝났어요. 우리가 골목길로 몰아넣어 강제 해산시켰습니다. 그들은 의욕을 잃고 집으로 돌아갔어요.」

「잘 처리했군요. 폭력 사태도 없었고.」

「잘 처리하기요!」 드럼은 투덜거렸다. 「만약 내가 지휘했다면 온통 폭력의 바람이 불었을 겁니다. 그렇게 일단 힘으로 밀어붙이면 모든 게 삼시간에 끝났을 거예요. 나는 뒷짐 지고 서서 저들을 과잉보호하며 소요 사태를 질질 끄는 방법에 찬성하지 않아요. 이 파업자들은 하느님의 세계를 등진 자들이고 폭탄을 던지는 사회주의자 혹은 살인자입니다. 그들을 다루는 방법은 경찰봉뿐이에요! 나라면 그렇게 했을 겁니다. 모조리 두드려 패주었을 거라고요!」

그때 배빗이 자기도 모르게 소리쳤다. 「말도 안 되는 소리! 클래런스, 그들은 당신이나 나와 별반 다를 바 없어요. 나는 그들에게서 어떤 폭탄도 보지 못했소.」

드럼이 반박했다. 「아, 보지 못했다고? 그러니까 당신은 파업을 옹호한다는 말이군! 닉슨 대령에게 가서 파업자들이 선량한 사람이라고 말하세요! 그러면 아마 이해해 줄지도 모르지요!」 드럼은 성큼성큼 걸어서 다른 곳으로 가버렸고, 식탁의 모든 사람들은 배빗을 응시했다.

「도대체 무슨 속셈이야? 우리가 그 지옥의 개들에게 사랑의 키스를 보내야 한다는 거야?」 오빌 존스가 말했다.

「우리 가족에게서 생계비를 빼앗아 가려는 그 많은 깡패들을 변호하겠다는 건가?」 펌프레이 교수는 분노했다.

버질 건치는 협박하듯이 아무 말도 하지 않았다. 그는 가면처럼 험악한 표정을 지었다. 턱을 굳게 다물었고, 머리카락은 뻣뻣이 솟아 무섭게 보였다. 그의 침묵은 격렬한 천둥이나 다름없었다. 다른 사람들은 배빗의 말을 잘못 알아들은 것 같다고 말했지만, 건치는 그를 아주 잘 알겠다는 표정을 지었다. 법복을 입은 판사처럼 엄숙하게 앉아서 그는 배빗의 더듬거리는 설명을 들었다.

「물론 그들은 깡패들의 무리야. 하지만 내 말뜻은, 그들을 곤봉으로 두드려 패는 건 나쁘다는 거야. 닉슨 대령은 그렇게 대응하지 않았어. 이탈리아인의 멋진 수완을 갖추고 있다고. 그래서 대령이 된 거지. 클래런스 드럼은 그를 질투하고 있는 거야.」

「글쎄······.」 펌프레이 교수가 입을 열었다. 「자네는 클래런스의 기분을 나쁘게 했어, 조지. 그는 아침부터 내내 더운 날씨에 먼지 날리는 현장에서 고생했네. 그러니 당연히 악당들을 두드려 패고 싶겠지!」

건치는 아무 말 없이 지켜보기만 했다. 배빗은 자신이 감시당하고 있다는 사실을 알았다.

3

클럽에서 나올 때, 배빗은 첨 프링크가 건치에게 이렇게 말하는 것을 들었다. 「그의 머리에 무엇이 들어갔는지 모르겠군. 지난 일요일에 드류 박사가 기업계의 온건한 행동에 대하여 훌륭한 설교를 했어. 그런데 배빗은 그걸 헛소리라고 불평을 하더라고. 이제야 그때의 태도를 좀 이해할 수 있을 것 같군 ─」

배빗은 막연한 공포를 느꼈다.

4

그는 군중이 모여 부엌 의자에 올라서서 연설하는 어떤 남자의 말을 경청하는 모습을 보고 차를 세웠다. 신문에서 사진을 보아 얼굴을 알고 있었으므로 그 연설자가 세네카 돈이 말했던 악명 높은 무소속 목사 비처 잉그램임을 알아보았다. 잉그램은 활활 타오르는 듯한 붉은 머리카락에 수척했고, 풍상을 다 겪은 뺨과 깊이 우려하는 눈빛을 지닌 남자였다. 그는 간청했다.

「만약 교환원들이 하루에 한 끼씩 먹고, 스스로 자신의 옷을 빨고, 굶으면서도 미소를 짓고 버틸 수 있다면 덩치 큰 남자인 여러분 역시 뭔가 할 수 있어야 합니다 —」

배빗은 보행로에서 버질 건치가 자신을 노려보고 있음을 발견했다. 그는 막연한 불안을 느끼며 차의 시동을 걸고 무의식적으로 그 자리를 떠났다. 집으로 돌아오는 내내 적의에 찬 건치의 시선이 그를 뒤쫓는 듯했다.

5

「노동자들이 파업을 하면 그들을 악당이라고 생각하는 친구들이 많아.」 배빗은 아내에게 말했다. 「지금은 물론, 건전한 기업과 파괴적 세력 사이의 싸움이야. 그들이 우리에게 도전해 오면 그들의 코를 납작하게 만들어야 하지. 하지만 우리가 신사처럼 싸우지 못하고, 그들을 더러운 개라고 부르면서 사살해야 마땅하다고 말하는 건 야비해. 왜 그러는지 까닭을 알 수가 없어.」

「아니, 여보.」 그녀가 차분하게 말했다. 「당신은 늘 파업자들을 모두 감옥으로 보내야 한다고 주장했잖아요.」

「그런 적 없어! 내 말뜻은 — 그들 중 몇몇 무책임한 지도자들을 수감시켜야 한다는 거지. 하지만 우리는 이런 일에 대해 마음이 넓고 진보적이어야 해 ―」

「그렇지만 여보, 당신은 늘 이른바 〈진보적인〉 사람들은 최악의 무리라고 했잖아요 ―」

「무슨 소리! 여자는 같은 단어의 서로 다른 개념을 이해하지 못하는군. 단어라는 건 그 의미를 어떤 식으로 사용하느냐에 따라 달라지는 거야. 대상이 무엇이든 너무 지나치게 확신해서는 안 된다고. 자, 이 파업자들은, 솔직히 말해 그들은 그렇게 나쁜 사람들이 아냐. 그냥 어리석을 뿐이지. 그들은 복잡한 상품화 계획, 이윤, 경영 방법을 이해하지 못해. 그래도 우리와 별반 다를 게 없는 사람들이야. 우리가 이윤을 추구하는 것이 탐욕이 아니듯 높은 임금을 요구하는 것은 탐욕이 아니란 말이야.」

「조지! 만약 사람들이 당신의 그런 얘기를 듣는다면 ― 물론 나는 당신을 잘 알아요. 과거에 당신이 얼마나 무모한 청년이었는지 기억하고 있으니까요. 당신의 얘기 중 단 한 마디도 본의가 아니라는 걸 알아요. 하지만 사람들이 당신의 말을 오해하고 들으면, 당신을 본격적인 사회주의자라고 생각할 거예요!」

「남들 생각 따위 알 게 뭐야? 지금 당장 당신에게 이 한마디 해주고 싶군. 내가 과거에 결코 무모한 청년이 아니었음을 분명히 알아주었으면 해. 게다가 나는 뭔가 말할 때면 늘 진심만 말하고 그걸 실천하려고 하지. 솔직히 말해 봐. 내가 파업자들도 괜찮은 사람이라고 하면, 사람들이 나를 너무 진보적이라고 생각할까?」

「당연하죠. 하지만 여보, 너무 염려하지는 마요. 나는 당신이 진심으로 그런 말을 하는 게 아니라는 사실을 잘 아니까요. 자, 이제 가서 자도록 해요. 오늘 밤 덮을 이불은 충분히 있어요?」

잠자리에서 그는 갈피를 못 잡았다. 〈아내는 날 이해하지 못해. 나도 나 자신을 잘 모르겠어. 왜 나는 예전처럼 상황을 쉽게 받아들이지 못할까?

세니 돈의 집으로 가서 그와 함께 의논하고 싶은데. 안 돼! 그곳으로 가다가 버그 건치에게 들키면 어떻게 해!

 정말로 똑똑하고 멋진 여자를 알고 싶군. 그러면 그녀는 내가 무슨 말을 하려는 건지 이해해 줄 텐데. 그리고 얼마든지 마음을 털어놓으라고 할 텐데. 과연 마이러의 말이 맞는 걸까? 마음이 넓고 진보적이라는 그 이유 하나로 친구들은 내가 괴짜가 되었다고 생각할까? 다들 버그 건치처럼 나를 뚫어져라 쳐다볼까?〉

제28장

1

 미스 맥건이 오후 3시에 그의 사무실로 들어와 말했다. 「배빗 사장님, 쥐디크 부인에게서 전화가 걸려 왔습니다. 수리 건에 대해 알아보고 싶다는데요. 영업 사원들은 다 외부에 나갔어요. 통화하시겠습니까?」
 「응, 알았어.」
 타니스 쥐디크의 목소리는 맑고 쾌활했다. 수화기의 검은 몸통은 자그맣고 활기찬 그녀의 모습을 반영하는 듯했다. 반짝이는 눈, 우아한 코, 부드러운 턱.
 「쥐디크 부인입니다. 기억나세요? 저번에 캐번디시 아파트까지 나를 태워다 주셨고 멋진 아파트도 찾아 주셨지요.」
 「물론 기억납니다! 무슨 일이시죠?」
 「뭐, 사소한 일이에요. 귀찮게 하고 싶지는 않지만 관리인이 고치지 못할 것 같아서요. 알다시피, 내 집은 꼭대기 층에 있어요. 그런데 지붕으로 가을비가 새는군요. 혹시 이 수리에 대해 좀 알아봐 주실 수 ─」
 「물론이죠! 찾아가 살펴보겠습니다!」 그가 긴장된 목소리로 말했다. 「언제쯤 찾아가면 될까요?」

「오전에는 늘 집에 있어요.」

「오늘 오후에 1~2시간 정도 집에 계실 건가요?」

「그러죠. 차 한잔 정도는 대접할 수 있어요. 폐를 끼쳤으니 마땅히 그래야 할 것 같군요.」

「좋습니다! 곧 찾아가 뵙겠습니다.」

그는 생각에 잠겼다. 〈여기 세련되고 교양 풍부하고 품위 있는 여자가 있구나! 폐를 끼쳤으니 차 한잔 대접하겠다니. 그녀라면 남자를 이해할 거야. 나는 좀 바보 같긴 해도, 단언하건대 그렇게 나쁜 놈은 아니야. 또 어떻게 보면 바보도 아니지!〉

이제 총파업은 끝났고 파업자들은 패배했다. 버질 건치가 전처럼 다정하게 굴지 않는다는 것을 제외하면, 배빗이 친구들에게 저지른 배신 행위는 그리 큰 피해를 부르지 않았다. 비판받지 않을까 하는 두려움은 이제 사라졌지만 뭔가 따돌림을 당하는 듯한 외로움은 여전히 남아 있었다. 하지만 지금 그는 흥분되었고 그것을 내색하지 않기 위하여 건설 도면을 살펴보는 등 15분 동안 사무실을 이리저리 돌아다녔다. 그는 미스 맥건에게 말했다. 「여기 이 스콧 부인은 자신의 집에 대해 더 많은 돈을 받고 싶어 해. 그래서 제시 가격을 올렸어. 7천 달러에서 8천5백 달러로 말이야. 미스 맥건, 이 집을 인상 카드에 기재해 놓도록 해요.」 이렇게 업무에만 관심을 기울이는 무심한 사람인 양 행동하고 나서 그는 사무실 밖으로 나가 대단히 공을 들여 차에 시동을 걸었다. 타이어를 걷어차 보고, 속도계의 유리판을 닦고, 나사를 다시 조여 방풍 유리의 라이트를 고정시켰다.

즐겁게 벨뷰 거리로 차를 몰고 가는 동안, 그는 쥐드크 부인의 존재를 지평선에 떠오른 눈부신 빛이라고 생각했다. 길바닥에 떨어진 단풍잎들이 아스팔트 거리에 도랑을 이루었다. 어슴푸레한 황금색과 시든 나뭇잎의 녹색이 잘 배색된, 아주 조용하고 한적한 오후였다. 깊은 생각에 잠기게 만드는 날이었다. 배빗은 목조 집, 차고, 구멍가게, 잡초 우거진 부지 등 벨뷰 거리가 황량하다고 생각했다. 〈이 지구는 재개발을 해야 할 것 같군. 쥐디크 부인과 같은 사람들이 이곳을 좀 활성화시켜 주어야 해.〉 그는 개발이 덜 된 공허하고 황량한 거리를 지나가면서 명상에 잠겼다. 그때 시원한 바람이 불어와 활활 타오르는 그의 행복감을 어느 정도 식혀 주었고, 이어 그는 타니스 쥐디크의 아파트에 도착했다.

하늘하늘하고 예의 바른 모습으로 그를 맞이한 그녀는 예쁜 목덜미가 드러나는, 알맞게 재단된 검은 시폰 드레스를 입고 있었다. 아주 세련된 모습이었다. 그는 사라사 덮개와 거실의 채색 벽지를 힐금 살펴보면서 상쾌하고 명랑한 목소리로 말했다. 「야, 아주 멋지게 단장했군요! 집을 제대로 꾸미려면 총명한 여자가 필요하죠. 아주 훌륭해요!」

「정말 마음에 드세요? 그렇게 말씀해 주시니 무척 기뻐요! 하지만 너무 무심하셨어요. 언젠가 찾아와 춤을 배우겠다고 약속하시고서.」

그는 다소 불안정한 어조로 대답했다. 「아, 하지만 부인은 진심으로 얘기했던 게 아니지 않았나요?」

「그건 그렇지만요. 그래도 연락은 해보실 수 있었을 텐데!」

「그래서 이렇게 춤을 배우러 왔잖아요. 그러니 어서 저녁 식사를 준비하는 게 좋을 겁니다!」

두 사람은 웃음을 터뜨렸고 서로 농담임을 이해했다.

「하지만 먼저 물 새는 곳이 어디인지 살펴보는 게 좋겠군요.」

그녀는 그와 함께 아파트 지붕으로 올라갔다. 옥탑의 널빤지 길, 빨랫줄, 물탱크 등이 고립된 세상을 보여 주고 있었다. 그는 발끝으로 바닥을 툭툭 건드려 보았다. 그러고는 구리로 땜질한 배관 파이프가 밑 집관을 통해 지나가는 게 바람직하다거나 세법인다는 듯이 밀했고, 지붕 탱크로는 세관용 철보나 삼나무 목새가 더 좋다는 등 다양한 건설 상식을 과시하며 그녀에게 깊은 인상을 심으려 했다.

「당신은 부동산에 대해 정말 많이 아는군요!」 그녀는 감탄했다.

그는 이틀 안에 지붕을 수리해 주겠다고 약속했다. 「부인 집에서 전화를 좀 써도 괜찮을까요?」

「얼마든지요!」

그는 잠시 갓돌에 선 채 현관이 괴상하게 크고 조악한 작은 주택들, 그리고 여러 색깔의 벽돌과 테라 코타 장식이 달린 작지만 화려한 새 주택 단지를 내려다보았다. 그 너머로는 커다란 상처 자국처럼 누런 진흙 구덩이가 파인 언덕이 있었다. 각 주택의 옆에는 자그만 주차장이 있었다. 열심히 일하면서 편안하게 살아가는 정직하고 선량한 사람들의 세상이었다.

가을빛 속에서 새 주택 단지는 평온해 보였으며, 대기는 햇빛에 물든 물웅덩이 같은 느낌을 주었다.

「참으로 멋진 오후군요. 이곳 지붕에 올라와 보니 저기 태너스 힐까지 전망이 멋지게 펼쳐져 있네요.」 배빗이 말했다.

「그래요, 탁 트인 곳이니까요.」

「하지만 이런 전망을 알아보는 사람은 별로 없지요.」

「맞아요, 그래도 월세를 올리면 안 돼요! 아, 이런 말은 너무 장난스럽군요! 그냥 한번 해본 말이에요. 정말이지, 전망을 보고 즐길 줄 아는 사람들은 아주 적어요. 사람들은 시적인 정취나 아름다움을 알아보는 감각이 별로 없죠.」

「그건 사실이에요.」 그는 가볍게 숨을 내쉬었다. 그러면서 턱을 치세우고 입가에 미소를 띠우며 언덕을 바라보는 매력적인 그녀의 자세와 날씬한 몸매에 감탄했다. 「이제 배관공에게 전화를 걸어야겠어요. 내일 아침에 제일 먼저 이 일부터 시작하게 말입니다.」

아주 거칠고도 남성적인 명령조로 배관공에게 전화를 건 뒤, 배빗은 다소 수줍은 표정을 지으면서 한숨을 지었다. 「자, 그럼 이제 그만 ―」

「아, 그 전에 차를 한잔 하셔야 해요!」

「아, 그러는 게 좋겠군요.」

그는 화려하게 짠 진녹색 의자에 두 발을 쭉 뻗고 앉아서, 중국식의 검은 전화기 스탠드와, 자신이 늘 좋아했던 마운트 버논의 천연색 사진을 바라보았다. 거실 바로 옆 작은 주방에서 쥐디크 부인은 「나의 크리올 왕비」를 노래했다. 아주 감미롭고 깊은 만족감(너무 만족스러워 어떤 아쉬움을 남기는 그런 만족감) 속에서 그는 달빛 어린 목련화를 상상했고, 농장 흑인들이 밴조에 맞춰 흥얼거리는 소리를 환청으로 들었다. 그녀를 돕는 척하면서 가까이 다가가고 싶기도 했지만, 정적에 싸인 이 황홀한 분위기에 그대로 남아 있고도 싶었다. 그는 나른한 기분으로 의자에 계속 앉아 있었다.

그녀가 찻잔을 들고 바삐 거실로 들어오자, 그는 미소를 지으며 그녀를 쳐다보았다. 「정말 아늑한 곳이군요!」 그는 처음으로 긴장을 풀고, 조용하면서도 다정한 태도로 그녀를 대했다. 그녀 또한 조용하고 다정하게 나왔다. 「이곳을 찾아 주시니 정말 고맙습니다. 지난번에는 친절하게도 이 작은 집을 알아봐 주셨지요.」

두 사람은 날씨가 곧 추워질 것이라는 데 의견을 모았고, 그 외에도 다양한 사항에 서로 동의했다. 금주법은 곧 폐지되어야 한다, 집 안에 그림을 걸면 문화적 분위기가 살아난다. 두 사람은 무슨 일이든지 비슷한 생각을 공유했다. 그리고 점점 대담해졌다. 현대 여성들의 미니스커트는 정말로 짧다고 솔직하게 말했다. 이런 솔직한 대화에 충격을 받지 않는 것 또한 그들은 자랑스러웠다. 타니스는 과감하게 말했다. 「당신은 이런 점을 이해하리라 생각해요. 어떻게 말해야 좋을지 잘 모르겠지만, 파격적인 옷을 입어서 자신이 나쁜 여자인 척하는 여자들은 실제로 그 이상 나아가지 않죠. 자신이 여성스러운 여자가 아니라는 사실을 은연중에 드러낼 뿐이요.」

매니큐어 미용사인 아이다 푸티악이 자신을 이용해 먹은 사건을 떠올리면서 배빗은 그녀의 말에 적극적으로 동의했다. 그는 온 세상이 얼마나 악의적으로 자신을 이용했는지 생각하면서 폴 리슬링, 질라, 세네카 돈, 파업 등에 대해 얘기했다.

「사정이 어떻게 된 건지 아시겠어요? 물론 나도 다른 사람들과 마찬가지로 그놈들이 패배하기를 원했어요. 하지만 그들의 입장을 살펴보지 않을 이유 또한 없더군요. 사람이란 모름지기 마음이 넓고 진보적이어야 해요. 그렇게 생각하지 않나요?」

「물론이에요!」 그녀는 작고 딱딱한 소파에 앉아 두 손을 깍지 낀 채, 몸을 기울이며 뚫어지게 배빗을 쳐다보았다. 그녀가 자신을 이해해 준다는 황홀한 생각에 그는 기꺼이 본심을 털어놓았다.

「그래서 벌떡 일어나 클럽의 친구들에게 말했습니다. 〈이봐!〉 그리고 나는 —」

「유니언 클럽의 회원이세요? 내 생각에 그 클럽은 —」

「아니요, 애슬레틱 클럽입니다. 물론 유니언 클럽에서는 나한테 가입할 것을 요청하고 있지요. 하지만 나는 늘 이렇게 대답해요. 〈됐습니다, 선생님! 전혀 생각 없습니다!〉 가입 비용이 문제가 아니라, 난 단지 그 구식 사람들을 도무지 참을 수 없는 거예요.」

「아, 그렇군요. 그래서, 당신은 그들에게 뭐라고 했어요?」

「아, 부인은 별로 듣고 싶지 않을 겁니다. 이거, 내 골칫거리로 부인을 너무 지루하게 만들고 있는 건 아닌지 모르겠네요. 나를 나이 든 멍텅구리라고 생각하지는 않겠지요? 내 얘기가 좀 유치하지 않나요?」

「뭘요, 당신은 아직 청년이에요. 내 얘기는, 그러니까 당신 나이가 마흔다섯에서 단 하루도 더 넘지 않았을 거라는 뜻이에요.」

「무슨 말씀을! 청년은 아니에요. 이제 중년이라고 느낄 때가 가끔 있어요. 그 모든 책임감과 그 밖의 일 때문에.」

「아, 알아요!」 그녀의 목소리가 그를 애무했다. 따뜻한 비단결처럼 그를 감쌌다. 「나는 때때로 너무너무 고독해요, 배빗 씨.」

「우리는 한 쌍의 불쌍한 외로운 사람들이군요! 하지만 내 생각엔 꽤 멋진 사람들이기도 해요!」

「그래요, 내가 알고 있는 대부분의 사람들보다 우리가 훨씬 더 멋져요!」 두 사람은 미소를 지었다. 「어쨌든 당신이 클럽에서 했다는 얘기 좀 들려주세요.」

「글쎄, 그 얘기는 이렇게 된 겁니다. 세네카 돈은 내 친구입니다. 물론 마음대로 그들의 생각을 말할 수 있고, 그들 멋대로 돈을 비난할 수 있죠. 하지만 대부분의 사람들은 세니가 세계적으로 유명한 몇몇 정치가들 — 이를테면 위컴 경이 있는데 영국의 거물 귀족이지요 — 의 막역한 친구라는 것을 몰라요. 내 친구 제럴드 도크 경이 그러는데, 위컴 경이 영국 최대의 거물 중 하나래요. 도크였는지 누구였는지 명확하게 기억나지는 않습니다만, 어쨌든요.」

「아, 제럴드 경을 아세요? 이곳, 맥켈비 씨의 집에 머물렀던 분 말이죠?」

「그를 아느냐고요? 뭐랄까, 우린 서로 〈조지〉와 〈제리〉라고 부를 정도로 잘 아는 사이죠. 그와는 시카고에서 함께 술을 거나하게 마신 적이 있어요.」

「정말 재미있었겠네요. 하지만 —」 그녀는 집게손가락을 펴 그를 향해 까딱까딱 움직였다. 「난 당신과 함께 마실 수 없겠군요! 술 취한 당신을 보살펴야 할 거 아녜요!」

「그렇게 해주신다면 고맙죠!…… 아까 하던 말을 계속하자면, 나는 세니 돈이 제니스 밖에서 얼마나 대단한 거물인지 우연히 알게 되었어요. 물론, 예언자는 자신의 고향에서 명성을 얻지 못하는 법이죠. 세니는 너무나 겸손해서, 해외에서 함께 어울리는 거물들에 대해 결코 자랑하지 않아요. 지난번 총파업 당시, 클래런스 드럼은 살인이라도 저지를 듯 살벌하게 대위 제복을 차려입고, 짜증을 내며 클럽의 우리 식탁에 오더군요. 누군가 그에게 말했지요. 〈파업을 박살 냈나요, 클래런스?〉

그는 비둘기처럼 가슴을 내밀며 투덜거렸어요. 그가 독서실로 올라가며 하는 말을 들을 수 있었지요. 〈물론이죠. 나는 파업 지도자들에게 꺼지라고 말했고, 그랬더니 집으로 도망치더군요.〉

내가 말했죠. 〈글쎄, 폭력 사태가 없었다니 다행이군요.〉

그는 대답했어요. 〈그래요, 하지만 폭력 사태가 있었더라도 나는 눈 하나 깜빡하지 않았을 거예요. 그 친구들은 모두가 호주머니에 폭탄을 가지고 있었어요. 그자들은 골수 아나키스트들이라고요.〉

나는 대답했어요. 〈아, 클래런스, 신중하게 살펴봤지만 폭탄이라고는 가지고 있지 않던데요.〉 나는 계속 말했어요. 〈물론 그들이 어리석다는 것에는 의심의 여지가 없지만, 그들도 결국 당신과 나처럼 선량한 사람들이에요.〉

그런데, 버질 건치였나요? 다른 사람 — 아니, 쳄 프링크였군요. 그는 유명한 시인이고 나의 절친한 친구지요 — 이 말했어요. 〈이봐, 이 파업을 옹호할 생각인가?〉 나는 그런 식으로만 생각하는 그 친구에게 혐오감이 생겨 아무 대답도 하지 않고 그냥 무시해 버렸어요.」

「아, 대단히 현명하게 처신했군요!」 쥐디크 부인은 말했다.

「하지만 결국에는 그에게 설명을 해주었어요. 〈나처럼 상공회의소나 기타 기관에서 열심히 일한 사람이라면 충분히 발언할 권리가 있어! 동시에, 나는 비록 적수라도 신사처럼 대하는 게 좋다고 생각해!〉 그렇게 말하니 꼼짝도 못 하더군요. 프링크 — 나는 늘 그를 쳄이라고 부르는데 — 는 아무 대답도 하지 못했지요. 하지만 그들 중 일부는 나를 너무 진보적이라고 생각하는 것 같아요. 어떻게 생각해요?」

「아, 당신은 정말 현명하게 행동했어요. 게다가 용기까지 있다니! 나는 자신의 신념을 위해 용기를 발휘하는 남자가 좋더라!」

「하지만 그것이 올바른 행동이었다고 생각하나요? 어떤 친구들은 너무나 신중하고 고집스럽기 때문에, 모임에서 올바른 애기를 하는 사람을 싫어해요.」

「그런 걸 뭣 때문에 신경 쓰세요? 긴 안목으로 보면, 깊은 생각을 일깨워 주는 사람은 존경받을 수밖에 없어요. 게다가 당신은 웅변으로 명성이 높기 때문에 —」

「그걸 어떻게 알았죠?」

「아, 당신에 대해 알고 있는 것을 다 털어놓지는 않겠어요! 하지만 솔직히 말해서, 당신은 자신이 얼마나 유명한지 깨닫지 못하고 있군요.」

「글쎄요 — 올가을엔 연설을 많이 못 했는데. 폴 리슬링 문제로 좀 지나치게 시달려서 말이에요. 하지만 당신은 내가 말하려는 의미를 진정으로 이해해 준 첫 번째 사람이에요. 타니스, 내 말 좀 들어 봐요. 이런, 내가 뻔뻔스럽게도 당신을 타니스라고 불렀군요!」

「아, 제발 그렇게 불러 줘요! 나도 당신을 조지라고 불러도 되겠지요? 두 사람이 이렇게 많이 — 뭐랄까 — 이렇게 많이 분석하여, 그 모든 어리석은 관습을 내던지고 서로 이해하면서 잘 아는 사이가 되었잖아요. 정말 멋지다고 생각하지 않으세요?」

「그렇고말고요! 확실히 그래요!」

그는 더 이상 의자에 가만히 앉아 있지 않았다. 방 안을 이리저리 돌아다니다가 소파의 그녀 곁에 털썩 앉았다. 하지만 그가 어색하게 자신의 손을 그녀의 가냘프고 깨끗한 손가락에 뻗었을 때, 그녀는 밝은 목소리로 말했다. 「담배 좀 주시겠어요? 가엾은 타니스가 담배를 피운다면 행실이 나쁜 여자라고 생각할 건가요?」

「절대로 아니에요! 나도 담배를 좋아해요!」

그는 평소 제니스의 레스토랑에서 담배를 피워 대는 말괄량이 여자들을 못마땅하게 생각했지만, 실제로 그가 유일하게 개인적으로 아는 흡연 여성은 경박한 이웃집 여자 도펠브로 부인뿐이었다. 그는 아주 정중하게 타니스의 담배에 불을 붙이고, 불꺼진 성냥개비를 버릴 곳이 어딘지 둘러보다가 마땅치 않아 자신의 호주머니에 집어넣었다.

「가엾은 분, 당신도 시가를 피우고 싶을 텐데요!」 그녀는 중얼거리듯 낮은 목소리로 말했다.

「한 대 피워도 괜찮겠습니까?」

「아, 그럼요. 난 고급 시가 냄새가 좋아요. 아주 멋진 남자 같은 냄새가 나죠. 재떨이가 필요하다면 침실 침대맡에 있는 탁자에서 가져오면 돼요. 원하신다면요.」

침실에 다가간 그는 당황했다. 자줏빛 실크로 된 넓은 소파, 금색 줄무늬가 있는 엷은 자줏빛 커튼, 중국풍 치펜데일[72]식 화장대, 놀라울 정도로 즐비한 슬리퍼들, 리본으로 묶은 구두걸이, 그것들 너머에 널려 있는 담황색 스타킹들. 그는 자신이 재떨이를 직접 가져오는 그 행동이야말로 그들의 부담 없는 관계를 잘 보여 주는 것이라고 생각했다. 〈버그 컨치 같은 촌놈은 여자의 침실에 들어가는 걸 우습다고 생각하겠지만 나는 담담히 받아들일 거야.〉 하지만 바로 다음 순간 그는 무심하게 행동할 수 없었다. 친구 사이로 만족한다는 생각은 온데간데없고, 끊임없이 그녀의 손을 잡고 싶었다. 하지만 그가 그녀에게 몸을 돌릴 때마다 담배가 훼방을 놓았다. 그것은 두 사람 사이에 가로놓인 방해물이었다. 배빗은 그녀가 담배를 다 피울 때까지 기다렸다. 그녀가 곧 재떨이에 담뱃불을 비벼 끄자 그는 내심 기뻤다. 하지만 그 순간 그녀가 말했다. 「담배를 한 개비만 더 주시지 않겠어요?」 그는 어슴푸레한 담배 연기 가림막과, 담배를 끼운 우아한 손가락을 절망적으로 바라보았다. 그는 이제 그녀가 그의 손에 잡힐지(그가 볼 때, 손을 잡는 행위에는 순수한 우정 그 이상의 의미는 없었다) 알고 싶었을 뿐만 아니라, 그녀의 손을 잡지 못해 고통을 느끼고 있었다.

[72] *Chippendale*. 영국의 가구 설계자 이름에서 나온 말로, 곡선이 많고 장식적인 디자인을 의미한다.

이런 초조한 내면의 드라마는 겉으로 전혀 드러나지 않았다. 두 사람은 자동차, 캘리포니아 여행, 첨 프링크에 대해 쾌활하게 얘기했다. 한번은 그가 은근슬쩍 말했다. 「나는 남의 집에 가서 저녁 식사 때까지 뭉개고 앉아 있는 사람들이 싫어요. 하지만 오늘 저녁은 아름다운 타니스 쥐디크 부인과 함께 저녁 식사를 하게 될지도 모른다는 느낌이 드는군요. 하지만 당신은 이미 약속이 일곱 건이나 잡혀 있겠죠?」

「글쎄, 영화를 보러 갈까 생각 중이었어요. 아무튼 외출하여 시원한 밤바람을 쐬고 싶군요.」

그녀는 그가 집에 계속 머물도록 권하지도 않았지만, 그렇다고 해서 어서 가라고 재촉하지도 않았다. 그는 곰곰이 생각했다. 〈지금이라도 일어서서 가는 게 낫지 않을까? 나를 오래 머물게 할 것 같아. 그럴 낌새가 보여. 하지만 이 여자한테 말려들어서는 안 돼. 난 이제 떠나야 해.〉 그러고는 다시 생각을 고쳐먹었다. 〈아니야, 이미 너무 늦었어.〉

그러다가 저녁 7시가 되자, 그는 그녀의 담배를 옆으로 제치면서 거칠게 그녀의 손을 잡았다.

「타니스! 나를 그만 좀 괴롭혀요! 알다시피 우리 — 여기 우리는 한 쌍의 고독한 사람들이에요. 하지만 함께 있으면 무척 행복하죠. 아무튼 나는 그래요! 이렇게 행복한 적은 없었어요. 오늘밤 여기 머물게 해줘요! 내가 식료품점으로 달려가, 식은 닭고기나 식은 칠면조 고기 같은 먹을거리를 사 올게요. 그러면 멋진 저녁 식사를 할 수 있어요. 하지만 지금 이 순간 나를 쫓아내고 싶다면, 나는 한 마리 양처럼 순순히 갈 거예요.」

「글쎄요 — 더 머무는 게 좋겠군요.」 그녀가 대답했다.

그녀는 손을 빼지 않았다. 그는 전율하며 그 손을 살짝 꼬집었고, 이어 양복 상의를 입으러 갔다. 식료품점에서 그는 뒤죽박죽 쌓여 있는 식품을 비싼 순서대로 골라 샀다. 그러고는 길 건너 약국에서 아내에게 전화를 걸었다. 「어떤 친구가 자정에 도시를 떠나기로 되어 있는데, 그 전에 임차 계약을 맺고 싶어 해. 늦게까지 집에 가지 못할 거야. 기다리지 마. 팅카에게 저녁 키스를 전해 줘.」 그는 기대와 흥분에 휩싸여 아파트로 돌아갔다.

「아, 고약한 사람, 음식을 너무 많이 사 왔잖아요!」 그녀가 반갑게 맞이했다. 목소리는 쾌활했고 그의 행동을 높이 평가한다는 미소를 지은 채였다.

그는 흰색으로 칠한 작은 주방에서 식사 준비를 거들었다. 상추를 씻고 올리브 병을 열었다. 그녀는 거실로 가서 식탁을 준비하라고 지시했다. 서둘러 거실로 가 찬장에서 나이프와 포크를 찾으면서 그는 사뭇 편안함을 느꼈다.

「이제 한 가지 남은 일은······.」 그가 말했다. 「당신이 어떤 옷을 입을까 하는 거예요. 멋진 야회복을 입을지 아니면 머리카락을 늘어뜨리고 짧은 스커트를 입어 아가씨 같은 분위기를 연출할지 궁금하군요.」

「이 오래된 시폰 옷을 그대로 입고 식사할 생각이에요. 만약 그런 모습의 가엾은 타니스를 견딜 수 없다면, 당신은 클럽으로 가서 저녁 식사를 하세요!」

「천만의 말씀!」 그는 그녀의 어깨를 가볍게 쓰다듬었다. 「당신은 내가 지금껏 만나 본 여자들 가운데 가장 똑똑하고 아름답고 멋져요! 자, 레이디 위컴, 만약 당신이 제니스 공작의 품에 안긴다면 거창한 식사를 하게 될 것입니다!」

「아, 당신은 정말 재미있고 유쾌하게 얘기하는군요!」

간단한 식사가 끝나자, 그는 창문 밖으로 머리를 내밀고 말했다. 「바깥 날씨는 몹시 쌀쌀하고 비가 내릴 것 같군요. 영화를 보러 가기에는 적당하지 않은데요.」

「글쎄요.」

「여기에 벽난로가 있었으면 좋았을 텐데! 외출을 계획한 날이면 늘 그렇듯이 오늘 저녁엔 폭우가 쏟아질 것 같아요. 우리가 우스꽝스러운 구식 오두막집에 있다고 한번 상상해 봐요. 나무들은 사방에서 세차게 흔들리고, 장작불은 활활 타오르고 — 이런 벽난로 앞에 앉아 있는 광경을 상상해 봐요! 이 소파를 라디에이터 쪽으로 끌어당기고, 발을 그 위로 쭉 뻗어 마치 장작불인 것처럼 상상해 보라고요.」

「아, 정말 황당하네요! 당신은 다 큰 아이군요!」

하지만 그들은 소파를 라디에이터 쪽으로 끌어당기고 발을 그 위에 올려놓았다. 그의 투박한 검은 구두와 그녀의 에나멜가죽 슬리퍼가 라디에이터 위에서 빛났다. 어스름 속에서 두 사람은 그들 자신에 관해 대화했다. 그녀가 얼마나 고독한지, 그가 얼마나 당황하고 있는지, 서로 알게 된 그들의 관계가 얼마나 놀라운지 이야기했다. 그들이 잠시 입을 다물자 방은 시골길보다 더 조용했다. 거리에서 들려오는 자동차 타이어의 회전 소리와, 멀리서 들려오는 화물 열차의 덜커덩거리는 소리만 빼면 완전한 정적이었다. 그 방은 괴로운 세상과 완전히 단절된 안전하고도 따뜻한 방이었고, 그 자체로 모든 것을 갖춘 충만한 공간이었다.

그는 깊은 황홀감을 느꼈고 그 속에서 모든 두려움과 의심이 슬며시 사라졌다. 집으로 돌아온 새벽, 황홀한 느낌은 추억으로 가득한 만족감으로 바뀌었다.

제29장

1

 타니스 쥐디크와의 관계를 확신하게 되자 배빗은 스스로를 대견하게 생각하게 되었다. 애슬레틱 클럽은 자신감을 실험하는 장소였다. 버질 건치는 아무 말도 하지 않았지만, 난폭자 식탁의 사람들은 배빗이 이유 없이 〈괴짜가 되었다〉고 말했다. 배빗은 그들과 장황한 논쟁을 벌였다. 그는 거만하게 굴었고 흥미롭게도 고통을 즐겼다. 심지어 그들 앞에서 노골적으로 세네카 돈을 칭찬하기까지 했다. 펌프레이 교수가 농담이 지나치다고 말하자 배빗은 반박했다. 「아니! 농담이 아니라 사실이야! 그는 이 나라에서 가장 예리한 지성을 갖춘 사람이야. 위컴 경의 말에 따르면 ─」

「도대체 위컴 경이 누구야? 자네는 왜 늘 무슨 얘기만 나오면 그를 들먹이는 건가? 지난 6주 동안 줄기차게 그 사람을 칭찬했어!」 오빌 존스가 항의했다.

「조지는 시어즈 로벅[73]에서 그 사람을 주문해 왔지. 두당 2달러씩 주면 영국의 거물들을 우편으로 주문할 수 있거든.」 핀켈스

---

73 Sears Roebuck & Co. 미국 최대의 소매업체.

타인이 말했다.

「그런 농담 따위 아무래도 좋아! 내가 전에 말한 것처럼, 위컴 경은 영국 정계에서 뛰어난 지식인이야. 물론 나는 보수적이지만 세니 돈과 같은 사람을 높이 평가해. 왜냐하면 그는 ─」

「자네가 보수적이라고?」 버질 건치가 거칠게 말허리를 잘랐다. 「그 말은 좀 의심스러운데? 나는 돈과 같이 상종 못 할 빨갱이의 도움 없이도 사업을 제대로 운영할 수 있어!」

건치의 퉁명스러운 목소리와 차가운 표정에 배빗은 당황했다. 하지만 곧 평정심을 회복하여 돈과 진보 인사에 관한 얘기를 했다. 그들은 곧 따분해하며 짜증을 부리더니 결국에는 건치 못지않게 배빗의 본의를 의심하게 되었다.

2

그는 늘 타니스를 생각했다. 그녀의 아름다운 모습을 생각하면 마음이 동요되었다. 두 팔로 그녀를 품에 안고 싶었다. 〈찾아냈어! 지난 몇 년 동안 아름다운 여자를 꿈꿔 왔는데 드디어 발견한 거라고!〉 그는 오전에 영화관에서 그녀를 만났다. 평소라면 엘크 클럽에 가 있어야 할 시간인 늦은 오후나 저녁마다 그녀의 아파트를 찾아가 재정 문제를 검토하고 상담해 주었다. 그러면 그녀는 여자답게 경제에 대한 자신의 무지를 자책하면서 그의 뛰어난 재산 관리 솜씨를 칭찬했다. 하지만 나중에 알고 보니 채권에 관한 그녀의 지식은 그보다 한 수 위였다. 그들은 공통된 기억을 갖고 있었고 그래서 지나간 세월을 회상하며 웃음을 터뜨리곤 했다. 한번은 밀다툼을 하기도 했는데 배빗은 타니스가 아내 못지않게 〈위세〉를 부리고, 소홀히 내하면 아내보다 훨씬 더 심하게 신경질을 부리며 흐느껴 운다고 분노했다. 하지만 다툼은 무사히 지나갔다.

가장 멋진 시간은 산책을 나간 일이었다. 공기가 청명한 12월 오후, 두 사람은 눈 쌓인 목초지를 쾌활하게 힘주어 밟으면서 얼어붙은 찰루사 강으로 갔다. 검은 모피 모자와 짧은 비버 코트를 입은 그녀의 모습은 이국적이었다. 그녀는 얼음을 지치면서 소리를 질렀다. 그는 웃음을 터뜨리고 헐떡이며 그녀의 뒤를 쫓아갔다. 마이러 배빗은 얼음을 지친 적이 한 번도 없었다.

그는 두 사람이 함께 있는 것이 남의 눈에 띌까 봐 걱정했다. 제니스에서는 대낮에 이웃집 아내와 식사를 하면 해 질 녘이 되기 전에 이웃 사람들의 집에 빠짐없이 알려지게 된다. 하지만 타니스는 아주 신중했다. 두 사람만 있을 때에는 아주 매력적으로 교태를 부리다가도 집 밖으로 나가면 그녀는 일정한 거리를 두면서 초연한 자세를 취했다. 그는 그녀가 부동산 사무실의 손님으로 보이기를 바랐다. 두 사람이 영화관에서 나오다가 오빌 존스의 눈에 띈 적이 있었다. 배빗은 순간적으로 말을 더듬었다. 「쥐디크 부인을 소개할게. 제대로 된 부동산 중개업자를 찾아올 줄 아는 숙녀라네, 오빌!」 존스 씨는 도덕과 세탁기에 대하여 비판적인 남자였으므로 그 정도 설명에 만족한 듯 보였다.

그는 아내를 특별히 좋아해서가 아니라 사회적 적절성에 대한 습관으로, 아내에게 연애 사건을 들킬까 봐 몹시 염려했다. 또한 아내가 타니스와의 특별한 관계를 전혀 모를 것이라고 믿으면서도, 뭔가 막연하게 의심한다고 확신했다. 지난 몇 년 동안 배빗 부인은 작별 키스 이상의 진한 애정 행위를 아주 지겹게 생각해 왔다. 그러면서도 배빗이 정기적으로 짜증을 내며 애정 표현을 소홀히 할 때면 마음의 상처를 입었다. 하지만 이제 배빗은 애정 표현을 전혀 하지 않을 뿐만 아니라 그것을 혐오하기까지 했다. 그가 완전히 정절을 지키고 싶은 대상은 아내가 아니라 타니스였다. 그는 관리 부실로 투실투실 살찐 아내의 몸, 삐져나온 살덩어리, 늘 내버린다고 하면서도 항상 잊어버리는 너덜너덜한 그녀의 속옷을 보며 괴로워했다. 그리고 자신과의 결혼 생활에 오랫동안 적응해 온 아내가 그런 혐오감을 알아챘을 것이라고 생각했다. 그는 애를 써가며 아주 힘들게, 혹은 쾌활하게 그 혐오감을 감추려 했으나 성공하지 못했다.

배빗 부부의 크리스마스 파티는 그런대로 나쁘지 않았다. 케네스 에스콧도 파티에 참석했고 이제 베로나와 약혼한 사이나 다름없었다. 배빗 부인은 눈물을 글썽이며 케네스를 〈새로 얻은 아들〉이라고 불렀다. 배빗은 테드가 걱정됐다. 그 애는 더 이상 주립 대학에 대해 불평하지 않았고, 수상쩍게도 순응적인 자세로 나왔던 것이다. 그는 아들의 속셈이 궁금했지만 감히 물어보지는 못했다. 배빗 자신은 크리스마스 오후에 집을 빠져나가서는 타니스를 만나 은제 담뱃갑을 선물했다. 그가 돌아오자 배빗 부인은 일부러 순진한 체 물었다. 「바람 쐬러 밖에 나갔다 왔어요?」

「응, 드라이브를 좀 했지.」 그는 우물우물 대답했다.

새해를 맞고 얼마 안 되어, 그의 아내가 한 가지 제안을 내놓았다. 「조지, 오늘 여동생에게서 소식을 들었어요. 건강이 안 좋대요. 어쩌면 여동생 집에 가서 몇 주 지내야 할 것 같은데, 어때요?」

아주 긴급한 경우를 제외하면 배빗 부인이 겨울에 집을 떠나는 일은 별로 없었다. 게다가 그녀는 지난여름에도 몇 주 동안 집을 떠나 있었다. 배빗도 아내와 떨어져 있는 것을 아무렇지 않게 생각하는 초연한 남편이 못 됐다. 그는 아내가 집에 있는 것이 좋았다. 그의 옷을 빨아 다림질하고 그의 스테이크를 어떻게 요리해야 하는지 알고 있을 뿐 아니라, 불만족스러울 때마다 혀를 차는 그녀의 소리가 그를 안심시켜 주었던 것이다. 하지만 이번에는 달랐다. 〈아니, 당신이 저세상에 그렇게 필요한 것도 아니잖아?〉 따위의 입 발린 거부의 말조차 하지 않았다. 그는 유감스러운 표정을 지으려 애쓰는 한편, 자신을 살펴보는 아내의 시선을 의식했다. 그러면서도 눈앞에는 타니스의 아름다운 얼굴이

어른거렸다.

「여동생에게 가보는 게 좋을까요?」 그녀가 날카롭게 물었다.

「여보, 그건 당신이 결정할 문제야. 내가 뭐라고 하겠어?」

그녀는 얼굴을 돌리며 한숨을 내쉬었다. 그의 이마는 땀에 젖었다.

나흘 후 출발할 때까지, 그녀는 이상하게 조용했고 반면에 그는 성가실 정도로 다정했다. 열차는 정오에 출발했다. 역사를 빠져나가 점점 작아지는 열차를 지켜보면서 그는 타니스에게 서둘러 달려가고 싶었다.

〈안 돼, 그래서는 안 돼!〉 그는 맹세했다. 〈일주일 동안은 그녀와 가까이 지내면 안 돼.〉

하지만 그날 오후 4시, 그는 그녀의 아파트에 나타났다.

3

과거에 배빗은 냉정하고 근면하고 건전하게 발전하면서, 자신의 삶을 통제하거나 적어도 통제하는 듯 보이는 사람이었다. 하지만 지난 2주 동안, 그는 욕망과 싸구려 위스키와 새로 사귄 친구들의 흐름에 올라타 어지럽게 표류했다. 이 새로 사귄 친구들은 오래된 친구들보다 훨씬 더 요구 사항이 많았다. 매일 아침 배빗은 지난밤 자신의 행동이 아주 어리석었음을 깨달으며 눈을 떴다. 머리가 깨질 듯 아팠고, 과도한 흡연 때문에 혀와 입술이 깔깔했다. 그는 지난밤에 몇 잔을 마셨는지 헤아려 보고는 믿기지 않는다는 듯 신음을 내질렀다. 「이거, 하루빨리 그만두어야 해!」 새벽에 아무리 굳게 결심했어도, 저녁에 가면 사정이 달라졌다. 단 하루 저녁도 음주 충동을 막을 수 없었다. 그는 이제 더 이상 〈그만두어야 해!〉라고 말하지 않았다.

그는 타니스의 친구들과 만났다. 술 마시고 춤추고 수다를 떨면서 침묵을 싫어하는 한밤중의 사람들과 어울렸고, 곧 그들이 〈무리〉라고 부르는 그룹의 일원으로 받아들여졌다. 그가 그들을 처음 만난 것은 사무실에서 아주 열심히 일한 후, 타니스의 거실에 조용히 앉아 그녀의 감탄을 천천히 음미하고 싶어 할 때였다.

복도에서부터 축음기 돌아가는 소리가 높고 가늘게 들려왔다. 타니스가 현관문을 열자, 자욱한 담배 연기 속에서 멋지게 춤추는 사람들이 보였다. 식탁과 의자들은 한쪽 벽으로 치워져 있었다.

「아, 멋쟁이 신사로군요!」 그녀가 재잘댔다. 「캐리 노크가 아주 멋진 아이디어를 내놓았어요. 파티를 열자는 거였지요. 그래서 무리에게 전화를 걸어 모이라고 했죠……. 조지, 이쪽은 캐리예요.」

〈캐리〉는 기혼 여성인지 노처녀인지 알 수 없었는데, 어느 쪽이든 매력 없는 여자였다. 나이는 마흔 정도 되어 보였고 머리는 엷은 금발이었다. 절벽 가슴에 엉덩이가 아주 컸다. 그녀는 킬킬 웃으며 그에게 인사했다. 「우리에게 온 당신을 환영합니다! 타니스가 그러던데, 당신, 진짜 사나이라면서요?」

그는 함께 춤추자는 권유를 받았다. 캐리는 그가 청년처럼 쾌활하게 대해 줄 것을 기대하는 눈치였다. 그는 나름대로 최선을 다했다. 방에서 다른 사람들과 부딪치기도 하고, 라디에이터나 교묘하게 숨어 있는 의자 다리에 걸리면서 그녀와 춤을 추었다. 춤을 추는 동안 배빗은 그 무리의 나머지 사람들을 살펴보았다. 한 사람은 젊고 야윈 여자였는데, 나름대로 자신이 유능하다고 생각하여 자만심이 강하고 빈정대기를 좋아할 것 같았다. 또 다른 여자는 나중에 잘 기억나지 않았다. 계집애처럼 지나치게 치장한 세 명의 젊은 남자들은 음료 가게 직원이거나, 뭐 그런 직업을 위해 태어난 것 같은 부류였다. 배빗 또래의 한 남자는 느긋한 태도로 꼼짝도 않고 선 채 배빗의 출현에 공연한 적개심을 드러냈다.

의무적으로 춤을 추고 나니 타니스가 그를 한쪽 구석으로 데려가 간청했다.「저기, 나를 위해 뭔가 좀 해주시지 않겠어요? 술이 다 떨어졌는데 무리는 축배를 들고 싶어 해요. 힐리 핸슨의 상점으로 살짝 가서 술을 좀 사 올 수 없을까요?」

「물론이지.」그는 기분이 나빴으나 시무룩한 말투로 대답하지 않으려고 애썼다.

「미리 얘기하는데, 미니 손태그가 당신과 동승할 거예요.」타니스는 젊고 야윈 여자를 가리켰다.

미스 손태그는 찢어지는 듯한 어조로 그에게 인사했다.「안녕하세요, 배빗 씨. 타니스한테 들었는데 당신, 저명인사라면서요? 동승하게 되어 영광이에요. 물론 난 당신과 같은 사교계 인물과 사귀는 데 익숙하지 않답니다. 신분 높은 분들의 서클에서는 어떻게 행동해야 하는지 잘 몰라서요!」

미스 손태그는 힐리 핸슨의 상점으로 가는 내내 쉴 새 없이 지껄여 댔다. 그는 그 수다스러움에 〈제발 입 닥치고 가만 있어!〉라고 대꾸하고 싶었지만, 그 합리적인 의견을 감히 입 밖에 내지는 못했다. 그는 무리의 존재에 화가 났다. 타니스는 〈친애하는 캐리〉라거나, 혹은 〈민 손태그는 대단히 똑똑하니, 당신이 무척 좋아할 거예요〉라고 말했지만 그들은 결코 현실의 인물처럼 보이지 않았다. 그는 타니스가 플로럴 하이츠의 복잡한 인간관계에서 벗어나 장밋빛에 진공 상태에서 살면서 오로지 그만을 기다리기를 기대했다.

술을 사서 돌아온 그는 음료 가게 직원들 같아 보이는 젊은이들의 칭찬을 견뎌 내야 했다. 미스 손태그가 은근히 적대적인 태도를 취한 것처럼, 그들도 아주 불쾌하게 우호를 나타냈다. 그들은 그를 〈올드 조지〉라고 부르면서 큰 소리로 말했다.「자, 어서 춤을 춥시다.」모두 테드처럼 여드름투성이에다가 성가대원처럼 허약한 젊은이들이었다. 벨트가 달린 코트를 입고 축음기 소리에 맞춰 힘차게 춤을 추는가 하면 담배를 피우고 타니스에게 는 아첨했다. 그는 그들과 어울리기 위해 노력했다. 그는 〈잘 춘다, 피트!〉라고 소리쳤지만 목소리가 갈라져 나왔다.

타니스는 춤추는 사람들과 어울리는 것을 분명히 즐기고 있었다. 은근슬쩍 던지는 추파에 때때로 화를 내기도 했지만, 춤이 끝날 때면 이따금 그들에게 키스하기도 했다. 그런 순간마다 배빗은 그녀를 증오했다. 그는 새삼 그녀가 중년 여성이라는 사실을 깨달았다. 그녀의 부드러운 목은 주름지고, 아래턱 피부는 늘어져 있었다. 젊은 시절 팽팽했던 근육은 이제 느슨해지고 처졌다. 춤이 끝나고 다시 시작하는 사이, 그녀는 큰 의자에 앉아 손에 쥔 담배를 흔들면서 어린 찬양자들을 모아 놓고 얘기를 나누었다 ─ 〈자신이 한창 젊은 왕비인 줄 아나 보군!〉 배빗은 투덜거렸다 ─ 그녀는 미스 손태그에게 노래하듯 말했다. 「내 작은 작업실, 너무 예쁘지 않니?」 ─ 〈작업실이라니, 빌어먹을! 평범한 노처녀와 애완용 개가 뒤섞여 있는 소형 아파트에 지나지 않는데! 맙소사, 이제 그만 집에 갔으면! 어떻게, 지금 빠져나갈 수 없을까?〉

하지만 힐리 핸슨 상점의 독한 싸구려 위스키를 계속 마시면서 그의 시야는 점점 흐려졌다. 그는 무리와 어울렸다. 젊은이들 무리 가운데 그래도 가장 지적인 캐리 노크와 피트가 그를 좋아하고 따르니 기분이 좋아졌다. 가장 중요한 일은 나이 많은 부루퉁한 남자를 자기편으로 끌어들이는 일이었다. 그 중년 남자는 철도 회사 직원이었고 이름은 풀턴 베미스였다.

무리의 대화는 감탄사가 많고 과장이 심하며, 배빗이 알지 못하는 사람들의 얘기로 가득했다. 그들 자신을 편안하게 생각하는 듯했다. 그들 스스로는 현명하고 아름답고 재미있는 무리였다. 제니스의 모든 사치 ─ 무도장, 영화관, 가로변의 호텔(나이트클럽) ─ 에 익숙한 도회지풍 보헤미안들이었다. 〈느림보〉나 〈구두쇠〉를 비꼬고 자신들이 훨씬 우월하다고 생각하면서 모두 큰 소리로 지껄여 댔다.

「아, 피트, 내가 어저께 지각했을 때, 신참 계산원이 뭐라고 했는지 내가 말했었나? 아, 정말 어처구니없어서!」

「하지만 T. D.는 안달한 게 아니야! 단지 생각이 완고했을 뿐이지! 글래디스는 뭐라고 했지?」

「밥 비커스태프가 뻔뻔스럽게 우리를 자기 집으로 초대하려 했던 그 수작을 한번 생각해 봐! 어이구, 그 뻔뻔스러운 배짱! 그걸 누가 이길 수 있겠어? 정말 배짱도 두둑하지!」

「도티가 얼마나 춤을 잘 추는지 봤어? 아, 한없이 춤을 춰요!」

배빗이 잠시 싫어했던 미니 손태그는, 재즈 음악이 흘러나오는데도 춤추지 않고 하룻밤을 보낼 수 있는 자는 까다로운 녀석에다 소심하고 쩨쩨한 바보이며 가엾고 한심한 놈이라고 말했다. 배빗은 손태그의 말에 동조했다. 그때 캐리 노크가 괄괄한 목소리로 말했다.「바닥에 앉는 게 좋지 않나요? 아주 보헤미안다운 행동인데!」 그는 큰 소리로 대답했다.「물론 좋지!」 술에 취하자 그는 무리를 점점 좋게 생각하기 시작했다. 배빗이 친구들인 제럴드 도크 경, 위컴 경, 윌리엄 워싱턴 어손, 첨 프링크를 언급하자 그들은 공손하게 귀 기울였고, 그는 그들의 관심이 기특했다. 그리고 좌중의 쾌활한 분위기에 완전히 동화되어, 타니스가 젊은이들 가운데 가장 어리고 멋진 남자의 어깨에 기대는 모습을 보고도 무신경하게 되었다. 하지만 그 자신은 캐리 노크의 부드러운 손을 잡고 주물럭거리다가, 타니스가 화난 표정으로 노려보자 슬며시 내려놓았다.

집으로 돌아갈 무렵인 새벽 2시경, 그는 이미 무리의 본격적인 일원이 되어 있었다. 그 뒤, 일주일 내내 그는 무리의 즐겁고도 자유로운 생활에 부수되는 아주 까다로운 요구 사항에 의해 구속되었다. 정말 까다로운 일이었다. 우선 그는 그들의 파티에 참석해야만 했다. 그다음으로는 회원들이 서로에게 끊임없는 해대는 전화 공세를 감내해야 했다. 가령 이런 식이었다. 누구나 스스럼없이 다른 회원에게 전화를 걸어, 자신이 언제 어디서 한 말은 실제로 이런 뜻이 아니고 저런 뜻이었는데 왜 피트는 그걸 이런 뜻이라고 계속 나발 불며 돌아다니느냐고 따지는 것이다.

회원의 동정을 알기 위해 그처럼 끈덕지게 달라붙는 그룹은 없을 터였다. 그들은 모두가 수다를 떨었고, 다른 사람들이 주중에 어디서 무얼 했는지 알고 있었으며, 그러지 못할 경우에는 지나칠 정도로 알아내려 했다. 배빗은 밤 10시까지 그들과 합류하지 못하면 무슨 일 때문인지 캐리나 풀턴 베미스에게 이유를 설명해야 했고, 업무상 지인과 저녁 식사를 하러 갈 때에도 사전 양해를 받아야 했다.

무리의 일원은 누구나 적어도 일주일에 한 번씩 다른 사람들에게 전화를 걸도록 되어 있었다. 「어째서 내게 전화를 걸지 않았죠?」 배빗은 비난조의 질문을 받았다. 타니스와 캐리뿐 아니라 방금 사귄 친구들인 제니와 카피톨리나와 투츠까지 그런 전화를 걸어 왔다.

그는 잠시 타니스의 기운 빠지고 감상적인 모습을 보았지만 곧 캐리 노크와 춤을 추면서 그런 인상을 지워 버렸다. 노크 부인에게는 커다란 집과 키 작은 남편이 있었다. 그녀가 파티를 열면 무리의 전체 멤버가 동원되어 서른다섯 명이 참석했다. 배빗은 그들 사이에서 〈올드 조지〉라는 이름으로 불리게 되었다. 무리의 절반가량은 매월 바뀌었으므로, 어느새 그는 무리의 선구자 위치에 올랐다. 음식 실연자(實演者)였던 앱설럼 부인이 인디애나폴리스로 떠나고 맥이 미니에게 〈화를 낸〉 2주 전의 선사(先史) 시대를 기억할 수 있는 그는 이제 존경받는 고참 지도자였다. 그는 새로운 피트, 미니, 글래디스라 할 수 있는 신참 회원에게 친절을 베풀 수 있었다.

개리의 파티에서 타니스는 여주인 노릇을 하지 않아노 되었다. 배빗이 늘 좋아했던 검은 시폰 드레스를 입은 그녀는 위엄 있고 자신감 넘치고 아주 돋보이는, 아름다운 여자였다. 그 보기

흉한 집의 널찍한 공간에서 배빗은 조용히 그녀와 함께 앉을 수 있었다. 그는 그녀에게 잠시 품었던 혐오감을 후회하며 매혹된 눈빛으로 그녀를 바라보았고, 기꺼이 그녀를 집까지 바래다주었다. 다음 날엔 그녀에게 젊게 보이기 위해 진한 노란색 넥타이를 샀다. 좀 슬프지만, 그는 자신이 미남자가 될 수는 없다는 사실을 인정했다. 자신의 몸이 무겁고 살쪘다고 생각했다. 하지만 그는 열심히 춤을 추었고, 옷을 잘 차려입었으며, 잡담을 나누었다. 그녀만큼 젊어지기 위해서, 혹은 그녀만큼 젊어 보이기 위해서.

4

종교든 사랑이든 원예 활동이든, 대상과 상관없이 무언가로 전향한 자들은 마치 마법에 걸린 것처럼 사람이 바뀌게 된다. 이런 취미는 존재하지 않는다고 여태까지 생각해 왔으나 이제는 온 세상이 오로지 그런 취미로만 가득 차 있다고 보게 되는 것이다. 방탕한 생활로 전향한 배빗은 그 기회가 사방에 널려 있음을 발견했다.

그는 놀기 좋아하는 이웃, 샘 도펠브로를 새로운 시선으로 바라보았다. 알고 보니 도펠브로 부부는 존경받을 만하고 부지런하며 부유한 사람들이었다. 두 사람의 행복관은 〈영원한 카바레〉라는 한마디로 요약할 수 있었으며 그들의 진정한 삶은 교외에서 벌이는 알코올, 니코틴, 가솔린, 키스의 화끈한 파티로 이루어져 있었다. 부부와 그 패거리는 평일에 열심히 일하면서 일주일 내내 토요일 저녁을 기다렸다. 그리고 그때가 되면, 그들의 말마따나 〈파티를 여는〉 것이다. 떠들썩한 파티는 일요일 새벽까지 계속되었다. 파티의 프로그램 중에는 일정한 목적지 없이 아무 곳으로나 과속으로 달려가는 자동차 원정 모험도 끼어 있었다.

 타니스가 극장에 가는 바람에 만나지 못한 어느 날 밤, 배빗은 도펠브로 부부와 쾌활하게 얘기를 나누면서 친분을 맺었다. 과거 몇 년 동안 그는 그 부부를 못마땅하게 생각하여 〈지상에 마지막 남은 사람이 그들뿐이어도 함께 외출하고 싶지 않은 재수 없는 허풍쟁이 무리〉라고 비난했었다. 그날 저녁 그는 부루퉁한 채 집에 돌아와 집 앞 보도 이곳저곳을 살펴보며 얼음 덩어리들을 치우고 있었다. 최근에 내린 눈이 행인들의 발자국에 다져져 단단한 얼음이 되어 있었다. 그때 하워드 리틀필드가 코를 킁킁거리며 다가왔다.

「아직도 홀아비 신세인가, 조지?」

「응, 오늘 저녁에 다시 추워진다는데.」

「부인에게서 무슨 소식 없는가?」

「아내는 괜찮네. 하지만 처제는 여전히 아프다더군.」

「저, 오늘 저녁은 우리 집에 들려 저녁 식사나 하게, 조지.」

 그는 지루한 문제에 관해 더욱 지루한 통계 수치를 들먹이는 리틀필드의 얘기를 참아 주지 못할 것 같았다. 그래서 고맙지만 사양하겠다고 말한 뒤 투덜거리면서 보도를 계속 박박 긁어 댔다.

 그때 샘 도펠브로가 나타났던 것이다.

「배빗 씨, 잘 지냈나요? 열심히 일하고 있군요?」

「그렇소, 땀 좀 빼고 있지.」

「오늘 저녁은 춥다고 하던데요.」

「글쎄, 그럴지도 모르지.」

「아직도 홀아비 신세이신가요?」

「아 ─ 그렇소.」

「이런, 배빗, 사모님이 떠나 있는 동안 고생이 많군요. 당신은 술판을 별로 좋아하지 않죠? 하지만 당신이 아무 저녁이라도 찾아온다면 아내와 나는 몹시 기쁠 겁니다. 맛 좋은 칵테일이 있는데, 어떻게, 감당할 수 있겠어요?」

「감당이라니? 젊은 친구, 이 나이 든 조지 아저씨는 미국 최고의 칵테일 제조자라고!」

「만세! 얘기가 좀 통하는군요! 저, 오늘 저녁에 루에타 스완슨과 몇몇 사람이 우리 집으로 오게 되어 있습니다. 나는 전쟁 전에 마련해 둔 진을 한 병 개봉할 생각이고, 어쩌면 잠시 춤도 출 거예요. 기분 전환 겸 우리 집에 들러 좀 떠들썩하게 놀아 보지 않겠어요?」

「글쎄 — 그 사람들은 몇 시쯤 오려나?」

9시, 배빗은 샘 도펠브로의 집에 나타났다. 그때까지 그가 그 집에 들어간 것은 이날을 포함해 세 번뿐이었다. 10시쯤 그는 도펠브로를 〈오랜 친구, 샘〉이라고 불렀다.

11시경, 그들 모두는 차를 타고 올드 팜 호텔로 향했다. 도펠브로의 차에 올라탄 배빗은 루에타 스완슨과 함께 뒷좌석에 앉았다. 그는 지난번에 아주 소심하게 그녀에게 수작을 붙인 적이 있었다. 하지만 이제는 수작을 붙이려고 시도하는 정도가 아니라, 아예 수작을 벌였다. 루에타는 머리를 그의 어깨에 기대면서 에디의 잔소리가 너무 심해 골치가 아프다고 말했다. 그녀는 배빗을 예의 바르고 매너 좋은 자유주의자로 받아들였다.

타니스네 무리, 도펠브로 부부, 기억나지 않는 다른 동료들의 도움을 받아 그는 2주 내내 밤늦게 비틀거리며 집에 돌아왔다. 알코올로 신체의 감각이 흐릿하여 걷기 어려울 때조차도 그는 운전을 할 수 있었다. 모퉁이에서는 속도를 줄이고, 다른 차들이 지나가도록 기다려 주었다. 그는 비틀거리며 집으로 들어섰다. 베로나와 케네스 에스콧이 집 안에 있을 땐, 황급히 그들의 인사를 받고 지나쳤다. 소름 끼칠 정도로 냉정한 젊은이들의 눈길을 의식하며 2층으로 총총히 몸을 숨겼다. 훈훈한 온기가 도는 집에 들어서면 생각보다 더 정신이 몽롱해졌다. 머리가 빙빙 돌아 제대로 드러눕지도 못할 정도였다. 그는 뜨거운 목욕물에 술기운을 식히려 했다. 머리는 잠시 맑아지지만 욕실에서 나오면 감각이 제대로 발휘되지 않았다. 그는 수건을 질질 끌어당기고 비눗갑을 덜커덕 떨어뜨렸다. 그런 자신의 모습이 아이들의 눈에 띨까 봐 걱정했다. 그는 실내복을 입고 으슬으슬한 한기를 느끼면서 석간신문을 읽으려 했다. 기사는 제대로 눈에 들어오지 않았다. 글자들의 의미가 이해된 듯하다가도, 그 순간이 지나면 내용을 전혀 말할 수 없었다. 침실로 가면 머리가 빙빙 돌았다. 그는 서둘러 일어나 앉으며 정신을 차리려 애썼다. 그러다가 마침내 조용히 드러누울 수 있었다. 하지만 온몸이 아프고 어지러웠으며 몹시 부끄러웠다. 아이들한테 자신의 〈몸 상태〉를 숨겨야 하다니! 자신이 경멸했던 사람들과 춤을 추고 떠들어 댔다니! 어리석은 얘기를 하고, 유치한 노래를 부르고, 바보 같은 여자들과 키스를 했다니! 그는 사무실에서라면 쫓아냈을 법한 젊은이들과 떠들썩하게 어울리며 그들의 칭찬을 받았다는 사실을 떠올렸다. 정말 믿기지 않는 일이다. 그는 열정적으로 춤을 추어 까다로운 여자들의 성마른 비난을 사기까지 했다. 그런 기억이 가차 없이 되살아나면, 그는 소리를 질렀다. 「나 자신이 미워! 정말로 미워!」 그리고 이를 악물고 결심했다. 〈이제 끝났어! 더 이상 안 돼! 정말 지긋지긋해!〉

다음 날 아침 식사 자리에서 아버지다운 엄숙한 태도를 두 딸에게 보이려 할 때, 그는 자신의 지난밤 결심을 의식하며 그 뜻을 더욱 굳건히 했다. 하지만 정오 무렵에는 그 결심이 흔들렸다. 자신이 바보 같은 짓을 했다는 것을 부정하지는 않았지만 그것을 명확하게 깨닫지 못했다. 그는 내심 갈등을 느꼈다. 열정이 식은 생활로 되돌아가느니 무슨 짓이든 저지르는 편이 더 낫지 않을까? 오후 4시가 되면 술 생각이 났다. 지금, 책상 서랍에는 위스키 병이 보관되어 있다. 몇 분 동안 마음의 갈등을 느낀 뒤 그는 한 잔을 마셨다. 식 잔째 마시자, 타니스네 무리가 다정하고 재미있는 친구들이라는 생각이 들기 시작했다. 6시쯤, 그는 그들과 어울렸고…… 그다음은 전날과 동일했다.

아침마다 머리 아픈 것이 좀 줄어들었다. 숙취로 띵한 머리는 그를 알코올로부터 지켜 주던 최후의 보호막이었지만 이제 맥없이 사라지고 있었다. 급기야 새벽까지 마시게 되었고, 아침 8시에 깨어나 양심이나 위장에 비추어 보아도 그리 불쾌하게 느껴지지 않았다. 무리의 떠들썩한 환락으로부터 달아나고자 하는 욕망도 없었고, 후회도 없었다. 그들과 어울리고 싶다는 욕망은 남들만큼 출세하지 못한 자의 사회적 열등감 못지않게 강력했다. 과거 돈 버는 일이나 골프, 운전, 연설, 맥켈비풍의 상류 계급 등 출세의 측면에서 다른 사람들을 능가하려고 했던 것처럼, 이제는 무리 중에서 〈가장 활기가 넘치는 사람〉이 되려는 야심으로 불타올랐다. 하지만 가끔 실패할 때도 있었다.

그는 이러한 사실도 알게 되었다. 피트와 그 밖의 젊은이들은 무리의 구성원들이 너무 정중하며, 문 뒤에서 남몰래 키스하는 캐리를 가리켜 황당하게도 너무 일부일처제 성향이라고 불평을 해댔다. 배빗이 플로럴 하이츠에서 빠져나와 무리로 들어오는 것처럼, 젊은 멋쟁이들은 때때로 〈예의 바른〉 무리에게서 빠져나가 백화점이나 호텔 휴대품 보관소에서 꼬여 낸 팔팔한 젊은 여자들과 어울렸다. 한번은 배빗도 그들과 동행했다. 자동차 한 대, 위스키 한 병, 그리고 그의 임시 파트너로 파처 앤드 스타인 백화점에서 근무하는 새된 목소리의 칠칠치 못한 여자 계산원이 있었다. 그는 그녀 곁에 앉아 고민했다. 그는 분명 〈그녀를 기분 좋게 치켜세워〉 주어야 했다. 하지만 그녀가 노래하듯이 큰 소리로 〈이봐요, 영감, 얼간이처럼 나를 꼭 껴안지 마세요〉라고 야유하자 그는 어쩔 줄 몰랐다. 그들은 큰 홀의 뒷방에 앉아 있었다. 배빗은 머리가 아팠고, 그들이 지껄여 대는 새로운 속어에 당혹스러움을 느끼며 그들을 멍청하게 바라보았다. 그는 어서 집으로 돌아가고 싶었다. 어색한 기분에 술을 한 잔 마셨고 뒤이어 더 많이 마셨다.

이틀이 지난 뒤, 무리 가운데 심술궂고 나이가 많은 남자, 풀턴 베미스가 배빗을 한쪽 구석으로 데려가 투덜대듯이 말했다. 「이봐요, 이건 내가 참견할 일도 아니고, 나 역시 내 몫의 술을 마시고 있죠. 하지만 당신은 자제하는 편이 좋지 않겠어요? 너무 지나치게 오버하는 것 같아요. 당신이 숨 돌릴 새 없이 폭음한다는 걸 알고 있소? 게다가 줄담배까지 피우잖아요. 좀 줄이는 게 좋을 겁니다.」

배빗은 눈물을 글썽이며 풀턴에게 정말 좋은 친구라고 말했다. 그래요, 확실히 줄일 겁니다. 그런 뒤 그는 담배에 불을 붙이고 술 한 잔을 마셨다. 이어 타니스와 대판 말싸움을 벌였다. 캐리 노크와 다정하게 대화하는 모습을 그녀에게 들켰던 것이다.

다음 날 아침, 그는 자신이 풀턴 베미스와 같은 밑바닥 인물에게 조언을 받는 지경까지 추락했다는 것을 깨닫고 스스로가 싫어졌다. 이제 여자라면 상대를 가리지 않고 수작을 부리게 된 그는 더 이상 타니스가 자신의 순수한 여주인공이라고 생각하지 않았다. 과연 그녀가 지금까지 자신에게 유일한 여자였는지조차 의심스러울 정도였다. 그가 의심하는 것은 그뿐이 아니었다. 베미스가 그런 얘기를 꺼낸 걸 보면, 다른 사람들도 그의 등 뒤에서 그의 말을 하는 게 아닐까? 그날 정오, 그는 애슬레틱 클럽의 사람들을 수상쩍은 눈초리로 살펴보았다. 그들의 태도는 어쩐지 어색해 보였다. 그렇다면 그들이 자신에 대해 뭔가 수군거린 걸까? 그는 짜증이 났고 아주 호전적인 상태가 되었다. 그는 세네카 돈을 옹호했을 뿐 아니라 심지어 YMCA를 조롱하기까지 했다. 버질 건치는 배빗에게 아주 퉁명스럽게 대했다.

이제 배빗은 분노하지 않았다. 그는 두려움을 느꼈다. 다음 날 점심때, 그는 부스터 클럽에 나가는 대신 싸구려 식당으로 피신하여 햄과 달걀을 넣은 샌드위치를 와삭와삭 씹어 먹었고 팔걸이의자에 커피 잔을 올려놓고 마셨다. 그러는 중에도 걱정은 그의 머릿속에서 떠나지 않았다.

나흘 후 타니스의 무리가 최고로 성대한 파티를 열었을 때, 배빗은 그들을 차에 태우고 찰루사 강에 개설된 스케이트장으로 데려갔다. 눈이 녹아 얼어붙어 있던 거리는 대단히 미끄러웠다. 끝없이 긴 대로에 바람이 세게 불자 즐비하게 늘어선 목조 집들의 창문이 덜컹거렸고, 벨뷰 구역 전체는 갑자기 변경 마을처럼 황량해 보였다. 자동차 타이어에 스노 체인을 감긴 했지만 배빗은 차가 미끄러질까 봐 걱정이 되었다. 그는 브레이크를 걸고 서행하면서 미끄러지기 쉬운 긴 언덕길을 천천히 내려갔다. 모퉁이를 도는 순간, 갑자기 조심성 없는 차가 나타나더니 미끄러져 그들 자동차의 후미 범퍼를 박을 뻔했다. 아슬아슬하게 접촉 사고를 피한 무리 — 타니스, 미니 손태그, 피트, 풀턴 베미스 — 는 안도하면서 환호했다. 「자기, 멋져!」 그들은 깜짝 놀란 상대방 운전자에게 손을 흔들었다. 순간 배빗은 언덕을 힘들게 올라오는 펌프레이 교수를 보았다. 교수는 요란스럽게 떠드는 무리를 험상궂은 얼굴로 노려보았다. 그는 펌프레이가 자신을 알아보았을 뿐만 아니라 타니스가 자신에게 키스하는 장면을 보았다고 확신했다. 그녀는 환성을 질렀다. 「당신, 정말 운전을 잘하는군요!」

다음 날 점심때, 그는 펌프레이를 떠보았다. 「어제저녁엔 동생과 그의 친구들 몇몇과 함께 있었네. 아주 힘든 운전이었지! 유리판처럼 미끌미끌하더군. 자네가 벨뷰 구역의 언덕을 터벅터벅 걸어가는 모습을 보았네.」

「아니, 나는 그곳에 가지 않았어. 자네를 보지 못했네.」 펌프레이는 다소 멋쩍은 얼굴로 황급히 대답했다.

이틀 후, 배빗은 타니스를 손리 호텔로 데려가 점심 식사를 했다. 아파트에서만 데이트하는 것에 대해 그리 불평하지 않았던 그녀가 이제는 침울하게 미소를 지으면서 딴소리를 하기 시작했던 것이다. 만약 친구들에게 그녀를 소개하지 않는다면, 또 영화관 이외의 장소에 함께 가려 하지 않는다면 그가 그녀를 하찮게 생각하는 것이 틀림없다는 얘기였다. 그는 그녀를 애슬레틱 클럽의 〈숙녀 별관〉으로 데려갈까 생각했지만 너무 위험했다. 그렇게 되면 그녀를 소개해야 될 테고, 그렇게 되면, 아, 사람들은 오해부터 하리라. 그는 손리 호텔로 타협했다.

평소와 달리 그녀는 머리부터 발끝까지 검은색으로 통일한 옷을 입고 나왔다. 검은색 자그만 삼각 모자, 헐렁하게 흔들리는 검고 짧은 카라쿨[74] 코트, 거리에서 가장 유행하는 여성 야회복인 깃이 간결하고 높은 검은색 벨벳 드레스 등이 아주 멋졌다. 어쩌면 그녀는 지나치게 멋진 것인지도 몰랐다. 배빗이 그녀의 뒤를 따라 식탁으로 갈 때, 손리 호텔의 황금색 오크 레스토랑에 앉아 있던 사람들 모두가 그녀를 주목했던 것이다. 수석 웨이터가 기둥 뒤 으슥한 곳으로 자리를 안내해 주었으면 하고 그는 은근히 기대했지만 그들은 중앙 통로에 자리를 잡게 되었다. 타니스는 주위 사람들의 우러러보는 듯한 시선을 전혀 의식하지 않았다. 그녀는 배빗에게 환한 미소를 지었다. 「아, 멋진 곳이로군요! 참으로 활기 넘치는 귀빈석이에요!」 배빗은 환한 미소로 화답할 수 없었다. 두 자리 건너에 앉아 있는 버질 건치를 보았기 때문이다. 식사 내내 건치는 두 사람을 관찰했다. 배빗은 관찰당하는 스스로를 관찰하는 한편, 그런 긴장된 상황 속에서도 타니스의 쾌활한 기분을 망치지 않으려 무척 애를 썼다. 그녀는 차분하게 말했다. 「오늘은 정말 소풍을 나온 것 같네요. 손리 호텔이 마음에 들어요. 정말 활기차고 무척이나 세련된 곳이에요.」

그는 손리 호텔과 서비스, 음식, 레스토랑에서 알아본 사람 등 모든 화제로 대화를 이끌었지만 버질 건치에 대해서는 언급하지 않았다. 그럴 생각이 나지 않았다. 그는 애교를 떠는 듯한 그녀의 농담에 성심껏 미소를 지었다. 그리고 미니 손태그가 〈사귀기 어렵고〉 젊은 피트가 〈아무짝에도 쓸모없는, 정말 게으른 녀석〉이라는 그녀의 말에 동의했다. 하지만 정작 그 자신은 할 말이

---

74 *karakul*. 모피용 양의 한 품종.

없었다. 건치에 대한 자신의 우려를 그녀에게 털어놓을까 싶었지만, 〈버그와 관계된 전후 사정을 다 털어놓자면 너무 복잡해져〉라고 생각하고 곧 포기했다.

타니스를 전차까지 바래다주고서야 그는 비로소 안도했다. 익숙한 분위기의 사무실로 돌아오니 마음이 유쾌해졌다.

4시쯤, 버질 건치가 그의 사무실을 방문했다.

배빗은 마음이 찜찜했지만 건치는 다정한 어조로 말하기 시작했다.

「어떻게 지내? 이봐, 우리 가운데 몇몇은 자네가 동참했으면 싶은 계획을 세우고 있네.」

「좋아, 버그. 어서 말해 보게.」

「자네도 알다시피 전시에는 불순 세력, 빨갱이, 노조 임원, 단순한 불평분자 등이 있었네. 전후에도 얼마 동안은 그랬지만 사람들은 곧 위험을 잊어버렸지. 그래서 이 괴짜들, 특히 말만 많은 응접실 사회주의자들은 다시 지하에서 활동할 기회를 얻었네. 이런 자들을 강력하게 견제하는 일은 건전한 시민들이 맡아야 해. 이스트 지역의 어떤 사람들은 그러한 목적으로 〈모범 시민 연맹〉이라는 모임을 조직했어. 물론 상공 회의소와 미국 재향 군인회 등도 점잖은 사람들에게 좋은 일을 할 기회를 제공하고 있긴 하지만, 그들은 다른 많은 대의명분에 헌신하기 때문에 이 문제를 적절하게 다룰 수 없어. G. C. L.[75]은 오로지 이 일에만 매진한다네. G. C. L.은 표면적으로 또 다른 목적 — 이를테면 이곳 제니스에서 공원 확장 계획과 도시 계획 위원회를 뒷받침하는 것 — 도 가지고 있어. 이 연맹은 최고의 사람들로 구성되어야 하고, 가끔 무도회도 여는 등 사교적인 측면도 갖추어야 해. 특히 괴짜들에게 결정타를 먹이는 최선의 방법은, 그들에 대한 사회적 거부 운동을 대대적으로 벌여서 사전 제압하는 거야.

---

75 〈모범 시민 연맹 *Good Citizens' League*〉의 약칭.

그게 효과가 없다면, G. C. L.은 마지막 수단으로 갑자기 변절한 자들에게 소규모 파견단을 보내서 사회적 예의범절을 따를 것을 요구하고 또 공연한 허풍 떨기도 그만두라고 주의를 주는 거지. 자네는 어떻게 생각하나? 모범 시민 연맹이 이런 멋진 일을 잘해 낼 것 같지 않나? 우리는 이미 도시의 실력자들 가운데 몇 명을 영입했고 물론 자네도 동참하기를 바라네. 어떤가, 자네 생각은?」

배빗은 내심 불편했다. 건치의 제안은 그가 필사적으로 도망치려 했던 그 모든 기준으로 되돌아갈 것을 강요하는 것이었다. 그는 말을 더듬었다.

「자네는 특히 세네카 돈과 같은 친구들을 찾아내어 공격하겠지 —」

「물론 우리는 그자를 공격할 거야! 이봐, 조지. 나는 자네가 클럽에서 돈과 파업 따위를 옹호했을 때, 한순간도 그걸 진심이라고 믿지 않았네. 단순히 시드 핀켈스타인 같은 가엾은 얼간이를 놀리는 거라고 생각했어……. 적어도 나는 그게 농담이었다고 확신하네!」

「아, 글쎄 — 확실히 — 물론, 자네는 아마 그렇게 —」 배빗은 원숙하고도 차가운 건치의 눈길을 의식하면서 자신의 말소리가 너무 맥없다고 생각했다. 「아무튼 자네는 내 사회적 지위를 잘 알잖아! 나는 노조 선동가가 아니네! 처음부터 끝까지 사업가일 뿐이야! 하지만 솔직히 말해, 돈을 그리 나쁜 사람이라고 보지는 않네. 자네는 그가 나의 오래된 친구임을 감안해야 해.」

「조지, 이건 중대한 문제야. 그리고 한편으로는 우리 가정의 예의범절과 안전을 지키려는 세력과 공산주의적 파괴와 공짜 점심을 획책하는 게으름뱅이들 사이에 벌어지는 투쟁이기도 하지. 이런 중대한 상황이라면 자네와의 오래된 우정조치도 포기해야 할지 모르네. 〈나와 손잡지 않는 사람은 나의 적이야.〉」

「그래, 내 생각에는 —」

「어떻게 생각해? 모범 시민 연맹에 가입할 건가?」

「생각해 보겠네, 버그.」

「좋아, 잘 생각해 보게.」 배빗은 이야기가 쉽게 끝나서 안도했지만 건치는 계속 말을 이었다. 「조지, 자네에게 무슨 일이 벌어졌는지 잘 모르겠군. 우리는 자네 얘기를 많이 했어. 얼마 동안은 자네가 가엾은 리슬링 때문에 화가 난 거라고 생각했네. 그래서 자네가 한 어리석은 얘기들을 용서했어. 하지만 그 얘기는 이제 지나간 일일세, 조지. 우리는 자네 머릿속에서 무슨 일이 벌어졌는지 잘 몰라. 개인적으로 나는 늘 자네를 옹호했네. 하지만 이제는 내가 도저히 감당할 수 없게 되었어. 애슬레틱 클럽과 부스터 클럽의 사람들은 누구나 화를 내. 자네가 일부러 돈과 악마 개의 무리를 칭찬하고, 스스로를 진보적인 — 헛소리지! — 사람이라고 말하고, 또 잉그램 목사를 가리켜 전문적인 자유연애 예술가가 아니라고 말할수록, 우리 친구들은 더욱 화가 나는 거야. 더군다나 자네의 개인적인 생활도 문제가 되었어. 조 펌프레이의 얘기에 따르면 자네가 며칠 전 저녁에 곤드레만드레 취한 날라리 같은 사람들과 어울렸다더군. 오늘은 손리 호텔로 어떤 여자와 함께 점심 식사를 하러 왔어. 물론 그 여자는 아무 문제 없는 완벽한 숙녀겠지. 하지만 아내가 출타 중인 남자가 함께 점심 식사를 할 만한 여자는 아닌 것 같았어. 보기 좋지 않았네. 도대체 자네에게 무슨 일이 생긴 건가, 조지?」

「내 개인적인 일을 나 자신보다 더 많이 아는 친구들도 있군!」

「나는 자네의 친구로서 일부러 찾아와 이렇게 솔직히 말하는 걸세. 많은 사람들이 하듯이 자네 등 뒤에서 흉보는 대신 내 생각을 있는 그대로 말했을 뿐이야. 그런 나에게 화를 내지는 말게. 가기 전에 이 한마디는 해야겠네. 조지, 자네는 공동체에서 일정한 지위를 가지고 있고, 공동체는 그에 걸맞게 살기를 기대하고 있네. 그러니 모범 시민 연맹의 가입을 잘 생각해 보게. 그럼 나중에 보세.」

그는 떠났다.

그날 저녁, 배빗은 혼자 식사했다. 모범 시민 연맹에 소속된 친구들이 레스토랑 창문에서 엿보며 그를 염탐하는 듯한 느낌이 들었다. 두려움이 엄습했다. 그는 오늘 저녁엔 타니스의 아파트로 가지 않겠다고 중얼거렸다. 하지만 밤늦게까지 갈등을 느끼며 저항하다가 결국에는 가고 말았다.

제30장

1

지난여름 배빗 부인이 집으로 보낸 편지는 제니스로 돌아오고 싶다는 내용으로 가득했었다. 반면 겨울에 그녀가 보낸 편지에 그런 내용은 어디에도 없었다. 하지만 날씨와 처제의 질병을 지루하게 전하는 글귀 가운데 〈제니스의 모든 일이 나 없이도 잘 돌아갈 것이라 생각해요〉라는 아쉬워하는 문구에는 그녀의 조속한 귀가를 촉구하지 않는 배빗에 대한 원망이 깃들어 있었다. 그는 걱정이 되었다.

〈만약 아내가 이곳에 있는데 내가 여태 저질러 왔던 것처럼 소동을 벌인다면, 그녀는 발끈할 거야. 이제 자제해야 해. 적당히 놀아나는 것은 괜찮지만 나 자신을 바보로 만들어서는 안 되지. 버질 건치 같은 녀석들이 나를 좀 내버려 두고 아내가 지금처럼 집에 없다면 어느 정도 자제가 될 텐데. 하지만 아내가 너무 외로워하는 것 같군. 아내에게 상처를 주고 싶지는 않아!〉

충동적으로 그는 가족이 그녀를 그리워한다는 편지를 썼다. 그녀의 다음 편지에는 곧 집으로 돌아가겠다는 내용이 담겨 있었다.

그는 자신이 아내를 정말 보고 싶어 한다고 스스로를 설득했다. 그는 집을 꾸미기 위해 장미를 사 왔고, 파출부를 불러 저녁 식사를 준비시켰으며, 광택이 날 정도로 세차했다. 기차역에서 아내와 함께 집으로 향하는 내내 테드가 학교 농구부에서 거둔 성공을 설명할 때만 해도 그는 꽤 잘해 내고 있었다. 하지만 플로럴 하이츠에 도착하기도 전에 할 말이 떨어졌다. 그는 이미 그녀의 냉담함을 느끼기 시작했고, 어떻게 하면 좋은 남편 노릇을 하면서도 오늘 저녁 30분 정도 슬며시 집에서 빠져나가 타니스의 무리와 지낼 수 있을까 궁리했다. 주차한 뒤, 그는 어정버정 2층으로 올라가 그녀가 바른 텔컴파우더의 익숙하고도 은은한 향기를 맡으면서 큰 소리로 물었다. 「가방 정리를 도와줄까?」

「아니에요, 혼자 할 수 있어요.」

그녀는 천천히 몸을 돌려 자그만 상자를 꺼내면서 느릿느릿 말했다. 「당신에게 줄 선물을 사 왔어요. 새로운 시가 케이스예요. 마음에 들지 모르겠네.」

그녀는 그에게 시집오던 때의 갈색 피부에 매력적이고 외로운 여자 마이러 톰슨으로 다시 한 번 되돌아가 있었다. 아내에게 키스하면서 배빗은 연민의 정에 눈물을 흘릴 뻔했다. 그는 부드럽게 말했다. 「아, 여보, 마음에 들지 모르겠다니? 마음에 들고말고! 내게 선물을 사 오다니 너무나 기뻐. 게다가 새 케이스는 정말 필요했다고.」

그러면서도 그는 지난주에 구입한 케이스를 어떻게 처치할까 궁리했다.

「내가 집에 온 게 정말 기뻐요?」

「이런, 여보, 왜 그런 말을 해? 무슨 걱정이라도 있는 거야?」

「글쎄요, 당신이 나를 별로 보고 싶어 한 것 같지 않아서요.」

그가 마음에 없는 거짓말을 끝내자, 부부는 다시 진쳐럼 단단히 결속된 관계로 돌아갔고, 그날 저녁 10시에는 그녀가 아예 집을 떠난 적이 없었던 듯한 분위기가 조성되었다. 하지만 전과 다른 문제가 하나 있었다. 플로럴 하이츠의 점잖은 남편 노릇을 하는 동시에 타니스와 그 무리를 자주 만나기는 어려웠던 것이다. 그는 타니스에게 그날 저녁 전화를 걸겠다고 약속했는데, 현재 돌아가는 상황으로 봐서는 지킬 수가 없을 터였다. 살금살금 전화기로 다가가 충동적으로 손을 뻗어 수화기를 들려고 했지만 감히 위험을 무릅쓸 수가 없었다. 그렇다고 공중전화 박스가 있는 스미스 거리의 약국으로 슬며시 빠져나갈 핑계를 대기도 어려웠다. 그는 일종의 책임감에 짓눌리다가 이렇게 생각했다. 〈도대체 타니스에게 전화를 걸 수 없다고 해서 고민해야 할 이유가 뭐야? 그녀는 내가 없어도 다른 사람들과 잘 어울려 놀 수 있잖아. 나는 그녀에게 빚진 게 없어. 그녀는 좋은 여자지만, 그녀 못지않게 나도 베풀었어……. 아, 이 빌어먹을 여자들. 왜 사람을 이런 복잡한 상황에 처박는 거야!〉

2

일주일 동안 그는 아내에게 관심을 기울여 극장에 데려가기도 하고, 리틀필드의 집을 방문하여 함께 저녁 식사를 하기도 했다. 그러다가 예전과 똑같은 핑계와 구실을 대기 시작했다. 그리하여 적어도 일주일에 이틀 저녁은 타니스네 무리와 함께 보낼 수 있었다. 그는 계속 엘크 클럽과 위원회 회의에 가는 체했지만 점점 더 그럴듯한 핑계가 줄어들었고, 그럴수록 남편의 말을 믿어 주던 아내의 표정은 굳어 갔다. 그는 아내가 뭔가 짐작하고 있다고 확신했고, 그녀 역시 남편이 플로럴 하이츠에서 〈날라리들〉로 통하는 자들과 사귀고 있음을 알고 있었다. 하지만 부부는 그런 사실을 인정하지 않았다. 결혼 관계의 지형에서 살펴보면 처음 부부의 단절을 깨닫고 그것을 인정하게 되기까지의 거리는, 처음의 순진한 신앙에서 최초의 의심에 이르기까지의 거리 못지않게 크고 멀었다.

그는 집으로부터 표류하기 시작하면서 아내를 하나의 인간으로 보기 시작했다. 그녀를 비교적 움직이기 쉬운 가구의 일부로 생각하는 것이 아니라, 좋아할 수도 있고 싫어할 수도 있는 인간으로 보게 된 것이다. 지난 스물다섯 해의 결혼 생활을 거쳐 온 끝에 부부 관계가 하나의 독립된 실체라는 것을 인식했다. 그는 부부가 함께 보낸 좋았던 순간들을 회상했다. 파란 벽처럼 그들을 둘러싼 산맥 아래의 버지니아 목장에서 함께 지낸 여름철 휴가, 오하이오의 자동차 여행, 클리블랜드와 신시내티와 콜럼버스 탐험, 베로나의 출생, 즐거운 노년을 편안하게 보내기로 계획하고 새로 지은 이 집. 이 집이 완성되었을 때, 두 사람은 가슴 벅찬 어조로 이것이 그들이 소유하는 마지막 집이 될 것이라고 말했다. 이런 소중한 순간들을 온화한 마음으로 회상하고도, 그는 저녁 식사 자리에서 큰 소리로 말했다. 「여보, 오늘 저녁 몇 시간 정도 외출할 거야. 밤늦게까지 기다리지 마.」

이제는 감히 만취한 채 집으로 올 수가 없었다. 그는 고결한 도덕심을 회복한 것이 기뻤고, 진지한 어조로 피트와 풀턴 베미스의 음주 태도를 지적할 수 있어서 기뻤다. 하지만 마이러가 뜻밖의 비판을 해오면 화가 났고 시무룩한 표정으로 생각했다. 〈남자가 여자들 손아귀에서 놀아나면 결코 자기 자신을 똑바로 세울 수 없어.〉

그는 더 이상 타니스가 다소 피곤하고 감상적인 여자라고 생각하지 않았다. 늘 현실에 안주하는 마이러에 대비되어 타니스는 민첩하고 경쾌하고 환하게 빛나는 존재였고, 난롯가에서 부드럽게 순종하는 불의 정령이었다. 한편으로는 아내를 측은하게 여기면서도 배빗은 타니스 곁에 있기를 갈망했다.

하지만 배빗 부인은 자신의 불행을 감추던 외피를 벗어던졌다. 깜짝 놀란 남편은 그녀가 나름대로 지항하기로 했다는 사실을 알게 되었다.

3

어느 저녁, 두 사람은 불 피우지 않은 벽난로 옆에 앉아 있었다.

아내는 말했다. 「조지, 당신은 내가 떠나 있을 때의 가계 지출 목록을 건네주지 않았어요.」

「그래, 나는 — 아직 작성하지 못했어.」 그가 아주 부드럽게 말했다. 「올해에는 경비를 줄이도록 해야 하는데.」

「그래요, 돈이 다 어디로 갔는지 모르겠네요. 절약하려고 애썼지만 공중으로 증발해 버린 것 같아요.」

「시가에 돈을 너무 많이 쓰지 말아야겠어. 잘 모르겠지만, 담배를 줄이고 어쩌면 금연해야 할지도 몰라. 며칠 전 금연에 성공하는 방법을 생각해 냈어. 쿠베브[76]를 시작하는 거야. 그러면 담배가 역겨워진다더군.」

「아, 제발 그랬으면 좋겠어요! 난 돈보다 건강이 더 걱정돼요. 솔직히 말해, 조지, 당신의 그 줄담배는 몸에 굉장히 나빠요. 양을 줄여 볼 수 없어요? 그리고 조지, 당신이 이런저런 단체의 지부에서 돌아올 때면 가끔 입에서 위스키 냄새가 나요. 여보, 알다시피 나는 음주의 도덕적 측면에 대해서는 그리 우려하지 않아요. 하지만 당신처럼 위가 약한 사람은 그런 음주를 견뎌 낼 수 없어요.」

「위가 약하다니! 대부분의 남자들처럼 나도 술을 견딜 수 있어!」

「글쎄요, 하지만 조심해야 할 것 같아요. 여보, 난 당신이 병들지 않기를 원해요.」

「병들다니, 무슨 소리야? 나는 애가 아니야! 일주일에 한 번 정도 하이볼을 마신다고 해서 병에 걸리나? 웃기는 소리! 여자들은 그런 식으로 미리 걱정하는 게 문제야. 게다가 늘 과장을 하지.」

---

76 *cubeb*. 담배 대신 피우는 약용 후추 열매.

「조지, 당신 좋으라고 건강 얘기를 하는데 그런 식으로 성마르게 얘기하지 마요.」

「알아. 하지만 지레 걱정하는 거, 이게 여자들의 문제라니까! 여자들은 늘 비판하고 논평하고 그러면서 쓸데없는 문제를 제기해. 그러면서 〈당신 좋으라고 이러는 거예요〉 하고 둘러대지!」

「조지, 그렇게 쌀쌀맞게 대답하는 태도는 좋지 않아요.」

「글쎄, 나도 쌀쌀맞게 대답하려는 뜻은 없어. 하지만 성모 병원의 구급차를 대기시키지 않으면 하이볼 한 잔도 마실 수 없는 유치원 꼬마처럼 취급하다니! 도대체 날 뭘로 보는 거야?」

「아, 그런 뜻이 아니라니까요. 나는 당신이 병드는 게 싫어서 그래요. 어머, 시간이 이렇게 늦은 줄 몰랐네! 내가 떠나 있던 기간의 가계부를 잊지 말고 건네줘요.」

「아, 빌어먹을, 이제 와서 그걸 굳이 작성해 봐야 무슨 소용이 있어? 그 기간의 지출 기록은 생략합시다.」

「어머나, 조지 배빗, 우린 결혼한 이래 단 한 푼이라도 지출 경비를 기록하지 않은 적이 없어요!」

「그랬지. 어쩌면 그게 우리의 문제일지도 몰라.」

「도대체 무슨 뜻이에요?」

「아, 별 뜻은 없어. 다만 ─ 이 모든 일상적인 것들이 지겨워질 때가 있어. 사무실 회계와 가계 지출에 안달복달하며 지지고 볶고, 정말 아무것도 아닌 불필요한 많은 일을 쓸데없이 걱정하느라 심신이 지치는 것 말이야. 도대체 당신은 나를 어떤 사람이라고 생각해? 나는 아주 훌륭한 연설가가 될 수도 있었어. 하지만 여기서 사소한 비용을 가지고 안달복달하며 지지고 볶고 걱정하다니 ─」

「나 또한 그런 인덜복덜이 지겨웠을 거라는 생각은 안 들던가요? 나도 너무나 따분했어요. 하루 세끼를 1년 365일 동안 준비하고 그 지긋지긋한 재봉틀에 시력이 약해지고 당신과 론과 테드와 팅카와 모든 가족의 옷을 살펴보고 빨래하고 양말을 꿰매고 피글리 위글리 상점으로 장바구니를 들고 가서 물건을 사되 돈을 절약하기 위해 배달시키지 않는 것, 이 모든 것이 말이에요!」

「그래······.」 배빗은 좀 놀라서 대답했다. 「어쩌면 당신도 그랬겠지! 하지만 이걸 한번 생각해 봐. 나는 매일 사무실로 출근해서 열심히 일해야 해. 하지만 당신은 오후 내내 외출하여 이웃과 만나서 얘기하고 당신이 원하는 일이라면 뭐든지 할 수 있잖아!」

「그래요, 근데 그게 그렇게 재미있는 일이라고 생각해요? 항상 만나는 사람들과 만나 늘 똑같은 얘기를 하는 게? 당신은, 온갖 흥미로운 사람들이 사무실로 찾아오고 있잖아요.」

「흥미롭다니! 손님 중에 변덕스러운 노부인들이 얼마나 많은지 알아? 그들은 내가 어째서 그들의 귀중한 집을 시가보다 일곱 배나 비싼 값으로 임대하지 않는지 따지고 싶어 해. 심술궂은 사람들의 무리는 끊임없이 내 사무실에 밀려들어 업무를 방해해. 왜 이달 둘째 주 오후 3시까지 임대료를 받아 주지 않느냐고 소리치면서 말이야! 그래, 이게 흥미롭단 말이야? 암, 곰보 자국만큼이나 흥미롭지!」

「조지, 나한테 그런 식으로 소리 지르지 마요!」

「글쎄, 여자들의 사고방식은 정말 짜증 나. 남자가 일은 조금도 하지 않고, 의자에 앉아 세련된 부인들과 노닥거리면서 추파를 던진다고 생각하잖아.」

「부인들이 찾아온다면 당신은 추파를 던지겠지요.」

「무슨 말이야? 내가 말괄량이 뒤나 쫓아다닌다는 뜻인가?」

「제발 안 그랬으면 좋겠어요! 당신 나이에!」

「자, 이렇게 보자고. 당신은 이 말을 믿지 않을지도 몰라. 물론 당신이 보기에는 키 작고 뚱뚱한 조지 배빗일 뿐이야. 집안일을 잘 돌보는 잡역부나 다름없지! 보일러 수리공이 나타나지 않으면 보일러를 고치는 잡역부 말이야. 그리고 각종 공과금 청구서 대금을 지불하지. 하지만 난 이런 일들이 따분해. 너무 따분하다고! 당신은 믿지 않을지 모르지만, 이 조지 배빗이 그런대로 매력적이라고 생각하는 여자들도 몇몇 있어! 그들 얘기로는 외모도 별로 나쁘지 않다는 거야. 아무튼 남을 기분 나쁘게 할 정도는 아니라는 거지. 농담도 꽤 잘한다고들 해. 어떤 여자들은 심지어 배빗이 춤출 때 무대를 휘어잡는다고 생각해!」

「그래요.」 그녀는 천천히 대답했다. 「내가 집을 떠나 있는 동안 당신을 제대로 평가하는 사람들을 발견했군요. 믿지 못할 일은 아니에요.」

「글쎄, 내 말뜻은 그저 ─」 그는 부정적인 어조로 대응하다가 벌컥 화를 내면서 절반쯤 사실을 털어놓았다. 「그래! 나는 많은 사람들, 아주 멋진 사람들을 알게 됐어. 그들은 나보고 위가 약한 아이라고 말하지 않지!」

「그 말이 바로 내가 얘기하려던 요점이에요! 당신은 마음이 끌리는 대로 누구와도 어울리며 돌아다닐 수 있지만 나는 여기에 앉아 당신을 기다려야 해요. 당신은 온갖 문화와 그 밖의 모든 것을 누릴 기회가 있어요. 하지만 나는 그저 집에서 ─」

「하지만 당신이 집에서 독서하거나 강좌에 나가는 것을 누가 방해한 적이 있나?」

「조지, 나는 이미 말했어요. 그렇게 소리 지르지 마요! 당신에게 무슨 일이 생겼는지 나는 몰라요. 하지만 예전에는 그런 식으로 심술궂게 말한 적이 없었잖아요.」

「심술을 부릴 생각은 없어. 하지만 당신이 상황을 파악하지 못하고 무조건 질책부터 하니까 화가 나는 거야.」

「좋아요, 상황을 파악하겠어요. 도와주겠어요?」

「물론이지. 나는 교양을 쌓을 일이라면 무엇이든 도와줄 수 있어. G. F. 배빗은 늘 대기하고 있다고.」

「그렇다면 좋아요. 다음 주 일요일 오후 미지 부인의 신사상(新思想) 모임에 함께 가요.」

「무슨 부인?」

「오팔 에머슨 머지 부인이에요. 미국 신사상 연맹을 위해 전국을 순회하는 강사죠. 손리 호텔에서 계몽 향상 연맹 사람들을 모아 놓고 〈태양 정신의 함양〉을 강연할 예정이에요.」

「이건 또 뭐야? 신사상이라니! 삶은 달걀로 재탕한 사상인가! 무슨 함양이라고? 〈왜 생쥐는 제자리에서 빙빙 돌까?〉 같은 얘기로구먼. 선량한 장로교 신자들이 그런 강연에 간단 말이야? 멋진 드류 목사의 설교를 얼마든지 들을 수 있는데!」

「드류 목사는 박사에 제단의 웅변가이고 그 밖의 여러 가지 역할을 수행하지만, 머지 부인이 말하는 내면의 동요에 대해서는 언급하지 않아요. 신시대에 관한 영감이 없기 때문이죠. 오늘날 여자들이 필요로 하는 것은 영감이에요. 당신은 이미 약속했어요. 그러니 나와 함께 이 강연회에 가요.」

4

계몽 향상 연맹의 제니스 지부는 손리 호텔의 작은 연회실에서 모였다. 연녹색 벽과 장미 모양의 석고 장식으로 꾸민 호화로운 방으로, 세련된 나무쪽 마루와 섬세하기 짝이 없는 최고급 도금 의자가 눈에 띄었다. 예순다섯 명의 여자들과 열 명의 남자들이 참석했다. 남자들 대부분은 몸을 비비 꼬면서 구부정하게 의자에 앉아 있었고, 부인들은 허리를 똑바로 세운 채 엄숙하게 앉았다. 하지만 남자들 가운데 두 명 — 완고해 보이는 살찐 남자들 — 은 아내 못지않게 상당히 열성적인 태도를 보였다. 이 신흥 부유층인 토건업자들은 집, 자동차, 그림을 닥치는 대로 사들이고 신사다운 예절을 배우더니 이제 세련된 기성 철학을 얻으려 하는 것이다. 신사상, 크리스천 사이언스,[77] 성공회 교회 고교

---

77 Christian Science. 기독교 교파의 하나. 물질세계는 실재가 아니며 병도 기도만으로 치유할 수 있다고 믿는다.

회파(高敎會派)[78]의 높은 기준 등이 그런 기성품이었으나 그들이 받아들일지 그 가능성은 반반이었다.

실물을 보니 오팔 에머슨 머지 부인은 별로 예언자다운 면모를 풍기지 않았다. 몸집이 작고 통통했으며 얼굴은 거만한 베이징인 같았고, 게다가 들창코였다. 팔이 너무 짧은 나머지 연단에 앉아 기다리는 동안 두 손을 가지런히 모을 수도 없었다. 아무리 엄숙한 표정을 지으며 애써도 소용없었다. 하지만 그녀가 입은 호박단과 녹색 벨벳 드레스, 세 겹으로 두른 유리알 목걸이, 검은 리본에 매달린 커다란 접이식 안경은 세련미의 극치였다.

머지 부인을 소개한 사람은 계몽 향상 연맹의 위원장이었는데 그녀는 흰 각반을 차고 아련한 목소리로 말하는, 젊지만 늙수그레한 여자였다. 그녀의 이야기는 다음과 같았다. 머지 부인은 이제 태양 정신을 어떻게 함양할 수 있는지에 대해 아주 단순한 사람도 알아듣기 쉽게 설명할 것이며, 교양을 높이겠다고 다짐한 사람들은 머지 부인의 강연을 보물처럼 여기는 게 좋을 것이다. 왜냐하면 제니스(누구나 제니스가 정신적 발전과 신사상 발전의 선두에 있다고 생각했다)조차 그동안 오팔 에머슨 머지 부인처럼 영감을 불러일으키는 낙천주의자이자 형이상학적 선각자로부터 배울 기회가 없었기 때문이다. 그녀는 정신 집중을 통해 폭넓게 유용한 삶을 살아왔다. 침묵 속에서 정신 통제의 비밀과 내면의 열쇠를 발견했다. 그것은 곧 평화, 힘, 번영을 불행한 민족들에게 가져다주어 그들을 변화시킬 것이다. 그리하여 친구들인 여러분은 보석과 같은 이 귀중한 시간을 통해 허울만의 현실이라는 환상을 깨뜨릴 수 있을 것이며, 오팔 에머슨 머지 부인과 함께 심오한 진리를 실현하면서 아름다움의 세계로 나아갈 것이다. 이상이 연맹 위원장의 소개말이었다

머지 부인은 스와미[79]니 요기 수행자, 현인, 비의(秘義) 진수자

---

78 종교 개혁 뒤에 생긴 영국 국교회의 한 파. 예배와 성직의 중요성을 강조했다.

같은 사람들에 비하면 상당히 땅딸막했지만, 목소리는 정말 직업적인 어조를 띠고 있었다. 세련되고 낙관적인 데다 청중을 압도할 정도로 침착한 목소리였다. 숨 돌릴 새도 없이 청산유수와 같이 흘러나오는 목소리에 배빗은 매료되었다. 그녀가 좋아하는 어휘는 〈항상〉이었는데, 늘 〈하앙사앙〉이라고 길게 발음했다. 기본 동작은 두 개의 뭉툭한 손가락으로 거룩한 성직자처럼, 혹은 신분 높은 귀부인처럼 우아하게 축복하는 동작이었다.

그녀는 정신 집중에 대해 설명했다.

「이런 사람들은 ―」

그녀는 〈이런 사람들은 ―〉을 음악적으로 길게 끌며 발음했다. 그것은 석양이 설핏 나타날 때, 아스라이 머나먼 곳을 향해 미묘하게 부르는 소리 같았다. 그 소리는 안절부절못하는 남편들을 부드럽게 질책하는가 하면 그들에게 화해의 메시지를 가져다주기도 했다.

「이런 사람들은 하느님 말씀의 외면과 테두리만 본 사람들입니다. 하느님의 말씀과 일별하고 열심히 그 일정 부분만을 흡수한 사람들이죠. 이들은 이렇게 휙 건드려 보기만 할 뿐 그 능력과 가능성을 꿰뚫지 못하고 붙들지도 못한 채 항상 이리저리 오가면서 자신들이 하느님의 말씀과 형이상학을 소유하거나 소유당했다고 말합니다. 하지만 내가 여러분에게 소개하는 이 단어, 내가 확대하는 이 개념을 이해하지 못한 사람들은 아직 시작도 못 한 것입니다. 신성은 결정적인 요소 안에 있습니다. 신성은 하앙사앙, 하앙사앙, 하앙사앙, 그리고 ―」

태양 정신의 본질이 진리이며 그 영기와 발산은 쾌활함으로 드러난다는 얘기였다.

「열성을 가진 입문자가 웃으며 새벽을 맞이하듯이 여러분도 하앙사앙 하루를 웃음으로 맞이해야 합니다. 입문자는 모든 일

---

79 *swami*. 힌두교의 종교 지도자를 이르는 말.

이 운명의 바퀴가 행하는 혁명에 봉사한다는 것을 깨닫고, 비뚤어진 영혼을 지닌 파괴 분자의 비난에 긍정적으로 대응해야 합니다 ―」

강연은 약 1시간 7분 동안이나 계속되었다.

끝맺음에 이르자, 머지 부인은 더욱더 힘차게 강조했다.

「자, 내가 대표로 있는 신지학과 범신론 동양 독서 모임이 얼마나 유익한지 여러분 모두에게 알려 드립니다. 우리의 목표는 신사상, 크리스천 사이언스, 신지학, 베단타 철학,[80] 바하이교,[81] 그 밖에 새로운 빛에서 나오는 불꽃 등 신시대의 모든 징표를 하나의 통일체로 융합하는 것입니다. 우리 모임의 1년치 등록비는 10달러에 지나지 않습니다. 정말 적은 금액으로 회원들은 월간지『치유의 진주』를 받아 볼 수 있을 뿐만 아니라, 존경받는 회장인 돕스 여사에게 직접 질문할 수 있는 특권을 얻게 됩니다. 정신적 발전, 부부 문제, 건강과 복지, 경제적 어려움에 관해 말입니다 ―」

청중들은 우러러보듯이 경청했다. 그들은 온유해 보였고 이미 모든 문제가 해결된 듯 보였다. 모두들 정중하게 기침하며 조용히 다리를 꼬고, 낙관적이고 세련되고 우아한 태도를 보이며 고급 면 손수건으로 코를 풀었다.

그러나 배빗은 아주 고통스럽게 앉아 있었다.

호텔에서 나와 다시 대기의 시원한 공기를 마시고, 차에 올라타 햇빛 아래에서 눈 냄새를 풍기는 바람을 맞으며 집으로 향하며, 그는 감히 말을 꺼낼 수 없었다. 그들은 요사이 툭하면 언쟁을 벌였기 때문이었다. 하지만 배빗 부인은 억지로 말을 꺼냈다.

「머지 부인의 강연이 마음에 들었나요?」

---

80 Vedanta. 인도 철학의 하나로 범신론적·관념론적 일원론으로서의 바라문 사상을 일컫는다.
81 Baha'ism. 1863년 페르시아의 후사인 알리가 창시한 이슬람 시아파계 종교.

「글쎄, 나는 ― 당신은 강연에서 뭘 배웠지?」

「아, 뭔가 생각하게 만들지요. 그렇게 함으로써 일상적인 생각에서 벗어날 수 있고요.」

「글쎄, 오팔이 보통 사람이 아니라는 건 인정해. 하지만 솔직히 말해, 그 황당한 얘기가 도대체 당신에게 무슨 의미가 있다는 건지 모르겠군.」

「물론 나는 형이상학을 공부하지 않았고 이해할 수 없는 내용도 많았지만, 그래도 내게 영감을 준다고 느꼈어요. 그녀는 정말 유창하게 말했잖아요. 그러니 당신도 그 얘기에서 뭔가 얻어 낼 게 있었을 거예요.」

「아니, 난 얻어 내지 못했어. 정말이지 여자들이 열심히 경청하는 것을 보고 난 깜짝 놀랐어! 도대체 왜 그들은 그런 황당한 얘기를 들으면서 아까운 시간을 허비하는 건지 ―」

「나이트클럽에 가서 담배 피우고 술 마시는 것보다 좋은 게 분명하기 때문이죠!」

「그런지 아닌지도 잘 모르겠어! 개인적으로는 별 차이가 없다고 봐. 어느 경우든 사람들은 자기 자신에게서 도망치려고 애쓰고 있어. 내 생각에 요즘엔 누구나 그런 것 같아. 나는 확실히 신나게 춤추거나 싸구려 술집에서 술 마시는 행위에서 훨씬 더 많은 것을 얻어 내. 목에 꼭 끼는 칼라를 착용한 듯한 얼굴을 하고 앉아서는 겁에 질려 침도 제대로 뱉지 못한 채 오팔의 얘기를 꼭꼭 씹어 삼키듯이 경청하는 것보다 말이야.」

「당신은 그렇겠죠! 당신은 술집을 아주 좋아하니까요. 내가 집 떠나 있는 동안, 틀림없이 많은 술집들을 드나들었겠죠!」

「여보! 최근 당신은 툭하면 뭔가 알고 있다는 듯 암시만 했어. 마치 내가 이중생활이나 한 것처럼. 아, 이젠 지긋지긋해. 그런 암시의 말은 더 이상 듣고 싶지 않아!」

「어머나, 조지 배빗! 지금 무슨 얘기를 하는 거예요? 조지, 당신과 함께 지내 온 평생 동안, 내게 이런 식으로 거칠게 말한 적은 단 한 번도 없었어요!」

「그렇다면 지금 그렇게 말할 때가 된 모양이군!」

「최근 당신은 점점 더 나빠졌어요. 그러더니 마침내 내게 악담을 퍼부으면서 욕하고 소리를 질러 대는군요. 당신 목소리는 너무 불쾌하고 가증스러워요. 정말 치가 떨려요!」

「여보, 그렇게 과장하지 마! 나는 소리 지르거나 욕하지 않아.」

「당신 자신의 목소리에 한번 귀 기울여 봐요! 그 목소리가 얼마나 불쾌한지 당신은 몰라요. 하지만 ― 전에는 내게 그런 식으로 말한 적이 없었죠. 뭔가 당신에게 끔찍한 일이 벌어진 게 틀림없어요. 그런 게 아니라면 이런 식으로 말할 수 없어요.」

그의 마음은 딱딱하게 굳어 있었다. 그는 스스로 별로 미안한 생각이 들지 않는다는 사실에 깜짝 놀랐다. 그는 아주 힘들게 다정한 표정을 지어 보였다. 「글쎄, 화를 낼 생각은 아니었다니까.」

「조지, 이런 식으로는 계속 지낼 수 없어요. 그건 알고 있죠? 우리 사이는 점점 멀어지고 있고 당신은 나를 아주 거칠게 대하고 있어요. 앞으로 무슨 일이 벌어질지 나는 잘 모르겠군요.」

순간 그는 당혹스러워하는 그녀가 안쓰러웠다. 만약 두 사람이 진정 〈이런 식으로는 계속 지낼 수 없다면〉 서로의 깊고 예민한 감정이 얼마나 많이 다칠지 생각해 보았다. 하지만 그의 그런 마음은 비인간적인, 마치 남의 일을 쳐다보는 듯한 동정심이었다. 그는 이렇게 생각했다. 〈뭐 그렇게 되는 것도 좋은 일이 아닐까? 이혼까지는 아니더라도 지금보다는 독립성을 더 인정해 주는 그런 생활이라면.〉

그녀는 간청하듯 그를 바라보았지만, 그는 살벌한 침묵 속에서 묵묵히 운전할 뿐이었다.

제31장

1

집에 돌아와 차고 여기저기를 돌아다니며 자동차 발판의 눈을 닦아 내고 금이 간 호스 연결부를 살펴보면서 그는 후회가 되었다. 발끈하여 아내에게 화를 낸 것이 부끄럽고 미안했다. 경박한 타니스네 무리에 비하면 아내는 훨씬 안정되어 있는 사람이라는 생각도 들었다. 그는 집 안으로 들어가 아내에게 우물우물 사과했다. 「미안해, 화를 낼 생각이 아니었는데.」 그러고는 영화를 보러 가지 않겠느냐고 물었다. 하지만 어두운 영화관에서 그는 자신이 〈다시 마이러에게 매인 몸이 되었다〉고 생각했다. 이렇게 된 책임이 타니스 쥐디크에게 있는 것 같아 그는 짜증이 났다. 〈빌어먹을 타니스! 어째서 그녀는 나를 이런 삼각관계에 밀어 넣어 이처럼 신경질적이고 불안하고 성마른 남자로 만든단 말인가? 이건 너무 복잡해. 끊어 버리지 않으면 안 돼!〉

그는 평화를 원했다. 열흘 동안 타니스에게 전화를 걸지도, 만나지도 않았다. 그녀는 곧 압력을 넣어 왔고 그는 그게 싫었다. 연락을 끊은 지 닷새째 되는 날부터는 시간이 지나갈 때마다 스스로의 결심을 자랑스럽게 여겼다. 타니스가 자신을 몹시 그리워할 거라고 상상하며 즐거워했다. 그러던 어느 날 미스 맥건이 알려 왔다. 「쥐디크 부인에게서 전화가 왔습니다. 수리에 대해 사장님과 얘기하고 싶다는데요.」

타니스는 조용한 어조로 본론부터 말했다.

「배빗 씨인가요? 아, 조지, 타니스예요. 몇 주 동안 보지 못했네요. 아니, 며칠 동안이군요. 몸이 안 좋았나요?」

「아니, 그냥 지독히 바빴을 뿐이야. 음, 올해는 건설 경기가 크게 되살아날 거라서 열심히 일해야 하거든.」

「물론 그래야겠죠. 당신이 열심히 일하는 게 좋아요. 난 당신에 대해서 야심이 많거든요. 나 자신이 잘되기보다 당신이 더 잘되기를 바라죠. 단지 이 가여운 타니스를 잊지 않기를 바랄 뿐이에요. 곧 찾아올 거죠?」

「그럼, 그럼! 약속할게!」

「제발 그래 줘요. 전화는 다시 걸지 않을 거예요.」

그는 곰곰이 생각했다. 〈가엾은 그녀!…… 하지만 사무실로 전화를 걸어서는 안 되는 거야. 정말 놀라운 여자군……. 자기 자신보다 내가 더 잘되기를 바라다니……. 하지만 마음의 준비가 완벽히 될 때까지 그녀를 찾아가서는 안 돼. 빌어먹을 여자들, 왜 이렇게 요구 사항이 많은 거야? 그녀와 만나려면 상당히 오랜 시간이 지나야 할 텐데……. 하지만 오늘 밤 그녀를 만나고 싶군. 아주 귀여운 여자야……. 내가 무슨 생각을 하는 거야? 이봐, 그만둬! 이제 그들과 관계된 일은 손 씻었잖아. 좀 현명하게 굴라고!〉

그녀는 다시 전화를 걸지 않았고 그도 마찬가지였다. 하지만 닷새 후, 그녀가 보낸 메모가 도착했다.

내가 당신을 불쾌하게 했나요? 혹시 그랬다면 소중한 이여, 그게 본의가 아니었음을 알아줘요. 나는 너무 고독해서 함께 지내며 나를 즐겁게 해줄 누군가가 필요해요. 캐리의 집에서 열린 지난밤의 멋진 파티에는 왜 참석하지 않았나요? 캐리가 당신을 초대한 걸로 아는데. 목요일 저녁에 이곳에 들르지 않겠어요? 혼자서 당신을 기다리고 있을게요.

그는 머리가 복잡했다.

〈빌어먹을, 왜 나를 좀 내버려 두지 않을까? 남자가 강요당하는 걸 싫어한다는 사실을 여자들은 왜 모를까? 여자들은 늘 너무 고독하다고 외치면서 남자를 이용해 먹으려 든단 말이야.〉

〈이봐, 젊은 친구, 그렇게 말하는 것은 의젓하지 못해. 그녀는 멋지고 반듯하고 정결한 여자야. 단지 좀 외로울 뿐이지. 글씨체도 아주 단정하잖아. 멋진 편지지를 사용했군. 쉬우면서도 세련된 내용이고. 한번 찾아가 봐야겠어. 하지만 내일 저녁까지는 그녀한테 가지 않을 거야.〉

〈그녀는 좋은 여자지만, 빌어먹을, 나는 남한테 강요받아서 행동하는 게 너무 싫어! 내가 그녀와 결혼한 몸도 아니잖아. 아니, 앞으로도 그럴 생각은 전혀 없어!〉

〈아, 제기랄, 아무튼 그녀를 만나러 가야겠군.〉

2

타니스가 메모를 보낸 다음 날은 목요일이었고 감정 폭발의 고비가 많은 하루였다. 클럽의 난폭자 식탁에서 버그 건치는 모범 시민 연맹을 언급하면서도 일부러 그에게 합석하자는 말을 꺼내지 않았다(배빗의 눈에는 그렇게 보였다). 배빗 사무실의 총무 담당인 올드 매트 페니먼은 골칫거리가 있다며 그의 방으로 들어와 불평했다. 그의 장남은 〈아무짝에도 쓸모없고〉 아내는 몸이 아프다는 것이었다. 처남과도 언쟁을 벌였다고 했다. 콘래드 라이트 또한 골칫거리가 있었다. 그는 우수 고객 중 하나였으므로 배빗은 그의 하소연을 들어 주어야 했다. 라이트는 특이한 신경통 때문에 온몸이 아프고, 카센터로부터 과도한 청구서를 받았다며 투덜거렸다. 그리고 배빗이 집으로 돌아왔을 때는, 모든 가족이 골칫거리를 안고 있었다. 아내는 건방지기 짝이 없는 새 가정부를 해고해야겠다고 판단하면서도 가정부가 떠날까 봐 걱정했다. 팅카는 학교 선생님이 마음에 들지 않는다고 했다.

「아, 투덜거리지 좀 마!」 배빗이 투덜거렸다. 「당신은 언제 내가 골칫거리를 한탄하는 걸 본 적 있어? 게다가 부동산 사무실을 운영하는 일은 보통 골치 아픈 게 아니라고. 오늘만 해도 회계 직원 미스 배니건이 회계 장부를 이틀이나 정리하지 않았다는 사실을 알았지. 책상 서랍에 손가락이 끼기도 했고. 라이트는 내 사무실에 찾아와 여전히 헛소리나 지껄여 댔어.」

저녁 식사 후 타니스를 만나러 갈 시간이 됐을 때, 그는 너무 신경이 곤두선 나머지 아내를 향해 아주 거칠게 말했다. 「외출해야 해. 11시쯤 돌아올 거야.」

「아! 또다시 외출인가요?」

「〈또다시〉라니! 무슨 뜻이야? 지난 일주일 동안 외출한 적이 없었는데!」

「당신 — 당신, 엘크 클럽에 갈 건가요?」

「아니, 다른 사람들과 만나야 해.」

이번에는 그도 자신의 목소리가 퉁명스럽다는 것을 깨달았다. 아내가 눈을 크게 뜨고 비난하는 듯한 시선으로 바라보았지만 그는 무시해 버리고 뚜벅뚜벅 현관으로 걸어갔다. 그러고는 외투를 홱 걸쳐 입고 가죽 장갑을 낀 다음 밖으로 나가 자동차에 시동을 걸었다.

쾌활한 모습의 타니스를 보자 안도감이 들었다. 그녀에게서 비난의 눈초리는 보이지 않았고, 황금색 지물 위에 갈색 그물이 드리운 드레스를 입은 모습이 눈부셨다. 「불쌍한 사람, 이렇게 추운 날 우리 집을 찾아오다니! 날씨가 몹시 춥죠? 하이볼을 조금 마시지 않겠어요?」

「당신은 정말 눈치 빠른 여인이군! 술잔이 너무 길쭉하지 않다면 하이볼 한 잔쯤이야 괜찮겠지. 설마 술잔 높이가 30센티미터나 되는 건 아닐 테니 말이야!」

그는 스스럼없이 그녀와 다정하게 키스했다. 한번 만나자는 그녀의 강압적인 요구마저 잊어버렸다. 큰 의자에 앉아 발을 쭉 뻗자 마침내 자기 집에 온 듯한 쾌적한 기분이 들었다. 그는 자신이 실은 아주 고상한 사람인데 남들로부터 오해를 받는다고 말했고 피트, 풀턴 베미스, 그 밖에 그녀가 알고 지내는 사람들보다 자신이 훨씬 더 뛰어난 인물이라고도 했다. 타니스는 매력적인 손으로 아래턱을 귀엽게 떠받치고 몸을 앞쪽으로 수그린 채 기꺼이 그의 말에 동의했다. 하지만 그가 예의상 〈사랑스러운 사람, 당신은 어떻게 지내지?〉라고 물었을 때, 그녀는 그 질문을 아주 진지하게 받아들였다. 그는 타니스 또한 골칫거리를 안고 있음을 알았다.

「뭐, 큰일은 아니에요. 단지 캐리에게 좀 화가 났어요. 캐리랑 얘기하면서 미니가 지독한 구두쇠라고 말했는데, 그걸 그만 미니한테 전했지 뭐예요. 미니는 캐리의 얘기를 내게 전했지요. 물론 난 그런 얘기는 한마디도 한 적이 없다고 오리발을 내밀었어요. 그런데 캐리는 미니가 내게 얘기한 것을 알아내고 몹시 화가 났어요. 물론 나는 캐리가 내 얘기를 미니에게 전했기 때문에 격분했고요. 그래서 우리 셋이 풀턴의 집에서 만났어요. 다행히도 그의 아내가 집을 비워서 그 집에서 만날 수 있었던 거죠. 그 집엔 춤추기에 딱 좋은 마루가 있어요. 우리 셋은 서로에게 화를 냈어요. 난 그런 충돌은 딱 질색이에요. 그렇지 않아요? 내 말뜻은, 그건 너무 세련미가 없거든요. 게다가 친정 엄마가 이곳에 와서 한 달 동안 머물고 싶어 해요. 물론 나는 엄마를 사랑하지만, 솔직히 말해 그녀는 내 생활을 지독히 방해할 거예요. 참견을 안 하고는 못 견디는 성격이거든요. 저녁에 외출할 때면 늘 내가 어디로 가는지 알고 싶어 할 거예요. 만약 거짓말을 하면, 늘 염탐하고 캐물으면서 결국 내가 어디에 갔었는지 알아내고 말죠. 그런 다음에는 마치 참을성의 화신인 듯한 표정을 짓는데, 난 너무 화가 나서 비명을 지르게 돼요. 아, 그리고 한 가지 더 있어요. 당신도 알다시피, 나는 신세타령을 한 적이 없어요. 그래서 신세타령하는 사람들을 싫어해요. 당신도 그렇죠? 하지만 오늘 밤엔 어리석게 왜 이런 얘기를 늘어놓게 되는 건지 모르겠네요. 이 모든 것이 당신을 지루하게 만든다는 건 알지만, 이런 엄마를 어떻게 대했으면 좋을까요?」

그는 남자답게 간단하게 조언했다. 먼저 어머니의 방문을 연기해야 한다. 캐리에게는 그녀의 일에나 신경 쓰라고 말해야 한다. 타니스는 배빗의 그런 귀중한 조언이 고맙다고 했다. 두 사람은 슬슬 〈무리〉에 대한 잡담을 허물없이 늘어놓기 시작했다. 캐리가 어리석을 정도로 감상적인 여자라든지, 피트가 참으로 게으른 녀석이라든지, 풀턴 베미스는 지금보다 더 세련된 인물이 되어야 한다는 등. 「물론 많은 사람들은 그를 만나면, 으레 나이든 불평분자라고 생각하지. 그가 앞장서서 그들을 따뜻하게 맞이하지 않기 때문이야. 하지만 그들이 그의 진면모를 알게 되면, 의견이 확 바뀌어 굉장한 사람이라고 생각하게 돼.」

하지만 이런 분석은 이미 예전에도 몇 번이나 했기 때문에 그들의 대화는 끊기기 시작했다. 배빗은 지성인답게 일반적인 화제를 다루려 애썼다. 그는 군비 축소 문제, 관대하고 넓은 마음, 진보주의에 대해 아주 건전한 논평을 했다. 하지만 타니스는 그런 일반적인 화제가 그들 자신, 피트, 캐리 등에게 적용될 수 있을 때에만 관심을 표시했다. 정적이 이어지자 그는 비참한 기분이 들었다. 그녀의 관심을 되살리기 위해 흥미롭게 말하려 했지만, 침묵은 먹구름처럼 뭉게뭉게 피어나 두 사람 사이에 떠돌았다.

「나는, 저　」 그가 힘겹게 입을 열었다. 「이런 생각이 드는데. 실업이 감소하고 있다고 말이야.」

「그렇다면 피트가 그럴듯한 일자리를 얻을지도 모르겠네요.」

침묵.

그는 필사적으로 다시 시도했다. 「자기, 뭐가 문제야? 오늘 저녁은 약간 조용한 편이군.」

「내가요? 아, 아니에요. 내가 어떻게 지내는지 당신이 신경이나 쓰나요?」

「신경 쓰냐고? 물론 신경 쓰지!」

「정말이에요?」 그녀는 바짝 다가와 그가 앉아 있는 의자의 팔걸이에 앉았다.

그는 그녀를 좋아하는 척해야 한다는 정서적 의무감이 부담스러웠다. 그는 그녀의 손을 어루만지면서 마지못해 미소를 짓고 몸을 뒤로 뺐다.

「조지, 당신이 정말로 나를 좋아하는지 궁금해요.」

「아무렴, 좋아하지. 무슨 그런 바보 같은 소리를 해?」

「진심이에요? 정말 조금이라도 나에 대해 신경 쓰고 있는 건가요?」

「물론이지! 안 그랬다면 내가 여기 왜 왔겠어?」

「이봐요, 젊은이, 그렇게 화난 어투로 말하지 마요!」

「화난 어투? 난 전혀 그렇지 않은데. 나는 다만 ─」 그는 감정이 상한 듯 아이 같은 어조로 말했다. 「나는 자연스럽게 말하는데도 모든 사람이 화난 어조로 말한다고 하니, 정말 죽겠네! 아니, 내가 노래하는 것처럼 말하기를 바라는 거야?」

「〈모든 사람〉이라는 건 무슨 뜻이에요? 얼마나 많은 여자들이 당신한테 그렇게 말한다는 거예요?」

「이봐, 그런 식으로 말꼬리 잡지 마!」

그녀는 다소 공손한 어조로 나왔다. 「농담을 한 것뿐이에요. 당신이 정말 화난 어투로 말했다는 뜻은 아니에요. 뭔가 좀 피곤한 어조였어요. 이렇게 성질을 부린 이 타니스를 용서해요. 그리고 나를 사랑한다고 말해 줘요!」

「당신을 사랑해……. 사랑하고말고.」

「정말? 날 사랑한다고요!」 그녀가 냉소적으로 물었다. 「아, 내 사랑, 무례하게 굴 생각은 아니지만 ─ 난 너무 외로워요. 내가 아무짝에도 쓸모없는 인간이라는 생각이 들어요. 아무도 나를 필요로 하지 않고, 다른 사람들을 위해 내가 해줄 것도 전혀 없어요. 당신도 알다시피, 나는 대단히 활동적인 사람이에요 ─ 뭔가 할 일이 있으면 좋겠어요. 게다가 나는 젊어요, 그렇지 않아요? 나는 늙은이가 아니랍니다! 늙은이도 아니고 어리석지도 않아요!」

그는 그녀를 안심시켜야 했다. 그의 머리카락을 어루만지는 그녀의 손길에 일부러 기쁜 표정을 지어야 했다. 그 부드러운 손길은 뭔가를 까다롭게 요구하는 듯했다. 그는 짜증이 났다. 이 여자에게서 벗어나 엄격하고 확실하며 냉정한 남자의 세계로 도망치고 싶었다. 그녀는 손으로 섬세하게 애무하면서도 그의 반응에서 몸을 움츠리며 달아나려는 기색을 알아챘다. 그녀는 손을 뗐다. 그는 잠시나마 안도했다. 그녀는 휴대용 간이 의자를 끌어와 앉더니 간청하듯이 그를 바라보았다. 하지만 많은 남자들에게 그러하듯이, 비굴한 개 또는 겁에 질려 꽁무니를 빼는 아이는 동정이 아니라 당황스러움에 뒤틀린 잔인성을 불러일으킬 뿐이다. 자신을 비하하며 하소연하는 그녀의 행동은 그에게 권태와 성가심만 안겨 주었다. 그는 이제 그녀가 늙어 가는 중년 여자임을 뚜렷이 알아보았다. 애써 물리치려 했지만 그러한 생각은 맹렬한 속도로 그의 머릿속에 다시 떠올랐다. 그녀가 늙은 여자라는 생각이 들자 그는 얼굴을 찌푸렸다. 늙은 여자! 그는 그녀의 아래턱에, 눈가에, 허리에, 부드러운 살집이 거미줄처럼 몇 가닥씩 잡혀 있는 것을 보았다. 목주름은 고무지우개로 지운 뒤에 나오는 부스러기처럼 거칠었다. 늙은 여자! 그녀는 배빗 자신보다 어렸다. 하지만 큰 눈을 뒤룩거리면서 사랑을 구걸하는 그녀는 지겹고 싫증 나는 여자였다. 마치 그의 이모가 자신에게 구애하는 양 징그러운 일이었다.

그는 내심 뉘우쳤다. 〈이 우둔한 바보짓을 끝내야 해. 그녀와의 관계를 끊어야 해. 하지만 이 품위 있고 멋진 여자의 감정을 다치게 하고 싶지는 않아. 외과 수술처럼 단칼에 관계를 자르면 상처가 훨씬 줄어들 거야.〉

그는 일어서서 다급하게 말했다. 자존심의 원칙에 입각하여, 이런 상황이 그녀의 잘못에서 비롯되었다는 사실을 그녀와 그 스스로에게 증명해야 했다.

「오늘 난 기분이 좀 안 좋은 것 같아. 솔직하게 말할게. 지난 며칠 동안 당신과 잠시 떨어져서 밀린 일을 따라잡고 또 나의 현재 위치가 어떤 것인지 생각해 볼 시간을 가졌어. 당신은 그동안 좀 더 신중하게 내가 돌아올 때까지 기다렸어야 했어. 하지만 나한테 찾아오라고 강요했지. 나 또한 다른 남자들 못지않게 고집 센 인간인데, 어떻게 저항하고 싶은 생각이 없었겠어? 들어 봐, 난 이제 그만 갈 테야 —」

「아니에요, 소중한 사람! 좀 더 있다 가요. 지금은 아니에요!」

「아니, 지금 즉시 가야 해. 우리는 이제 미래를 생각해야 해.」

「〈미래〉라니 무슨 의미죠? 내가 해서는 안 될 일을 저질렀나요? 만약 그랬다면 정말 미안해요!」

그는 단호하게 뒷짐을 지었다. 「그런 건 아니야. 절대 아니지. 당신은 그 누구 못지않게 좋은 사람이야. 내 얘기는 뭐냐 하면, 내가 이 세상에서 할 일이 굉장히 많은 사람이라는 거야. 처리해야 할 일이 있고, 당신은 인정하기 싫겠지만 사랑하는 아내와 아이들이 있어!」 그는 모진 행동을 할 때에만 자신이 아주 고결한 사람이라는 사실을 느낄 수 있었다. 「나는 우리가 그저 사이좋은 친구로 남기를 원해. 이곳에 반드시 찾아올 것을 강요당하는 이런 관계는 계속 유지할 수 없어.」

「아, 내 사랑, 내 사랑, 내가 늘 신중하게 말했듯이, 당신은 정말 자유로운 몸이에요. 단지 당신이 피곤하여 나를 만나 대화하고 싶을 때나, 우리의 파티를 즐길 수 있을 때만 찾아 주면 돼요 —」

그녀는 아주 합리적이었고 또 조곤조곤 옳은 얘기만 했다. 그가 빠져나오기까지는 1시간 가까이 걸렸다. 어떻게 보면 아무것도 결정된 게 없었고, 다르게 보면 모든 게 끔찍하게 결론 났다. 그는 살을 에는 북풍 속에서 공허한 자유를 느끼며 한숨을 내쉬었다. 〈드디어 끝났구나! 불쌍한 타니스, 그렇지만 귀엽고 사랑스러운 타니스! 이제 완전히 끝났어. 나는 자유의 몸이야!〉

제32장

1

아내는 그가 돌아올 때까지 자지 않고 기다리고 있었다. 「좋은 시간 보냈나요?」 그녀가 비웃는 듯한 어조로 물었다.

「아니, 불쾌한 시간이었지. 더 설명해 줄까?」

「조지, 어쩌면 그리도 무례하게 말할 수 있죠? 아, 당신이 왜 그렇게 된 건지 모르겠군요!」

「뭐가 어떻게 됐다는 거야? 난 조금도 변하지 않았어. 어째서 당신은 내내 골칫거리만 찾고 있는 거지?」 그는 마음속으로 자기 자신에게 경고했다. 〈조심! 이런 식으로 불쾌하게 굴면 안 돼. 아내는 저녁 내내 혼자 있었으니까 당연히 외로움을 느꼈겠지.〉 하지만 아내가 계속 찔러 대자 그는 내면의 경고를 무시해 버렸다.

「왜 갖가지 이상한 사람들과 만나는 거예요? 오늘 저녁도 위원회 회의에 참석하고 왔다고 말할 건가요?」

「아니, 어떤 여자를 만났어. 우리는 벽난로 앞에 앉아 한가로이 농담하면서 엄청 즐거운 시간을 보냈지. 당신이 정말로 알고 싶다면 말이야!」

「그런 식으로 말하는 걸 보니 거기에 간 게 다 내 탓이라는 애기군요! 내가 당신을 거기 보냈군요!」

「그래, 당신이 보냈어!」

「지금 그걸 말이라고 하고 있어요?」

「당신은 이른바 〈이상한 사람들〉을 싫어해. 만약 당신이 하자는 대로 다 했다면, 나는 하워드 리틀필드 못지않게 궁지에 빠져 꼼짝도 못 했을 거야. 당신은 활기 넘치는 사람들을 집에 초대하는 법이 없잖아. 날씨 타령이나 하면서 쓸데없는 수다나 늘어놓는 늙은 작자들만 불러 모으지. 당신은 온 힘을 다해 나를 영감쟁이로 만들고 있어. 이거 하나 말해 주지. 나도 앉아서 보고 있지만은 않을 거야 ─」

한방 얻어맞은 그녀는 전에 없이 신랄한 비난에 굴복하며 비통하게 대답했다.

「오, 여보, 그건 사실이 아니에요. 당신을 영감쟁이로 만들려는 뜻은 없어요. 어쩌면 당신의 얘기도 부분적으로 옳아요. 나는 새로운 사람들과 사귀지 못하는 편이니까요. 하지만 우리가 지내 온 그 모든 소중하고 좋은 시간, 저녁 파티와 영화와 그 밖의 모든 것을 생각해 보면 ─」

그는 남자답게 적반하장의 술책을 부려, 감정을 상하게 한 것은 자신이 아니라 아내라며 뒤집어씌웠다. 또 버럭버럭 소리를 지르고 가혹하게 공격함으로써 아내마저도 그 궤변을 믿도록 만들었다. 그렇게 그가 타니스와 함께 저녁 시간을 보낸 것이 아내의 잘못인 양 몰아가서 아내로 하여금 사과하게 만들었다. 그리하여 그는 한 집안의 가장일 뿐 아니라 마음의 상처를 입은 피해자로서 잠자리에 들었다. 침대에 드러누운 그는 과연 자신이 전적으로 정당했는지 잠시 동안 생각해 보았다. 〈부끄러운 일이야. 아내를 이처럼 윽박지르다니. 그녀의 얘기에도 일리가 있을지 몰라. 아내도 화끈하게 놀아 본 시절이 없었을 테니. 하지만 상관없어! 그녀가 좀 정신 차리는 것도 좋잖아. 앞으로도 계속 난 자유롭게 지낼 거야. 아내와 타니스와 클럽 친구들과 모든 사

람들로부터 벗어나 자유로워질 거야. 이제부터는 나만의 독립된 삶을 영위할 거라고!〉

2

이러한 기분에 휩싸인 그에게 다음 날 부스터 클럽의 점심 모임은 대단히 못마땅했다. 그들은 석 달간 해외에서 철저한 연구를 하고 막 돌아온 하원 의원의 연설을 들었다. 독일, 프랑스, 영국, 이탈리아, 오스트리아, 체코슬로바키아, 유고슬로비아, 불가리아 등의 재정과 민족학과 정치 체제와 언어 분류와 광산 자원, 그리고 농업을 연구하고 온 사람이었다. 그는 유럽 사람들이 미국을 오해하는 농담 세 가지를 들려주고, 무식한 외국인들을 미국에서 내몰아야 한다고 대담하게 발언하는 등, 온갖 주제에 대해 연설했다.

「이봐, 그 연설 엄청 유익하지 않았나? 진짜 유능한 인물이야.」 시드니 핀켈스타인이 감탄했다.

하지만 배빗은 불만을 품고 투덜거렸다. 「허세를 떨더군! 쓸데없는 소리야! 이민자들이 무슨 문제가 있다는 거야? 그들을 도매금으로 싸잡아 무식하다고 할 수는 없어. 따지고 보면 우리도 이민자의 후손이잖아.」

「이봐, 피곤한 소리 좀 그만하게!」 핀켈스타인이 씩씩거리며 말했다.

배빗은 A. I. 딜링 박사가 식탁 건너편에서 험악한 표정으로 듣고 있다는 것을 깨달았다. 딜링 박사는 부스터 클럽에서 가장 중요한 인물들 가운데 하나였다. 그는 평범한 의사에 그치는 것이 아니라, 더 낭만적이고 더 인정받는 외과 의사로서 널리 활동하고 있었다. 부풀어 오른 검은 머리에 짙고 검은 콧수염을 기른 거구의 남자. 그의 수술은 종종 신문에 게재되곤 했다. 그는 주립 대학의 외과학 교수이기도 했다. 로열 리지의 최고급 주택에서 벌어지는 저녁 식사에도 자주 초대되었다. 그뿐인가. 수십만 달러의 재산가로도 알려져 있었다. 이런 인물이 배빗을 노려본다는 것은 불안한 일이었다. 그는 급히 태도를 바꾸어 시드니 핀켈스타인에게 하원 의원의 재치를 칭찬했다. 딜링 박사더러 들으라고 한 소리였다.

3

그날 오후 세 명의 남자가 나란히 개척 시대 자경단(自警團)의 분위기를 풍기며 배빗의 사무실로 쳐들어왔다. 거구에 단호하고 턱이 큰 남자들이었다. 외과 의사 딜링 박사, 토건업자 맥켈비, 가장 당혹스러운 인물은 「애드버킷 타임스」의 사주(社主)로 흰 수염을 기른 러더퍼드 스노 대령이었다. 모두 제니스의 거물이었다. 그들이 분위기를 압도하며 등장하자, 갑자기 배빗은 자신이 하찮은 사람이 된 듯한 느낌이 들었다.

「아, 정말 영광이군요. 어서 앉으세요. 무슨 용건으로 오셨는지?」 그가 우물우물거리며 물었다.

그들은 자리에 앉지도, 날씨 얘기를 하지도 않았다.

「배빗······.」 스노 대령은 말했다. 「우리는 모범 시민 연맹 일로 왔소. 당신이 연맹에 가입하면 좋겠다고 결정했소. 버질 건치의 말에 따르면 당신은 가입 의사가 없다지만 우리는 당신에게 새로운 빛을 보여 줄 수 있다고 생각하오. 우리 연맹은 상공 회의소와 협력하여 오픈숍[82] 캠페인을 펼칠 예정이오. 그러니 당신이

---

[82] *open shop*. 기업의 종업원이 그 회사에 결성되어 있는 노동조합에 대한 가입 여부를 자유의사로 결정할 수 있는 제도로, 조합원과 비조합원 사이에 고용이나 해고에 있어 차별 대우를 하지 않는 것을 원칙으로 한다. 사용자 측에서는 비조합원만을 고용함으로서 노동조합을 배제하는 데 악용하기도 한다.

가입을 신청할 때가 온 거요.」

당황한 가운데 배빗은 연맹에 가입할 수 없는 적당한 이유를 떠올릴 수 없었다(사실 그 자신이 그런 이유를 명확하게 알고 있는지조차 불분명했다). 하지만 가입하지 않겠다는 의지만큼은 무척이나 확고했다. 강요당하고 있다는 생각이 들자, 비록 그들이 상공업계의 거물이라 해도 분노가 치밀었다.

「미안합니다만 대령, 좀 더 생각할 시간을 주세요.」 배빗은 중얼거렸다.

맥켈비는 소리를 질렀다. 「그 얘기는 가입하지 않겠다는 뜻인가, 조지?」

평소답지 않게 사납고도 노기 띤 어투가 배빗의 입에서 튀어나왔다. 「이봐, 찰리! 만약 나를 위협하여 가입시키려 든다면, 나는 절대 따르지 않을 걸세! 아무리 거물이 강요한다고 해도!」

「우리는 그 누구도 위협하지 않 ─」 딜링 박사가 끼어들었지만 스노 대령이 그의 말을 가로챘다. 「물론 위협하고말고! 우리는 필요할 경우엔 서슴지 않고 위협을 해요. 배빗, G. C. L.은 당신에 관해 상당히 많은 논의를 했소. 당신은 예민하고 명석하며 책임감 있는 남자요. 늘 그래 왔지. 하지만 최근에 온갖 소식통으로부터 온갖 얘기를 들었소. 이유는 모르겠지만 당신이 질 나쁜 사람들과 어울린다는 거요. 훨씬 더 나쁜 건, 당신이 세네카 돈 같은 도시 최악의 위험 분자들을 옹호했다는 거요.」

「대령, 그건 내 개인적인 문제라고 생각하는데요.」

「그럴지도 모르지. 하지만 우리는 이렇게 이해하고 싶소. 당신과 장인은 전차 회사 등 이 도시의 가장 실질적이고도 미래를 내다보는 회사들과 동일한 사업 철학을 갖고 있소. 그래서 내 신문사는 당신을 많이 홍보해 주었지. 하지만 당신이 우리를 해치려는 사람들과 한패가 되려고 한다면, 품위 있는 시민들은 당신을 돕지 않을 거요.」

배빗은 겁이 났다. 하지만 여기서 굴복한다면 모든 일에서 밀리게 될 것임을 본능적으로 느꼈다. 그는 항의했다.

「대령, 당신은 사태를 과장하고 있어요. 내가 관대하고 넓은 마음과 진보적인 것을 좋아하는 것은 사실이지만 당신 못지않게 불평분자, 허풍선이, 노조 따위를 반대하고 있어요. 사실 나는 이미 많은 단체에 가입했기 때문에 모든 단체에서 충분히 활동하지 못하고 있어요. 좀 더 깊이 생각한 다음에 G. C. L. 가입 문제를 결정하겠습니다.」

스노 대령은 다소 누그러졌다. 「아니, 나는 과장하는 게 아니오! 여기 같이 온 딜링 박사는 오늘 오후 당신이 아주 뛰어난 공화당 의원을 악담하며 비방하는 소리를 들었다고 했소! 당신은 지금 〈가입의 문제〉에 대해 엉뚱한 생각을 하고 있소. 우리는 당신에게 G. C. L.에 가입해 달라고 〈간청〉하는 게 아니고, 당신의 가입을 〈허락〉하는 거요. 젊은이, 만약 이런 식으로 오래 지체한다면 나중은 너무 늦을 거요. 시간이 많이 지난 다음에도 우리가 여전히 당신의 가입을 원할는지는 알 수 없는 일이오. 그러니 신속하게 생각하고 빨리 결정하는 게 좋을 거요!」

강력한 정의감으로 무장한 세 명의 자경단원은 입을 다물고 그를 응시했다. 배빗은 끝까지 버텼다. 그는 아무 생각도 하지 않고 그냥 버틸 뿐이었다. 머릿속이 윙윙거렸다. 〈가입하고 싶지 않아 — 가입하기 싫어 — 정말 싫다니까.〉

「좋아, 후회하지 않도록 하시오!」 스노 대령이 말했다. 갑자기, 세 명의 남자들은 위세 등등하게 등을 홱 돌리며 나가 버렸다.

4

그날 저녁, 배빗은 사무실에서 나와 자동차를 향해 걷다가 비질 건치가 그의 사무실 쪽으로 오는 모습을 보았다. 그는 손을 들어 인사했지만 건치는 무시하고 거리를 가로질러 갔다. 그는 건치가 자신을 보았다고 확신했다. 그는 몹시 불쾌하게 생각하며 차를 몰고 집으로 향했다.

즉시 아내가 공격해 왔다. 「여보 배빗, 뮤리엘 프링크가 오늘 오후 우리 집에 들렀어요. 그녀의 남편 첨 프링크가 그랬다던데, 모범 시민 연맹 위원회가 특별히 당신의 가입을 요청했는데 당신이 거절했다고요. 거기 가입하는 게 좋지 않겠어요? 당신은 품위 있는 회원들을 모두 알고 있고, 연맹이 지지하는 것도 —」

「연맹이 지지하는 게 뭔지 물론 알지! 그들은 언론의 자유, 사상의 자유, 그 밖의 모든 자유를 억압하려고 하는 거야! 나는 협박당해서 겁먹은 상태로 어떤 단체에 가입할 생각은 없어. 그건 좋은 연맹인가 나쁜 연맹인가 또는 무슨 연맹인가의 문제가 아니야. 거부할 권리가 있느냐 없느냐의 문제지.」

「하지만 여보, 만약 가입하지 않으면 사람들이 당신을 비판할 텐데요.」

「좋을 대로 하라지!」

「하지만 품위 있는 사람들의 비판은 어떻게 해요?」

「빌어먹을, 나는 — 사실 이 모든 연맹이라는 것도 일시적인 유행에 지나지 않는다고 생각해. 갑자기 불쑥 등장하여 세상을 바꾸겠다고 큰소리치는 다른 모든 단체들이랑 똑같다니까. 그 존재는 곧 희미해지고, 그것들을 기억하는 사람들은 아무도 없어!」

「하지만 그게 현재의 유행이라면, 그에 따라 가입하는 것이 —」

「아니, 가입하지 않을 거야. 아, 마이러, 제발 귀찮은 잔소리 좀 그만둬. 그 빌어먹을 G. C. L. 얘기는 이제 지긋지긋해. 버그가 먼저 감언이설로 얘기해 왔을 때 가입할 뻔했는데 간신히 참았어. 혹시 모르지, 오늘 위원회가 협박해 오지 않았다면 가입했을지도. 하느님께 맹세코, 나는 자유롭게 태어난 미국 시민으로서 —」

「여보, 당신 지금 독일인 잡역부와 똑같은 얘기를 하고 있어요.」

「내가? 좋아, 그렇다면 입을 다물어야겠군!」

그날 저녁, 그는 타니스 쥐디크를 만나 공감에서 우러나온 활기를 되찾고 싶었다. 가족이 모두 2층으로 올라간 후 타니스 아파트 관리실로 전화를 걸었지만 과연 잘하는 짓인지 마음이 흔들렸다. 수위가 전화를 받자 그는 불쑥 말했다. 「됐어요 ─ 나중에 다시 전화하지요.」 그는 수화기를 내려놓았다.

5

자신을 피하는 버질 건치의 태도가 아직은 확신할 수 없는 것이었다면, 다음 날 아침 윌리엄 워싱턴 어손의 태도에 대해서는 의심의 여지가 없었다. 차를 타고 사무실로 향하던 중, 배빗은 어손의 차를 따라잡았다. 운전기사 뒤에는 대(大)은행가가 허약한 몸을 곧추세우고 엄숙하게 앉아 있었다. 배빗은 손을 흔들면서 외쳤다. 「안녕하세요!」 어손은 느릿느릿 그를 바라보고 망설이다가 아예 모르는 체하기보다 경멸하듯 머리를 한 번 끄덕일 뿐이었다.

10시에는 배빗과 공동 출자한 장인이 찾아왔다.

「조지, 자네가 G. C. L. 가입을 거부하면서 스노 대령에게 이런저런 핑계를 댔다는 얘기를 들었는데, 도대체 무슨 일인가? 아니, 무슨 짓을 하려는 건가? 회사를 말아먹으려고? 거물들이 가만히 있을 거라고 생각하나? 그들이 자신들에게 반항하면서 최근에는 온갖 〈진보적인〉 허튼소리를 지껄이는 자네 얘기를 그냥 듣고만 있을 거라고 생각하나?」

「아니, 장인어른 무슨 말씀이세요? 최근 음모론 운운하는 시시한 소설을 읽으셨나 보군요. 진보를 가로막는 음모 따윈 없어요. 우리 미국은 자유 국가랍니다. 미국 시민이라면 자기가 원하는 건 무엇이든 할 수 있어요.」

「물론 음모 따윈 없지. 누가 그런 음모가 있다고 했나? 사람들이 자네를 경솔하고 미덥지 못한 사람이라고 생각하면, 그들은 자네와 함께 사업을 하지 않을 거야. 안 그런가? 자네가 괴짜라는 소문이 돌면, 이 부동산 사업은 황당한 소설가들이 오랜 세월에 걸쳐 지어낸 그 모든 음모론보다 더 무서운 타격을 받을 걸세.」

그날 오후, 오랫동안 믿을 만한 고객으로 거래해 온 쾌활한 구두쇠 콘래드 라이트가 사무실에 나타났다. 배빗이 도체스터의 새로운 주거 지역 중 한 필지를 매입하라고 권유하자 라이트는 다급하게 대답했다.「아니, 아니, 당장은 새로운 계약을 체결하고 싶지 않아.」

일주일 후 배빗은 또 다른 부동산 건수를 계획하고 있는 전차 회사의 임원들이 그 중개 업무를 배빗 톰슨 회사가 아닌 〈샌더스, 토리 앤드 윙〉 회사에 대행시킬 예정임을 헨리 톰슨을 통해 알게 되었다.

「자네에 대해 수군거리는 소리를 듣고서 제이크 오펏이 의심을 하게 된 것 같아. 제이크는 완고한 보수 정치가잖아. 그가 전차 회사 친구들에게 다른 중개인을 찾아보라고 조언했을 거야. 조지, 뭔가 조치를 취해야 해!」 톰슨은 떨리는 목소리로 말했다.

그는 황급히 장인의 의견에 동의했다. 사람들이 자신에 대해 떠들고 다니는 얘기는 모두 허튼소리에 지나지 않았다. 하지만 다음번에 요청을 받으면 모범 시민 연맹에 가입하겠다고 결심했다. 그는 화를 내고 한편으로는 체념하면서 그들의 요청을 기다렸다. 하지만 요청은 오지 않았고 그들은 그를 무시했다. 연맹을 먼저 찾아가 간청할 만한 용기는 없었다. 그는 도시 전체를 상대로 반항하면서 〈난 끄떡없이 버티고 있으며, 아무도 나에게 이래라저래라 명령할 수 없다!〉는 공허한 자만심으로부터 위안을 찾으려 했다.

모범 속기사 미스 맥건이 갑자기 사직했다. 그는 엄청난 충격을 받았다. 그녀가 댄 핑계는 훌륭했다. 휴식이 필요하고 여동생이 아프기 때문에 앞으로 6개월 동안 일할 수 없다는 것이었다. 그는 그녀의 후임자로 온 미스 헤이브스터드가 마음에 들지 않았다. 헤이브스터드의 이름이 무엇인지, 사무실 사람들은 아무도 몰랐다. 그녀에게는 도무지 이름, 애인, 분첩, 소화 기능이 있을 성싶지 않았다. 이 호리호리하고 창백하고 부지런한 스웨덴 여자는 너무 비인간적이라, 그녀가 퇴근하여 평범한 집으로 돌아가서 평범한 음식을 먹을 거라는 생각은 결코 할 수 없었다. 그녀는 완벽하게 기름칠해 놓은 번쩍거리는 기계나 다름없었다. 저녁마다 먼지를 닦고, 연필심을 가늘고 뾰쪽하게 깎아 책상 서랍에 넣어 두었다. 받아쓰기가 빠르고 타이핑은 완벽했다. 하지만 그녀와 함께 일할 때, 배빗은 신경이 쓰였다. 그녀를 보면 자신이 뚱보라는 느낌이 들었고, 그가 가장 좋아하는 가벼운 농담을 던져도 그녀는 묵묵히 되묻는 표정을 지었다. 그는 미스 맥건의 복귀를 간절히 원했고, 심지어는 그녀에게 복귀를 호소하는 편지를 쓸까 생각해 보기도 했다.

그런데 맥건이 사직한 지 일주일 만에 막강한 경쟁사인 〈샌더스, 토리 앤드 웡〉에 취직했다는 소식이 들려왔다.

그는 약이 오를 뿐 아니라 겁까지 났다. 〈그렇다면 그녀는 왜 우리 회사를 그만둔 거지?〉 그는 걱정이 되었다. 〈내 회사가 파산할 거라고 생각한 건가? 게다가 샌더스 회사는 전차 회사의 부동산 중개 건을 따냈지. 뭐야, 우리 회사가 침몰하는 배라는 거야?〉

이제 그는 음울한 두려움에 사로잡혔다. 그는 젊은 영업 사원 프리츠 웨일린저를 지켜보면서 그 또한 사직하는 게 아닐까 의심하기 시작했다. 닐마다 조금씩 피해망상에 빠졌다. 그는 자신이 상공 회의소 연례 만찬의 연설을 요청받지 않았다는 사실에 주목했다. 오빌 존스가 대대적인 포커 파티를 열면서 자신을 초대하지 않았을 때, 그는 따돌림을 확신했다. 이제 애슬레틱 클럽에 점심 식사를 하러 가는 것이 두려웠고, 가지 않는 것 역시 두려웠다. 그는 사람들이 자신을 염탐한다고 믿었다. 식탁을 떠날 때, 사람들은 그의 등에 대고 수군거렸다. 수군거리는 소리는 사방에서 들려왔다. 고객의 사무실에서, 그가 예금하는 은행에서, 사무실에서, 그 자신의 집에서. 그는 그들이 뭐라고 얘기하는지 끊임없이 궁금해했다. 온종일 상상 속의 대화에서 그들이 나누는 얘기를 들었다. 〈배빗? 이런, 그는 진짜 무정부주의자라네! 그의 배짱, 진보적인 사상, 자기 좋을 대로 인생을 살아가는 태도 등은 존경해 줄 만하지. 하지만 그는 위험인물이야. 그게 바로 그의 참모습이라고. 그게 얼마나 위험한 건지 그도 알아야 해.〉

그는 너무 초조한 나머지, 모퉁이를 돌다가 대화를 나누는 — 수군거리는 — 두 지인을 우연히 만났을 때조차 가슴이 두근거렸다. 그는 당황한 학생처럼 성큼성큼 지나쳤다. 이웃인 하워드 리틀필드와 오빌 존스가 함께 있는 모습을 보고는 그들의 염탐하는 듯한 시선을 피해 황급히 집 안으로 들어갔다. 그들이 수군거리며 — 음모를 꾸미며 — 숙덕거린다고 확신했고 그럴수록 비참한 기분은 더욱 심해졌다.

이런 일을 겪는 동안 그는 공포를 실감하는 한편 솟구치는 반항심을 느꼈다. 그는 고집을 피우고 싶었다. 때때로 자신이 세네카 돈 못지않게 대담하고 저돌적인 인물이라고 생각했다. 몇 번은 돈을 방문하여 자신이 대단한 혁명가라고 말할까 싶기도 했지만 생각에 그쳤을 뿐 한 번도 실천하지는 못했다. 하지만 가끔 조용한 수군거림이 주위를 감싸 올 때, 그는 비통하게 울부짖었다. 〈하느님, 내가 무슨 잘못을 저질렀습니까? 타니스의 무리와 어울려 놀고, 클래런스 드럼을 건방진 놈이라고 야단쳤을 뿐인데요. 나는 사람들을 비판한 적도 없고 또 사람들에게 내 생각을 강요한 적도 없습니다!〉

그는 그 긴장을 견뎌 낼 수가 없었다. 품위 있고 믿음직스럽게 복귀할 길만 있다면 안정된 순응의 생활로 되돌아가고 싶었다.

하지만 되돌아가지 않겠다는 고집 또한 완강했다. 그는 다짐했다. 〈그런 굴욕을 당할 수는 없어.〉

내면을 거세게 덮쳐 온 두려움은 아내와 언쟁을 벌이면서 표면으로 떠올랐다. 그녀는 그가 불안해 보인다며 불평했다. 그리고 어째서 그가 저녁에 〈리틀필드의 집에 들르지〉 않는지 이해하지 못했다. 그는 반항과 징벌이라는 애매모호한 요소들을 아내에게 설명할 수 없었다. 폴과 타니스를 잃은 지금 얘기를 나눌 수 있는 상대는 아무도 없었다. 그는 한탄했다. 〈이런, 이제 나의 진정한 친구는 팅카뿐이군.〉 저녁 내내 그는 아이와 떨어지지 않고 마루에서 함께 놀았다.

그는 수감 중인 폴을 찾아갈까 생각했다. 매주 폴에게서 활기 없는 짤막한 편지를 받았지만 그는 폴을 이미 죽은 사람과 다름없이 생각하고 있었다. 그가 열망하는 사람은 타니스였다.

〈난 남에게 의존하지 않는 똑똑한 사람이기 때문에 타니스와의 관계를 끊어 버린 거야. 하지만 그녀가 보고 싶군. 오, 정말 너무나 보고 싶어!〉 그는 분노했다. 〈마이러는 내 심정을 이해 못해. 그녀가 인생에서 바라는 것은 그저 남들처럼 지내는 것뿐이니까. 타니스라면 내가 정말 괜찮은 사람이라고 말해 줄 텐데.〉

하지만 타니스를 만나지 않겠다던 결심은 스러졌다. 어느 날 저녁 늦게 그는 타니스에게 달려갔다. 크게 기대한 것은 아니었으나 마침 그녀는 집에 혼자 있었다. 그녀는 예전의 타니스가 아니었다. 정중하지만 눈썹을 높이 치올리는 얼음처럼 차가운 여자로 변해 있었다. 겉만 타니스였을 뿐이다. 그녀는 말했다. 「그래, 조지, 무슨 일인가요?」 그녀는 차분하고도 냉담한 어조로 말했다. 그는 기세가 꺾여 비굴하게 빠져나왔다.

그가 얻은 최초의 위안은 테드와 유니스 리틀필드의 위로였다.

테드가 대학에서 집으로 돌아온 어느 날 저녁, 그 애들은 춤을 추었다. 테드는 낄낄 웃었다. 「아빠, 유니에게서 무슨 말을 들었는 줄 알아요? 아빠가 세네카 돈을 지지하여 큰 소동을 벌였다면서요? 멋져요, 아빠! 사람들에게 충격을 줘야 해요! 사람들을 분발시켜야 해요! 이 도시는 잠들어 있으니까요!」 유니스는 사뿐히 배빗의 무릎에 뛰어올라 그에게 키스하고 단발머리를 그의 뺨에 비벼 대며 환성을 질렀다. 「아저씨는 하워드보다 훨씬 멋져요.」 그녀는 대담하게 말했다. 「어째서 하워드는 그렇게 부루퉁할까요? 마음은 착하고 솔직히 말해 몹시 똑똑하긴 하지만, 내가 그렇게 말했는데도 액셀러레이터를 밟을 줄 몰라요. 저, 아저씨, 그에게 뭔가 가르쳐 줘야 한다고 생각하지 않으세요?」

「이런, 유니스, 아빠에 대해 그렇게 말하면 안 되지.」 배빗은 플로럴 하이츠의 주민답게 점잖게 말했지만 몇 주 만에 처음으로 행복했다. 자신이 젊은 세대의 충성심에서 힘을 얻는 역전의 진보주의자라고 생각했다. 테드와 유니스는 냉장고를 뒤지러 나갔다. 배빗은 아무런 제지도 않고 바라보기만 했다. 「네 엄마가 우연히 이 광경을 보기라도 한다면 우리는 호되게 야단을 맞을걸!」 유니스는 갑자기 엄마인 양 행동하면서 달걀을 잔뜩 가져다가 버터나 우유 따위와 뒤섞었다. 그녀는 배빗의 귀에 키스하면서 생각에 잠긴 대수녀원장의 목소리로 말했다. 「나 같은 페미니스트가 남자들에게 음식을 먹이려고 이처럼 소동을 벌이다니! 정말 믿기지 않는군!」

이렇게 격려를 받았기 때문에 배빗은 셀던 스미스를 만났을 때 다소 무모하게 행동할 수 있었다. 스미스는 YMCA 교육관장이자 채텀 로드 장로교회의 성가대장이었다. 스미스는 축축한 손으로 배빗의 두툼한 손을 잡으며 악수했다. 「배빗 형제, 최근 교회에 나오는 발길이 뜸하군요. 당신이 이런저런 일로 많이 바쁜 건 알고 있어요. 하지만 교회 공동체의 소중한 친구들을 잊어서는 안 돼요.」

배빗은 애정 어린 악수를 풀고 — 셀디는 오랫동안 악수하고 싶어 했다 — 딱딱거리는 어조로 대답했다. 「글쎄, 당신네들은 나 없이도 잘 꾸려 나갈 수 있잖아요. 미안해요, 스미스. 급히 가

봐야 해서. 그럼 안녕.」

하지만 나중에 그는 위축되었다. 〈그 버러지 같은 자식마저 나보고 교회 공동체에 나오라고 뻔뻔스럽게 말하는 것을 보면, 그 거룩한 패거리들 또한 나를 두고 말들이 많은 것 같은데.〉

그는 존 제니슨 드류 박사, 콜몬들리 프링크, 심지어 윌리엄 워싱턴 어손 같은 사람들조차 수군거리고 숙덕거리는 소리를 들었다. 독립심이 자신의 몸에서 술술 빠져나가는 것이 느껴졌다. 사람들의 신랄한 눈초리와 그칠 줄 모르는 속삭임을 두려워하며, 그는 혼자 거리를 걸었다.

제33장

1

잠자리를 준비하면서 그는 아내에게 셸던 스미스가 얼마나 못마땅한 사람인지 설명했다. 하지만 그녀의 대답은 기대한 것과 달랐다. 「그의 목소리는 정말 아름다워요. 대단히 영적이죠. 당신이 음악을 잘 모른다고 해서 스미스를 그렇게 말해서는 안 돼!」 그런 아내는 낯설어 보였다. 그는 이 뚱뚱하고 수다스러운 여자를 매섭게 노려보았다. 그녀의 굵직한 맨살 팔뚝을 쳐다보며, 이 여자가 어떻게 여기에 와 있는 건지 의아한 생각이 들었다.

그는 차가운 침대에 드러누워 이리저리 몸을 뒤척이면서 타니스에 대해 곰곰이 생각했다. 〈그녀를 잃다니 얼마나 어리석은 일인가. 사람에게는 진심을 털어놓을 수 있는 누군가가 있어야 해. 이렇게 혼자서만 고민을 한다면 도저히 당해 내지 못할 거야. 마이러, 저 여자가 나를 이해해 주기를 바라는 건 가망 없는 일이야. 그렇다고 문제를 피해 봐야 소용없겠지. 부부가 이렇게 오래 살고도 이처럼 천리만리 떨어져 있다니 정말 부끄러운 노릇이군. 역겨울 정도로 부끄러워. 하지만 이제는 그 어떤 것도 우리 두 사람을 결속시키지 못해. 내가 제니스의 위협에 굴복하지 않는 한 ─ 하지만 무슨 일이든 나는 결코 위협을 당해 억지로 하지는 않을 거야. 나를 감언이설로 설득하거나 구슬리는 것도 절대 안 돼!〉

지나가는 자동차 소리 때문에 새벽 3시에 눈을 뜬 그는 침대에서 내려와 물을 한 잔 마시러 갔다. 침실을 나서려는데 아내의 신음 소리가 들려왔다. 한밤중이어서인지 아내에 대한 적개심은 다소 희미해져 있었다. 그는 근심스러운 어조로 물었다. 「여보, 어디 아파?」

「나 ─ 이쪽 허리가 아파요 ─ 아, 쥐어뜯는 듯이 아파요.」

「소화 불량인가? 중탄산소다를 가져올까?」

「그러지 마요 ─ 곧 누그러지겠죠. 어제랑 오늘 밤에 약간 수상한 기미가 있었는데, 그러다가 지나갔거든요. 막 잠들려고 하는데 ─ 자동차 소리에 깨어났어요.」

그녀의 목소리는 폭풍에 휩싸인 배처럼 지쳐 있었다. 그는 깜짝 놀랐다.

「의사를 부르는 게 좋겠어.」

「아니, 부르지 마요! 곧, 나을 거예요. 여보, 얼음주머니 좀 가져다 줄래요?」

그는 얼음주머니를 찾기 위해 발소리를 죽이며 욕실로 걸어갔고, 얼음을 넣기 위해 부엌으로 내려갔다. 밤늦은 수색 작업이 정말 극적이라는 생각이 들었지만 단도처럼 생긴 집게로 얼음덩어리를 꺼낼 때는 냉정하고 침착하며 성숙해져 있었다. 그녀의 옆구리를 더듬으며 얼음주머니를 가볍게 갖다 대는 그의 목소리에는 예전의 다정함이 담겨 있었다. 「그래그래, 이제 곧 나아질 거야.」 그는 침대로 되돌아갔지만 잠들지 못했다. 아내의 신음 소리가 다시 들려왔다. 그는 다시 일어나 아내를 위로했다. 「여보, 아직도 아파?」

「예, 누가 몸을 쥐어뜯는 듯이 아파서 잠을 못 자겠어요.」

그녀의 목소리는 희미했다. 그는 아내가 의사의 왕진을 두려

위하는 것을 알고 의사 부르겠다는 얘기를 하지 않았다. 하지만 삐걱거리는 소리를 내며 아래층으로 내려가서 의사 얼 패튼에게 전화를 걸었다. 그는 몸을 가볍게 떨며 멍한 눈으로 잡지를 읽으려 애쓰면서 의사의 자동차 소리가 들리기를 기다렸다.

의사는 젊고 쾌활한 사람이었다. 그는 햇빛 밝은 대낮인 양 씩씩하게 걸어 들어왔다. 「조지, 살짝 아픈 거겠지요? 지금은 어때요?」 그는 바삐 말했다. 약간 짜증이 날 정도로 명랑한 의사는 코트를 벗어 의자에 던지고 라디에이터에 두 손을 쬐었다. 그는 마치 자기 집에 와 있는 듯 자연스럽게 행동했다. 의사를 따라 2층으로 올라가면서, 배빗은 자신이 의사에게 밀려난 하찮은 인물이 된 듯한 느낌이 들었다. 잠시 뒤 베로나가 문 사이로 들여다보며 물었다. 「무슨 일이에요, 아빠, 무슨 일이에요?」 「아, 심하지 않은 위염이에요.」 의사가 가볍게 웃으며 말했다.

진찰한 뒤, 의사는 상냥하지만 약간 명령조의 말투로 배빗 부인에게 말했다. 「늘 있는 통증이지요? 잠이 잘 오는 약을 드릴게요. 아침에는 더 좋아질 겁니다. 아침 식사가 끝난 뒤 또 오겠습니다.」 하지만 아래층 거실에 드러누워 기다리던 배빗에게는 한숨을 내쉬며 말했다. 「복부를 진찰해 보니 별로 좋지 않아요. 염증이 생겨 딱딱한 게 만져지거든요. 부인은 맹장을 제거하지 않았죠? 너무 걱정할 필요는 없습니다. 내일 아침 일찍 다시 들를게요. 그때쯤이면 부인도 좀 안정이 될 겁니다. 모르핀 주사를 놓았으니까요. 안녕히 계세요.」

배빗은 갑자기 험악한 폭풍에 휩싸였다.

그의 마음을 온통 차지했던 그 모든 분노와, 그가 씨름했던 정신적 드라마는 곧 오래되고 압도적인 현실 앞에서 흐릿해진 채 힘을 잃었다. 병과 생명의 위협이라는 일반적이고도 전통적인 현실, 기나긴 불면의 밤 그리고 복잡 미묘한 결혼 생활이 맞이할 수 있는 수천 가지 결과 앞에서 그런 것은 어리석은 헛소리에 지나지 않았다. 그는 발소리를 죽여 아내에게 다가갔다. 모르핀을 맞은 그녀가 열대야 같은 나른함에 취해 꾸벅꾸벅 졸고 있을 때, 그는 침대맡에 앉아 아내의 손을 잡았다. 몇 주 만에 처음으로 믿음직스럽고 자상한 남편처럼 그녀의 손을 잡은 것이다.

그는 타월 형태의 목욕 가운에 분홍색과 흰색의 소파 커버를 괴상하게 걸친 채 안락의자에 웅크려 앉았다. 어렴풋한 빛 때문에 침실은 기괴한 모습이었다. 커튼 뒤에는 도둑이 숨어 있는 듯했고, 화장대는 작은 탑이 삐쭉삐쭉 솟은 성 같았다. 방 안에서는 화장품, 리넨, 마취약 냄새가 풍겼다. 그는 졸다가 깨어나기를 수십 번이나 되풀이했다. 그녀가 선잠에 뒤척이면서 한숨 쉬는 소리가 들려왔다. 그는 아내를 위해 할 수 있는 뭔가 확실하고 기운찬 일이 없을까 궁금했다. 그리고 그런 생각을 미처 구체화하기 전에 몹시 괴로워하면서 선잠에 빠져들었다. 밤은 한없이 길었다. 새벽이 밝아 오고 기다림이 끝날 무렵에야 그는 깊이 곯아떨어졌다. 베로나가 방에 들어와 떠들어 대는 소리에 그는 갑자기 깨어났고 그것 때문에 짜증이 났다. 「아빠, 무슨 일이에요?」

아내는 깨어나 있었다. 얼굴은 아침 햇살에 보아도 창백하고 핏기가 없었다. 하지만 이제 그는 아내를 타니스와 비교하지 않았다. 그녀는 다른 여자들과 대조를 이루는 여자 중 하나가 아니라 바로 그의 자아나 다름없는 존재였다. 아내를 비판하고 잔소리로 괴롭히는 것은 자기 자신을 비판하고 들볶는 것이었다. 그렇게 비판하고 들볶는다고 해도 개인의 영원한 본질인 자아를 바꿀 수는 없는 노릇이고, 또 이제 배빗에게는 바꾸어 보겠다는 욕망도 없었다.

그는 아버지답게 베로나를 자상하게 대하면서 믿음직한 태도를 보여 주었다. 또한 엄마가 걱정되어 울음을 터뜨리는 막내딸 팅가를 위로했다. 그는 아침 식사를 일찍 준비하라고 지시했다. 조간신문을 보고 싶었으나 그 마음을 억제함으로써 자신이 영웅적이고 쓸모 있는 가장이 된 느낌을 가질 수 있었다. 하지만 패튼 박사가 되돌아오기만을 기다리는, 아주 위축되고 비영웅적인 시간도 있었다.

「별 차도가 없네요.」 패튼은 말했다. 「11시쯤 다시 올게요. 괜찮으시다면 세계적으로 유명한 다른 의사를 모셔 와서 좀 더 자세히 진찰해야겠습니다. 자, 조지, 더 이상 당신이 할 일은 없어요. 얼음주머니를 채우는 건 베로나에게 부탁할게요 ─ 그걸 계속 사용하는 게 좋을 겁니다 ─ 그리고 당신은 환자 곁에서 서성대지 말고, 서둘러 사무실로 출근하는 게 좋을 거예요. 누가 보면 당신이 환자인 줄 알겠어요. 남편들의 신경과민은 정말 못 말린다니까요! 여자들보다 훨씬 더 신경질적이에요! 남편들은 아내가 아플 때면 늘 간섭하며 걱정하죠. 자, 이제 맛있는 커피 한 잔 더 마시고 출근해요!」

이런 조소에 배빗은 곧 일상으로 돌아갔다. 그는 차를 타고 사무실에 출근하여 편지를 구술하고, 거래처에 전화를 걸었다. 하지만 상대방이 전화를 받기도 전에 누구에게 전화를 걸었는지 잊어버렸다. 오전 10시 15분에 그는 집으로 되돌아왔다. 시내의 복잡한 교통 상황을 벗어나자마자 차의 속도를 올렸고, 그의 얼굴은 비극의 가면처럼 아주 깊이 주름 잡혀 있었다.

아내는 깜짝 놀라며 그를 맞이했다. 「여보, 왜 돌아왔어요? 좀 좋아진 것 같은데. 베로나에게도 늦게나마 출근하라고 했어요. 내가 아프니까 정말 불편하죠?」

그는 그 말이 꼭 안아 달라는 의미임을 알았다. 배빗은 기꺼이 안아 주었고 그녀는 행복해했다. 패튼 박사의 자동차 소리가 집 앞에서 들려왔을 때, 두 사람은 기이하게도 행복한 느낌으로 가득했다. 그는 창밖을 내다보다가 깜짝 놀랐다. 패튼과 함께 온 사람은 마구 헝클어진 검은 머리에 경기병 콧수염을 기른 성마른 외과 의사 A. I. 딜링 박사였다. 배빗은 불안한 마음을 간신히 억누르며 다급하게 아래층으로 내려갔다.

패튼은 아무 일도 아니라는 듯 말했다. 「조지, 공연한 걱정은 말아요. 내가 보기에 딜링 박사가 진찰하는 게 훨씬 좋을 것 같아서요.」그는 마치 대가를 대하듯이 공손하게 딜링을 가리켰다.

딜링은 퉁명스럽게 고개를 끄덕이더니 성큼성큼 2층으로 올라갔다. 배빗은 몹시 괴로워하며 거실을 서성거렸다. 아내의 분만 때를 제외하면, 가족 가운데 큰 수술을 받은 사람은 한 명도 없었다. 그가 생각하기에 외과 수술은 엄청난 일이면서 동시에 아주 싫고 두려운 일이었다. 하지만 딜링과 패튼이 다시 내려왔을 때, 그는 모든 게 괜찮다는 것을 알았다. 그는 웃음을 터뜨리고 싶었다. 두 의사는 코미디 뮤지컬에 나오는 수염 기른 의사들을 빼다 박은 모습이었다. 양손을 비벼 대는 두 사람의 태도는 어리석은 현인을 연상시켰다.

딜링 박사가 말했다.

「배빗, 유감스럽게도 급성 맹장염 진단이 나왔소. 우리는 수술하기로 했소. 물론 결정은 당신에게 달려 있지만 빨리 조치를 취해야 하오.」

배빗은 그 말의 의미를 전부 이해하지는 못했다. 그는 우물우물 대답했다. 「글쎄요, 내 생각에 수술을 준비하려면 2~3일은 걸릴 텐데요. 어쩌면 테드는 비상사태에 대비하여 학교에서 돌아와야 할 테고요.」

딜링 박사는 투덜거렸다. 「안 돼. 그렇게 오래 기다릴 수 없소. 복막염으로 악화되는 상황을 막으려면 당장 수술해야 한단 말이오. 강력하게 수술을 권하는 바요. 당신이 진행하라고만 한다면, 지금 곧 성모 병원에 구급차를 보내 달라고 전화할 생각이오. 그녀를 45분 만에 수술대 위에 올려놓아야 하니까.」

「나, 나는 — 물론 박사님이 더 잘 알 거라고 생각해요 — 하지만 맙소사, 박사님, 나는 그녀의 옷가지와 모든 것을 당장 준비할 수 없습니다! 이렇게 피곤하고 허약한 상태로는 —」

「준비할 게 뭐가 있소? 그저 그녀의 머리빗과 칫솔만 가방에 집어넣으면 되는걸. 하루나 이틀 동안 필요한 것은 그게 전부요.」딜링 박사는 그렇게 말하고 전화기로 갔다.

배빗은 힘껏 2층으로 뛰어 올라갔다. 그는 놀란 팅카를 방에서 내보냈다. 그러고는 일부러 쾌활한 목소리로 아내에게 말했다. 「글쎄, 여보, 의사가 작은 수술을 하는 게 좋겠다네. 그러면 곧 회복할 거래. 수술은 몇 분밖에 안 걸리고, 아이 낳는 것에 비하면 그 절반의 수고도 안 든대. 당신은 잠깐 사이에 괜찮아질 거야.」

그녀는 손가락이 아플 정도로 그의 손을 세게 잡고는 겁먹은 아이처럼 울상을 지으며 말했다. 「두려워요. 혼자서 어둠 속에 들어간다니!」 그녀의 눈빛에 성숙한 어른의 지혜는 보이지 않았다. 겁먹은 그 눈빛은 간청하는 듯했다. 「나와 함께 있어 줄 거죠? 여보, 지금 사무실로 가면 안 돼요. 병원에 함께 갈 수 있나요? 오늘 저녁 나를 보러 올 수 있나요? 모든 게 괜찮다면 말이에요. 오늘 저녁에 외출하지 않을 거죠?」

그는 아내의 침대 곁에 무릎을 꿇었다. 그녀가 힘들게 그의 머리카락을 쓰다듬는 동안, 그는 흐느껴 울면서 그녀의 리넨 소매에 키스하며 맹세했다. 「여보, 나는 세상 누구보다도 당신을 사랑해! 사무실 일과 그 밖의 모든 것 때문에 걱정을 좀 했지만 이제는 다 끝났어. 나는 되돌아왔어.」

「정말로요? 조지, 나는 여기에 누워 생각했어요. 어쩌면 이대로 세상을 떠났으면 좋겠다고요. 사람들이 정말로 나를 필요로 하고 또 원하는지 의문이었거든요. 내가 살아 봐야 무슨 소용이 있나 하는 생각도 들었고요. 내가 너무 어리석고 못생겨서 —」

「저런, 저런, 그런 소리 하지 마! 지금 급히 당신의 짐을 싸야 하는데 칭찬의 말을 듣고 싶다는 거야? 그래, 당신은 젊고 예쁘고 재치가 풍부하지 —」 더 이상 말을 이을 수 없었다. 그는 다시 흐느껴 울었다. 그런 앞뒤 맞지 않는 소리를 늘어놓는 가운데 두 사람은 서로 상대방에 대한 애정을 확인했다.

병원에 가져갈 짐을 싸면서 이상하게도 그의 머리는 맑아지고 기민해졌다. 그는 더 이상 흥청망청 놀아나는 밤 따위는 없으리라는 사실을 알았다. 그런 밤을 아쉬워할 순간도 있으리라 생각했다. 하지만 그것이 중년의 무기력한 안정이 닥쳐오기 전 마지막으로 벌인 최후의 일탈이었음을 씁쓸하게 깨달았다. 그러면서 그는 싱긋 웃었다. 〈제기랄, 파티가 계속되는 동안은 즐거웠지!〉 그리고 — 수술 비용은 얼마나 나올까? 〈딜링과 잘 협상하여 적절히 매듭지어야지. 하지만 수술비가 얼마나 나오든 신경 안 써!〉

구급차가 현관 앞에 도착했다. 슬픔에 잠긴 상태였지만, 평소 기술적 탁월함을 좋아하는 배빗은 구급 요원들이 아내를 들것에 눕혀 아래층으로 들고 가는 저 전문적인 솜씨에 감탄했다. 번쩍거리는 구급차는 세련된 흰색 대형차였다. 배빗 부인은 신음했다. 「이 차는 겁나요. 꼭 영구차에 들어가는 것 같아요. 당신이 함께 있어 줘요.」

「운전기사와 함께 앞 좌석에 있을게.」 배빗은 약속했다.

「아니, 당신이 여기 같이 탔으면 좋겠어요.」 그녀는 구급 요원에게 물었다. 「괜찮을까요?」

「물론이죠, 부인. 여기에 튼튼한 접이의자가 있습니다.」 나이 든 구급 요원은 전문가다운 탁월함을 발휘하며 말했다.

그는 아내 곁에 앉았다. 구급차 뒤쪽에는 간이침대, 접이의자, 가동 중인 작은 라디에이터가 있었고, 좀 엉뚱하게도 달력이 붙어 있었다. 체리를 먹는 여자의 모습이 박힌, 그걸 만든 식품 회사의 이름을 선전하는 달력이었다. 배빗은 괜히 쾌활한 척하며 손을 뻗었다가 라디에이터를 건드리고는 깜짝 놀라 비명을 내질렀다.

「이런, 수라질!」

「조지 배빗, 저주하거나 욕을 해서는 안 돼요!」

「알아, 정말 미안해. 하지만 손가락을 전부 덴 것 같은데. 얼마나 데었는지 한번 봐! 정말 아프네. 너무 아파! 저 빌어먹을 라디에이터는 너무 뜨겁군. 지옥의 입구보다 더 뜨거워! 자, 봐! 덴 자국이 선명하지!」

 그리하여 그들은 성모 병원으로 향했다. 병원 간호사들은 이미 그녀의 생명을 구하기 위한 수술 장비를 갖추어 놓고 있었다. 아내는 그를 위로하고 아까 덴 손에 키스하며 빨리 나으라고 말했다. 원숙한 남자처럼 무뚝뚝하게 보이고 싶은 마음도 있었지만 그는 기꺼이 아내에게 굴복하여 그 위안을 받아 들였다.

 구급차는 덮개가 깔린 자동차 전용 입구로 들어섰다. 병원은 코르크 마루를 깐 홀, 끝없이 많은 문들이 열린 병실 안 침상에 앉은 나이 든 여자들, 엘리베이터, 마취실, 남편들을 경멸하는 젊은 수련의 등이 악몽처럼 이어지는 곳이었다. 그곳에서 그는 한없이 작아지고 위축되었다. 아내에게 키스하는 것은 허용되었다. 그는 호리호리한 흑인 간호사가 아내의 입과 코에 원뿔 모양의 무언가를 씌우는 것을 보았다. 병원의 달콤하면서도 끈적한 소독약 냄새를 맡자 온몸이 굳었다. 그러다가 밖으로 나온 그는 검사실의 높은 의자에 멍하니 앉아 아내를 다시 보고 싶다는 생각을 했다. 늘 그녀를 사랑했고, 잠시라도 다른 여자를 사랑하거나 눈길을 준 적이 없었다고 주장하고 싶었다. 검사실에서 그는 누런 알코올 병에 보관된 부패한 물체를 보았다. 무척이나 메스꺼웠지만 그것에서 눈을 뗄 수 없었다. 기다리는 시간보다 그 물체가 더 신경 쓰였다. 그의 정신은 멍하니 맴돌다가 다시 그 끔찍한 병으로 되돌아왔다. 그것을 보지 않기 위해 그는 오른쪽으로 난 문을 열면서 어디 사무실 비슷한 곳이 없는지 살펴보았다. 하지만 곧 자신이 수술실을 들여다보고 있다는 것을 깨달았다. 그는 한눈에 딜링 박사를 알아보았다. 박사는 흰 가운을 입고 머리를 붕대로 감은 이상한 모습으로 나사와 바퀴 모양의 기계를 든 채 강철 수술대 쪽으로 허리를 굽히고 있었다. 간호사들은 대야 모양의 그릇과 면 스펀지를 들고 있었다. 그리고 수술대 위에 붕대를 감은 아내가 있었고 의식 불명의 아래턱과 하얀 살 무더기가 보였다. 붕대 한가운데엔 깊이 베인, 흙빛의 네모진 살덩어리가 있었고 가장자리에서는 피가 좀 배어 나왔다. 그 깊이 베인 자리에는 한 무더기의 수술용 핀셋이 기생충처럼 튀어나와 있었다.

그는 황급히 수술실 문을 닫았다. 밤새 스스로의 비행에 놀라며 후회하긴 했지만 아직 그의 마음속 깊이 새겨진 것은 아니었다. 그러나 애틋하고 인간적인 그녀가 수술대 위에서 마취된 상태로 하나의 살덩어리가 되어 널브러져 있는 광경을 보고서 그는 커다란 충격을 받았다. 실험실의 높은 의자에 다시 웅크려 앉으며 그는 맹세했다. 앞으로는 아내에게…… 제니스에…… 효율적인 업무에…… 부스터 클럽에…… 좋은 친구들이 모인 모든 단체들에 충성을 바치리라.

그때 간호사가 다가와 위로하듯이 말했다.「다 끝났어요! 수술은 대성공입니다! 부인은 곧 회복할 거예요. 마취에서 금방 깨어날 테니 곧 부인을 볼 수 있어요.」

그는 기묘하게 기울어진 침상에 누워 있는 아내를 발견했다. 얼굴은 누런 병색이었지만 자줏빛 입술이 약간 움직였다. 그제서야 정말로 아내가 살아 있다는 생각이 들었다. 그녀가 뭐라고 중얼거렸다. 그는 허리를 숙여 그녀가 한숨 쉬며 힘들게 내는 소리를 들었다.「팬케이크에 사용할 진짜 단풍당은 정말 구하기 어려워요.」그는 한참 웃어 댔다. 그러고는 간호사에게 환하게 미소 지으며 자랑스럽게 말했다.「아내가 단풍당 얘기를 하는군요! 당장 버몬트에 단풍당 4백 리터를 주문할 겁니다!」

2

그녀는 17일 만에 퇴원했다. 그는 매일 오후 면회를 갔다. 오랫동안 대화를 나누면서 두 사람은 부지중에 가까운 사이로 되돌아왔다. 한번은 그가 타니스나 그 무리와 어울렸던 일을 넌지시 내비쳤다. 아내는 못된 여자가 불쌍한 조지를 유혹한 것이라는 해석을 내렸다.

한때 이웃들과 모범 시민들의 대단한 매력에 대해 의심한 일도 있긴 했지만 이제 그는 그 모든 것을 전적으로 확신했다. 그는 〈세네카 돈이 꽃다발을 가져오거나 내 아내를 위로해 주는 모습을〉 보지 못했다는 사실에 주목했다. 반면에 하워드 리틀필드 부인은 병원에 진짜 와인 향이 풍기는 값비싼 와인 젤리를 가져왔다. 오빌 존스는 배빗 부인이 좋아하는 것들로 고르느라 몇 시간을 투자한 소설책들을 정성스럽게 가져다주었다. 주로 뉴욕 백만장자와 와이오밍 주의 카우보이가 등장하는 멋진 연애물들이었다. 루에타 스완슨은 환자용 분홍색 짧은 윗도리를 뜨개질해서 가져왔다. 시드니 핀켈스타인과 쾌활한 갈색 눈동자의 왈가닥 부인은 파처 앤드 스타인 백화점 매장에서 가장 예쁜 잠옷을 골라 왔다.

친구들 모두 그를 의심하면서 숙덕거리던 행동을 중단했다. 애슬레틱 클럽 사람들은 매일 그녀의 안부를 물어 왔다. 그가 이름을 모르는 클럽 회원들까지 그를 붙잡고 아내의 안부를 물었다. 「부인은 어떻게, 건강이 회복되고 있나요?」 배빗은 황량한 고지에서 내려와, 따뜻한 바람이 불고 오두막들이 있어 즐거운 계곡으로 들어선 기분이었다.

어느 날 점심때, 버질 건치가 말을 건네 왔다. 「저녁 6시쯤 병원에 있을 건가? 그때쯤 아내와 함께 병원에 들를 생각인데.」 건치 부부는 정말로 병원에 찾아왔다. 건치가 하도 익살맞게 굴어서 배빗 부인이 이렇게 만류해야 할 정도였다. 「그만 웃기세요. 솔직히 말해, 수술한 부분이 아파요.」 병원 홀 쪽으로 내려가는 길에 건치는 다정하게 말을 건넸다. 「이봐 조지, 자네는 걸핏하면 화를 내더니 이제야 정신을 좀 차린 것 같군. 이유는 잘 모르겠지만, 아무튼 상관없네. 자네는 이제 흠잡을 데 없는 모범 시민으로 되돌아온 것 같아. 그러니 이보게, 우리 모범 시민 연맹에 가입하게. 우린 멋진 시간을 보내고 있어. 이제 자네의 조언이 필요하다네.」

배빗은 너무나 기뻐서 눈물을 흘릴 뻔했다. 연맹에 가입할 것을 강요당한 것이 아니라 좋은 말로 권유받았다는 사실, 자존심을 구기지 않고도 투항할 수 있는 조건, 자생(自生) 혁명가임을 완전히 포기하는 평온함에 기쁨을 느꼈다. 그는 건치의 어깨를 가볍게 두드리며 고마움을 표시했다. 다음 날, 그는 모범 시민 연맹의 회원으로 가입했다.

2주 만에 조지 F. 배빗은 세네카 돈의 사악함을 적극적으로 공격하고, 노조의 범죄를 맹렬하게 비판하며, 이민의 위기를 강조하고, 골프와 도덕성과 예금 잔액의 기쁨을 적극적으로 찬양하고 나섰다. 모범 시민 연맹에서 배빗보다 더 적극적으로 그런 활동을 펼치는 사람은 발견할 수 없었다.

제34장

1

 모범 시민 연맹은 전국적으로 퍼져 나갔다. 그 조직은 제니스와 마찬가지로 수십만 명의 주민을 거느린 도시들에서 효율적으로 운영되었고, 회원들의 존경을 받았다. 모두 똑같은 것은 아니었지만 대부분 옥수수 밭과 탄광과 작은 마을들을 배경 삼아 내륙에 위치한 도시들이었다. 도시들은 배경의 작은 마을들에 부동산 담보 대출, 식사 예절, 예술, 사교술, 여성용 모자 등을 제공하며 번성해 나갔다.
 제니스의 부유한 시민들 대부분이 연맹의 회원이었다. 회원 모두가 〈모범 시민〉인 것은 아니었다. 번영의 세일즈맨인 열렬한 회원들 이외에, 귀족 회원들도 있었다. 그들은 일반 회원보다 더 부유하거나 대대로 부를 세습한 사람들로, 은행장이나 제조 회사 사장, 지주, 기업 법무 변호사, 시류에 민감한 의사 그리고 마지못해 제니스에 남아 빈둥거리면서 — 그렇다고 전혀 일하지 않는 건 아니지만 — 마치 파리에서 막 귀국한 사람처럼 도자기와 초판본을 수집하는, 나이는 들었지만 젊어 보이는 소수의 부유한 남자들이었다. 그들은 노동자 계급이 함부로 굴지 못하도록 통제해야 한다는 사상을 공유했다. 그들 모두 미국 민주주의는 부의 평등을 뜻하며 사상, 의상, 그림, 도덕, 어휘 등을 건전하게 표준화해야 한다고 생각했다.

이런 측면에서 그들은 다른 나라, 특히 영국의 지배 계급과 유사했다. 하지만 좀 더 적극적으로 널리 수용될 만한 기준을 만들어 내려 한다는 점에서 영국 지배 계급과는 다른 점이 있었다. 그 기준이라 함은, 어느 나라에서나 지배 계급이라면 실현되기를 바라 마지않지만 실제로는 잘 되지 않아 절망하는 그런 기준이었다.

모범 시민 연맹은 오픈숍을 위하여 아주 오랜 기간에 걸쳐 투쟁을 벌여 왔다. 그것은 다르게 말하면 노동조합과의 투쟁이었다. 그것과 병행하여 미국화 운동도 전개되었다. 그들은 새로 이민 온 외국인들이 1백 퍼센트 충실하게 학습할 수 있도록 영어와 역사와 경제를 가르치는 야간 학교를 세우고, 날마다 그들을 교육하는 기사를 신문에 게재했다. 노사 문제는 결국 미국적 방식으로 해결되어야 한다는 생각이었다. 그리고 그 해결 방식이란 무엇보다도 노동자들이 사주를 신뢰하며 사랑하는 일이었다.

연맹은 그들의 목적에 부합하는 활동을 벌이는 다른 기관들에는 아주 너그럽게 대했다. 그들은 YMCA에서 신축 건물을 짓기 위해 20만 달러를 모금하는 일에 적극 협조했다. 배빗, 버질 건치, 시드니 핀켈스타인, 그리고 찰스 맥켈비 등은 영화관 관객들을 상대로 〈선한 Y〉가 많은 기독교인들의 생활에 커다란 영향을 미쳤으니 널리 기부하라고 연설했다. 「애드버킷 타임스」에는 신문사의 사주이자 백발의 실력자, 러더퍼드 스노 대령과 YMCA의 셸던 스미스가 악수하는 사진이 실리기도 했다. 사진 촬영 후, 스미스가 허 짧은 소리로 〈당신도 우리의 기도 모임에 참석하세요〉라고 말하자 농담 좋아하는 스노 대령은 이렇게 받아쳤다. 「도대체 무엇 때문에 그래야 하죠? 우리 집에도 나름대로 멋진 바가 있는데.」 하지만 그 농담은 신문에 실리지 않았다.

몇몇 무책임한 소형 신문사들이 세계 대전 참전 용사들의 단체인 미국 재향 군인회를 비판하던 이 시기에, 연맹은 미국 재향 군인회에게 소중한 존재였다. 어느 날 저녁, 많은 젊은이들이 제니스 사회주의 본부를 습격하여 기록 문서를 불태우고 사무실 직원을 구타하고 창밖으로 책상들을 마구 내던졌다. 「애드버킷 타임스」와 「이브닝 애드버킷」를 제외한 모든 신문들은 이 경솔한 폭력 사태를 미국 재향 군인회의 소행으로 돌렸다. 모범 시민 연맹의 돌격대는 편파적인 신문사를 방문하여 재향 군인들이 이런 짓을 할 리가 없다고 우겨 댔다. 편집자들은 그 말의 속뜻을 알아듣고 유연하게 대처함으로써 기존의 광고 수입을 그대로 유지했다. 제니스의 한 양심선언자가 감옥에서 석방되어 귀향했다가 다른 도시로 다시 쫓겨나자, 신문들은 그를 쫓아낸 자들을 가리켜 〈신원 미상의 폭도〉라고만 했다.

2

모범 시민 연맹의 의기양양한 활동에 배빗은 빠짐없이 참여했다. 그리하여 자존심과 자기만족을 완전히 되찾았고 친구들의 애정도 되찾았다. 이제 그는 느긋하게 자신의 주장을 펴고 나섰다. 「도시를 깨끗하게 청소하는 데 나도 나름대로 한몫했어. 이제는 부동산 일에 전념하고 싶군. 연맹 일은 좀 천천히 할 생각이야.」

부스터 클럽에 복귀한 것과 마찬가지로 그는 교회에도 복귀하여 셸던 스미스의 아낌없는 환영사를 참을성 있게 들었다. 최근의 불만과 반항으로 인해 자신의 구원이 위태로워지는 건 아닌지 걱정이었다. 과연 천국이 존재하는지도 별로 확신할 수 없었지만 존 제니슨 드류 박사는 천국이 있다고 설교했고, 그렇다면 배빗은 천국에 못 들어가게 될지도 모르는 모험을 하고 싶지 않았다.

어느 날 저녁, 그는 드류 박사의 목사관 옆에서 산책하던 중 충동적으로 목사를 만나러 갔다. 목사는 서재에 있었다.

「잠깐만 — 전화를 걸어야 하거든요.」 드류 박사는 사무적인 어조로 말한 후 이어 적극적으로 통화에 임했다. 「아, 여보세요? 버키 앤드 헤니스입니까? 드류 목사입니다. 다음 일요일에 사용할 주보 교정쇄는 대체 어떻게 된 겁니까? 뭐요? 당장 가져오도록 하세요. 직원들이 아프다고요? 그래도 늦어지는 건 절대 안 돼요! 오늘 저녁에 당장 가지고 오세요. 사환 애를 시켜서 빨리 보내세요.」

그는 몸을 돌려 쾌활한 어조로 물었다. 「그래, 배빗 형제, 뭘 도와 드릴까요?」

「그냥 들렀어요. 목사님, 제 사정을 좀 말씀드리려고요. 얼마 전에 나는 약간 일탈을 했습니다. 술도 좀 마시고 그랬죠. 내가 묻고 싶은 건 이겁니다. 사람이 그런 비행을 그만두고 정신을 차린다면 그다음은 어떻게 됩니까? 그러니까 과거의 그런 비행이 결국에는 그에게, 아…… 뭐랄까, 불리하게 작용할까요?」

드류 목사는 갑자기 관심을 기울였다. 「그런데, 배빗 형제, 그 일탈에는 다른 것들도 있었나요? 가령 여자관계라든가.」

「아니요, 그런 관계는 사실상 없었습니다.」

「주저하지 말고 얘기해요, 형제! 내가 이 자리에 있는 것은 그 때문입니다. 술판을 벌였나요? 차에서 여자들과 포옹했나요?」 목사의 눈이 빛났다.

「아닙니다. 없었습니다.」

「〈금주법을 무시하지 말라 협회〉의 대표단이 15분 안에 나를 찾아올 거고 또 10시 15분에는 〈산아 제한 반대 협회〉의 대표단이 찾아오게 되어 있어요.」 그는 바쁘다는 듯 회중시계를 힐금 내려다보았다. 「하지만 5분이 남아 있으니까 당신을 위해 기도해 드리지요. 의자 옆에 무릎을 꿇으세요, 형제. 부끄러워하지 말고 하느님의 인도를 청하세요.」

배빗은 머리가 근질근질하여 도망치고 싶었지만 드류 박사는 이미 책상 의자 옆에 털썩 무릎을 꿇었다. 그의 목소리는 아까 통화할 때의 굉장히 빠른 말투에서 죄악과 하느님을 언급할 때의 부드러운 어조로 바뀌어 있었다. 배빗 또한 무릎을 꿇자 드류 박사는 유창하게 기도를 올렸다.

「오, 주님, 당신은 여기 우리의 형제를 보고 계십니다. 그는 많은 유혹에 빠졌었습니다. 오, 하늘의 아버지여, 그의 마음을 순수하게, 어린이와 같이 순수하게 만들어 주옵소서. 오, 그가 악을 끊을 수 있는 남자다운 용기의 기쁨을 다시 알게 하소서 ―」

그때 셀던 스미스가 쾌활할 걸음걸이로 서재에 들어왔다. 기도하는 두 사람을 본 그는 점잔 빼며 웃더니 너그럽게 배빗의 어깨를 어루만지고 어깨에 팔을 둘렀다. 그러고는 그들 옆에 무릎을 꿇고 이어 신음하는 듯한 소리로 드류 박사의 기도에 장단을 맞추었다. 「그렇습니다, 주님. 우리의 형제를 도와주소서, 주님!」

배빗은 눈을 감으려고 애썼지만 자기도 모르게 눈을 가늘게 뜨고 모아 쥔 손가락 사이로 내다보았다. 목사는 기도하던 중 회중시계를 흘깃 내려다보고 이어 의기양양한 목소리로 결론을 말했다. 「우리에게 상담과 보살핌을 받으러 오는 것을 그가 두려워하지 않게 하시고, 교회가 그를 어린양처럼 인도할 수 있음을 깨닫게 해주소서.」

드류 박사는 후닥닥 일어나 천국의 방향으로 눈길을 한 번 돌리며 회중시계를 호주머니에 집어넣더니 스미스에게 물었다. 「대표단이 왔나요, 셸디?」

「예, 밖에 있습니다.」 셸디는 목사처럼 활기차게 대답하고 배빗에게 달래는 듯한 목소리로 말했다. 「형제, 도움이 된다면 옆방으로 들어가서 당신과 함께 기도를 올리고 싶군요. 드류 박사가 〈금주법을 무시하지 말라 협회〉의 형제들을 맞이하는 동안 말입니다.」

「아니, 고맙지만 ― 시간이 없어서!」 배빗은 서둘러 문가로 가면서 큰 소리로 사양했다.

그 후로 배빗은 채텀 로드 장로교회에 종종 모습을 보이곤 했지만, 문가에서 목사와 악수하는 것은 기피했다.

3

반항적인 일탈 때문에 도덕심이 다소 허약해지긴 했지만, 그는 모범 시민 연맹의 적극적인 캠페인에 의존하지 않았고 교회의 도움을 그리 높이 평가하지도 않았다. 그렇지만 가정, 애슬레틱 클럽, 부스터 클럽, 엘크 클럽으로 되돌아온 기쁨은 아주 컸다.

베로나와 케네스 에스콧은 여러 번 망설이고 주저하다가 마침내 결혼했다. 결혼식을 위해 배빗은 베로나 못지않게 신중하게 옷을 차려입었다. 그는 1년에 세 번 열리는 티 파티에서나 입던, 몸에 꼭 끼는 모닝코트에 억지로 몸을 밀어 넣었다. 베로나와 케네스가 리무진을 타고 출발한 뒤에야 그는 안도하면서 모닝코트를 벗었고, 욱신욱신 쑤시는 다리를 큰 소파에 올려놓았다. 그는 이제 아내와 자신이 거실을 독차지할 수 있다고 생각했다. 베로나와 케네스가 마치 다시 대학생으로 돌아간 것인 양 최저 임금과 연극 협회에 대해 걱정하는 소리를 듣지 않아도 될 것이다.

하지만 이렇게 스며든 평화로운 분위기가 아무리 좋았어도, 부스터 클럽에서 가장 사랑받는 인물의 지위를 회복한 것만큼 위안을 주지는 못했다.

4

윌리스 아이잼스 회장은 조용히 일어서서 몹시 우울한 기색으로 회원들을 바라보며 부스터 클럽의 오찬을 시작했다. 모두들 회장이 어떤 부스터 형제의 사망 소식을 전하는 게 아닐까 짐작했다. 그는 엄숙한 목소리로 천천히 말했다.

「회원 여러분, 충격적인 일을 밝히고자 합니다. 우리 회원에 관한 끔찍한 사항입니다.」

배빗을 포함한 몇몇 부스터들이 당황한 표정을 지었다.

「믿음직한 우리 클럽의 기사이자 나의 믿음직한 친구가 최근 북부로 여행을 갔습니다. 우리 중 한 부스터 회원이 어린 시절을 보낸 그 도시에서, 그 기사는 더 이상 감출 수 없는 어떤 사항을 발견했어요. 사실, 그건 우리가 멋진 친구라고 생각하며 우리의 일원으로 받아들인 그 누군가의 내면과 관련된 것입니다. 신사 여러분, 내 목소리로 과연 제대로 전달할 수 있을까 우려되어 그것을 적어 두었습니다.」

그가 큰 칠판을 가렸던 천을 벗기자, 거기에 큰 대문자로 적힌 글이 드러났다.

조지 〈폴란스비FOLLANSBEE〉 배빗 — 참으로 우매한 친구!⁸³[83]

부스터들은 환호성을 지르고 눈물이 나올 정도로 웃어 댔으며 두루마리 휴지를 배빗에게 던지며 외쳤다. 「말해, 말해 봐! 아, 정말 우매한 친구 같으니!」

아이잼스 회장은 계속 말했다.

---

[83] 배빗의 가운데 이름 Follansbee는 〈어리석음〉을 뜻하는 *folly*와 〈녀석〉, 〈놈〉 등의 의미를 지닌 속어 *bee*를 연상시킨다. 게다가 *-ans*는 〈~하는〉의 뜻을 만드는 접미사로 쓰이므로 〈우매한 친구〉라 표현한 것이다.

「신사 여러분, 조지 배빗이 오랫동안 숨겨온 사실은 끔찍한 것입니다. 그동안 우리는 그를 단순히 〈조지 F.〉라고 생각했지요. 자, 이제 다들 그 〈F〉가 무엇의 약어라고 생각하는지 차례로 말해 주었으면 합니다.」

그들은 나열했다. *Flivver*(값싼 물건), *Frog-face*(멍청이), *Flathead*(얼간이), *Farinaceous*(가루 같은), *Freezone*(자유 지역), *Flapdoodle*(횡설수설), *Foghorn*(고동 소리). 떠들썩하게 창피를 주는 그들의 모습을 보며, 배빗은 그들이 진심으로 자신을 다시 회원으로 받아 주었음을 알았다. 그는 즐거운 마음으로 자리에서 일어섰다.

「여러분, 인정하겠어요. 이제까지 손목시계를 찬 일이 없듯, 내 중간 이름을 밝힌 적이 없습니다. 하지만 그게 〈폴란스비〉였음을 고백할게요. 변명하자면 이렇습니다. 돌아가신 우리 아버지는 내 중간 이름을 원로 가정의인 앰브로즈 폴란스비 박사를 따라 지었어요. 선친은 사고방식이 건전한 사람이었고, 체커 게임에서는 도시 사람들을 가볍게 이겼지요. 여러분에겐 정말 죄송합니다. 앞으로는 정말로 실제적인 이름, 고상하지만 훌륭하고 남성적인 이름, 어느 가정에서나 익숙하고 오래되고 멋진 이름을 따라 짓도록 하겠습니다. 가령 대담하고도 위압적인 윌리스 짐잼 아이잼 같은 이름 말입니다!」

그는 회원들의 환호성을 통해 자신이 이제 안전한 지위를 되찾았고 또 인기가 여전하다는 것을 깨달았다. 그는 더 이상 〈굿펠로스〉의 무리들로부터 떨어져서 그 안전한 지위와 인기를 위태롭게 하지 않겠다고 다짐했다.

5

헨리 톰슨이 기세 좋게 사무실로 들어오며 떠들썩하게 말했다. 「조지! 중대 뉴스야! 제이크 오펏의 얘기에 따르면, 전차 회사 측에서 〈샌더스, 토리 앤드 윙〉의 거래 방식에 불만을 품고 기꺼이 우리와 거래할 생각이라는 거야!」

배빗은 그가 벌인 저항의 마지막 상처가 치유된 것을 알고 기뻤다. 하지만 퇴근하여 차를 몰고 집으로 돌아오면서, 과거 기존 체제에 순응하던 시절부터 그를 붙잡고 있던 생각들 때문에 마음이 괴로웠다. 그는 전차 회사 측 사람들이 그리 정직하지 않다고 생각했다. 〈하지만 그들과의 거래를 하나 더 하게 되었군. 할 수만 있다면 피하고 싶은데 말이야. 아무튼 장인어른이 세상을 떠나면 그들과의 내밀한 관계는 끊어 버려야지. 내 나이 이제 마흔여덟, 앞으로 12년이 지나면 예순이 돼. 정말이지 깨끗한 사업을 아들에게 물려주고 싶어. 물론 전차 회사 측 사람들과 거래를 하면 돈은 많이 벌지. 남자라면 상황을 현실적인 관점에서 살펴보는 측면도 있어야겠지만 —〉 마음이 편치 않아 몸이 움츠러들었다. 그는 전차 회사 측에 그들이 정직하지 않음을 솔직하게 말해 주고 싶었다. 〈하지만 그럴 수가 없어. 지금은 안 돼. 만약 내가 또 한 번 그들의 비위를 건드린다면 그들은 나를 아주 짓밟으려 들 거야. 하지만 —〉

그는 평소 스스로 말해 오던 발전의 진로에 대해 혼란스러움을 느꼈다. 자신의 미래를 어떻게 감당해야 할지 의아해졌다. 여전히 젊은데, 이제 모험과는 담쌓게 된 것일까? 배빗은 그처럼 맹렬하게 피하려 했던 그물에 다시 걸려들었고, 무엇보다 웃기는 건 그 그물에 다시 걸려들었음을 기뻐해야 한다는 사실이었다.

「그들은 나를 패배시켰어. 아주 완벽하게.」 그는 훌쩍이며 중얼거렸다.

그날 저녁, 집안은 평화로웠다. 그는 아내와 피노클[84]을 즐겼다. 그는 마음속 유혹자를 향해 화를 벌컥 내면서 기꺼이 옛날

---

84 *pinochle*. 마흔여덟 장의 패를 이용한 카드놀이.

방식대로 일하겠다고 되뇌었다. 다음 날, 전차 회사의 구매 담당자를 만나러 갔다. 그들은 에번스턴 로드의 부지를 은밀하게 구매할 계획을 세웠다. 하지만 사무실로 돌아오며, 그는 마음속으로 갈등했다. 〈나는 내 마음대로 일을 판단하고 운영할 거야…… 은퇴한 후에는.〉

6

테드는 주말 동안 대학에서 집으로 돌아와 있었다. 기계 공학에 대한 얘기도, 교수에 대한 비판도 별로 하지 않았지만 대학 생활을 그리 만족스러워하는 것 같지 않았다. 그의 주된 관심사는 무선 전화기였다.

토요일 저녁, 테드는 유니스 리틀필드를 데리고 데번 우즈의 댄스파티에 갔다. 크림색 하늘하늘한 실크 드레스 위에 화려한 자줏빛 외투를 걸치고 조수석에 가볍게 올라타는 유니스를 배빗은 흘긋 쳐다봤다. 배빗 부부가 잠자리에 든 11시 30분까지 두 사람은 귀가하지 않았다. 주위가 흐릿하여 몇 시인지 잘 알 수 없는 늦은 밤, 배빗은 전화벨 소리에 깨어나 몸을 가볍게 떨며 천천히 아래층으로 내려갔다. 전화를 건 사람은 하워드 리틀필드였다.

「조지, 유니스가 아직도 귀가하지 않았어. 테드는 왔는가?」

「아니, 그 애 방문이 아직 열려 있는데 ─」

「집에 올 시간인데도 안 왔어. 유니스가 댄스파티는 자정에 끝난다고 했는데. 그 녀석들, 도대체 어디로 간 거야?」

「사실을 말하자면 나도 잘 모른다네, 하워드. 데번 우즈 어딘가에 있는 테드의 동창생 집에 갔을 거야. 우리가 할 수 있는 일이란 없어. 잠깐 기다려 봐. 위층에 올라가서 아내가 그 친구의 이름을 아는지 물어볼게.」

배빗은 테드 방의 불을 켰다. 청년다운 갈색 방이었다. 어질러진 옷장, 닳아 해진 책들, 고등학교 교기, 농구팀과 야구팀 사진들. 하지만 테드는 거기에 없었다.

배빗 부인은 눈을 비비고 짜증을 내면서 테드를 초대한 녀석을 모른다고 했다. 이렇게 늦은 시간에 전화를 걸어 오다니 하워드 리틀필드는 타고난 바보나 다름없다고 투덜거리기도 했다. 그녀는 무척 졸리다고 했지만 다시 잠들지 못하고 걱정했다. 배빗은 침실 전실에서 한없이 퍼붓는 아내의 잔소리를 들으면서 다시 잠을 자려 애썼다. 새벽 무렵, 아내가 흔들어 대는 통에 그는 눈을 떴다. 그녀는 공포에 질린 어조로 말했다. 「조지! 조지!」

「왜 그래? 무슨 일이야?」

「빨리 와보세요. 쉿, 조용히!」

그녀는 거실을 지나 테드의 방 앞으로 남편을 안내하더니 살그머니 문을 열었다. 닳아 해진 갈색 융단에 장밋빛 시폰 속옷이 거품 이는 모양으로 놓여 있었고, 수수한 모리스 의자에는 은색 여성용 슬리퍼가 놓여 있었다. 베개에는 잠이 덜 깬 두 사람의 머리가 보였다. 테드와 유니스였다.

테드는 깨어나면서 씩 웃더니 도전적인 어조로 납득하기 어려운 말을 중얼거렸다. 「안녕하세요! 제 아내를 소개합니다. 시어도어 루스벨트 유니스 리틀필드 배빗 부인입니다.」

「오, 하느님!」 배빗이 소리쳤다. 아내의 입에서도 탄식이 길게 터져 나왔다. 「너희들 지난밤에 어디 갔나 했더니 —」

「우린 어제저녁에 결혼했어요. 여보! 일어나서 시어머니에게 아침 인사를 올려.」

하지만 유니스는 맨살이 드러난 자신의 어깨와 헝클어져 있는 매력적인 머리를 베개 밑으로 숨겼다.

아침 9시, 테드와 유니스의 일 때문에 응접실에 여러 사람이 모였다. 조지 배빗 부부, 하워드 리틀필드 박사 부부, 케네스 에스콧 부부, 헨리 T. 톰슨 부부, 그리고 텅카 배빗이었다. 텅카는 그 청문회에서 생글생글 웃고 있는 유일한 사람이었다.

비난의 소리가 봇물처럼 터져 나왔다.

「저 어린 나이에 ―」「결혼 무효를 시켜야 하는데 ―」「이런 일은 들어 본 적도 없어요 ―」「두 사람 모두의 잘못이야 ―」「신문에 나지 않게 해야 할 텐데 ―」「짐을 싸서 빨리 학교로 돌려보내야 해―」「빨리 뭔가 조치를 취해. 내 말은 그러니까 ―」「젠장, 옛날 방식대로 이놈들 볼기를 철썩 때려 주고 싶군 ―」

이들 가운데 가장 격렬하게 반응한 사람은 베로나였다. 「테드, 이게 얼마나 심각한 상황인지 어떻게 하면 알려 줄 수 있을까? 제발 그 멍청하기 짝이 없는 어리석은 미소 좀 짓지 마!」

그는 반항하기 시작했다. 「이거 놀라운데. 그러는 누나도 결혼했잖아?」

「그건 다른 얘기야.」

「물론 누나는 그렇게 말하겠지! 유니스와 나를 사슬로 묶어 아무것도 못 하게 하면 속이 시원하겠지!」

「자, 젊은이, 더 이상 경솔하게 굴어서는 안 돼.」 배빗의 장인 헨리 톰슨이 명령했다. 「내 말 들어.」

「할아버지 말씀 들어!」 베로나는 말했다.

「그래, 네 외할아버지 말씀을 들어라!」 어머니도 말했다.

「테드, 톰슨 씨의 말씀을 들어야 해!」 하워드 리틀필드였다.

「아, 제발, 그만하세요. 다 듣고 있다니까요!」 테드가 외쳤다. 「하지만 좀 보세요! 난 이미 저질러진 일에 대해 이러쿵저러쿵하는 게 너무 지겨워요. 만약 누군가를 죽이고 싶다면 우리의 결혼식을 집전했던 목사를 잡아 죽이세요! 그는 5달러나 빼앗아 갔으니까요. 이 세상에서 내가 가졌던 돈이라곤 6달러 2센트뿐이었는데. 다들 나한테 그렇게 소리치는 것, 정말 너무 지겨워요!」

그때 새로운 목소리가 권위 있게 울려 버시면서 방 안의 분위기를 지배했다. 배빗이었다. 「그래, 여긴 노 젓는 사공이 너무 많다! 론, 입 다물어. 하워드와 내가 얼마든지 질책할 수 있어. 테드, 식당으로 가서 나와 조용히 얘기 좀 해보자.」

식당 문은 굳게 닫혔다. 배빗은 아들에게 다가가 두 손을 어깨에 올려놓았다. 「네 말도 일리는 있어. 저들 모두 지나치게 말했으니. 자, 애야, 앞으로 어떻게 할 셈이냐?」

「아빠, 정말 나를 인간적으로 대해 주실 건가요?」

「글쎄, 나는 ─ 네가 우리를 〈배빗가의 남자들〉이라고 부르면서 단결해야 한다고 했던 것 기억하니? 지난번 시카고 출장 때 말이야. 나도 단결하고 싶어. 이 결혼이 경박하다고 말할 생각은 조금도 없어. 요새 젊은이들이 처한 어려운 상황을 생각하면 조기 결혼에 찬성하긴 어렵지만. 그래도 너는 유니스보다 더 좋은 여자와 결혼할 수 없다. 그리고 리틀필드는 배빗 남자를 사위로 얻었으니 아주 큰 행운인 거야! 하지만 넌 어떤 계획을 세우고 있지? 물론 곧장 대학으로 돌아갈 수 있어. 그리고 대학을 졸업하면 ─」

「아빠, 난 대학이라면 이제 신물이 나요. 어떤 친구들은 대학 생활이 적성에 맞겠죠. 하지만 난 지금 당장 기계공으로 일하고 싶어요. 훌륭한 발명가가 될 생각이에요. 당장에 주당 20달러를 주겠다는 공장도 있어요.」

「글쎄 ─」 배빗은 생각에 잠긴 채 천천히 방 안을 걸었다. 그는 갑자기 늙어 보였다. 「나는 늘 네가 학위를 취득했으면 하고 바랐단다.」 그는 골똘히 생각하면서 다시 방 안을 뚜벅뚜벅 걸었다. 「하지만 나는 결코 ─ 자, 부디 엄마에게는 이 얘기를 전하지 마. 이걸 알면 엄마는 얼마 없는 내 머리카락을 다 잡아 뜯을 거다. 평생 동안 난 내가 원하는 일을 단 한 가지도 해보지 못했다! 그냥 시류를 타고 흘러가는 것 외에 뭘 성취했는지 모르겠어. 5미터 중에서 0.5센티미터쯤 앞으로 나아갔을까? 하지만 너는 앞으로 더 많이 나아갈 거야. 난 잘 모르겠지만, 네가 스스로 장래 무슨 일을 하고 싶어 하는지 명확하게 알고 있고 또 그것을 실천하려 한다는 사실은 은근히 기쁘구나. 저기 밖에 있는 사람들은 너를 위협하며 길들이려 할 거야. 그들에겐 그들 일이나 신경 쓰라고 해! 나는 너를 응원할게. 네가 원하면, 공장 일을 해. 가족들의 비난을 겁내지 마. 제니스의 모든 사람들도 신경 쓰지 마. 나처럼 자기 자신을 두려워할 필요도 없어. 애야, 앞으로 씩씩하게 나아가라! 세상은 네 것이다!」

배빗가의 두 남자는 서로 어깨동무를 하고서 응접실로 나아가, 급습하듯이 그들에게 덤벼드는 가족과 맞섰다.

역자 해설
배빗, 나약하고 우습고 외로운 현대인의 이름

    싱클레어 루이스Harry Sinclair Lewis는 1920년대를 대표하는 미국의 소설가이다. 그는 이 시기에 발표한 『메인 스트리트*Main Street*』(1920), 『배빗*Babbitt*』(1922), 『애로스미스*Arrowsmith*』(1925), 『엘머 갠트리*Elmer Gantry*』(1927) 등 네 편의 장편소설로 오늘날까지 미국 문학사에서 기억되고 있다. 『애로스미스』에는 1925년 퓰리처상이 수여되었으나 루이스 자신이 제도의 틀에 구속되는 것이 싫다며 거부한 바 있고, 1930년에는 위에 언급한 네 편의 소설을 쓴 문학적 공로를 인정받아 미국인으로서는 처음으로 노벨 문학상을 받았다.

    일반적으로 작가의 생애는 전반기와 후반기로 나뉘어 문학적 개성이 변화하며 발전하는 양상을 보여 주는데, 루이스의 경우에는 1920년대의 작품에서 1940년대의 작품까지 큰 변화가 나타나지 않는다. 따라서 통상적으로 〈루이스 문학〉이라고 하면 위에 언급한 네 편의 장편소설을 의미하며, 그중에서도 처녀작인 『메인 스트리트』와 『배빗』이 대표작으로 평가되고 있다.

    미국 평론가들은 솔 벨로Saul Bellow의 『허조그*Herzog*』에 등장하는 동명의 주인공 허조그가 미국 지식인의 진범이라면, 배빗은 기업가의 전형이라는 데 입을 모은다. 실제로 〈배빗〉이라는 말은 일반 명사가 되어 모든 영어 사전에 등재되어 있으며 랜덤하우스판 영어 대사전에는 이렇게 정의되어 있기도 하다. 〈중산층의 관습과 이상을 아무 비판 없이 받아들이는 교만한 사람, 기업과 물질적 성공의 가치관을 무비판적으로 받아들이는 사람을 뜻한다. 싱클레어 루이스의 동명 소설에 나오는 주인공의 이름에서 나온 말로, 주로 속물을 의미한다.〉

분열된 성격

싱클레어 루이스는 1885년 2월 7일 미네소타 주 소크센터라는 작은 마을에서 의사였던 아버지 에드윈 루이스Edwin J. Lewis의 세 아들 가운데 막내아들로 태어났다. 1904년에 예일 대학 영문과에 입학했으나 루이스는 곧 학교 생활에 커다란 환멸을 느꼈다. 대학에서 동급생들과 문학의 열정을 나누기를 열망했지만 동부 유력자의 자제들인 그들은 문학보다는 체육, 학내 정치 행사, 사교 생활에 더 관심이 많았고 이런 데 무관심한 루이스를 이해하지 못했다. 또한 그들은 루이스를 서부 출신의 촌뜨기로 취급하여 따돌렸으며 이로 인해 그의 열등감은 더욱 깊어졌다.

어린 시절부터 책을 많이 읽고 시를 써온 루이스는 대학에서도 교지에 시를 투고했고, 3학년 때에는 교지의 편집장이 되었다. 이듬해에는 사회주의에 관심을 갖게 되어 업턴 싱클레어Upton Sinclair가 창설한 사회주의 단체에 가입했으나, 아버지의 압력으로 곧 탈퇴하고 다시 복학하여 동기들보다 1년 늦은 1908년 예일 대학을 졸업했다. 졸업 후 출판사와 잡지사를 전전하는 가난한 생활 속에서도 소설 습작을 계속하던 그는 1920년 『메인 스트리트』를 발표하여 일약 세계적인 작가로 떠오르면서 부와 명성을 거머쥐게 되었다.

그러나 당사자에게 있어, 성공과 명성은 공짜로 주어지는 것이 아니었다. 루이스는 아주 어린 시절부터 기이하고 모순적인 성격을 드러냈다. 한편으로는 정력적이고 활발하고 수다스러운

가 하면, 다른 한편으로는 수줍음 많고 외롭고 불안정한 아이였다. 열세 살 무렵 소년병으로 군에 지원하려다가 아버지에게 들켜서 집으로 돌아온 사건도 그의 독특한 성격의 일면을 보여 준다. 그렇게 그는 마을 사람들로부터 괴상한 아이라는 소리를 들으며 자랐다.

이런 성격의 형성에는 가정적 배경도 한몫했다. 루이스의 할아버지, 아버지, 작은아버지, 형 클로드Claude Lewis는 모두 의사였다. 아버지가 루이스에게 의사가 되라는 압력을 가한 적은 없으나, 루이스는 의사가 되지 못한 것에 대해 평생 열등감을 느꼈다. 그는 아버지와 큰형으로부터 인정받고 싶었지만 그것에 실패했다는 죄책감에 시달렸고 이를 극복하기 위한 보상 심리에 매달렸다.

루이스의 첫 번째 아내 그레이스 헤거Grace Livingston Hegger는 루이스의 아버지가 지나칠 정도로 엄격하고 자의적인 사람이었다고 회상하면서 다음과 같이 말했다. 〈나는 정신 분석에 대해서는 잘 몰라요. 하지만 어린 시절의 이 엄격한 아버지가 루이스에게 미친 영향은 엄청나게 파괴적인 것이었습니다. 그 트라우마로 인해 루이스는 그 후 오랜 세월 동안 노이로제에 시달렸습니다.〉

하지만 그는 진정으로 아버지에게 사랑받는 아들이 되고 싶었다. 나중에 유명한 소설가가 되어서도 아버지와 형이 자신의 직업을 대단치 않게 여긴다는 것을 알고서 심한 정체성의 혼란을 느꼈다. 〈왜 너는 다른 아이들처럼 행동하지 못하느냐?〉 하고 꾸짖는 아버지의 목소리를 평생 동안 등 뒤에서 들었고, 동시에 〈왜 아버지는 저를 사랑해 주지 않으십니까?〉 하는 항의를 수도 없이 마음속에서 외쳤다. 이처럼 권위로부터 인정받으려는 마음과 그 권위에 저항하려는 마음이 루이스의 분열된 성격을 만드는 배경이 되었으며, 그의 소설은 그러한 그의 성격을 그대로 반영한다. 재미있는 사실은, 권위에 저항하려는 반항심이 크게 작용할수록 소설은 문학적으로 성공을 거둔 반면 권위에 복종하는 인물이 등장하는 생애 후반기의 작품은 평범한 작품으로 평가되고 있다는 점이다. 이러한 연유로, 시골 마을의 고리타분한 관습에 격렬하게 항거하는 여주인공 캐럴 케니코트Carol Kennicott를 등장시킨 『메인 스트리트』와 동일화를 강요하는 미국의 기업 세계를 향해 저항하는 기업가를 묘사한 『배빗』이 그의 대표작이 되었다.

그의 모순적인 성격은 나이 들어 가면서도 완화되지 않았다. 여기에는 그의 외모도 하나의 원인으로 작용했다. 피부염에 걸려 라듐 치료와 전기 치료를 받는 바람에 얼굴이 보기 흉하게 일그러진 것이다. 미네소타의 한 작가는 1946년 그와 만났을 때를 회상하며 이렇게 말했다. 〈그 얼굴은 악몽에서나 볼 수 있을 법한 얼굴이었다. 심한 정신적 시련으로 인해 서서히 파괴된 듯했다.〉 루이스의 용모는 그의 열등감을 더욱 심화시켰다. 그는 사람을 피했고, 그러면서 외로움은 커져 갔으며 음주는 위험 수준을 넘어섰다.

마흔다섯이라는 비교적 젊은 나이에 노벨 문학상을 수상하여 세계적인 작가로서 명성이 확립된 이후에도 그는 여전히 정신적 불안을 느꼈다. 그 불안을 그는 엄청난 자기중심주의로 포장했고, 언제나 주위 사람들로부터 자신의 재능과 중요성을 인정받고 싶어 했다. 늘 변덕이 심했고 조울증을 보였으며 신경질이 과도했다. 이런 성격 탓에 두 번의 결혼은 모두 이혼으로 끝났다. 술꾼의 아들은 술꾼이 되는 것처럼, 아버지로부터 사랑받지 못한 루이스는 자신의 두 아들에게도 무심한 아버지였다. 큰아들 웰스Wells Lewis는 제2차 세계 대전 당시 프랑스 전선에 나가 싸우다가 전사했으며, 둘째 아들 마이클Michael Lewis은 아버지에 대해 〈그분이 어떤 사람이었는지 전혀 알지 못한다〉라고 회상했다. 이처럼 가족과 소원하게 지낸 루이스는 유럽의 여러 나라를 전전하다가 1951년 1월 10일 로마에서 아무도 지켜보는 이 없는 가운데 심장 마비로 쓸쓸하게 사망했다. 그의 유해는 고향 소크센터로 후송되어 그곳에 묻혔다.

현대인의 초상

제1차 세계 대전이 끝난 직후인 1920년의 미국 사회는 전쟁 특수의 여파로 경제가 팽창하고 있었다. 소설의 주인공 배빗은 이런 사회에서 부동산 중개인으로 성공해 연봉 8천 달러를 버는 중산층의 대열에 들어선다. 그는 〈친구이며 시인인 첨 프링크가 연봉 1만 5천 달러, 아들 테드가 다니는 고등학교 라틴어 교사는 연봉 1천 8백 달러〉라고 말하면서 모든 것을 한 개인이 벌어들이는 돈의 액수로 평가한다. 그의 철학에 따르면 돈 많이 버는 사람 앞에서 가난한 사람은 고개를 숙여야 하는 것이 당연한 사회의 질서이며, 이는 맥켈비 부부의 초청과 오버브룩 부부의 방문을 다룬 제15장에 적나라하게 제시되어 있다.

배빗이라는 인물의 일상을 꼼꼼히 따라가면서 우리가 느끼게 되는 첫 번째 인상은 그가 말과 행동이 다른 사람이라는 점이다. 가령 금연이나 금주에 대해서 말만 가득할 뿐 실제로는 그렇게 하지 못한다. 또한 자신이 도덕적인 사람이라고 생각하지만 실제 행동은 그렇지 못하다. 이 소설에서 묘사된 여러 건의 부동산 거래는 그가 약자를 억눌러 부당한 수수료를 챙기고, 강자에게 빌붙어서 불법적 이익을 챙기는 사람임을 여실히 보여 준다. 남편의 외도는 윤리적으로 용납할 수 없는 것이라고 말하면서 실제로는 그 자신 또한 아내 몰래 부정을 저지른다.

그는 자신의 클럽, 교우, 교회, 정치 활동 등을 모두 자신의 경제적 이득과 결부시킨다. 그런 이득을 얻기 위해 부정적인 수단도 마다하지 않으며, 그 경제적 행위가 사회를 발전시키는 역할을 하기 때문에 더 큰 목적을 위해서 사소한 비리를 저지르는 것은 얼마든지 묵과할 수 있다는 궤변을 내세우기도 한다. 그러면서도 자신의 비리에 비하면 10분의 1에도 미치지 못하는 거짓말을 한 부하 직원 스탠리 그라프를 해고하고, 자신으로서는 정당한 행위라 변명한다. 늘 스스로 마음 넓고 진보적인 인물이라고 말하지만 실제로는 속 좁고 보수 반동적인 행동을 보일 뿐이다.

배빗이라는 인물만을 중심으로 하여 이런 갈등과 모순의 문제를 다루었더라면 이 소설은 1차원적 구조에 그쳤을 것이다. 배빗을 이해하는 또 다른 열쇠는 그의 친구 폴 리슬링이다. 사실 폴과 배빗은 서로를 비추는 거울 속 이미지인 셈이다. 리슬링은 배빗과 함께 주립 대학에 다녔고, 현재는 제니스 시에서 지붕재 사업을 하는 자영업자다. 리슬링은 유럽에 유학을 가서 훌륭한 바이올리니스트가 되고 싶어 했으나 아버지의 강권으로 가업인 지붕재 회사를 물려받았다. 배빗 또한 변호사가 되어 정계에 진출하고 싶어 했으나 가난한 집안 사정으로 대학 시절 아르바이트로 하던 부동산 중개업에 뛰어들었다.

자신이 하고 싶어 했던 일을 하지 못한다는 점에서, 폴이나 배빗이나 인생의 목적이 좌절된 사람들이다. 욕망을 억제하고 현재의 생활도 좋다고 스스로를 타일러 보지만 자꾸만 인생이 허전하다는 느낌을 갖게 된다. 그 허전함을 폴 리슬링은 외도에서 찾는다. 말하자면 〈중년의 위기〉를 맞이하는 것이다. 배빗은 곁에서 이를 지켜보며 도덕과 가족 관계와 사회적 체면의 문제를 지적하지만, 리슬링의 외도를 질타하던 배빗 자신도 결국 외도를 함으로써 말 따로 행동 따로인 인간임을 보이게 된다.

물론 배빗에게 변명거리가 없는 것은 아니다. 루이스는 전작 『메인 스트리트』의 등장인물들이 깊이가 없고 피상적이며 유형적이라는 평론가들의 지적을 의식하여, 『배빗』에서는 좀 더 입체적인 인물을 만들어 내기 위해 폴 리슬링이라는 거울 이미지와 〈아름다운 소녀〉라는 상징을 사용했다. 그는 잠들었을 때나 깨어 있을 때나 또 대낮에 백일몽을 꿀 때나 자신을 씩씩한 청년, 아름다운 청년, 세상에서 제일 멋진 청년이라고 칭찬해 주는 아름다운 소녀의 환상을 본다. 이 환상은 자신이 이루지 못했던 인생의 꿈을 상징하는 것이다. 내부에 억압되어 있던 인생의 꿈은 그대로 머물러 있지 않고 다시 등장하여 그에게 정신적 복수를 한다. 가령 폴 리슬링이 꿈과 현실의 불일치에 좌절하여 범죄를 저지르고 교도소에 가는 장면에서, 배빗은 폴의 좌절이 곧 자신의 좌절인 양 깊은 충격을 받는다.

그리하여 배빗은 지금까지의 생활 태도에서 완전히 일변하여 기존 사회에 대해 격렬하게 저항하기 시작한다. 지금과 같이 살아서는 결코 꿈속의 아름다운 소녀를 만날 수 없다고 생각한 것이다. 그러나 기업계의 체제에 순응하기를 바라는 현실의 압력은 너무나 강하다. 배빗은 주위의 모든 사람이 자신을 감시하는 듯한 착각을 하게 되고 결국에는 그 압력에 굴복하고 만다.

『배빗』은 그 구성이나 결말에 있어 속편이라고 해도 좋을 정도로 『메인 스트리트』와 유사하다. 『메인 스트리트』의 지적이고 의욕적인 여주인공 캐럴은 대학에서 사회학을 전공한 여성으로, 사회 개혁 의지가 강하다. 그녀는 어느 만찬에서 윌 케니코트 라는 의사를 만나 결혼하여 그의 고향인 고파 프레일리로 내려가 살게 된다. 마을이 낙후되어 있고 사람들의 생각이 고루한 것을 보고서 실망한 캐럴은 평소 관심을 두던 사회 개혁을 이 마을에서 실천해 보려고 하지만 주민들은 그런 노력에 반발한다. 남편 윌도 주민들 편이어서 부부는 자주 언쟁을 하게 된다. 캐럴은 이에 대한 반항으로 에릭 밸보그라는 남자와 가까워져 마을에 스캔들을 일으키지만 에릭이 마을을 떠남으로써 사건은 종결된다. 보수적인 남편과 마을 분위기에 상처를 입은 캐럴은 워싱턴으로 가서 남편과 2년 동안 헤어져 살지만 워싱턴에서 역시 사회 개혁은 요원한 일임을 깨닫는다. 그때 남편 윌이 찾아와 화해를 청하고, 캐럴은 결국 고파 프레일리로 내려가 주민들과 화해하고 남편의 출세가 인생의 목표인 평범한 가정 주부로 돌아간다. 『메인 스트리트』의 결말에 이르러 캐럴이 사회 개혁의 실천을 남편에게 미루는 것처럼, 배빗은 자신의 이상 실현을 아들 테드에게 미루어 버린다. 자신의 문제를 스스로 해결하는 대신 캐럴이나 배빗은 어정쩡한 타협을 보고 마는 것이다.

배빗은 이제 〈속물〉의 대명사가 되었고 배비트리*Babbittry*는 〈속물 같은 행동〉, 혹은 〈저속한 실업가 기질〉을 가리키는 일반 명사로 널리 쓰이고 있다. 경제적 이득과 도덕적 원칙, 그리고 잃어버린 꿈 사이에서 방황하는 현대인들 중에는 배빗 같은 행각을 벌이는 사람들이 얼마든지 있다. 한때 가정적인 남자라고 칭송받던 어느 프로 골프 선수는 외도 행각이 폭로되어 전 세계의 망신거리가 되었고, 사회의 지도자로 인정받던 사람이 어느 날 갑자기 사기꾼으로 밝혀진 사실이나, 동성애를 거세게 비판하던 누군가가 알고 보니 동성애자였다는 기사는 신문에 수도 없이 나오고 있다.

미국의 평론가 클리프턴 패디먼Clifton Fadiman은 이러한 이야기를 했다. 〈고전을 다시 읽게 되면 당신은 그 책 속에서 전보다 더 많은 내용을 발견하지 못한다. 단지 전보다 더 많이 당신 자신을 발견할 뿐이다.〉『배빗』을 읽으면서 우리는 감추거나 숨기고 싶은 현대인의 초상을 발견한다. 문제는 그런 자신을 발견한 다음에 어떻게 대응할 것인가 하는 점이다. 배빗의 문제점은 아름다운 소녀의 존재를 인식하되 그것을 현실 속에서 제대로 구현해 내지 못한 데 있다. 생각과 행동이 서로 일치하지 않는데 어떻게 그를 인정해 주는 아름다운 소녀가 나타날 수 있겠는가. 자신의 생각이 틀렸으면 그것을 고치려는 용기가 있어야 하고, 그에 따른 결과를 감수하려는 의지가 있어야 한다. 자신이 선택한 인생에 대하여 책임을 지려는 비장함이 뒤따라야 함은 물론이다. 배빗이 속물이라는 평가를 받게 된 것은 단지 압력에 굴복했다는 사실 때문이 아니다. 이런 비장하면서도 처절한 노력을 제대로 해보지 않았기 때문이다. 본인이 노력하려 하기보다 그 아들에게 미루어 버리는 것 역시 절반의 노력에 지나지 않는다. 이러한 엉거주춤한 해결 방안이나마 아예 없는 것보다는 나을

지 모르지만, 독자의 입장에서는 미진하고 아쉬울 뿐이다. 우리가 『배빗』을 읽으면서 거기에 그려진 현대인의 왜곡된 초상에 깊이 수긍하면서도 여전히 미진함을 느끼는 것은 아마도 이 때문일 것이다.

이종인

싱클레어 루이스 연보

1885년 출생 2월 7일 미네소타 주 소크센터에서 의사인 아버지 에드윈 루이스Edwin J. Lewis와 어머니 에마 커모트 루이스Emma Kermott Lewis 사이에서 태어남. 위로 두 형 프레드Fred Lewis와 클로드Claude Lewis가 있었음.

1890년 5세 소크센터의 공립 학교에 입학. 광범위한 독서를 시작함.

1891년 6세 어머니 사망.

1892년 7세 아버지가 이사벨 워너Isabel Warner와 재혼함.

1898년 13세 스페인-미국 전쟁에 소년병으로 참가하기 위해 가출을 시도함. 인근 마을에서 아버지에게 잡혀 집으로 돌아옴.

1901년 16세 1903년까지 소크센터의 신문사 「헤럴드Herald」와 「아발랑슈Avalanche」에서 사환, 식자공, 간단한 기사 작성자로 일함.

1902년 17세 오하이오 주 오벌린 아카데미Oberlin Academy에서 6개월간 공부하며 예일 대학 입학을 준비함.

1903년 18세 예일 대학 영문과 입학. 교지 『리터러리 매거진*Literary Magazine*』과 『쿠란트*Courant*』에 기고하고 『리터러리 매거진』의 편집자로 활약함.

1904년 19세 장편소설 『마을 바이러스*The Village Virus*』를 구상하고

집필함. 이 원고가 이후 『메인 스트리트*Main Street*』로 개작됨.

1905년 ²⁰세　대학에 다니며 뉴헤이븐의 「저널Journal」과 「쿠리어Courier」에서 임시직 사원으로 일함.

1906년 ²¹세　10월과 11월 예일 대학을 떠나 업턴 싱클레어Upton Sinclair가 뉴저지 잉글우드Englewood에 창설한 사회주의 공동 생활체인 〈헬리컨 홈 콜로니Helicon Home Colony〉에서 잡부로 일함.

1907년 ²²세　예일 대학에 복학.

1908년 ²³세　1월 학사 학위를 받음.

1912년 ²⁷세　톰 그레이엄Tom Graham이라는 이름으로 장편소설 『도보 여행과 비행기*Hike and the Aeroplane*』 출간.

1914년 ²⁹세　4월 뉴욕에서 그레이스 헤거Grace Livingston Hegger와 결혼함. 프리랜서로 각종 잡문을 쓰는 한편 조지 도런사George H. Doran Company 등 뉴욕의 여러 출판사를 전전하며 일함. 장편소설 『우리의 워런 씨*Our Mr. Wrenn*』 출간.

1915년 ³⁰세　창작에 전념하기 위하여 조지 도런사 사직. 아내와 함께 미국 전역을 여행하며 여러 도시의 임시 거처에서 지냄. 장편소설 『매가 지나간 자국*The Trail of the Hawk*』 발표.

1917년 ³²세　첫아들 웰스Wells Lewis 출생. 장편소설 『무고한 사람들*The Innocents*』과 『욥*The Job*』 출간.

1918년 ³³세　장편소설 『버드나무 산책로*The Willow Walk*』 출간.

1919년 ³⁴세　여러 신문과 잡지에 단편소설과 기사를 판매하여 생계를 이어 감. 장편소설 『프리 에어*Free Air*』 출간.

1920년 ³⁵세　『메인 스트리트』 발표.

1921년 ³⁶세　전국 각지를 돌며 강연함. 장편소설 『배빗*Babbit*』 집필을 위해 유럽으로 건너감.

1922년 37세 『배빗』 출간.

1923년 38세 프랑스에서 정열적인 과학자의 생애를 다룬 장편소설 『애로스미스*Arrowsmith*』를 집필하고 런던에서 수정함.

1924년 39세 미국으로 돌아와 형 클로드와 함께 캐나다에서 여름 휴가를 보냄.

1925년 40세 『애로스미스』 출간.

1926년 41세 종교인의 세계를 풍자한 장편소설 『엘머 갠트리*Elmer Gantry*』 집필을 위해 자료 조사를 함. 5월 『애로스미스』에 퓰리처상이 수여되었으나 수상을 거부함. 아버지 에드윈 루이스 사망. 장편소설 『함정*Mantrap*』 출간.

1927년 42세 『엘머 갠트리』 출간. 유럽 일대를 돌며 장편소설 『쿨리지를 아는 남자*The Man Who Knew Coolidge*』 집필.

1928년 43세 『쿨리지를 아는 남자』 출간. 그레이스 헤거와 이혼하고 5월 도로시 톰슨Dorothy Thompson과 재혼. 미국으로 돌아와 버몬트 주 버너드에 농장을 마련함. 그곳에서 기혼 부부의 애정 문제를 다룬 장편소설 『도즈워스*Dodsworth*』를 탈고함.

1929년 44세 『도즈워스』 출간. 노동자 관련 소설을 쓰기 위해 광범위하게 자료를 수집했으나 여러 번의 시도에도 불구하고 탈고하지 못함.

1930년 45세 둘째 아들 마이클Michael Lewis 태어남. 12월 노벨 문학상 수상.

1933년 48세 장편소설 『앤 비커스*Ann Vickers*』 출간.

1934년 49세 장편소설 『예술품*Work of Art*』 출간.

1935년 50세 파시즘은 미국에 발을 붙이지 못하다는 내용의 장편소설 『그 일은 이곳에서 벌어질 수 없다*It Can't Happen Here*』와 희곡 「제이호커Jayhawker」, 『단편선집*Selected Short Stories*』 출간.

1936년 51세 연극계에 진출하여 자신의 작품을 극본으로 만드는 한편 스스로 연극배우로 나서기도 함. 예일 대학에서 명예 박사 학위를 받음. 『그 일은 이곳에서 벌어질 수 없다』가 극화되어 미국 내 열다섯 개 도시에서 상연됨.

1938년 53세   장편소설 『방탕한 부모들 *The Prodigal Parents*』 출간.

1940년 55세   연극계 여배우를 주인공으로 삼은 장편소설 『베델 메리데이 *Bethel Merriday*』 출간. 위스콘신 대학에서 창작 기법을 강의함.

1942년 57세   도로시 톰슨과 이혼하고 미네소타 대학 영문과의 특별 강사로 출강함.

1943년 58세   장편소설 『기드온 플래니시 *Gideon Planish*』 출간.

1944년 59세   맏아들 웰스 루이스 중위가 제2차 세계 대전 참전 중 프랑스 알자스에서 유탄을 맞아 전사함.

1945년 60세   장편소설 『캐스 팀벌레인 *Cass Timberlane*』 출간.

1946년 61세   국내외를 가리지 않고 널리 여행함. 평소 과도했던 음주량이 더욱 늘어남.

1947년 62세   장편소설 『왕의 혈통 *Kingsblood Royal*』 출간.

1949년 64세   장편소설 『신을 쫓는 자 *The God-Seeker*』 출간. 9월 이탈리아로 건너감. 건강이 나빠짐.

1951년 66세   1월 10일 로마에서 심장 마비로 사망. 유해는 소크센터에 안장됨. 유작인 장편소설 『아주 넓은 세계 *World So Wide*』가 발표됨.

열린책들 세계문학 169 배빗

옮긴이 이종인 1954년 서울에서 태어나 고려대학교 영어영문학과를 졸업했다. 한국 브리태니커 편집국장과 성균관대학교 전문 번역가 양성 과정 교수를 역임했다. 폴 오스터의 『보이지 않는』, 『어둠 속의 남자』, 『폴 오스터의 뉴욕 통신』, 크리스토퍼 드 하멜의 『성서의 역사』, 프랭크 로이드 라이트의 『자서전』, 존 르카레의 『팅커, 테일러, 솔저, 스파이』, 니코스 카잔차키스의 『향연 외』, 『돌의 정원』, 『모레아 기행』, 『일본·중국 기행』, 『영국 기행』, 앤디 앤드루스의 『폰더 씨의 위대한 하루』, 줌파 라히리의 『축복받은 집』, 조지프 골드스타인의 『비블리오테라피』, 스티븐 앰브로스 외의 『만약에』, 사이먼 윈체스터의 『영어의 탄생』 등 1백여 권을 번역했고, 번역 입문 강의서 『전문 번역가로 가는 길』을 펴냈다.

지은이 싱클레어 루이스 **옮긴이** 이종인 **발행인** 홍예빈·홍유진
발행처 주식회사 열린책들 **주소** 경기도 파주시 문발로 253 파주출판도시
전화 031-955-4000 **팩스** 031-955-4004 **홈페이지** www.openbooks.co.kr
Copyright (C) 주식회사 열린책들, 2011, *Printed in Korea*.
ISBN 978 89-329-1169-4 04840 **ISBN** 978-89-329-1499-2 (세트)
발행일 2011년 4월 15일 세계문학판 1쇄 2022년 8월 25일 세계문학판 4쇄

이 도서의 국립중앙도서관 출판예정도서목록(CIP)은 서지정보유통지원시스템 홈페이지(http://seoji.nl.go.kr)와 국가자료공동목록시스템(http://www.nl.go.kr/kolisnet)에서 이용하실 수 있습니다.(CIP제어번호: CIP2011001425)

열린책들 세계문학
Open Books World Literature

001 죄와 벌 전2권
표도르 도스또예프스끼 장편소설 | 홍대화 옮김 | 각 408, 512면

죄와 벌의 심리 과정을 따라가며 혁명 사상의 실제적 문제를 제시하는 명작

- 고려대학교 선정 〈교양 명저 60선〉
- 미국 대학 위원회 선정 SAT 추천 도서

003 최초의 인간
알베르 카뮈 장편소설 | 김화영 옮김 | 392면

20세기 문학의 정점을 이룬 알베르 카뮈 최후의 육성

- 1957년 노벨 문학상 수상 작가

004 소설 전2권
제임스 미치너 장편소설 | 윤희기 옮김 | 각 280, 368면

〈소설이란 무엇인가〉라는 주제를 작가, 편집자, 비평가, 독자의 입장에서 풀어 나간 작품

- 〈이달의 청소년도서〉 선정
- 한국 간행물 윤리 위원회 선정 〈청소년 권장 도서〉

006 개를 데리고 다니는 부인
안똔 체호프 소설선집 | 오종우 옮김 | 368면

삶의 진실과 인간의 참모습을 웃음과 울음으로 드러내는 위대한 작품

- 1993년 서울대학교 선정 〈동서 고전 200선〉
- 2002년 노벨 연구소가 선정한 〈세계문학 100선〉

007 우주 만화
이탈로 칼비노 단편집 | 김운찬 옮김 | 416면

25편 단편 속 신비로운 존재 〈크프우프크〉를 통해 환상적으로 창조된 우스꽝스러운 우주

008 댈러웨이 부인
버지니아 울프 장편소설 | 최애리 옮김 | 296면

난해한 〈의식의 흐름〉 기법과 〈내적 독백〉을 시도한 영국 모더니즘 소설의 고전

- 2005년 『타임』지 선정 〈100대 영문 소설〉, 〈20세기 100선〉
- 2009년 『뉴스위크』 선정 〈세계 100대 명저〉

009 어머니
막심 고리끼 장편소설 | 최윤락 옮김 | 544면

혁명의 교과서이자 인간다운 삶의 권리를 일깨우는 영원한 고전

- 1912년 그리보에도프상
- 2006년 이고르 수히흐 교수 〈러시아 문학 20세기의 책 20권〉
- 서울대학교 권장 도서 100선

010 변신
프란츠 카프카 중단편집 | 홍성광 옮김 | 464면

어디에도 안주하지 못하는 인간의 모습을 초현실적으로 그려 낸 카프카의 주옥같은 단편들

- 서울대학교 권장 도서 100선

011 전도서에 바치는 장미
로저 젤라즈니 중단편집 | 김상훈 옮김 | 432면

신화와 SF의 융합, 흥미롭고 지적인 중단편 소설집

012 대위의 딸
알렉산드르 뿌쉬낀 장편소설 | 석영중 옮김 | 240면

역사적 대사건을 가정 소설과 연애 소설의 형식에 녹여 내어 조망한 산문 예술의 정점

- 2000년 한국 백상 출판 문화상 번역상

013 바다의 침묵
베르코르 소설선집 | 이상해 옮김 | 256면

전쟁과 이데올로기에 가려진 인간성에 대하여 고찰한 레지스탕스 문학의 백미

014 원수들, 사랑 이야기
아이작 싱어 장편소설 | 김진준 옮김 | 320면

유대인 학살에서 살아남은 네 남녀의 사랑과 상처를 그린 소설

- 1978년 노벨 문학상 수상 작가

015 백치 전2권
표도르 도스또예프스끼 장편소설 | 김근식 옮김 | 각 504, 528면

백치 미쉬낀을 통해 구현하는 완전한 아름다움과 순수한 인간의 형상

- 피터 빅스올 〈죽기 전에 읽어야 할 1001권의 책〉

017 1984년
조지 오웰 장편소설 | 박경서 옮김 | 392면

감시하고 통제하는 전체주의의 권력 앞에 무력해지는 인간의 삶

- 2009년 『뉴스위크』 선정 〈세계 100대 명저〉
- 『타임』지가 뽑은 〈20세기 100선〉

019 이상한 나라의 앨리스
루이스 캐럴 환상동화 | 머빈 피크 그림 | 최용준 옮김 | 336면

시공을 초월하며 상상력과 호기심의 한계를 허무는 루이스 캐럴의 환상 동화

- 2003년 BBC 〈영국인들이 가장 사랑하는 소설 100편〉
- 2004년 〈한국 문인이 선호하는 세계 명작 소설 100선〉

020 베네치아에서의 죽음
토마스 만 중단편집 | 홍성광 옮김 | 432면

삶과 죽음, 예술과 일상이라는 양극의 주제를 다룬 걸작
- 1929년 노벨 문학상 수상 작가
- 피터 박스올 《죽기 전에 읽어야 할 1001권의 책》

021 그리스인 조르바
니코스 카잔차키스 장편소설 | 이윤기 옮김 | 488면

카잔차키스가 그려 낸 자유인 조르바의 영혼의 투쟁
- 2002년 노벨 연구소가 선정한 《세계문학 100선》
- 2004년 獨 문인이 선호하는 세계 명작 소설 100선
- 2005년 동아일보 선정 〈21세기 新고전 50선〉
- 피터 박스올 《죽기 전에 읽어야 할 1001권의 책》

022 벚꽃 동산
안똔 체호프 희곡선집 | 오종우 옮김 | 336면

거창한 사상보다는 삶의 사소함을 객관적인 문체로 그린, 가장 완숙한 체호프의 작품
- 2006년 이고르 수히흐 교수 《러시아 문학 20세기의 책 20권》
- 미국 대학 위원회 선정 SAT 추천 도서
- 서울대학교 권장 도서 100선

023 연애 소설 읽는 노인
루이스 세풀베다 장편소설 | 정창 옮김 | 192면

담백하고 섬세한 문체와 간결한 내용에 인간의 탐욕과 자연의 거대함을 담은 환경 소설
- 1989년 티그레 후안상
- 1998년 전 세계 베스트셀러 8위

024 젊은 사자들 전2권
어윈 쇼 장편소설 | 정영문 옮김 | 각 416, 408면

인간의 어리석음, 광기, 우스꽝스러움을 탁월하게 포착한 전쟁소설이자 심리 소설
- 1945년 오 헨리 문학상
- 1970년 플레이보이상

026 젊은 베르테르의 슬픔
요한 볼프강 폰 괴테 장편소설 | 김인순 옮김 | 240면

사랑의 열병을 앓는 전 세계 젊은이들의 영혼을 울린 감성 문학의 고전
- 2003년 크리스티아네 취른트 《사람이 읽어야 할 모든 것, 책》
- 피터 박스올 《죽기 전에 읽어야 할 1001권의 책》

027 시라노
에드몽 로스탕 희곡 | 이상해 옮김 | 256면

명랑한 영웅주의, 감미로운 연애 감정, 기발하고 화려한 시구들이 돋보이는 명작
- 미국 대학 위원회 선정 SAT 추천 도서

028 전망 좋은 방
E. M. 포스터 장편소설 | 고정아 옮김 | 352면

영국 사회의 계층 간 갈등과 가치관의 충돌을 날카롭게 포착한 걸작
- 1998년 랜덤하우스 모던 라이브러리 선정 〈최고의 영문 소설 100〉
- 피터 박스올 《죽기 전에 읽어야 할 1001권의 책》

029 까라마조프 씨네 형제들 전3권
표도르 도스또예프스끼 장편소설 | 이대우 옮김 | 각 496, 496, 460면

많은 인물군과 에피소드를 통해 심오한 사상과 예술적 깊이를 보여 주는 도스또예프스끼 40년 창작의 결산
- 국립중앙도서관 선정 청소년 권장 도서 50선
- 서울대학교 권장 도서 100선
- 서머싯 몸 선정 세계 10대 소설

032 프랑스 중위의 여자 전2권
존 파울즈 장편소설 | 김석희 옮김 | 각 344면

자유에 대한 정열이 고갈된 20세기에 대한 탁월한 우화
- 1969년 실버펜상
- 2005년 『타임』지 선정 〈100대 영문 소설〉

034 소립자
미셸 우엘벡 장편소설 | 이세욱 옮김 | 448면

성(性) 풍속의 변천 과정을 중심으로 전개되는 두 형제의 쓸쓸한 삶을 다룬 작품
- 1998년 『타임스 리터러리 서플리먼트』 선정 〈올해의 책〉
- 2002년 국제 IMPAC 더블린 문학상
- 1998년 『리르』 선정 〈올해 최고의 책〉

035 영혼의 자서전 전2권
니코스 카잔차키스 자서전 | 안정효 옮김 | 각 352, 408면

카잔차키스 자신의 삶의 여정을 아름답게 묘사한 자전적 소설

037 우리들
예브게니 자먀찐 장편소설 | 석영중 옮김 | 320면

인간이 인간일 수 있음을 방해하는 모든 제도를 거부하는, 디스토피아 소설의 효시
- 2006년 이고르 수히흐 교수 《러시아 문학 20세기의 책 20권》
- 피터 박스올 《죽기 전에 읽어야 할 1001권의 책》

038 뉴욕 3부작
폴 오스터 장편소설 | 황보석 옮김 | 490면

추리 소설의 형식을 빌려 장르의 관습을 뒤엎어 버린, 가장 미국적인 소설
- 피터 박스올 《죽기 전에 읽어야 할 1001권의 책》

039 닥터 지바고 전2권
보리스 파스테르나크 장편소설 | 홍대화 옮김 | 각 480, 592면

장엄한 시대의 증언으로 러시아 문학의 지평을 넓힌 해빙기 문학의 정수
- 1958년 노벨 문학상
- 미국 대학 위원회 선정 SAT 추천 도서
- 『타임』지가 뽑은 〈20세기 100선〉

041 고리오 영감
오노레 드 발자크 장편소설 | 임희근 옮김 | 456면

〈인간 희극〉 시리즈의 으뜸으로, 이후 방대한 소설 세계를 열어 주는 발자크의 대표작
- 2002년 노벨 연구소가 선정한 〈세계문학 100선〉
- 연세대학교 권장 도서 200권

042 뿌리 전2권
알렉스 헤일리 장편소설 | 안정효 옮김 | 각 400, 448면

10여 년간의 철저한 자료 조사로 재구성된 르모르타주 문학의 걸작
- 1977년 퓰리처상
- 1977년 전미 도서상
- 2004년 〈한국 문인이 선호하는 세계 명작 소설 100선〉
- 2005년 헨리 모드사 선정 〈75년간 미국을 뒤바꾼 75가지〉

044 백년보다 긴 하루
친기즈 아이뜨마또프 장편소설 | 황보석 옮김 | 560면

꿈꾸는 듯한 현실과 현실 같은 상상이 절묘하게 어우러진 소비에트 문화권 최고의 스테디셀러
- 1983년 소비에트 문학상
- 1994년 오스트리아 유럽 문학상

045 최후의 세계
크리스토프 란스마이어 장편소설 | 장희권 옮김 | 264면

신화적 인물과 모티프를 현대적 관심사들과 결합시킨 지적 신화 소설
- 1988년 프랑크푸르트 도서전 선정 〈올해의 책〉
- 1988년 안톤 빌트간스상
- 1992년 독일 바이에른 주 학술원 대문학상
- 피터 박스올 《죽기 전에 읽어야 할 1001권의 책》

046 추운 나라에서 돌아온 스파이
존 르카레 장편소설 | 김석희 옮김 | 368면

20세기 냉전이 낳은 존 르카레 최고의 스릴러
- 1963년 서머싯 몸상
- 1963년 영국 추리작가 협회상
- 1963년 미국 추리작가 협회상
- 2005년 『타임』지 선정 〈100대 영문 소설〉

047 산도칸 – 몸프라쳄의 호랑이
에밀리오 살가리 장편소설 | 유향란 옮김 | 428면

말레이시아 해를 배경으로 펼쳐지는 해적 산도칸과 그의 친구 야네스의 활약상
- 피터 박스올 《죽기 전에 읽어야 할 1001권의 책》

048 기적의 시대
보리슬라프 페키치 장편소설 | 이윤기 옮김 | 560면

예수가 행한 기적의 이면을 인간의 입장에서 조명한 기막힌 패러디
- 1965년 유고슬라비아 문학상

049 그리고 죽음
짐 크레이스 장편소설 | 김석희 옮김 | 224면

성장과 소멸, 삶과 죽음이 자연과 인간에게 주는 의미를 성찰하게 하는 걸작
- 1999년 전미 비평가 협회상
- 1999년 『가디언』 선정 〈올해의 책〉

050 세설 전2권
다니자키 준이치로 장편소설 | 송태욱 옮김 | 각 480면

몰락한 오사카 상류층의 네 자매의 결혼 이야기를 통해 당시의 풍속을 잔잔하게 그린 작품

052 세상이 끝날 때까지 아직 10억 년
스뜨루가츠끼 형제 장편소설 | 석영중 옮김 | 224면

반유토피아 문학의 전통을 계승하는 정치 풍자로 판금 조치를 당하기도 한 문제작
- 1988년 〈이달의 청소년 도서〉 선정

053 동물 농장
조지 오웰 장편소설 | 박경서 옮김 | 208면

스탈린 통치의 역사를 동물 우화에 빗댄 정치 알레고리 소설의 고전
- 2008년 영국 플레이닷컴 선정 〈역사상 가장 위대한 소설 10〉
- 2009년 『뉴스위크』 선정 〈세계 100대 명저〉

054 캉디드 혹은 낙관주의
볼테르 장편소설 | 이봉지 옮김 | 232면

해학과 풍자를 통해 작가 자신의 철학을 고스란히 담아 낸 철학적 콩트의 정수
- 1993년 서울대학교 선정 〈동서 고전 200선〉
- 미국 대학 위원회 선정 SAT 추천 도서

055 도적 떼
프리드리히 폰 실러 희곡 | 김인순 옮김 | 264면

〈형제의 반목〉이라는 모티프를 이용하여 자유와 반항을 설득력 있게 묘사한 비극
- 1993년 서울대학교 선정 〈동서 고전 200선〉
- 고려대학교 선정 〈교양 명저 60선〉

056 플로베르의 앵무새
줄리언 반스 장편소설 | 신재실 옮김 | 320면

예술 작품을 둘러싸고 벌어지는 인간 사회의 다양한 양상을 날카롭게 통찰한 작품
- 1986년 메디치상
- 1986년 E. M. 포스터상
- 1987년 구텐베르크상

057 악령 전3권
표도르 도스또예프스끼 장편소설 | 박혜경 옮김 | 각 328, 408, 528면

실제 사건에 심리적, 형이상학적 색채를 가미한 위대한 비극

- 1966년 동아일보 선정 〈한국 명사들의 추천 도서〉
- 피터 박스올 《죽기 전에 읽어야 할 1001권의 책》

060 의심스러운 싸움
존 스타인벡 장편소설 | 윤희기 옮김 | 340면

1930년대 대공황기 캘리포니아 농장 지대의 파업을 극적으로 그린 소설

- 1937년 캘리포니아 커먼웰스 클럽 금상
- 1962년 노벨 문학상 수상 작가

061 몽유병자들 전2권
헤르만 브로흐 장편소설 | 김경연 옮김 | 각 568, 544면

현대 문명의 병폐와 가치의 붕괴를 상징적 비판적으로 해석한 박물 소설이자 모든 문학적 표현 수단의 총체

063 몰타의 매
대실 해밋 장편소설 | 고정아 옮김 | 304면

하드보일드 소설의 창시자 대실 해밋의 세계 최초 탐정 소설

- 2009년 『뉴스위크』 선정 〈세계 100대 명저〉
- 뉴욕 추리 전문 서점 블랙 오키드 선정 〈최고의 추리 소설 10〉

064 마야꼬프스끼 선집
블라지미르 마야꼬프스끼 선집 | 석영중 옮김 | 384면

20세기 러시아의 위대한 혁명 시인 마야꼬프스끼의 대표적인 시와 산문 모음집

065 드라큘라 전2권
브램 스토커 장편소설 | 이세욱 옮김 | 각 340, 344면

공포와 성(性)을 결합시킨 환상 문학의 고전

- 2003년 크리스티아네 취른트 《사람이 읽어야 할 모든 것 책》
- 피터 박스올 《죽기 전에 읽어야 할 1001권의 책》

067 서부 전선 이상 없다
에리히 마리아 레마르크 장편소설 | 홍성광 옮김 | 336면

지극히 평범한 한 인간을 통해 전쟁의 본질을 보여 주는, 가장 위대한 전쟁 소설

- 미국 대학 위원회 선정 SAT 추천 도서
- 『타임』지가 뽑은 〈20세기 100선〉
- 피터 박스올 《죽기 전에 읽어야 할 1001권의 책》

068 적과 흑 전2권
스탕달 장편소설 | 임미경 옮김 | 각 432, 368면

〈출세〉를 향한 젊은이의 성공과 좌절을 통해 부조리한 사회 구조를 고발한 작품

- 2002년 노벨 연구소가 선정한 〈세계문학 100선〉
- 국립중앙도서관 선정 청소년 권장 도서 50선
- 서울대학교 권장 도서 100선

070 지상에서 영원으로 전3권
제임스 존스 장편소설 | 이종인 옮김 | 각 396, 380, 496면

제2차 세계 대전을 배경으로 두 쌍의 연인을 통해 하와이 주둔 미군 부대의 실상을 폭로한 자연주의 소설

- 1952년 전미 도서상
- 1998년 랜덤하우스 모던 라이브러리 선정 〈최고의 영문 소설 100〉

073 파우스트
요한 볼프강 폰 괴테 희곡 | 김인순 옮김 | 568면

진리를 찾는 파우스트를 통해 인간사의 모든 문제를 상징적으로 표현한 고전 중의 고전

- 2002년 노벨 연구소가 선정한 〈세계문학 100선〉
- 2003년 국립중앙도서관 선정 〈고전 100선〉
- 미국 대학 위원회 선정 SAT 추천 도서
- 서울대학교 권장 도서 100선
- 『뉴스위크』 선정 〈세상을 움직인 100권의 책〉

074 쾌걸 조로
존스턴 매컬리 장편소설 | 김훈 옮김 | 316면

마스크 뒤에 정체를 감추고 폭압에 맞서 싸우는 쾌걸 조로의 가슴 시원한 활약

075 거장과 마르가리따 전2권
미하일 불가꼬프 장편소설 | 홍대화 옮김 | 각 364, 328면

스딸린 치하의 소비에트 사회를 풍자하는 서늘한 공포와 유쾌한 웃음의 묘미

- 2006년 이고르 수히흐 교수 〈러시아 문학 20세기의 책 20권〉
- 피터 박스올 《죽기 전에 읽어야 할 1001권의 책》

077 순수의 시대
이디스 워튼 장편소설 | 고정아 옮김 | 448면

사랑과 결혼의 의미를 찾는 세 남녀의 이야기를 세밀하게 그려 낸 연애 소설의 고전

- 1998년 랜덤하우스 모던 라이브러리 선정 〈최고의 영문 소설 100〉
- 2009년 『뉴스위크』 선정 〈세계 100대 명저〉

078 검의 대가
아르투로 페레스 레베르테 장편소설 | 김수진 옮김 | 384면

1868년 마드리드, 역사적인 음모와 계략 그리고 화려한 검술이 엮어 내는 지적 미스터리

- 1993년 『리르』지 선정 〈10대 외국 소설가〉
- 1997년 코레오 그룹상
- 2000년 『뉴욕 타임스』 선정 〈올해의 포켓북〉

079 예브게니 오네긴
알렉산드르 뿌쉬낀 운문소설 | 석영중 옮김 | 328면

패러디의 소설이자 소설의 패러디, 러시아가 낳은 위대한 시인 뿌쉬낀의 장편 운문 소설

- 고려대학교 선정 〈교양 명저 60선〉
- 연세대학교 권장 도서 200권

080 장미의 이름 전2권
움베르토 에코 장편소설 | 이윤기 옮김 | 각 440, 448면

에코의 해박한 인류학적 지식과 기호학 이론이 녹아 있는 중세 추리 소설

- 1981년 스트레가상
- 1982년 메디치상
- 『타임』지가 뽑은 〈20세기 100선〉

082 향수
파트리크 쥐스킨트 장편소설 | 강명순 옮김 | 384면

지상 최고의 향수를 만들려는 한 악마적 천재의 기상천외한 이야기

- 2003년 BBC 「빅리드」 조사 〈영국인들이 가장 사랑하는 소설 100편〉
- 2008년 서울대학교 대출 도서 순위 20

083 여자를 안다는 것
아모스 오즈 장편소설 | 최창모 옮김 | 280면

현대 히브리 문학의 대표적 작가이자 평화 운동가인 아모스 오즈의 대표작

084 나는 고양이로소이다
나쓰메 소세키 장편소설 | 김난주 옮김 | 544면

고양이의 눈에 비친 인간들의 우스꽝스럽고도 서글픈 초상

085 웃는 남자 전2권
빅토르 위고 장편소설 | 이형식 옮김 | 각 472, 496면

17세기 영국 사회에 대한 묘사와 역사에 대한 통찰력이 돋보이는 위고의 최고 걸작

087 아웃 오브 아프리카
카렌 블릭센 장편소설 | 민승남 옮김 | 480면

아프리카에 바치는, 아프리카인과 나눈 사랑과 교감 그리고 우정과 깨달음의 기록

- 피터 박스올 〈죽기 전에 읽어야 할 1001권의 책〉

088 무엇을 할 것인가 전2권
니꼴라이 체르니셰프스끼 장편소설 | 서정록 옮김 | 각 360, 404면

젊은 지식인들에게 〈혁명의 교과서〉로 추앙받은 사회주의 이상 소설

090 도나 플로르와 그녀의 두 남편 전2권
조르지 아마두 장편소설 | 오숙은 옮김 | 각 408, 308면

브라질의 국민 작가 아마두의 관능적이고도 익살이 넘치는 대표작

092 미사고의 숲
로버트 홀드스톡 장편소설 | 김상훈 옮김 | 424면

신화의 원형과 〈숲〉으로 상징되는 집단 무의식의 본질을 유려한 문체로 형상화한 걸작

- 1985년 세계 환상 문학상 대상
- 2003년 프랑스 환상 문학상 특별상

093 신곡 전3권
단테 알리기에리 장편서사시 | 김운찬 옮김 | 각 292, 296, 328면

총 1만 4233행으로 기록된, 단테의 일주일 동안의 저승 여행 이야기

- 2009년 『뉴스위크』 선정 〈세계 100대 명저〉
- 서울대학교 권장 도서 100선

096 교수
샬럿 브론테 장편소설 | 배미영 옮김 | 368면

권위와 위선을 거부하고 자립해 가는 인간들의 모순된 내면 심리에 대한 탁월한 묘사

097 노름꾼
표도르 도스또예프스끼 장편소설 | 이재필 옮김 | 320면

잡지의 실패, 형과 아내의 죽음, 빚…… 파국으로 치닫는 악몽 같은 이야기로 승화한 작가의 회상

098 하워즈 엔드
E. M. 포스터 장편소설 | 고정아 옮김 | 512면

정교한 플롯과 다채로운 인물 묘사가 돋보이는 E. M. 포스터의 역작

- 1998년 랜덤하우스 모던 라이브러리 선정 〈최고의 영문 소설 100〉
- 2004년 〈한국 문인이 선호하는 세계 명작 소설 100선〉

099 최후의 유혹 전2권
니코스 카잔차키스 장편소설 | 안정효 옮김 | 각 408면

예수뿐 아니라 그의 주변 인물들에게까지 생생한 살과 영혼을 부여한 소설

- 피터 박스올 〈죽기 전에 읽어야 할 1001권의 책〉

101 키리냐가
마이크 레스닉 장편소설 | 최용준 옮김 | 464면

모든 문제에 대한 해답이 존재했던, 잃어버린 유토피아에 관한 우화

- 1989년 휴고상

102 바스커빌가의 개
아서 코넌 도일 장편소설 | 조영학 옮김 | 264면

가장 매력적인 탐정 〈셜록 홈스〉를 창조해 낸 코넌 도일 최고의 장편소설

- 『히치콕 매거진』 선정 〈세계 10대 추리 소설〉
- 피터 박스올 〈죽기 전에 읽어야 할 1001권의 책〉

103 버마 시절
조지 오웰 장편소설 | 박경서 옮김 | 408면

〈인도 제국주의 경찰〉이라는 실제 경험을 바탕으로 완성한 조지 오웰의 첫 장편, 그 식민지의 기록

104 10 1/2장으로 쓴 세계 역사
줄리언 반스 장편소설 | 신재실 옮김 | 464면

패러디, 다큐멘터리, 에세이 등 다양한 형식을 통한 세계 역사의 포스트모더니즘적 전복

105 죽음의 집의 기록
표도르 도스또예프스끼 장편소설 | 이덕형 옮김 | 528면

도스또예프스끼의 실제 경험이 가장 많이 반영된 다큐멘터리적 소설

- 1955년 시카고 대학 그레이트 북스
- 피터 박스올 《죽기 전에 읽어야 할 1001권의 책》

106 소유 전2권
수전 바이어트 장편소설 | 윤희기 옮김 | 각 440, 488면

우연히 발견된 편지의 비밀을 좇으며 알아 가는 빅토리아 시대의 사랑, 그리고 현실의 사랑

- 1990년 부커상
- 1990년 영국 최고 영예 지도자상인 커맨데(CBE) 훈장
- 2005년 『타임』지 선정 〈100대 영문 소설〉

108 미성년 전2권
표도르 도스또예프스끼 장편소설 | 이상룡 옮김 | 각 512, 544면

불행한 운명을 타고난 한 청년이 이상과 현실 사이에서 방황하는 모습을 그린 성장 소설

110 성 앙투안느의 유혹
귀스타브 플로베르 희곡소설 | 김용은 옮김 | 584면

〈낭만주의적 구도자〉 귀스타브 플로베르가 스스로 밝힌 〈평생의 작품〉

111 밤으로의 긴 여로
유진 오닐 희곡 | 강유나 옮김 | 240면

치솟는 애증과 한없는 연민의 다른 이름, 〈가족〉에 대한 유진 오닐의 자전적 고백

- 1936년 노벨 문학상 수상 작가
- 1957년 퓰리처상
- 미국 대학 위원회 선정 SAT 추천 도서
- 『타임』지가 뽑은 〈20세기 100선〉

112 마법사 전2권
존 파울즈 장편소설 | 정영문 옮김 | 각 512, 552면

중층적 책략과 거미줄처럼 깔린 복선, 다양한 상징이 어우러진 거대한 환상의 숲

- 2003년 BBC 〈빅리드〉 조사 〈영국인들이 가장 사랑하는 소설 100편〉
- 『타임』지 선정 〈100대 영문 소설〉

114 쓰쩨빤치꼬보 마을 사람들
표도르 도스또예프스끼 장편소설 | 변현태 옮김 | 416면

식사의 시베리아 유형 직후에 발표된 작품. 유쾌한 희극적 기법과 언어의 기막힌 패러디

115 플랑드르 거장의 그림
아르투로 페레스 레베르테 장편소설 | 정창 옮김 | 512면

그림에 감추어진 문장으로 과거를 추적해 가는 미스터리아 역사 추리 소설

- 1993년 프랑스 추리 소설 대상
- 1993년 『리르』지 선정 〈10내 외국인 소설가〉

116 분신
표도르 도스또예프스끼 장편소설 | 석영중 옮김 | 288면

〈의식의 분열〉이라는 도스또예프스끼 창작의 가장 중요한 테마를 예고한 작품

117 가난한 사람들
표도르 도스또예프스끼 장편소설 | 석영중 옮김 | 256면

보잘것없는 하급 관리와 욕심 많은 지주의 아내가 되는 가엾은 처녀가 주고받은 편지

118 인형의 집
헨리크 입센 희곡 | 김창화 옮김 | 272면

누군가의 아내 혹은 어머니가 아닌, 한 〈인간〉으로서의 여성의 깨달음을 그린 화제작

- 미국 대학 위원회 선정 SAT 추천 도서
- 『뉴스위크』 선정 〈세상을 움직인 100권의 책〉

119 영원한 남편
표도르 도스또예프스끼 장편소설 | 정명자 외 옮김 | 448면

도스또예프스끼의 심화된 예술 세계를 보여 주는 단편 모음집

120 알코올
기욤 아폴리네르 시집 | 황현산 옮김 | 352면

파격적인 시풍과 유려한 내재율을 자랑하는 기욤 아폴리네르의 첫 시집

121 지하로부터의 수기
표도르 도스또예프스끼 장편소설 | 계동준 옮김 | 256면

선악의 충돌, 환경과 윤리의 갈등, 인간의 번민과 그리스도를 통한 구원에 관한 이야기들

122 어느 작가의 오후
페터 한트케 중편소설 | 홍성광 옮김 | 160면

세계적 작가 페터 한트케가 소설의 형식으로 써 내려간 독특한 〈작가론〉, 한트케식 글쓰기의 표본

123 아저씨의 꿈
표도르 도스또예프스끼 장편소설 | 박종소 옮김 | 312면

과장의 기법과 희화적 색채를 드러낸 도스또예프스끼의 풍자 드라마 혹은 사회 비판적 소설

124 네또츠까 네즈바노바
표도르 도스또예프스끼 장편소설 | 박재만 옮김 | 316면

네또츠까 네즈바노바는 한 여성의 일대기를 다룬 도스또예프스끼 최초의 장편이자 미완성작

125 곤두박질
마이클 프레인 장편소설 | 최용준 옮김 | 528면

해박한 미술사적 지식을 토대로 한 예술 소설이자 역사적 배경 속에서 벌어지는 사회심리 코미디

- 1999년 『타임스 리터러리 서플러먼트』 선정 〈올해의 책〉
- 1999년 휫브레드상

126 백야 외
표도르 도스또예프스끼 소설선집 | 석영중 외 옮김 | 408면
도스또예프스끼의 유토피아적 사회주의 사상이 나타난 단편 모음으로, 뻬뜨로빠블로프스끄 감옥에 수감되는 동안의 삶의 환희 등이 엿보이는 작품

127 살라미나의 병사들
하비에르 세르카스 장편소설 | 김창민 옮김 | 304면
1939년 프랑스 국경 숲 집단 총살에서 살아남은 작가이자 팔랑헤당의 핵심 멤버였던 산체스 마사스를 추적하는, 탐정 소설 형식을 띤 이야기
- 2001년 스페인 살림보상, 『케 레에르』지 독자상, 바르셀로나 시의 상
- 2004년 영국 「인디펜던트」, 외국 소설상

128 뻬쩨르부르그 연대기 외
표도르 도스또예프스끼 소설선집 | 이항재 옮김 | 296면
새로운 테마와 방법으로 고심한 흔적이 나타나는, 당대 사회에 대한 날카로운 관찰자적 시각을 가지고 간결하고 세련된 문체를 사용한 작품

129 상처받은 사람들 전2권
표도르 도스또예프스끼 장편소설 | 윤우섭 옮김 | 각 296, 392면
19세기 중엽 뻬쩨르부르그 상류 사회의 이중적 삶과 하층민의 고통, 그로 인한 비극적 갈등과 모순을 그린 작품

131 악어 외
표도르 도스또예프스끼 소설선집 | 박혜경 외 옮김 | 312면
도스또예프스끼의 중기 단편. 점차 완숙해져 가는 작가의 예술적·사상적 세계관이 돋보이는 작품

132 허클베리 핀의 모험
마크 트웨인 장편소설 | 윤교찬 옮김 | 416면
모험 소설의 대가, 미국의 셰익스피어라 불리는 마크 트웨인의 대표작
- 미국 대학 위원회 선정 SAT 추천 도서
- 서울대학교 권장 도서 100선

133 부활 전2권
레프 똘스또이 장편소설 | 이대우 옮김 | 각 308, 416면
똘스또이의 세계관이 담긴 거대한 사상서, 끝없는 용서와 사랑으로 부활하는 인간성에 대한 이야기
- 2003년 국립중앙도서관 선정 (고전 100선)
- 2004년 (한국 문인이 선호하는 세계 명작 소설 100선)

135 보물섬
로버트 루이스 스티븐슨 장편소설 | 최용준 옮김 | 360면
백 년이 넘게 전 세계 독자들의 사랑을 받아 온 해양 모험 소설의 고전
- 2003년 BBC 「빅리드」 조사 (영국인들이 가장 사랑하는 소설 100편)
- 미국 대학 위원회 선정 SAT 추천 도서

136 천일야화 전6권
앙투안 갈랑 | 임호경 옮김 | 각 336, 328, 372, 392, 344, 320면
마법과 흥미진진한 모험 속에서 아랍의 문화와 관습은 물론 아랍인들의 세계관과 기질을 재미있게 전하는 앙투안 갈랑의 〈천일야화〉 완역판
- 2003년 국립중앙도서관 선정 〈고전 100선〉

142 아버지와 아들
이반 뚜르게네프 장편소설 | 이상원 옮김 | 328면
격변기 러시아의 세대 갈등, (보수)와 (진보)가 대립하는 시대상을 묘사하여 논쟁을 불러일으킨 작품
- 1993년 서울대학교 선정 〈동서 고전 200선〉
- 미국 대학 위원회 선정 SAT 추천 도서

143 오만과 편견
제인 오스틴 장편소설 | 원유경 옮김 | 480면
오만과 편견에서 비롯된 모든 갈등과 모순은 결혼으로 해결된다. 셰익스피어에 버금가는 작가 제인 오스틴의 대표작
- 1954년 서머싯 몸이 추천한 세계 10대 소설
- 2002년 노벨 연구소가 선정한 〈세계 문학 100선〉
- 미국 대학 위원회 선정 SAT 추천 도서

144 천로 역정
존 버니언 우화소설 | 이동일 옮김 | 432면
좁은 문을 지나 천국에 이르는 순례자의 여정. 침례교 설교자 존 버니언의 대표작인 종교적 우화소설
- 1945년 호레이스 십 선정 〈세계를 움직인 책 10권〉
- 2003년 국립중앙도서관 선정 〈고전 100선〉
- 2004년 〈한국 문인이 선호하는 세계 명작 소설 100선〉

145 대주교에게 죽음이 오다
윌라 캐더 장편소설 | 윤명옥 옮김 | 352면
웅대한 자연환경과 함께 뉴멕시코 선교사들의 삶을 그린, 퓰리처상 수상 작가 윌라 캐더의 아름다운 신화적 소설
- 2005년 「타임」지 선정 〈100대 영문 소설〉
- 2009년 「뉴스위크」 선정 〈세계 100대 명저〉
- 미국 대학 위원회 선정 SAT 추천 도서

146 권력과 영광
그레이엄 그린 장편소설 | 김연수 옮김 | 384면
군사 혁명 시절의 멕시코, 범법자이자 도망자를 자처한 어느 사제의 이야기. 불구가 된 세상이 신의 대리인에게 내리는 가혹한 형벌, 혹은 놀라운 축복.
- 「타임」지 선정 〈100대 영문 소설〉

147 80일간의 세계 일주
쥘 베른 장편소설 | 고정아 옮김 | 352면
공상 과학 소설의 고전. 지금까지 전 세계에 가장 많은 번역 작품을 남긴 쥘 베른, 그가 그려 낸 80일 동안의 세계 일주
- 미국 대학 위원회 선정 SAT 추천 도서

148 바람과 함께 사라지다 전3권
마거릿 미첼 장편소설 | 안정효 옮김 | 각 616, 640, 640면

미국 문학사상 최고의 이야기꾼 마거릿 미첼의 대표작. 전쟁의 폐허 속에서 살아가는 여성의 이야기
- 1937년 퓰리처상
- 2009년 『뉴스위크』 선정 〈세계 100대 명저〉

151 기탄잘리
라빈드라나트 타고르 시집 | 장경렬 옮김 | 224면

먼 곳을 가깝게 하고 낯선 이를 형제로 만드는 타고르 시의 힘 나그네, 연인…… 〈님〉을 그리는 가난한 마음들이 바치는 노래의 화환
- 1913년 노벨 문학상
- 2003년 국립중앙도서관 선정 〈고전 100선〉

152 도리언 그레이의 초상
오스카 와일드 장편소설 | 윤희기 옮김 | 384면

예술과 삶의 관계를 해명한 오스카 와일드의 유일한 장편소설
- 1996년 동아일보 선정 〈한국 명사들의 추천 도서〉
- 미국 대학 위원회 선정 SAT 추천 도서

153 레우코와의 대화
체사레 파베세 희곡소설 | 김운찬 옮김 | 280면

이탈리아 신사실주의 문학을 대표하는 파베세의 급진적인 신화 해석

154 햄릿
윌리엄 셰익스피어 희곡 | 박우수 옮김 | 256면

삶과 죽음, 도덕과 양심, 의지와 운명 등 다양한 문제를 동반한 존재 탐구의 여정
- 2002년 노벨 연구소가 선정한 〈세계문학 100선〉
- 미국 대학 위원회 선정 SAT 추천 도서

155 맥베스
윌리엄 셰익스피어 희곡 | 권오숙 옮김 | 176면

모순과 역설을 통해 인간 내면의 온갖 가치 충돌을 그려 낸, 셰익스피어 4대 비극의 마지막 작품
- 2002년 노벨 연구소가 선정한 〈세계문학 100선〉
- 미국 대학 위원회 선정 SAT 추천 도서

156 아들과 연인 전2권
D. H. 로런스 장편소설 | 최희섭 옮김 | 각 464, 432면

19세기 말에서 20세기 초 영국 사회 하층 계급의 삶을 생생하게 묘사한 로런스의 자전적 소설
- 2002년 노벨 연구소가 선정한 〈세계문학 100선〉
- 2009년 『뉴스위크』 선정 〈세계 100대 명저〉

158 그리고 아무 말도 하지 않았다
하인리히 뵐 장편소설 | 홍성광 옮김 | 272면

〈전후 독일에서 쓰인 최고의 책〉이라고 극찬받은 작품. 섬세하게 묘사된 전후의 내면 풍경
- 1972년 노벨 문학상 수상 작가

159 미덕의 불운
싸드 장편소설 | 이형식 옮김 | 248면

신앙 깊고 정숙한 미덕의 화신 쥐스띤느에게 가해지는 잔혹한 운명. 〈싸디즘〉의 유래가 된 문제작

160 프랑켄슈타인
메리 W. 셸리 장편소설 | 오숙은 옮김 | 320면

공포 소설, 공상 과학 소설의 고전. 과학의 발전과 실험이 불러올지도 모를 끔찍한 재앙에 대한 경고
- 2009년 『뉴스위크』 선정 〈세계 100대 명저〉
- 미국 대학 위원회 선정 SAT 추천 도서

161 위대한 개츠비
프랜시스 스콧 피츠제럴드 장편소설 | 한애경 옮김 | 280면

개츠비, 닉, 톰이라는 세 캐릭터를 통해 시대적 불안을 뛰어나게 묘사한 고전
- 2005년 『타임』지 선정 〈100대 영문 소설〉
- 미국 대학 위원회 선정 SAT 추천 도서

162 아Q정전
루쉰 중단편집 | 김태성 옮김 | 320면

현대 중국의 문학과 인문 정신의 출발을 상징하는 루쉰의 소설집
- 1996년 『뉴욕 타임스』 선정 〈20세기에 가장 큰 영향을 끼친 그레이트 북스〉

163 로빈슨 크루소
대니얼 디포 장편소설 | 류경희 옮김 | 456면

최초의 본격 소설이자 근대 소설의 효시. 국적과 시대와 세대를 불문한 여행기 문학의 대표작
- 2003년 국립중앙도서관 선정 〈고전 100선〉
- 미국 대학 위원회 선정 SAT 추천 도서

164 타임머신
허버트 조지 웰스 소설선집 | 김석희 옮김 | 304면

SF의 거인 허버트 조지 웰스가 그려 낸 인류의 미래 그 잔혹한 기적
- 2003년 크리스티아네 취른트 〈사람이 읽어야 할 모든 것 책〉
- 피터 박스올 〈죽기 전에 읽어야 할 1001권의 책〉

165 제인 에어 전2권
샬럿 브론테 장편소설 | 이미선 옮김 | 각 392, 384면

가난한 고아 가정 교사 제인 에어와 부유하지만 불행한 로체스터의 사랑을 주제로 한 연애 소설
- 미국 대학 위원회 선정 SAT 추천 도서
- 피터 박스올 〈죽기 전에 읽어야 할 1001권의 책〉

167 풀잎
월트 휘트먼 시집 | 허현숙 옮김 | 280면

자유시의 선구자 월트 휘트먼. 40년간 수정과 증보를 거듭한 시집 『풀잎』의 초판 완역본
- 2002년 노벨 연구소가 선정한 〈세계문학 100선〉
- 2009년 『뉴스위크』 선정 〈세계 100대 명저〉

168 표류자들의 집
기예르모 로살레스 장편소설 | 최유정 옮김 | 216면

쿠바와 미국, 그 어느 땅에도 뿌리박기를 거부한 작가 기예르모 로살레스. 그가 생전에 남긴 단 한 권의 책
- 1987년 황금 문학상

169 배빗
싱클레어 루이스 장편소설 | 이종인 옮김 | 520면

일반 명사가 된 한 남자의 이야기, 미국의 중산 계급에 대한 풍자와 뛰어난 환경 묘사에 성공한 루이스의 최고 걸작
- 1930년 노벨 문학상

170 이토록 긴 편지
마리아마 바 장편소설 | 백선희 옮김 | 192면

50대 여성 라마툴라이가 친구 아이사투에게 쓴 편지. 일부다처제를 둘러싼 두 여인의 고통과 선택, 새로운 삶에서의 번민을 담아낸 작품
- 1980년 노마상

171 느릅나무 아래 욕망
유진 오닐 희곡 | 손동호 옮김 | 168면

욕정과 물욕, 근친상간과 유아 살해. 욕망에서 비롯된 인간사 갈등의 극단점. 그러나 그 속에서도 아직 꺾이지 않는 사랑에 대한 이야기
- 1936년 노벨 문학상 수상 작가

172 이방인
알베르 카뮈 장편소설 | 김예령 옮김 | 208면

인간의 부조리를 성찰한 작가 알베르 카뮈의 처녀작. 죽음, 자유, 반항, 진실의 심연을 들여다본다
- 1957년 노벨 문학상 수상 작가
- 2002년 노벨 연구소가 선정한 《세계 문학 100대 작품》

173 미라마르
나기브 마푸즈 장편소설 | 허진 옮김 | 288면

아랍 문학계의 큰 별, 나기브 마푸즈가 파고든 두 차례의 혁명, 그 이후
- 1988년 노벨 문학상 수상 작가
- 피터 박스올 《죽기 전에 읽어야 할 1001권의 책》

174 지킬 박사와 하이드 씨
로버트 루이스 스티븐슨 소설선집 | 조영학 옮김 | 320면

인간 내면의 근원을 탐구한 탁월한 심리 묘사가 스티븐슨. 그가 선사하는 다섯 가지 기이한 이야기
- 2004년 《한국 문인이 선호하는 세계 명작 소설 100선》

175 루진
이반 뚜르게네프 장편소설 | 이항재 옮김 | 264면

한 《잉여 인간》의 삶과 죽음을 러시아 문단의 거인 뚜르게네프의 사실적 시선을 통해 엿본다

176 피그말리온
조지 버나드 쇼 희곡 | 김소임 옮김 | 256면

20세기 영국 사회의 허위와 모순에 대한 신랄한 풍자. 셰익스피어 이후 가장 위대한 극작가 조지 버나드 쇼의 대표작
- 1925년 노벨 문학상 수상 작가

177 목로주점 전2권
에밀 졸라 장편소설 | 유기환 옮김 | 각 336면

노동자의 언어로 쓰인 최초의 노동 소설. 19세기를 살아가던 노동자의 고달픈 삶, 그 몰락의 연대기
- 피터 박스올 《죽기 전에 읽어야 할 1001권의 책》

179 엠마 전2권
제인 오스틴 장편소설 | 이미애 옮김 | 각 336, 360면

호기심과 오해가 빚어낸 사건들 속에서 완성되는 철부지 엠마의 좌충우돌 성장기
- 2007년 데보라 G. 펠터 《여성의 삶을 바꾼 책 50권》

181 비숍 살인 사건
S. S. 밴 다인 장편소설 | 최인자 옮김 | 464면

추리 소설의 황금시대를 장식한 S. S. 밴 다인의, 시와 문학을 접목시킨 연쇄 살인 사건

182 우신예찬
에라스무스 풍자문 | 김남우 옮김 | 296면

자유로운 세계주의자 에라스무스, 그의 눈에 비친 《웃지 않을 수 없는》 시대의 모습

183 하자르 사전
밀로라드 파비치 장편소설 | 신현철 옮김 | 488면

지중해에 실제로 존재했던 하자르 제국에 대한, 역사와 환상이 교묘하게 뒤섞인 역사 미스터리 사전 소설

184 테스 전2권
토머스 하디 장편소설 | 김보숙 옮김 | 각 392, 336면

옹졸한 인습 속에서도 강인한 생명력과 자연의 회복력을 지닌 순수한 대지의 딸 테스의 삶과 죽음
- 미국 대학 위원회 선정 SAT 추천 도서

186 투명 인간
허버트 조지 웰스 장편소설 | 김석희 옮김 | 288면

SF의 거장 허버트 조지 웰스의 빛나는 상상력. 보이지 않는 인간이 보여 주는, 소외된 인간의 고독
- 미국 대학 위원회 선정 SAT 추천 도서

187 93년 전2권
빅토르 위고 장편소설 | 이형식 옮김 | 각 288, 360면

프랑스 대혁명 당시 가장 치열했던 방데 전투의 종말. 그리고 그곳에서, 사상과 인간성 간의 전쟁이 다시 시작된다

189 젊은 예술가의 초상
제임스 조이스 장편소설 | 성은애 옮김 | 384면

20세기 가장 혁명적인 문학가 제임스 조이스의 자전적 소설. 감수성을 억압하는 사회를 거부하고 예술의 길을 택한 한 소년의 성장기

190 소네트집
윌리엄 셰익스피어 연작시집 | 박우수 옮김 | 200면

아름다운 언어로 사랑과 고통을 그려 낸 소네트 문학의 최고 걸작

● 2009년 『뉴스위크』 선정 〈세계 100대 명저〉

191 메뚜기의 날
너새니얼 웨스트 장편소설 | 김진준 옮김 | 280면

할리우드 뒷골목의 하류 인생들! 그들의 적나라한 모습과 헛된 꿈에 부푼 인간들의 모습을 본다

● 2009년 『뉴스위크』 선정 〈세계 100대 명저〉

192 나사의 회전
헨리 제임스 중편소설 | 이승은 옮김 | 256면

모호한 암시와 뒤에 숨겨진 반전, 현대 심리 소설의 아버지 헨리 제임스의 대표작

● 미국 대학 위원회 선정 SAT 추천 도서
● 1955년 시카고 대학 〈그레이트 북스〉

193 오셀로
윌리엄 셰익스피어 희곡 | 권오숙 옮김 | 216면

인간의 사랑과 질투, 그리고 의심이라는 감정이 빚어내는 비극

194 소송
프란츠 카프카 장편소설 | 김재혁 옮김 | 376면

난데없는 소송과 운명적 소용돌이에 희생당하는 한 인간을 통해 카프카의 문학적 천재성을 본다

● 2002년 노벨 연구소가 선정한 〈세계 문학 100선〉
● 2005년 『타임』지 선정 〈100대 영문 소설〉

195 나의 안토니아
윌라 캐더 장편소설 | 전경자 옮김 | 368면

유토피아를 꿈꾸며 고향을 떠나온 이민자들의 삶, 황량한 초원에서 펼쳐진 그들의 아름다운 순간들

● 2007년 데보라 G. 펠터 〈여성의 삶을 바꾼 책 50권〉

196 자성록
마르쿠스 아우렐리우스 명상록 | 박민수 옮김 | 240면

로마 황제라는 화려함 뒤에 권력보다는 싫음과 인간을 사랑했던 고독한 영웅이 있었다. 그의 성찰의 시간들을 엿본다

197 오레스테이아
아이스킬로스 비극 | 두행숙 옮김 | 336면

오레스테스를 중심으로 벌어지는 잔혹한 복수극을 통해 정의란 무엇인지에 대한 질문을 던진다

198 노인과 바다
어니스트 헤밍웨이 소설선집 | 이종인 옮김 | 320면

한 노인과 거대한 물고기의 사투를 통해 삶과 죽음에 대한 고민과 패배하지 않는 인간의 굳건한 의지를 그려 낸다

● 1952년 퓰리처상 수상작
● 1952년 노벨 문학상 수상 작가

199 무기여 잘 있거라
어니스트 헤밍웨이 장편소설 | 이종인 옮김 | 464면

체험에 뿌리를 내린 크나큰 비극. 미국 문학의 거장 헤밍웨이가 〈잃어버린 세대〉의 모습을 담는다

● 『타임』지가 뽑은 〈20세기 100선〉
● 미국 대학 위원회 선정 SAT 추천 도서

200 서푼짜리 오페라
베르톨트 브레히트 희곡선집 | 이은희 옮김 | 320면

이데올로기 속에 갇힌 인간의 모습을 그려 낸 「서푼짜리 오페라」와 「억척어멈과 자식들」을 만난다

● 『뉴욕 타임스』 선정 〈20세기 최고의 책 100선〉

201 리어 왕
윌리엄 셰익스피어 희곡 | 박우수 옮김 | 224면

자신의 정체성을 아는 자 누구인가? 오이디푸스의 후예 리어, 눈 있으되 보지 못하는 자의 고통

● 미국 대학 위원회 선정 SAT 추천 도서
● 2002년 노벨 연구소가 선정한 〈세계문학 100선〉

202 주홍 글자
너새니얼 호손 장편소설 | 곽영미 옮김 | 360면

미국 문학의 시대를 연 호손의 대표작, 가장 통속적인 곳에서 피어난 가장 숭고한 이야기

● 미국 대학 위원회 선정 SAT 추천 도서
● 서울대학교 선정 〈동서 고전 200선〉

203 모히칸족의 최후
제임스 페니모어 쿠퍼 장편소설 | 이나경 옮김 | 512면

자연과 문명, 인디언과 백인, 신화와 역사의 경계를 넘나드는 모히칸 전사의 최후 전투 기록

● 미국 대학 위원회 선정 SAT 추천 도서

204 곤충 극장
카렐 차페크 희곡선집 | 김선형 옮김 | 360면

양차 대전 사이 유럽을 살아간 휴머니스트 카렐 차페크의 치열한 고민, 그러나 위트 넘치는 기록들

205 누구를 위하여 종은 울리나 상/하
어니스트 헤밍웨이 장편소설 | 이종인 옮김 | 각 416, 400면

허무주의에서 평화를 위한 필사의 투쟁으로, 연대를 통한 실천 의식을 역설한 헤밍웨이의 역작

● 1953년 노벨 문학상 수상 작가
● 뉴스위크 선정 세계 100대 명저
● 르몽드 선정 〈20세기 최고의 책〉

207 타르튀프
몰리에르 희곡선집 | 신은영 옮김 | 416면

최고의 희극 배우이자 가장 위대한 극작가 몰리에르, 조롱과 웃음기로 무장한 투쟁의 궤적

- 1955년 시카고 대학 〈그레이트 북스〉
- 서울대학교 선정 〈동서 고전 200선〉

208 유토피아
토머스 모어 소설 | 전경자 옮김 | 288면

르네상스 시대의 휴머니즘과 종교적 관용, 성 평등을 주장한 근대 소설의 효시이자 사회사상사적 명저

- 〈뉴스위크〉 선정 세상을 움직인 100권의 책
- 스탠포드 대학 선정 〈세계의 결정적 책 15건〉

209 인간과 초인
조지 버나드 쇼 희곡 | 이후지 옮김 | 320면

니체의 초인 사상에 영향을 받은 버나드 쇼의 인생관과 예술론이 흥미로운 설정과 희극적인 요소와 함께 펼쳐진다

- 1925년 노벨 문학상 수상
- 시카고 대학 그레이트 북스

210 페드르와 이폴리트
장 라신 희곡 | 신정아 옮김 | 200면

프랑스 신고전주의 희곡의 대가 라신의 대표작이자 정념을 다룬 비극의 정수

- 서울대학교 선정 〈동서 고전 200선〉
- 시카고 대학 그레이트 북스

211 말테의 수기
라이너 마리아 릴케 장편소설 | 안문영 옮김 | 320면

고독과 고난에 대한 기록, 20세기 초 독일어로 발표된 최초의 현대 소설이자 릴케의 유일한 장편소설

- 국립중앙도서관 선정 청소년 권장도서 50선
- 서울대학교 선정 〈동서 고전 200선〉

212 등대로
버지니아 울프 장편소설 | 최애리 옮김 | 328면

삶과 죽음, 세월을 바라보는 깊은 눈, 무수한 인상의 단면들을 아름답게 이어 간 울프의 자전적 소설

- 2002년 노벨 연구소가 선정한 〈세계문학 100선〉
- 2005년 〈타임〉지 선정 〈100대 영문 소설〉

213 개의 심장
미하일 불가코프 중편소설집 | 정연호 옮김 | 352면

혁명의 모순과 과학의 맹점을 파고든 〈불가꼬프적〉 상상력의 정수

214 모비 딕 전2권
허먼 멜빌 장편소설 | 강수정 옮김 | 각 464, 488면

고래에 관한 모든 것, 전율적인 모험, 자연과 인간에 대한 심오한 통찰을 담은 멜빌의 독보적 걸작

- 1954년 서머싯 몸이 추천한 〈세계 10대 소설〉
- 2002년 노벨 연구소가 선정한 〈세계문학 100선〉

216 더블린 사람들
제임스 조이스 단편소설집 | 이강훈 옮김 | 336면

마비된 도시 더블린에 갇힌 욕망과 환멸, 20세기 문학사를 새롭게 쓴 선구적 작가 제임스 조이스 문학의 출발점

- 2008년 〈하버드 서점이 뽑은 잘 팔리는 책 20〉
- 2004년 〈한국 문인이 선호하는 세계 명작 소설 100선〉

217 마의 산 전3권
토마스 만 장편소설 | 윤순식 옮김 | 각 496, 488, 512면

20세기 독일 문학의 거장 토마스 만 작품의 정수! 죽음이 지배하는 알프스의 호화 요양원 〈베르크호프〉에서 생(生)의 아름다움과 환희를 되묻다

220 비극의 탄생
프리드리히 니체 | 김남우 옮김 | 320면

아폴론과 디오뉘소스라는 두 가지 원리로 희랍 비극의 근원을 설명하고 서양 문화의 심층 구조를 드러낸다. 20세기 문학, 철학, 예술에 심대한 영향을 끼친 책

221 위대한 유산 전2권
찰스 디킨스 장편소설 | 류경희 옮김 | 각 432, 448면

세상만사를 꿰뚫어보는 깊은 통찰과 풍부한 서사, 유쾌한 해학이 담긴 19세기 대문호 찰스 디킨스의 작품

- 2002년 노벨 연구소가 선정한 〈세계문학 100선〉
- 2007년 영국 독자들이 뽑은 가장 귀중한 책

223 사람은 무엇으로 사는가
레프 톨스토이 소설선집 | 윤새라 옮김 | 464면

1852년부터 1907년까지, 13편을 선정해 60년에 이르는 톨스토이 작품 세계의 궤적을 담아낸 단편선

224 자살 클럽
로버트 루이스 스티븐슨 소설선집 | 임종기 옮김 | 272면

인간 내면에 도사린 본질적 탐욕과 이중성, 죄의식과 두려움을 다룬 기묘하고 환상적인 단편선

225 채털리 부인의 연인 전2권
데이비드 허버트 로런스 장편소설 | 이미선 옮김 | 각 336, 328면

20세기 문학계를 뒤흔든 D. H. 로런스의 문제작. 현대 산업 사회에 대한 비판과 인간성 회복에의 염원이 담긴 작품

- 르몽드 선정 〈20세기 최고의 책〉
- 피터 박스올 〈죽기 전에 읽어야 할 1001권의 책〉
- 2004년 〈한국 문인이 선호하는 세계 명작 소설 100선〉

227 데미안
헤르만 헤세 장편소설 | 김인순 옮김 | 264면

혼돈과 자아 상실의 시대를 살아가는 젊은이들에게 시대의 지성 헤르만 헤세가 바치는 작품

- 1946년 노벨 문학상 수상 작가
- 2004년 〈한국 문인이 선호하는 세계 명작 소설 100선〉

228 두이노의 비가
라이너 마리아 릴케 시 선집 | 손재준 옮김 | 504면

삶 속에서 죽음을 노래한 시인 릴케의 대표 시집 중 엄선한 170여 편의 주요 작품을 소개한 시 선집

- 동아일보 선정 〈세계를 움직인 100권의 책〉
- 고려대학교 선정 교양 명저 60선

229 페스트
알베르 카뮈 장편소설 | 최윤주 옮김 | 432면

죽음 앞에 선 인간의 고뇌와 역компании 대한 진지한 성찰이 담긴 《제2차 세계 대전 이후 최대의 걸작》

- 1957년 노벨 문학상 수상 작가
- 서울대학교 선정 권장 도서 100선
- 국립중앙도서관 선정 청소년 권장 도서 50선

230 여인의 초상 전2권
헨리 제임스 장편소설 | 정상준 옮김 | 각 520, 544면

자유로운 이성을 가진 한 여인의 이야기, 헨리 제임스의 심리적 사실주의를 대표하는 걸작

- 2004년 〈한국 문인이 선호하는 세계 명작 소설 100선〉
- 미국 대학 위원회 선정 SAT 추천 도서
- 서울대학교 선정 〈동서 고전 200선〉

232 성
프란츠 카프카 장편소설 | 이재황 옮김 | 560면

독일인이 뽑은 20세기 최고의 작가 카프카의 3대 장편소설 중 하나

- 2002년 노벨 연구소가 선정한 〈세계 문학 100선〉
- 피터 박스올 〈죽기 전에 읽어야 할 1001권의 책〉

233 차라투스트라는 이렇게 말했다
프리드리히 니체 산문시 | 김인순 옮김 | 464면

니체 철학의 가장 중심적인 사상들을 생동하는 문학적 언어로 녹여 낸 작품

- 국립중앙도서관 선정 고전 100선
- 동아일보 선정 〈세계를 움직이는 100권의 책〉

234 노래의 책
하인리히 하이네 시집 | 이재영 옮김 | 384면

독일을 대표하는 서정 시인이자 혁명적 저널리스트인 하이네의 시집. 실패한 사랑의 슬픔과 인습의 굴레에서 벗어나고자 했던 고아한 시성(詩聖)의 노래

235 변신 이야기
오비디우스 서사시 | 이종인 옮김 | 632면

라틴 문학의 진수기를 대표하는 시인 오비디우스가 그리스 로마 신화를 응집한 역작

- 2002년 노벨 연구소가 선정한 〈세계문학 100선〉
- 서울대학교 권장 도서 100선
- 연세대학교 권장 도서 200선

236 안나 까레니나 전2권
레프 똘스또이 장편소설 | 이명현 옮김 | 각 800, 736면

사랑과 결혼, 가정 등 일상적인 소재를 통해 당대 러시아의 혼란한 사회상과 개인의 내면을 생생하게 묘사한, 똘스또이의 모든 고민을 집대성한 대표작

- 「가디언」 선정 역대 최고의 소설 100선
- 서울대학교 권장 도서 100선

238 이반 일리치의 죽음·광인의 수기
레프 똘스또이 장편소설 | 석영중·정지원 옮김 | 232면

죽음 앞에 선 인간 실존에 대한 똘스또이의 깊은 성찰이 담긴 걸작

- 시카고 대학 그레이트 북스
- 피터 박스올 〈죽기 전에 읽어야 할 1001권의 책〉

239 수레바퀴 아래서
헤르만 헤세 장편소설 | 강명순 옮김 | 232면

모순적인 교육 제도에 짓눌린 안타까운 청춘의 이야기, 헤세의 사춘기 시절 체험이 담긴 자전적 성장 소설

- 1946년 노벨 문학상 수상 작가
- 서울대학교 선정 동서 고전 200선

240 피터 팬
J. M. 배리 장편소설 | 최용준 옮김 | 272면

영원히 어른이 되고 싶지 않은 소년 피터팬, 신비의 섬 네버랜드에서 펼쳐지는 짜릿한 대모험

- 「가디언」 선정 〈모두가 읽어야 할 소설 1000선〉

241 정글 북
러디어드 키플링 중단편집 | 오숙은 옮김 | 272면

늑대 품에서 자란 소년 모글리, 대지가 살아 숨 쉬는 일곱 개의 빛나는 중단편들

- 1907년 노벨 문학상 수상 작가
- BBC 선정 아동 고전 소설

242 한여름 밤의 꿈
윌리엄 셰익스피어 희곡 | 박우수 옮김 | 160면

셰익스피어의 대표 낭만 희극, 꿈과 현실을 넘나드는 한바탕의 마법 같은 이야기

- 미국 대학 위원회 선정 SAT 추천 도서

243 좁은 문
앙드레 지드 | 김화영 옮김 | 264면

지상보다 천상의 행복을 사랑한 여인과, 그 여인을 사랑한 한 남자의 이야기, 현대 프랑스 문학의 거장 앙드레 지드의 대표작

- 1947년 노벨 문학상 수상 작가
- 2003년 국립중앙도서관 선정 〈고전 100선〉

244 모리스
E. M. 포스터 장편소설 | 고정아 옮김 | 408면

영국 중산층의 한 젊은이가 자신의 성적 정체성을 찾아가는 과정을 그린 소설

245 브라운 신부의 순진
길버트 키스 체스터턴 단편집 | 이상원 옮김 | 336면

추리 문학계의 전설로 손꼽히는 매력적인 성직자 탐정 브라운 신부의 놀라운 활약상. 추리 문학의 거장 체스터턴의 대표 단편집

246 각성
케이트 쇼팽 장편소설 | 한애경 옮김 | 272면

오롯이 〈자기 자신〉으로 살기 원했던 한 여성의 이야기. 선구적 페미니즘 작가 케이트 쇼팽의 대표작

247 뷔히너 전집
게오르크 뷔히너 지음 | 박종대 옮김 | 400면

독일 현대극의 선구자가 된 천재 작가 게오르크 뷔히너. 「당통의 죽음」, 「보이체크」 등 그가 남긴 모든 문학 작품을 한 권에 수록한 전집

248 디미트리오스의 가면
에릭 앰블러 장편소설 | 최용준 옮김 | 424면

〈스파이 소설의 최고 걸작〉으로 평가받는, 현대 스파이 소설의 아버지 에릭 앰블러의 대표작

249 베르가모의 페스트 외
옌스 페테르 야콥센 중단편 전집 | 박종대 옮김 | 208면

페스트가 이탈리아 북부를 휩쓸자 절망에 빠진 시민들은 타락하기 시작한다. 덴마크 작가 야콥센의 걸작 중단편집

250 폭풍우
윌리엄 셰익스피어 희곡 | 박우수 옮김 | 176면

폭풍우로 외딴 섬에 난파한 기묘한 인연의 사람들. 사랑과 복수, 용서가 뒤섞인 환상적인 이야기

251 어셴든, 영국 정보부 요원
서머싯 몸 연작 소설집 | 이민아 옮김 | 416면

서머싯 몸이 자신의 실제 스파이 경험을 토대로 쓴 연작 소설집. 현대 스파이 소설의 원조이자 고전이 된 걸작

252 기나긴 이별
레이먼드 챈들러 장편소설 | 김진준 옮김 | 600면

하드보일드 소설의 대표 고전. 레이먼드 챈들러가 창조한 전설적인 탐정 필립 말로의 활약을 담은 대표작

- 1955년 에드거상 수상작

253 인도로 가는 길
E. M. 포스터 장편소설 | 민승남 옮김 | 552면

인도 의사 아지즈는 영국 여성을 추행한 혐의로 체포된다. 결백을 호소하지만 빠져나올 길이 보이지 않는데…… 영국 식민 통치의 모순을 파헤친 E. M. 포스터의 대표작

- 『타임』 선정 〈현대 100대 영문 소설〉
- 모던 라이브러리 선정 〈20세기 영문 소설 100선〉
- 1924년 제임스 테이트 블랙 기념상 수상
- 1925년 페미나상 수상

254 올랜도
버지니아 울프 장편소설 | 이미애 옮김 | 376면

남성에서 여성이 되어 수백 년을 살아온 한 시인의 놀라운 일대기. 버지니아 울프의 걸작 환상 소설

- 피터 박스올 《죽기 전에 읽어야 할 1001권의 책》
- BBC 선정 《우리 세계를 형성한 100권의 소설》

255 시지프 신화
알베르 카뮈 지음 | 박언주 옮김 | 264면

카뮈의 부조리 사상의 정수를 담은 대표 철학 에세이. 철학적인 명징함과 문학적 감수성을 두루 갖춘 걸작

- 1967년 노벨 문학상 수상 작가
- 고려대학교 선정 교양 명저 60선

256 조지 오웰 산문선
조지 오웰 지음 | 허진 옮김 | 424면

조지 오웰의 명징한 통찰과 사유를 보여 주는 빼어난 에세이들을 엄선한 선집

257 로미오와 줄리엣
윌리엄 셰익스피어 희곡 | 도해자 옮김 | 200면

증오 속에서 태어나 죽음을 넘어서는 불멸의 사랑. 셰익스피어가 창조한 가장 유명한 사랑의 비극

258 수용소군도 전6권
알렉산드르 솔제니찐 기록문학 | 김학수 옮김 | 각 460면 내외

20세기 최고의 고발 문학이자 세계적인 휴먼 다큐멘터리

- 1970년 노벨 문학상
- 『타임』지가 뽑은 〈20세기 100선〉

264 스웨덴 기사
레오 페루츠 장편소설 | 강명순 옮김 | 336면

운명처럼 얽혀 신분이 뒤바뀐 도둑과 귀족의 파란만장한 이야기. 독일어권 문학의 거장 레오 페루츠의 걸작 환상 소설

265 유리 열쇠
대실 해밋 장편소설 | 홍성영 옮김 | 328면

대실 해밋이 자신의 최고 걸작으로 꼽은 작품. 인간의 욕망과 비정한 정치의 이면을 드러내는 하드보일드 범죄 소설

266 로드 짐
조지프 콘래드 장편소설 | 최용준 옮김 | 608면

침몰하는 배와 승객을 버리고 도망친 한 선원의 파멸과 방황, 모험을 그린 걸작. 영국 문학의 거장 조지프 콘래드의 대표 장편소설

- 모던 라이브러리 선정 〈20세기 영문 소설 100선〉
- 르몽드 선정 〈20세기 최고의 책〉

267 푸코의 진자 전3권
움베르토 에코 장편소설 | 이윤기 옮김 | 각 392, 384, 416면

성전 기사단의 수수께끼를 컴퓨터로 풀어 보려던 편집자들에게 이상한 일들이 일어난다. 광신과 음모론의 극한을 보여 주는 에코의 대표작

270 공포로의 여행
에릭 앰블러 장편소설 | 최용준 옮김 | 376면

전쟁 중 한 엔지니어의 생사를 둘러싸고 벌어지는 각국의 숨 막히는 첩보전. 현대 스파이 소설의 아버지 에릭 앰블러의 걸작

271 심판의 날의 거장
레오 페루츠 장편소설 | 신동화 옮김 | 264면

유명 배우의 의문의 죽음, 그리고 수수께끼의 연쇄 자살 사건의 비밀. 독일어권 문학의 거장 레오 페루츠의 대표작

272 에드거 앨런 포 단편선
에드거 앨런 포 지음 | 김석희 옮김 | 392면

환상 문학과 미스터리 문학의 선구자 에드거 앨런 포의 대표 작품 12편을 엄선한 단편집

- 미국 대학 위원회 선정 SAT 추천 도서
- 2002년 노벨 연구소가 선정한 〈세계문학 100선〉
- 2004년 〈한국 문인이 선호하는 세계 명작 소설 100선〉

273 수전노 외
몰리에르 희곡선집 | 신정아 옮김 | 424면

천재 극작가이자 희극 배우 몰리에르, 고전 희극을 완성한 그의 대표적 문제작들

- 고려대학교 선정 〈교양 명저 60선〉
- 클리프턴 패디먼 〈일생의 독서 계획〉

274 모파상 단편선
기 드 모파상 지음 | 임미경 옮김 | 400면

세계문학사상 가장 위대한 단편 작가 중 하나인 기 드 모파상. 속되고도 아름다운 삶의 면면을 날카롭게 포착하는 그의 걸작 단편들

275 평범한 인생
카렐 차페크 장편소설 | 송순섭 옮김 | 280면

죽음을 앞두고 진정한 자신들을 만난 한 남자의 이야기. 체코 문학의 길을 낸 20세기 최고의 이야기꾼 차페크의 걸작

276 마음
나쓰메 소세키 장편소설 | 양윤옥 옮김 | 344면

정교한 언어로 길어 올린 인간 내면의 연약한 심연. 일본의 국민 작가 나쓰메 소세키 문학의 정수

- 서울대학교 권장 도서 100선
- 피터 박스올 〈죽기 전에 읽어야 할 1001권의 책〉

277 인간 실격·사양
다자이 오사무 소설집 | 김난주 옮김 | 336면

일본 데카당스 문학의 기수 다자이 오사무, 그가 생의 마지막 불꽃을 태워 완성한 두 편의 대표작

278 작은 아씨들 전2권
루이자 메이 올컷 장편소설 | 허진 옮김 | 각 408, 464면

세상의 모든 딸들을 위한 걸작, 저마다 다른 개성으로 빛나는 네 자매의 성장 소설

- 〈타임〉지 선정 〈100대 영문 소설〉
- 미국 전국 교육 협회 선정 〈교사를 위한 100대 도서〉

280 고함과 분노
윌리엄 포크너 장편소설 | 윤교찬 옮김 | 520면

현대 미국 문학의 거장이자 노벨 문학상 수상 작가 윌리엄 포크너의 가장 강렬한 대표작

- 1949년 노벨 문학상 수상 작가
- 미국 대학 위원회 선정 SAT 추천 도서